비의 왕 헨더슨

재생종이로 만든 책

솔 벨로

비의 왕 헨더슨

이화연 옮김

펭귄클래식코리아

비의 왕 헨더슨

1판 1쇄 발행 2011년 11월 15일
1판 5쇄 발행 2022년 12월 26일

지은이 | 솔 벨로 옮긴이 | 이화연

발행인 | 이재진 단행본사업본부장 | 신동해 편집장 | 김경림
마케팅 | 최혜진 이은미 홍보 | 반여진 최새롬 정지연
국제업무 | 김은정 제작 | 정석훈

브랜드 펭귄클래식코리아
주소 경기도 파주시 회동길 20 웅진씽크빅 단행본사업본부 펭귄클래식코리아
문의전화 031-956-7213(편집) 02-3670-1123(마케팅)
홈페이지 www.wjbooks.co.kr
페이스북 www.facebook.com/wjbook
포스트 post.naver.com/wj_booking

발행처 ㈜웅진씽크빅
출판신고 1980년 3월 29일 제406-2007-000046호.

HENDERSON THE RAIN KING
Copyright ⓒ 1958, 1959, 1974, The Estate of Saul Bellow
Copyright renewed ⓒ 1986, 1987, The Estate of Saul Bellow
All rights reserved.
Korean translation copyright ⓒ 2011 by Woongjin Think Big Co., Ltd.
This edition published by arrangement with The Estate of Saul Bellow
c/o The Wylie Agency(UK) Ltd. Milkwood Agency Co.
이 책의 한국어 판 저작권은 밀크우드 에이전시를 통한 와일리 에이전시 사와의 독점계약으로
㈜웅진씽크빅이 소유합니다. 신저작권법에 의하여 한국 내에서 보호를 받는 저작물이므로
무단 전재와 무단 복제를 금합니다.

Penguin Classics Korea is the Joint Venture with Penguin Books Ltd.
arranged through Yu Ri Jang Literary Agency. Penguin and the associated logo
are registered and/or unregistered trade marks of Penguin Books Limited.
Used with permission.
펭귄클래식 코리아는 유리장 에이전시를 통해 펭귄북스와 제휴한
㈜웅진씽크빅 단행본개발본부의 브랜드입니다. 펭귄 및 관련 로고는
펭귄북스의 등록 상표입니다. 허가를 받아야만 사용할 수 있습니다.

한국어 판 ⓒ 웅진씽크빅, 2011

ISBN 978-89-01-13116-0 04800
ISBN 978-89-01-08204-2 (세트)

* 잘못된 책은 바꾸어 드립니다.
* 책값은 뒤표지에 있습니다.

차례

비의 왕 헨더슨 · 7

옮긴이의 말 · 465
옮긴이 주 · 470

비의 왕 헨더슨

Henderson the Rain King

나의 아들 그레고리에게

1

 내가 왜 이런 아프리카 여행을 하게 되었을까? 그건 간단히 설명할 수 없다. 일이란 게 점점 더 꼬이고 꼬이더니 얼마 지나지 않아 통째 뒤죽박죽되고 말았던 것이다.
 쉰다섯에 비행기 표를 사던 때를 생각하면 그저 처량할 뿐이다. 이런저런 사실들이 밀려들어 금세 가슴이 답답해진다. 뒤죽박죽 정신없이 쏟아져 들어온—부모님과 아내들, 아는 여자들, 아이들, 농장, 가축들, 내 버릇들, 돈, 음악 수업, 술주정, 편견, 잔인성, 이빨, 얼굴, 영혼! "휘이, 휘이, 물렀거라, 썩 꺼져버려, 날 좀 내버려 두라고!" 이렇게 소리라도 지르고 싶다. 하지만 어떻게 날 내버려 둘 수 있겠는가? 모두가 다 나의 일부분인데. 다 내 것이다. 그것들이 사방에서 몰려들어 내 안에 첩첩이 쌓인다. 결국, 혼돈에 빠져버리고 만다.
 그런데 그렇게 구박만 하던 세상이란 놈이 내게서 분노를 거두어갔다. 하지만 내가 왜 아프리카로 갔는지 그대들을 이해시키려면 엄연한 사실들을 인정해야 한다. 돈 얘기로 시작하는 게 좋겠다. 난 돈이 많다. 선친으로부터 세금 떼고 삼백만 달러를 물려받았으니까. 하지만 난 나 자신을 놈팡이로 여겼고 거기엔 나름대로 이유도 있는데, 제일 중요한 이유는 내가 놈팡이처럼 굴었다는 것이다. 그래도 남들이 몰라서 그렇지 앞이 캄캄해질 때면 쓸 만한 말이라도 건질까 해서 책도 자주 보았다. 그러다가 이런 글을 읽었다. "죄 사함은 영원하고 정의가 제일 필요한 것은 아니다." 이 말이 뇌리에 깊숙이 각인되어서 다니면서도 줄곧 혼자 되뇌었다. 그런데 정작 어느 책이었는지는 잊고 말았다. 아버지가 남겨 주신 수천 권 가운데 한 권일 텐데. 그중에는 아버지가 쓴 책도 많았다. 나는 두툼한 책들을 수십 권씩 뒤져보았지만 나온 거라곤 돈밖에 없었다. 아버지는 현금을 책갈피로 사용하셨으니까. 오 달러 뭉치든 십 달러, 이십 달러 뭉치든 그때그때 주머니에 있는 돈으로 말이다. 지금은 통용되지 않는 누렇고 큰 삼십 년 전의 지폐도 좀 나왔다. 옛날이 생각나 반가웠다. 해서 아이들이 못 들어오게 서재 문을 걸어 잠그고 오후 내내 사다리에 올라가 책들을 탈탈 털어댔다. 돈이 바닥에 핑그르르 내리꽂혔다. 하지만 죄 사함에 관한 문구는 결국 못 찾아냈다.

다음으로 넘어가자. 나는 아이비리그 출신이다.―굳이 학교 이름을 밝혀서 모교를 난처하게 할 이유는 없으리. 내가 내 아버지의 아들인 헨더슨이 아니었다면 학교에서는 날 쫓아냈을 것이다. 나는 태어날 때 6.4킬로그램이었다. 난산이었을 수밖에. 태어나고부터는 계속 자랐다. 194센티미터에 104킬로그램이 될 때까지. 거대한 머리통은 울퉁불퉁하고 머리털은 흡사 페르시아 새끼 양[1]의 털가죽 같다. 의심에 찬 눈은 가늘게 뜨고 다닌다. 고래고래 고함을 치는 꼴은 가관이다. 코는 또 얼마나 큰지. 나는 삼 남매 가운데 혼자 살아남았다. 우리 아버지가 날 용서하려면 없는 자비심까지 끌어와야 했는데 내 생각엔 단 한 번도 제대로 용서한 적이 없었다. 결혼할 나이가 되자 나는 아버지 마음에 들 욕심으로 우리와 같은 계급의 아가씨를 골랐다. 잘생기고 키 크고 우아하고 근육질에다가 팔이 길고 황금빛 머리카락에 엉큼하고 애 잘 낳고 조용한 데다가 뛰어나기까지 한 사람으로. 여기에 정신 분열증 환자란 사실을 추가한다고 해서 그녀의 가족 중 누구도 내게 싸움을 걸지는 못할 것이다. 왜냐하면 그게 사실이니까. 나 역시 머리가 돌았다고 보는데 거기에는 상당한 근거가 있다. 침울하고 거칠고 포학하기까지 하니 아마도 미쳤을 터이다. 애들 나이로 보건대 우리 결혼 생활은 이십 년쯤 지속되었다. 에드워드와 라이시, 앨리스, 그리고 둘이 더 있는데—맙소사, 난 애가 참 많구먼. 신이여, 이 떼거리들을 모두 축복하소서.

나도 나름대로 참 열심히 살았다. 극심한 번민도 고생은 고생이니까. 그래서 점심 전에 취할 때가 많았다. 전쟁에서 돌아온 지 얼마 안 돼서(난 전투 의무를 감당하기에 너무 늙었지만 그 무엇도 내게서 전쟁을 빼앗아갈 수는 없었다. 워싱턴으로 건너간 나는 참전해도 좋다는 허락이 떨어질 때까지 여기저기에 압력을 넣었다.) 프랜시스와 이혼했다. 유럽 전승 기념일이 지나서였다. 그런데 가만, 그렇게 일렀던가? 그래, 1948년이 틀림없다. 어쨌든 프랜시스는 우리 사이에 태어난 아이 하나와 지금 스위스에서 산다. 자식 하나로 뭘 하겠다는 건지 알 수야 없지만 애 하나를 데리고 있다. 그거야 괜찮다. 전처가 잘 지냈으면 좋겠다.

이혼해서 난 기뻤다. 새 출발을 할 수 있었으니까. 내겐 이미 점찍어 둔 아냇감이 있었고 우리는 바로 결혼했다. 두 번째 아내 이름은 릴리(처녀 적 성은 시먼스)다. 우리 사이에는 쌍둥이 아들이 태어났다.

이제 또 뒤죽박죽으로 치달아 가는군.—난 릴리에게 못되게 굴었다. 프랜시스 때보다 더 심했다. 프랜시스는 내성적인 성격 덕에 피할 수나 있었지만 릴리는 고스란히 뒤집어썼던 것이다. 어쩌면 사는 게 좀 나아지니까 내가 혼란스러웠는지도 모른다. 난 점잖지 않은 생활에 익숙했으니까. 프랜시스는 내가 하는 일이 못마땅할 때마다 내게서 등을 돌렸고 그런 일은 자주 있었다. 프랜시스는 시인 셸리의 달처럼, 짝도 없이 떠돌았다. 릴리는 달랐다. 난 남들 앞에서 릴리에게 호통을 쳤고 둘이 있을 때는 욕을 했다. 농장 근처의 시골 술집에서 말다툼에 말려들었을 때는 기마경찰이 와서 갇히는 몸이 되기도 했다. 나는 그 경찰들을 몽땅 상대해 주겠다고 했다. 내가 그곳 유지만 아니었어도 경찰들 손에 혼깨나 났을 것이다. 릴리가 와서 보석금을 내고 날 꺼내 주었다. 그러고 나선 돼지 한 마리 때문에 수의사와 싸웠고, 미국 7번 국도에서는 제설차 기사가 날 억지로 길 밖으로 쫓아내려 해서 싸웠다. 그러다가 이 년쯤 전에는 술에 취해 트랙터에서 떨어져 치이는 바람에 다리가 부러지고 말았다. 몇 달 동안 나는 목발을 짚고 다니면서 사람이든 짐승이든 내 앞에 걸리는 건 가리지 않고 두들겨 패며 릴리에게 본때를 보여 줬다. 미식축구 선수만 한 덩치에 집시처럼 원색적으로 욕하고 소리 지르고 이를 드러내고 머리를 흔들어댔으니, 사람들이 내게서 떠난 것도 놀랄 일은 아니다. 하지만 이게 끝이 아니었다.

    예를 들어 릴리가 여자들을 집에 부르기라도 할라치면 난 때가 묻은 석고붕대에 땀내 나는 양말을 신고 그들에게 다가간다. 몸에는 프랜시스가 이혼하고 싶다고 한 기념으로 파리의 술카[2] 에서 산 붉은 벨벳 가운을 걸치고, 그것도 모자라 머리에는 붉은 모직 사냥 모자를 쓴다. 그러곤 손가락으로 코와 콧수염을 잔뜩 문지른 다음 손님들과 악수를 하면서 이렇게 말하는 것이다.

"처음 뵙겠습니다. 헨더슨이라고 합니다." 그다음엔 릴리에게 가서 악수를 한다. 마치 그녀가 그 자리의 다른 여자들과 마찬가지로 생전 처음 보는 여자인 것처럼. "처음 뵙겠습니다." 여자들은 속으로 이렇게 생각할 것이다. '아내를 알은척도 않는군. 마음속으로는 아직도 첫 부인과 사는가 봐. 끔찍한 일이지 않아?' 있지도 않은 정절은 이렇게 여자들을 설레게 한다.

하지만 그들 모두 틀렸다. 릴리가 알다시피 그건 일부러 한 짓이니까. 단둘이 남게 되면 릴리는 나한테 소리를 지른다. "여보, 대체 뭐 하는 짓이야? 무슨 짓이냐고?"

붉은 허리띠를 질끈 동여맨 나는 벨벳 가운 바람으로 아내에게 맞선다. 엉덩이를 삐죽 내밀고 발 모양 깁스를 바닥에 박박 긁으면서 머리를 흔들어대며 이렇게 말하는 거다. "딴—딴—딴!"

이렇게 한 데에는 이유가 있다. 이 핏빛의 무거운 깁스를 하고 병원에서 돌아왔을 때 마침 릴리가 전화하는 소리가 들렸다. "또 사고가 났지 뭐야. 늘 사고라니까, 원. 명이 어찌나 질긴지 죽지도 않아." 죽지도 않는다고! 이 말을 듣고 어떻게 좋아할 수 있겠는가! 난 몹시 씁쓸했다.

지금 생각하면 릴리가 농담으로 이 말을 했지 싶다. 워낙 전화로 농담하는 걸 좋아하니까. 릴리는 몸집이 크고 활달한 여자다. 얼굴도 예쁘장하고 성격도 대체로 거기 어울린다. 우리에게는 꽤 좋은 시절도 있었다. 생각해 보면 릴리가 임신했을 때가 제일 좋았다. 아주 오래전 일이지만. 잠들기 전이면 난 그녀의 배가 트지 않게 하려고 베이비오일로 배를 문질러주곤 했다. 아내의 젖꼭지는 분홍색에서 빛나는 갈색으로 변했고, 아이들이 안에서 움직일 때마다 둥그스름한 배가 움직였다.

나는 크고 뭉툭한 내 손가락에 조금이라도 배가 쓸릴까 봐 정성을 다해 가볍게 문질렀다. 그러고 나서 불을 끄기 전에 손가락으로 나와 릴리의 머리칼을 쓸어내렸고 릴리와 잘 자라는 키스를 나눴다. 우리는 베이비오일 냄새 속에서 잠이 들었다.

하지만 나중에 우리는 다시 전쟁에 돌입했고, 내가 죽지도 않는다고 아내 입으로 말하는 걸 들었을 때 난 그 정도까지는 아니라는 걸 알면서도 그 말을 적대적으로 해석해 버렸다. 그렇다, 손님들 앞에서 릴리를 남처럼 대한 건 그녀가 이 집의 마님 행세하는 꼴을 보고 싶지 않아서였다. 나, 이 유명한 가문과 재산의 유일한 상속인인 나는 놈팡이이고, 릴리는 귀부인이 아니라 단순히 내 마누라—그냥 내 마누라일 뿐이니까.

겨울만 되면 내가 더 심해지는 것 같았기에 릴리는 낚시를 할 수 있는 걸프의 리조트 호텔에 가기로 했다. 어떤 친구가 친절하게도 어린 쌍둥이에게 합판으로 만든 새총을 하나씩 주었는데, 그중 하나가 짐을 풀 때 내 가방에서 나왔다. 난 그걸로 물건을 쏘아 맞히곤 했다. 낚시를 포기하고 해변에 앉아 돌멩이로 병을 쏘아 맞혔다. 사람들은 말했을 것이다. "저기 코가 엄청 크고 콧수염을 기른 거대한 덩치 보여? 있잖아, 저치의 증조부가 국무장관이었고, 종조부들은 영국과 프랑스의 대사였대. 또 아버지는 알비젠시안[3]에 대한 책을 쓴 윌러드 헨더슨이라는 유명한 학자야. 윌리엄 제임스[4]와 헨리 애덤스[5]하고도 친구였대." 이러지 않았겠는가? 틀림없다. 그런 리조트에서 나는 키가 거의 180센티미터에 이르는 상냥하고 불안해 보이는 두 번째 아내와 쌍둥이 아들과 함께 머물렀다. 식당에서는 커다란 납작 술병에 담아 간 버번을 모닝커피에 따르고 해변에서는 유리병을 박살 내는 게 나의 일과였다. 투숙객들은 리조트 지배인에게 깨진 유리에 대해 불평을 쏟아냈고 지배인은 릴리와 함께 그걸 주웠다. 사람들은 내게 맞서기를 꺼렸으니까. 여기 시설은 격조가 높아서 유대인도 거부하고 나, E. H. 헨더슨을 받아주었다. 부인들이 릴리를 피하면서, 다른 아이들도 우리 쌍둥이와 놀지 않았다.

릴리는 나를 타이르려고 했다. 우리는 스위트룸에 있었고 나는 수영복 차림이었다. 아내는 새총에 대해서, 그리고 깨진 유리와 다른 손님에 대하는 내 태도에 대해서 말문을 열었다. 이럴 때 보면 릴리는 매우 똑똑한 여자다. 꾸짖지 않고 설교를 해대니. 거기다 아주 열중해서 말하기 때문에, 그럴 때면 얼굴이 하얗게 질리고 숨이 턱에 차오른다. 내가 무서워서가 아니라, 자기 마음속에 어떤 위기감이 찾아오기 때문이다.

그렇지만 나와 아무리 입씨름을 해도 나아질 기색이 보이지 않자 아내는 울부짖기 시작했고, 나는 아내의 눈물을 보는 순간 이성을 잃고 고래고래 고함을 질러댔다. "머리통을 날려버려야지! 날 쏴버려야겠어. 내 이럴 줄 알고 총도 가져왔지. 지금 나한테 있다고."

"오, 여보!" 릴리가 비명을 지르며 얼굴을 가린 채 뛰쳐나갔다.

그녀가 왜 그랬는지 이제 이유를 알려 주겠다.

2

 그것은 아내의 아버지가 다름 아닌 바로 그 방법으로, 그러니까 권총으로 자살했기 때문이다.
 릴리와 내가 연대감을 느끼는 이유 중 하나는 우리 둘 다 치아 문제로 고생한다는 것이다. 아내는 나보다 스무 살 연하지만, 나와 마찬가지로 의치를 해 넣었다. 내 의치는 양옆이고, 아내는 앞니다. 일찌감치 윗니 네 개를 날려 버렸던 것이다. 그건 아내가 아직 고등학교에 다니던 시절, 아버지와 함께 골프를 치러 나갔을 때 일어난 일이었다. 아버지는 그녀의 우상이었다. 그 불쌍한 노인네는 술꾼이었고 그날도 너무 취해 사실은 골프장에 나가는 게 무리였다. 노인네는 뒤를 돌아보거나 조심하라는 말 한 마디 없이 첫 번 티에서 공을 날렸다. 그리고 백스윙을 하면서 자기 딸을 쳤다. 뜨거운 7월하고도 맹렬하게 달아오른 골프장, 그리고 배관 설비업을 하던 술꾼, 피투성이가 된 열다섯 살 소녀를 생각하면 언제나 내가 다 아찔해진다. 이런 못난이 술꾼들은 뒈져야 해! 칠칠치 못한 놈들은 뒈져야 한다고! 나는 술에 취하면 마구 나대면서 자기가 얼마나 상심했는지를 과시하는 이런 바보들을 견딜 수가 없다. 하지만 릴리는 자기 아버지 욕은 단 한 마디도 안 들으려 하고 자신보다도 아버지 생각에 눈물을 흘린다. 지갑 속에는 아버지 사진을 넣고 다닌다.

난 그 노인네를 직접 보지는 못했다. 우리가 만났을 때 그는 이미 죽은 지 십 년인가 십이 년 됐기 때문이다. 아버지가 죽고 얼마 안 돼 릴리는 볼티모어 출신의 꽤 먹고살 만한 남자와 결혼했다. 나도 들은 얘기지만—가만히 생각해 보니 그것도 릴리가 해준 이야기다. 두 사람은 서로 안 맞아서 전쟁 중에 이혼했다. (그때 난 이탈리아에서 싸우고 있었다.) 여하튼 우리가 만났을 때 릴리는 다시 집으로 와서 어머니와 살고 있었다. 그녀의 집안은 모자 상인의 수도랄 수 있는 댄버리 출신이다. 어느 겨울밤 프랜시스와 내가 댄버리의 파티에 갔을 때 일이다. 프랜시스는 저 멀리 유럽의 먹물 든 녀석들과 편지 왕래를 하고 있었기 때문에 영 내켜 하지 않았다. 그녀는 책에 푹 빠져 지내면서 편지를 열렬히 쓰는 골초였고, 철학이든 뭐든 한번 맛이 들렸다 하면 코빼기도 안 보여 줬다. 으레 자기 방에 틀어박힌 채 쿨룩쿨룩 소브라니[6] 담배를 태우면서 꼼지락꼼지락 무얼 끼적거렸으니까 말이다. 음, 우리가 그 파티에 갔을 때 프랜시스는 이런 정신적 고비를 겪고 있어서 중간에 당장 해야 할 뭔가를 떠올리고는 차를 타고 가버렸다. 나에 대해선 까맣게 잊고서. 그날 밤엔 나도 제정신이 아니어서 파티장에서 검은 타이를 맨 남자는 나밖에 없었다. 미드나이트 블루 양복 차림이었는데, 그 지방에서 파란 턱시도를 입은 사람은 틀림없이 내가 처음이리라. 그 짙푸른색에 압도되어 숨이 막힐 지경이었다. 한편, 릴리는 빨간색과 초록색의 크리스마스 줄무늬가 들어간 드레스 차림으로 십 분쯤 전에 소개받아 나와 얘기를 나누었다.

사태를 눈치챈 릴리는 내게 차를 태워주겠다고 했고 나는 "좋아."라고 말했다. 우리는 그녀의 차까지 눈을 밟으며 걸어갔다.

그날 밤은 상큼 발랄했고 하얀 눈에서는 종소리가 났다. 언덕 위에 주차된 릴리의 차는 300미터는 될 만큼 길어 보였고 철판처럼 매끈했다. 차를 길가에서 빼자마자 옆으로 미끄러지는 바람에 릴리는 놀라 소리를 질렀고, "유진 씨!" 하며 날 와락 안았다. 언덕에도, 눈을 쓸어놓은 산책로에도, 눈에 보이는 그 어디에도 사람이라곤 없었다. 차가 완전히 한 바퀴를 돌았다. 짧은 모피 소매 밖으로 나온 그녀의 맨팔이 내 머리를 부여잡고 그 커다란 두 눈이 앞창을 뚫어져라 쳐다보는 가운데, 자동차는 얼음과 흰 서리를 건너갔다. 기어도 넣지 않은 상태여서 나는 열쇠에 손을 뻗어 시동을 껐다. 차는 눈 더미 위로 미끄러지다 곧 멈췄고, 난 그녀로부터 운전대를 넘겨받았다. 달빛이 살을 에는 듯했다.

"내 이름을 어떻게 알았소?" 이렇게 묻자 그녀가 대답했다. "당신이 유진 헨더슨이란 걸 모르는 사람도 있나요?"

이야기를 더 주고받은 후 그녀가 내게 말했다. "당신은 이혼해야 해요."

내가 말했다. "지금 무슨 말을 하는 거요? 그게 될 법이나 한 소리요? 게다가 난 당신 아버지뻘 되는걸."

우리는 여름이 되어서야 다시 만났다. 이번에 그녀는 모자와 하얀 피케 드레스, 하얀 구두 차림으로 쇼핑을 하고 있었다. 곧 비가 내릴 것 같았고 릴리는 (이미 때가 묻은 차림이었건만) 그 차림으로 비를 맞고 싶지 않다며 내게 차를 태워달라고 부탁했다. 나는 외양간에 필요한 잡동사니를 사러 댄버리에 다녀오는 길이라 스테이션왜건에 짐을 잔뜩 싣고 있었다. 릴리는 내게 자기 집

가는 길을 일러주며 초조해하다가 그만 길을 잃어버렸다. 릴리는 무척 아름다웠지만 몹시 불안해했다. 날씨가 푹푹 찌더니 비가 내렸다. 릴리의 말대로 오른쪽으로 돌았더니 회색 철망 울타리로 둘러친 물구덩이 채석장과 막다른 골목이 나왔다. 밖은 아주 어둑해져서 울타리의 철망이 하얗게 보였다. 릴리가 소리를 지르기 시작했다. "아, 돌아서 가줘요! 어서, 돌아서 가요! 이 길은 모르는 길이에요. 난 집에 가야 한다고요."

우여곡절 끝에, 우리는 금방이라도 폭우가 내릴 것같이 더운 날 특유의 밀폐된 실내 공기가 진동하는 작은 집에 도착했다.

"엄마는 브리지 게임을 하러 갔어요." 릴리의 말이었다. "지금 전화 걸어서 집에 오시지 말라고 해야겠네. 전화는 내 방에 있어요." 그래서 우리는 올라갔다. 분명히 말해 두지만 릴리가 헤프거나 난잡하거나 했던 건 절대 아니다. 옷을 벗을 때 그녀는 떨리는 음성으로 거리낌 없이 말을 쏟아냈다. "당신을 사랑해요! 사랑해요!" 그리고 우리가 끌어안을 때 나는 혼잣말을 내뱉었다. "이런, 어떻게 날 좋아할 수 있을까. 다른 사람도 아닌 나를 말이야!" 천둥이 한바탕 치자 거리와 나무와 지붕, 방충망 위로 비가 퍼부었고 번개도 내리쳤다. 모든 게 그득하여 아무것도 보이지 않게 되었다. 하지만 폭우로 훈훈하게 어두워진 그녀의 이불 속에 누워 있자니 그녀에게서 갓 구운 빵 같은 따뜻한 냄새가 피어올랐다. 처음부터 끝까지 그녀는 쉬지 않고 "당신을 사랑해요!"라고 떠들어댔다. 이렇게 우리는 말없이 누워 있었고 해가 저문 초저녁이 시작되었다.

릴리의 어머니가 거실에서 기다리고 있었다. 나는 그다지 개의치 않았다. 릴리가 전화해서 "지금은 집에 오지 마세요."라고 말했기 때문에 그녀의 어머니는 전화를 끊자마자 곧바로 브리지 모임을 빠져나와 수년 만에 최고로 많이 쏟아진 여름 폭우를 뚫고 온 것이다. 에잇, 난 그게 싫었다. 그 늙은 여인이 무서워서가 아니라 꼼수가 보여서 그랬다. 현장이 발각되도록 릴리가 미리 손을 쓴 것이었다. 내가 먼저 아래층으로 내려갔고 소파 옆에 불빛이 보였다. 이윽고 층계 아래에 이르러 릴리의 어머니와 마주했을 때 나는 이렇게 말했다. "헨더슨이라고 합니다." 어머니는 풍채가 당당하고 예뻤으며, 브리지 모임에 가느라 중국 인형처럼 화장했다. 그녀는 모자를 쓴 채 뚱뚱한 무릎 위에 에나멜가죽 수첩을 올려놓고 앉아 있었다. 나는 그녀가 머릿속으로 릴리에게 불리한 장부를 기재하고 있다는 걸 깨달았다. '내 집에서. 그것도 유부남이라니.' 기타 등등. 나는 거실에 앉았다. 면도도 하지 않았고 밖에 세워둔 스테이션왜건에는 잡동사니가 실려 있었다. 그 빵 굽는 것 같은 릴리의 냄새는 분명히 내게서도 날 게다. 그리고 릴리는 극도로 아름다운 자태로 층계를 내려와 자기가 무슨 짓을 저질렀는지 엄마에게 보여 주었다. 나는 방금 전 일을 잊어버리기라도 한 것처럼 커다란 부츠 두 짝을 양탄자 위에 벌여놓고 이따금 코밑수염을 만지작거렸다. 나는 두 여자 사이에 시먼스라는 인물이 존재한다는 중요한 사실을 알아챘다. 릴리의 아버지, 그 자살해 버린 배관 설비 도매업자 말이다. 사실 그가 자살한 안방은 릴리의 방 바로 옆이었다. 릴리는 아버지의 죽음을 어머니 탓으로 돌렸다. 그렇다면 나는 뭔가? 그녀가 분노의 도구로 이용한 거였나? '설마, 그럴 리가 있나.' 나는 나 자신에게 말했다. '이건 너 때문이 아니야. 괜히 끼어들지 마.'

릴리의 어머니는 바르게 처신하기로 마음먹은 것 같았다. 이 일을 크게 부풀려 이참에 릴리를 눌러버릴 생각이었다. 어쩌면 당연한 일이었다. 어쨌든 릴리의 어머니는 내게 매우 깍듯했지만 자기도 어쩌지 못하는 순간이 오자 이렇게 말했다. "당신 아들을 본 적이 있어요."

"아, 그래요. 마른 놈 말인가요? 에드워드 말이죠? 그 애는 빨간 MG⁷⁾를 몰고 다녀요. 댄버리에도 자주 나타나지요."

나는 곧 그 집을 나오면서 릴리에게 "넌 다 큰 멋쟁이 아가씨야. 어머니한테 그러지 말았어야지."라고 말했다.

그 건장한 노부인은 소파에 그대로 앉아서 두 손을 움켜쥔 채 눈물 때문인지 분해서인지 두 눈을 가늘게 떴다.

"잘 가요, 유진." 릴리가 작별 인사를 했다.

"안녕, 시먼스 양." 나도 답했다.

우리는 친구라고 할 수도 없는 관계인 채로 헤어졌다.

그런데도 우리는 금세 또 만났다. 이번에는 뉴욕 시에서였다. 릴리가 어머니 집을 나와 댄버리를 떠나서, 뜨거운 물도 안 나오는, 술주정뱅이들이 비바람을 피해 층계참에 숨어드는 허드슨 가의 아파트에 살 때였다. 육중한 몸집의 나는 층계에 거대한 그림자를 드리우며, 촌놈다운 혈색, 술기운이 불쾌한 얼굴, 노란 돼지가죽 장갑을 낀 모습으로 갔다. 가슴속에서는 끊임없이 하고 싶어, 하고 싶어, 하고 싶어, 아, 정말 하고 싶어 소리가 들려왔다. ―그래, 까짓 거, 어디 해보자고, 나는 나 자신에게 말했다. 두드리고, 두드리고, 두드리고, 두드려라! 나는 패딩 코트를 입고 돼지가죽 장갑을 끼고 돼지가죽 신발을 신고 돼지가죽 지갑을 주머니에 넣은 채 욕정과 고민으로 속을 끓이면서, 릴리가 문을 열어놓고 기다리고 있을 맨 꼭대기 난간을 향해 이글거리는 내 눈빛을 의식하면서, 계속 층계를 걸어 올라갔다. 릴리의 얼굴은 둥글고 하얗고 토실토실했고, 눈은 맑고 가늘었다.

"우라질! 이렇게 냄새나는 골방에서 어떻게 살지? 썩은 냄새가 나잖아." 내가 말문을 열었다. 그 건물은 층마다 공동 화장실이 있었는데 변기의 물통 손잡이는 녹색으로 변했고 문에 끼운 유리는 짙은 자주색이 되었다.

릴리는 빈민가의 사람들, 그중에서도 특히 노인과 아줌마 들의 친구였다. 그녀는 어째서 빈민가 사람들이 정부의 구호를 받아서라도 텔레비전을 갖고 있어야 하는지를 이해한다고 말했고, 그들의 우유와 버터를 기꺼이 자기 냉장고에 보관하도록 해주었으며, 그들을 대신해서 사회보장 서류를 작성해 주었다. 내 보기에 그녀는 그렇게 함으로써 사람들에게 좋은 일을 한다고 느꼈고, 이들 이민자와 이탈리아인에게 미국인이 얼마나 선할 수 있는지를 보여 주었던 것 같다. 어쨌거나 그녀는 진실한 마음으로 그들을 도우려 했고 충동적인 표정으로 뛰어다녔으며 앞뒤가 맞지 않는 말을 많이 했다.

건물 냄새가 얼굴에 들러붙는 가운데 층계를 올라가면서 나는 이렇게 말했다. "휴, 몸 상태가 영 엉망이군!"

우리는 꼭대기 층에 있는 그녀의 아파트로 들어갔다. 거기도 더러웠지만 최소한 불빛은 있었다. 우리는 앉아서 이야기를 나누었다. 릴리가 불쑥 이렇게 물었다. "당신, 남은 인생을 이대로 허비해 버릴 거예요?"

프랜시스와 함께라면 내 처지는 절망적이었다. 딱 한 번 내가 군대에서 돌아왔을 때 인간적인 감정이 우리 사이에 피어나긴 했지만 그 후로는 삼류 드라마에도 미치지 못했다. 그래서 난 그녀의 일에 거의 상관하지 않았다. 그러던 어느 날 아침 부엌에서 나눈 대화는 우리를 영원히 갈라놓았다. 겨우 몇 마디였다. 상황은 이러했다.

"그래서 이제 당신 뭐 하고 싶어?"

(당시 나는 농장에 대한 관심을 잃어가고 있었다.)

내가 입을 뗐다. "혹시, 의사가 되기에는 너무 늦었을까? 의대에 들어가기에 말이야."

평소에는 너무 진지해서 질이 떨어지거나 직설적인 얘기도 하지 못하던 프랜시스가 입을 벌리더니 나를 보고 웃기 시작했다. 그런데 아내가 웃을 때 시커멓게 벌린 입 말고는 아무것도 보이지 않았다. 정말 이상하게도 한때는 하얗게 드러났던 이가 보이지 않았던 것이다. 대체 그 이들이 다 어디로 갔던 걸까?

"그래, 알아어. 알았다고." 나는 대답했다.

그리고 보니 릴리가 프랜시스에 대해 하는 말은 구구절절이 옳은 이야기뿐이었다. 그렇기는 해도 나머지 이야기마저 그대로 따를 수는 없었다.

"난 아이를 가져야겠어요. 오래 기다릴 수는 없어요." 릴리가 말했다. "몇 년 있으면 서른이 되거든요."

"그게 내 책임인가? 당신 어떻게 된 거 아니야?" 내가 물었다.

"당신하고 나는 함께해야 해요." 그녀의 대답이었다.

"누가 그래?"

"그러지 않으면 우린 죽을 거예요." 그녀가 말했다.

일 년이 지나도록 릴리는 날 설득하지 못했다. 나는 일이 그렇게 간단하지 않다고 믿었다. 그랬더니 그녀는 갑자기 뉴저지 출신의 어떤 사내와 결혼해 버렸다. 해저드라는 이름의 중개인이었다. 가만히 생각해 보면 릴리가 그 녀석 얘기를 몇 번 한 적이 있었지만 나는 그저 엄포려니 여겼다. 그녀는 걸핏하면 협박을 했으니까. 어쨌든 릴리는 그와 결혼했다. 두 번째 결혼이었다. 그리고 나는 프랜시스와 두 딸을 데리고 유럽, 프랑스로 일 년간 떠났다.

어린 시절 나는 프랑스 남부의 알비 근처에서 몇 년 살았는데 그곳에서 내 선친은 연구에 전념했다. 오십 년 전 나는 길 건너편의 어떤 아이를 놀려먹곤 했다. "프랑수아, 프랑수아, 너희 누나는 똥구멍이 막혔대." 나의 아버지는 덩치가 컸으며 건실하고 깔끔한 사람이었다. 아버지의 긴 속옷은 아일랜드 리넨으로 만들었고 모자 상자에는 빨간 벨벳 테두리를 둘렀으며 신발은 영국에서, 장갑은 로마의 비탈레 밀라노에서 주문한 것이었다. 아버지는 바이올린 솜씨가 상당히 좋았다. 어머니는 벽돌로 지어진 알비 성당에서 시를 쓰곤 했다. 어머니는 파리에서 왔다는, 매우 가식적인 여자 이야기를 곧잘 했다. 두 사람이 교회의 좁은 출입구에서 마주쳤을 때 그 여자가 말했다. "제가 좀 지나가셔도 되시겠습니까?" 그래서 우리 어머니가 대꾸했다. "지나가셔도 되시시겠습니다, 부인." 어머니는 모든 사람에게 이 농담을 했고 오랜 세월 가끔씩 속삭이며 웃었다. "되시시겠습니다." 하지만 그 시절은 이제 가버렸다. 문이 닫히고 굳게 봉해져서, 영원히 사라져버렸다.

그러나 프랜시스와 나는 아이들과 함께 알비에 가지 않았다. 아내는 콜레주 드 프랑스에서 수업을 들었다. 온 세상 철학자들이 모두 모인 그곳 말이다. 아파트를 구하기가 어려웠지만 난 어떤 러시아 귀족으로부터 좋은 아파트를 빌렸다. 드 보게는 니콜라스 1세 밑에서 장관을 지낸 자기 할아버지를 들먹였다. 그는 키가 크고 점잖은 사내였다. 드 보게의 아내는 스페인 사람이었고, 역시 스페인 계통이었던 그의 장모 세뇨라 길란데스는 끊임없이 사위를 들볶았다. 녀석은 장모 때문에 고생이었다. 아내와 아이들이 장모와 살 때 그는 하녀가 쓰는 다락방으로 거처를 옮겼다. 나에게는 약 삼백만 달러가 있으니 그를 도울 수도 있었을 것이다. 하지만 이번에는 내 마음이 아까 말했던 요구 사항에 온통 사로잡혔다.—하고 싶다, 하고 싶다, 정말 하고 싶어! 이 가난한 귀족 양반, 위층으로 가시라! 그의 아이들은 병이 들었고 그는 내게 만일 자기 상황이 나아지지 않는다면 창밖으로 몸을 던져 버리겠다고 말했다.

나는 "허튼 짓 마요."라고 대꾸했다.

나는 꺼림칙한 기분으로 그의 아파트에서 살았다. 그의 침대에서 자고 하루 두 번 그의 목욕탕에서 목욕했다. 그러나 그 두 번의 온수 목욕은 침울한 기분에 도움이 되기는커녕 더 악화시킬 뿐이었다. 의료업에 대한 내 꿈을 프랜시스가 비웃은 뒤로 나는 어떤 것도 그녀와 상의하지 않았다. 그저 매일매일 파리 시내를 걸어서 돌아다녔다. 고블랭 공장[8]과 페르 라셰즈 묘지[9]와 생 클루[10]를 거닐었다. 내 인생이 어떨지 염려해 주는 사람은 이제 릴리 해저드가 된 릴리밖에 없었다. 나는 아메리칸 익스프레스[11]를 통해 결혼 날짜가 한참 지난 청첩장에 쓴 짤막한 편지를 받았다. 터질 것처럼 머리가 지끈거렸고 마들렌 근처에서 어슬렁거리는 매춘부들을 기웃거려도 보았지만, 내면에서 반복되는 끔찍한 소리—하고 싶다, 하고 싶어!—는 어떤 아가씨를 들여다보아도 그치지 않았다. 참 많은 얼굴들을 보았다.

'릴리가 올지 몰라.' 하고 생각했다. 과연 그녀가 왔다. 릴리는 이 도시에서 택시를 타고 나를 찾아다니다가 바뱅 역 근처에서 날 발견했다. 그녀는 크고 빛나는 모습으로 택시 안에서 큰 소리로 나를 불렀다. 그녀는 고풍스러운 택시 문을 열고 발을 내디디려 했다. 오호, 그녀는 아름다웠다.—착한 얼굴, 말끔하고 순수한 얼굴, 뜨겁고 하얀 얼굴. 택시 문 밖으로 쭉 뺀 목은 큼직하고 잘생겼다. 그녀의 윗입술이 기뻐서 떨고 있었다. 하지만 홍분한 중에도 그녀는 앞니 문제를 기억해 내고 얼른 앞니를 가렸다. 새로 해 넣은 도자기 이빨 따위에 내가 무슨 신경을 쓴다고! 신이시여, 쉬지 않고 내게 보내주시는 은총에 감사하나이다!

"릴리! 어이, 잘 있었어? 어디서 온 거야?"

나는 말도 못하게 기뻤다. 릴리는 내가 바보 뚱뚱보이기는 하지만 실질적인 가치도 덩치만큼은 된다고 여겼다. 그래서 내가 죽지 말고 살아야 하며(이런 식으로 파리에서 일 년을 더 살았더라면 내 안의 뭔가가 영원히 녹슬어 버렸을 것이다.), 나에게도 좋은 일이 일어날 수 있으리라고 생각했다. 릴리는 나를 사랑했다.

"남편을 어떻게 해버린 거야?" 내가 물었다.

라스파유 대로를 따라 호텔로 돌아오는 길에 그녀가 말했다. "난 아이를 가져야겠다고 생각했어요. 점점 나이를 먹어가니까요." (당시 릴리는 스물일곱 살이었다.) "하지만 결혼하러 가는 길에 내가 실수했다는 걸 깨달았어요. 차가 정지신호를 받아 멈췄을 때 웨딩드레스 차림으로 도망가려고 했지만, 그 남자가 나를 붙들어 잡지 않겠어요? 눈에다가 주먹까지 먹이고요." 릴리가 말을 이었다. "눈가가 시퍼래졌어요. 베일을 쓴 게 다행이었지 뭐예요. 결혼식 내내 울었어요. 엄마도 돌아가셨고요."

"뭐! 그자가 당신 눈을 시퍼렇게 만들었다고?" 난 화가 나서 펄펄 뛰며 말했다. "그 작자를 다시 만나게 되면 갈가리 찢어놓고 말겠어. 참, 어머니 일은 안됐군."

난 그녀의 눈에 입을 맞추었다. 우리는 볼테르 강변에 있는 그녀의 호텔에 도착했고 곧 서로의 품에서 행복에 취했다. 행복한 한 주가 흘러갔다. 우리는 어디든 가리지 않고 다녔고 해저드가 고용한 사설탐정도 우리를 따라다녔다. 그래서 난 자동차를 빌렸고 우리는 대성당이 있는 도시들을 유람했다. 그러자 릴리는 나름의 놀라운 재주로—언제나 놀랍다.—나를 괴롭혔다. "당신은 나 없이 살 수 있는 줄 알지만 천만의 말씀이에요." 릴리의 말이었다. "마찬가지로 나도 당신 없이 살 수 없어요. 슬퍼서 숨도 못 쉬겠는걸요. 어째서 내가 해저드를 떠났을까요? 슬퍼서 그랬어요. 해저드와 키스할 때가 제일 슬펐어요. 너무 외로웠어요. 그리고 그 사람이……."

"이제 그만. 말하지 마." 내가 말했다.

"그 사람한테 눈을 맞았을 때가 차라리 좋았어요. 거기엔 그래도 진실이 있었으니까. 그때만 해도 이렇게 숨이 막히지는 않았거든요."

나는 술을 전보다 더 많이 마셔댔고 그 바람에 아미앵 성당과 샤르트르 성당, 베즐래 성당 등 훌륭한 성당에 들어갈 때는 늘 취해 있었다. 릴리가 운전해야 할 때가 잦아졌다. 자동차는 조그마한 202 컨버터블이어서 몸집이 큰 두 사람이 앉으면 좌석이 차고도 넘쳤다. 한 사람은 희고 한 사람은 검고, 한 사람은 미인이고 한 사람은 술꾼이었다. 나 때문에 릴리가 미국에서 그 먼 길을 온 것이지만 나는 그녀가 임무를 완수하는 꼴을 두고 볼 수가 없었다. 이렇게 해서 우리는 벨기에까지 갔다가 다시 되짚어 마시프[12]로 왔다. 혹 프랑스를 아주 좋아한다면 더할 나위 없이 좋은 여행이었겠지만 난 그렇지가 않았다. 처음부터 끝까지 릴리의 화제는 오로지 하나, 즉 도덕이었다. 사람은 이게 아니라 저걸 위해, 악이 아닌 선을 위해, 죽음이 아닌 삶을 위해, 환상이 아니라 현실을 위해 살아야 한다는 식이었다. 릴리는 명료하게 말하는 법이 없다. 아무래도 그녀는 숙녀는 조심조심 말하는 법이라고 기숙학교에서 배운 것 같다. 그 결과 릴리는 우물거리며 말하고 나는 그걸 알아듣는 데 애를 먹는다. 게다가 바람과 타이어와 꼬마 엔진까지 소음을 보탰다. 그런데도 여전히 그 순수하고 하얀 얼굴에 짜릿한 기쁨이 어려 있는 걸 보면 그녀의 이야기는 아직 끝나지 않은 게 분명했다. 릴리는 빛나는 얼굴과 기쁨에 찬 눈으로 나를 못살게 굴었다. 난 그녀가 무척 게으르고 심지어 더럽기까지 하다는 걸 알았다. 그녀는 술 취한 내가 시킬 때까지 자기 속옷도 안 빨고 내버려 두었다. 그건 그녀가 지독한 도덕가요, 사상가이기 때문인지도 몰랐다. 내가 "당신 옷 좀 빨아."라고 말하면 그녀는 나와 입씨름을 시작할 수 있었으니까 말이다. "내 농장의 돼지들도 당신보다는 깨끗하겠다." 이렇게 내가 말하면 그길로 논쟁이 이어졌다. "사람 혼자서는 질소순환을 할 수가 없어."라고 말하면 그녀는 그래요, 하지만 사랑은 질소순환을 하고도 남는다는 사실을 모르느냐고 대꾸했다. 난 빽 소리를 질렀다. "닥쳐." 이 말에도 그녀는 화내지 않았다. 날 딱하게 여겼다.

여행이 계속되면서 나는 이중의 포로가 되었다.—하나는 종교와 교회가 지닌 아름다움의 포로로, 그걸 못 알아볼 정도로 술에 취해 버리기란 어려웠다. 다른 하나는 릴리의 포로, 그러니까 뜨거운 열정과 웅얼거림과 포옹의 포로였다. 그녀는 한 번 말하면 백 번은 반복했다. "나랑 같이 미국에 돌아가요. 나는 당신을 데려가려고 왔어요."

"안 돼." 마침내 내가 단언을 했다. "당신한테 조금이라도 가슴이란 게 있다면 이렇게 날 괴롭히지 않을 거야, 릴리. 우라질 것, 내가 상이기장[13]을 받은 퇴역 군인이라는 걸 잊지 마. 난 나라를 위해 일했고 쉰도 넘었어. 그리고 내 코가 석 자라고."

"그럴수록 당신은 지금 뭔가를 해야 해요." 그녀가 말했다.

마침내 나는 샤르트르 성당에서 그녀에게 이렇게 말했다. "당신이 그만두지 않으면 내 머리통을 날려 버리겠어."
　그녀의 아버지가 했던 일을 아는지라 이건 잔인한 말이었다. 술에 취했어도 나는 나 자신이 잔인해지는 걸 견딜 수가 없었다. 그 노인네는 부부 싸움 끝에 총으로 자살했다. 그는 매력적이고 유약하고 상처받기 쉬운, 상냥하고 감상적인 사내였다. 위스키에 취해 집에 돌아오면 그는 릴리와 요리사를 위해 흘러간 노래들을 불러주곤 했다. 또 우스갯소리를 하고 탭댄스를 추었으며, 뻔하고 시시한 희가극을 부엌에서 공연하면서 목멘 소리로 농담을 주워섬겼다. 자기 자식 앞에서 하기에는 추잡한 짓이었다. 릴리가 어찌나 상세히 말해 주었는지 그녀의 아버지 모습이 너무도 생생해서 나까지도 그 늙은이를 사랑하고 증오하게 되었다. "이봐, 당신은 다 늙은 나막신 춤꾼에다가 무정한 애인이고 보잘것없는 익살꾼이야.─진부한 인간이란 말이야!" 이렇게 나는 그의 유령을 향해 말했다. "당신 딸한테 몹쓸 짓을 해놓고 내 손에 넘겨서 뭘 어쩔 셈이야?" 샤르트르 성당 안에서, 그 성스러운 아름다움 속에서 자살하겠다고 협박했을 때 릴리는 움찔했다. 열에 들뜬 얼굴이 진주처럼 차분해졌다. 그녀는 말없이 나를 용서했다.
　"당신이 나를 용서하든 말든 나한테는 똑같아." 내가 그녀에게 말했다.
　우리는 베즐래 성당에서 끝을 냈다. 처음 거기 갈 때부터 좀 이상했다. 아침에 나와 보니 202 컨버터블의 타이어에 구멍이 난 것이었다. 화창한 6월이었기 때문에 전날 밤 차고에 넣지 않았는데 내 생각에는 그 탓에 공기가 빠진 것 같았다. 나는 호텔에 책임을 물었고 사무실 사람들이 철로 만든 셔터를 내릴 때까지 서서 소리 질렀다. 나는 분노의 힘으로 지렛대도 없이 그 꼬마 자동차를 들어 올려 차축 아래에 바위를 받쳐놓은 뒤, 재빨리 타이어를 교체했다. 호텔 지배인과 싸우고 난 뒤(우리는 둘 다 "타이어, 타이어." 하며 떠들어댔다.) 나는 한결 개운해진 마음으로 릴리와 함께 걸어서 성당에 갔다. 그다음에는 종이 깔때기에 딸기 1킬로그램을 사 담아 들고 일광욕을 하기 위해 성벽 위로 올라갔다. 라임 나무에서는 노란 먼지가 뚝뚝 떨어져 내렸고 사과나무 둥치에서는 들장미가 자라났다. 빛바랜 빨강, 질릴 정도의 빨강, 들장미는 타는 듯이 아프고 분노같이 가혹하고 마약처럼 달콤했다. 릴리는 어깨에 햇볕을 쬐려고 블라우스를 벗었다. 잠시 후에는 속치마도 벗었고 급기야는 브래지어까지 벗은 뒤 내 무릎을 베고 누웠다. 나는 어쩔 줄 몰라 하며 그녀에게 말했다. "내 마음을 어떻게 알았어?" 그러고는 나무 둥치마다 구멍을 뚫어 휘감고 자라나 불꽃처럼 타오르는 장미의 영향을 받아 한층 더 상냥하게 말했다. "이 아름다운 교회 마당을 그냥 구경만 할 수는 없겠어?"

"여긴 교회 마당이 아니라 과수원이에요." 그녀의 대답이었다.

"당신은 바로 어제 생리를 시작했잖아. 그래, 이제 뭐 할 거야?"

그녀는 내가 한 번도 자기 말을 들어주지 않은 적이 없다고 말했다. 그건 사실이었다. "하지만 지금은 안 돼."라고 내가 말했고 우리는 싸우기 시작했다. 싸움이 격해진 나머지 난 그녀에게 다음 기차를 타고 혼자 파리로 돌아가라고 퍼부었다.

릴리는 말이 없었다. 나는 내가 이긴 줄 알았다. 하지만 아니었다. 그건 단지 내가 그녀를 얼마나 사랑하는지를 입증할 뿐인 듯했다. 미칠 것 같던 그녀의 표정이 강렬한 사랑과 기쁨으로 희미해졌다.

"넌 절대 나를 못 죽여. 내가 너무 질기거든!" 나는 그녀에게 악을 썼다. 그러고 나서 마음속의 온갖 참을 수 없는 사연들을 떠올리며 울기 시작했다. 나는 소리 내 흐느꼈다.

"저기 타, 이 미친년아." 내가 울면서 말했다. 그러고는 컨버터블의 지붕을 닫았다. 꼬마 자동차에는 튀어나온 막대들이 있어서 그걸로 지붕 천을 접을 수 있었다.

릴리는 숨도 못 쉬고 하얗게 겁에 질렸지만 그 망할 놈의 기세는 아직도 살아서, 운전대에 앉아 울먹이는 나에게 자부심과 강인함이 어떻다느니 영혼과 사랑이니 하는 따위에 대해 웅얼거렸다.

내가 그녀에게 말했다. "나가 죽어, 이 꼴통아!"

"당신 없이는 난 꼴통이 틀림없어요. 정신이 나간 것처럼 아무것도 모르겠거든요." 그녀의 말이었다. "하지만 당신하고 같이 있으면 알 수 있어요."

"개뿔, 알기도 하겠다. 어째 난 하나도 모르겠는걸! 나까지 물귀신으로 만들지 마. 당신은 나를 갈기갈기 찢고 있어."

나는 계속 흐느끼면서 빨지 않은 옷가지들이 담긴 그녀의 바보 같은 옷가방을 플랫폼에 내동댕이치고 돌아섰다. 그 역은 베즐래 성당으로부터 20킬로미터쯤 떨어진 곳에 있었고 난 프랑스 남부를 향해 출발했다. 그러고는 바뉼이라고 불리는 베르밀리옹 해안가로 차를 몰았다. 바뉼에는 해양연구소가 있었다. 난 그곳 수족관에서 이상한 경험을 했다. 황혼이 저물어갈 무렵, 나는 문어를 들여다보고 있었다. 녀석도 나를 쳐다보느라 그랬는지 말랑한 머리를 유리에 납작 댔는데, 돌연 문어의 살갗이 창백하고 오톨도톨해지더니—마침내 허연 점박이가 되었다. 문어의 두 눈이 차갑게 말을 걸어왔다. 하지만 훨씬 더 차갑고 훨씬 더 많이 말한 것은 얼룩덜룩하고 부드러운 문어의 머리였다. 얼룩덜룩한 점들은 브라운운동을 했고 그 우주적인 냉기 속에서 나는 죽어가는 기분이 들었다. 문어가 촉수를 바르르 떨며 유리를 짚고 움직이자 뽀글뽀글 거품이 일었고 나는 '오늘이 내 생애 마지막 날이야. 죽음이 내게 전갈을 보내는군.'이라고 생각했다.

내가 릴리에게 자살 협박을 너무 많이 했나 보다.

3

 이제 아프리카에 가게 된 이유에 대해 간단히 말해야겠다.
 전쟁에서 돌아왔을 때 나는 돼지를 칠 생각이었고 그걸 보면 대강의 내 인생관을 알 수 있을 것이다.
 몬테카지노는 폭격을 맞지 말았어야 했다. 어떤 사람들은 그걸 장군들이 멍청해서 벌어진 일이라고 탓하기도 한다. 하지만 그토록 많은 텍사스 사람들이 싹쓸이되고 나의 동료들도 잇따라 일망타진된 그 처참한 살육에서 애초의 전우 가운데 살아남은 사람은 니키 골드스타인과 나뿐이었다. 동료 가운데 몸집이 제일 큰 우리가 가장 손쉬운 표적이었을 것을 생각하면 이상한 일이었다. 나중에는 나도 지뢰가 터져 다쳤다. 하지만 그때 골드스타인과 나는 올리브 나무 아래에 누워 있었고—나무옹이 몇 개가 만든, 레이스처럼 촘촘한 틈 사이로 빛이 들어왔다.—난 그에게 전쟁이 끝나면 무얼 할 계획이냐고 물었다. 그는 "글쎄, 나하고 남동생은 몸 성히 살아만 간다면 캣스킬 산맥에서 밍크 농장을 하려고 해." 그러자 내가, 아니 내 안에 있는 악마가 날 대신해서 말했다. "난 돼지를 키울 거야." 이 말을 마친 후에 나는 만일 골드스타인이 유대인이 아니었다면 내가 돼지 대신 소라고 말했으리라는 사실을 깨달았다. 하지만 한번 뱉은 말을 주워 담기에는 이미 늦었다. 그리하여 골드스타인과 그의 남동생은 계획대로 밍크 사업을 했겠지만 나는 다른 걸 키우게 되었다. 나는 오래되고 훌륭한 농장 건물과—그때는 부잣집 말들이 오페라 가수 대접을 받던 시절이라—벽판을 댄 마구간이 딸린 차고, 낡았지만 깔끔하고 건초 더미 위에 전망대를 세운 헛간까지 모조리 사들였다. 아름다운 건축 양식으로 지어진 곳이었지만 나는 거기에 돼지들로 채웠다. 잔디에도 꽃밭에도 돼지우리가 늘어선 돼지 왕국이었다. 온실 역시 마찬가지였다. 난 돼지들이 오래 묵은 알뿌리식물을 파헤치도록 내버려 두었다. 피렌체와 잘츠부르크산(産) 조각상들이 뒤집어졌다. 온 동네가 음식 찌꺼기와 꿀꿀이죽, 분뇨와 돼지 냄새로 진동했다. 화가 난 이웃들이 검역관을 보냈지만 나는 법대로 하자고 그에게 대들었다. "헨더슨 집안은 이백 년도 넘게 이 땅에서 살아왔소." 나는 불럭 박사라는 남자에게 말했다.

당시 아내였던 프랜시스는 "진입로에 있는 저것들 좀 치워요."라는 말밖에 하지 않았다.

나는 아내에게 말했다. "뭐 하나 털끝만 건드렸다간 봐. 돼지들은 내 몸의 일부야." 불럭 박사에게는 이렇게 말했다. "저 민간인들하고 군대 신검 불합격자들이 당신을 여기 보냈군. 그 너절한 놈들이 말이야. 자기들은 돼지고기도 안 먹는대?"

뉴저지에서 뉴욕으로 가는 길에, 독일의 블랙 포리스트 마을을 옮겨 온 것 같은 박공지붕 축사와 활주로 같은 직선 도로를 본 적이 있는지? (기차를 타고 허드슨 강 아래 터널로 들어가기 전에) 가축 냄새를 맡아본 적은? 이곳은 돼지를 살찌우는 사업장이다. 아이오와와 네브래스카에서부터 먼 길을 온, 야위어서 뼈만 남은 돼지들이 여기에서 배를 불린다. 아무튼 나는 돼지 치는 사람이다. 그래서 선지자 다니엘이 네부카드네자르 왕[14]에게 경고한 대로 "사람에게 쫓겨나 들짐승과 함께 거하리라."[15] 암퇘지들은 인(燐)이 모자라면 제 새끼를 잡아먹는다. 암퇘지들은 여자들처럼 갑상샘종에 걸린다. 그러고 보니 이 영악하고 재수 없는 짐승을 꽤 많이 연구했다. 돼지 치는 사람은 돼지가 얼마나 영리한지를 안다. 그것들이 얼마나 지능적인가를 알고 나는 일종의 정신적 충격을 받았다. 프랜시스에게 거짓말을 한 건 아니다. 정말로 돼지들은 내 일부였다. 그런데도 이상하게 나는 돼지에 흥미를 잃고 말았다.

그러고 보니 아프리카 얘기는 한마디도 하지 않았군. 다른 데서 이야기를 시작하는 게 낫겠다.

아버지 얘기부터 해볼까? 우리 아버지는 유명한 사람이었다. 수염을 기르고 바이올린을 연주하고 또……

아니다, 이건 아니다.

그렇다면 이렇게 말해 보자. 나의 선조는 인디언에게서 빼앗고 정부를 상대로 받아내고 다른 정착민들을 속여 땅을 차지했다. 그렇게 해서 나는 이 거대한 장원의 상속자가 되었던 것이다.

아니야, 이 얘기도 안 되겠다. 그게 이 일과 무슨 상관이란 말인가?

그렇더라도 역시 해명은 꼭 해야겠다. 어떤 지극히 중요한 사안이 생생한 증거와 함께 떠올라서 그걸 털어놓지 않고는 내가 견딜 수 없기 때문이다. 그런데 그 일은 꿈속에서처럼 아련해서 말하기가 쉽지 않다.

어쨌든 전쟁이 끝나고 팔 년쯤 지났을 때였다. 나는 프랜시스와 이혼하고 릴리와 결혼했으며 무언가 해야겠다고 생각하던 참에, 우연히도 찰리 앨버트라는 친구와 아프리카로 가게 되었다. 그 역시 백만장자이다.

내 기질은 늘 민간인보다 군인에 가까웠다. 군대에 있을 때 일인데, 한번은 이 때문에 몸이 근실거려서 가루약을 얻으러 간 적이 있다. 하지만 내가 증세를 보고하자 위생병 넷이서 나를 붙드는 것이었다. 네거리 한복판이었다. 그들은 나를 벌거벗기고 비누로 문질러 거품을 내더니 몸에 있는 털을 몽땅 밀었다. 뒤쪽과 앞쪽, 겨드랑이 털, 음모, 수염, 눈썹에 이르기까지 털이란 털은 모조리 다. 살레르노의 부두 바로 옆에서 벌어진 일이었다. 군인을 실은 트럭들이 무시로 지나고 어부, 민간인, 아이, 아가씨와 아줌마 들이 쳐다보고 있었다. 병사들이 낄낄대며 웃음을 터뜨렸고 민간인들도 큰 소리로 전 해안이 떠나가라 웃어댔다. 그 네 명의 위생병을 모두 죽이려고 들던 나마저도 웃었다. 병사들은 멀찍이 달아났고 나는 털 한 오라기 없이 오들오들 떨면서 벌거벗겨진 추한 모습으로 있었다. 다리 사이와 겨드랑이가 따끔거려서 화를 냈다가 다시 큰 소리로 웃었다가 하면서 복수를 맹세했다. 이 일은 남자로서 절대 잊을 수 없을뿐더러 언제까지나 가슴에 깊이 새겨야 한다. 그 아름답던 하늘, 그 미칠 것 같은 가려움과 면도칼이란. 인류의 요람이라는 지중해에서. 비할 나위 없이 부드러운 바람이 불고 물결도 살랑살랑 잔잔하던 그곳에서. 율리시스의 넋이 나갔던 곳, 세이렌이 노래할 때 그 역시 알몸이었다.

내친김에 말하자면, 이는 갈라진 피부 틈으로 숨어들어 갔다. 나는 나중에서야 그 약아빠진 동물을 다루는 법을 알게 되었다.

전쟁은 내게 많은 의미가 있었다. 지뢰를 밟아서 부상을 당했고 상이기장을 수여받았으며 나폴리에서 꽤 오랫동안 병원 신세를 졌다. 나는 목숨을 건졌다는 사실이 진심으로 고마웠다. 그 모든 경험은 내 가슴에 호방하고 진실한 정서를 길러주었다. 그 정서야말로 내가 늘 필요로 하는 것이다.

지난겨울에는 지하실 문 옆에서 땔감으로 쓸 장작—나무 치료 전문가가 내게 솔가지를 좀 남겨줬더랬다.—을 패다가 튀어오른 나무토막에 코를 맞았다. 너무 추워서 외투에 묻은 피를 볼 때까지도 무슨 일이 벌어졌는지 몰랐다. 릴리가 소리를 질렀다. "당신 코가 부러졌어요." 아니, 부러진 건 아니었다. 나는 코에도 살이 아주 많았으니까. 하지만 한동안은 코에 멍을 달고 살아야 했다. 그런데 나무토막이 코를 때리던 순간 내 머릿속에는 오로지 진리라는 생각밖에 없었다. 진리란 한 대 맞을 때 깨닫게 되는 걸까? 그런 일이 있다면 그건 군인다운 발상이다. 나는 릴리에게 이런 이야기를 하려고 했다. 그녀도 역시 두 번째 남편 해저드에게 눈을 맞았을 때 진실의 힘을 느꼈을 테니까.

흠, 난 언제나 이 모양이다. 억세고 튼튼하고, 거칠고 공격적이고. 어렸을 때는 그야말로 골목대장감이었다. 대학교 때는 싸움을 걸고 싶어서 금귀고리를 하고 다녔고 아버지에게 효도한답시고 석사과정을 밟을 때는 늘 일자무식 놈팡이처럼 행동했다. 프랜시스와 약혼했을 때는 코니아일랜드로 가서 그녀의 이름을 갈비뼈 자리에 자줏빛으로 새겼다. 그렇다고 해서 프랜시스가 감동한 건 아니다. 전승 기념일을 지나 유럽에서 돌아왔을 때 나는 이미 마흔여섯인가 마흔일곱이었고, 돼지치기를 업으로 삼고 있었다. 그 후 의학에 관심이 생겼다는 사실을 프랜시스에게 털어놓자 그녀는 나를 비웃었다. 프랜시스는 내가 열여덟 살 때 윌프레드 그렌펠[16]에게 빠졌던 것과 나중에는 알베르트 슈바이처에게 열광했던 사실을 기억해 냈다.

  만일 당신이 나 같은 기질의 소유자라면 어떻게 하겠는가? 언젠가 수도 중이던 도사가 이런 말을 해준 적이 있다. 만일 나의 분노를 생명이 없는 것들에게 퍼붓는다면, 그것은 마땅히 문명인답게 생명을 아끼는 일이 될 뿐 아니라 내 마음속의 쓰레기도 치우는 일이라고. 듣고 보니 상당히 그럴듯해서 나는 그렇게 하려고 했다. 있는 힘껏 장작을 패고 보이는 대로 무거운 물건을 날랐고, 흙을 갈아엎거나 시멘트 벽돌을 쌓고 콘크리트를 쏟아붓고 돼지죽을 끓였다. 내 농장에서 죄수처럼 허리까지 벗어젖히고 대형 해머로 돌을 부수기도 했다. 이런 일들이 물론 어느 정도 도움은 됐지만 충분하지는 않았다. 무례함은 무례함을 낳고, 폭력은 폭력을 부른다. 적어도 내 경우는 그랬다. 낳기만 한 것이 아니라 크게 키우기까지 했다. 화는 내면 낼수록 더 많이 났다. 하지만 그래서 어쩌란 말인가? 나에게는 삼백만 달러가 넘는 돈이 있다. 세금 떼고 이혼 수당과 각종 경비를 제하고도 십일만 달러쯤 되는 확실한 소득도 있다. 그렇지만 그게 다 무슨 소용이겠는가, 나 같은 군인 성격에! 세금만 놓고 보자면 돼지도 이익이 되었다. 나는 돈을 잃고 싶어도 잃을 수가 없었다. 심지어 돼지는 잡아서 먹을 수도 있었다. 돼지는 햄과 장갑, 젤라틴과 비료가 되었다. 나는 무얼 했지? 생각해 보니 난 일종의 기념비가 된 것 같다. 나 같은 사람은 기념비나 되어야 할 것 같다. 때 빼고 광내서 값비싼 옷을 입힌 기념비 말이다. 지붕 아래는 단열재, 창문에는 강화유리, 바닥에는 카펫, 카펫 위에는 가구, 가구에는 덮개, 덮개 위에는 비닐 덮개, 벽지와 천 장식까지! 어딜 봐도 잘 치워지고 정돈되어 있다. 그런데 그 한가운데 있는 건? 누가 거기 앉아 있지? 사람이다! 바로 인간이란 말이다!

그러나 좋은 시절은 지나가기 마련이어서 언젠가는 눈물과 광기의 날이 온다.

앞서 나는 내 마음속에서 난 하고 싶다, 하고 싶어, 하고 싶다고! 하고 떠드는 누군가의 목소리가 날 방해한다고 말했다. 오후만 되면 어김없이 그 소리가 들려왔고 무시하려 하면 할수록 더욱 커졌다. 목소리는 오직 한마디만 말했다. 하고 싶다, 하고 싶다고!

그래서 나는 이렇게 물었다. "뭐가 하고 싶은데?"

하지만 목소리가 할 줄 아는 말은 그것밖에 없었는지 나는 하고 싶다, 하고 싶다, 하고 싶다! 말고는 어떤 말도 하지 않았다.

가끔 나는 가슴속의 목소리를, 동요를 불러주거나 사탕을 쥐여 줘야 할 아픈 아이처럼 다루곤 했다. 걸어도 보았고 뛰어도 보았다. 노래를 부르거나 책을 읽어주기도 했다. 그러나 아무 소용없었다. 작업복으로 갈아입고 사다리에 올라가 천장의 갈라진 틈을 메우기도 했다. 장작을 패고, 나가서 트랙터를 몰고, 헛간의 돼지들 틈에서 일하기도 했다. 하지만 소용없었다! 싸워도 보고 술에도 취해 보고 일도 해보았지만 목소리는 시골에서나 도시에서나 가리지 않고 말했다. 아무리 비싼 물건을 사도 수그러들 기미가 없어서 난 이렇게 대꾸하곤 했다. "이것 봐, 말 좀 해 봐, 불만이 뭐야? 릴리 때문이야? 지저분한 매춘부라도 원하는 거야? 그런 욕정 때문이냐고?" 하나 이 또한 다른 것보다 나을 것이 없었다. 요구하는 목소리는 더 커졌다. 하고 싶다, 하고 싶다, 하고 싶어! 결국 나는 울면서 애걸하기에 이르렀다. "야, 제발 속 좀 털어놔 봐. 원하는 걸 말해 보라고!" 마침내 나는 이렇게 말했다. "그래, 좋아. 조만간 결판을 내자, 이 멍청아. 기다려!"

내가 그렇게 행동할 수밖에 없었던 것은 바로 그 때문이었다. 오후 3시 무렵에는 자포자기했다. 목소리는 해가 질 때쯤이 되어서야 겨우 잦아들었다. 그래서 5시만 되면 목소리가 저절로 그치는 것이 내 직업 때문은 아닐까 하고 생각할 때도 있었다. 미국이란 나라는 너무 커서 모든 사람이 일하고 만들고 땅을 파고 불도저로 땅을 고르고 트럭으로 실어 나른다. 그러니 고통의 이유도 그만큼 다양할 것이다. 모두들 마음을 위로받고 싶어 한다. 나는 생각해 낼 수 있는 온갖 방법을 다 동원해 보았다. 물론 광기의 시대에 제정신이기를 기대하는 것이야말로 일종의 광기다. 그러니 제정신을 추구하는 것 역시 광기의 하나랄 수 있다.

여러 처방 중에서 난 바이올린을 선택했다. 하루는 창고를 들쑤시다가 먼지투성이 상자가 보여서 열어봤더니 그 작은 석관 안에 아버지가 연주하시던 악기가 들어 있었다. 얇게 말린 목, 잘록한 허리, 다듬지 않아 온통 헝클어진 활의 머리채. 나는 활의 나사를 조인 후 현에 대고 문질렀다. 거친 비명이 터져 나왔다. 마치 오래 돌보지 않았던, 감정이 있는 생명체 같았다. 그때 머릿속에 아버지가 떠올랐다. 살아 계신다면 화를 내며 아니라고 할지 모르지만, 우리는 많이 닮았다. 아버지도 조용한 생활에 안주하지 못했다. 때때로 아버지는 어머니에게 아주 모질게 굴었다. 한번은 어머니가 말실수를 한 적이 있는데, 그 때문에 어머니는 아버지 방문 앞에서 잠옷 바람으로 두 주 동안이나 엎드려 빌어야 했다. 아마 릴리가 전화기에 대고 내가 죽지도 않는다고 말한 것 같은 실수였을 것이다. 아버지는 매우 강한 사람이었지만 힘이 약해지면서, 특히 딕 형이 죽은(내가 상속자가 될 수 있었던 이유이기도 하다.) 다음부터는 혼자 틀어박혀 깽깽이에 매달리는 시간이 점점 많아졌다. 바이올린을 보니 아버지의 굽은 등과, 납작하고도 이상해 보인다고 할 수 있는 엉덩이의 모양새, 그리고 아버지의 영혼이 뿜어내는 것 같은—늙은 탓에 피가 잘 안 돌아 허옇게 세어버린—수염이 떠올랐다. 한때 힘차게 굽이치던 구레나룻은 그가 쇄골 위에 악기를 얹는 순간 뒤로 밀려났다. 왼쪽 눈이 지판을 따라 훑고 그 크고 공허한 팔꿈치가 움직일 때마다 바이올린은 바르르 떨면서 울었다.

바로 그 순간 나는 결심했다. '나도 해봐야겠어.' 나는 상자 뚜껑을 쾅 닫고 걸쇠를 채운 다음 그길로 뉴욕 57번가에 있는 악기점에 수리를 맡겼다. 수리를 마치자마자 나는 바비존 플라자 근처에 사는 하포니라는 늙은 헝가리 녀석에게 개인 지도를 받았다.

이때는 이혼하고 시골에서 혼자 지낼 때였다. 길 건너의 미스 레녹스라는 할머니가 와서 아침을 차려주었다. 필요한 건 그것뿐이었다. 프랜시스는 유럽에서 돌아오지 않았다. 그러던 어느 날 겨드랑이에 상자를 끼고 레슨을 받으러 57번가를 뛰어가다가 릴리를 만났다. "이런!"이라고밖에 말하지 못했다. 그때 그녀를 파리행 기차에 실어 보낸 뒤로 못 보았으니 일 년 넘도록 못 만난 것이었다. 하지만 우리는 곧 이전처럼 친밀한 사이가 되었다. 커다랗고 순수한 그녀의 얼굴도 예전과 다름없었다. 뭐, 똑같을 리야 없겠지만 그녀는 여전히 아름다웠다. 변한 거라곤 머리에 염색을 했다는 것 정도였다. 그녀의 머리는 지나치게 밝은 오렌지색이었으며 이마에서부터 커튼처럼 반으로 갈라져 있었다. 취향이 세련되지 못하다는 건 때때로 이런 덩치 큰 미녀들에게는 저주와 같다. 더욱이 릴리는 마스카라로 무슨 짓을 했는지 눈의 길이가 확연히 달랐다. 이런 사람이 '예전과 조금도 다름없는 태도로 나온다'면 상대방은 어떻게 해야 할까? 또, 거의 180센티미터에 이르는 이 장신의 여인이 그 언젠가 침대 객차에 씌웠던 것 같은 녹색 벨벳 정장 차림에 하이힐을 신고 튼실한 다리와 거대한 무릎을 떨면서 몸을 흔든다면, 그렇게 단번에 57번가의 모든 행동 규범을 내동댕이친다면, 금방이라도 "유진! 당신 없는 내 인생은 앙꼬 없는 찐빵이에요!"라고 소리 지르며 벨벳 정장과 모자와 블라우스와 스타킹과 거들을 벗어 던질 기세라면 당신은 어떤 생각이 들겠는가?

그렇지만 실제로 그녀가 처음 꺼낸 말은 "나 약혼했어요." 였다.

"뭐라고, 또?"

"그게, 당신 충고를 받아들였거든요. 우리는 친구죠. 당신은 최고의 친구예요. 누가 뭐래도 우리는 서로의 유일한 친구인 것 같아요. 그런데 음악 공부하세요?"

"흠, 음악이 아니면 갱단에 들어갔게." 내가 받아넘겼다. "이런 상자에 들어가는 건 바이올린 아니면 소형 기관총 정도잖아." 지금 생각하면 나는 그때 당황했던 것 같다. 그러자 릴리가 웅얼대면서 새 약혼자에 대해 떠들기 시작했다. "그렇게 좀 말하지 마." 내가 말했다. "도대체 왜 그렇게 말하는 거야? 코 좀 풀어. 어쩌자고 나한테 콧소리를 내고 야단이야, 그렇게 간드러지게? 그런 코맹맹이 소리는 다른 사람들을 꼬드겨서 이용할 때나 내는 거야. 알잖아, 내가 가는귀 먹은 거." 나는 말을 이었다. "좀 크게 말해. 그렇게 내숭 떨지 말고. 자, 말해 봐. 약혼자가 초트인가 세인트폴을 나왔다고? 전남편은 루스벨트 대통령이 다녔던 예비학교 출신이잖아.—거 뭐라더라."

그제야 릴리는 좀 더 명확하게 말했다. "엄마가 돌아가셨어요."

"돌아가셨다고?" 내가 답했다. "어, 그거 정말 안됐군. 그런데 잠깐, 전에 프랑스에서도 그 얘기 하지 않았어?"

"그랬죠." 릴리가 대답했다.

"그럼 언제 돌아가신 건데?"
"딱 두 달 전에요. 전에 말한 건 사실이 아니었어요."
"그런데 그때 왜 그렇게 말했어? 젠장. 그럼 되겠어? 어머니를 두고 장례식 장난 하는 거야? 나한테 거짓말을 하다니."
"아, 제가 너무 나빴지요, 유진. 나쁜 뜻으로 그런 건 아니에요. 하지만 이번엔 진짜예요." 릴리의 눈에 따스한 눈물이 비쳤다. "엄마는 돌아가셨어요. 엄마의 유언대로 조지 호수 위에 뼛가루를 뿌리느라 비행기를 빌려야 했다고요."
"정말? 저런, 안됐군." 내가 말했다.
"난 엄마랑 너무 많이 싸웠어요." 릴리가 입을 열었다. "당신을 집에 데려갔던 그때처럼요. 하지만 엄마는 싸움꾼이었고, 나도 그런걸요. 내 약혼자에 대해선 당신 말이 맞아요. 그로턴을 나왔거든요."
"하하, 내가 맞혔군."
"좋은 남자예요. 당신이 생각하는 그런 사람이 아니고요. 예의가 바르고 자기 부모를 모시고 살아요. 하지만 그 사람 없이 내가 살 수 있을까 하고 나 자신에게 물어보면 대답은 예스예요. 이제 난 혼자 사는 법을 배우려고 해요. 어쨌거나 살아야 하니까요. 그리고 뭐, 여자라고 꼭 결혼해야 하는 것도 아니고, 외로운 사람들에게는 완벽할 정도로 훌륭한 이유가 많이 있답니다."
여러분도 알다시피 동정심이란 아무짝에도 쓸모가 없다. 나도 가끔 그걸 느낀다. 길게 봐주다간 낭패만 당할 뿐이다. 난 릴리 때문에 마음이 아팠는데 그녀는 날 구워삶으려 했다.
"알았어, 그래. 지금은 뭘 하는데?"
"댄버리의 집을 팔아서 아파트에서 살고 있어요. 참, 당신한테 주고 싶은 게 하나 있어서 당신 앞으로 보냈어요."

"난 아무것도 필요 없는데."

"바닥 깔개예요." 그녀가 답했다. "아직 못 받았어요?"

"개뿔, 예수가 그려진 깔개로 내가 뭘 하게! 당신이 쓰던 거야?"

"아뇨."

"거짓말. 당신 방에 깔던 거잖아."

그녀는 아니라고 했다. 농장에 배달원이 도착했을 때 나는 그 깔개를 받고 말았다. 그래야 할 것 같았다. 그건 조금 으스스해 보이고 빛바랜 바그다드 겨자색 깔개였는데, 오래된 탓에 실밥이 터져서 온통 파르스름한 보풀투성이였다. 너무 추레해서 나는 웃을 수밖에 없었다. 이가 기어 다닐 듯한 깔개라니! 몸이 다 근질거렸다. 그래서 난 그걸 지하실의 바이올린 연습실 바닥에 깔았다. 습기 때문에 바닥 콘크리트를 충분히 두껍게 바르지 못했던 것이다. 어쨌든 이 깔개 덕분에 음향은 개선되겠지 싶었다.

그러니까 한마디로 그 뚱보 헝가리인 하포니에게 레슨 받으러 시내에 갔다가 릴리를 만나게 되었다는 말이다. 우리는 십팔 개월쯤 사귀다가 결혼했고 아이들이 태어났다. 바이올린에 대해 말하자면 나는 하이페츠[17]는 아니었지만 꾸준히 배우긴 했다. 얼마 안 가서 매일같이 들리던 목소리가 다시 시작되었다. 하고 싶다, 하고 싶어. 릴리와의 결혼 생활이 마냥 좋기만 한 것은 아니었지만, 나는 릴리가 기대 이상으로 행복해했음을 확신한다. 맨 먼저 그녀는 안주인으로서 온 집 안을 둘러본 다음 자기 초상화를 그려 나머지 가족들의 초상화 옆에 걸게 했다. 그녀는 이 초상화 작업을 매우 중요하게 여겼고, 이 일은 내가 아프리카로 떠나기 육 개월 전까지 계속되었다.

그러면 릴리와 결혼해서 살던 시기의 어느 전형적인 아침을 들여다보자. 내면이 아니라 외면을 보는 거다. 내면은 고약하니까. 해가 소나무를 비추고 찬 공기가 상큼하게 폐를 찌르는 초가을의 부드러운 아침나절이라 하자. 내 땅에서 자라는 커다란 소나무와 나무 그늘 아래 어쩐 일인지 돼지들이 달려들지 않은 덕에 빨갛게 꽃을 피운 구근베고니아가 보인다. 깨진 돌에는 "가거라, 행복한 장미여……."라는 우리 어머니 말씀이 새겨져 있다. 보이는 건 거기까지지만 뾰족한 바위 아래를 들추면 틀림없이 더 많은 구절들이 있을 게다. 태양은 거대한 굴림대 같아서 풀밭을 납작하게 만든다. 잔디 아래 흙 속에는 시체들이 가득할 테지. 또 그 시체들이 부식토가 되어 잔디를 번성케 한 덕분에 오늘날에도 잔디는 여전히 비옥하다. 나무 아래 녹색 그늘에서는 찬란한 꽃들이 바람 따라 움직인다. 프랜시스가 이혼이란 말을 입 밖에 내던 날 리볼리 가[18]에서 산 붉은 벨벳 가운을 입고 꽃밭 한가운데에 자리한 나의 자유로운 영혼을 꽃들이 스치고 지나간다. 거기서 나는 말썽거리를 찾아 헤맨다. 진홍색 베고니아와 짙은 녹색과 밝게 빛나는 녹색, 진동하는 꽃의 향취와 달콤한 황금빛, 썩어 거름이 된 시체들, 하체를 스치는 꽃들은 내게 고통일 따름이다. 나는 괴로움에 몸부림친다. 이것들은 누군가를 위해 주어졌을 테지만 적어도 붉은 벨벳 가운을 입은 나를 위한 것은 아니다. 그럼 대체 난 여기서 뭘 하고 있단 말인가?

그때 릴리가 두 아이를 데리고 다가온다. 생후 이십육 개월의 귀여운 쌍둥이는 짙은 색 머리를 단정하게 빗고 반바지와 깔끔한 녹색 저지 셔츠를 입었다. 릴리는 순수한 얼굴로 초상화 모델을 하러 집을 나선다. 그리고 나는 붉은 벨벳 가운에 때 묻은 농장용 장화를 신고 한 발로 힘겹게 서 있다. 신고 벗기가 편해서 집에 있을 때는 즐겨 신는 웰링턴 장화[19]다.

릴리가 스테이션왜건에 오르자 나는 말한다. "컨버터블을 타. 그 차는 이따 댄버리에 물건 보러 갈 때 필요해." 난 암담하고 화난 표정이다. 잇몸이 욱신거리고 관절이 쑤신다. 하지만 아내는 초상화 작업을 위해 갈 테고 아이들은 그동안 화실에서 놀 것이다. 그럴 작정으로 아내는 아이들을 컨버터블 뒷좌석에 태우고 떠난다.

그러고 나면 지하실 스튜디오로 내려가 깽깽이를 집어 들고 셰프치크[20] 연습곡으로 손을 푼다. 오토카르 셰프치크는 재빠르고 정확한 바이올린 운지법을 개발했다. 현을 따라 1포지션에서 3포지션으로, 3포지션에서 5포지션으로, 또 5포지션에서 2포지션으로 등등 운지법을 익히는 동시에 귀와 손가락 훈련을 하여 정확한 음을 찾아내는 연습법이다. 음계는 꿈도 못 꾸고 몇 소절만 현 위를 기다시피 오르내린다. 끔찍하다. 하지만 하포니는 바이올린을 잘 연주하려면 이 방법밖에 없다고 말한다. 그 뚱뚱한 헝가리인 말이다. 그가 아는 영어는 쉰 단어쯤 되는데 주로 쓰는 단어는 '우리'라는 말이다. 이런 식이다. "우리, 활을 이렇게 해요, 그렇게 말고. 그렇지. 그렇게, 그렇게. 활을 찌르지 말고, 부드럽게 움직여요. 여, 여, 여, 매끄럽게! 좋아요."

또 말이야 바른 말이지 알다시피 나는 특공대 출신이다. 이 손으로 돼지를 몰고 멧돼지를 때려눕히고 꼼짝 못하게 누른 다음 불알을 깠다. 그런데 지금 바로 그 손으로 음악을 한답시고 바이올린 목을 부여잡고 끙끙대며 셰프치크가 시키는 대로 손가락을 이리저리 움직이는 것이다. 달걀 바구니가 깨지는 것 같은 소리가 난다. 그래도 나는 훈련에 훈련을 거듭하면 언젠가 천사 같은 소리가 날지도 모른다고 생각했다. 하지만 어쨌거나 예술가처럼 완벽한 연주를 바란 것은 아니었다. 내 목적은 아버지의 바이올린을 연주함으로써 아버지에게 다가가는 것이었다.

    나는 우리 집 지하실에서 언제나처럼 굉장히 열심히 노력했다. 아버지의 영혼에 다가가는 느낌으로 이렇게 속삭였다. "아, 아버지, 아빠. 이 소리 들리세요? 저예요, 유진이에요. 아버지한테 말하고 싶어서 아버지 바이올린을 연주하는 거예요." 사실 나는 죽은 자가 죽어서 완전히 없어진다는 것을 믿은 적이 없다. 논리적이고 합리적인 사람들을 보면 절로 감탄이 나오고 그들의 명철한 두뇌가 부럽기도 하지만, 내가 그런 척해 봐야 무슨 소용이 있겠는가? 지하실에서 나는 아버지와 어머니를 위해 연주했고 새로운 곡을 배울 때면 이렇게 속삭였다. "엄마, 이건 엄마를 위한 「유머레스크」예요." 아니면 "아빠, 들어보세요.―타이스의 「명상곡」이에요." 나는 온 마음을 다해서 간절하게, 사랑하는 마음으로―감정이 북받쳐 오를 때까지 연주했다. 또 연습실에서 「대답하라! 아름다운 영혼이여」(모차르트), 「그는 멸시를 당하고 쫓겨났다, 비애에 젖은 불행한 남자」(헨델)를 연주할 때는 노래도 같이 불렀다. 그 작은 악기의 목을 움켜쥘 때면 내 목이 졸리기라도 하는 것처럼 목과 어깨가 바르르 떨렸다.

    나는 수년에 걸쳐 혼자서 그 작은 지하실을 꾸몄다. 밤나무로 합판을 대고 제습기를 들여놓았다. 작은 금고와 파일, 전쟁 기념품도 가져다 놓았고 사격장도 갖추었다. 발밑에는 릴리의 깔개가 있었다. 릴리의 강요로 돼지는 대부분 처분했다. 그렇지만 정작 릴리 자신은 그다지 깔끔하지 않았고, 이웃에서 청소해 주러 올 사람도 이런저런 이유로 구하지 못했다. 어쩌다 한 번씩 릴리가 청소를 하긴 했지만 문간까지만 치웠지 거기서 더 나가질 않았기 때문에 현관에는 먼지가 켜켜이 쌓여 있었다. 그래 놓고도 릴리는 초상화 모델을 하러 허둥지둥 집을 뛰쳐나갔다. 그동안 나는 내면의 목소리에 박자를 맞춰 셰프치크와 오페라와 오라토리오를 연주했다.

4

내가 아프리카로 가야 했던 이유가 아직도 석연치 않은가? 하지만 이미 말했듯이 눈물과 광기의 날은 반드시 오고야 만다.

나는 전투를 치렀고 주 경찰관과 싸웠으며 자살 협박을 했다. 그다음에는 지난 크리스마스 때 내 딸 라이시가 기숙학교에서 집으로 왔다. 라이시는 가족 관계가 다소 원만하지 않다. 까놓고 말해서 나는 이 아이를 바깥세상에 내돌리고 싶지 않다. 그래서 릴리에게 이렇게 말했다. "라이시한테서 눈을 떼지 마. 알았어?"

릴리는 얼굴이 하얗게 질렸다. "아, 나도 그 아이를 돕고 싶어요. 그럴 거고요. 하지만 그보다 먼저 신뢰를 얻어야 해요."

나는 이 문제를 릴리에게 맡겨 놓고 부엌 뒤에 있는 계단을 통해 연습실로 내려가 바이올린을 집어 들었다. 송진 가루로 반짝이는 바이올린을. 그러고는 보면대의 형광등 아래에서 셰프치크를 연습했다. 나는 가운을 입고 몸을 구부린 채 습관처럼 눈살을 찌푸렸다. 연주가 형편없어 새된 소리가 났기 때문이다. 오, 삶과 죽음을 심판하시는 신이시여! 유독 E 현 쇠줄에 움푹 패어 손가락들 끝에 상처가 났다. 쇄골도 쑤시고 아래턱은 벌에 쏘인 것처럼 화끈거린다. 하지만 난 하고 싶다, 난 하고 싶어! 라는 내면의 목소리는 계속됐다.

 그러나 얼마 안 가서 집 안에는 또 다른 목소리가 들리기 시작했다. 아마도 라이시는 음악 소리 때문에 밖으로 나갔을 것이다. 릴리와 화가 슈포어는 내 생일까지 초상화를 완성한다고 정신이 없었다. 릴리가 나가 버리자 혼자 남은 라이시는 어릴 적 친구한테 간답시고 댄버리를 돌아다녔지만, 친구의 집에 가는 길을 잊어버렸다. 그래서 그 애는 댄버리의 뒷골목을 헤매고 다니다 누군가가 세워놓은 차를 지나게 되었고, 그 낡은 뷰익 뒷좌석에서 갓난아이의 울음소리를 들었다. 아기는 구두 상자 안에 들어 있었다. 그날은 끔찍하리만치 추웠기 때문에 라이시는 그 아기를 데려다가 자기 방 옷장 안에 숨겼다. 12월 21일 점심때, 나는 식구들에게 이야기했다. "얘들아, 오늘은 동지란다." 그때 찬장 아래 송풍 조절 장치에 연결된 난방관을 통해 갓난아이의 울음소리가 들려왔다. 나는 놀란 가슴을 달래려고 점심을 먹으면서도 벗지 않았던 모직 사냥 모자의 두툼한 챙을 잡아당기면서 딴소리를 했다. 릴리는 윗입술로 앞니를 덮으면서 나를 보고 의미심장하게 소리 내어 웃었다. 그녀의 하얀 얼굴은 발갛게 상기되어 있었다. 라이시를 쳐다보니 두 눈에 고요한 행복감이 어려 있었다. 열다섯 살 난 이 아이는 제법 예뻤지만, 대개 기운이 없고 멍해 보였다. 그런데 지금은 멍하지 않았다. 아기에게 홀딱 빠져 있었다. 나는 그 아기가 누구고 어떻게 집에 오게 됐는지 몰랐기 때문에 깜짝 놀라고 당황해서 쌍둥이에게 이렇게 말했다. "와, 위층에 귀여운 야옹이가 있나 봐?" 쌍둥이는 속지 않았다. 그 애들을 속이려 들다니! 라이시와 릴리는 젖병을 부엌 난로 위에 소독하려고 놓아두었다. 연습을 하러 다시 지하실로 내려가면서 나는 냄비에 젖병이 가득 들어 있는 걸 알아차렸지만 아무 말도 하지 않았다. 오후 내내 송풍관을 통해서 아기가 빽빽 우는 소리를 들었다. 산책을 하러 밖으로 나갔지만 황폐하게 얼어붙은 12월의 내 땅을 참을 수가 없었다. 한때는 돼지 왕국이었던 내 땅인데 말이다. 너무 각별해서 팔아치우지 않은 돼지가 몇 마리 남아 있긴 했다. 그 녀석들과는 아직 헤어질 준비가 돼 있지 않았다.

나는 크리스마스이브에「저 들 밖에 한밤중에」를 연주하기로 마음먹고 연습에 몰두하고 있었다. 릴리가 내게 얘기를 하려고 내려왔다.

"아무 말도 듣고 싶지 않아." 내가 이렇게 말했다.

"하지만 여보." 릴리가 말했다.

"당신 때문이야." 내가 빽 소리를 질렀다. "당신이 책임져야지, 꼴좋군."

"여보, 힘들다고 해서 당신처럼 괴로워하는 사람은 처음 봤어요." 아내는 웃을 수밖에 없었다. 물론 내 고통이 아니라 내가 괴로워하는 모양새가 우스웠던 것이다. "아무도 그렇게 힘들어 하라고 안 했어요. 하느님도 그런 건 바라지 않고요." 그녀가 말했다.

내가 포문을 열었다. "하느님 얘기가 나왔으니 말인데, 당신이 매일같이 집을 비우고 초상화 모델이나 하는 걸 보면 하느님이 뭐라고 생각하실까?"

"그렇다고 당신이 날 부끄러워할 필요는 없잖아요." 릴리가 말했다.

위층에서는 아이가 숨 쉴 때마다 울어댔지만 나는 더 문제 삼지 않았다. 릴리는 내가 그녀의 혈통, 그러니까 독일인과 젠체하는 아일랜드인의 피를 물려받은 것에 대해서 편견이 있다고 여겼다. 개뿔, 난 그따위 편견은 없었다. 나를 괴롭히는 건 다른 문제였다.

정말로 자기에게 딱 맞는 위치를 차지한 사람은 이제 없다. 원래 다른 사람 몫의 자리를 자기가 차지한 것처럼 느끼는 사람이 대부분이다. 어디를 가나 자기 자리에서 쫓겨난 유랑민투성이다.

"누가 주님(의로운 분) 오시는 날 함께 머무를 수 있으리오?"

"누가 주님(의로운 분) 나타나실 때 떳떳이 서리오?"[21]

의로운 분이 오시면 우리는 기꺼운 마음으로 안도하며 다 같이 일어서서 줄지어 나가리라. "어서 오시오, 친구여. 모두 당신 것이니. 헛간들과 집들 모두 당신 것이오. 가을의 아름다움도 당신의 것이오. 가지시오. 가져요, 가져!"라고 말하면서.

아마 릴리는 이 구절이 못마땅했을 테고 초상화는 그녀와 내가 이 자리에 있는 것이 정당하다는 증거가 되어줄 것이었다. 하지만 내 초상화는 이미 다른 그림들과 함께 걸려 있다. 딱딱한 옷깃에 수염을 기른 인물들 맨 끝줄에 군복을 입고 총검을 든 내가 있다. 그렇지만 이 그림이 내게 대체 뭘 해줬다고? 그래서 나는 릴리가 제시한 우리 문제의 해결책을 받아들일 수가 없었다.

이제 내 얘기를 좀 하겠다. 난 딕 형을 사랑했다. 형은 우리 중에서 제일 사리 분별을 잘했고 1차 세계대전에서 혁혁한 공을 세운, 가문의 자랑이었다. 그렇지만 어느 순간 동생인 나처럼 굴었는데 그길로 끝이 나고 말았다. 형은 방학을 맞아 뉴욕 플래츠버그 근처 아크로폴리스라는 그리스 식당 카운터에 앉아 친구와 커피를 마시며 집으로 보낼 엽서를 쓰고 있었다. 그런데 만년필이 말을 듣지 않자 욕을 하면서 친구에게 말했다. "자, 이 펜 좀 들고 있어봐." 그 젊은 친구가 받아 들자 형은 총을 꺼내 친구가 손에 든 펜을 쏘았다. 다친 사람은 없었다. 끔찍한 소동이 벌어졌다. 펜을 산산조각 낸 총알이 커피포트를 꿰뚫는 바람에 포트가 분수처럼 내뿜은 뜨거운 샘이 맞은편 유리창까지 그대로 튀어 올랐다. 그리스인 주인은 주 경찰서에 신고했고 형은 도망치다가 그만 둑에다 차를 박았다. 그래서 형과 친구는 강에 뛰어들려고 했다. 친구는 그래도 제정신이 남아서 옷을 벗었지만, 형은 무릎까지 오는 부츠를 벗지 않은 탓에 신발에 물이 차서 익사하고 말았다. 누이는 이미 1901년에 죽었기 때문에 이로써 아버지와 나는 단둘이 남았다. 그해 여름 나는 이웃에 사는 윌버 씨를 도와 낡은 자동차 자르는 일을 하고 있었다.

하지만 지금은 크리스마스 주간이다. 지하실 계단에 릴리가 서 있다. 파리와 샤르트르와 베즐래와 57번가는 까마득한 과거가 되었다. 내 손에는 바이올린이 들려 있고 발밑에는 댄버리에서 온 운명적인 깔개가 있다. 어깨에는 붉은 가운이 걸쳐져 있고. 그럼 사냥 모자는? 이따금 나는 사냥 모자가 내 머리를 하나로 모아준다고 생각한다. 12월의 잿빛 바람이 지붕의 돌출부를 바순 삼아 휘감고 느슨한 빗물 파이프를 연주한다. 소란스러운 가운데에서도 아기 울음소리는 들린다. 릴리가 말한다. "저 소리 들려요?"

"아무것도 안 들려. 가는귀 먹은 거 당신도 알잖아." 그 말은 사실이었다.

"그러면 바이올린 소리는 어떻게 들어요?"

"흠, 바로 옆에 있으니까 그건 당연히 들리지." 내가 대답했다. "내가 틀렸다면 말해 줘. 하지만 내 기억에 언젠가 당신이 날 세상에 하나밖에 없는 친구라고 말했던 것 같은데."

"하지만……." 릴리가 말했다.

"이해할 수가 없군." 내가 말했다. "나가 봐."

2시에 방문객이 몇 사람 들이닥쳤다. 그들은 위층에서 나는 울음소리를 들었지만 어찌나 점잖은지 아무 말도 하지 않았다. 내 그럴 줄 알았지. 어떻게든 긴장을 깨기 위해 내가 나섰다. "누구 지하의 사격장 가보고 싶지 않아요?" 아무도 그러겠다고 하지 않아서 나는 혼자 내려가 몇 방 쏴주었다. 총알은 어마어마한 소음을 만들어 난방관 사이로 퍼뜨렸다. 금방 손님들이 인사하고 떠나는 소리가 들렸다.

한참 뒤 아기가 잠들자, 릴리는 라이시에게 연못으로 스케이트를 타러 가라고 말했다. 가족들은 모두 내가 사준 스케이트를 가지고 있었고 라이시는 아직 어려서 이런 식으로 구슬릴 수 있었다. 릴리가 아이들을 내보낸 덕분에 기회가 생겼고 나는 깽깽이를 내려놓은 뒤 라이시의 방으로 몰래 올라갔다. 조용히 옷장 문을 열자 라이시의 손가방 안에서 속치마와 스타킹 위에 잠들어 있는 갓난아이가 보였다. 라이시는 짐도 다 풀지 않았다. 유색인 아이였고 나는 심각한 일이 생긴 것 같은 기분이 들었다. 작은 두 주먹이 커다란 머리 양옆에 있었다. 허리 근처에는 터키 수건으로 만든 두툼한 기저귀가 채워져 있었다. 나는 고무장화를 신고 붉은 가운을 입은 채 아기를 들여다보느라 몸을 구부렸다. 모직 모자를 쓴 머리가 간질거릴 정도로 얼굴이 화끈거렸다. 가방을 닫고 담당 기관에 이 애를 데려다줘야 할까? 이 작은 아기, 이 슬픈 아기를 찬찬히 보고 있노라니, 아기 모세를 들여다보는 파라오가 된 기분이었다. 그리고 나서 나는 몸을 돌려 숲으로 산책하러 나갔다. 아이들은 추위 속에서 연못 얼음 위를 지치고 있었다. 해가 지기 시작했고 난 속으로 '뭐 어쨌든, 얘들아. 신의 가호가 있기를 빈다.'라고 생각했다.

그날 밤 난 잠자리에서 릴리에게 말했다. "이제 그 문제에 대해 얘기할 준비가 됐어."

릴리가 대답했다. "아, 여보. 정말 잘 생각했어요." 아내는 나를 칭찬해 준 뒤 이렇게 말했다. "당신이 현실을 좀 더 잘 받아들일 수 있게 돼서 다행이에요."

"뭐라고?" 내가 되받아쳤다. "나야말로 당신이 아무리 해도 따라올 수 없을 만큼 현실을 잘 알아. 나는 현실이란 놈과 우라지게 잘 지내고 있으니까 그 사실을 까먹지 말라고."

잠시 후 나는 고래고래 고함을 질렀고 라이시는 내가 화내는 소리를 들었다. 어쩌면 팬티 바람으로 침대 위에 서서 주먹을 흔들며 윽박지르는 내 모습을 문 뒤에서 보았을지도 모른다. 아마도 아기 때문에 더럭 겁이 났을 것이다. 12월 27일, 딸은 아기를 데리고 도망쳤다. 나는 이 문제에 경찰을 개입시키고 싶지 않아서 이전에도 날 위해 몇 가지 일을 해주었던 본지니라는 사설탐정에게 전화를 걸었다. 하지만 본지니가 사건에 손을 대기도 전에 라이시의 기숙학교 여교장에게서 전화가 왔다. 딸아이가 도착해서 기숙사에 갓난아기를 숨겨 두고 있다는 것이었다. "당신이 학교에 가봐." 릴리에게 내가 말했다.

"여보, 내가 어떻게 가요?"

"당신이 어떻게 가야 하는지 내가 어떻게 알아?"

"난 쌍둥이를 두고 나갈 수가 없어요." 아내가 말했다.

"초상화 때문에 못 가는 거겠지. 아니야? 흥, 이 집이랑 그림들을 몽땅 태워버릴 거야."

"그런 게 아니에요." 핏기가 싹 가신 얼굴로 릴리가 더듬거렸다. "당신이 생떼 쓰는 데는 이력이 났어요. 전에는 누가 날 이해해 주기를 원했지만 이제는 다른 사람이 이해해 주지 않더라도 열심히 살아야 한다고 생각하게 됐다고요. 어쩌면 누가 이해해주기를 바라는 것도 죄인가 봐요."

그렇게 해서 결국 내가 가게 됐고 여교장은 정학 기간 중에 이런 일이 일어났기 때문에 라이시가 기숙학교를 떠나줘야겠다고 말했다. 그녀는 이렇게 말했다. "다른 여학생들의 정신 건강에 신경을 써야 하니까요."

"대체 왜 이러는 겁니까? 저 아이들은 우리 라이시한테서 고귀한 감정을 배울 수 있어요." 내가 말했다. "그게 심리학보다 나아요." 그날 나는 상당히 취해 있었다. "라이시는 충동적인 데가 있어요. 좋으면 그저 열광하는 소녀들 가운데 하나죠." 내가 말했다. "그 애가 일일이 설명하지 않는다고 해서……"

"그 아기는 어디서 났어요?"

"딸아이가 집사람한테 한 말로는 댄버리에 주차된 차 안에 있었다더군요."

"여기선 말이 달라요. 자기가 엄마랍디다."

"저런, 교장 선생님은 사람을 놀라게 하는군요." 내가 말했다. "뭘 제대로 알아보셔야지. 라이시는 작년까지 가슴도 나오지 않았어요. 딸애는 처녀입니다. 당신이나 나보다 오천만 배는 더 순결하다고요."

나는 그 학교에서 딸을 데리고 나와야 했다.

내가 딸에게 말했다. "라이시, 이 아기를 돌려줘야 해. 넌 아직 엄마가 될 때가 아니야. 아기 엄마는 자식이 돌아오기를 바라고 있어. 생각을 고쳐먹었단다, 얘야." 지금 생각하면 딸아이를 이 갓난아이와 떼어놓느라 내가 반칙을 저지른 것 같은 기분이 든다. 댄버리 당국에서 아기를 데려가고 나자 라이시는 아주 무기력해졌다. "넌 그 아기의 엄마가 아니야. 알겠어?" 내가 말했다. 딸은 절대 입을 열지 않았고 아무 대답도 하지 않았다.

라이시를 프랜시스의 자매, 그러니까 라이시의 이모에게 데려다주러 로드아일랜드의 프로비던스까지 가면서 내가 말했다. "얘야, 다른 아빠들도 나처럼 했을 거다." 라이시는 여전히 대답하지 않았다. 내가 무슨 짓을 해도 마찬가지였을 거다. 왜냐하면 딸의 눈에 서려 있던 12월 21일의 고요한 행복감은 사라져버렸으니까.

그런 까닭으로 나는 프로비던스에서 혼자 집으로 돌아오는 기차 안에서 괜히 심술을 부렸다. 사교 객차에서는 카드 한 벌을 집어다가 혼자 게임을 벌였다. 한 무리의 사람들이 자리가 나기를 기다렸지만 난 계속해서 테이블을 독차지했다. 술에 만취해서. 하지만 정신이 바로 박힌 사람이라면 누구도 감히 나를 건드릴 수 없었다. 나는 큰 소리로 떠들었고 으르렁거렸으며 카드를 계속 바닥에 떨어뜨렸다. 댄버리에서 내릴 때는 차장과 또 한 녀석이 날 거들어야 했고, 나는 욕을 해대면서 정거장 벤치에 누워버렸다. "이 땅에 저주가 내렸어. 나쁜 일이 벌어지고 있다고. 뭔가가 잘못됐어. 이 땅에 저주가 씌었단 말이야!"

그곳 역장은 나와 오래전부터 아는 사이였고 좋은 사람이었다. 덕분에 난 경찰에게 끌려가지 않았다. 그는 대신 릴리에게 오라고 전화를 걸었고 릴리는 스테이션왜건을 타고 나타났다.

하지만 정작 눈물과 광기의 날은 그다음에 찾아왔다. 어느 겨울 아침이다. 나는 아침상을 앞에 두고 아내와 세입자 문제로 싸웠다. 아내는 우리 소유의 건물을 한 채 수리했다. 낡고 외진, 돼지를 키우느라 별로 신경도 쓰지 않은 건물이었다. 나는 아내에게 일을 진행하라고는 했지만 돈주머니는 꽁꽁 싸매 두었다. 그래서 건물 안에는 진짜 나무 대신 인조 벽판이 들어갔고 다른 건

축 재료들도 한결같이 싸구려였다. 릴리는 새 화장실을 만들어 안팎으로 칠을 하게 했다. 하지만 단열재를 넣지 않았다. 11월이 되자 세입자들은 추위에 시달렸다. 세입자들은 하필 책밖에 모르는 사람들이어서 몸을 움직여 열을 내지도 않았다. 그들은 릴리에게 갖가지 불평을 늘어놓고 나가겠다고 말했다. "좋아, 그러라고 해." 내가 말했다. 당연히 나는 보증금을 돌려주지 않을 셈으로 그 사람들에게 그냥 나가라고 했다.

그리하여 개조한 건물은 비게 되었고, 압착 섬유판과 새 화장실, 싱크대에 들어간 돈도 날렸다. 세입자들은 고양이 한 마리까지 남겨 두고 갔다. 나는 기분이 상해 아침 밥상 앞에서 소리를 질러대며 커피 주전자가 뒤집어질 정도로 주먹을 내리쳤다.

그런데 갑자기 릴리가 잔뜩 겁을 먹고 한참 동안 가만히 귀를 쫑긋거렸다. 나도 그녀를 따라 귀를 기울였다. 릴리가 말했다. "십오 분 전부터 레녹스 할머니 안 보이지 않아요? 달걀을 가져왔어야 하는데."

레녹스 할머니는 길 건너에 살면서 우리에게 아침을 챙겨주러 오는 노인이었다. 괴상하고 엉뚱한 데가 있는 몸집이 작은 노처녀로, 머리에는 큼직한 베레모를 썼고 붉은 뺨에 얼굴은 부어 있었다. 그녀는 생쥐처럼 구석에서 꼼지락거리기 일쑤였고 빈 병과 상자 따위의 고물을 집에 모으곤 했다.

부엌에 들어가서 보니 이 늙은이는 죽어서 바닥에 누워 있었다. 내가 노발대발할 때 심장이 멎었던 것이다. 달걀은 아직도 냄비 속에 든 채 물이 부글거리고 냄비 가장자리가 달그락거렸다. 나는 가스 밸브를 잠갔다. 죽다니! 이가 다 빠진 할머니의 작은 얼굴에 손가락 마디를 대어보니 식어가고 있었다. 공기가 빠지듯이, 한 줄기 바람처럼, 거품처럼, 영혼이 창밖으로 빨려 나가 버렸다. 나는 그녀를 뚫어지게 들여다보았다. 정녕 이것이 마지막이요, 안녕인가? 이즈음 며칠간, 몇 주일 동안 겨울의 뜰이 내게 말한 것은 바로 이 사실이란 말인가. 지금 이 순간까지 나는 이 회색과 흰색과 갈색, 나무껍질, 눈, 나뭇가지가 내게 무슨 말을 하는지 이해하지 못했다. 나는 릴리에게 아무 말도 하지 않았다. 달리 뭘 어떻게 해야 할지도 알 수 없어서 나는 방해하지 마시오라고 적어 할머니의 치마에 핀으로 꽂아놓고는 꽁꽁 언 겨울의 정원을 거쳐서 길 건너 할머니의 오두막으로 갔다.

그 집 마당에는 오래된 개오동나무가 있었는데 할머니는 그 밑동과 아래쪽 가지에 하늘색 칠을 해놓았다. 나무 위에는 어둠 속에서 반짝이는 작은 거울들과 낡은 자전거 라이트들이 붙어 있었다. 여름이면 할머니는 나무에 올라가 캔 맥주를 마시며 자기 고양이들과 앉아 있기를 좋아했다. 마침 그 고양이 중 한 마리가 나무에서 나를 쳐다보았고 나는 그 아래로 지나가면서 그 놈의 시선이 내게 지우려 했을 책임을 고개 저어 부정했다. 내 목소리가 크고 화를 좀 냈기로서니—어떻게 그게 내 잘못이겠는가?

오두막에 들어서자 나는 할머니가 수집해 놓은 바구니와 유모차, 상자 들 위로 이 방 저 방을 기어올라야 했다. 지난 세기의 유모차들까지 있는 걸 보면 내 것도 저기 어딘가 있을지 모른다. 할머니는 온 세상의 잡동사니를 모아들였으니까. 유리병과 램프와 낡은 버터 접시와 샹들리에가 바닥에 널려 있었고 시장바구니에는 끈과 헝겊, 그리고 우유병의 종이 뚜껑을 따는, 우유 보급소에서 나눠주던 포크형 병따개들이 가득했다. 두 말들이 통에는 단추와 도자기로 만든 문손잡이가 가득했다. 또 벽은 달력과 삼각형 깃발과 오래된 사진으로 빼곡했다.

그래서 난 속으로 '이런, 체면도 모르고 부끄럽게! 통곡이 나올 정도로 망측하군! 어떻게 이럴 수 있지? 어째서 우리는 뭔가에 이렇게 마음을 뺏기는 걸까? 대체 지금 뭐 하는 거지? 우리를 기다리는 건 흙으로 지은 마지막 방, 창문도 없는 방인데. 그러니까 제발, 헨더슨, 좀 노력해 봐. 너도 이런 몹쓸 병으로 죽게 될 거야. 죽음이 너를 끝장내고 아무것도 남지 않게 될 거야. 오로지 쓰레기만 남을 거라고. 왜냐, 그때 가서는 아무것도 없고 아무것도 남아 있지 않기 때문이지. 아직 뭐라도 있을 때—지금 말이야! 제발 부탁이다, 떠나라.'

릴리는 그 가련한 할머니를 위해 울었다.

"당신 왜 그런 쪽지를 붙여 놓았어요?" 릴리가 물었다.

"검시관이 올 때까지 아무도 손대지 못하게 하려고." 내가 대답했다. "법이 그렇잖아. 내가 봐서는 맥박을 못 느끼겠더라고." 그러고 나서 나는 릴리에게 음료를 내밀었지만 아내는 거절했고 나는 물컵에 버번을 가득 부어서 꿀꺽 마셨다. 심장만 쓰렸다. 위스키는 끔찍한 사실을 덮어주지 못한다. 그 할머니는 사람들이 열사병에 걸리거나 지하철 층계를 올라가다가 쓰러지는 것처럼 나의 폭력에 쓰러지고 말았다. 릴리는 그 사실을 깨닫고 무슨 말인가를 중얼거렸다. 인정이 많은 그녀는 곧 입을 다물었고 새하얀 안색은 눈가를 중심으로 어두워지기 시작했다.

우리 마을의 장의사는 내가 예전에 댄스 교습을 받으러 다니던 집을 사들였다. 사십 년 전에 나는 에나멜 구두를 신고 그곳을 드나들었다. 영구차가 진입로에서 후진할 때 내가 말했다. "있잖아, 릴리. 찰리 앨버트가 아프리카로 간다는 여행 말이야. 두 주 있다가 출발한대. 그래서 나도 앨버트 부부하고 같이 가려고 해. 뷰익은 차고에 넣어두자. 당신 혼자 두 대는 필요 없잖아."

이번만큼은 그녀도 내 의견에 반대하지 않았다. "그럼 가야죠, 뭐." 아내가 말했다.

"뭔가를 해야겠어."

그렇게 해서 미스 레녹스는 묘지로 갔고 나는 아이들와일드로 가서 비행기를 탔다.

5

 내가 태어나서 두 발짝도 떼기 전에 내 옆에는 여러모로 나와 비슷한 찰리가 있었지 싶다. 1915년에는 (지금은 미스 레녹스의 장례를 치러준 장의사로 변한) 댄스 학교에 같이 다니기도 했다. 그런 정은 계속 이어지는 법이다. 나이는 나보다 한 살 아래지만 재산으로는 한 수 위인데, 찰리의 늙은 어머니가 죽으면 한밑천 더 굴러들어 올 것이다. 나는 내 중세를 치료할 방법이 없을까 싶어 찰리를 따라 아프리카로 떠났다. 그와 떠난 건 실수였던 것 같지만 나 혼자서는 아프리카로 직행할 방법을 찾아내지 못했을 터이다. 사람은 뭘 하더라도 어떤 구체적인 명분이 있어야 하는 법. 당시의 구실이란 찰리와 그의 아내가 아프리카인과 동물 들을 필름에 담는다는 것이었다. 찰리는 전쟁 때 패튼 대전차 부대[22]의 사진사였다. 찰리도 나만큼이나 집에 붙어 있지를 못해 일찍이 사진 기술을 배웠던 것이다. 사진이 내 관심사인 것은 아니다.
 어쨌든, 작년에 나는 찰리에게 우리 집 돼지들을 찍어달라고 부탁한 적이 있다. 찰리는 자기 솜씨를 뽐낼 기회라 흔쾌히 응했고 일류 사진을 몇 점 뽑아냈다. 헛간에서 돌아오는 길에 찰리는 자기가 약혼했다고 말했다. 그래서 내가 대꾸했다. "아니, 찰리. 자네, 노는 여자들이야 잘 알겠지만 안 노는 여자에 대해서는 아는 게 없지 않은가?"

"아, 사실 많이야 모르지. 하지만 이 여자가 세상에 둘도 없는 사람이란 건 분명히 알아." 그가 대답했다.

"그렇겠지, 세상에 둘도 없는 연애 사업이라면 나도 모르는 게 없으니까." 하고 내가 말했다. (세상에 둘도 없는 연애에 대해서는 릴리에게 귀가 아프도록 들었지만 정작 아내는 집에 붙어 있질 않았다.)

어쨌거나 우리는 한잔하면서 그의 약혼 얘기를 나누려고 지하 스튜디오로 내려갔고, 찰리는 내게 신랑 들러리가 돼달라고 부탁했다. 그는 친구가 거의 없었다. 우리는 마시고 농담하고 댄스 학교 시절을 추억했다. 서로의 눈에 그리움의 눈물이 고였다. 찰리가 아내와 신혼여행을 가기로 한 아프리카로 날 초대한 건 이렇게 서로에게 흠뻑 젖어들었을 때였다.

나는 그의 결혼식에 참석해서 들러리를 서주었다. 그러나 식이 끝난 후 신부에게 키스하는 걸 잊어버리는 바람에 신부 쪽에서 점점 냉랭해지더니 결국 나를 적으로 삼고 말았다. 찰리가 편성한 원정대는 온갖 신식 장비를 갖추었고 모든 것이 최신식이었다. 휴대용 발전기와 샤워 시설, 온수가 있었다. 나는 처음부터 여기에 비판적이었다. 그래서 한마디 했다. "찰리, 이건 우리가 전쟁에서 싸우던 방식이 아니잖아. 젠장, 우리는 한 쌍의 노병이라고. 이게 다 뭐야?" 이런 식으로 아프리카를 여행한다는 사실에 나는 마음이 상했다.

하지만 애당초 나는 눌러살 생각으로 아프리카에 왔다. 뉴욕에서 표를 살 때 (배터리 공원 근처의) 공항 사무실에서 왕복표를 살까 말까 묵묵히 고심했다. 결국 내 결심이 얼마나 굳은지를 보여 주기 위해 편도로 결정했다. 그렇게 해서 우리는 아이들와일드에서 카이로까지 날아왔다. 스핑크스와 피라미드까지는 버스로 갔고 그 뒤에는 다시 비행기를 타고 내지로 들어갔다. 공중에서부터 아프리카는 내 감정을 온통 흔들어놓았는데, 위에서 보니 아프리카가 꼭 인류의 오래된 침대처럼 보였다. 또 5킬로미터 상공의 구름 위에 앉아 있으니 내가 한 톨의 씨앗이 되어 공중에 떠다니는 기분이 들었다. 지면의 갈라진 틈에서 여러 줄기의 강들이 태양을 향해 곁가지를 내밀고 있었다. 강들은 용광로처럼 빛을 발하고 난 뒤 땅 껍데기를 뒤집어쓰고 모습을 감췄다. 위에서 보니까 식물들은 있는 것 같지도 않아서 내 눈에는 한 뼘 높이로밖에 보이지 않았다. 나는 발아래 구름을 향해 꿈을 내려 보냈다. 어릴 적에는 구름을 향해 꿈을 올려 보냈건만. 이전의 어떤 세대도 해보지 못한, 구름의 아래위로 모두 꿈을 꾸어보았으니 이제는 죽어도 여한이 없을 것이다. 그렇지만 우리는 매번 무사히 착륙했다. 하여튼 내가 여기 온 데는 앞에서 말한 사연이 있었기 때문에 특별한 감정이 드는 건 당연했다. 그렇다, 나는 상당한 비용을 치르고 왔고 계속 이렇게 생각했다. '복 받은 인생이여! 아, 얼마나 복이 많은 인생인가.' 여기서 기회를 잡을 수도 있겠다 싶었다. 우선 더위만 해도 멕시코 만보다 훨씬 뜨거운 것이 딱 내가 꿈꾸던 바였고 빛깔도 좋았다. 가슴의 압박도 느껴지지 않았고 더는 내면의 소리도 들려오지 않았다. 이제는 조용하기만 했다. 찰리 부부와 나는 현지인들과 함께 트럭, 장비를 활용해 호수 근처에서 야영했다. 이곳의 물은 갈대와 식물의 뿌리가 썩어들어 아주 달았고 모래 속에는 게가 살았다. 백합 사이로 악어들이 어슬렁거렸는데, 악어가 입을 벌릴 때 습지 생물의 배 속이 얼마나 뜨거운지 알았다. 새들이 악어 입안으로 들어가 이빨을 청소해 주었다. 그러나 이곳 사람들은 아주 울적하고 생기가 없었다. 나무에서는 새털 같은 꽃이 피었고, 파피루스의 줄기는 장례식 깃털을 떠오르게 했다. 그렇게 삼 주쯤 찰리를 도와 카메라 장비를 나르며 그의 사진 작업에 관심을 두려던 때 다시 내면의 불만이 꿈틀거렸고, 어느 날 오후 예의 그 친숙한 내면의 목소리를 듣게 되었다. 목소리는 말했다. 난 하고 싶어, 하고 싶어, 하고 싶다고!

찰리에게 말했다. "널 화나게 하고 싶지는 않아. 하지만 이대로는 안 되겠어. 아프리카에서 우리 셋이 있는 것 말이야."

찰리가 선글라스 너머로 무신경하게 나를 건너다보았다. 우리는 물가에 있었다. 이 사람이 내가 댄스 학교에서 알았던 그 꼬마란 말인가? 시간이 우리 둘을 얼마나 바꿔놓았는지. 하지만 우리는 지금도 그때처럼 짧은 바지를 입고 있었다. 그는 가슴팍이 발달했다. 그리고 키는 내가 훨씬 컸기 때문에 찰리는 나를 올려다보았는데, 화가 났을 뿐 겁을 내지는 않았다. 곰곰이 생각하는 그의 입 주변이 울퉁불퉁해졌다. 그는 이렇게 말했다. "싫어? 왜 싫은데?"

내가 말했다. "그게, 찰리, 난 여기에 오려고 이번 기회를 잡았어. 또 늘 아프리카라면 환장했기 때문에 너한테 무척 고마워하고 있어. 하지만 이제 난 아프리카에 사진 찍으러 온 게 아니라는 걸 깨달았어. 나한테 지프 한 대 팔아라. 그러면 내가 떠날게."

"어디로 가고 싶은데?"

"지금 아는 건 여기가 나한테 맞지 않는다는 것뿐이야." 내가 말했다.

"그래, 네가 원한다면 떠나. 막지 않겠어, 유진."

모든 것은 오로지 결혼식이 끝났을 때 내가 그의 아내에게 입맞춤하는 걸 잊어버린 것을 그녀가 용서하지 않은 탓이었다. 어쩌자고 그 여자는 내게 입맞춤을 원한 걸까? 어떤 이들은 복이 코앞까지 와도 알아채지 못한다. 어째서 내가 그녀에게 입을 맞추지 않았는지 모르겠다. 아마 딴생각을 하고 있었을 것이다. 하지만 그녀는 내가 찰리를 시샘한다고 결론지은 것 같다. 어쨌든 나는 그녀의 아프리카 신혼여행을 망치는 인물인 셈이다.

"그러니까 찰리, 언짢은 건 아니지? 이렇게 여행하는 건 내게 도움이 되지 않아서 그래."

"괜찮아. 말리지 않을게. 그냥 꺼져버려."

그래서 난 꺼져주었다. 나는 나의 군인다운 성정에 더 잘 맞는 별도의 여행단을 짰다. 찰리가 데리고 있던 토박이 중 두 명을 고용한 후 지프를 타고 떠나자 대번에 기분이 좋아졌다. 그리고 며칠 지난 뒤에는 더욱더 단출하게 다니고 싶은 마음에 한 명을 해고하고 남은 아프리카인 로밀라유와 한참 이야기를 나누었다. 우리는 서로를 이해하는 단계에 도달했다. 로밀라유는 내게 닳고 닳은 여행지가 아닌 곳을 보고 싶다면 그런 곳으로 안내할 수 있다고 말했다.

"바로 그거야." 내가 말했다. "좋은 생각일세. 난 입맞춤 따위로 실랑이하러 여기 온 게 아니라고."

"내가 데려갑니다, 멀리멀리." 로밀라유가 말했다.

"신 난다! 멀수록 더 좋아. 자, 가자. 어서 가자고." 내가 말했다. 내가 원하던 꼭 그런 사람을 찾아낸 것이다. 우리는 짐을 더 줄였다. 또 그가 지프에 얼마나 눈독을 들이고 있는지 눈치채고, 나는 로밀라유에게 충분히 멀리까지 데려다주면 지프를 주겠다고 말했다. 그는 자기가 안내하려는 곳이 너무 외딴곳이어서 걸어서만 갈 수 있다고 말했다. "그래?" 내가 말했다. "걷자. 지프는 어디에 세워두고. 돌아오면 자네 거야." 이 말에 그는 무척 기뻐했다. 우리는 탈루시라는 마을에 도착해 어느 초가집에 딸린, 버려진 창고에 차를 세웠다. 이곳에서부터 바벤타이까지 비행기로 이동했는데 비행기는 낡아빠진 벨랑카[23]여서 금방이라도 날개가 떨어져 나갈 것처럼 보였다. 게다가 아랍인 조종사는 맨발로 비행했다. 그것은 보기 드문 비행이었고 산 너머 단단하게 굳은 진흙 밭에 이르러 끝이 났다. 소를 키우는 키 큰 흑인들이 다가왔다. 그들의 곱슬머리는 기름졌고 입술은 두꺼웠다. 그렇게 야만스러워 보이는 사람들은 본 적이 없었다. 나는 로밀라유에게 말했다. "자네가 데려다주기로 약속한 장소가 여기는 아니지?"

"아이, 아니다요." 그가 대답했다.

우리는 일주일을 더 여행했다. 걸어서, 걸어서.

나는 우리가 있는 곳이 지리상 어디쯤인지 전혀 알 수 없었지만 별로 개의치 않았다. 내가 여기 온 목적은 명료한 것들로부터 멀어지는 것이기 때문에, 묻는 것은 내 일이 아니었다. 여하튼 난 이 늙수그레한 로밀라유 녀석을 마음속 깊이 믿었다. 그렇게 여러 날 그는 날 끌고 여러 마을과 산속에 난 오솔길을 지나 사막으로 점점 더 깊이 들어갔다. 영어가 짧아 목적지를 자세히 말해 줄 수도 없었을 것이다. 그는 그저 우리가 아르느위라는 부족을 만나러 간다고만 말했다.

"자네가 아는 사람들인가?" 내가 그에게 물었다.

오래전 그가 어렸을 때 로밀라유는 자기 아버지인가 삼촌— 로밀라유가 여러 번 말해 주었지만 어느 쪽을 말하는 건지 알 수가 없었다.—과 함께 아르느위를 찾아간 적이 있었다.

"좌우지간 자네가 어렸을 때 갔던 곳에 가고 싶다는 것 아닌가." 내가 말했다. "알겠네."

나는 바위가 뒹구는 이 사막에서 지내는 게 아주 신이 났다. 일찌감치 찰리 부부를 떠나 제대로 된 토박이와 여기 온 게 좋아서 계속 들뜬 기분이었다. 내가 원하는 걸 잘 알아채는 로밀라유 같은 사람을 만난 건 큰 행운이었다. 그는 자기가 삼십 대 후반이라고 했지만 때 이른 주름살 때문에 훨씬 더 늙어 보였다. 로밀라유의 피부는 팽팽하지 않았다. 이건 흑인들에게 나타나는 현상인데 신체의 지방 분포와 관련이 있다고 한다. 로밀라유의 머리는 먼지투성이의 쑥대강이였고, 가끔은 머리를 매끈하게 다듬으려 했지만 헛수고였다. 그것은 빗질하기 곤란한 머리였고 소나무 분재처럼 양옆으로 뻗어 나갔다. 두 뺨에는 자기 부족의 표식인 오래된 흉터가 있었고, 두 귀를 날렵한 모양으로 도려내어 귀 끝이 머리털을 파고들었다. 코는 잘생긴 데다가 납작하지도 않은 것이 에티오피아인의 코 같았다. 뺨의 흉터와 잘린 귀를 보면 이교도였음이 분명했지만, 살아오면서 어디선가 개종을 한 덕에 지금은 매일 저녁 기도를 했다. 무릎을 꿇고 자주색 두 손을 모아 움푹 들어간 턱 아래에 꾹 댔다. 그는 입술을 내밀고 짧지만 힘센 근육을 팔의 피부 아래서 꿈틀거리며 기도하곤 했다. 가슴속에서부터 깊은 소리를 끌어 올렸는데 그건 마치 영혼의 신음 같았다. 기도는 대개 제비들이 왔다 갔다 하며 물에 몸을 담그는 해 질 녘, 우리가 야영을 하려고 길을 멈출 때 했다. 그럴 때면 나는 땅바닥에 앉아 이렇게 당부하곤 했다. "옳거니. 잘 말하게. 내 기도도 한마디 끼워 넣고."

나는 모든 것으로부터 완전히 도망쳤고 우리는 산으로 둘러싸인 평지처럼 보이는 지역에 도착했다. 그곳은 뜨겁고 맑고 바짝 마른 곳이었는데 며칠이 지나자 사람 발자국도 볼 수 없었다. 식물도 많지 않았다. 사정이 이렇다 보니 그곳에는 있는 것이 별로 없었다. 모든 게 단순하고 장대해서 나는 과거로 들어가는 기분이 들었다.—역사라든가 뭐 그런 것이 없는 진정한 과거 말이다. 인간 이전의 과거라고 할까. 또 나는 그곳의 돌들과 나 사이에 뭔가가 있다고 믿었다. 산들은 나무 한 그루 없이 헐벗었고 대체로 뱀 같은 형상을 하고 있었으며, 경사지에서 구름이 이는 게 보였다. 가까운 바위에서 수증기가 피어올랐다. 그건 보통 수증기와 다르게 화려한 그림자를 드리웠다. 어찌 됐든 나는 처음 며칠 동안 덥긴 했어도 참으로 기막힌 경험을 했다. 밤에 로밀라유가 기도를 마치고 나면 우리는 바닥에 누워 숨을 내쉬었고 바람이 얼굴을 스치며 자신의 숨결로 답해 주었다. 그러고 나면 별들이 가만가만 방향을 바꾸면서 노래를 불렀고 육중한 몸을 가진 밤새들이 바람을 일으키며 지나갔다. 이보다 더 좋을 수는 없었다. 바닥에 귀를 대면 발굽 소리가 들리는 것 같았다. 마치 북 위에 누운 것처럼. 어쩌면 야생 나귀나 무리 지어 달리는 얼룩말인지도 몰랐다. 이것이 로밀라유가 여행하는 방식이었고 나는 날짜 헤아리는 것을 잊었다. 세상 역시 한동안 나의 행방을 놓치고 좋아라 했을 것이다.

우기가 무척 짧았던 탓에 냇물은 모두 말라버렸고 덤불은 슬쩍 성냥만 갖다 대도 타버릴 듯했다. 밤이 되면 나는 라이터로 불을 붙이곤 했다. 오스트리아에서 흔하게 쓰이는 종류로 심지가 길게 늘어진 것이었다. 열두 개들이로 사면 한 개에 십사 센트 정도인데 아무리 깎아도 그보다 싸게 살 수는 없다. 그건 그렇고 우리는 그때 로밀라유가 힌차가라라고 부르는 고원에 와 있었다. 이 지역은 지도에 자세히 나온 적이 없다. 그 뜨겁고 (내가 느끼기에는) 약간 옴폭한 고원을 걷고 있자니 나무 아래에서 올리브 비슷한 색깔의 뜨거운 안개가 연기처럼 피어났다. 그 나무들은 알로에나 노간주나무처럼(하지만 당시 나는 식물에 조예가 깊지 않았다.) 키가 작고 부러지기 쉬운 것이었다. 뒤에서 이상한 그림자를 드리우며 따라오는 로밀라유의 모습은 빵 굽는 화덕 안에 밀어 넣는 기다란 나무 삽을 떠오르게 했다. 아닌 게 아니라 거기는 빵을 구워도 될 정도로 뜨거웠다.

드디어 어느 날 아침에 우리는 제법 큰 강바닥에 이르렀다. 아르느위 강이었다. 우리는 하류를 향해 걸었다. 강은 말라 있었다. 진흙은 찰흙으로 변해 있었고 여기저기 호박돌들이 황금 덩이처럼 탁한 광채를 내고 있었다. 그때 아르느위 마을이 끝이 뾰족한 원형 지붕들과 함께 눈에 들어왔다. 나는 그 지붕들이 이엉으로 만들어졌다는 것과 분명히 약하고 구멍이 송송 나 있으며 가벼우리란 걸 알아보았다. 보기에는 깃털 같지만 그보다는 무거우리라는 것도. 묵직한 깃털처럼. 지붕 덮개들에서 고요한 광채 속으로 연기가 솟아올랐다. 또 오래된 이엉에서는 생기 없는 광채가 흘러나왔다. "로밀라유." 내가 그를 불러 세웠다. "저거 그림 아니야? 여기가 어디야? 도대체 얼마나 오래된 곳이지?"

내 질문에 놀라며 그가 대답했다. "나 몰라요, 선생님."

"저걸 보니 기분이 묘하군. 젠장, 꼭 태초의 장소처럼 보이잖아. 틀림없이 우르 시[24]보다 더 오래됐을 거야." 나는 흙먼지마저 고대의 냄새를 풍긴다고 생각하며 말했다. "이곳이 아주 좋아질 것 같은 예감이 드는군."

아르느위 부족은 소를 키웠다. 둑에 있는 비쩍 마른 소 몇 놈이 우리 때문에 놀라 갑자기 껑충 뛰어오르더니 마구 달리기 시작했다. 어느새 우리는 아프리카 아이들에게 둘러싸였다. 벌거벗은 남자아이들과 여자아이들이 우리를 보고 고함을 질러댔다. 아주 작은 아이들까지도 튀어나온 배를 안고 얼굴을 찌푸리며 소 울음소리보다 더 큰 비명을 질렀다. 나무에 앉아 있던 새들이 시든 이파리 사이로 후드득 날아갔는데, 그 장면을 보기 전에는 돌멩이 던지는 소리로 알아듣고 우리가 공격당하는 줄 알았다. 돌팔매질을 당하는 줄 잘못 알고 나는 껄껄 웃으며 욕지거리를 했다. 아이들이 내게 돌을 던지다니 어쩐지 재미가 있었던 것이다. 그래서 이렇게 말했다. "우라질, 여기서는 나그네를 이렇게 맞이하나 보지?" 하지만 그때 새들이 하늘로 급히 내빼는 것이 보였다.

아르느위 부족은 소의 건강 상태에 몹시 신경 쓰며 소를 가축이 아니라 친척으로 여긴다고 로밀라유가 내게 설명했다. 이곳에서는 누구도 소고기를 먹지 않았다. 또 소를 집 밖에 내보낼 때는 아이 하나가 아니라 두세 명을 짝지어 보냈다. 그렇게 하면 소들이 흥분하거나 할 때 아이들이 뒤를 따라가면서 달랠 수 있었다. 어른들이 소를 애지중지하는 것은 한층 더 유난스러워서 그걸 이해하는 데 시간이 좀 걸렸다. 하지만 그때를 떠올리면 나는 아이들에게 줄 게 있었으면 하고 바랐던 게 생각난다. 이탈리아에서 싸울 때는 애들에게 주려고 군부대 매점에서 산 허시 초콜릿 바와 땅콩을 항상 갖고 다녔다. 자, 이제 강바닥을 따라 마을의 담벼락에 다가가니, 담벼락은 똥거름과 가시로 만든 뒤 진흙으로 보강한 것이었다. 우리를 기다리는 아이들이 몇 명 보였다. 나머지 아이들은 우리가 온 걸 마을에 알리러 가고 없었다. "쟤들 대단하지 않나?" 내가 로밀라유에게 말했다. "세상에, 맙소사, 저 불룩한 배 좀 봐. 볶아놓은 것 같은 곱슬머리는 어떻고.

애들 아직 이도 안 갈았겠는걸." 아이들은 펄쩍펄쩍 뛰어오르며 소리를 질러댔다. 그래서 내가 말했다. "정말 쟤네한테 무얼 줬으면 좋겠는데 아무것도 없어. 이 라이터로 관목에 불을 붙이면 애들이 좋아할까?" 로밀라유의 조언도 듣기 전에 나는 심지가 축 늘어진 오스트리아산 라이터를 꺼내어 엄지손가락으로 한 바퀴를 핑 돌렸다. 관목에 곧바로 불이 붙었다. 햇살이 강해서 거의 보이지는 않았지만, 불은 활활 타오르며 그 눈부신 존재를 드러냈다. 불은 한계에 다다라 모래에서 꺼져버렸다. 엉성하게 난 흰 수염 같은 심지가 달린 라이터를 주먹에 쥔 채 나만 홀로 남았다. 아이들은 한마음으로 말없이 그저 쳐다보기만 했고 나도 그들을 바라봤다. 이것이 이른바 '현실의 어두운 꿈'[25]일까? 그때 갑자기 아이들이 다시 흩어지고 소들이 질주하기 시작했다. 떨기나무의 재가 내 장화 옆에 떨어져 있었다.

"어땠나?" 로밀라유에게 물었다. "잘해 주고 싶었는데." 하지만 이 문제에 대해 뭐라 이야기 나누기도 전에 우리는 벌거벗은 사람들과 맞닥뜨렸다. 맨 앞에는 젊은 여자가 있었는데 우리 라이시보다 그리 성숙해 보이지도 않았다. 여자애는 날 보자마자 큰 소리로 울음을 터뜨렸다.

나는 그 장면이 그토록 내 마음을 아프게 할 줄은 생각지도 못했다. 고통과 시련, 고생에 대한 준비 없이 이런 세상에 뛰어든 게 현실적이진 않겠지만, 이 어린 여자의 모습을 보자 뒤통수를 세게 얻어맞는 기분이었다. 말할 것도 없이 여자의 눈물은 언제나 내 마음을 깊이 울려서, 그리 오래지 않은 과거에 릴리가 걸프의 호텔 스위트룸에서 울부짖었을 때 나는 최악의 협박을 내뱉었다. 하지만 이 어린 여자는 이방인이기 때문에 그녀의 울음이 내 마음속에 얼마나 끔찍한 감정을 풀어놓았는지 설명하기가 더 어렵다. 그때 머리에 떠오른 생각은 '내가 대체 무슨 짓을 한 거지?'였다.

'다시 사막으로 뛰어들까.' 나는 생각에 잠겼다. '그리고 사막에서 계속 머무는 거야. 악마가 내 몸을 떠나 사람들이 날 보고 첫눈에 절망에 빠지지 않게 될 때까지. 아직 나는 사막을 충분히 겪지 않았어. 총이니 헬멧이니 라이터니 이따위 것들을 모두 버리고, 어쩌면 내 사나운 성질도 죽일 수 있을 거야. 거기서 살자, 벌레로 연명하면서. 메뚜기를 먹어야지. 내 몸에서 모든 악이 다 타서 없어질 때까지. 그래, 악이야! 그래, 잘못된 것, 잘못 말이야! 어떻게 해야 할까? 내 속의 상처를 다 어떻게 해야 할까? 내 성격 말이야! 신의 가호가 있기를, 내가 모든 걸 엉망진창으로 만들어놓았으니 그 결과로부터 도망칠 수는 없어. 나란 놈은 누가 보아도 한눈에 다 알 수 있을 텐데 뭐.'

로밀라유와 함께 가벼운 마음으로 며칠 동안 힌차가라 고원을 걸은 덕에 어느새 내 마음이 예전과는 많이 달라졌다고 믿기까지 했는데. 하지만 아직 사회에 나갈 준비가 덜 된 모양이었다. 사회는 날 혼란스럽게 만든다. 나 혼자서는 제법 괜찮다가도 사람들 틈에 들어가면 안 좋은 일이 생긴다. 울고 있는 여자애와 마주치자 슬슬 나도 고함지를 채비를 했다. 릴리와 아이들과 내 아버지와 바이올린과 업둥이와 내 인생의 모든 서러움이 생각났다. 코가 부풀어 오르고 새빨개지는 게 느껴졌다.

흐느끼는 소녀 뒤에서 다른 토착민들도 소리 죽여 따라 울고 있었다. 나는 로밀라유에게 말했다. "이게 웬 난리야?"

"이 사람 부끄럽습니다." 머리가 덤불처럼 위로 뻗친 로밀라유가 아주 엄숙하게 말했다.

그러니까 이 억세고 숫처녀처럼 보이는 소녀는—순전히 곡이라고밖에 할 수 없는—곡을 하는 것이었다. 아무런 몸짓도 없이. 소녀의 두 팔은 힘없이 양옆으로 늘어져 있었고 (신체적인 면에서) 그녀를 구성하는 모든 사실이 온 세상에 다 노출된 채였다. 소녀의 눈물이 넓은 광대뼈를 타고 젖가슴으로 떨어졌다.

내가 말했다. "이 아이한테 무슨 걱정이 있는 거야? 부끄럽다니, 그게 무슨 뜻이지? 로밀라유, 자네가 내 의견을 묻는 거라면 이 상황은 아주 나쁜걸. 기껏 힘들게 걸어왔는데 이런 광경이라니, 좋지 않아. 이 마을을 돌아서 사막으로 다시 가지. 그 빌어먹을 풍경이 훨씬 더 좋았어."

로밀라유도 내가 이 눈물 바람 대표단 때문에 횡설수설한다는 사실을 알아챈 것 같았다. 이윽고 그가 말했다. "아니, 아닙니다. 선생님 잘못 아닙니다."

"아까 관목에 무슨 실수를 했나?"

"아니, 아닙니다. 선생님 만든 거 아닙니다."

이 말에 나는 손바닥으로 내 머리통을 쳤다. 그러고는 "그럼 그렇지! 난 또."(이 말의 뜻은 "난 또 나 때문에 그런 줄 알았지."였다.)라고 말했다. "저 불쌍한 영혼한테 문제가 있대? 내가 뭐 도울 건 없나? 도와달라고 나한테 오는 거야. 내 느낌에 그래. 사자가 저 애 가족을 먹어버렸을까? 주변에 식인종이 득실거리나? 로밀라유, 한번 물어보게. 내가 도와주러 왔다고 말하고 만일 주변에 살인자들이 있다면 내가 총으로 쏘겠다고 말해 주게." 나는 조준경이 달린 H&H 매그넘을 들어 사람들에게 보여 주었다. 천만다행하게도 나는 사람들이 나 때문에 우는 것이 아니고, 무언가 조치를 강구할 수 있으며, 구태여 여기 서서 저 들끓는 눈물 바람을 견딜 필요가 없다는 사실을 서서히 깨달았다. "이봐들! 나한테 맡겨." 내가 말했다. "날 봐! 날 좀 보라고!" 나는 교관들이 늘 하는 것처럼 "하나, 둘, 셋." 구령을 붙이며 전투 입문 서대로 자세를 취했다.

하지만 모두들 계속 울었다. 초롱 같은 얼굴을 한 아주 어린 아이들만 나의 재롱을 좋아하는 것 같았다. 나머지는 애도를 그치지 않고 손으로 얼굴을 감싼 채 벌거벗은 몸을 흔들었다.

"참 나, 로밀라유," 내가 말했다. "영 시원찮군. 우리가 여기 있는 게 아주 괴로운가 봐, 틀림없어."

"사람들 소가 죽어서 웁니다." 로밀라유가 대답했다. 그는 꽤 명쾌하게 사태를 설명했다. 사람들이 가뭄 때문에 죽은 소를 애도하고 있으며, 가뭄의 책임이 자기들한테 있다고 생각한단다. 즉, 신들이 화가 나서 저주를 내렸다는 말이다. 그런 이유로 사람들은 이방인인 우리 앞에 나와 모든 사실을 고백하며 묻는 것이었다.

"내가 어떻게 알겠어.—가뭄이라는 것밖에? 가뭄은 그저 가뭄일 뿐이지." 내가 말했다. "하지만 마음이 쓰이는군. 사랑하는 동물을 잃는 게 어떤 심정인지 나도 알거든." 이윽고 내가 말했다. 거의 고함을 지르는 수준이었다. "알았어. 알았어, 알겠다고. 좋아, 숙녀 여러분.— 좋아, 친구들. 이제 그만 해산해. 제발 됐으니까. 알아들었다고." 이렇게 말하자 효과가 나타났다. 내 생각에 나도 얼마쯤은 괴로워한다는 걸 사람들이 내 어조에서 깨달은 것 같았다. 그래서 로밀라유에게 말했다. "그러니까 물어봐, 내가 뭘 했으면 좋겠는지. 내가 뭔가를 해줘야겠네. 정말이야, 그럴 작정이라고."

"무얼 합니까, 선생님?"

"걱정하지 말게. 나만이 할 수 있는 뭔가가 틀림없이 있을 거야. 물어봐 줘."

그래서 로밀라유는 사람들에게 이야기했고 살가죽이 매끈한 인도 소 떼는 점잖은 저음으로 꿀꿀댔다.(아프리카 소들은 우리네 소들처럼 음매 하고 울지 않는다.) 그렇지만 울음은 점점 잦아들었다. 그제야 나는 이 사람들의 피부색이 매우 원초적이며 눈 주위로는 한층 더 진한 색인 데 반해 손바닥은 방금 씻어놓은 화강암색이라는 걸 알아챘다. 마치 빛을 가지고 놀다가 손에 약간 묻힌 것 같았다. 이 독특한 색은 이전에 한 번도 본 적이 없었다. 로밀라유가 어떤 사람과 이야기하느라 사라져서 나는 여기 토박이들 사이에 혼자 남겨졌다. 그들은 이제 거의 울음을 그쳤다. 바로 그때 나는 내 몸이 얼마나 다르게 생겼는가를 뼈저리게 느꼈다. 내 얼굴은 모종의 터미널 같았다. 그러니까 그랜드 센트럴 터미널이라고 할까.—거대한 말코에 커다란 입을 쩍 벌리면 콧구멍까지 닿았고 두 눈은 터널 같았다. 그렇게 나는 근처 초가집의 이엉에서 쏟아지는 칙칙한 빛과 향긋한 먼지 속에서 검은 인류에 둘러싸여 우두커니 기다렸다.

그때 로밀라유와 이야기하던 사나이가 다가와 내게 영어로 말을 걸었다. 나는 깜짝 놀랐는데, 영어로 말하는 사람들이 그토록 감정적으로 울고불고할 수 있으리라고는 한 번도 생각해 보지 않았기 때문이다. 그러나 그는 울고불고했던 사람은 아니었다. 덩치만 봐도 틀림없이 중요한 사람인 듯했다. 중량급 체격에 키도 나보다 몇 센티미터가 더 컸던 것이다. 하지만 나처럼 물렁살이 아니라 근육질이었다. 다른 사람들처럼 벌거벗지도 않았다. 엄밀히 말해서 엉덩이라기보다 허벅지 가까운 곳에 하얀 천을 걸쳤을 뿐이지만 말이다. 허리춤에는 녹색 실크 스카프를 둘렀으며 세일러복 형태의 헐렁하고 짧은 블라우스를 입었다. 이 블라우스는 팔놀림이 편하도록 만들어졌기에 근육이 두툼한 그에게는 안성맞춤이었다. 처음에 그는 꽤 무거운 표정이어서 나는 그가 트집거리라도 찾으며 날 가늠하는 줄 알았다. 덩치는 만만치 않지만 어렵지 않게 넘어뜨릴 수 있는 인간 버섯쯤으로 말이다. 나는 몹시 당황했지만 정작 날 놀라게 한 건 그의 표정이 아니라, 표정이야 금방 좋아졌으니까, 무엇보다 그가 영어로 말했다는 사실이다. 내가 왜 그렇게 놀라야―그러니까 실망을 해야―했는지 모르겠다. 영어는 그리스어와 라틴어에 이어 오늘날 위대한 제국주의 언어가 되었다. 만약 파르티아[26]나 누미디아[27] 사람이 라틴어로 말을 걸었다면 로마인은 놀라지 않았을 것이다. 로마인은 그걸 당연하게 여겼을 테니까. 하지만 여기 챔피언 같은 체격을 한 이 친구가 하얀 천과 스카프와 블라우스를 두르고 내게 영어로 말을 걸었을 때는 충격적인 한편, 서글픈 기분이 들었다. 그는 말할 준비를 하느라 주근깨가 살짝 박힌 핏기 없는 입술을 제자리에 두었다가 앞으로 달싹이면서 이야기했다. "나는 이텔로요. 여기 온 건 소개를 하기 위해서요. 환영하오. 그리고 안녕하시오?"

"뭐라고? 뭐라고요?" 내가 귀를 잡으며 말했다.

"이텔로요." 그가 절을 했다.

나도 잽싸게 몸을 굽히고 머리를 숙였다. 짧은 바지를 입고 하얀 코르크 헬멧을 쓴, 과열된 얼굴과 거대한 코로 말이다. 내 얼굴은 종의 딸랑이 같다. 오른쪽 귀가 잘 안 들리는 탓에 잘 듣기 위해 왼쪽 귀를 휙 돌려서 옆얼굴을 보이며 귀를 기울이고, 좀 더 집중하기 위해 어떤 대상에 시선을 고정하기 때문이다. 이번에도 나는 그렇게 했다. 그가 무슨 말을 더 하기를 기다리며 볼썽사납게 땀을 흘렸다. 죽도록 당황했으니 그럴 수밖에. 나는 믿을 수가 없었다. 세상을 떠나왔다고 그렇게 자신했건만. 누가 날 나무라겠는가. 발자국 하나 없는 산마루를 가로질러 가면 별들은 오렌지색으로 이글거리고 어두운 하늘의 수백만 톤의 폭발가스는 그토록 부드럽고 상쾌해 보이지 않았던가. 그 상쾌함이란, 가을날 아침 집을 나서며 서리의 얼얼한 생기 속에서 꽃들이 깨어나는 걸 알아차릴 때의 그런 상쾌함 같은 것이다. 사막에서 밤낮으로 이런 것을 겪고 모든 것이 지극히 단순해짐을 느꼈을 때, 나는 내가 세상을 떠나왔음을 정말이지 굳게 믿었다. 왜냐하면 다들 알다시피 세상이란 복잡한 곳이기 때문이다. 게다가 이곳의 예스러움이 너무 충격적이어서 나는 어딘가 새로운 장소로 들어왔다고 확신했다. 눈물의 사절단은 또 어떻고. 그런데 여기에 바깥세상을 돌아다닌 사람이 있었던 것이다. 영어를 아는 걸 보면 틀림없다. 거기다 대고 나는 "너희의 적을 말해라, 내가 죽여 주마. 식인종이 있는 곳으로 안내해라."라는 둥 떠벌렸던 것이다. 또 덤불에 불을 놓고 총기 시범을 보이다니, 정말 제대로 어릿광대 노릇을 한 셈이다. 나는 말할 수 없이 참담한 기분이 들어서 로밀라유에게 어둡고 성난 시선을 보냈다. 그 모든 사태가 미리 귀띔을 해주지 않은 그의 잘못이라도 되는 것처럼.

그러나 이텔로라는 이 토박이는 이곳에 와서 벌인 내 행각을 나무라려는 게 아니었다. 그런 생각은 아예 없는 것 같았다. 그는 내 손을 잡아 자기 가슴에 갖다 대더니 이렇게 말했다. "이텔로."

나도 그를 따라 하며 말했다. "헨더슨." 알다시피 나는 겉치레 하는 사람이 되고 싶지도 않지만 원래 감정을 감추는 데에도 능하지 못하다. 내 얼굴을 갤러리 삼아 군집한 감정이, 그것도 특히 나쁜 감정들이 세상을 향해 두 팔을 휘젓는다. 난 그걸 막을 수가 없다. "처음 뵙겠습니다." 내가 말했다. "그런데 말이오, 여기서 무슨 일이 벌어지는 거요? 모두 맹렬하게 곡을 하고 있으니. 내 친구 말은 소 때문이라는데. 지금은 여길 찾아올 때가 아닌가 봅니다. 아무래도 지금은 이대로 떠나고 언제 다른 때 와야 하는 것이 아니오?"

"아니요, 손님으로 계시오." 이텔로는 이렇게 말하며 나를 반갑게 맞아주었다. 하지만 그는 나의 실망과 떠나겠다는 말이 순도 백 퍼센트의 용기와 관용 때문이 아님을 알아채고는 이렇게 말했다. "당신이 처음인 줄 알았소? 뭔가 새로운 존재라고? 대단히 미안하지만 우리는 이미 세상에 알려졌어요."

"그러길 기대했다면, 그렇다면 그건 내가 더럽게 잘못한 거지. 이제 세상은 죄다 까발려져 있지 않소. 젠장, 아까는 내가 정신이 나갔지. 난 탐험가도 아니고, 어쨌든 내가 온 목적은 그게 아니오." 그렇게 해서 내가 온 목적을 생각해 낸 나는 눈앞의 녀석을 좀 더 샅샅이 훑어보기 시작했다. 그가 알고 있을 위대한 혹은 심오한 삶의 실상을 찾아내려고. 맨 처음 알아낸 것은 그가 표정은 심각해도 기본적으로 좋은 녀석이라는 사실이었다. 다만 매우 품위가 있었다. 콧구멍 위에서 시작되는 커다란 곡선이 입가로 내려오는 바람에 오해의 소지가 있는 표정을 만든 것이었다. 뒤로 기댄 자세 탓에 그의 다리와 무릎의 강인함이 더욱 돋보였고, 다른 부족민들처럼 어두운 테두리가 있는 눈가는 반짝이는 금박을 연상시켰다.

"그건 그렇고." 내가 말문을 열었다. "어쨌든 당신은 바깥세상에 나갔다 왔군요. 아니면 영어가 이곳의 제2언어요?"

"선생." 그가 말했다. "그럴 리가 있겠소. 나 말고는 없다오." 코가 넓은 탓인지 그는 아주 약간 콧소리를 냈다. "말린디에 있는 학교에서요. 내가 다닌 학교인데 죽은 나의 형제도 거길 다녔소. 여기저기에서 젊은 친구들이 말린디의 학교로 많이 갔소. 그 다음으로 많이 간 게 베이루트의 학교지. 난 여행을 많이 했소. 그래서 나 혼자 영어를 할 수 있는 거요. 이 주변에서는 수십 킬로미터를 더 가도 영어 하는 사람은 만날 수 없을 거요. 와리리 왕인 다푸밖에는."

까맣게 잊었던 생각이 다시 떠올라 그에게 물었다. "아, 잠깐. 미안하지만 당신 혹시 왕족이오?"

"여왕이 내 이모요." 그의 대답이었다. "윌라탈레요. 그리고 므탈바라는 다른 이모 집에 당신은 묵게 될 거요, 선생. 므탈바가 자기 집을 빌려줄 거요."

"오, 잘됐구려." 내가 말했다. "대접이 융숭하군. 그렇다면 당신은 왕자요?"

"그렇소."

더 잘됐다. 그의 덩치와 외모로 보아 나는 처음부터 그가 범상치 않을 줄 알았다. 그러고 나서 그는 자기가 아는 한에서는 내가 삼십 년도 넘는 동안 처음으로 찾아온 백인 손님이라며 위로해 주었다. "그런가요, 전하." 내가 말했다. "이방인을 많이 안 끌어들이다니, 잘하셨습니다. 여기는 무언가 좋은 느낌이 듭니다. 왜 그런지는 잘 모르겠지만. 나는 유럽의 오래된 유적들을 몇 군데 여행해 봤어요. 그런데 당신 마을의 반만큼도 옛날 느낌이 나지 않더군요. 내가 부리나케 마을을 나가서 당신의 행방을 방송으로 내보낸다거나 사진을 찍고 싶다고 할까 봐 걱정된다면 이제 깨끗이 접어두셔도 돼요. 난 전혀 그런 쪽이 아니니까." 이 말에 그는 고맙다고 했지만 이곳은 여행객들을 불러들일 만한 가치가 별로 없다는 말을 덧붙였다. 지금도 나는 그때 내가 지도책에도 기록되지 않은 곳으로 들어간 게 아닐까 생각한다. 그건 내가 지리에 지대한 관심이 있어서가 아니라 지리란 것이 어떤 장소를 지정학적으로 밝히고 나면 그에 대해 더 할 말이 없게 만드는 건방진 개념이기 때문이다.

"헨더슨 씨, 이제 마을로 들어가지요." 이텔로가 말했다.

그래서 나도 말했다. "당신은 내가 한 사람도 빼놓지 않고 모두 만났으면 하시는구려."

기가 막힌 날씨였다. 너무 건조한 게 흠이었지만 눈이 닿는 곳마다 광채가 났고 흙먼지마저 향기롭고 짜릿했다. 우리를 기다리는 한 무리의 여자들은 이텔로의 아내들로, 벌거벗었으며 태양이 그곳에만 특별히 작용한 것처럼 눈 둘레가 진했다. 상대적으로 연한 손의 피부를 보니 분홍빛 돌이 줄곧 연상되었다. 색깔 때문에 손과 손가락이 상대적으로 더 커 보였다. 나중에 나는 그 젊은 여자 중 몇이 몇 시간씩 서서 실뜨기하는 모습을 보았는데 짝이 된 두 사람 주위에는 보통 여러 명의 구경꾼이 모여들었고, 실뜨기 당사자 중 한 사람이 복잡한 모양을 떠맡게 될 때마다 "아후!"라고 고함을 질렀다. 구경하는 여자들은 손목을 모으고 두 손을 펄럭거렸는데 그건 그들이 환호하는 방식이었다. 남자들은 손가락을 입에 넣고 휘파람을 불었으며 때로는 단체로 그랬다. 이제 울음은 완전히 그쳤고, 나는 흙이 묻은 큰 헬멧을 쓰고 입을 커다랗게 벌린 채 서서 웃었다.

이텔로가 입을 열었다. "그러면 이제 여왕을 만나러 갈 거요. 내 이모인 윌라탈레 말이오. 그다음, 아니면 거의 동시에 므탈바 이모도 만나게 될 거요." 이미 두 여자가 들고 온 한 쌍의 우산이 준비되어 있었다. 햇볕이 몹시 강렬해서 나는 땀을 뻘뻘 흘렸는데 호박꽃 형태의 이 거창한 우산 두 개는 높이가 2미터 반이나 되다 보니 그늘이라곤 거의 드리우질 못했다. 이곳 사람들은 누구나 인물이 빼어났고 몇몇은 미켈란젤로가 보더라도 만족했을 것이다. 이텔로를 선두로 우리는 제법 격식까지 갖추어 두 사람씩 걸어갔다. 나는 좋아서 싱긋 웃음이 났지만 햇빛 때문에 찡그리는 척했다. 그리하여 우리는 여왕의 처소를 향해 행진했다.

이제야 나는 이곳의 문제이자 눈물의 근원이 무엇인지 이해했다. 가축우리에 다가갔을 때 우리는 어떤 소 너머로 커다랗고 투박한 나무 빗을 들고 서 있는 사내를 보았다. 다른 소와 마찬가지로 그 소도 인도 소였지만 문제는 그게 아니었다. 중요한 건 그 사내가 내가 이전에 한 번도 본 적이 없는 방식으로 소털을 빗어주며 어루만졌다는 사실이다. 그는 빗을 가지고 불룩한 뿔 위의 무성한 털을 고르고 있었다. 그가 쓰다듬고 끌어안고 했지만 인도 소는 편안해하지 않았다. 나처럼 굳이 시골에서 자란 사람이 아니더라도 이 동물에 무슨 문제가 생겼다는 건 곧바로 알 수 있었을 것이다. 건강한 소가 애정을 표현할 때 그러듯이 주인을 머리로 툭 치는 법도 없었고 소를 쓰다듬는 사내 자신도 슬픔에 잠겨 우울하게 빗질을 했다. 둘 사이에는 절망적인 분위기가 감돌았다. 사태를 종합적으로 판단하기까지는 시간이 좀 걸렸다. 이 사람들은 가축을 자신의 형제자매처럼, 자식처럼 사랑한다는 사실을 먼저 이해해야 한다. 이들에게는 뿔의 다양한 형태를 묘사하는 단어만 쉰 개가 넘었다. 이텔로는 소의 표정을 나타내는 단어가 수백 개나 있으며 소의 습성에 관련해 없는 말이 없다고 설명해 주었다. 나는 이를 어느 정도만 이해할 수 있었다. 나 자신도 어떤 돼지들에 대해서는 깊은 애정을 품은 적이 있다. 하지만 돼지란 기본적으로 태어날 때부터 짐승이다. 따라서 인간의 야망이나 욕구에 매우 민감하게 반응하므로 별도의 어휘가 필요하지는 않다.

이텔로와 나의 행렬이 멈추고 사람들은 모두 이 사내와 사내의 소를 쳐다보았다. 하지만 이 장면을 보고 다들 정신적으로 얼마나 괴로울지 알아챈 나는 다시 움직였다. 하지만 그다음에 보게 된 건 한층 더 가관이었다. 머리가 하얗게 센 쉰 살 정도의 남자가 무릎을 꿇고 진저리를 치며 눈물을 흘렸고 거기다가 머리에 흙까지 뿌렸는데, 이유는 자기 소가 이승을 하직했다는 것이었다. 모두가 애도하며 지켜보는 가운데 남자는 거문고처럼 생긴 소의 뿔을 부여잡고 제발 자기를 떠나지 말라고 애원했다. 그러나 소는 이미 무심한 경지에 들어섰고, 졸린 걸 남자가 억지로 깨어 있게 하려는 것처럼 눈꺼풀에 주름이 잡혔다. 이걸 보고는 나도 마음이 흔들렸다. 동정심을 느낀 나는 이렇게 말했다. "왕자님, 도대체 할 수 있는 일이 아무것도 없습니까?"

헐렁하고 짧은 블라우스 속에서 이텔로의 넓은 가슴이 부풀더니 마치 이 비통한 애도 때문에 내 여행을 망치고 싶지 않다는 듯 그는 크게 숨을 들이마시고는 이렇게 말했다. "내 생각은 그렇소."

바로 그때 전혀 예상치 못한 일이 벌어졌는데 적지 않은 양의 물이 얼핏 눈에 띈 것이다. 처음에 나는 얇은 쇳조각의 광채가 눈이 시리도록 오락가락하는 줄 알았다. 하지만 가까이에 물이 있는 것이 틀림없었다. 냄새도 났다. 그래서 나는 왕자를 멈춰 세우고 그에게 말했다. "잠깐 이것 좀 살펴봅시다, 왕자님. 여기 이 사람은 이렇게 죽을 것처럼 슬퍼하는데 내가 틀린 게 아니라면 분명히 왼쪽 저편에 반짝이는 물이 보입니다. 내 말이 맞지요?"

왕자는 물이 맞다고 인정했다.

"그리고 소들은 목이 말라서 죽어가고 있고요?" 내가 말했다.

"그렇다면 뭔가 분명히 잘못된 거 아닙니까? 오염된 물인가요? 어디 봅시다. 분명 왕자님이 할 수 있는 일이 있을 겁니다. 걸러 내거나 뭐 그런 식으로요. 큰 단지를 만들 수도 있고—큰 통 말입죠. 끓여서 불순물을 제거할 수도 있지요. 이봐요, 비현실적으로 들릴지 모르지만 알고 보면 놀랄 겁니다. 마을 전체를 끌어들여서 모두가 합심한다면—빙고! 이렇게 무기력한 상태로 내버려 두었다가는 결국 어떻게 될지 뻔합지요."

하지만 그러는 동안 왕자는 내 말에 동의하는 것처럼 고개를 아래위로 흔들면서도 실제로는 나와 의견을 달리했다. 그 묵직한 팔을 세일러복 모양 블라우스 위를 가로질러 팔짱을 끼고 있는 동안에도 호박꽃 파라솔로부터 조각난 그늘이 내려왔다. 벌거벗은 여자들이 네 개의 손으로 높이 쳐든 파라솔은 바람을 타고 움직이기라도 하는 것 같았다. 한 점 바람도 없는데 말이다. 공기는 적도에 묶인 것처럼 고요히 한자리에 머물면서 바짝 마르고 푸르른 한낮의 아름다움을 한껏 뽐내고 있었다.

"아…… 고맙소." 왕자가 말했다. "좋은 계획을 말해 주어서."

"하지만 내 일이나 잘해야겠지요? 당신이 옳은지도 모릅니다. 당신네 관습에 끼어들고 싶지는 않아요. 그래도 어떤 일이 벌어지는지 뻔히 쳐다보면서 한마디도 하지 않기란 힘이 드는군요. 다른 건 몰라도 급수 시설을 한번 볼 수 있을까요?"

별로 내켜 하지 않으면서 왕자가 말했다. "별문제 있겠소? 그 정도야." 그렇게 해서 이텔로와 나, 거의 같은 체구의 둘은 이텔로의 아내들과 마을 사람들을 뒤에 남겨 두고 물을 보러 갔다. 자세히 살펴본 결과 진흙이나 민물말이 좀 있는 것 말고는 괜찮아 보였고 수량도 확실히 풍부했다. 암록색 돌로 두껍게 담을 둘러서 반은 저수지요, 반은 댐이었다. 그 아래로 틀림없이 수원지가 있으리라고 예상했는데 산에서 내려오는 말라붙은 수로가 평소의 주요 공급원을 드러냈다. 저수지 위로는 증발을 막기 위해 커다란 초가지붕이 세워져 있었는데 가로세로 폭이 적어도 각각 15, 20미터는 됐다. 오래 도보 여행을 하고 난 뒤여서 나는 당장에라도 옷을 벗어 던지고 그 그늘지고 따뜻한 물에 뛰어들고 싶은 마음이 간절했다. 헤엄을 치며 둥둥 떠다니기에는 약간 거품이 일었지만. 우아해 보이는 초가지붕 아래에 누워서 유영하는 것 이상 좋은 일은 세상에 없을 성싶었다.

"자, 왕자님. 민원 사항이 뭡니까? 어째서 여기 물을 두고도 쓸 수 없는 겁니까?" 내가 물었다.

이 움푹한 수조로 온 건 왕자와 나뿐이었다. 나머지 사람들은 20미터쯤 떨어져 있었으니 분명히 불안하고 흥분해서 그랬을 것이다. 그래서 내가 말했다. "왕자님의 백성을 괴롭히는 게 뭡니까? 이 물에 뭔가가 있나요?" 이 말과 함께 물속을 들여다본 순간 나는 수면 바로 아래에 상당한 움직임이 있는 것을 알아차렸다. 거미줄 같은 빛 사이로 머리통이 큰 올챙이들이 그제야 보였다. 저마다 발육단계에 따라 거대한 정자처럼 기다란 꼬리에 다리가 돋아나고 있었다. 그러고 보니 거대하고 힘찬 개구리들은 얼룩덜룩한 몸에 목도 없는 두꺼운 머리와 길고 하얀 다리로 헤엄을 치면서 짤막한 앞발은 깜짝 놀란 시늉을 했다. 근처 어떤 생물들을 막론하고 이 개구리들이야말로 복이 터진 것 같아서 내심 질투가 났다. "설마! 개구리 때문인가요?" 내가 이텔로에게 물었다. "이것 때문에 소한테 못 먹인 겁니까?"

왕자가 풀이 죽어 고개를 끄덕였다. 그렇다. 원인은 개구리였다.

"어떻게 여기에 들어간 거죠? 어디서 온 겁니까?"

이 질문에 이텔로는 대답하지 못했다. 모든 것이 수수께끼였다. 그가 말할 수 있는 것이라곤 이전에 한 번도 듣도 보도 못한 이 생물체가 한 달쯤 전에 저수지에 나타나는 바람에 소에게 물을 줄 수 없었다는 것뿐이었다. 이것이 앞에서 말한 저주였다.

"이게 저주란 말입니까?" 내가 물었다. "하지만 당신은 바깥 세상에 나갔다 왔지 않습니까. 학교에서 개구리를 보여 준 적이 없었나요? 적어도 그림으로라도 말이죠. 이것들은 아무 해도 없어요."

"아, 그래요. 틀림없소." 왕자의 대답이었다.

"그렇다면 이 짐승 같은 놈들이 물속에 좀 있다고 해서 가축들이 죽어가도록 내버려 둘 필요가 없다는 것을 아실 텐데요."

그러나 이 말에 왕자는 아무 대꾸도 못했다. 그는 커다란 손을 들어 올리고 말했다. "마시는 물에는 아무 동물도 없어야 하오."

"그렇다면 이것들을 없애면 될 것 아닙니까?"

"아, 안 되오, 안 돼. 먹는 물에 있는 동물을 건드리면 안 돼."

"아, 이봐요, 왕자님, 도대체가 말이 되는 소리를 하셔야지." 하고 내가 말했다. "개구리는 체에 거를 수도 있고, 약용으로 잡을 수도 있어요. 할 수 있는 일이 백 가지는 됩니다."

왕자는 입술을 깨물고 눈을 감은 채 내 제안이 얼마나 실현 불가능한지를 보여 주기 위해 크나큰 한숨을 내쉬었다. 그는 콧구멍으로 바람을 내뿜더니 고개를 저었다.

"왕자님." 내가 다시 말을 이어 나갔다. "나하고 둘이서 이 문제를 의논해 봅시다." 나는 매우 강경해졌다. "이런 일이 계속된다면 머지않아 이 마을에는 소들의 줄초상이 날 겁니다. 비도 올 것 같지 않고. 우기가 끝났으니까요. 물이 필요하잖아요. 물은 이 저수지에 있고요." 여기서 나는 목소리를 낮추었다. "이거 봐요. 나도 말이 안 되는 사람이지만 이건 생존의 문제입니다."

"아, 선생." 왕자가 입을 열었다. "백성들은 두려워하고 있소. 아무도 저런 동물을 본 적이 없소."

내가 말했다. "흠, 내가 듣기로 가장 마지막으로 개구리의 습격이 있었던 건 이집트에서였습니다." 처음부터 이곳에서 느꼈던 고풍스러움은 이 말로 인해 한층 더 고풍스러워졌다. 좌우지간 처녀 아이를 선두로 이 사람들이 마을 담벼락 옆에서 눈물로 나를 맞이했던 것은 바로 이 저주 때문이었다. 괴상하기 이를 데 없는 저주. 이제 아귀를 모두 맞추고 보니 저수지의 고요한 물이 내 눈에는 어둠의 호수만큼 까맣게 보였다. 정말이지 엄청나게 많은 놈들이 바글바글 꿈지락댔고 마치 저수지 물을 독점한 것처럼 반점 얼룩과 등으로 미끄러지며 개구리헤엄을 쳤다. 또한 물 밖으로 기어나가 젖은 돌을 두드리며 목구멍에 뭐가 걸린 목멘 소리로 울어댔다. 그러고는 독특하게도 빨강, 초록, 하양의 대리석 무늬 눈을 깜박거렸다. 나는 세상 속으로 나온 개 같은 바보가 숙명처럼 이 개 같은 바보 현상을 맞닥뜨려야 한다는 사실을 깨닫고, 개구리보다도 나 자신에 대해 어이가 없었다. 그래도 나는 개구리들에게 말했다. 조금만 기다려라, 이 깜찍한 개놈의 자식들. 내가 끝장나기 전에 먼저 네놈들을 지옥에서 개골개골하게 만들어주지.

6

 햇볕에 덥혀진 수조에서 각다귀들이 맴을 돌았다. 수조의 물은 돌아가면서 녹색과 노랑과 어두운 색이 되었다. 나는 이텔로에게 이렇게 제안했다. "왕자님 얘기는 이 가축들을 괴롭히면 안 된다는 말이군요. 하지만 만일 이방인이 나타나서—예를 들면 나 같은 사람 말이죠.—왕자님 대신 이 일을 떠맡는다면 어떨까요?" 나는 물속에서 꼼지락대는 이것들을 없애 저주를 걷어낼 때까지는 내가 결코 쉴 수 없으리라는 걸 깨달았다.
 이텔로의 태도로 보건대 나는 그가 어떤 불문율 때문에 내 의견을 드러내놓고 부추기지는 못하나 만일 그렇게만 된다면 나머지 아르느위 사람들과 더불어 나를 굉장히 대단한 은인으로 여기리라는 것을 알았다. 왜냐하면 이텔로는 직접적으로 대답하지 않고 계속해서 한숨만 내쉬며 이 말을 반복했기 때문이다. "아, 정말 비통한 심정이오. 엄청난 고통이야." 그래서 나는 그에게 그윽한 시선을 보내며 "왕자님, 이 문제는 제게 맡기십시오."라고 말하고는 이빨 사이로 짜릿한 숨을 들이쉬었다. 저 개구리들을 황천길로 보낼 사람은 나밖에 없다는 자신감이 생겼다. 당신도 이해할 것이다. 아르느위 사람들은 우유만 대놓고 마시는 사람들이어서 소가 생계 수단의 전부이다. 그들은 소가 자연사한다 해도 의식적으로 말고는 고기를 먹지 않는다. 심지어는 그런 행사 때에도 만행이라 여기어 눈물을 흘리며 먹는다. 그렇기 때문에 소의 죽음은 그야말로 재앙이고 죽은 소의 가족들은 매일 제사를 지내고 곡을 하면서 고기를 먹는다. 그러므로 그들이 이렇게 된 것도 전혀 놀라운 일이 아니었다. 그곳을 빠져나올 때 나는 민물말과 개구리가 사는 문제의 저수지 물이 내 안에 들어와 마음에 네모난 공간을 차지해 내가 움직일 때마다 물이 출렁이는 것을 느꼈다.

우리는 나의(실은 이텔로와 므탈바의) 오두막으로 갔다. 나는 여왕에게 소개받기 전에 좀 씻고 싶어서 가는 도중에 왕자에게 잔소리를 했다. 이런 식이었다. "어째서 유대인이 로마에 패했는지 아십니까? 토요일에는 반격을 하지 않았기 때문이지요. 지금의 물 사태가 딱 그러네요. 왕자님은 왕자님 자신과 소를 지켜야겠습니까? 아니면 관습을 보호해야겠습니까? 나라면 왕자님 자신을 보호하라고 말하겠어요. 우선 살아야죠." 나는 말을 이었다. "관습이야 새로 만들면 되죠, 뭐. 원, 개구리한테 망해야겠어요?" 왕자는 솔깃해서 듣더니 이렇게만 대답했다. "흠, 매우 흥미롭구려. 그게 사실이오? 대단하군."

우리는 로밀라유와 내가 묵을 집에 이르렀다. 그 집은 마당 가운데에 있었는데 다른 집들과 마찬가지로 진흙으로 둥글게 지었고, 지붕은 고깔 모양이었다. 내부는 매우 엉성해 보였으며 밝고 휑했다. 천장에는 연기로 그을린 기둥들을 1미터 간격으로 가로질러 놓았고 그 위에 종려나무 잎으로 얹은 기다란 서까래들은 고래수염을 닮았다. 나는 자리에 앉았고 이텔로는 일행을 햇볕 아래 세워둔 채 나와 마주 앉았다. 로밀라유가 짐을 풀었다. 하루의 열기가 이제 최고조에 달했고 공기는 더할 수 없이 고요했다. 오로지 머리 위의 등나무 줄기로부터, 그러니까 원뿔형으로 인 누르스름한 이엉으로부터 말린 푸성귀 냄새가 솔솔 내려올 뿐이었다. 조그만 생명체들의 소리가 들렸다. 딱정벌레나 어쩌면 새나 쥐일지도 모르는 것이 꼼지락대고 눈을 깜박이고 털을 곤두세웠다. 나는 너무 피곤해서 한잔하고 싶지도 않았고(우리는 버번을 채운 물통을 몇 개 가지고 있었다.) 머릿속엔 온통 당면 위기에 대한 생각, 그리고 저수지의 개구리를 어떻게 없앨까 하는 생각밖에 없었다. 하지만 왕자는 이야기를 나누고 싶어 했다. 처음에는 붙임성이 좋아서 그러는 줄 알았지만 결국 화제가 어떤 목적을 향해 가는 듯이 보여서 나는 정신을 바짝 차렸다.

"내가 다닌 학교는 말린디에 있소." 왕자가 말했다. "경이롭고 아름다운 마을이지." 말린디라는 마을은 나도 나중에 가게 되는데, 아랍의 노예 매매로 유명한 동부 해안의 항구이며 예로부터 다우선[28]이 정박하는 곳이었다. 이텔로는 자기가 유랑한 이야기를 해주었다. 그는 지금은 와리리의 왕이 된 친구 다푸와 함께 남쪽에서 출발하여 여행을 했다. 함지박 같은 낡은 배로 홍해를 항해했고 세계대전이 일어나기 전에는 터키의 철도 공사 현장에서 일하며 알 메디나까지 가보았다. 이 부분은 나도 약간의 식견이 있었다. 우리 어머니가 아르메니아 집단 학살 사건에 관심이 많았던 데다가 나 또한 아라비아의 로렌스[29]에 대해 읽은 덕분이다. 나는 예전부터 미국식 교육이 중동 지역에 얼마나 넓게 퍼져 나갔는지를 알고 있었다. 내 기억이 틀리지 않는다면 청년 투르크당원들과 엔베르 파샤[30]도 미국 학교를 다녔다.―그들이 「마을의 대장장이」[31]와 「상냥한 앨리스와 깔깔보 알레그라」

로부터 어떻게 전쟁과 음모와 학살을 배웠는지는 흥미로운 연구 과제가 되리라. 하지만 힌차가라 고원에서 소를 키우며 살아가는 외딴 부족의 이텔로 왕자는 시리아의 미션 스쿨을 다녔고 그의 와리리 친구 또한 그러했다. 이 두 사람은 자신들의 머나먼 고향으로 돌아왔다. 내가 말했다. "어쨌든, 왕자님이 여기에서 나가서 세상을 알게 된 건 대단하다고 생각합니다."

왕자는 미소 짓고 있었지만 동시에 매우 긴장한 자세였다. 무릎을 넓게 벌리고 한쪽 손의 엄지와 관절로 땅을 짚고 있었다. 그러면서도 계속 미소를 짓고 있는 모양이 머지않아 무슨 일이 벌어지리라는 걸 직감했다. 우리는 이엉을 얹은 오두막 안에서 낮은 의자에 앉아 얼굴을 맞대고 있었는데 그 느낌이란 마치 커다란 반짇고리에 들어앉은 것 같았다. 나한테 벌어졌던 모든 일들—오랜 도보 여행, 밤에 들리는 얼룩말 소리, 오선지의 음표처럼 매일 오르내리는 태양, 아프리카의 색깔, 소 떼와 애도하는 사람들, 누런 저수지 물과 개구리들, 이런 것들이 마음과 감정에 영향을 끼쳐서 나의 내부에서는 그 모든 것들의 균형이 자칫 깨질 것만 같았다. 위험하다고까지는 말할 수 없었지만.

"왕자님." 내가 단도직입적으로 물었다. "여기서 무슨 일이 벌어지는 겁니까?"

"이방인이 오면 우리는 언제나 씨름을 해서 인사를 트지. 예외는 없소."

"말하자면 규칙인가 보군요." 나는 매우 주저하면서 말을 이었다. "그런데 혹시, 이번 한 번만 넘어가거나 잠시 미룰 수 없을까요? 제가 완전히 기진맥진해서요."

"아, 안 되오." 왕자가 대답했다. "새로 온 사람은 씨름을 해야 하오. 어떤 상황에서라도."

"알겠습니다." 내가 수긍하며 말했다. "그러니까 왕자님은 이곳의 일인자겠군요." 이것은 나 혼자서도 대답할 수 있는 문제였다. 당연히 일인자라는 이유로 왕자는 나를 만나러 왔던 것이고, 내가 이 오두막에 들어올 수 있었던 것이다. 또한 강바닥에서 아이들이 흥분했던 이유도 이제 이해가 갔다. 아이들은 씨름 시합이 있으리라는 사실을 알았던 것이다. "그런데 왕자님." 내가 말했다. "나는 싸우지 않고 승리를 양보할 용의가 있어요. 아시다시피 왕자님은 체격이 우람하고 나는 나이도 더 많으니까요."

그러나 왕자는 내 말을 무시하고 내 목 뒤에 손을 대더니 바닥으로 끌어당기기 시작했다. 나는 놀랐지만 여전히 공손하게 말했다. "이러지 마세요, 왕자님. 이러지 마십시오. 무게로는 내가 유리할 겁니다." 사실 나는 어찌할 바를 몰랐다. 로밀라유는 옆에 서 있었지만 내가 쏘아 보내는 시선에 대해 어떤 답변도 내비치지 않았다. 이텔로가 나를 끌어내릴 때 내 하얀 헬멧이 그 안에 줄로 매놓은 여권과 돈과 종이들과 함께 굴러떨어졌고 오랫동안 이발하지 않은 나의 꼬부랑 머리털이 목 뒤로 삐죽 솟아올랐다. 그러는 내내 나는 이 사태를 정리하려고 애쓰고—애쓰고 애썼다. 이 이텔로라는 녀석은 가공하리만치 힘이 세서 풍성한 흰 바지와 짧은 미디 블라우스 차림으로 나를 올라타고는 오두막 바닥에 메다꽂았다. 하지만 나는 두 팔이 마치 옆구리에 묶인 것처럼 단단하게 버티면서 그가 마음대로 나를 밀었다 당겼다 하도록 내버려 뒀다. 이제 나는 엎드린 채 얼굴을 흙에 처박은 모양새였고 두 다리는 바닥에 질질 끌리고 있었다.

"덤비시오, 덤벼보시오." 왕자가 거듭 말했다. "선생, 나랑 싸워야지."

"왕자님." 내가 대답했다. "최선을 다해서 싸우는 중입니다."

나를 믿지 않는다고 해서 왕자를 탓할 수는 없을 것이다. 왕자는 하얀 반바지를 걸친 거대한 다리와 손만큼이나 하얀 맨발로 날 타고 넘더니 옆으로 누워 한쪽 다리를 지렛대 삼아 내 아래에 쑤셔 넣고 목덜미를 부여잡았다. 그는 매우 거친 숨을 내뿜으면서 (불쾌할 정도로 내 얼굴 가까이에다 대고) 이렇게 말했다. "이봐, 싸워. 싸우라고, 헨더슨. 대체 왜 그래?"

"전하." 내가 말했다. "나는 특공대 출신입니다. 전쟁도 치렀고 블랜딩 캠프에서는 지독한 훈련도 받았어요. 군대에서는 그냥 싸우는 게 아니라 죽이는 법을 가르쳤지요. 그래서 나는 싸우는 법은 몰라요. 하지만 일대일 싸움이라면 상대를 아주 못쓰게 만들어버립니다. 그 방면엔 모르는 게 없으니까요. 상대방 입에 손가락을 쑤셔 넣어서 입을 찢는 법이라든가 우두둑 뼈를 부러뜨리고 눈알을 후벼내는 법 말예요. 물론 그런 물리적 충돌을 좋아하지는 않습니다. 하필이면 때마침 폭력을 자제하는 중이기도 하고요. 바로 지난번에는 목소리만 높였을 뿐인데 결과가 아주 좋지 않았거든요. 이해해 주셔야겠습니다." 나는 숨이 가빠왔다. 흙먼지가 콧구멍을 막아버렸던 것이다. "그런 위험한 방법들을 몽땅 다 배웠기 때문에 지금 자제하고 있다고 말하는 겁니다. 그러니까 싸우지 맙시다. 문명의 척도로 보건대 우리는 너무 고조돼 있어요. 우리의 에너지를 모두 개구리 문제에 쏟아야 해요." 내가 말을 이었다.

왕자가 아직도 팔을 내 목에 두르고 있었기 때문에 나는 정말 심각하게 할 얘기가 있다는 의사를 전달했다. 그러고 나서 이렇게 말했다. "전하, 실은 내가 뭘 좀 알아보러 왔습니다."

왕자가 나를 놓아주었다. 내 생각에 나는 그가 바랐던 만큼 충동적이거나 격렬하지 않았다.—반응이 없었다는 말이다. 그의 표정에서 그런 사실을 읽으면서 나는 그 집 여주인의 쪽빛 천으로 얼굴에 묻은 흙을 닦아냈다. 천은 서까래에서 집어 왔다. 왕자에 대해서라면 이제 우리는 익히 아는 사이였다. 적어도 아프리카 말린디에서 소아시아까지 두루 다니면서 세상을 얼마간 보았으니 왕자는 틀림없이 무능한 병사가 무엇인지 알 테고 이 순간 그의 표정으로 미루어 보건대 나도 그 부류에 속했다. 물론 내가 무척 풀이 꺾여 있었던 건 사실이다. 하고 싶다느니 어쩌느니 하는 그 목소리 때문에 말이다. 나는 인생의 여러 현상들을 나의 상황을 치료 또는 악화시킬 치료제 정도로 여기게 되었다. 그렇지만 이 상황! 아, 내 상황! 처음이나 끝이나 그놈의 상황이다! 그것 때문에 나는 가슴에 손을 얹고 에이브러햄 평원[32]에서 최후를 맞이한 몽캄[33]의 옛 그림처럼 빙그르르 한 바퀴 돌아야 했다. 이참에 할 얘기가 있다. 사실 과도한 슬픔은 날 육체적으로 무겁게 만들었다. 한때는 나도 가볍고 날렵했으니까. 마흔 살 때만 해도 난 테니스를 쳤고 그것도 한 시즌에 오천 세트씩 기록을 갈아치우곤 해서 먹는 것도 자는 것도 야외에서 하다시피 했다. 성능 좋은 로켓 엔진처럼 코트를 누비며 눈에 보이는 모든 것을 강타하고 진흙에 구멍을 내고 라켓을 결딴내고 거듭되는 발리로 네트를 떨어뜨렸다. 이 얘기를 하는 것은 내가 언제나 울적하고 굼떴던 것은 아니라는 말을 하기 위해서이다.

"왕자님은 여기서 무적의 일인자인가 보군요?" 내가 물었다.

그러자 왕자가 대답했다. "그렇소. 언제나 이기니까."

"하나도 놀랄 일이 아니네요."

왕자는 눈가를 번득이며 건성으로 대꾸했다. 내가 흙에 얼굴을 파묻고 뒹굴었으므로 그의 생각에는 우리가 이제 서로 속속

들이 알게 되었고 결국 나는 거대하지만 힘도 못 쓰는, 보기에는 무시무시해도 한낱 장승이나 사람의 형상을 한 갈라파고스 거북에 불과하다고 결론 내렸던 것이다. 그런 탓에 나는 다시 그에게 존경을 받으려면 분발해서 결국은 씨름을 해야겠다고 결심했다. 나는 헬멧을 내려놓고 티셔츠를 벗은 다음 이렇게 말했다. "전하, 제대로 한번 해봅시다." 로밀라유는 이텔로가 내게 도전했을 때나 마찬가지로 전혀 반기는 기색도 없었고 원체 끼어드는 체질이 아니어서 에티오피아 사람 같은 코 너머로 그저 바라볼 뿐이었다. 머리카락이 코 위로 그늘을 드리웠다. 왕자에 대해 말하자면 그는 방만하고 무심한 표정으로 앉아 있다가 내가 티셔츠를 벗자 생기를 띠며 껄껄 웃기 시작했다. 그러더니 일어서서 몸을 웅크리고 손으로 방어 자세를 취했다. 나도 그렇게 했다. 우리는 작은 오두막 안을 뱅뱅 돌았다. 그다음에는 서로 덤벼들었는데 그의 어깨에서는 근육들이 난리가 났다. 그걸 보니 내가 폭발하기 전에 얼른 무게로 제압해야겠다는 생각이 들었다. 그럴 수밖에 없는 것이 만일 왕자가 나를 두들겨댄다면, 나는 그길로 분별력을 잃고 특공 전법으로 돌입할 게 뻔했기 때문이다. 그 근육들을 보니 그러고도 남았다. 그래서 나는 매우 간단한 짓을 했다. 내 배(위에는 전에 문신해 넣은 프랜시스의 이름이 약간 팽창해 있었다.)로 그를 들이받으면서 뒤로 다리를 걸고 그의 얼굴을 밀었다. 이 초보적인 기습 작전으로 나는 상대방을 넘어뜨렸다. 너무 쉬워서 나 자신도 깜짝 놀랐다. 두 손과 배를 이용해 좀 야만스럽기는 했지만. 또 속으로 나는 그가 땅바닥에 닿자마자 내게 술수를 부릴 것이라고 짐작했고, 틈을 주지 않고 내 덩치를 다해 끝까지 밀어붙였다. 두 손으로 그의 얼굴을 뒤덮은 채. 이런 식으로 그의 시야와 호흡을 차단하고 바닥을 향해 그의 머리를 한 방 쾅 먹여 거대한 덩치의 숨이 콱 막히게 했다. 이 공격을 받고 그가 바닥에 꽈당 나가떨어졌을 때 나는 몸을 던져 무릎으로 그의 팔을 눌러 꼼짝 못하게 만들었다.

살인 기술을 사용할 필요가 없어서 고마운 마음이 든 나는 곧바로 그를 일으켜 세웠다. 기습 작전(혹은 행운)의 기본기에서 절대적으로 내가 우세하므로, 이 시합은 공정하지 않았음을 나도 인정한다. 왕자의 안색이 변했고 나는 그가 화난 것을 알 수 있었다. 비록 눈가의 짙은 윤곽은 그대로였지만 그는 말 한마디 없이 블라우스와 녹색 헝겊을 벗고는 깊은숨을 들이쉬었다. 배 근육이 등뼈를 향해 안으로 쏙 들어갔다. 우리는 다시 한 번 맴을 돌았고 오두막을 몇 바퀴나 돌았다. 나는 발놀림에 정신을 집중했다. 나로서는 제일 약한 부분이 발인 데다가 툭 하면 쟁기질하는 말처럼 모든 힘을 목과 가슴과 배에 싣고 최종적으로는 얼굴을 무기 삼아 앞으로 나가는 경향이 있었으니까. 왕자도 이제 깨달았을 테니 나를 거적에 내리꽂을 틈을 노릴 것이다. 그렇게 되면 난 그에게 몸을 들이댈 수 없게 된다. 그래서 나는 팔꿈치를 게처럼 벌린 채 구부정한 자세로 그를 향한 자세로 조심스럽게 서 있었다. 별안간 왕자가 번개같이 아래로 수그리더니 내 턱을 아래에서 붙잡고 뒤에서 단단히 조이며 머리통을 움켜쥐었다. 왕자가 내 머리를 쥐어짜기 시작했다. 그것은 진정한 헤드록이라기보다 옛 선인들이 말하던 머리 조이기 쪽에 더 가까웠다. 그는 한쪽 팔이 놀고 있었으므로 내 얼굴을 정통으로 때려 맞힐 수도 있었을 테지만 그건 반칙인 모양이었다. 대신에 그는 나를 바닥에 끌고 가더니 땅에 눕히려고 했다. 하지만 나는 앞으로 엎어졌다. 그것도 매우 고통스럽게. 나는 배꼽 위로는 그에게서 벗어난 줄 알았지만 코에 된통 한 방을 얻어맞은 것이다. 콧부리가 부스러지지는 않았는지 더럭 겁이 났다. 갈라진 뼈 사이로 공기가 들어오는 느낌이었다. 그러나 어떻게 해서든 나는 뇌 속에 중용의 지혜를 위한 공간을 남겨 둬야 했다. 그것만 해도 결코 쉽지 않은 일이었다. 섭씨 영도 날씨에 장작을 패다가 튀어 오른 통나무에 얻어맞고 '진실은 얻어맞을 때 찾아온다.'라고 생각했던 그날 이후, 나는 이런 경험들로부터 값진 배움을 얻곤 했는데 지금도 쓸 만한 가르침을 건졌다. 다만 형태가 바뀌었다. '진실은 얻어맞을 때 찾아온다.'가 아니라 괴상하기 짝이 없는 말로. '잠자는 나의 영혼을 흔들어 깨운 이 시간을 잊지 않으마.'

이텔로 왕자는 이제 두 다리로 내 가슴 위를 꼭 틀어쥐고 있었는데 두둑한 뱃살 때문에 그 아래로는 절대 조일 수 없었을 것이다. 그가 조여옴에 따라 나는 피가 멎고 입술이 부풀어 오르는 동시에 혀를 쭉 빼물고 눈동자가 돌아가기 시작했다. 하지만 손은 움직일 수 있어서 양손 엄지로 그의 무릎 근처를 꼭 눌러 근육(내전근이지, 아마.)을 파고들어 갔고 그의 다리가 곧게 펴지자 풀려날 수 있었다. 나는 위로 솟구치면서 그의 머리로 와락 달려들었다. 그의 머리카락은 매우 짧았지만 나는 젖 먹던 힘까지 끌어내 그 머리카락을 잡고 돌려세운 뒤 등을 붙잡고 뱅뱅 맴을 돌렸다. 헐렁한 바지의 허리띠에 손가락을 찔러 넣은 나는 그를 두 손에 쥐고 위로 번쩍 들어 올렸다. 그러나 빙빙 돌려 던지지는 않았다. 그랬다가는 지붕을 뚫어버릴 것 같아서. 대신 바닥에 던지고 다시 끝까지 쫓아가서 두 배로 숨이 막히게 했다.

처음 나를 봤을 때 왕자는 자신만만했을 것이다. 덩치는 커도 늙었지, 잔뜩 부어올라서 땀을 비처럼 쏟지, 무겁고 우울해 보이기까지 했으니까. 자신의 승리를 장담했다고 해서 그를 탓할 수는 없을 것이다. 그리고 차라리 그가 이겼더라면 좋았을 것 같다. 한낱 음료수 병처럼 쓸쓸한 물건 하나가 나이아가라 폭포에 곤두박질치는 것처럼 왕자가 머리부터 아래로 떨어질 때, 나는 그의 얼굴 가득한 비통함을 보고 말았던 것이다. 그는 나처럼 늙고 뚱뚱한 인간의 몸이 자신의 승리를 가로챘다는 사실을 믿을 수가 없었다. 내가 두 번째로 올라탔을 때 그의 눈은 왕방울만 해지면서 치켜떴는데 그것은 비단 내가 던진 몸의 무게 때문만은 아니었다.

싱글벙글하며 어떤 식으로든 교만한 승자로 군림한다는 것은 내가 할 일이 아니었다. 왕자만큼이나 나 또한 낭패스러웠다. 그의 등이 바닥에 떨어질 때 초가지붕이 통째로 내려앉는 줄 알았다. 로밀라유는 방해가 되지 않도록 벽에 기대서 있었다. 이겼다는 사실이 내 가슴을 아프게 했고 막상 이겼을 때 심장이 뜨끔하기는 했지만 나는 굴하지 않고 왕자를 무릎으로 눌러 꼼짝 못하게 만들었다. 정당하게 그를 누르지 않고 일어나게 했다면 그는 마음에 깊은 상처를 받았을 것이다.

타고난 몸만 가지고 싸웠더라면 틀림없이 그가 이겼을 것이다. 그러나 그가 맞붙은 것은 단순히 뼈와 근육이 아니었다. 그것은 태도의 문제였다. 투쟁에 이르면 나는 특수한 부류가 되기 때문이다. 아주 어려서부터 나는 줄곧 투쟁해 온 사람이다. 하지만 난 이렇게 말했다. "전하, 너무 마음에 두지 마십시오." 그는 두 손으로 얼굴을 가리고 있었다. 씻어낸 돌 같은 손이었다. 그리고 바닥에서 꼼짝도 하지 않았다. 나는 왕자를 위로하려 했지만 기껏해야 릴리가 했을 법한 얘기들만 떠올랐다. 그녀였다면 보나 마나 하얗게 질린 얼굴로 똑바로 앞을 바라보면서 헐레벌떡 앞뒤가 맞지 않는 말들을 늘어놓았을 것이다. 그녀였다면 이렇게 말했을 것이다. 사람은 누구나 살과 뼈에 불과하기 때문에 자기 힘을 자랑하는 사람은 머지않아 수모를 당할 것이다 따위. 릴리가 했을 법한 말들을 장황하게 늘어놓을 수도 있지만 정작 나 자신은 말문이 막혀서 그를 동정할 뿐이었다. 가뭄과 개구리의 저주로도 충분하지 않아서 결국에는 사막으로부터―아르느위 강의 마른 바닥에서 오스트리아산 라이터를 들고 유령처럼―내가 나타나 마을로 들어오더니 연속으로 두 번이나 그를 내던졌다. 왕자는 이제 무릎을 꿇고 머리 위에 흙을 퍼 올리더니 내 발을 들어 자기 머리 위에 올렸다. 밑창을 댄 스웨이드 사막 장화를 신은 내 발을. 그는 그 자세로 진흙과 가시로 쌓은 담벼락 옆에서 우리를 맞이했던 처녀 아이와 사절단보다도 더 서럽게 곡을 했다. 하지만 그를 이토록 울린 것은 비단 패배만은 아니었다는 사실을 말해 둬야겠다. 왕자는 정서적으로 심각하고 복잡한 상황이었다. 나는 내 발을 그의 머리 위에서 내리려 했지만 그는 한사코 내 발을 붙들어 머리에 인 채 이렇게 말했다. "아, 헨더슨 씨! 헨더슨이여, 이제 당신을 알겠습니다. 오, 선생님. 이제 선생님을 알게 됐습니다."

그때의 기분이란 뭐라고 말할 수 없는 것이었는데 정리하자면 대략 이러했다. "아닙니다, 이러지 마십시오. 이럴 순 없습니다. 슬픔 때문에 난 건강을 유지했고 그래서 몸도 이리 강해진 겁니다. 바위 들어 올리기와 콘크리트 쏟아붓기, 나무 패기와 돼지 뒤치다꺼리로 다졌으니―내 건강은 행복한 건강이 아닙니다. 공정한 시합이 아니었어요. 도로 가져가요. 왕자님이 더 낫습니다."

좌우지간 나는 아무리 발버둥을 쳐도 시합에서 질 수가 없었다. 내 아이들과 장기를 둘 때조차 아무리 아이들을 이기게 하려고 꾀를 써도, 애들 입술이 실망감에 부르르 떨릴지라도 나는 상대의 말을 다 잡아먹은 뒤 거칠게 부르짖는다. "장군이야!" 그러는 동안 내내 속으로 말한다. '이런, 바보, 멍청이, 꼴통!'

그러나 왕자가 일어나 두 팔로 나를 감싸 안고 내 어깨에 자신의 흙투성이 머리를 기대면서 이제 우리는 친구라고 말할 때, 비로소 나는 그의 심정을 제대로 이해할 수 있었다. 그의 말은 고통과 희열을 동시에 주며 내 가슴속으로 흘러들었다. 나는 이렇게 대답했다. "전하, 나는 자랑스럽습니다. 기쁩니다." 왕자가 내 손을 잡았는데 이 행동은 어색했던 만큼 한편으로 감동적이기도 했다. 나는 늙은이들이 그런 승리를 거머쥔 뒤 으레 느낄 법한 환하고 강렬한 흥분에 휩싸여 울컥했다. 하지만 그런 모든 것들을 누르고 왕자에게 이렇게 말했다. "나는 경험이 많습니다. 얼마나 많은 경험인지, 어떤 경험인지 왕자님은 꿈도 못 꾸실 겁니다."

왕자가 대답했다. "선생, 이제 선생을 알겠소. 선생을 알게 됐소."

7

 내가 이겼다는 소식은 우리가 오두막을 나설 때 이텔로의 머리에 묻은 흙과 내 옆에서 걷는 그의 태도를 통해 세상에 알려졌다. 사람들은 내가 양지로 나와 티셔츠를 입고 헬멧을 제자리에 얹자 환호를 올렸다. 여자들은 손목부터 손을 펄럭이면서 거의 똑같이 입을 벌렸다. 남자들은 입안을 불룩하게 만든 뒤 손가락으로 휘파람 소리를 만들어냈다. 왕자도 비굴하거나 언짢아하는 기색이 전혀 없이 환호에 동참해 나를 가리키며 미소를 지었고 나는 로밀라유에게 이렇게 말했다. "이제 알겠어? 이 사람들 정말 인정이 많아. 아주 마음에 들어."
 윌라탈레 여왕과 그녀의 자매인 므탈바는 이엉을 얹은 안마당의 헛간 안에서 기다리고 있었다. 여왕은 긴 막대를 이어 붙인 벤치에 앉아 있었고 등 뒤에는 붉은 담요가 드리워져 있었다. 로밀라유에게 선물 가방을 맡기고 우리가 앞으로 나서자 늙은 여왕은 입술을 벌리고 우리를 보며 미소를 지었다. 내가 보기에 그녀는 어떤 전형적인 부류의 노부인이었다. 그녀의 팔에 늘어진 살집이 팔꿈치를 덮었다고 하면 아마 내 말뜻을 이해할 것이다.

나로서는 이 모양새가 성격을 말해 주는 보증수표와도 같다. 몇 개 남지 않은 치아를 드러내며 그녀는 따뜻한 미소를 지었고 앞으로 손을 내밀었는데 몸에 비해서 상대적으로 작은 손이었다. 여왕에게서는 선한 품성이 번져 나왔다. 그것은 마치 자비로움과 축하와 환영의 마음을 담은 헤아릴 수 없이 많고 미세한 떨림이, 웃으며 앉아 있는 그녀에게서 송알송알 뿜어 나오는 것 같았다. 이텔로는 나더러 그 할머니에게 손을 내밀어야 한다고 일러 주었다. 그런데 여왕이 내 손을 잡아 자기 젖가슴 사이에 쑥 넣어서 나는 깜짝 놀랐다. 이것은 이곳의 일상적인 환영법이다.―이텔로도 자신의 가슴에 내 손을 갖다 대지 않았던가.―하지만 여자에게서 똑같은 대접을 받을 줄이야. 손끝에 전해지는 뜨거운 체열과 묵직한 중량감은 둘째 치고라도, 잔잔하게 요동치는 맥박은 거기 심장이 있음을 말해 주었다. 심장의 고동이 지구의 자전만큼이나 규칙적이어서 놀라웠다. 나는 마치 생명의 비밀에 닿은 것처럼 입이 벌어지고 두 눈이 그대로 붙박였다. 그렇지만 영원히 그러고 있을 수는 없는 노릇. 정신을 차린 나는 곧바로 손을 뺐다. 그러고 나서 답례로서 그녀의 손을 내 가슴에 대고 말했다. "나 헨더슨. 헨더슨." 내가 얼마나 빨리 적응하는가를 보고 궁정에 있던 모든 사람이 환호했다. 그래서 나는 속으로 '만세!'를 불렀고 끝없는 숨을 폐로 들이마셨다.

여왕은 신체 어디를 봐도 안정감이 흘러넘쳤다. 머리는 하얗고 얼굴은 넓고 튼실했으며 사자 가죽을 두르고 있었다. 사자에 대해 지금 내가 아는 것들을 그때 알았더라면 그것만으로도 여왕에 대해 많은 것들을 알 수 있었을 것이다. 하지만 뭘 모르는 와중에도 사자 가죽은 퍽 인상적이었다. 갈기가 있는 사자 가죽이었는데 흔히 예상하는 것처럼 넓은 부분을 앞쪽에 두지 않고 여왕의 뒤로 보냈다. 꼬리는 어깨 위에서 흘러내렸고 발은 아래에서 위로 들려 여왕의 배 위에서 두 끝을 묶어놓았다. 이루 말로 할 수 없을 정도로 마음에 들었다. 여왕은 털이 쏟아지는 갈기를 옷깃으로 삼았고, 어쩌면 간지러울 것 같은 회색 털 위에 턱을 기댔다. 그러는 여왕의 얼굴에는 행복한 빛이 역력했다. 또, 나는 여왕의 한쪽 눈에 이상이 있는 것을 알아챘다. 백내장이 있어서 청백색이었던 것이다. 나는 이 노부인에게 깊이 숙여 절을 했다. 여왕이 소리 내어 웃기 시작하자 사자로 둘러싼 배가 흔들렸고, 짧은 바지 바람으로 빨개진 얼굴을 들이밀며 절하는 내 모습에 여왕은 부스스한 백발 머리를 흔들었다. 나는 몸을 굽히느라 얼굴에 피가 쏠려서 울혈 상태였다.

나는 그들에게 닥친 문제, 그러니까 가뭄과 소 떼와 개구리들에 대해 유감을 표하고 기상재해로 고통받는 심정을 안다고 말하며 동정심을 보였다. 모두 눈물의 빵을 먹어야 하는 와중에 내가 폐가 되지 않기를 바란다는 말도 덧붙였다. 이 말은 이텔로가 옮겨 주어서 노부인이 잘 받아들였으리라고 생각한다. 그런데 내가 재해에 대해 이야기할 때 여왕은 개울 바닥에 비치는 달빛처럼 침착하게 시종일관 웃는 것이었다. 그러는 동안 나는 크게 감동해서 뭔가를 해야겠다고, 이곳을 위해 공헌해야겠다고 이 분에 한 번씩 마음속으로 맹세했다. 나는 이렇게 속으로 말했다. '만일 저 개구리들을 몰아내고 박멸하고 박살내버리지 못한다면 차라리 죽어버리겠어.'

그러고 나서 나는 로밀라유에게 선물을 개봉하도록 했다. 맨처음 꺼낸 물건은 비닐 포장에 싸인 비닐 우비였다. 이렇게 값싼 물건을 나이 지긋한 여왕에게 바친다는 사실이 부끄러워 나는 로밀라유에게 인상을 썼다. 하지만 사실 내겐 가벼운 몸으로 여행 중이라는 좋은 핑계가 있기는 했다. 더구나 나는 제아무리 큰 선물도 무색하게 만들 중대한 공헌을 할 작정이었다. 그런데 문득 여왕이 두 손을 손목께에서 붙이고는 다른 여인들보다 더 지극정성으로 펄럭이는 것이었다. 그러면서 여왕은 놀라울 정도로 명랑하게 특유의 미소를 지었다. 수행하는 여자 중 몇 사람도 똑같이 따라 했고, 갓난아기를 안은 사람들은 이 경이로운 이방인의 모습을 아기들의 기억에 박아 넣으려는 것처럼 아기를 높이 들어 올렸다. 남자들은 입을 크게 부풀리고 화음에 맞춰 손가락으로 휘파람을 불었다. 여러 해 전에 자가용 운전기사의 아들인 빈스가 내게 휘파람 부는 법을 가르쳐주려고 한 적이 있다. 하지만 손가락이 쭈글쭈글해질 때까지 입에 물고 있어도 저 날카로운 소리는 한 번도 내지 못했다. 그래서 나는 해충이나 다름없는 개구리를 없애 주면 그 보답으로 저들에게 휘파람을 가르쳐달라 해야겠다고 마음먹었다. 내 손으로 저런 소리를 만들어낼 생각을 하니 피가 끓었다.

난 이텔로에게 말했다. "왕자님, 부디 이 초라한 선물을 용서하십시오. 가뭄에 비옷을 가져와서 끔찍하게 죄송합니다. 그런 뜻이 아니었는데 놀리는 것처럼 돼버렸습니다."

하지만 이텔로는 비옷 선물이 여왕에게 행복을 선사했다고 말했고 그건 누가 봐도 확실했다. 나는 《타임스》 일요일 판 스포츠면 뒷면 광고를 통해, 그리고 3번가를 따라 즐비한 전당포와 육해군 불하품 전문점에서 구입한 자질구레한 장신구와 속임수 장치 들을 갖고 있었다. 왕자에게는 쌍안경이 달린 나침반을 주었는데 조류 관찰에 쓴다 해도 그리 유용할 것 같지 않았다. 여왕의 뚱보 자매, 므탈바가 담배를 피운다는 사실을 알고 나는 기다랗고 하얀 심지가 달린 오스트리아산 라이터를 꺼냈다. 므탈바는 어떤 지점에서, 특히 가슴 부위의 살이 너무 많아 피부가 팽창해서 분홍색이 돼 있었다. 아프리카 일부 지역에서 진정한 미인으로 대접받으려면 뚱뚱해야 하기 때문에 여자들은 그렇게 길러진다. 므탈바는 한껏 꾸미고 있었다. 그 정도로 뚱뚱한 여자라면 옷이라도 갖춰 입지 않고서는 다니기가 곤란할 것이다. 손은 헤나로 물들였고 머리카락은 쪽물을 들여 뻣뻣하게 세웠다. 그녀는 제멋대로 자라서 한껏 행복한 사람처럼 보였다. 한 가족의 막내처럼 말이다. 그녀는 지방과 수분으로 빛나고 반짝거렸으며 피부는 손으로 주름을 잡거나 엮은 진짜배기 비단 문양처럼 꽃무늬가 아롱댔다. 넘실대는 가운 아래 엉덩이로 말하자면 소파만큼이나 넓었는데 그녀 역시 내 손을 붙잡고 자기 젖가슴에 대면서 이렇게 말했다. "므탈바, 므탈바 오혼토." 나는 므탈바다. 므탈바는 당신을 존경한다.

"저도 이 여자분을 존경합니다." 내가 왕자에게 말해 주었다.

나는 이텔로에게 여왕이 지금 몸에 걸친 외투가 방수라는 사실을 여왕에게 설명해 달라고 부탁했지만 이텔로가 방수에 해당하는 단어를 찾지 못하는 것 같아서 결국 소매를 붙들고 핥았다. 이걸 잘못 해석한 여왕은 나를 붙들고 핥았다. 나는 비명을 질렀다.

"큰 소리 안 된다요, 주인님." 로밀라유가 다급한 소리로 말했다. 그래서 나는 항복을 했다. 그러자 여왕은 내 귀와 털이 곤두선 뺨을 핥고 나서 내 머리를 자기 허리 근처에 대고 눌렀다.

"좋아, 좋아. 그런데 이건 또 뭐야?" 내가 이렇게 말하자 로밀라유는 덤불 머리를 끄덕이고 이렇게 대답했다. "케이, 주인님, 오케이." 간단히 말해서 이것은 노부인의 총애를 받는다는 특별한 표시였다. 이텔로는 자기 입술을 앞으로 내밀며 내가 여왕의 배에 키스할 차례임을 알려 주었다. 나는 먼저 입안을 마르게 하려고 꿀꺽 침을 삼켰다. 씨름하다가 넘어지는 바람에 아랫입술이 터져 있었다. 그런 다음 나는 키스를 했다. 얼굴에 밀려드는 열기에 등골이 오싹했다. 사자 가죽의 매듭이 옆으로 밀려났고 내 얼굴은 그 속으로 빠져들었다. 나는 꿀렁이는 소리 때문에 노부인의 배꼽과 내부 장기를 느낄 수 있었다. 밑에서 피어오르는 이국적인 냄새를 맡으니 마치 기구를 타고 향료 제도[34]의 뜨거운 구름에 오르는 기분이었다. 내 구레나룻이 입술 안쪽을 찔렀다. 이 의미심장한 체험(여인의 허리로부터 피어오르는 어떤 권력—틀림없다!—과의 조우)으로부터 벗어나는 순간 이번에는 므탈바가 내 머리에 손을 뻗었다. 그녀의 은근한 손짓으로 보건대 똑같이 해주기를 바라는 모양이었지만 나는 이해하지 못한 척하고 이텔로에게 말했다. "다른 사람들이 모두 애도하는데 어찌해서 왕자님의 이모님들만 명랑한 겁니까?"

이텔로가 대답했다. "둘 다 비통(悲痛)의 여인들이오."

"비통이라고요? 내가 비통과 쾌락을 가르는 심판관은 아니지만 이 두 사람이 행복한 자매가 아니라면 내 머리가 완전히 고장이 난 겁니다. 허 참, 저 두 분 심하게 고생하고 계시네요."

"아, 행복하다고! 그래요, 행복한—비통이죠. 가장 비통한." 이텔로는 이렇게 말하더니 이윽고 설명해 주었다. 비통이란 대단히 중요한 사람을 가리키는 말이었다. 그 이상 높거나 좋은 사람은 있을 수 없었다. 비통은 여자인 동시에 남자였다. 언니인 월라탈레가 비통 가운데에서도 순위가 위였다. 안마당에 있는 사람 중 어떤 이는 그녀의 남편들이었고 나머지는 아내들이었다. 월라탈레는 남편과 아내 둘 다 많았다. 아내들은 그녀를 남편이라 부르고 아이들은 그녀를 아버지 겸 어머니라고 불렀다.

월라탈레는 인간의 한계 위에 있었고 모든 분야에서 탁월함이 입증되었으므로 하고 싶은 것은 무엇이든지 했다. 므탈바도 비통이었고 점점 서열이 올라가는 중이었다. "이모들이 둘 다 당신을 좋아하오. 헨더슨, 당신한테는 아주 잘된 일이오." 이텔로의 말이었다.

"저분들이 내게 호감을 느끼고 있다고요, 이텔로? 그게 사실입니까?"

"아주 잘됐어요. 일등이고 에이급이란 거죠. 이모들은 당신의 외모에 반했고 당신이 날 이긴 것도 알고 있어요."

"이거, 내 기운도 쓸데가 있다고 기뻐해야 하나?" 내가 말했다. "한평생 기운 때문에 고생했건만. 잠깐, 이 말만 해줘요. 비통의 여자들은 개구리에 대해 아무것도 할 수 없나요?"

이 말에 이텔로는 심각해지더니 그렇다고 말했다.

다음에는 여왕이 물어볼 차례였다. 무엇보다 먼저 그녀는 내가 와서 기쁘다고 말했다. 말할 때 그녀는 가만히 있지를 못했다. 헤아릴 수 없이 많고 미세한 자비로움의 진동으로 고개가 끄덕거렸고 입술에서는 숨결이 뿜어 나왔으며 펼쳐진 손바닥은 얼굴 앞을 왔다 갔다 했다. 그리고 나서 여왕은 문득 동작을 멈추고 미소를 지었지만 입은 여전히 떼지 않았다. 그러면서도 생기에 찬 눈은 나를 향해 환하게 뜨고 있었다. 부스스하고 하얀 머리카락이 이마의 유연한 움직임 때문에 오르내렸다.

나는 통역자가 둘이었다. 로밀라유도 빼놓을 수 없었으니 말이다. 로밀라유는 위계와 지위에 대한 감각이 있었고 마치 궁중법도를 배운 것처럼 고상하면서도 느리게 말했다. 의식을 거행하듯이 한 손가락을 위로 들 때 자기 턱을 감싸는 자세는 아프리카인의 바른 태도를 보여 주는 모범과도 같았다.

여왕은 나를 환영한 후 내가 누구이며 어디서 왔는지를 알고 싶어 했다. 그런데 이 질문을 듣는 순간 지금까지 누렸던 밝고 명랑한 분위기에 그림자가 드리워졌고, 나는 고통스러워졌다. 자신에 대해 말하는 일이 어째서 이토록 마음을 무겁게 하는지 설명이라도 할 수 있으면 좋으련만, 난 무슨 말을 해야 좋을지 알 수 없었다. 미국에서 온 부자라고 해야 하나? 필시 여왕은 미국이 어디 붙어 있는지도 모를 텐데. 문명국에 사는 여자들조차 자기가 사는 세계에 몰입한 나머지 지리에 무심한 것처럼 말이다. 릴리라 해도 인생의 목표에 대해, 혹은 사람이 바라거나 해도 되는 일, 바라거나 해서는 안 되는 일이라면 끝없이 얘기할 수 있겠지만 나일 강이 북쪽으로 흐르는지 남쪽으로 흐르는지는 모를 것이다. 그러니 윌라탈레 같은 여자가 단순히 땅덩어리 이름을 듣자고 그런 질문을 했을 리는 만무했다. 그래서 나는 뚱한 표정으로 머리를 굴리며 우두커니 서서 생각에 잠겼다. (셔츠 밑으로 이텔로와 싸우다가 긁힌) 배를 앞으로 불룩 내민 채 눈살을 찌푸리느라 눈이 거의 감길 지경이었다. 거듭 말하지만 내 얼굴은 절대 평범하지 않아서 마치 짓다 만 교회 같다. 나는 여자들이 젖먹이들을 젖꼭지에서 떼어내 위로 들어 올려, 아기에게 이 기념비적인 피사체를 보여 준다는 사실을 알아챘다. 아프리카에서는 볼만한 자연경관이 드문지라 그들은 나의 특이한 생김새를 순수한 마음으로 감상했을 것이다. 빨던 젖을 빼앗긴 어린아이들이 빽빽거린 덕분에 나는 불쌍한 내 딸 라이시가 집에 데려온 댄버리의 아기가 떠올랐다. 생각이 거기 미치자 내 영혼은 또 한 번 호된 충격을 받았다. 내 신세를 떠올리자 다시 예전의 골칫거리들이 가득 밀려왔다. 봇물처럼 쏟아지는 사실들로 가슴이 답답했다. 누구냐?—나는 누구냐? 정처 없이 떠도는 백만장자. 세상으로 내몰린 무지막지하고 난폭한 사나이. 조상이 정착한 모국을 도망쳐 나온 남자. 심장이 하고 싶다, 하고 싶다고 말하는 녀석. 절망에 빠져 바이올린으로 천사의 목소리를 내려 했던 사람. 잠자는 영혼을 어쩔 수 없이 깨워야 했던 사람. 그러니 여기 사자 가죽과 (단추를 위까지 모두 채운) 비옷을 두르고 앉은 늙은 여왕에게 내가 무얼 말할 수 있겠는가? 내게 주어진 애초의 몸과 마음이 병들어서 그 치료제를 찾으러 떠돌고 있다고 말해야 할까? 죄 사함은 영원하다고 어디서 읽은 적이 있지만, 늘 그렇듯 부주의해서 어느 책이었는지도 모른다고? 나는 속으로 말했다. '헨더슨, 저 여자에게 대답해야 해. 기다리고 있잖아. 그런데 어쩐다?' 그러자 같은 과정이 처음부터 되풀이되었다. 다시 한 번 넌 누구냐? 나는 무슨 말부터 해야 할지 모르겠다고 고백을 해야 했다.

여왕은 내가 무슨 짓이든 할 것처럼 우락부락하게 생겼어도 아무 말 못 하고 가슴만 쥐어뜯으며 서 있다는 걸 알아채고 주제를 바꿨다. 이제 여왕은 비옷이 방수라는 사실을 이해하고 목이 긴 아낙 한 명을 부르더니 비옷에 침을 뱉어 문지른 다음 안에서 만지게 했다. 여왕은 놀라워하며 손가락에 침을 묻혀 팔에 대면서 모든 사람에게 이야기했다. 그러자 사람들은 다시 "아후!"라고 일제히 외치면서 손가락으로 휘파람을 불고 손을 펄럭였다. 월라탈레는 다시 나를 끌어안았다. 두 번째로 내 얼굴이 여왕의 배에 파묻혔다. 사자 가죽 매듭과 함께 출렁이는 그 커다란 사프란 꽃 속에 말이다. 다시금 동력이 뿜어져 나오는 것을 느꼈다. 틀림없었다. 나는 계속해서 한 가지 생각만 했다. 바로 잠자는 영혼을 깨우는 시간이었다. 그러는 가운데 근육질로 보이는 남자들이 (달리 사티로스 흉내를 낸 것은 아니지만) 사티로스[35]처럼 입을 벌리고 휘파람 노래를 불렀다. 여자들은 공 받기 놀이를 할 때처럼 (공이 들어올 때처럼 무릎도 구부리면서) 손을 계속 펄럭거렸다. 이 마을에 처음 왔을 때 여기 사람들 속에서 산다면 착해질 수 있겠다고 느꼈는데, 벌써 내게 어느 정도 좋은 영향을 미친 것이 분명했다. 그래서 나는 그들을 위해 무언가를 하고 싶었다.—그 욕망이 꽤 강렬했다. 나는 속으로 생각했다. '내가 의사라면 적어도 윌라탈레의 눈을 수술해 줄 텐데.' 사실 나는 백내장 수술에 대해 알지만 직접 할 생각은 없었다. 다만 의사가 아니라는 사실이 유독 부끄러웠다.—혹은 어쩌면, 이렇게 환대를 받고 보답할 길이 없다는 사실이 부끄러웠을 것이다. 사람 하나를 아프리카 오지로 이렇게 빨리, 이렇게 깊이 끌어들이기 위해 얼마나 지대한 계획과 절차와 조건들이 필요했던가! 그런데 알고 보니—엉뚱한 사람이 온 것이다! 그러자 나는 다시 한 번 다른 누군가가 있어야 할 자리를 내가 차지했다는 확신이 들었다. 그런데 지금 생각하면 내가 의사가 아니라고 속을 태운 건 말도 안 되는 일 같다. 알고 보면 아주 시시한 의사도 있고 부정한 돈벌이에 연루된 의사도 적지 않게 보았기 때문이다. 물론 내가 생각하는 의사란 어린 시절의 우상이었던 캐나다 래브라도의 윌프레드 그렌펠 경이었다. 사십 년 전 나는 베란다에서 그렌펠의 책을 읽으며 의료 선교사가 되겠다고 맹세했다. 차마 못할 짓이긴 하지만 고통은 잠자는 영혼을 깨울 수 있는 유일한 방책이다. 사랑 또한 그런 효과가 있다는 오래된 유언비어가 있다. 어쨌든 나는 좀 더 유용한 누군가가 아르느위에 올 수도 있었을 텐데 하고 생각했다. 비통의 두 여인이 마법을 부렸는데도 이렇다면 사태는 정말 심각한 것이다. 그래서 나는 릴리와 나눴던 대화를 떠올렸다. 언젠가 릴리에게 이렇게 물었다. "여보, 내가 의학을 공부한다면 당신은 너무 늦었다고 말하겠어?"(그처럼 현실적인 질문에 답하기에 이상적인 여자는 아니었지만) 릴리는 이렇게 대답했다. "뭘 늦어요? 여보. 너무 늦었다는 건 절대로 없어요. 당신이 백 살까지 살지도 모르잖아요." 내가 죽지도 않는다던 그녀의 믿음에 따르면 당연한 결론이다. 나는 아내에게 말했다. "그렇게 오래 살아야 한다면 보람 있는 일을 해야겠어. 예순세 살에 인턴을 시작하게 될 거야. 남들이 은퇴하는 때에. 하지만 나는 은퇴할 일이라는 게 아무것도 없다는 점에서 남들하고 다르기도 해. 그렇다고 해서 대여섯 개의 인생을 기대할 수는 없어, 릴리. 어쨌든 젊어서 알았던 사람들의 반 이상이 세상을 떠났는데 나는 아직도 여기서 미래를 계획하고 있어. 내가 키웠던 동물들도 많이 떠나갔어. 내 말은, 사람이 예닐곱 마리의 개를 키우고 나면 갈 때가 된다는 거지. 그러니 이제 와서 어떻게 내가 교과서와 수술 도구와 의대 등록과 시체 해부를 생각할 수 있겠어? 해부와 화학과 조산술을 배울 만한 인내심을 어디서 구하겠느냐고?" 릴리는 최소한 프랜시스처럼 날 비웃지는 않았다. "과학을 안다면, 간단하게 저 개구리들을 없애 버릴 수 있을 텐데." 나는 머리를 굴렸다.

하지만 어찌 됐든 나는 기분이 좋았다. 그리고 이제 내가 선물을 받을 차례였다. 여왕 자매는 표범 가죽을 덧댄 덧베개와 차갑게 식혀 짚 깔개로 덮은 구운 얌 한 바구니를 주었다. 므탈바의 눈이 커지고 눈썹이 살짝 올라가더니 코가 불편한 것처럼 보였다.—그녀가 내게 반했음을 보여 주는 징후들이었다. 므탈바가 작은 혀로 손을 핥는 바람에 나는 얼른 손을 빼어 반바지에 닦았다.

하지만 역시 난 대단한 행운아라고 생각했다. 이곳은 아름답고 이국적이고 특별한 장소였고, 나는 이곳에 감동했다. 마음만 먹으면 여왕이 내 문제를 해결할 수 있다고 믿었다. 금방이라도 여왕이 손바닥을 벌리고 내게 그것을, 원천을, 근원을—비법을 보여 줄 것 같았다. 수수께끼의 해답 말이다. 나는 틀림없이 여왕이 알고 있다고 무조건 믿었다. 지구는 아무 데도 매이지 않고 자체의 움직임과 자력만으로 우주에 떠 있는 거대한 구체라서 거기 사는 우리도 그와 마찬가지로 우리의 궤도 안에서 계속 움직여야 한다고 우리들, 의식이 있는 생명체는 믿는다. 그래서 자기가 맡은 바 저 거대한 실체를 모방하지 않고 가만히 누워 있는 것을 용납하지 못한다. 이것이 바로 우리의 마음가짐이다. 하지만 여기 비통의 여인인 윌라탈레를 보라. 여왕은 일찌감치 그런 생각들을 포기했고 근심 걱정 없이 잘 살아남았다. 다시 말해서 아무런 나쁜 일도 벌어지지 않았다! 오히려 만사형통인 것 같았다! 여왕이 얼마나 행복한지 한번 보라. 납작코와 벌어진 이로 싱긋이 웃으며, 보이지 않는 눈과 잘 보이는 눈, 저 하얀 머리카락을 보라지! 여왕을 보는 것만으로도 나는 마음의 위안을 받았고, 그녀를 따라 한다면 나 또한 살아날 수 있으리라는 예감이 들었다. 그리고 잠자는 영혼을 깨울 해방의 시간이 다가오리라는 것을 완연히 느꼈다.

내 안에서 이런 행복한 동요가 일자 나는 이를 가지런히 정렬시켰다. 어떤 감정이 들 때 나는 이가 근질거린다. 특히 미학적인 감상을 할 때 그렇다. 맞는 말이다. 미인을 보고 경탄이라도 할라치면 나는 치통이 생기고 잇몸이 불편해진다. 알뿌리에서 피어난 꽃들이 더할 나위 없이 빨갰던 그 가을 아침처럼, 내가 벨벳 가운 차림으로 암녹색 소나무 아래 서 있고 태양은 여우털 외투 같았으며 동물들이 짖어대고 까마귀들이 황금빛으로 썩어

들어 가는 그루터기를 향해 깍깍 울던 때—당시 난 잇몸이 심하게 아팠다. 지금도 마찬가지다. 동시에 나의 모든 곤란과 내 속을 썩이던 위협적인 거만함이 사라지는 듯했다. 심지어 단단하게 도사리던 배마저 물렁해졌다. 이텔로 왕자에게 이렇게 말했다. "이봐요, 전하, 내가 여왕하고 제대로 얘기 좀 할 수 있게 해주겠어요?"

"지금 말하고 있지 않소?" 이텔로가 다소 놀라워하며 말했다. "헨더슨 씨, 당신이 지금 하는 게 이야기이지 않소."

"아, 내 말은 진짜 이야기 말이오. 겉핥기식 인사 말고. 인생의 지혜에 대한." 내가 이렇게 말했다. "인생의 지혜 말인데, 이제 여왕이 그걸 터득했다는 사실을 안 이상 조금이라도 얻어듣기 전에는 떠나지 않을 테요. 궁금해서 미치겠으니까."

"아, 그래. 아주 좋아요, 좋아." 이텔로가 대답했다. "아, 괜찮아요. 당신이 나를 이겼으니 나는 어려운 통역도 마다하지 않겠소."

"그러면 내 말뜻을 이해한 거요?" 내가 말했다. "대단해. 놀라운 일이야. 왕자님, 내가 죽는 날까지 고마워하리다. 이로써 나의 잔이 얼마나 찼는지 당신은 모를 거요." 그러는 동안에도 비통 자매의 동생인 므탈바는 내 손을 잡고 있었다. 내가 말했다. "이 여자분이 원하는 게 뭐요?"

"아, 이모는 당신에게 대단한 호감을 느끼고 있소. 이모는 가장 아름다운 여자고 당신은 사나이 중 가장 강하다는 사실을 모르겠소? 당신은 이모의 마음을 차지했소."

"거참 빌어먹을 마음이군." 이렇게 말해 놓고 나는 어떻게 하면 윌라탈레와 토론할 수 있을까 궁리했다. 어디에 집중해야 할까? 결혼과 행복? 아이들과 가족? 책임감? 죽음? 하고 싶다던 목소리(윌라탈레와 이텔로에게 이걸 또 어떻게 설명하지?)에 대해? 가장 단순하면서도 중요한 대목을 찾아야 하는데, 빈번이 생각은 복잡해지고 만다. 초가 그늘이 진 바짝 마른 안마당에 서 있을 때 떠오른 생각이 바로 그런 예다. 어쨌거나 내가 사랑하는 아내인 릴리는 무엇과도 바꿀 수 없는 여자다. 그녀는 우리가 서로의 고독을 끝내기를 원했다. 이제 릴리는 혼자가 아니었지만 나는 여전히 혼자였다. 그것은 어떻게 드러났을까? 다음 단계를 통해, 즉 도움의 손길이 다른 사람들로부터 혹은—전혀 엉뚱한 분야로부터 올지 모른다는 것이다. 또한 사람들 사이에는 오로지 두 개의 대안밖에 없다. 인류애나 범죄. 그렇다면 무엇이 착한 사람들을 지독한 거짓말쟁이로 만드는가? 대체로 인간은 물고기처럼 술술 거짓말을 잘한다. 그래서 사람들은 분명히 범죄가 존재해야 한다고 믿으며, 이때 거짓말은 최고로 유용한 범죄다. 적어도 선(善)을 대신할 때 그렇다. 어쩌다 다른 대안이 없을 때 나는 괜찮은 사람들 편에 서기는 하지만 그들도 매우 의심스러운 게 사실이다. 그러니 요약하자면 어떻게 사는 게 가장 잘 사는 길이란 말인가?

하지만 그렇게 생각을 혼자 잔뜩 펼친 상태에서 비통의 여인과 대화를 시작할 수는 없었다. 내 견해를 확실히 밝히려면 천천히 진전시켜야 할 것이다. 그래서 이텔로에게 이렇게 말했다. "친구여, 이제 여왕께 나 대신 말해 주시오. 단지 여왕을 보는 것만도 내게는 경이로운 일이라고. 전체적인 모습 때문인지 사자 가죽 때문인지, 그것도 아니면 그녀에게서 풍기는 느낌 때문인지 모르겠지만—하여간 그런 것들이 내 영혼에 안식을 준다오."

이텔로가 이 말을 전달하자 여왕은 그 뚱뚱한 몸을 멈칫하더니 앞으로 수그리며 미소를 머금은 채 입을 열었다.

"여왕도 당신을 만난 것이 좋다고 하는군요."

"아, 대단해." 나는 환한 얼굴로 말을 이었다. "이건 한마디로 대단해요. 지금은 내 일생일대의 순간이오. 하늘이 그 비밀을 드러내고 있소. 내가 여기 있는 건 커다란 특권이오." 므탈바에게서 손을 뺀 나는 왕자에게 팔을 두르며 고개를 흔들었다. 난 완전히 기운이 살아났고 가슴이 터질 듯 뿌듯했다. "있잖소, 사실은 당신이 나보다 더 강한 남자요." 내가 말했다. "내가 센 건 사실이오. 하지만 그건 잘못된 힘이오.—그냥 세기만 한 거지." 왕자는 이 말에 감동하며 그렇지 않다고 말했다. 하지만 내가 말했다. "이봐요, 내 말을 믿어요. 이걸 자세히 설명한대도 몇 달이 지나야 간신히 알까 말까 할 겁니다. 내 영혼은 전당포와 같아요. 쉽게 말하면 주인이 찾아가지 않은 쾌락과 낡은 클라리넷, 카메라, 벌레 먹은 모피로 가득 차 있다는 말이죠. 하지만 그 문제로 옥신각신하지는 맙시다. 내가 말하려는 건 그저 여기 당신 부족을 만난 감상 정도예요. 이텔로, 당신은 위대합니다. 당신을 사랑해요. 저 노부인도 사랑합니다. 사실은 당신이 좀 개같이 잘났기는 해요. 잘못해서 내 목숨을 내어놓는 한이 있더라도 저 개구리들을 없애 버리겠습니다." 그곳의 모든 사람이 내가 감동했다는 사실을 알았다. 그래서 남자들은 손가락으로 휘파람을 불기 시작했고 사티로스처럼 입을 크게 옆으로 벌렸다. 하지만 부드럽고 상냥한 모습이었다.

"당신이 원하는 게 뭐냐고 이모님이 물으시는군요, 선생?"

"아, 그래요? 음, 멋지군요. 우선 이모님께 물어봐 줘요, 내가 누구인지 말하기가 너무 어려워 그러는데 이모님은 날 어떻게 보시는지."

이텔로가 그 질문을 전달하자 윌라탈레는 아르느위 부족 특유의 유순한 표정으로 이마에 주름을 지었는데, 그러자 한쪽 눈동자가 인간적인 관심으로 빛났다. 반면 다른 쪽의 하얀 눈은 앞을 보지 못해도 마치 내게 평생 계속될 윙크라도 보내는 것처럼 장난스러운 빛을 띠었다. 이 눈을 덮은 하얀 막은 또한 나를 향한 그녀의 내면세계를 보여 주었다. 여왕은 나를 바라보며 천천히 말했고 손가락은 살이 쪄서 짧아진, 늙은 허벅지 위에서 브라유[36] 점자를 읽듯이 움직였다. 이텔로가 그녀의 말을 옮겼다. "선생, 당신은 성품이 너그럽습니다. 강인하고.(이 대목은 나도 동의한다.) 머릿속은 생각으로 가득 차 있소. 비통의 기본 요소를 어느 정도 갖춘 셈이죠." (좋아, 좋아!) "선생은 사랑이 보내고……." (그가 단어를 찾느라 몇 초가 흘러가는 동안 나는 그 앞에 서서—심홍색과 검은 색조를 띤 사람들이 둘러선 이 화려한 궁전에서 황금빛 토양을 딛고 서 있었다. 덤불의 갈색 가지에서는 계피 향이 났다.—여왕이 나를 어떻게 보는지 지혜로운 판단을 듣고 싶은 욕망에 빠져 있었다.)

"묘—하군요." 나는 고개를 끄덕였고 월라탈레는 계속 말해 나갔다. "여왕의 말은…… 당신이 매우 고뇌하고 있답니다. 아, 선생! 헨더슨 씨. 당신 심장이 짖어댄대요." 내가 대꾸했다. "바로 맞혔습니다. 머리가 세 개 달린, 저 케르베로스[37]처럼 말이오. 하지만 왜 심장이 짖을까?" 그러나 이텔로는 여왕의 말에 귀를 기울이느라 발끝으로 비스듬히 서 있었다. 그 모습은 마치 친교 의식을 치르느라 자기가 거적 위에 메다꽂은 녀석이 어떤 놈인가를 알고 나서 소스라치게 놀라는 것처럼 보였다. "과앙란." 이텔로가 말했다. "맞아요, 맞아. 확실해요." 내가 맞장구를 쳤다. "저 여인이 진정한 선물을 준비했군." 그래서 나는 여왕을 부추겼다. "말해 봐요. 말해 줘요, 월라탈레 여왕 마마! 난 진실을 알고 싶어요. 봐주지 말고 다 말하세요." "고오생하다."라고 이텔로가 말했다. 그러자 므탈바가 동정하며 내 손을 잡아 올렸다. "그래요, 정말 그래요." "이모가 지금 하는 말은, 헨더슨 씨. 당신은 대단한 능력이 있군요. 덩치가 크고, 특히 코가 큰 걸 보면 알아요." 나는 비통하고 휘둥그레진 눈을 하고 얼굴을 만져보았다. 아름다움은 기필코 사라지고 만다. "나도 예전에는 잘생긴 놈이었소." 내가 이렇게 말을 이었다. "하지만 코는 정말 주먹만 해서 세상의 냄새란 냄새는 다 맡을 수 있소. 이 코는 우리 가문의 창시자로부터 내려온 겁니다. 그분은 네덜란드의 소시지 업자였는데 미국에 와서 가장 파렴치한 자본가가 되었지요."

"여왕을 용서하시오. 이모는 당신이 좋고, 당신 머리를 아프게 하고 싶지 않대요."

"두통거리야 그러잖아도 이미 충분합니다. 하지만 이봐요, 전하. 나는 꾸물대려고 온 게 아니니 자꾸 여왕 말씀을 막지 마시오. 난 직선적인 게 좋소."

비통의 여인이 다시 말했다. 천천히, 그 몽상적인 외눈으로 내 생김새를 음미하면서.

"뭐라는 거요? 여왕이 뭐래요?"

"당신이 자기한테 말해 줬으면 좋겠다는군요, 선생. 당신이 온 이유를. 여왕은 당신이 산을 넘어서 아주 먼 길을 걸어온 사실을 알아요. 헨더슨 씨, 당신은 젊지도 않잖아요. 몸무게는 아마 150킬로그램쯤 될 테고, 얼굴은 총천연색이고. 낡은 기관차 같은 체격에다 아주 힘이 세고, 그렇지, 나도 알아요. 선생, 나도 인정해요. 하지만 커다란 기념비처럼 살이 너무 많아서······."

듣고 있자니 감정이 상해서 내 두 눈의 주름이 더욱 깊어졌다. 그래서 한숨을 쉬며 말했다. "솔직히 말해 줘서 고맙소. 가이드와 둘이서 사막을 넘어 이 먼 길을 온 게 이상하다는 건 나도 알아요. 부디 여왕에게 말해 줘요, 그건 내 건강을 위해서 한 일이었다고." 이 말에 이텔로가 놀라 실소를 터뜨렸다. "알아요." 내가 변명하듯이 대꾸했다. "겉으로는 내가 약해 보이지 않는다는 것. 또 나처럼 생긴 사람이 건강이니 뭐니, 제 몸을 챙긴다는 게 어처구니없게 들리겠지. 하지만 사실이 그렇소. 아, 사람으로 태어난다는 건 비참한 일이오. 아주 괴상한 병에 걸린다니까. 원인은 단지 인간이라는 이유뿐이야. 세월이 흐르면 자기도 모르는 새에 다른 사람들과 똑같이 갖가지 인간 특유의 병들을 앓게 되오. 그저 성미와 허영, 무분별이라든가 하는 것들을 담은 그릇이 다를 뿐이지. 누가 달라고 했나? 누가 필요하다고 했나? 인간의 영혼이 있어야 할 곳을 이런 것들이 다 차지해 버리거든. 기왕 시작했으니 여왕더러 나의 죄상을 몽땅 다 읽어보라고 하시오. 여왕이라면 아주 많은 항목을 채워 넣을 수 있을 테니 나는 가만히 있어도 될 것 같구려. 여왕은 아는 것 같소. 탐욕이니 분노니 하는 것들을 말이오. 지하 정기 특매 때 내놓는 일그러지고 못난 상품들과 같은……."

이텔로는 망설이더니 이 말 가운데 자기가 할 수 있는 만큼을 여왕에게 전달했다. 여왕은 열렬히 공감한다는 뜻에서 고개를 끄덕이더니 손을 사자 가죽 매듭 위에 대고 천천히 폈다가 오므렸다. 그러고는 이 오두막의 지붕—호박색 대나무로 만든 기둥과 평화롭고 조화로운 종려나무 잎을 얹어 만든 지붕—을 올려다보았다. 여왕의 머리카락은 백만 가닥의 거미줄처럼 공중에 떠 있었고 팔에 붙어 있는 살은 팔꿈치를 뒤덮었다. 이텔로가 조심스럽게 통역을 했다. "여왕이 말하길, 세상은 어린아이에게 낯설답니다. 선생, 당신은 아이가 아니잖소?"

"아, 정말 놀라운 분이군요." 내가 대답했다. "사실이오, 모두 엄연한 사실이야. 나는 한평생 편안했던 적이 없소. 어릴 때부터 썩어들어 갔으니까." 나는 이 말에 감화되어 주먹을 쥐고 바닥을 노려보면서 곰곰이 생각했다. 심사숙고를 하려 들면 나는 이어달리기에서 세 번째 주자가 되는 기분이다. 지그시 배턴을 기다릴 줄도 모르고 막상 배턴을 받았을 때는 제대로 방향을 잡을 줄도 모른다. 그래서 생각해 낸 게, 세상은 어린아이에게 낯설지 모르지만 아이는 어른처럼 세상을 두려워하지 않는다는 것이다. 아이는 세상에 경탄하지만 다 자란 사람은 주로 겁을 낸다. 어째서일까? 죽음 때문이다. 그리하여 어른은 아이처럼 자기가 유괴된 것으로 꾸민다. 그러면 무슨 일이 벌어지든 그의 잘못이라 할 수 없을 것이다. 그렇다면 이 유괴범, 이 유랑인은 누구란 말인가? 그것은 인생의 생소함이며—어릴 때처럼 죽음을 멀찍이 떼어놓아 준다. 솔직히 말하건대 나는 나 자신이 제법 자랑스러웠다. 그래서 이텔로에게 이렇게 말했다. "노부인에게 나 대신 말해 주시오. 사람들은 대부분 다른 사람의 고민과 맞닥뜨리고 싶어 하지 않는다고. 고민에서는 악취가 나거든. 그런 의미에서 나는 당신의 너그러움을 잊지 않겠소. 자, 들어봐요. 들어봐." 나는 윌라탈레와 므탈바, 이텔로와 그 외 궁정 사람들에게 이렇게 말한 뒤 헨델의 「메시아」를 불렀다. "그는 멸시당하고 쫓겨났다. 비탄에 빠진, 슬픈 사나이여." 그리고 내친김에 같은 오라토리오에서 다른 부분을 끄집어냈다. "누가 주님 오시는 날 함께 머무를 수 있으리오? 누가 주님 나타나실 때 떳떳이 서리오?" 그렇게 내가 노래하는 동안 비통의 여인이자 아르느위의 여왕인 윌라탈레는 부드럽게 고개를 흔들었다. 아마 감탄하느라 그랬을 것이다. 므탈바도 똑같은 표정으로 환하게 웃었는데 뻣뻣하게

서 있는 쪽빛 머리를 향해 부드럽게 이마에 주름을 잡았다. 그러는 동안 여인들은 손을 펄럭였고 남자들은 합창으로 휘파람을 불어댔다. "아, 훌륭한 노래요, 선생. 나의 친구." 이텔로가 말했다. 오로지 근육질에 억세고 땅딸막하고 쭈글쭈글한 로밀라유만이 못마땅한 듯이 보였지만 그건 주름살 때문에 지어진 표정일 뿐 못마땅하게 여기는 것은 전혀 아니었을 것이다.

"그룬 투 몰라니." 늙은 여왕이 이렇게 말했다.

"무슨 소립니까? 여왕이 뭐라는 거요?"

"말하자면, 당신이 살고 싶어 한다는 겁니다. 그룬 투 몰라니. 사람은 살기를 원한다."

"맞소, 맞아! 몰라니. 나는 몰라니. 여왕이 알아듣소? 그렇게 말해 주다니 하느님이 보상해 주실 거요. 전하시오. 내가 직접 보답하겠다고. 내가 저수지에서 개구리들을 깨끗이 해치우겠소. 높은 하늘처럼 아주 깨끗이. 그놈들, 산에서 괜히 내려왔다 싶게 만들어주겠소. 나만 몰라니가 아니라 모든 사람을 위해 그럴 것이오. 나는 이런 슬픈 일들이 세상에 생겨나는 것을 견딜 수가 없소. 그래서 이 몰라니 때문에 길을 떠났던 거요. 그룬 투 몰라니, 여왕 마마—그룬 투 몰라니, 여러분 모두!" 나는 궁정의 모든 사람들이 보도록 헬멧을 들어 올렸다. "그룬 투 몰라니. 하느님은 우리 영혼으로 주사위 놀이를 하시지 않습니다. 그러므로 그룬 투 몰라니." 사람들이 나를 보고 웃으며 뭐라고 중얼거렸다. "투 몰라니." 므탈바는 입술을 다물었지만 얼굴은 행복에 겨워 놀라울 정도로 팽창했다. 그러고는 자루처럼 부푼 손목과 헤나로 물들인 조그만 손을 엉덩이에 걸친 채 달콤하게 내 눈을 들여다보았다.

8

이제 집안 얘기를 하자면, 나는 백 년 이상 욕을 먹고 웃음거리가 되어온 가문의 후예다. 끝도 없는 바다를 옆에 끼고 앉아 유리병을 깨부술 때 사람들은 나를 보고 대사나 정치가와 같은 위대한 조상뿐 아니라 미치광이 같은 조상도 떠올렸을 것이다. 어떤 조상은 자기가 동양인인 줄로 믿고 의화단운동[38]에 휘말려 들었고 누구는 삼십만 달러에 이탈리아 여배우에게 팔려 갔다. 누구는 참정권 운동을 홍보하느라 기구에 탔다가 다시는 돌아오지 않았다. 우리 가문에는 충동적이거나 얼간이 같은 족속이 많았다.(프랑스어로 얼간이라는 뜻인 앙 베 실은 한층 어감이 강하다.) 한 세대 전 헨더슨 가문의 어느 친척은 시칠리아의 메시나에서 지진이 일어났을 때 구조 작업을 한 공으로 코로나 이탈리아 메달을 받았다. 그는 로마에서 빈둥거리며 소일하는 게 지루한 나머지 궁전 같은 저택에서 말을 타곤 했다. 침실과 응접실을 오가며. 지진이 일어나자 그는 첫 기차로 메시나에 도착했다. 전하는 말로는 꼬박 두 주 동안 눈 한 번 붙이지 않은 채로 무너진 건물 수백 채의 잔해를 치우는가 하면, 헤아릴 수 없이 많은 가족을 구조했다고 한다. 이걸 보면 가끔 광기가 도져서 그렇지 우리 집안에도 봉사의 이상이 있기는 하다. 원로급 헨더슨 가운데 한 사람은 목사와는 거리가 멀었지만 이웃에게 늘 설교를 했단다. 그는 이웃을 부를 때 쇠지레로 자기 마당을 두들겼다. 이웃 사람들은 한 사람도 빠짐없이 와야 했다.

사람들은 내가 그 조상을 닮았다고 한다. 우리는 목 굵기가 56센티미터로 똑같다. 나도 이탈리아에서 기술자들이 올 때까지 갱도 버팀목을 무너지지 않게 받쳤던 적이 있다. 하지만 이것은 군인의 본분에 따른 것이었다. 더 좋은 예는 다리가 부러져서 병원에 있을 때 내가 보인 행동일 것이다. 나는 온종일 어린이 병동에서 아이들을 즐겁게 하고 기운을 북돋아 주느라 시간을 보냈다. 환자복을 입고 양손에 목발을 짚으며 온 병원을 뛰어다녔다. 붕대 감는 것이 귀찮아 엉덩이도 훤히 내놓고 다녔다. 늙은 간호사들이 내 엉덩이를 덮으려고 쫓아다녔지만 나는 한자리에 가만히 있지 않았다.

지금 내가 다다른 곳은 머나먼 아프리카 산악 지대였고—제기랄, 그 이상 더 가고 싶어도 갈 수 없었다!—이 선량한 사람들이 개구리 때문에 그처럼 고생한다는 건 딱한 일이었다. 내가 그들의 고통을 덜어주고 싶은 건 당연했다. 참으로 우연히도 이건 내가 할 수 있는 일이었고, 이 상황에서 그것만큼은 내가 맡을 수 있었다. 윌라탈레 여왕이 내게 해준 일을 보라.—그녀는 나의 성격을 읽었고 내게 '그룬 투 몰라니'라는 계시를 내렸다. 나는 예외 없는 법칙은 없다는 법칙에 따라 이 아르느위 사람들이 균형 잡히지 않게 진화해 왔다고 믿었다. 인생의 지혜는 깨달았을지 몰라도 그들은 개구리에 관한 한 속수무책이었다. 이미 앞에서도 설명했다시피 나는 이 사실이 몹시 만족스러웠다. 유대인에게는 여호와가 있지만 안식일에 자신들을 지키지는 못한다. 또 에스키모들은 순록이 지천으로 널렸는데도 생선을 먹어야 하는 계절에 순록을 먹어서는 안 되고 순록을 먹어야 하는 계절에 생선을 먹어서는 안 되기에 굶어 죽곤 한다. 모든 것이 가치에 달렸다.—가치에. 그렇다면 현실은 어디 있는가? 그대에게 묻노니 현실은 어디 있는가? 나만 해도 죽을 만큼 고통스럽고 권태로운데도 내 주위에는 행복이, 객관적인 행복이 넘쳐흘렀다. 마치 소들이 마실 수 없는 저수지의 물처럼. 그래서 나는 생각했다. 이것은 일종의 상부상조 거래라고. 아르느위 부족이 생각하지 못하는 부분을 내가 도와주고, 내가 생각하지 못하는 부분은 그들이 도와줄 것이다.

하늘에는 얼굴이 기다란 달이 어느덧 양털 구름을 이끈 채 동쪽으로 향하고 있었다. 달은 산의 경사를 측정하는 일종의 계측기가 돼주었는데 내가 보기에는 산의 높이가 3000미터가량 됐던 것 같다. 저녁 공기는 진한 녹색이 되었지만 달빛은 여전히 하얗기만 했다. 초가지붕은 그 어느 때보다도 더 새털처럼 보였는데 새털 가운데에서도 특히 어둡고 무거운 깃털 장식 같았다. 각도에 따라 색깔이 달라 보이는 이 초가 더미 옆에 서서 나는 이텔로 왕자에게 말했다.—그의 아내들과 친척들은 아직도 호박꽃 양산을 든 채 옆에서 시립해 있었다.—"왕자님, 이제 저수지 안의 동물들을 없애려고 합니다. 식은 죽 먹기죠. 왕자님은 전혀 상관하지 마시고, 이래라저래라 지시할 필요도 없습니다. 단독으로 할 겁니다."

"오, 헨더슨 씨. 당신은 비범한 사람이오. 하지만 선생, 너무 열중하지는 마시오."

"하하, 왕자님. 죄송하지만 이번엔 왕자님이 틀렸습니다. 나는 열중하지 않으면 어떤 일도 해내지 못해요. 하지만 괜찮습니다." 나는 이렇게 덧붙였다. "이 일은 걱정 마십시오."

왕자가 우리를 초가에 남겨 두고 나가자 로밀라유와 나는 저녁을 먹었다. 차가운 얌과 건빵이 전부였고 나는 여기에 비타민 알약을 더했다. 거기에 위스키를 약간 마신 뒤 내가 말했다. "서두르게, 로밀라유. 달이 떠 있는 동안 저수지에 가서 사전 조사를 해야 하니까 말이야." 나는 초가지붕 아래에서 사용할 손전등을 챙겼다. 저수지 위로 초가지붕이 드리워 있는 걸 미리 눈여겨봐 두었으니까.

사실 이 개구리들은 누구보다도 편하게 살았다. 이곳은 습기 덕분에 마을에서 잡초가 자라는 유일한 곳이었고, 녹색과 흰색 반점이 있는 이 기이한 변종 산개구리는 여기에서 팔딱팔딱 물장구치며 수영을 했다. 흔히 공기를 영혼의 마지막 집이라고 하지만 나는 육신에 관한 한 물보다 더 편안한 생활 조건은 찾을 수 없으리라고 생각한다. 그러니 이 개구리들의 생애는 틀림없이 아름다웠을 것이다. 그 눈부시게 젖은 피부와 하얀 다리와 감동적인 목청, 비눗방울 같은 눈으로 우리 발치에 다가들 때 개구리들은 그 나름대로 이상을 충족시켰을 것 같다. 그들의 상대편, 즉 로밀라유와 나는 타는 듯이 덥고 후덥지근했다. 이엉 지붕 때문에 더욱 진해진 저녁 그늘에서 내 얼굴은 화산 구멍이 터진 것처럼 뜨거웠다. 턱이 말도 못하게 부풀어 올라 손전등을 꺼도 내가 뿜는 빛으로 저수지 안의 개구리들을 볼 수 있을 것만 같았다.

"잘들 놀고 있군, 이것들." 나는 로밀라유를 보고 이렇게 말했다. "언제까지 그럴지는 몰라도." 그러고는 개구리들이 우글거리는 물 위로 커다란 손전등을 앞뒤로 흔들었다. 다른 상황이었다면 나도 개구리들에 대해 너그럽거나 애정 어린 태도를 보였을 것이다. 기본적으로 개구리에 대한 적대감은 없었으니까.

"왜 웃습니까, 선생님?"

"내가 웃었다고? 몰랐는데. 이놈들, 정말 대단한 가수들이야. 내 고향 코네티컷에 있는 놈들은 대개 어린애 목소리지만 여기 놈들은 베이스 음성인걸. 들어봐." 내가 말했다. "나는 몽땅 다 이해할 수 있어. 딴 따다단. 하느님의 어린양—세상의 죄를 지고 가시는 이여, 우리를 불쌍히 여기소서! 이건 모차르트야. 암, 모차르트고말고! 이놈들은 미제레레[39]를 부를 자격이 있어. 안됐군, 가련한 놈들. 이제 곧 운명의 수레바퀴가 밀어닥칠 테니 말이야."

"안됐군, 가련한 놈들." 이라고 말은 했지만 사실 나는 싱글벙글했다.—우엑—우엑—우엑! 나의 심장은 벌써 죽음에 대한 기대로 부풀어 올랐다. 우리는 죽음을 싫어하고 두려워하지만 실전에 돌입하면 그것만 한 게 없다. 소가 불쌍해서 하는 일이니 인도적인 측면에서 나는 건강했다. 점검을 완벽하게 마쳤다. 한시라도 빨리 저수지 안의 놈들에게 결정적인 폭력을 행사하고 싶어 애가 닳았다.

그와 동시에 나는 개구리와 나 사이의 차이점을 의식하지 않을 수 없었다. 한쪽은 근본적으로 무해하고도 작은 얼치기 양서류로서 아르느위 사람들에게 준 두려움에 대해 전혀 책임이 없었다. 다른 한편은, 여러 번 말했다시피 백만장자에 194센티미터 신장, 104킬로그램 무게에 사회적으로 특출하며 상이기장과 기타 훈장들을 받은 전투 장교였다. 하지만 이건 내 책임이 아니지 않은가? 그러나 어찌 됐든 내가 아무리 해도 떨쳐 버릴 수 없는 다니엘의 예언에 따라 운명적으로 동물과 한 번 더 엮이게 됐다는 사실을 말해야 할 것이다.—"사람들에게 쫓겨나 들짐승과 함께 살며." 돼지의 경우야 사육의 관계로 얽혔으니 치지 않는다고 해도, 아주 최근에 내 마음과 양심을 무겁게 짓누르는 동물이 또 하나 있었다. 개구리를 처형하기 전날 밤, 내가 떠올린 것은 바로 고양이 한 마리였다. 그 이유를 먼저 말하는 게 낫겠다.

앞에서 나는 릴리가 건물 수리한 얘기를 했다. 아내는 그 집을 수학 교사 부부에게 빌려주었다. 세입자는 그 집이 단열 시공을 하지 않았다며 항의했고 나는 그들을 쫓아냈다. 미스 레녹스가 죽어버렸을 때 릴리와 내가 말다툼을 한 것도 이 세입자와 그들의 고양이 때문이었다. 그 고양이는 갈색과 회색의 희뿌연 털을 가진 젊은 수컷이었다.

수학 교사 부부는 난방 문제를 상의하러 우리 집에 두 번 찾아왔다. 그들이 도착했을 때 나는 아무것도 모르는 척 위층에서 몰래 엿보며 사태를 관심 있게 지켜보았다. 거실에서 나는 그들 목소리에 귀를 기울였다. 릴리가 세입자를 달래고 있었다. 붉은 가운과 헛간 앞마당에서 신던 장화 바람으로 나는 2층 복도에 숨어 있었다. 나중에 릴리가 나와 그 문제를 상의하려 할 때 난 이렇게 말했다. "그거야 당신 문제지. 나는 남들을 들이자고 한 적 없어." 나는 아내가 그들과 친분을 쌓으려고 세를 주었다고 믿었기 때문에 이렇게 맞섰다. "저 사람들 뭣 때문에 저러는 거야? 돼지 때문이야?" "아뇨." 릴리가 대답했다. "돼지 얘기는 한마디도 하지 않았어요." "흥! 꿀꿀이죽 끓일 때 그 사람들 얼굴을 봤지." 내가 말을 이어나갔다. "그리고 나는 당신이 우리 집도 관리 못 하면서 또 한 채를 세준 이유를 모르겠어."

두 번째이자 마지막으로 왔을 때 그들은 훨씬 더 결연하게 항의할 심산이었고, 나는 침실에서 솔빗 두 개로 머리를 빗으면서 그 광경을 지켜보았다. 희뿌연 수고양이가 그들을 따라다니며 얼어붙은 채소밭의 부러진 줄기 사이로 뛰어다니는 게 보였다. 브로콜리밭은 서리를 맞으면 그 풍경이 장관이다. 아래층에서 회담이 열렸고 나는 더 참을 수 없어서 거실 위 2층 마루에서 쿵쿵거리며 발 도장을 찍어댔다. 마침내 나는 층계에 대고 고함을 질렀다. "여기서 썩 꺼져. 내 땅에서 나가 버리라고!"

세입자가 말했다. "그러죠. 하지만 보증금을 돌려주시고 이사 비용도 물어주셔야죠."

"좋아." 내가 말했다. "올라와서 나한테 돈을 뜯어가." 그러고는 장화로 계단을 쾅쾅 구르며 꽥 내질렀다. "나가!"

그래서 그들은 그렇게 했다. 그런데 문제는 그들이 고양이를 버리고 갔다는 점이다. 나는 내 집에서 고양이가 미쳐 날뛰는 것을 원치 않았다. 미쳐 날뛰는 고양이는 상서롭지 못하다. 게다가 이놈은 혈기마저 왕성했다. 언젠가 그놈이 줄무늬 다람쥐를 잡아서 갖고 노는 걸 보았다. 예전에 연못 근처의 우드척[40] 굴에서 살던 고양이 때문에 꼬박 오 년을 고생한 적이 있는데, 그놈은 농장의 모든 수고양이들과 싸워 화농성 생채기를 내고 눈을 찢어놓았다. 나는 그놈을 잡으려고 독이 든 생선과 연막탄을 들고 온종일 굴 근처에서 무릎을 꿇고 기다렸다. 그런 일도 있고 해서 나는 릴리에게 이렇게 말했다. "이놈도 먼젓번 그놈처럼 미쳐 날뛰면 당신 후회하게 될 거야."

"그 사람들이 와서 데려갈 거예요." 아내가 대답했다.

"잘도 데려가겠다. 그 작자들 고양이를 버린 거야. 당신은 길고양이가 어떤지 몰라서 그래. 에잇, 차라리 스라소니가 나다니는 편이 낫겠어."

나는 헛간에 가서 해녁이라는 일꾼에게 말했다. "그 망할 놈의 얼뜨기가 놓고 간 수고양이는 어디 있어?" 때는 늦은 가을이어서 해넉은 남아 있는 돼지들을 위해 사과를 저장하고 떨어진 과실도 쌓아놓고 있었다. 그는 돼지를 무척 싫어했다. 돼지들이 잔디와 정원을 망가뜨린다나.

"헨더슨 씨, 그 고양이는 아무 문제 없어요. 착하고 귀여운 고양이인걸요." 해넉의 말이었다.

"고양이 돌보라고 돈이라도 받았어?" 내가 이렇게 말하자 해넉은 그렇다고는 말을 못 하고 거짓말을 했다. 사실은 세입자 부부가 해넉에게 위스키 두 병과 (스탈락) 분유 한 통을 주었던 것이다.

해넉이 말했다. "그럴 리가요. 그렇지 않습니다. 그냥 제가 돌보는 겁니다. 저한테는 아무 해도 안 끼쳐요."

"누가 버린 동물은 절대 내 땅에 둘 수 없어." 나는 이렇게 말하고 농장으로 건너가면서 "미니—미니." 하고 불렀다. 마침내 그 고양이가 내 손에 들어왔는데 놈은 내가 목덜미를 잡아 다락방에 넣고 잠글 때까지 내게 대들지도 않았다. 나는 등기 속달로 고양이 주인에게 편지를 보냈는데 다음 날 4시까지 와서 놈을 찾아가라는 내용이었다. 그러지 않으면 안락사를 시켜버리겠다고 협박했다.

나는 릴리에게 등기 영수증을 보여 주고 고양이가 내 손에 있다고 말했다. 릴리는 나를 설득하려고 식사 시간에 화장을 하고 옷까지 차려입었다. 식사하면서 나는 아내가 떠는 걸 느낄 수 있었고, 그녀가 이치를 따져 나를 진정시키려 한다는 걸 알았다. "왜 그래? 먹지를 않는군." 내가 이렇게 말한 건 보통 때라면 그녀가 대단히 많이 먹어서 식당에서 일하는 사람들에게조차 저렇게 많은 음식을 해치울 수 있는 여자는 보지 못했다는 소리를 듣는 탓이었다. 상태가 좋을 때라면 그녀는 두툼한 스테이크 두 장과 맥주 여섯 병을 그리 어렵지 않게 먹어치웠다. 사실 나는 릴리의 먹성이 매우 자랑스럽다.

"당신도 먹질 않네요." 릴리가 대답했다.

"그건 마음속으로 무슨 생각을 하고 있어서야. 지독하게 화가 났거든." 내가 대꾸했다. "영 마음이 불편해."

"여보, 그러지 마요." 아내가 달랬다.

하지만 어떤 종류의 감정이든 일단 꽉 들어차면 내 살과 뼈가 따로 놀았다. 끔찍한 기분이었다.

나는 릴리에게 내 계획을 말하지 않았지만 다음 날 3시 59분이 되어도 전 세입자에게서 아무런 응답이 없자, 협박을 실행에 옮기려고 2층으로 올라갔다. 내 손에는 그루산 상점에서 준 쇼핑백이 들려 있었고 그 안에는 권총이 들어 있었다. 벽지를 바른 작은 다락방에는 볕이 잘 들었다. 나는 수고양이에게 말을 걸었다. "네 주인이 너를 버렸단다, 야옹아." 고양이는 벽에 납작 붙어 서서 등을 둥글게 말고 털을 곤두세웠다. 나는 위에서 녀석을 겨냥하려 했지만, 결국 바닥에 앉아 그 방에 놓여 있는 브리지 테이블 다리 사이를 노려봐야 했다. 이 좁은 공간에서 한 발 이상 발사하고 싶지 않았다. 판초 비야[41] 평전을 읽으면서 나는 멕시코식 사격술을 눈여겨봐 두었다. 그건 총신을 집게손가락으로 겨냥한 채 셋째 손가락으로 방아쇠를 당기는 것이었다. 왜냐면 집게손가락이야말로 우리의 결정에 가장 민감한 손가락이기 때문이다. 그렇게 해서 나는 놈의 머리 중앙을 나의 (다소 휜) 집게손가락 아래로 겨냥해 총을 쏘았다. 하지만 진정으로 놈을 죽이려는 의지가 없었던 까닭에 빗나가고 말았다. 2미터 반 거리에서 빗맞힌 데 대한 변명으로는 그것밖에 없다. 내가 문을 열자 놈은 뛰쳐나갔다. 릴리가 하얗게 질린 얼굴로 아름다운 목을 계단 앞으로 쭉 빼고 있었다. 그녀에게 있어서 집에서 들린 총소리는 오직 한 가지—자기 아버지의 죽음—만을 의미했다. 발사의 충격이 아직 남아 있었고 내 옆에는 빈 쇼핑백만 있었다.

"무슨 짓을 한 거예요?" 릴리가 물었다.

"내가 말한 대로 하려고 했지. 우라질!"

전화가 울리기 시작해서 나는 아내를 지나쳐 전화를 받으러 갔다. 세입자의 아내였다. 내가 말했다. "뭣 때문에 시간을 끄는 거요? 이제 너무 늦었지 않소."

여자가 울음을 터뜨리자 나까지 기분이 아주 언짢아졌다. 그래서 나는 고함을 질러댔다. "와서 이 개 같은 고양이를 썩 치워. 당신 같은 도시민들은 동물을 돌보지 않나 보지. 아무리 그래도 고양이를 그냥 버릴 수는 없잖아."

혼란스러운 점은, 나의 동기는 항상 어느 정도 현실적인데 어떻게 해서 빗나가게 되는 건지 정말 이해할 수 없다는 사실이다.

저수지 옆에서 개구리 없애는 문제를 궁리하다 보니 이런 기억이 떠올랐다. '하지만 여기서는 다르지.' 하고 나는 생각했다. '이번 일은 명쾌해. 게다가 이 문제를 해결하고 나면 내가 그 고양이를 쫓아간 진짜 이유도 명백해질 거야.' 그러기를 나는 바랐다. 왜냐면 내 가슴은 고양이 사건을 떠올릴 때마다 오그라들었고 참을 수 없이 슬퍼졌기 때문이다. 그 일은 터놓고 말할 수 없는—거의 지옥에 떨어질 만한 죄였다.

그러나 현실로 돌아온 나는 여러 가지 대안을 모색했다. 바닥을 긁어내거나 독살하기, 하지만 그 어느 것도 상책은 아니었다. 로밀라유에게 말했다. "방법은 폭탄밖에 없어. 한 방이면 이 코딱지 같은 녀석들을 모조리 해치울 수 있을 거야. 그렇게 죽어서 떠오르면 우리가 할 일은 건져내는 것뿐이고 아르느위 사람들은 다시 소에게 물을 먹일 수 있을 거야. 간단한 얘기지."

내 생각을 어렵게 전달받고 나서 로밀라유가 말했다. "오, 안 돼요. 안 돼, 선생님."

"뭐, '안 돼요. 안 돼, 선생님!' 이라니. 멍청이같이 굴지 말라고. 나는 백전의 용사고 내가 무슨 말을 하는지도 잘 알고 있으니까." 하지만 그와 실랑이해 봐야 아무 소용 없었다. 폭발 계획에 그가 겁을 먹자 나는 이렇게 말했다. "오케이, 로밀라유. 우선 판잣집으로 가서 잠을 좀 자자고. 오늘은 대단한 날이었고 내일도 할 일이 많으니까."

그리하여 우리는 오두막으로 돌아갔고 로밀라유는 기도를 했다. 로밀라유가 내 실체를 알아보게 되었다. 지금도 나는 그가 나를 좋아했다고 믿지만, 그때 로밀라유는 내가 성급하고 운수 사나운 데다가 충분히 생각하지 않고 행동하는 작자임을 서서히 깨닫는 모양이었다. 그래서 로밀라유는 무릎을 꿇고 종아리 근육을 엉덩이로 누르면서 깔아뭉갰다. 커다란 발꿈치가 그 아래에 보였다. 그는 손바닥을 마주 모으고 손가락을 넓게 벌린 채 턱 아래 갖다 댔다. 이럴 때 나는 종종 그에게 말을 붙이곤 했다. "내 기도도 한마디 끼워 넣어." 그 말의 반은 진심이었다.

기도가 끝나자 로밀라유는 옆으로 누워 무릎을 구부린 채 한 손을 무릎 사이에 끼우고 다른 손은 뺨 아래에 받쳤다. 그는 항상 이 자세로 잠을 잤다. 나는 달빛이 안 드는 어두운 오두막 안에서 담요를 깔고 누웠다. 불면증에 시달리는 일은 별로 없었지만 오늘따라 내 머릿속에는 아주 많은 생각이 떠올랐다. 다니엘의 예언, 고양이, 개구리, 태곳적 모습을 한 지형, 눈물의 사절단, 이텔로와의 씨름 경기, 또 내 속을 꿰뚫어 보고 그린 투 몰라니라고 말해 준 여왕. 이 모든 것들이 뒤섞여서 나는 몹시 흥분했다. 나는 계속해서 개구리들을 폭파시키는 게 상책이라는 결심을 다졌다. 당연한 얘기지만 이 몸은 폭탄에 대해 좀 안다. 그래서 손전등으로부터 건전지 두 개를 빼내고 H&H 375 매그넘탄[42]의 탄약 가루를 부어 넣으면 꽤 쓸 만한 폭탄을 만들 수 있겠다고 생각했다. 장전량도 상당해서, 장담하건대 코끼리 한 마리는 너끈히 해치울 수 있을 게다. 나는 《라이프》인가 《룩》에서 이런 내용을 읽고는 아프리카 여행을 위해 특별히 375 매그넘을 사두었다. 미시간에 사는 어떤 녀석이 휴가가 시작되자마자 이걸 들고 알래스카로 갔다. 그는 알래스카로 날아가서 가이드를 고용해 알래스카 불곰을 추적했다. 그들은 곰을 발견하고 낭떠러지와 늪지대를 누비며 추격을 거듭해 400여 미터 거리에서 총을 쐈다. 나 자신도 전에는 사냥에 어느 정도 관심이 있었지만, 나이가 들자 사냥은 자연과 어울리는 방법치고 이상한 듯싶었다. 다시 말하면 어떤 사람이 외부 세계로 나갔는데 거기서 할 일이 겨우 총질밖에 없단 말인가 하는 의문이 든 것이다. 그건 말이 안 된다. 그래서 10월에 사냥철이 시작되어 화약 연기가 덤불 위로 피어오르고 동물들이 공포에 질려 이리저리 달려갈 때, 나는 나가서 사냥꾼들을 잡아들인다. 사냥 금지 경고 판이 붙은 내 땅에서 사냥한 죄로. 그들을 치안판사에게 데리고 가면 치안판사는 사냥꾼들에게 벌금을 물린다.

오두막에서 탄약통을 가져다가 폭탄을 만들기로 하자, 개구리들이 받을 깜짝 선물과 또 얼마간은 나 자신 때문에 히죽 웃음이 나왔다. 그도 그럴 것이 윌라탈레와 므탈바, 이텔로와 이곳의 모든 사람이 고마워하지 않겠는가. 나는 심지어 여왕이 나를 자기와 동등한 지위로 올려주리라는 데까지 상상의 나래를 폈다.

하지만 그때 가서 이렇게 말해야지. "아닙니다, 아닙니다. 내가 고향을 떠나온 것은 권력이나 영예를 얻고자 함이 아니었습니다. 적으나마 도움이 됐다면 그걸로 만족합니다."

이런 생각들을 하느라 나는 잠을 이룰 수 없었다. 그러나 내일 폭탄을 준비하려면 지금은 휴식이 절실했다. 잠에 관한 한 나는 다소 까다로운 편이어서, 뭐가 어찌 됐든 여덟 시간을 못 채우고 일곱 시간 십오 분을 자면 특별히 잘못된 데가 없더라도 심신이 괴로워 몸을 질질 끌고 다닌다. 이런, 또 생각이 하나 늘었다. 내 생각은 늘 이 모양이다. 내 생각들은 내가 약해질수록 더 강해지는 것 같다.

뜬눈으로 누워 있는데 므탈바가 찾아왔다. 들어오면서 므탈바는 문간으로 달빛이 들지 않게 막아놓고 내 옆의 바닥에 앉았다. 그녀는 깊은숨을 내쉬며 내 손을 잡고 부드럽게 말을 거는가 싶더니 내 손으로 자기 살갗을 만지게 했다. 정말 놀라울 정도로 부드러운 피부여서 므탈바가 자부심을 품을 만도 했다. 나는 다 알면서도 모르는 척 아무 반응을 보이지 않았다. 나는 거대한 산처럼 담요 위에 널브러져서 초가지붕에 시선을 고정하고 폭탄 조립에 정신을 집중하려 애를 썼다. (머릿속으로) 손전등의 뚜껑을 돌리고 앞쪽 끝의 건전지를 꺼냈다. 탄피를 갈라서 손전등 케이스 안으로 가루를 흘려 넣었다. 그런데 어떻게 점화해야 할까? 물이 특별한 문제로 다가왔다. 퓨즈로는 무얼 써야 하며 어떻게 하면 퓨즈가 젖지 않게 할 수 있을까? 오스트리아산 라이터의 심지에서 몇 가닥을 뽑아 용액에 한참 담가두면 될 것이다. 그게 아니면 신발끈이 있었다. 초를 먹인 신발끈이라면 더 바랄 나위가 없을 것이다. 내 생각은 대체로 그렇게 흘러갔다. 그러는 동안 므탈바 공주는 나를 핥고 내 손가락을 애무하며 옆에 앉아 있었다. 나는 심한 죄책감을 느끼며 생각했다. 이 손으로 내가 어떤 죄를 지었는지 안다면 므탈바는 손을 입술에 가져가기 전에 한 번 더 생각하리라고. 이제 그녀는 내가 고양이를 향해 총을 겨눴던 바로 그 손가락을 붙들었고 그 손가락을 통해 양심의 가책이 내 팔을 타고 나머지 신경계로 뻗어 나갔다. 그녀가 이해할 수 있다면 나는 이렇게 말했을 것이다. "아름다운 여인이여."(그녀는 대단한 미인으로 통했고 나도 그 이유를 알 만했다.) "아름다운 여인이여, 나는 당신이 생각하는 그런 남자가 아닙니다. 난 양심에 거리끼는 일들을 저질렀고 성격도 매우 흉악합니다. 우리 집 돼지들도 나를 싫어해요."

그러나 여자들을 단념시키는 일이 언제나 쉬운 것은 아니다. 여자들은 주정뱅이나 멍청이, 범죄자 같은 유형의 남자들을 자진해서 떠맡는다. 끔찍한 것들을 모두 상쇄시키면서 그렇게 하는 힘을 주는 것은 바로 사랑이라고 생각한다. 나도 말 못 하고 눈먼 사람은 아닌지라 여인의 사랑과 위대한 인생 법칙들 사이의 연관 관계는 이전부터 눈여겨 왔다. 스스로 알아채지 못했더라도 틀림없이 릴리가 일러주었을 것이다.

로밀라유는 흉터가 진 뺨 아래에 한 손을 받치고 자느라 머리카락이 한쪽으로 쏟아져 내렸다. 그는 잠에서 깰 줄을 몰랐다. 오두막 입구에 유리 같은 달무리가 졌고 바깥에는 마른 소똥과 가시나무로 피운 모닥불이 있었다. 그곳에는 아르느위 사람들이 죽어가는 소들과 함께 앉아 있었다. 므탈바는 계속해서 한숨을 쉬며 나를 쓰다듬고 애무하고 내 손가락 끝으로 자기 피부를 스치게 한 후 그걸 자기 입에 넣기를 반복했다. 나는 쪽빛 머리를 한 이 거대한 여인에게 어떤 목적이 있다는 사실을 눈치챘다. 그래서 넌지시 팔을 들어 로밀라유의 얼굴 위에 내려놓았다. 로밀라유는 바로 눈을 떴지만 뺨 아래에서 손을 빼거나 자세를 바꾸거나 하지는 않았다.

"로밀라유."

"뭐 필요합니까, 선생님?" 여전히 누운 채로 로밀라유가 물었다.

"일어나 봐, 일어나 보라고. 손님이 있어." 그는 이 말에 놀라지도 않고 일어났다. 고리버들 세간과 문틈으로 들어오는 달빛은 점점 더 맑고 깨끗해져서 세상을 밝힐 뿐 아니라 향기롭게 만드는 듯했다. 므탈바는 비스듬하게 앉아 자신의 몸에 편안히 팔을 내려놓았다. "방문의 목적이 뭔지 알아봐." 내가 로밀라유에게 말했다.

그래서 로밀라유는 므탈바와 이야기하기 시작했는데 격식을 갖춰 대했다. 로밀라유는 아프리카 예법에 정통할 뿐 아니라 여간 깐깐한 게 아니어서 한밤중이라 해도 그 태도가 궁중 법도에 어긋남이 없었다. 그러자 므탈바는 입을 열어 말했다. 그녀의 목소리는 부드러웠으며 때로는 빠르게 때로는 느리게 말을 이었다. 이 대화에서 알게 된 사실은 므탈바가 내가 자기를 사주기를 바란다는 것과, 내게 지참금이 없을 테니 이 밤중에 그걸 가져왔다는 것이었다. "선생님, 여자를 사려면 돈을 내야 합니다."

"나도 아네, 친구."

"돈을 내지 않으면 여자들, 남자 안 존경합니다, 선생님."

그래서 나는 내가 부자이며 어떤 값이라도 치를 형편이 된다고 말했지만 이건 돈에 관한 문제가 아니라는 걸 깨닫고 이렇게 말을 돌렸다. "허, 이분은 용모가 대단히 아름다워. 체격도 에베레스트 산만 하고 섬세함도 부족함 없이 갖췄지. 내가 고마워한다고 전하고 집으로 돌려보내 드려. 지금이 몇 시인가 궁금하군.

맙소사, 잠을 자지 못하면 내일 개구리 처치할 때 상태가 좋지 않을 거란 말이야. 모르겠어, 로밀라유, 그 일이 내게 달렸다는 걸?"

그러나 로밀라유는 므탈바가 가져온 물건들이 모두 밖에 있으며 내가 그걸 봤으면 한다고 말했다. 나는 몹시 못마땅해서 자리에서 일어났고 우리는 오두막 밖으로 나갔다. 므탈바는 호위병을 데리고 왔는데, 그들은 달빛 아래 나의 헬멧이 보이자 벌써 내가 신랑이라도 된 듯이 환호했다.—시간이 늦었으므로 조용히 하게 했지만. 커다란 멍석 위에 놓인 예물은 커다란 산을 이루었다.—예복과 장신구, 북, 화장품과 염료. 므탈바가 로밀라유에게 물건들의 목록을 건넸고 그는 그걸 통역해 주었다.

"저분은 대단한 사람이야. 정말 위대한 인간이라고." 내가 말했다. "이미 남편이 있지 않은가?" 이 말은 답이 될 수 없었다. 그녀는 비통의 여인이라 결혼을 몇 번 하든 상관이 없기 때문이었다. 내게 이미 아내가 있다는 사실을 그녀에게 말해 봐야 아무 소용없으리라는 것도 알았다. 아내가 있다는 말은 릴리의 경우에도 안 통했으니까. 므탈바 역시 아무 효과가 없을 것이다.

눈이 휘둥그레질 정도의 신부 지참금을 보여 주려고 므탈바는 예복을 입기 시작했다. 실로폰 연주가 배경음악으로 깔렸다. 뼈로 만든 실로폰은 그녀의 시종 중 하나인, 손마디에 문고리만 한 반지를 낀 녀석이 연주했다. 그는 자신이 비통의 신부를 인도하여 넘겨주기라도 하는 것처럼 웃었고, 므탈바는 그동안 가운과 실내복을 자랑하며 어깨 위에 두르기도 하고 엉덩이에 친친 감기도 했다. 그러느라고 그녀는 동작을 하나하나 더 크게 해야 했다. 므탈바는 가끔 콧대 위에 아랍식으로 반쪽 베일을 드리웠는데 그러면 사랑에 찬 눈이 돋보였다. 또 헤나로 물들인 손을 요란하게 흔들며 이제는 떠나는 것처럼 어깨 너머로 나를 돌아볼 때, 그녀의 코와 입술에는 오로지 사랑하는 마음에서만 나올 수 있는 고통의 표정이 보였다. 므탈바는 속이 텅 빈 뼈―아마 개미들이 속을 파낸 코뿔소의 발인 듯했다.―로 만든 조그만 실로폰이 내는 리듬에 따라 걷기도 하고 몸을 흔들기도 했다. 이 모든 일이 푸르스름한 달빛 아래 거행되었다. 눈앞에는 하얀 얼룩 같은 모닥불들이 점점이 타고 있었다.

"로밀라유, 그녀에게 말해 주면 좋겠어." 내가 말했다. "정말이지 매력적인 여인인 데다가 깜짝 놀랄 만큼 혼수도 많이 해왔다고."

로밀라유는 이 말을 어떤 전형적인 아프리카식 찬사로 번역한 게 분명했다.

"하지만." 하고 내가 덧붙였다. "아직 개구리 문제를 끝내지 못했네. 그놈들과 내일 맞붙을 건데 그걸 해결하기 전에는 어떤 중요한 일도 여유 있게 생각할 수가 없어."

나는 이 말에 그녀가 물러갈 줄 알았는데 므탈바는 계속해서 자기 옷을 입어보고 춤을 추는 것이었다. 육중하지만―그 거대한 허벅지와 엉덩이하며―아름다웠다. 그러고는 나를 향해 이마를 들고 슬쩍슬쩍 눈길을 보냈다. 그렇게 밤이 깊어가고 춤이 무르익어감에 따라 나는 이것이 황홀한 유혹이라는 것을 깨달았다. 이것은 저수지의 개구리들을 무찌르는 실제적인 과업 속에서도 내가 기꺼이 손을 뻗어 붙들어야 하는 시(詩)였다. 또한 강바닥을 내려와 맨 처음 초가지붕에 시선이 머물렀을 때 느낀 것들, 너무 오래되었다는 느낌이야말로 이것―시이자 유혹―이었다. 어쩐 일인지 나는 아름다움이라면 사족을 못 쓰고 믿는 것도 오로지 아름다움뿐이지만, 번번이 아름다움을 스쳐 지나 다시금 멀어지고 만다. 도대체 아름다움 곁에서 충분히 오래 머무는 법이 없다. 잇몸이 또 쑤시는 걸 보니 때가 왔나 보다. 나는 혼란에 빠졌다. 부풀었던 가슴은 녹아내리고 결국 꽝, 사라져버렸다. 다시 한 번 엉뚱한 길에 들어선 것이다. 그렇지만 이 부족, 아르느위 사람들은 아름다움만큼은 넉넉히 가진 것 같았다. 그렇기 때문에 개구리를 대상으로 내가 위대한 행적을 남긴다면 아르느위 사람들이 나를 그들의 가슴에 새겨주리라고 생각했다. 이미 나는 이텔로를 이기지 않았던가. 그리고 여왕은 나를 총애하며 므탈바는 나와 결혼하고 싶어 한다. 그러니 남은 건 오로지 내가 그럴 자격이 있다는 것을 증명하는 일뿐이다.(그리고 이 기회는 안성맞춤이었다. 내 능력에 이토록 잘 들어맞는 일은 이 이상 없었다.)

그리하여 므탈바가 또다시 즐거운 모습으로 내 손을 핥고, 내게 자신과 자신의 모든 물건을 바치는 몸짓을 할 때—이때가 좋은 기회였다.—내가 말했다. "고맙습니다. 안녕히 주무세요. 모두 좋은 밤 되세요."

사람들이 말했다. "아후."

"아후, 아후. 그룬 투 몰라니."

그들이 대답했다. "투 몰라니."

내 가슴은 행복해서 터질 듯했고 이제는 잠이 모자란다는 것보다 오늘 밤 그들이 떠난 후 내가 눈을 붙이면 이 황홀한 감정이 사라져버릴까 봐 걱정이 됐다. 그렇게 해서 로밀라유가—다시 한 번 무릎을 꿇고 영원을 향해 뛰어들 녀석처럼 두 손을 마주 눌렀다.—짧은 기도를 마치고 잠들었을 때 나는 뜬눈으로 누워 끓어오른 감정에 몸을 담갔다.

9

 그 감정은 새벽이 되어 자리에서 일어날 때까지도 사라지지 않았다. 불이 붙은 것 같은 여명, 우리 오두막 안은 지하 저장실처럼 어둑해졌다. 나는 아침 식사로 구운 얌을 집어 들고 바나나처럼 껍질을 벗겼다. 바닥에 앉아 선선한 공기를 쐬며 얌을 먹고 있자니, 오두막의 문틈으로 로밀라유가 주름살 진 얼굴로 잠든 모습이 보였다. 마치 모형 같았다.
 '오늘은 내 생애 최고의 날이 될 거야.' 그런 생각이 들었다. 그도 그럴 것이 간밤의 흥분이 가라앉기는커녕 더욱 치솟는 데다가 사물들이, 그러니까 객관세계 자체가 내게 일종의 출발신호를 보낸다는 확신이 들었기 때문이다.(지금도 난 그렇게 믿는다.) 월라탈레에게서 기대한 것은 이런 게 아니었다. 아마 여러분도 기억하겠지만—아, 기억이 안 나면 다시 말해 주겠다.—나는 월라탈레가 손을 펴서 씨앗을, 진정한 수수께끼를 보여 주리라 기대했다. 그런데 그게 아니었다. 전혀 예상치 못한 데서 일이 벌어졌다. 그건 동틀 무렵 내 옆의 하얀 점토 벽에 비치는 빛에 불과했지만 효과는 특별했다. 그 즉시 잇몸이 뭔가 깜찍한 일을 경고하듯이 쑤시기 시작했고, 가슴도 조이는 듯 고통스러워진 것이다. 깃털이나 꽃가루 알레르기가 있는 사람들은 내 말을 이해할 것이다. 그런 사람들은 지극히 미세한 차이로 깃털이나 꽃가루의 유무를 알아챈다. 내 경우 그날 아침의 인자는 해돋이가 비친 벽의 색깔이었다. 그래서 벽의 색깔이 점점 진해지자, 나는 구운 얌을 내려놓고 우물거리면서 바닥에 손을 짚어 몸을 지탱해야 했다. 세계가 내 아래에서 흔들리는 것처럼 느껴졌기 때문이다. 말이라도 탔다면 안장의 뿔에 손을 뻗었을 것이다. 다른 말로 하면 인간의 것이 아닌 어떤 강렬하고 장엄한 무엇이 내 아래에 있는 것 같았다. 그렇게 만든 것은 바로 수박 물과 같은 이 연분홍빛이었다. 나는 곧바로 이 연분홍색의 중요성을 알아보았다. 아주 어렸을 때부터 나는 막혔던 입이 터지고 사물과 색깔의 목소리가 들리는 중대 시점을 알 수 있었다. 그런 다음에는 물리적인 우주에 주름이 잡히고 변하며 솟아올라 융기해 매끈해진다. 개들도 벌벌 떨며 어디 나무에라도 기대야 할 것처럼. 소름이 돋은 것처럼 오톨도톨한 하얀 벽 위에 그렇게 분홍색 빛이 들자 동틀 녘 3킬로미터 상공에서 하얗게 보이는 바다 위와 똑같았다. 그런 색을 맞닥뜨린 지가 적어도 오십 년은 됐을 것이다. 작은 아이였을 때 자다가 깬 기억이 떠올랐다. 혼자서 더블 침대, 그것도 검은 침대에 누워 천장을 올려다보면 옛날식으로 회칠한 타원형 속에 배〔梨〕와 깽깽이와 짚단과 천사 얼굴이 있었고, 밖에는 3미터 반 높이의 하얀 덧문에 지금과 똑같은 분홍색이 비쳐 있었다.

    작은 아이였을 때라고? 그러나 내가 작았던 적은 없는 것 같다. 다섯 살 나이에 이미 열두 살만 한 무척 다루기 어려운 아이가 돼 있었으니까. 우리 가족은 여름이면 애디론댁의 마을에 머물곤 했다. 딕 형이 물에 빠져 죽은 그곳에는 방앗간이 있었고 나는 뛰어다니면서 막대기로 밀가루 자루를 두드려 먼지를 일으키고 도망쳐서 방앗간 주인한테 욕 얻어먹는 게 일이었다. 선친은 딕 형과 나를 데리고 방앗간 연못에 가서 폭포수 아래 함께 서 있곤 했다. 턱수염을 기른 아버지는 트리톤⁴³⁾처럼 보였다. 군더더기 없는 근육에 빙그레 웃는 듯한 턱수염. 차가운 초록 물속에서 기다란 물고기들이 저만치 몇 미터 떨어져 노니는 것이 보였다. 검은 바탕에 박힌 붉은 점들이 마치 불이라도 붙은 듯했다. 포장도로에서 어슬렁대는 사내 녀석들처럼 말이다. 어쨌든 얘기를 계속하자면, 때는 저녁 무렵이었고 나는 막대기를 들고 방앗간에 뛰어들어 밀가루 포대를 두드려댔다. 하얀 가루로 거의 숨이 막힐 지경이었다. 방앗간 주인이 고함을 쳤다. "이 미친 상놈의 자식, 다리몽둥이를 부러뜨리고 말 테다!" 나는 낄낄거리면서 쏜살같이 내빼 바로 그 분홍빛 속으로 도망쳤다. 보통 때의 저녁 색깔과는 확연히 달랐다. 물레방아에서 물이 떨어질 때 나는 밀가루 자루가 쌓여 있는 쪽에서 그걸 보았다. 선명하고 가느다란 붉은색이 하늘로 솟아올랐다.

그런 색을 아프리카에서 보게 될 줄은 꿈에도 몰랐다. 거기서 얻어야 할 걸 미처 다 빨아들이기도 전에 그 색이 없어져 버릴까 봐 걱정이 되었다. 그래서 나는 얼굴과 코를 벽에다 갖다 댔다. 소중한 장미라도 되는 것처럼 벽에 코를 문질렀다. 그리고 쭈글쭈글 심하게 슬픈 표정을 한 늙은 무릎을 그 자리에 꿇었다. 당근처럼. 나는 코를 킁킁거리며 뺨을 벽에 비볐다. 나의 영혼은 상당히 들떠 있었지만 정신없이 흥분한 것은 아니었다. 그야말로 분홍빛처럼 순한 상태였다. 나는 혼자 주절거렸다. "내 진작 알았지, 여기가 오래되었다는 것을." 이 말은, 처음부터 이곳에서 오래전에 놓쳐 버린 것들을 찾게 될 줄 알았다는 뜻이다. 예전 순수했을 때 보고는 평생토록 바라 마지않았으며—그것 없이는 행복할 수 없었던 것을 찾게 되리라고 짐작했다는 말이다. 그때 내 영혼이 잠들지 않고 이렇게 읊조렸음을 장담한다. 오호호호호호호!

 서서히 빛이 달라졌다. 그럴 수밖에. 하지만 나는 적어도 열반의 한 자락인 양 그 빛을 다시 보았고 순순히 보내주었다. 앞으로 오십 년이 지나기 전에 다시 보기를 기원하면서. 그렇게 되지 않는다면 나는 한낱 삼백만 달러를 가진 무뢰한이나 껄렁이, 또는 저급한 공포와 변덕의 노예로 죽을 수밖에 없을 것이다.

 다시 아르느위 사람들을 구하는 일로 생각을 돌렸을 때 나는 다른 사람이 되어 있었다. 아니, 다른 사람이라고 생각했다. 무언가 생생한 경험을 했던 것이다. 수조 속 문어를 본 바늘에서와 정반대였다. 문어는 내게 죽음을 이야기했다. 그 차가운 대가리가 유리를 문지르면서 점점 더 창백해지는 것을 본 후 나는 거창한 계획에는 일체 달려들 엄두도 못 냈다. 분홍색 빛의 길조를 본 후 나는 자신 있게 폭탄 제조에 나섰다. 폭탄을 만드는 데에는 적지 않은 문제가 있을 터였다. 내가 가진 모든 지식을 총동원해야 했다. 특히 퓨즈와 터질 시기를 맞추는 문제가 중요했다. 폭탄을 물속에 던질 때까지 최대한 오래 기다려야 할 것이다. 언젠가 신문에서 뉴욕의 어느 폭탄 협박범에 관한 기사를 아주 흥미롭게 읽은 적이 있다. 전기회사와 다투고 복수를 하려던 작자였다. 그랜드 센트럴 역의 사물함에서 나온 그의 폭탄 도해가 《뉴스》인가 《미러》에 게재되었고 나는 정신없이 읽다가 그만 내려야 할 지하철역을 놓치고 말았다.(바이올린 케이스를 무릎에 끼운 채.) 나는 폭탄 설계에 대해 제법 정확하게 알았던 터라, 항상 그런 이야기에 흥미가 많았던 것이다. 그 폭탄 협박범은 가스관을 사용했던 것이 틀림없다. 그 당시 나는 집에서 그보다 좋은 폭탄을 만들 수 있다고 생각했다. 물론 내 경우에는 보병학교에서 장교 훈련을 받았고 거기에는 게릴라 교육도 어느 정도 포함되었다. 그러나 공장에서 만든 수류탄이라 할지라도 그 저수지에서라면 실패할지 몰랐고 따라서 이 일은 처음부터 상당한 도전 의식을 불러일으켰다.

나는 다리 사이에 재료들을 늘어놓고 바닥에 앉아 헬멧을 뒤로 젖힌 채 일에 열중했다. 총알을 갈라서 안에 든 화약을 손전등 케이스에 쏟아 넣었다. 나는 실용적인 일에 몰두하는 긍정적인 능력을 갖췄다. 고향에 있을 때 내가 싸움을 너무 많이 해서 점점 일손 구하기가 어려워지는 바람에, 어쩔 수 없이 내 손으로 직접 일하게 됐다는 사실은 하느님만 아실 것이다. 제일 잘하는 일은 거친 목공 일과 지붕 공사와 칠이고, 전기공이나 배관공 일은 일류급은 아니다. 실용적인 일에 몰두할 수 있다고 말하는 것은 정확한 표현이 아닐지도 모른다. 오히려 실제로는 고통스러울 만큼 진지했고 이 표현은 혼자 무언가 하고 놀 때도 그대로 들어맞는다. 나는 작은 전구가 달린 손전등의 유리를 빼내고 동그랗게 깎은 나무로 틀어막았다. 나무에는 퓨즈가 들어갈 구멍이 나 있었다. 이제부터가 까다로운 부분인데 폭탄의 성능은 퓨즈가 점화하는 속도에 달렸기 때문이다. 이걸 실험할 때 나는 로밀라유를 자주 쳐다보지 않았지만 어쩌다 얼굴을 들면 이상하다는 듯이 고개를 젓고 있는 그와 눈이 마주쳤다. 나는 관심을 기울이지 않으려고 했지만 결국 참지 못하고 이렇게 말했다. "젠장, 재수 없는 표정 짓지 마. 내가 지금 아무것도 모르면서 이 짓을 하는 것 같아?" 나는 로밀라유의 신임을 얻지 못했다는 사실을 알았다. 그래서 속으로는 그를 욕하면서 겉으로는 실험을 하느라 라이터의 심지 길이를 계속 바꾸어가며 불을 붙였다. 비록 로밀라유의 지지는 못 받았지만 므탈바만큼은 이른 아침 시간에 와주었다. 므탈바는 이제 속이 비치는 보라색 바지를 입고 코 위에 베일을 드리우고 있었다. 그러고는 지난밤에 우리가 서로 합의에 도달한 것처럼 아주 활달하게 내 손을 가져다가 자기 가슴 위에 얹었다. 므탈바는 활기에 넘쳤다. 코뿔소의 발로 만든 실로폰과 간간이 더해지는 손가락 휘파람 합주를 세레나데 삼아 그녀는 크게 발걸음을 떼며—적당한 표현인지 모르겠지만(징검다리를 건너듯이라고 할까?)—춤을 췄다. 얼굴에는 교태와 사랑의 미소를 머금었고, 풍만한 살을 출렁이며 몸을 흔들었다. 므탈바는 시종들을 향하여 자신과 나의 행적을 낭송했다.(로밀라유가 통역해 주었다.) "비통의 여인은 보통 사람 두 명을 합쳐 놓은 것보다 더 위대한 이 씨름꾼을 사랑하여 밤에 왔도다." "그에게 왔도다." 사람들이 뒤를 이었다. "여왕은 씨름꾼에게 지참금을 가져왔다네."—이 대목에서는 지참금의 목록이 열거됐는데 그 가운데 스무 마리의 소에 대해서는 하나하나 이름과 족보가 거명되었다.—"매우 고귀한 지참금이라네. 비통의 여인, 절세의 미인. 신랑의 얼굴은 오색찬란하다네." "오색찬란해, 오색찬란해." "머리에는 머리카락, 늘어진 두 뺨, 웬만한 황소보다 더 강하지. 신부는 마음의 준비가 되어 문을 활짝 열어두었네. 신랑은 무얼 만드나." "만드나." "불을 가지고." "불을 가지고." 그러다가 므탈바는 한 번씩 내 손 대신 자기 손에 입을 맞추고 내게 손을 들어 보였다. 그녀는 코 주변에 주름을 지어 사랑으로 고통스러워하는, 사랑의 아픔을 여실히 드러냈다. 그러는 동안 나는 라이터 용액에 담근 구두끈에 불을 붙여 유심히 관찰했고, 불꽃이 잘 붙는지 확인하느라 무릎 사이로 고개를 수그렸다. 나쁘지 않군, 하고 생각했다. 승산이 있었다. 작은 불똥이 내려앉았다. 므탈바에 대해 말하자면 예전만 같아도 그녀가 내게 보내는 사랑에 딴마음을 품었을지 모른다. 그때라면 훨씬 더 심각한 문제로 받아들였을 수도 있고. 하지만 어쩌랴! 귓가에는 깊은 주름살이 파였고 어쩌다가 거울 앞에서 고개를 들면 하얀 코털이 눈에 들어온다. 그런 까닭에 나는 속으로 므탈바가 사랑에 빠진 것은 가상의 헨더슨이며 그녀 마음속의 헨더슨이라고 중얼거렸다. 이런 생각을 하며 나는 눈꺼풀을 내리깔고 고개를 끄덕였다. 하지만 그동안에도 쉬지 않고 심지 끄덩이와 구두끈과 마지막에는 종이 나부랭이에까지 불을 붙였고, 그 결과 구두끈 조각을 이 분 정도 라이터 용액에 담근 것이 다른 것들보다 낫다는 사실을 알게 됐다. 해서 나는 사막용 장화 한 짝에서 구두끈을 풀어 나무 조각에 난 구멍에 꿰고 나서 로밀라유에게 말했다. "므탈바는 이제 갈 준비가 된 모양이군."

몸을 구부리고 일한 탓에 뒤통수가 어질어질 지끈거렸지만 그런 거야 괜찮았다. 깨달음과도 같은 분홍색 빛을 본 덕에 내 의지는 확고했고 나 자신을 믿었다. 그래서 로밀라유가 내놓고 의심하거나 불길해하는 것을 용납할 수가 없었다. 그래서 나는 이렇게 말했다. "로밀라유, 이제 그 의심병도 끝이다. 이번만큼은 날 믿어도 좋아. 분명히 성공한다니까."

"예, 선생님." 로밀라유가 대답했다.

"내가 못 할 거라는 생각은 하지 말았으면 좋겠어."

로밀라유가 다시 대답했다. "예, 선생님."

"나이팅게일은 어떤 시(時)에서 인간은 과도한 진실을 견디지 못한다고 노래했어. 하지만 그렇다고 허위는 또 얼마나 견딜 수 있겠어? 내 말 알아듣겠어? 이해하겠느냐고?"
"나 이해합니다, 선생님."
"난 그 나이팅게일한테 곧바로 질문을 해댔지. 그래서 진실이 끔찍하다 한들 어떡할 건데? 그래도 우리가 아는 현실보다는 나아."
"그래요, 선생님. 맞아요."
"좋아. 그 얘기는 거기까지 하고. 내가 아는 현실보다는 진실이 좋아. 그리고 누구나 마음속 깊이 자기가 자기 인생을 어느 정도 깊은 곳까지 이끌어야 한다는 걸 알고 있지. 어쨌거나 나는 아직 그 깊이에 이르지 못했으니 계속 가야 해. 알아들었어?"
"예, 선생님."
"에그! 인생이란 놈이 날 실패자로 기록했을지도 모르겠어. 헨더슨: 그렇고 그런 유형. 바다쇠오리[44]와 오리너구리와 기타 실험동물과 마찬가지로 그렇고 그런 원칙을 입증하고 버려짐. 하지만 인생을 살다 보면 어느 순간 깜짝 놀랄 수도 있어. 우리는 결국 인간이니까. 특이하게 보일지 몰라도—어디까지나 나도 사람이야, 인간이라고. 그리고 인간이란 존재는 인생이 자신을 꽁꽁 묶어버렸다고 생각한 순간 마술처럼 빠져나온 적이 수도 없이 많거든."
"오케이입니다." 로밀라유는 어깨를 으쓱하며 항복의 의미로 두툼한 검은 손을 내밀었다.
말을 너무 많이 해서 지친 나는 알루미늄 통으로 만든 폭탄을 움켜쥐고 이텔로와 그의 두 이모에게 했던 약속을 실행하기 위해 준비 자세를 갖췄다. 마을 사람들은 이것이 큰 사건이라는 것을 눈치채고 삼삼오오 모습을 드러내더니 재잘대거나 손뼉을 치고 노래를 불렀다. 어디론가 사라졌던 므탈바는 당구대 깔개처럼 보이는 붉은 의상으로 갈아입고 쪽빛 머리에 새로 기름을 바르고는 커다란 놋쇠 귀고리와 놋쇠 목걸이까지 달고 다시 나타났다. 므탈바의 부하들이 울긋불긋한 천을 걸치고 빙 둘러섰고 화려한 고삐와 밧줄에 매인 소들도 이끌려 나왔다. 소들은 어딘가 병약해 보였고 사람들은 다가와서 소에게 입을 맞추고 실제로 사촌이나 되는 것처럼 소들의 안부를 물었다. 아가씨 중에는 애완용 암탉을 팔이나 어깨에 앉힌 이도 있었다. 더위는 살인적이었으며 하늘은 먹먹하고 황량했다.

"저기 이텔로가 있군." 그 역시 불안해하는 것처럼 보였다. "이 녀석들 아무도 나를 믿지 않는군." 나는 혼잣말을 했다. 어째서 내가 유난히도 믿음을 불러일으키지 않는지 모르는 바 아니었지만 그래도 그렇지. 나는 기분이 상했다. "안녕하시오, 왕자님." 내가 먼저 인사를 건넸다. 이텔로는 엄숙하게, 여기서 다들 그러는 것처럼 내 손을 끌어다 자기 가슴 위에 댔다. 하얀 블라우스 사이로 체온이 느껴졌다. 그는 어제와 마찬가지로 헐렁한 하얀 상의에 녹색 실크 스카프를 두르고 있었다. "자, 결전의 날이오." 내가 말했다. "이제 시간이 되었소." 나는 구두끈 퓨즈를 장착한 알루미늄 통을 왕자에게 보여 주고 나서 로밀라유를 향해 말했다. "이제 개구리 시체를 모아서 장사 지낼 준비를 해야지. 장례 절차도 밟고 말야. 왕자님, 여기 사람들은 죽은 개구리에 대해 어떻게 생각합니까? 여전히 멀리하나요?"

"헨더슨 씨, 선생, 무엇이……." 이텔로는 물이 얼마나 중요한지 설명하는 데 적당한 단어를 찾지 못하고 벨벳이라도 만지는 것처럼 엄지로 손가락을 문질렀다.

"압니다. 상황이 어떤지 잘 압니다. 하지만 말할 수 있는 건 딱 한 가지입니다. 어제 한 말과 똑같습니다. 난 이 사람들을 사랑해요. 내 우정의 마음을 보여 주기 위해 무언가를 해야겠습니다. 그리고 내가 거대한 바깥세상에서 온 만큼 이건 내 일이란 사실을 깨달았어요."

무겁고 하얀 헬멧 아래로 파리들이 몰려들어 살을 물어뜯었다. 늘 그렇듯이 소 떼가 파리를 몰고 온 것이었다. 그래서 나는 말했다. "이제 시작합니다." 우리는 저수지를 향해 출발했고 그 맨 앞에는 폭탄을 손에 든 내가 있었다. 나는 바지 주머니에 라이터가 있는지 확인을 했다. 구두끈을 빼버려서 신발 한 짝이 끌렸지만 뉴욕항의 자유의 여신상처럼 폭탄을 우뚝 들고 늠름하게 걸음을 떼어 저수지로 향했다. 혼잣말을 하면서. "좋아, 헨더슨. 바로 이거야. 약속대로 하는 게 좋겠어. 괜히 법석대지 말고." 이런 식이었다. 여러분도 내 기분을 상상할 수 있으리라!

들끓는 열기 속에서 우리는 저수지에 당도했고 나는 혼자서 저수지 가장자리의 수초 있는 쪽으로 다가갔다. 나머지 사람들은 모두 뒤에 남았다. 로밀라유조차 나와 함께 가지 않았다. 그래도 좋았다. 사람은 위기의 순간에 홀로 설 수 있어야 하고 실제로 홀로 서는 것은 내 특기다. 난 속으로 생각했다. '무조건 잘 할 거야, 혼자 하는 일에 내가 얼마나 능숙한데.' 왼손에는 폭탄을, 다른 손에는 가느다란 하얀 심지—참 남자답게 생긴 심지다.—가 달린 라이터를 든 채 나는 물속을 들여다보았다. 그곳을 본 거지로 삼아, 살찐 머리와 빈약한 꼬리에 조그만 사지가 막 돋아나는 올챙이들과 다 익은 구스베리 같은 눈을 한 성숙한 개구리들이 빈민굴 같은 진흙 속에 몸을 묻고 있었다. 반면 나 헨더슨은 뿌리가 얽히고설킨 거대한 소나무 같았다.—하지만 잠시 내 걱정은 붙들어 매시라. 놈들에게 닥쳐올 운명, 나는 그 운명의 지배자였고 개구리들은 내가 드리우는 전조를 알아챌 줄 몰랐다.―암, 알 리가 없지. 그러는 동안에도 내가 너무나 잘 알고 너무나 싫어하는 초조한 공포의 복잡한 화학작용―눈앞이 가물거리고 침이 마르고 사지가 오그라들면서 목덜미가 뻣뻣해지는―이 내 안에서 일어났다. 물에 빠진 사람 귀에 바닷가에서 노는 사람들 소리가 들리는 것과 비슷하게 내 귀에는 기대에 찬 아르느위 사람들의 재잘거림이 들려왔다. 장식 밧줄로 소를 매어 끌고 가는 사람들. 므탈바도 보였다. 붉은 옷을 입은 그녀는 사람들과 나 사이에서 한 송이 양귀비처럼, 새빨간 가운데 검은 자태로 서 있었다. 그 순간 나는 미리 만들어둔 장치에 먼지라도 묻었을까 봐 (혹은 행운을 빌려고) 입으로 훅 불고 나서 심지를 둥글게 꼬았다. 불이 붙을 만큼 심지가 꼬이자 원래 구두끈이었던 퓨즈에 불을 붙였다. 구두끈이 타들어 가면서 끝에 붙어 있던 쇠붙이가 먼저 떨어져 나갔다. 불꽃이 제법 안정적으로 통을 향해 타들어 갔다. 내가 할 일은 그걸 움켜쥐고 거기서 눈을 떼지 않는 것밖에 없었다. 열기에 노출된 두 다리는 아무 느낌이 없었다. 타들어 가는 데 잠시 시간이 걸렸는데, 이윽고 불꽃이 나무 구멍으로 들어가는 순간에도 나는 불꽃이 꺼질까 봐 그대로 들고 있었다. 불꽃이 안으로 들어가고 나서 나는 직관을 발휘했다. 행운을 빌면서. 이제 구멍 밖에 있는 건 특별히 볼 이유도 없었기 때문에 나는 눈을 질끈 감고 때를 기다렸다. 아직은 아니었다, 아직도. 이윽고 다음 순간 통을 막았다. 불꽃이 구두끈을 먹어 들어가면서 화약 쪽에서 지지직 소리가 들리는 것 같았다. 마지막, 나는 이 순간을 위해 준비해 간 일회용 반창고로 구멍을 막았다. 그러고 나서 언더핸드 토스로 폭탄을 쳐올렸다. 폭탄은 초가지붕에 맞았다가 한 번 뒤집어져서 노란 물속에 빠졌다. 개구리들이 피해서 달아났고 수면은 다시 잔잔해졌다. 처음에는 잔물결이 바깥으로 이는 게 다였다. 그러나 그 순간 새로운 움직임이 시작되었다. 물 한가운데가 부풀어 올랐고 나는 직감적으로 성공했음을 알았다. 내 영혼은 물이 솟구치기도 전에 벌써 솟아올랐고 나는 이렇게 자신에게 외쳤다. '할렐루야! 헨더슨, 이 멍청한 개자식아, 이번에야말로 해냈어!' 그러자 물이 하늘 위로 뿜어 올랐다. 히로시마만큼은 아니어도 내게는 충분한 폭발이었고 하늘에서 죽은 개구리들이 비처럼 쏟아졌다. 폭발로 개구리들이 지붕까지 튀어 올랐고 진흙과 돌멩이들과 올챙이들이 초가 지붕을 때렸다. 375 구경 탄알 한 다스가 그 정도 위력을 가질 줄은 생각도 못 했다. 나의 지성 가운데 가장 잽싸고 경박하면서도 가장 터무니없는 생각들이 내가 자축하는 동안 밀려들었다. 그 중 처음으로 든 생각은 '학교에서도 우리 헨더슨을 자랑스러워 할 거야.' 였다.(보병학교에서 나는 성적이 그리 좋지 못했다.) 어린 개구리들의 기다란 다리와 하얀 배와 두툼한 몸뚱이들이 물기둥을 가득 채웠다. 나는 진흙을 흠뻑 뒤집어쓴 채 이렇게 소리 질렀다. "이봐, 이텔로—로밀라유! 어때? 콰광! 믿을 수가 없지!"

나는 예상했던 것보다 더 지대한 결과를 낳고 말았다. 대답하는 소리 대신 주민들의 날카로운 비명이 들려서 어떻게 된 건가 살펴보니, 죽은 개구리들이 물과 함께 저수지 밖으로 쏟아져 나오고 있었다. 저수지의 물을 가두고 있던 앞쪽 벽이 폭발로 날아갔던 것이다. 커다란 돌덩어리들이 무너져 내린 바람에 누런 저수지가 급속도로 비어가고 있었다. "오! 세상에!" 난 눈앞의 재난 때문에 속이 메스껍고 머리가 아득해져 머리통을 움켜잡은 채 멀쩡한 용수로처럼 개구리 잔해를 흘려보내는 물을 바라보았다. "빨리, 빨리!" 나는 소리 지르기 시작했다. "로밀라유! 이텔로! 오, 이런 썩을 놈을 봤나, 이게 무슨 일이람! 좀 도와줘, 어서

들, 어서 좀 도우라고!" 나는 얼른 뛰어들어 달아나는 물을 막으려 가슴을 밀어붙이고 돌을 원래 자리로 올려놓으려 했다. 개구리들은 흘러넘치는 자두알처럼 내 바지와 구두끈이 없어서 벌어진 신발 속을 가득 채웠다. 소들이 물을 향해 가려고 밧줄을 팽팽하게 당기며 소란을 피우기 시작했다. 그러나 소에게 오염된 물을 마시게 하는 사람은 아무도 없었다. 끔찍한 악몽의 순간이었다. 본능에 따르려는 소들과 울면서 소들을 달래는 주민들, 그러는 동안 저수지 물은 남김없이 땅으로 스며들었다. 모래가 물을 모두 빨아들였다. 로밀라유가 물속을 헤치며 내 옆에서 온 힘을 기울였지만 돌덩이들은 우리 힘으로 당할 수가 없었다. 그건 저수지가 댐 역할도 했기 때문이다. 우리는 물이 쏟아져 내려가는 지옥과도 같은 곳에 있었다. 어쨌든 물이 없어졌다.—없어졌다고! 불과 몇 분 만에 나는 (소름 끼치게도!) 누런 진흙 바닥과 거기 널려 있는 개구리 시체들을 보게 되었다. 개구리들은 꽝 하는 순간 전멸했고 그게 끝이었다. 하지만 주민들과 소들은 물 때문에 신음하면서 불만에 가득 차 자리를 떠나고 있었다! 얼마 안 있어 사람들이 모두 떠나고 이텔로와 므탈바만 남았다.

"아, 하느님 맙소사, 도대체 무슨 일이랍니까?" 내가 두 사람에게 말했다. "이건 파멸입니다. 내가 재앙을 일으켰어요." 나는 흠뻑 젖고 더러워진 티셔츠를 끌어 올려 얼굴을 가렸다. 그런 채로 나는 옷 뒤에 숨어서 말했다. "왕자님, 나를 죽이시오! 내가 내놓을 수 있는 건 목숨밖에 없군요. 그러니 가져가시오. 어서, 기다리고 있으니."

나는 귀를 쫑긋하며 이텔로가 다가오기를 기다렸지만 들리는 건 발소리가 아니라 므탈바에게서 새어 나오는 비탄의 소리였다. 나는 배를 툭 내민 채 버티고 서서 칼을 기다렸다.

"헨더슨 씨. 선생! 이게 무슨 일이오?"

"나를 찌르시오." 내가 말했다. "아무 말도 묻지 말고. 내 말대로 찌르시오. 칼이 없다면 내 칼을 쓰시오. 어차피 마찬가지니까." 나는 말을 이었다. "나를 용서하지 마시오. 난 용서를 견딜 수 없으니. 차라리 죽어버리겠소."

이것이야말로 하느님의 진심이었고 저수지와 함께 나는 모든 것을 날려 버린 것 같았다. 그래서 나는 말할 수 없이 복잡한 심정으로 물이 뚝뚝 흐르는 자루 같은 셔츠 속에서 얼굴을 빼지 않았다. 처형을 앞둔 나는 모든 고통과 초조함을 끌어안고 이텔로가 내 드러난 배의 맨살을 가르기를 기다렸다. 발밑에서는 저수지 바닥의 물기가 뜨거운 수증기로 변했고 죽어버린 개구리 시체들은 태양 아래에서 벌써 썩기 시작했다.

10

"아이, 옐리, 옐리!" 므탈바가 울부짖는 소리가 들렸다.
"뭐라는 거야?" 내가 로밀라유에게 물었다.
"'잘 가거라. 영원히.'라는 말입니다."
그때 이텔로가 떨리는 소리로 내게 말했다. "헨더슨 선생, 부탁이오만 옷을 다시 내리시오."
내가 물었다. "왜 그러십니까? 내 목숨을 빼앗지 않겠단 말씀인가요?"
"그럴 일은 없소. 당신은 날 이겼소. 죽고 싶으면 선생 손으로 직접 죽으시오. 당신은 친구요."
"친구이기야 하지만." 내가 대답했다.
나는 이텔로가 목구멍이 콱 막힌 소리로 말한다는 걸 알 수 있었다. 목구멍에 뭔가 어마어마한 것이 걸린 게 분명했다. "목숨을 걸고 당신들을 도우려고 했소." 내가 말했다. "폭탄을 얼마나 오래 들고 있었는지 왕자님도 보지 않았습니까? 차라리 내 손에서 터져 내가 박살이 났다면 좋았을 것을. 난 언제나 이렇다니까. 사람들한테 다가가는 순간 뭔가를 엉망으로 만들어버려.—

바보, 멍청이. 내가 여기 왔을 때 사람들이 운 것도 당연해. 두통거리 냄새를 맡았던 거지. 내가 사고 칠 줄 미리 알고 말이야."

셔츠로 얼굴을 가린 김에 나는 고마운 마음을 포함해서 내 감정을 거리낌 없이 털어놓았다. 이렇게 물었다. "어째서 한 번도, 단 한 번도 내 마음먹은 대로 되지 않는 걸까요? 나는 일을 망치는 저주를 받은 게 분명하다니까요." 그러고 보니 내 인생 역정이 그대로 드러난 것 같았다. 그렇게 까발리고 나니 차라리 죽는 게 나을 성싶었다.

하지만 이텔로가 날 찌르려 하지 않았기 때문에 나는 저수지 물로 더러워진 셔츠를 끌어내리고 말했다. "좋습니다, 왕자님. 왕자님 손에 내 피를 묻히고 싶지 않다면."

"그럴 일은 없소." 이텔로가 대답했다.

"그렇다면 고맙습니다. 왕자님, 그럼 저는 여기서부터 열심히 노력해 보는 수밖에 없군요."

그러자 로밀라유가 중얼댔다. "우리 뭐 합니까, 선생님?"

"로밀라유, 떠나자. 지금 내가 친구들을 위해서 해줄 수 있는 건 떠나는 거야. 안녕히 계십시오, 왕자님. 안녕히 계시오, 부인. 그리고 여왕께도 작별 인사를 전해 주시오. 여왕께 인생의 지혜를 배우고 싶었지만 난 그저 경솔한 놈일 뿐이오. 그런 우정과 어울리지 않아요. 하지만 저 노부인을 사랑하오. 당신들 모두를 사랑하오. 신의 가호가 있기를. 혹시 여기 머무를 수 있다면 저수지라도 고쳐드리겠지만, 여러분을 위해……."

"그러지 않는 게 좋겠소, 선생." 이텔로가 대답했다.

나는 그의 말을 진심으로 받아들였다. 어쨌든 이텔로가 상황을 가장 잘 알 테니까. 더욱이 이제 와서 이견을 달며 이러쿵저러쿵하기엔 나는 너무 상심해 있었다. 로밀라유가 오두막에 돌아가서 짐을 챙겨 오는 동안 나는 인적 없는 동네를 걸어서 빠져나왔다. 골목에는 사람은커녕 소마저도 보이지 않았다. 두 번 다시 나를 보지 못하게 집 안에 들여놓았기 때문이다. 나는 동네 담벼락 옆에서 기다렸고 로밀라유가 모습을 나타내자 함께 다시 사막으로 들어섰다. 이렇게 해서 나는 부끄러움과 불명예를 안고 그곳을 떠났다. 그들의 물과 함께 나의 희망도 사라져버렸다. 지금으로선 그룬 투 몰라니에 대해 이 이상 더 알아보지 않는 게 좋겠다고 생각했다.

로밀라유는 당연히 바벤타이로 돌아가고 싶어 했고 나는 그가 계약을 이행했음을 안다고 그에게 말해 주었다. 지프는 이제 그의 것이었다. "하지만 이제 난 어떻게 미국에 돌아가지? 이텔로는 날 죽이지 않겠지. 그는 성품이 고귀하고 우정을 중시하는 사람이니까. 하지만 집에 돌아가느니 차라리 이 375 매그넘으로 내 머리통을 날려 버리는 게 낫겠어."

"무슨 뜻입니까, 선생님?" 로밀라유가 몹시 의아해하며 물었다.

"로밀라유, 그러니까 이런 거야. 나는 뭔가 목적을 이루려고 집을 떠나왔지만 방금 무슨 일이 벌어졌는지 자네도 직접 봤잖아. 그러니 이대로 돌아간다면 아마 나는 살아도 산목숨이 아닐 거야, 좀비처럼. 얼굴은 파라핀처럼 하얗게 변해서 침대에 누워 쉰 소리로 개골개골하겠지. 어쩌면 응당 그래야 할 거야. 그러니 결정은 자네가 해. 이제 와서 자네한테 명령할 수는 없으니 결정을 맡기겠어. 바벤타이로 가겠다면 자네는 혼자 가게 될 거야."

"선생님 혼자 갑니까?" 로밀라유가 내 말에 놀라 물었다.

"그래야 한다면 그래야지, 친구." 내가 말했다. "돌아갈 수는 없으니까. 괜찮아. 먹을 것도 좀 있고, 모자 속에는 천 달러 지폐가 넉 장 있으니. 물하고 식량이야 가다가 어떻게 마련할 수 있 겠지. 메뚜기도 먹을 수 있을 테고. 내 총이 갖고 싶다면 가져가도 좋아."

"아닙니다." 로밀라유가 잠시 생각해 보더니 대답했다. "혼자 가기 안 됩니다."

"자넨 정말 멋진 녀석이야. 좋은 사람이라고, 로밀라유. 나는 평생 손대는 일마다 그르치는 늙은 패배자에 지나지 않지만 말이야. 나는 미다스의 손을 반대로 해 달았나 봐. 그러니 내 의견이란 것도 별 볼 일 없겠지만, 그래도 난 자네가 멋지다고 생각해." 나는 덧붙여 말했다. "그러면, 앞으로 가면 뭐가 나오지? 어디로 가는 걸까?"

"모릅니다." 로밀라유가 대답했다. "아마도 와리리?"

"아, 와리리. 이텔로 왕자가 거기 왕하고 같이 학교에 다녔다고 했지. 이름이 뭐더라?"

"다푸."

"맞아, 다푸였어. 자, 그러면 그쪽으로 갈까?"

로밀라유가 마지못해서 말했다. "좋습니다, 선생님." 그는 자기가 한 말에 자신이 없어 보였다.

나는 내 몫의 짐보다 더 많이 짊어지면서 말했다. "가자. 그 마을에 꼭 들어가자는 건 아냐. 그건 나중에 결정하면 되지. 일단 떠나자. 나는 희망이 별로 없네. 내가 아는 거라곤 이대로 집에 가면 죽은 목숨이란 것뿐이야."

그렇게 해서 우리는 와리리를 향해 출발했다. 내 머릿속에는 콜로누스에 묻힌 오이디푸스[45]가 떠올랐다.―그래도 최소한 오이디푸스는 죽어서 사람들에게 행운을 가져다주지 않았는가. 그때는 누가 날 그 자리에 묻는다 해도 참았을 것이다.

우리는 힌차가라 고원과 아주 흡사한 지형을 여드레인가 열흘쯤 더 걸었다. 대엿새가 지나자 주변의 지형이 어딘가 변했다. 산비탈 대부분은 여전히 불모지였지만 산에 나무가 더 많았고, 메사[46]와 뜨거운 화강암[47], 그리고 석탑과 성채 같은 기암괴석들이 대지 위에 매달려 있었다. 내 말은 기암괴석들이 자신들을 집어삼킬 듯한 구름 속으로 붙잡혀 올라가지 않으려고 한사코 대지를 부여잡고 있었다는 뜻이다. 그게 아니라면 어쩌면 내가 우울해서 모든 게 삐딱해 보였는지 모르겠다. 이렇게 험준한 지형을 걷는데도 로밀라유는 전혀 힘들어하지 않았다. 물길에 도가 튼 선원처럼 그는 그런 여행에 익숙했다. 선적한 화물이나 선적항, 목적지가 달라도 결국 별 차이가 없다. 그는 깡마른 두 발로 지면을 누볐고 그건 따로 설명이 필요 없는 일이었다. 그는 물을 찾을 때도 매우 솜씨가 좋아서 어디에 빨대를 꽂아야 물을 얻을 수 있는지 알았으며 나라면 거기 있는지도 몰랐을 조롱박과 다른 것들도 찾아냈다. 우리는 그걸 씹어서 수분과 영양을 얻었다. 밤에는 주로 함께 수다를 떨었다. 로밀라유는 아르느위 사람들이 저수지가 비었으므로 아마 물을 찾아 길을 떠날 것이라고 했다. 그러자 개구리와 그 밖의 많은 것들이 생각난 나는 불가에 앉아 내가 망친 일을 부끄러워하며 불타는 석탄을 노려보았다. 하지만 사람은 계속해서 살아가게 마련이고 살다가 보면 일이란 게 잘될 때도 있고 안될 때도 있는 법이다. 언제까지나 그러리란 걸 살아본 사람들은 다 안다. 그리고 문제가 생겼다고 죽어버리거나 하지만 않으면 어떻게든 사태를 바꾸어 나간다.—내 말은 문제를 활용한다는 뜻이다.

왕거미들이 선인장 사이에 레이더 기지처럼 쳐놓은 그물을 보았다. 이곳에는 팽이처럼 생긴 개미들이 있었고, 개미집들이 커다란 회색 혹처럼 주변에 흩어져 있었다. 타조들이 뜨거운 열기 속에서 어쩌면 그리도 맹렬하게 달리는지, 나는 도대체 이해할 수가 없었다. 나는 어떤 타조에게 다가가 그 눈이 얼마나 둥근지 보려고 했는데, 놈은 깃털로 뜨거운 바람을 일으키며 땅을 박차고 가버리면서 허여스름한 거품만 남겼다.

어떤 날은 로밀라유가 밤 기도를 마치고 누운 다음에도 잠들지 못하게 내가 살아온 이야기를 했다. 이 낯선 배경과 사막, 타조, 개미, 밤새, 그리고 이따금 들려오는 사자의 으르렁 소리가 조금이라도 저주를 가볍게 해줄까 싶었지만 사실 어떤 개미나 타조나 산보다도 내가 훨씬 더 별나고 기이했다. 그래서 나는 이렇게 말했다. "지금 누가 찾아오는지를 와리리 사람들이 안다면 뭐라고 할까?"

"모릅니다, 선생님. 그 사람들 아르느위처럼 좋은 사람들 아닙니다."

"어, 그래? 하지만 로밀라유, 개구리하고 저수지에 대해 아무 말 안 할 테지? 그렇지?"

"안 합니다. 선생님."

"고맙네, 친구. 나는 크게 믿을 사람은 못 되지만 나쁜 의도로 일을 저질렀던 적은 없어. 정말이지 진심으로 말하건대 그곳의 소들이 물이 없어서 얼마나 고통스러워할지 생각하면 내가 죽을 지경이라고. 거짓말이 아니야. 그렇지만 한번 생각해 봐, 일찍이 내가 꿈을 이루어서 그렌펠 박사나 슈바이처 박사처럼 의사나 외과의사가 됐으면 어쩔 뻔했어? 일하다가 한 번씩 환자를 죽이지 않는 의사가 어디 있겠어? 모르긴 몰라도 어떤 의사들은 뒤에다 귀신 함대를 끌고 다닐걸."

로밀라유는 한 손을 뺨 아래 대고 땅에 누워 있었다. 에티오피아인처럼 똑바로 뻗은 그의 코가 지대한 인내심을 보여 주었다.

"와리리 왕이라는 다푸는 이텔로의 학교 친구였어. 하지만 자네는 그 사람들이 착하지 않다고 하는데, 와리리 사람들 말이야, 도대체 왜지?"

"그 사람들 어둠의 자식들입니다."

"하여간 로밀라유, 자넨 정말이지 대단한 기독교인이야." 내가 말했다. "자네 말은 와리리 사람들이 어느 모로 보나 동세대에서 가장 지혜롭다는 거잖아.[50] 그러면 그 사람들하고 나하고 놓고 보면 누가 더 두통거리야?"

자세도 흐트리지 않은 채 순하고 커다란 눈에 반짝 암울한 기운을 띠며 로밀라유가 대답했다. "아마 와리리 사람들입니다, 선생님."

예상했겠지만 나는 이미 와리리를 지나치려던 마음을 바꾸어 먹었다. 그건 어느 정도 로밀라유가 해준 말 때문이었다. 와리리 사람들이 그토록 거칠거나 약아빠진 야만인들이라면 내가 그들에게 간다 해도 그리 해를 끼칠 것 같지 않았다.

그렇게 아흐레인가 열흘을 더 걸어가자 산의 지형이 확연히 달라졌다. 둥근 지붕같이 생긴 하얀 바위들이 여기저기 허물어져서 거대한 더미를 이루었다. 한 열흘쯤 되던 날 하얀 돌무더기를 지나다가 이윽고 어떤 사람과 마주쳤다. 늦은 오후, 우리는 빨갛게 달구어진 태양 아래 언덕을 오르고 있었다. 뒤로는 우리가 지나온 높은 산들의 무너진 봉우리와 선사시대의 등뼈가 위용을 과시했다. 앞에는 관목들이 둥근 바위 지붕 사이로 자라났고 둥근 바위들은 도자기만큼 하얀색이었다. 그때 가죽 앞치마를 두르고 뒤틀린 막대기를 손에 든 와리리 목동이 우리 앞에 나타났다. 그는 아무 행동도 하지 않았지만 위험해 보였다. 그의 모습은 어딘가 성경에 나오는 인물을 연상시켰는데, 특히 요셉이 형들을 찾으러 갈 때 그에게 도단으로 가는 길을 일러주었던 사람이 떠올랐다. 나는 성경에 나오는 그 인물이 천사가 틀림없으며, 요셉의 형들이 요셉을 구덩이에 던지리라는 것을 분명히 알고 있었을 거라고 생각한다. 그런데도 그는 요셉을 형들이 있는 곳으로 보냈다. 이 와리리의 흑인은 가죽 앞치마를 두른 것을 넘어서 몸 전체가 가죽 같았으며 만일 날개가 있었다면 그마저 가죽일 것 같았다. 그의 이목구비는 얼굴 깊숙이 박혀 있었고 얼굴은 작고 음험했으며 그늘 한 점 없는 붉은 햇살 아래 보아도 아주 새까맸다. 우리는 그에게 말을 걸었다. "이보시오, 이보시오." 나는 그의 귀가 그의 눈만큼이나 깊이 박혀 있기라도 한 듯 큰 소리로 말을 걸었다. 로밀라유가 그에게 방향을 물어보자 그는 막대기로 길을 알려 주었다. 고릿적 여행자들도 이런 식으로 길을 안내받았을 것이다. 나는 그에게 경례했지만 그 가죽 얼굴은 대수롭지 않다는 듯 아무런 응답도 하지 않았다. 그래서 우리는 그가 가리킨 길을 따라 바위틈을 힘겹게 올라갔다.

"아직 멀었나?" 로밀라유에게 물었다.

"아닙니다, 선생님. 그 사람 말 멀지 않습니다."

그래서 나는 저녁에는 마을에 도착할 수도 있겠다고 생각했다. 열흘 동안 고생스럽게 다니다 보니 나는 진작부터 침대와 요리와 부산한 광경들과 우리를 보호해 줄 지붕까지도 그리워진 터였다.

길이 점점 더 거친 바위투성이로 변하자 나는 의심스러워졌다. 마을에 다가가고 있다면 지금쯤은 길이 나왔어야 했다. 하지만 그러기는커녕 눈앞에는 말도 안 되는 재료 중에서 무식한 손이 그러모은 듯한 잡동사니 하얀 돌들 천지였다. 틀림없이 하늘에도 멍청이 같은 구석이 있어서 거기서 곧장 굴러떨어졌으리라. 나는 지리학자는 아니지만 석회질이라는 이름일 것 같았다. 그 돌들의 재료는 석회였고 내 짐작에는 틀림없이 석회수에서 비롯됐지 싶었다. 지금은 바짝 말라 물기 하나 없지만, 대신 시원한 공기가 뿜어 나오는 조그만 동굴들이 지천이었다.—뱀만 나타나지 않는다면 뜨거운 한낮에 낮잠을 자기에 딱 좋았다. 하지만 이제 해가 기울면서 내리막을 향해 나팔을 불어댔다. 동굴들의 입구는 탁 트여 있었고 여기저기 이 거칠고 투박하고 비틀린 하얀 돌이 있었다.

어떤 바위 모퉁이를 돌아 막 등성이를 타려는 순간 로밀라유가 나를 깜짝 놀라게 했다. 크게 한 걸음 떼려고 발을 들어 올리던 그가 어이없게 앞으로 스르륵 기기 시작하더니 바위를 오르지 않고 경사면의 돌에 납작 몸을 붙였던 것이다. 그가 엎드린 것을 보고 내가 물었다. "도대체 무슨 일이야? 무슨 짓이냐고? 여기가 누울 자리야? 일어나." 하지만 로밀라유는 짐을 짊어진 채 몸을 쭉 뻗어 경사면에 딱 들러붙었고 꼬불꼬불한 그의 머리카락은 바윗돌 사이에서 꼼짝도 하지 않았다. 그는 대답하지 않았지만 곧 아무 대답도 필요 없게 되었다. 고개를 들어 올렸을 때 20미터쯤 앞에 있는 한패의 군인들을 보았던 것이다. 세 명의 부족민이 무릎을 꿇은 채 우리에게 총을 겨누었고 여덟이나 열 명쯤 되는 사람들이 뒤에 서서 라이플 총대를 한곳으로 향하고 있었다. 우리는 하마터면 언덕에서 그대로 날아갈 뻔했던 것이다. 능히 그럴 수 있는 화력이었다. 여남은 자루의 총이 날 향하는 건 영 불리한 일이다. 그래서 나는 나의 375 매그넘을 던지고 손을 들었다. 그래도 나는 군인 근성 덕분에 기분이 나쁘지 않았다. 또한 그 조그만 가죽 사나이가 우리를 이들이 매복한 데로 보냈지만 어쩐 일인지 이 초보적인 술수가 만족스럽기도 했다. 세상에는 굳이 배우지 않아도 아는 것들이 있다. 하하! 나는 왠지 기분이 좋아져 로밀라유를 따라 땅에 엎드려 조약돌 사이에 얼굴을 묻고 씩 웃으면서 기다렸다. 로밀라유는 아프리카 방식으로 완전히 몸을 뻗었다. 이윽고 한 놈이 다른 놈들의 엄호를 받으며 다가왔다. 그러고는 군인들이 보통 그러듯이 말 한마디 없이 딱딱하게 375 매그넘과 탄약과 칼과 다른 무기들을 뺏더니 우리에게 일어서라고 명령했다. 우리가 일어서자 놈은 다시 한번 우리 몸을 샅샅이 훑었다. 나머지 놈들은 위쪽에서 우리를 향해 총을 겨누고 있었다. 그들의 총은 구형으로 총신이 길고 개머리판에 무늬를 새긴 베르베르[51] 유형이거나 카툼에서 고든 장군[52]으로부터 빼앗아 전 아프리카에 보급한 유럽식 무기였다. 그렇지. 중국 놈 고든, 성경을 공부했던 불쌍한 작자. 하지만 악취가 진동하는 영국에서 죽으니 차라리 그렇게 죽는 편이 나았다. 나는 기술 문명이 판을 치는 썩은 사회에는 애정을 거의 못 느낀다. 고든에게 동정을 느끼는 것은 그가 용감한 데다가 갈팡질팡했기 때문이다.

처음 몇 분간은 복병에게 무기를 빼앗긴 것이 장난처럼 여겨졌지만 짐을 들고 앞으로 걸으라는 말을 듣자 생각이 바뀌었다. 이 사람들은 아르느위 부족보다 더 작고 까맣고 키도 작았지만 매우 거칠었다. 그들은 천박한 샅바를 두르고 기운이 남아도는 듯이 행진했는데 한 시간 넘게 걷고 나자 마음이 점점 더 불편해졌다. 나는 놈들에게 적대감을 느꼈고 조그만 건수만 있었어도 맨손으로 그 여남은 놈들을 쓸어서 절벽 아래로 날려 버렸을 것이다. 개구리를 떠올리며 마음을 진정시켰다. 나는 성급한 감정을 가라앉히고 기다림과 인내의 책략을 따랐다. 로밀라유의 상태가 아주 안 좋아 보여서 그에게 팔을 둘렀다. 그의 얼굴은 엎드릴 때 묻은 흙먼지로 심하게 주름져 보였고 푸들 같은 머리에는 잿빛 가루가 잔뜩 묻어 있었으며 잘린 귀마저도 꽈배기처럼 하얗게 변해 있었다.

그에게 말을 걸었지만 로밀라유는 너무 불안한 나머지 듣지도 못하는 것 같았다. "어이, 그렇게 떨지 마. 저 사람들이 어떻게 하겠어? 감옥에 처넣겠어? 강제 추방을 하겠어? 붙들어 놓고 몸값을 불러? 십자가에 매달아 죽이겠어?" 하지만 나의 믿음은 그에게 통하지 않았다. 그래서 다시 내가 말했다. "우리를 왕에게 데려갈 거냐고 물어보지그래? 왕은 이텔로의 친구잖아. 그렇다면 영어를 할 테니 말이야." 로밀라유가 풀이 꺾인 목소리로 군인 중 한 사람에게 물어보려 했지만 상대방이 한 말은 "하아르프!"뿐이었다. 그의 뺨 근육은 군인이라는 직업 특유의 익숙한 딱딱함을 드러냈다. 나는 그걸 곧바로 알아챘다.

빠른 행진으로 산을 타기도 하고 기기도 하고 종종걸음을 치기도 하며 이렇게 4, 5킬로미터를 가자 마을이 눈에 들어왔다. 아르느위 마을에 비해 건물들이 더 컸으며 목조 건물도 좀 있었다. 건물들은 해 질 녘과 어둠 사이의 그 불그레한 빛 속에 넓게 퍼져 있었다. 한편에는 벌써 어둠이 내려 저녁 별이 깜박거렸다. 둥그런 지붕 형태의 바위로부터 떨어져 나온 주변의 흰 돌은 주로 우묵한 그릇이나 동그라미 모양이었는데 그릇 모양의 돌들은 마을 장식에 사용되고 있었다. 궁전처럼 보이는 제일 커다란 붉은 건물 앞에는 꽃들이 심겨 있는 이 우묵한 돌 사발이 즐비했다. 그 앞에는 가시나무 울타리가 여러 겹 둘려 있고, 태평양에서 나는 식인 조개만 한 돌 사발에는 새빨간색의 강렬한 꽃들이 자라고 있었다. 우리가 지나가자 보초병 둘이 자세를 곧추세웠지만 그들에게로 걸어가지는 않았다. 놀랍게도 우리는 그곳을 지나 마을의 중심도 지나서 오두막들 사이로 이끌려 갔다. 사람들이 저녁을 먹다가 나와서 보고는 웃기도 하고 고음의 감탄사를 내뱉기도 했다. 오두막들은 벌집 형태로 초가지붕을 이어 지극히 평범했다. 소들도 있었고 석양의 마지막 빛 속에서 희미하게 정원들도 보이는 걸 보면 이곳은 아르느위보다 물 사정이 나은 것 같았다. 이들은 그 점만큼은 내 도움을 받지 않아도 되었다. 나는 사람들이 날 보고 웃는 것을 대수롭지 않게 여기고 그들의 기분을 맞춰주려는 자세로 손을 흔들고 헬멧을 젖혔다. 그렇지만 절대 좋아서 한 짓은 아니었다. 나는 사람들이 다푸 왕을 바로 알현시켜 주지 않아서 짜증이 났다.

우리는 마당으로 안내되었고 다른 집들보다 약간 더 큰 집의 벽 근처에 앉으라는 명령을 받았다. 하얀 줄무늬가 칠해진 문이 관공서임을 표시했다. 우리를 잡아온 순찰대는 우리를 지킬 사람 하나만 남기고 가버렸다. 내가 손가락만 까딱해도 그의 총을 고철 조각으로 만들 수 있었지만 그게 무슨 소용이 있겠는가? 나는 그를 내 등 뒤에 세워놓고 기다렸다. 울타리를 친 마당에는 대여섯 마리의 암탉들이 홰로 갔어야 할 이 시각까지도 모이를 쪼고 있었고, 벌거벗은 아이들 몇이 줄넘기 비슷한 놀이를 하며 강한 억양으로 추임새를 넣고 있었다. 아르느위 아이들과 달리 이 아이들은 우리에게 다가오지 않았다. 하늘은 애벌구이한 토기색이 됐다가 잇몸 같은 분홍색으로 변했는데 내가 받아들이기에는 낯선 색이었다. 마침내 어두워졌다. 암탉들도 아이들도 사라지고 나자 무장한 녀석 발밑에는 우리만 남았다.

우리는 기다렸다. 완력가에게 기다림이란 흔히 골머리의 온상이다. 나는 우리를 기다리게 하는 사람이, 와리리의 흑인 지사거나 치안판사거나 감독관이거나 간에 무작정 우리의 진을 빼려 한다고 믿었다. 아마도 그는 아직 내 얼굴이 보일 만큼 해가 있을 때 출입문의 골풀 사이로 나를 보았을 것이다. 내 모습을 보고 소스라치게 놀랐을 테고 곰곰이 생각하며 어떻게 분류해야 할지 고민하고 있을 것이다. 아니, 어쩌면 그저 저 안에 개미처럼 똬리를 틀고 앉아 나의 인내심을 바닥내고 있을지도 몰랐다.

그리고 나는 분명히 열을 받고 있었다. 나는 몹시 기분이 상했다. 기다리는 일에서 아마도 나는 세계에서 꼴찌일 것이다. 왜 그런지는 모르겠지만 나는 기다리는 데 소질이 없어서, 기다리다가는 내 영혼에 무슨 일이 벌어질 것만 같다. 나는 바닥에 앉아 피곤한 몸으로 걱정을 하며 주로 두려움에 관해 생각했다. 그러는 가운데 아름다운 밤이 어둠과 훈기 속에서 별을 이끌고 다가왔다. 그러자 완전히 차오르지 않은 얼룩덜룩한 달이 따라왔다. 미지의 감독관은 안에 앉아서, 무기를 빼앗긴 채 저녁도 못먹고 기다려야 하는 거창한 백인 나그네의 수모를 보며 기뻐서 날뛰었을 것이다.

이때 인생이란 놈이 잊지도 않고 내게 가져다주던 그런 일이 벌어졌다. 이 이국적인 밤, 낯선 곳에 앉아 기다리면서 건빵을 씹다가 그만 의치 하나가 부러진 것이다. 나는 항상 의치 때문에 걱정이었다.—아무것도 없는 아프리카 벌판에서 의치를 망가뜨리면 어쩌지? 의치 때문에 싸움도 될 수 있으면 하지 않았고, 이텔로와 씨름하다가 얼굴을 세게 바닥에 부딪치던 때도 의치에 미칠 영향을 먼저 걱정했다. 집에서나 영화관에서 생각 없이 캐러멜을 먹거나 식당에서 닭 뼈를 깨물 때도 이가 빠지거나 뭐가 씹히는 느낌이 들면 심장이 덜컥 멈춘 듯한 기분으로 얼른 혀로 훑어보던 일이 얼마나 많았는지 모른다. 이번에 그 두려워하던 일이 정말로 벌어져서 나는 부러진 이를 건빵과 함께 씹었던 것이다. 의치의 삐죽한 몸체를 느끼는 순간 나는 화가 나고 역겹고 겁이 났다. 제기랄! 절망감에 눈물이 다 났다.

"왜 그럽니까?" 로밀라유가 물었다.

나는 라이터를 꺼내 불을 붙이고 그에게 손바닥에 놓인 의치 조각을 보여 준 다음 입술을 벌려 그가 안을 들여다볼 수 있도록 불을 비춰주었다. "이가 깨졌어." 내가 말했다.

"오! 나쁩니다! 많이 아픕니까, 선생님?"

"아니, 아프지는 않아. 골치가 아플 뿐이지." 내가 대답했다. "최악의 순간에 이런 일이 생기다니." 문득 내 손바닥의 의치 조각 때문에 로밀라유가 겁먹었다는 사실을 깨닫고 나는 라이터 불을 불어서 껐다.

사태가 이쯤 되자 나는 치과 치료의 역사를 돌이켜보지 않을 수 없었다.

맨 처음 대대적으로 이를 해 넣어준 의사는 전쟁이 끝난 후 파리에서 만난 마드무아젤 몬테쿠콜리였다. 그녀가 최초의 의치를 박아주었다. 우리 집에 살면서 두 딸을 돌보던 베르트라는 여자아이가 있었는데, 몬테쿠콜리는 베르트가 소개한 의사였다. 몬테쿠콜리 장군은 위대한 튀렌 원수[53]의 마지막 적수였다. 옛날에는 장수들이 적의 장례식에 참석하곤 했는데, 몬테쿠콜리도 튀렌의 장례식에 가서 가슴을 치며 흐느꼈다. 나는 이런 집안 내력을 높이 샀다. 그런데 일이 계속 어긋났다. 마드무아젤 몬테쿠콜리는 가슴이 컸던 것이다. 그래서 일에 열중할 때면 내 얼굴을 내리눌러서 숨도 못 쉴 지경이었지만, 내 입에는 드레인과 댐과 이런저런 도구들이 너무 많이 들어 있어서 소리도 지를 수가 없었다. 마드무아젤 몬테쿠콜리는 검은 눈을 긴장해서 치켜뜬 채 입안을 뚫어져라 쏘아보았다. 그녀의 진료실은 콜리제 가에 있었다. 그곳의 온통 누렇고 잿빛인 돌 마당에는 쭈그러진 쓰레기통들이 널려 있어서 고양이들이 쓰레기를 꺼내는가 하면 빗자루며 양동이가 어지럽게 흩어져 있었다. 또 구덩이를 파서 만든, 발이 빠지기 십상인 변소가 하나 있었다. 가마처럼 생긴 엘리베이터는 움직임이 너무 느려서 엘리베이터가 지나가는 층계에 있는 사람들에게 시간을 물어볼 수도 있었다. 나는 트위드 양복을 입고 돼지가죽으로 만든 신발을 신었다. 관공서라는 표식으로 문에 줄을 그은 오두막 앞마당에서, 앞에는 경비병을 세워놓고 로밀라유와 나란히 앉아 기다리노라니 나도 모르게 이 모든 일이 떠올랐다……. 엘리베이터로 올라가던 때가. 심장이 두근거리고 이윽고 쉰 살에 얼굴이 하트 모양인 마드무아젤 몬테쿠콜리가 나타난다. 그녀는 (모계 쪽으로) 루마니아와 이탈리아와 프랑스의 정서를 띤 갸름하고 기다란 얼굴로 미소를 짓는다. 그리고 가슴이 컸다. 그러고 나서 나는 두려움에 떨며 자리에 앉고 마드무아젤 몬테쿠콜리는 내 숨을 조이며 의치를 걸 치아의 신경을 죽인다. 그리고 다른 이와 높이를 맞추기 위해 막대기를 그 자리에 밀어 넣으며 이렇게 말한다. "그랭세! 그랭세 레 당! 파셰 부.(이를 갈아요! 부드득! 화가 난 것처럼.)" 그래서 나는 이를 갈고 내 값어치가 이것밖에 안 되는 데 화가 나서 나무를 먹어치운다. 몬테쿠콜리는 시범을 보이느라 자기 이를 갈아댄다.

마드무아젤 몬테쿠콜리는 예술적 견지에서 미국의 치과 기술은 용서할 수가 없다면서 내게도 우리 아이들의 가정교사인 베르트에게 해주었던 것처럼 앞에 새로운 인공 치관을 씌우고 싶어 했다. 베르트가 맹장 수술을 했을 때 병원에 갈 사람은 나밖에 없었다. 아내는 콜레주 드 프랑스에 다니느라 너무 바빴다.

그래서 나는 중산모를 쓰고 장갑을 들고 문병을 갔다. 그런데 이 베르트라는 아가씨가 정신이 나간 척을 하며 열에 들떠 침대에서 뒹구는 것이었다. 베르트는 내 손을 끌어다가 물었는데 그때 나는 마드무아젤 몬테쿠콜리가 해준 이가 강하고 튼튼하다는 사실을 알게 되었다. 베르트는 코도 넓적하니 잘생겼고 다리도 팔팔했다. 이 베르트라는 여자 때문에 두어 주일 고생이 막심했다.

하지만 본론으로 다시 돌아와 얘기하자면 마드무아젤 몬테쿠콜리가 해준 의치는 형편없었다. 마치 입안에 수도꼭지를 해 단 느낌이어서 혀가 꼼짝없이 한쪽으로 쏠렸다. 그것 때문에 목구멍까지 욱신거렸고 나는 그 작은 엘리베이터를 타고 끙끙 앓았다. 몬테쿠콜리도 약간 부어오른 걸 인정했지만 곧 익숙해질 거라면서 내게 군인다운 참을성을 보이라고 타일렀다. 나는 시키는 대로 했다. 하지만 뉴욕에 돌아와서 몽땅 다 빼내야 했다.

이런 정보는 다 중요하다. 두 번째 의치, 그러니까 건빵을 먹다가 방금 부러뜨린 의치는 뉴욕에서 슈포어 박사가 박아준 것이다. 슈포어 박사는 릴리의 초상화를 그려준 화가인 클로스 슈포어의 사촌이었다. 내가 치과 의자에 앉아 있는 동안 릴리는 시골에서 그 화가 앞에서 포즈를 취하고 있었다. 치과와 바이올린 수업 때문에 나는 일주일에 이틀을 시내로 나가야 했는데 슈포어 박사의 진료실에 갈 때는 바이올린 케이스를 들고 숨을 헐떡이며 지하철을 두 번 갈아타고 중간에 몇 군데 바를 들른 후라서 머릿속도 마음도 시끌벅적하기는 마찬가지였다. 모퉁이를 돌아 골목에 들어설 때면 가끔 그 건물을 통째 입으로 물어 두 동강을 내고 싶었다. 모비 딕이 배를 물어 두 쪽 냈듯이 말이다. 쿵쾅거리며 지하 사무실로 내려가면 그곳에는 슈포어 박사의 연구실이 있었고 푸에르토리코인 기술자가 틀을 만들어 작은 물레로 의치를 갈고 있었다.

　나는 벽에 걸린 가운 뒤를 더듬어 스위치를 찾아 화장실 불을 켜고 들어가, 물을 내린 다음 내 얼굴을 보고 인상을 썼다. 그러고는 눈을 들여다보며 이렇게 말했다. "괜찮아?" "또 언제?" "보 비스트 두, 솔다?(지금 어디 있는가, 병사여?)" "이가 없습니다! 몽 카피텐(선장님), 제 영혼이 저를 죽입니다." "세상을 이렇게 만든 건 바로 당신입니다. 진실은 당신입니다."

　접수 담당자는 이렇게 맞이하곤 했다. "헨더슨 씨, 바이올린 수업 갔다 오시는군요?"

　"예."

　지금 누군가를 기다리는 것처럼 의사가 도구를 들고 오기를 기다리면서 나는 아이들과 나의 과거와 릴리와 우리의 장래에 대해 곰곰이 생각하곤 했다. 지금 이 순간에도 릴리는 얼굴에 조명을 받으며 감정에 몰입한 채 슈포어의 화실에 있으리라는 사실을 나는 알고 있었다. 릴리의 초상화가 화근이 되어 큰아들인 에드워드하고 다툰 적도 있다. 빨간 MG를 몰고 다니던 녀석 말이다. 에드워드는 제 엄마를 닮아서 자기가 나보다 낫다고 생각한다. 흠, 녀석이 틀렸다. 위대한 일을 한 미국인은 많지만 우리 같은 종자와는 거리가 멀다. 거대한 댐을 건설하는 슬로컴 같은 사람 말이다. 밤낮으로 맨땅에 수천 톤의 콘크리트를 붓고 기계들이 흙덩이를 옮기고 산을 깎고 펀자브 계곡을 시멘트 반죽으로 채운다. 그런 유형이 일을 해 나간다. 이런 면에서 나나 에드워드 같은 부류, 또 릴리가 그렇게 결혼하고 싶어 했던 부류는 빵점이다. 에드워드는 언제나 떼를 지어 다닌다. 그 아이가 했던 가장 독립적인 일은 침팬지에게 카우보이 옷을 입혀 자기 오픈카에 태우고 다닌 일이다. 그 침팬지가 감기에 걸려 죽고 나자

에드워드는 재즈 밴드에서 클라리넷을 불며 블리커 가에서 살았다. 벌이는 이만 달러 이상이었지만, 사는 집은 주정꾼들이 줄을 서는 밀스 호텔 간이 숙소 옆이었다.

그래도 아버지는 아버지인지라 나는 에드워드와 얘기라도 해보려고 캘리포니아까지 찾아갔다. 알고 보니 아들은 태평양에 면한 말리부에서 탈의실로 사용되는 어느 오두막에 사는 처지여서 우리는 모래사장에서 대화를 나누었다. 바닷물은 희미하고 무심하고 나른해서 사람을 멍하게 만들었고 매우 칙칙하게 빛났다. 구릿빛이기도 하고 하얀 자궁 같기도 했다. 창백한 연기처럼 보이다가 텅 빈 허공으로 변했다. 불투명한 황금빛이었고, 막막했으며, 흐릿하게 번지고 찬란하게 반짝이다가 홀연히 사라지는 섬광이었다. "에드워드, 여기가 웬 말이냐?" 내가 물었다. "여기는 그야말로 땅끝이로군. 왜 하필 여기냐?" 그러면서 말을 이었다. "이런 데서 만나다니 지옥이 따로 없구나. 아무 건물도 없이 모닥불뿐이라니. 얘, 너한테 말해 둬야 할 것 같아서 말이다. 사실 이 애비는 거친 사람이다. 꼴통이라고 해도 될 거야. 하지만 거기엔 다 이유가 있어. '착한 일을 하고 싶어 하면서도 하지 않는다.'라고나 할까."

"글쎄요, 아빠. 못 알아듣겠어요."

"넌 의사가 돼야 한다. 어째서 의대에 들어가지 않는 게야? 제발 의대에 가거라, 에드워드."

"어째서 그래야 하지요?"

"좋은 이유가 많이 있어. 가만 보면 넌 건강 걱정이 많더구나. 여왕벌 알약을 먹고 있잖니. 다 안다……."

"저한테 할 얘기가 있어서 이렇게 멀리 오신 것 아닌가요? 그게 다예요?"

"이 애비는 분별력도 없고 생각이 있는 건 엄마뿐이라고 너는 믿고 있을 거다. 흠, 착각하지 마라. 내가 좀 알아봤거든. 그랬더니 우선, 제정신인 사람은 별로 없더라 이거야. 에드워드, 너한테는 놀라운 일이겠지만 사실이 그렇다. 다음으로 노예제도는 사실상 폐지된 게 아니란다. 굉장히 많은 사람이 이런저런 것들의 노예로 살고 있어. 하지만 너한테 내가 깨달은 것들을 일러줘 봐야 소용없는 일일 거야. 내가 가끔 우왕좌왕하는 건 사실이지만 그래도 나는 투사야. 아, 그럼 투사고말고. 싸울 땐 아주 맹렬하다."

"아빠, 뭘 위해서 싸우는데요?" 에드워드가 물었다.

"흠." 내가 말했다. "뭘 위해 싸우느냐고? 개똥철학이지만, 진리를 위해 싸운다. 그래, 그거. 진리 말이야. 거짓에 저항하는. 하지만 싸움은 대부분 나 자신과의 싸움이란다."

에드워드는 무엇을 위해 살아야 하는지를 듣고 싶어 했는데 이런 말을 하다니 이건 잘못됐다. 나는 고통스러워졌다. 세상의 모든 아들이 듣고 싶어 하고 세상의 모든 아버지가 들려주고 싶어 하는 것은 명료한 신념이지 않은가? 더욱이 사람이란 할 수만 있다면 자식이 쓴맛을 보지 않도록 보호해 주고 싶은 법이다.

모래밭에서 어린 물개가 울고 있었다. 나는 버림받은 새끼인 줄 알고 녀석의 처지를 딱하게 여겨서 에드워드에게 가게에서 참치 통조림을 사 오게 시키고, 그동안 물개를 떠돌이 개로부터 지켜주었다. 그런데 해변을 떠돌던 어떤 부랑인이 이 물개는 거지라고 알려 주었다. 그러니 먹이를 주면 결국 녀석은 해변의 기생충이 되고 만다는 것이었다. 그러면서 그 부랑인이 물개의 엉덩이를 후려치자, 녀석은 화내는 기색도 없이 지느러미발을 절룩이며 바다로 갔다. 그곳에서는 펠리컨 정찰병들이 하늘을 한

가롭게 이리저리 날다가 하얀 물거품 속으로 뛰어들고 있었다.
"에디, 밤에 바닷가에서 감기 걸리지 않도록 조심해야지." 아들에게 말했다.

"그건 별로 상관없어요."

아들에 대한 사랑이 북받쳐 오른 나는 아들을 이렇게 만나는 걸 견딜 수가 없었다. "공부를 계속해서 의사가 되어라, 에디." 내가 말했다. "피 보는 게 싫다면 내과 전문의가 될 수도 있고 어른을 좋아하지 않는다면 소아과 의사가 될 수도 있어. 그리고 애들이 싫다면 여자 환자를 치료할 수도 있지. 내가 크리스마스 선물로 주었던 그렌펠 박사의 책들을 네가 읽었어야 하는 건데. 넌 한 번도 뜯어보지 않았지. 나도 넌더리 나게 잘 안다. 부탁이다, 우리는 사람들과 어울려야 해."

나는 혼자 코네티컷 주로 돌아왔고 그로부터 얼마 되지 않아 아들은 중앙아메리카 어디 출신의 아가씨를 데리고 집에 와서는 그 여자와 결혼하겠다고 말했다. 유색인 혈통에 얼굴이 좁고 눈이 가운데로 몰린 인디언 아가씨와 말이다.

"아빠, 나 사랑에 빠졌어요." 아들이 내게 하는 말이다.

"어떻게 된 일이냐? 임신이라도 시켰니?"

"아뇨. 사랑한다고요."

"에드워드, 나한테 그런 말 하지 마라." 내가 말한다. "믿을 수가 없구나."

"집안이 문제가 된다면 새어머니는 어떻게 된 거죠?" 에드워드가 반박한다.

"네 새어머니를 헐뜯는 말이라면 단 한 마디도 듣지 않겠다. 릴리는 좋은 여자야. 이 인디언은 대체 누구냐? 저 여자를 조사해 봐야겠다." 내가 말한다.

"그렇다면 이해가 안 되는군요." 아들이 말한다. "어째서 새어머니의 초상화를 다른 초상화 옆에 걸지 못하게 하는지를요. 마리아 펠루카를 가만 내버려 두세요."(그게 그 여자 이름이라면 말이다.) "제가 사랑하는 여자예요." 아들이 벌겋게 달아오른 얼굴로 말한다.

나는 의미심장한 아들의 표정을 쳐다본다. 군인처럼 짧은 머리, 엉덩이도 변변치 않은 몸통, 단추로 여미는 옷깃과 프린스턴 타이, 하얀 신발―거의 정체불명의 얼굴이었다. '신이시여!' 나는 속으로 생각한다. '이놈이 내 몸에서 나온 아들이란 말입니까? 이게 다 무슨 망신이랍니까? 이놈을 저 아가씨와 두면 아들을 세 입에 먹어치울 겁니다.'

하지만 그럴 때에도 정말이지 이상하리만치 나는 아들에 대한 사랑이 요동치는 것을 가슴으로 느꼈다. 내 아들! 불안이 나를 이렇게 만들었고 비애가 나를 이렇게 만들었다. 그러니 마음에 두지 마라. 네 뜻대로 하렴! 마리아 펠루카하고 열두 번이라도 결혼을 해라. 그리고 조금이라도 마음이 있다면 데리고 가서 초상화도 그리게 하고.

그렇게 해서 에드워드는 온두라스 출신의 사랑하는 마리아 펠루카와 뉴욕으로 돌아갔다.

주 경찰관 복장을 한 내 초상화는 이미 치워버리고 없었다. 거실에는 릴리의 초상화도 나의 초상화도 못 걸게 할 참이었다.

와리리 마을에서 로밀라유와 함께 기다리면서 떠오른 생각은 이게 다가 아니었다. 여러 번이나 릴리에게 말했다시피 "아침마다 초상화 모델 하러 튀어 나가면서도 당신은 언제나 한결같이 더럽군. 침대 밑에도 담배 상자 안에도 애들 기저귀가 굴러다녀. 싱크대는 음식 쓰레기와 기름때로 차고 넘치고 구석구석 유령이 난동이라도 부린 것처럼 보여. 당신은 내게서 달아나고 있는 거야. 뷰익 뒷좌석에 애들을 태우고 시속 110킬로미터로 내뺄 게 뻔할 뻔 자다. 이런 얘기 꺼낼 때마다 그렇게 짜증 난 표정 좀 짓지 마. 당신한테는 이런 일들이 하찮아 보일지 몰라도 나는 여기서 꽤 오래 있어야 하거든."

릴리는 이 말에 아주 창백해지더니 얼굴을 돌리고는 초상화를 그리는 일이 내게 얼마나 득이 되는지 이해하려면 오랜 시간이 지나야 한다는 듯 미소 지었다.

"나도 알아." 내가 말했다. "이 동네 여자들이 우유 기금 마련 행사에 당신을 끼워준 사실을. 위원회 일에는 넣어주지 않을걸. 내가 다 안다고."

하지만 여기 아프리카 산악 지대에서 보내는 이날 저녁 부러진 이를 들고 내가 떠올린 추억의 대부분은 화가의 아내이자 치과의사의 사촌인 K. 슈포어 부인 때문에 망신당한 일이었다. 1차 세계대전이 있기 전에 슈포어 부인은 유명한 미인으로 통했는데 (예순 줄에 접어든 지금까지도) 무너져 버린 청춘으로부터 헤어나지 못하고 젊은 아가씨처럼 주름 장식과 꽃이 달린 옷을 입고 다닌다. 대단한 미인 가운데 그런 경우는 드물지만 예전에는 자기 말대로 화끈한 날라리였을지도 모른다. 하지만 시간과 자연의 섭리가 그녀에게 호각을 불어대는 바람에 그녀는 심하게 망가졌다. 그런데도 슈포어 부인의 성적 능력은 아직 죽지 않고 두 눈 속에 숨어 있었다. 시칠리아의 노상강도처럼, 무슨무슨 줄리아노처럼 말이다. 머리털은 고춧가루처럼 빨간색이었고, 얼굴에도 똑같이 빨간 주근깨가 흩뿌려져 있었다.

어느 겨울날 오후에 클라라 슈포어와 나는 그랜드 센트럴 역에서 마주쳤다. 치과의사인 슈포어, 바이올린 선생인 하포니와 시간을 보냈던 터라 잔뜩 불만이 쌓인 나는 신발과 바지가 미처 따라오지도 못할 만큼 황급히 아래층으로 내달리고 있었다.— 아래로 비스듬한 진갈색 통로를 급히 지나갈 때 전등은 혼절했고 보도는 수십억 발길에 짓밟혔으며 아메바 같은 껌은 납작 펴져 있었다. 클라라 슈포어와 맞닥뜨렸을 때 그녀는 굴 전문 요리점에서 나오고 있었다. 말하자면 아름다움이 조난당하는 바람에 돛대도 없이 오로지 자신의 영혼을 부여잡고 이 바다에 쓸려온 참이었다. 그녀는 점점 더 침몰하는 것처럼 보였다. 내가 지나갈 때 그녀는 정지신호를 보내 내 팔을 붙들었다. 바이올린과 정혼하지 않은 쪽 팔을. 그리고 나서 우리는 기차의 식당차에 올라 술 마시기를 시작, 아니 계속했다. 똑같은 시각에 릴리는 그 여자의 남편 앞에서 포즈를 취하고 있었다. 그녀가 말했다. "나랑 같이 내렸다가 집에 갈 때 당신 아내를 데려가지 그래요?" 그녀가 바란 내 대답은 이랬다. "예쁜이 같으니, 집에 왜 가? 기차에서 훌쩍 내려서 질펀하게 놀자고." 그러나 우리가 내리기도 전에 기차는 역을 출발했고 곧바로 롱아일랜드 사운드를 따라 달리고 있었다. 눈이 오고, 저무는 태양을 대기가 일그러뜨렸다. 저 멀리 검은 배가 "푸!" 소리를 내며 물결 위에 연기를 쏟았다. 클라라는 활활 타오르며 계속 떠들어댔고 두 눈과 들창코로 내게 정성을 기울였다. 옛날에 써먹던 교태를 아직 잊지 않았고 생에 대한 열망은 꺼질 줄을 몰랐다. 클라라는 젊은 시절 자기가 사모아와 통가에 가서 해변과 뗏목과 꽃 속에서 어떻게 열정적인 사랑을 했는가를 말했다. 해변에서 싸우고 어쩌고 했다며 큰 소리치는 것이 어째 처칠의 피와 땀과 눈물[54]처럼 들렸다. 딴은 나도 동정하지 않을 수 없었다. 하지만 나는 사람들이 내 앞에서 자신을 풀어 보일 때 그걸 이쪽에서 여며주지 말아야 한다는 쪽이다. 자기들이 알아서 다시 싸도록 두어야 하는 것이다. 우리가 정거장으로 들어설 무렵에는 이 엄살쟁이 클라라가 훌쩍이는 바람에 난감해지고 말았다. 여자들이 울 때 내 기분이 어떤지는 이미 말한 바 있다. 나는 화도 치밀어 올랐다. 우리는 눈길에 들어섰고 난 그녀를 부축하며 택시를 잡았다.

그녀의 집에 들어섰을 때 나는 클라라의 방수용 덧신을 벗기려고 했지만 그녀는 소리를 지르면서 내 얼굴을 잡고 날 일으켜 세운 후 키스를 퍼부었다. 나는 밀쳐 내기는커녕 바보처럼 함께 키스를 하고 말았다. 맞다, 나도 키스로 답례했다. 막 새로 해 넣은 의치를 입안에 넣은 채 말이다. 분명히 이상한 순간이었다. 클라라의 신이 덧신과 함께 벗겨져 있었다. 우리는 사모아와 남해의 기념품으로 가득하고 과열된 램프로 불을 밝힌 현관에서 끌어안고, 다음 순간이면 죽음이 찾아와 헤어지기라도 할 것처럼 서로에게 키스를 퍼부었다. 나도 당하고만 있지는 않았으니 그 바보 같은 짓을 지금까지도 이해할 수가 없다. 거짓말 안 보태고 나도 키스를 해주었으니까.

으악! 헨더슨 씨. 뭐라고요? 슬퍼서? 욕정 때문에? 전직 미인한테 키스를? 술김에? 눈물을 보였대서? 창유리에 달라붙은 말파리처럼 미쳐서?

더욱이 릴리와 클로스 슈포어가 그 모든 장면을 보고 말았다. 화실의 문이 열려 있었던 것이다. 화실 안에는 석탄이 불 받침대에서 타고 있었다.

"왜 그렇게 서로 키스하고 있지요?" 릴리가 물었다.

클로스 슈포어는 아무 말도 하지 않았다. 그는 클라라가 하는 일이면 뭐든지 좋다고 하는 인간이었다.

11

이제 이 의치의 역사를 다 털어놓았다. 부서지지 않는다는 아크릴로 만든 나의 의치 말이다.—'포르 콤 라 모르.(죽음처럼 강하다.)'[55] 하지만 맹렬히 분투하는 내 성미 때문에 의치들은 나가떨어지고 말았다. 자면서 내가 이를 간다고(말해 준 사람이 릴리인지 프랜시스인지 베르트인지는 기억할 수 없지만) 하니 그것도 나쁜 영향을 미쳤을 것이다. 아니, 어쩌면 내가 너무 열렬하게 인생에 키스하는 바람에 치아의 전체 구조가 약해졌는지도 모른다. 어쨌든 이 의치를 뱉어낼 때 난 온몸을 부르르 떨며 생각했다. '헨더슨, 네가 너무 오래 산 모양이야.' 그러고는 수통에 담긴 버번을 한 모금 마셨다. 혀의 베인 상처가 따끔했다. 그리고 나서 나는 깨진 치아 조각을 위스키에 헹구어 주머니에 넣고 단추를 채웠다. 이런 곳일망정 깨진 이 조각을 제자리에 붙여 넣을 줄 아는 누군가와 마주칠지도 모르지 않는가.
"로밀라유, 왜 이렇게 우리를 기다리게 하는 거야?" 내가 물었다. 그리고 나서 나는 음성을 낮추어 다시 물었다. "이 사람들이 개구리 소문을 들은 건 아니겠지? 그렇지?"

"아, 아닙니다. 그렇지는 않은 것 같습니다, 선생님."

그때 궁전 쪽으로부터 굵고 낮은 으르렁 소리가 들려왔다. 그래서 내가 말했다. "사자일까?"

로밀라유는 그런 것 같다고 대답했다.

"그래, 나도 그렇게 생각해." 내가 말했다. "하지만 사자가 마을에 있다니. 궁전에서 사자를 키우나?"

로밀라유는 자신 없는 투로 대답했다. "그런가 봅니다."

확실히 마을에는 동물 냄새가 났다.

이윽고 우리를 지키던 녀석이 어둠 속에서 내가 보지 못한 신호를 받았는지 우리에게 일어나 오두막에 들어가라고 했다. 안으로 들어가자 우리는 낮은 의자 두 개에 앉으라는 지시를 받았다. 머리를 빡빡 깎은 여자 둘이 우리 위로 횃불을 쳐들었다. 불빛 덕분에 드러난 그들의 두상은 크긴 했지만 우아했다. 여자들은 우리를 보며 커다란 입술을 벌리고 웃었고 그걸 보자 어느 정도 안심이 되었다. 우리가 앉은 다음에도 여자들이 웃음을 참느라 횃불이 흔들리면서 불빛이 가물대고 연기를 피웠다. 집 뒤에서 어떤 남자가 들어오는 바람에 나는 다시 마음이 무거워졌다. 남자가 나를 쳐다보자 안도하는 마음은 날아가 버렸고 속으로 이런 생각이 들었다. '나에 대해 무슨 소리를 들은 게 틀림없군. 빌어먹을 개구리 얘기나 다른 얘기들을 말이야.' 양심의 손아귀가 나를 뼛속까지 움켜쥐었다. 이성 따위는 전혀 끼어들 여지 없이.

남자가 머리에 쓰고 있는 저건 가발일까? 공직에 있음을 나타내는 일종의 머리 장식인지, 악당들의 두건처럼 보이는 물건이었다. 그는 횃불 사이에 있는 번지르르한 벤치에 자리를 잡았다. 무릎 위에는 막대기인지 지팡이인지, 상아로 된 것을 얹어놓았는데 매우 사무적으로 보였다. 손목에는 털이 긴 표범 가죽을 감았다.

나는 로밀라유에게 말했다. "이 사람이 쳐다보는 게 마음에 안 들어. 우리를 오래 기다리게 해놓고서는. 걱정되는군. 자네는 어떻게 생각하나?"

"나 모릅니다." 로밀라유의 대답이었다.

나는 짐 가방을 풀어 물건들을 꺼냈다.—늘 가지고 다니는 담배 라이터와 어쩌다 갖고 다니게 된 돋보기. 남자는 바닥에 늘어놓은 물건들을 거들떠보지도 않고 커다란 책을 펼쳤다. 글자를 안다는 건데, 놀랍고도 걱정스러웠다. 저건 뭘까? 방명록 같은 걸까? 이상한 생각들이 마음속에서 튀어나오더니 완전히 공상에 빠져버렸다. 그런데 그것은 알고 보니 지도책이었고 남자는 커다란 책에 손가락 두 개로 침을 묻혀 능숙하게 넘기더니 날 향해 펼쳐 보였다. 로밀라유가 내게 말해 주었다. "이 사람 말합니다. 고향 보여 달라고."

"합당한 요구로군." 나는 이렇게 말하고 무릎으로 몸을 일으켜 라이터와 돋보기를 사용해서 북미 지역을 한참 들여다본 다음 코네티컷의 댄버리를 찾아냈다. 그리고 여권을 보여 주었다. 그러는 동안에도 그 이상하고 말랑말랑한 까까머리 여자들은 나의 어색한 무릎걸음이라든지 비대한 모습, 사납고 신경질적이지만 참느라고 일그러진 혹은 노려보는 듯한 내 표정을 보며 킥킥대고 있었다. 어린아이 몸뚱이만 한 이 얼굴은 언제나 변신을 거듭해서, 어떤 때는 내가 봐도 열대 바다의 암초 밑에 사는 생물만큼 변화무쌍하고 낯설고 분주하게 움직인다. 방금까지 카네이션색이었다가 금방 고구마색이 되고, 싸움을 걸 것 같기도 하고 실제로 시비를 거는 표정을 지을 때도 있으며, 귀 기울여 듣는 듯하다가 생각에 잠기는가 하면, 뭔가를 의심하는 순간에는 인간의 모든 감정을 다 드러낸다.—내 말은 의심이라는 것은 지극히 인간적이라는 얘기다. 엄청나게 다양한 이 표정이란 놈은 코를 겅충 뛰어넘고 눈과 눈을 거쳐서 눈썹을 비틀어댄다. 내가 지금까지 울화통을 참고 점잖게 행동했던 것은 이제까지 아프리카에서의 내 행적이 썩 훌륭하지는 않았기 때문이다.

"왕은 어디 있는 거야?" 내가 물었다. "이 양반은 왕이 아니지? 왕이라면 말이 통할 텐데. 영어를 안다잖아. 도대체 일이 어떻게 돌아가고 있는 거지? 이 사람한테 내가 임금님께 바로 가고 싶어 한다고 말해 줘."

"오, 안 됩니다, 선생님." 로밀라유가 대답했다. "이 사람한테 말하는 거 안 됩니다. 이 사람 경찰입니다."

"으하하, 설마."

하지만 실제로 그 녀석은 경찰처럼 나를 심문했고, 내가 주 경찰관들(은 나를 진압하러 7번 도로 근처의 코윈스키 주점에 왔고, 결국 릴리가 와서 나를 보석으로 풀어주어야 했다.)한테 부린 행패를 떠올린다면 부자에 귀족에 성급한 사람으로서 나 자신이 그런 심문을 받으며 어떤 심정이었을지 쉽게 짐작할 것이다. 그중에서도 특별히 미국 시민으로서 말이다. 그것도 이 원시적인 장소에서. 나는 울화가 치밀었다. 하지만 마음과 양심에 거리끼는 바가 아주 많았으므로 내가 할 수 있는 한 최대한 조심스럽고 신중하려고 애썼다. 그래서 나는 이 조그만 사내의 질문을 참아냈다. 그는 무척 엄하고 딱딱하게 굴었다. 바벤타이에서 왔다면 온 지는 얼마나 됐는가? 아르느위에는 얼마나 머물렀고 무슨 일을 했는가? 나는 저수지나 물, 아니면 개구리처럼 들리는 말이 나오지 않을까 내 잘난 귀를 쫑긋 세우고 들었다. 비록 이 무렵에는 로밀라유를 믿을 수 있었고 그가 나를 감싸줄 것을 알았지만. 로밀라유가 둘러댄 일의 전모는 이러했다. 나는 영화를 제작하러 원정을 갔다가 악어가 있는 열대 호숫가에서 우연히 사람들과 맞닥뜨렸고 그들이 굉장히 좋은 사람들인 걸 알게 되었다. 로밀라유는 아르느위 강의 심각한 가뭄에 대해 얘기한 모양이었다. 이 사나이, 그러니까 검사관이 와리리 부족의 의식을 치러서 필요한 비를 내리게 하리라고 분명히 선언한 걸 보면. "와―타!" 사나이는 이렇게 말하고 양손의 손가락을 아래로 내려뜨리며 폭우를 묘사했다. 내 입가에 회의적인 표정이 떠올랐지만 마음 같아서는 그걸 감추고 싶었다. 지난주에 있었던 일들이 내 마음을 무겁게 했기 때문에 나로서는 이 면담이 무척 불리했다. 나는 말할 수 없이 마음이 무거웠다.

"왜 우리 총을 빼앗았는지, 그리고 언제 그걸 돌려줄 건지 물어봐, 로밀라유." 내가 말했다.

대답인즉슨 와리리 족은 외부인들에게 영토 안에서 무기를 소지할 수 없도록 한다는 것이었다. "그거 지독하게 좋은 규칙이군." 내가 말했다. "이 사람들을 탓하는 게 아니야. 아주 똑똑한 사람들인걸. 나도 총기류라는 것에 대해 아예 몰랐더라면 모든 관계자에게 더 이로울 뻔했어. 어쨌거나 저 조준경을 조심해서 다루라고 해. 이 인간들은 저런 고급 장비에 대해 많이 알 것 같지 않아."

조사관이 이상할 정도로 많이 썩은 치아를 한 줄 드러내 보였다. 웃고 있는 건가? 그러더니 뭐라고 말을 했고 로밀라유가 통역해 주었다. 내 여행의 목적은 무엇인가, 그리고 어째서 나는 이렇게 여행하고 있는 것인가?

또 그 질문이군! 또, 또! 그것은 벽 틈에서 자란 꽃을 보고 테니슨이 물었던 질문 같다. 다시 말해서 그 질문에 대답하려면 우주의 역사를 끌어들여야 할 판이다. 윌라탈레가 물었을 때도 그랬지만 지금도 어떻게 대답해야 좋을지 알 수가 없었다. 이 인간에게 뭐라고 말해야 할까? 살아가는 일이 끔찍해져서라고? 이런 상황에서 대답할 종류의 말은 아니었다. 세상이 모조리 한통속이 되어서, 인생을 방해하고 적대적이 되었다고—그냥 인생을 미워한다고, 그게 다라고—말해야 할까? 하지만 그런데도 나는 살아 있었고 아무튼 그렇게 살아갈 수는 없었노라고? 내 안의 뭔가가, 나의 그룬 투 몰라니가 붙들어서 그냥 그대로 살 수는 없었다고? 안 돼, 나는 뭐라고도 말할 수 없었다.

"조사관님, 세상만사가 너무 거대하고 뒤죽박죽이더라고요. 왜, 세상사에서 우리는 한낱 도구일 뿐 아무것도 아니더라 이 말입니다." 이것도 안 될 말이었다.

"난 이런 놈입니다. 가만히 있는 것이 고통스러워서 움직여야 해요." 이것도 안 될 말이었다.

"뭔가를 배우려고요. 배움이 내게서 몽땅 다 떨어져 나가기 전에 말이죠." 이것도 안 될 말이었다.

여러분도 알 수 있듯이 이것들은 모두 말도 안 되는 답변들이다. 이 답변들을 머릿속에서 지운 뒤 나는 조사관을 약간 홀리는 것이 최선이라는 결론을 내렸다. 그래서 와리리 족에 대해 깜짝 놀랄 만한 얘기를 많이 들었다고 말했다. 구체적인 대답은 아직 생각하지 못했으므로 그가 캐묻지 않는 게 정말 기뻤다.

"왕을 뵐 수 있을까요? 왕의 친구를 한 사람 알고 있습니다. 왕을 만나고 싶어요." 내가 말했다.

나의 요구는 무시되었다.

"그렇다면 최소한 전갈이라도 보내게 해줘요. 난 왕의 친구인 이텔로의 친구요."
 이번에도 아무 대답을 듣지 못했다. 횃불을 든 여자들이 로밀라유와 나를 보고 키득거렸다.
 그리고 나서 우리는 어떤 오두막으로 안내되었고 그곳에 남겨졌다. 경비병도 세우지 않고 먹을 것도 주지 않았다. 고기도 우유도 과일도 불도 없었다. 이상한 대접이었다. 해 질 녘부터 붙잡혀 있었으니 지금쯤 10시 반이나 11시쯤 됐겠지 싶었다. 하기야 이 벨벳 같은 밤이 시계와 무슨 상관이겠는가? 내 말이 이해되는가? 하지만 내 배 속에서는 천둥소리가 났고 무장한 친구는 우리를 오두막에 데려다 놓고 가버렸다. 온 마을이 잠에 들었다. 밤에 다니는 생물들이 내는 것 같은 작은 바스락거림만 있을 뿐. 우리는 이 머리털 같은 낡고 퀴퀴한 풀이 덮인 더러운 짐승우리 옆에 내버려졌고, 나는 잠자리에 아주 예민한 데다가 저녁 거리가 필요했다. 나의 위장은 아마 비었다기보다 걱정스러웠을 것이다. 나는 혀로 부러진 의치 자리를 핥으면서 말라빠진 비상식은 먹지 않겠다고 결심했다. 그런데 그렇게 생각하니 더 참을 수가 없었다. 그래서 로밀라유에게 이렇게 말했다. "불을 좀 피워야겠어." 로밀라유는 이 제안을 반기지 않았다. 어두운 가운데에서도 내 얼굴에 스치는 기분을 알아채고는 귀찮은 일을 만들지 말라고 주의를 주려고 했다. 하지만 내가 그에게 말했다. "어서 불쏘시개를 만들어, 서두르란 말이야."
 그리하여 로밀라유는 주저하는 태도로 막대기와 마른 똥을 모으러 밖으로 나갔다. 그는 내가 무시당한 보복으로 마을에 불을 놓으려 한다고 생각했을지 모르겠다. 나는 지붕에서 아무렇게나 지푸라기를 한 움큼 뜯어낸 다음 가방에서 건조 치킨 탕면을 꺼내 물과, 잠드는 것을 도와줄 버번을 한데 섞었다. 난 이것을 알루미늄 솥에 부었고 로밀라유는 문가에서 작은 불을 만들었다. 악취 때문에 우리는 오두막 안으로 깊이 들어갈 생각은 못했다. 오두막은 닳아빠진 멍석과 구멍이 난 바구니들, 오래된 짐승 뼈와 뿔, 칼, 그물, 밧줄 따위 잡동사니를 쌓아두는 창고처럼 보였다. 불이 워낙 보잘것없어서 아무리 해도 끓을 것 같지 않았기 때문에 우리는 미지근한 상태의 탕면을 마셨다. 내 뜻과 상관없이 국수 가닥이 따라 들어왔다. 그런 다음 로밀라유는 무릎을 꿇고 매일 하는 기도를 했다. 이곳은 머리를 대기에도 좋은 곳은 아닐 성싶어서 나는 그에게 동정이 갔다. 로밀라유는 두 손을 모아 턱 밑으로 바짝 갖다 대며 손가락 끝으로 눌렀고, 가슴으로부터 앓는 소리를 내면서 뺨에 흉터가 진, 신심이 깊은 머리를 수그렸다. 그가 무척 불안해해서 내가 말했다. "오늘 밤에는 특별히 좋은 것을 빌고 싶은 게로군, 로밀라유." 이 말은 거의 나 자신에게 하는 말이었다.

그런데 갑자기 내가 "악!" 하고 소리 질렀다. 내 오른쪽이 마비라도 된 듯이 뻣뻣해져서 입도 다물지 못할 정도였다. 두려움이라는 이상한 약이 코를 통해 구불구불 쏟아져 들어간 것처럼 기침을 하다가 목이 잠겼다. 좀 커다란 불똥이 순간적으로 휘날릴 때, 내 뒤편 벽에 커다랗고 매끄러운 검은 몸이 기대 있는 걸 본 것 같았기 때문이다.

"로밀라유!"

로밀라유가 기도를 멈추었다.

"오두막 안에 누가 있어."

"아닙니다." 그가 대답했다. "여기 아무도 없습니다. 저—그리고 선생님만."

"내 말 들어, 저기에 누가 있어. 잠들어 있다고. 어쩌면 집주인이 있는지도 모르잖아. 그러면 그렇다고 말을 해줬어야지."

나의 경우 두려움과 그 비슷한 감정들은 주로 코를 통해서 들어온다. 흔히들 마취제를 맞으면 차가운 액체가 세포막과 그 언저리 작은 뼈 사이로 느껴지는 것처럼.

"라이터 찾을 때까지 기다려." 내가 말했다. 그러고서 나는 엄지로 오스트리아제 라이터의 톱니바퀴를 거칠게 문질렀다. 불꽃이 일어났고 내가 바닥을 비추도록 라이터를 들어 올리자 남자의 몸이 보였다. 나는 얼굴과 목구멍과 어깨 할 것 없이 모조리 벅차게 떨렸고 다리는 아래에서 맥없이 따로 놀았다.

"자는 걸까?"

"아닙니다. 이 사람 죽었습니다." 로밀라유가 말했다.

그거야 나도 아주 잘 알고 있었다. 싫을 정도로.

"놈들이 우리를 시체하고 같이 여기 둔 거야. 이게 어떻게 된 거지? 무슨 꿍꿍이속일까?"

"우우! 선생님, 선생님!"

나는 흔들리지 말라는 당부로 로밀라유 앞에서 두 팔을 벌리고 말했다. "이봐, 진정해."

하지만 나 자신도 위장이 오그라드는 바람에 어지럽고 현기증이 났다. 죽은 사람을 처음 봐서 그런 건 아니었다. 시체야 볼 만큼 보지 않았던가. 그런데도 이 밀려드는 두려움으로부터 벗어나는 데 몇 분이 필요했고, 나는 이 사실이 뜻하는 바가 무얼까 (머릿속으로) 생각해 보았다. 요즘 들어 시체를 자주 보게 되는 이유가 뭐지?―처음에는 우리 집 부엌에서 할머니가 죽더니 겨우 두어 달 만에 먼지투성이 쓰레기 속에서 이 녀석을 보게 되다니? 시체는 이 집의 재료라 할 수 있는 등나무 줄기와 라피아야자 섬유[56]에 기대어 있었다. 나는 로밀라유에게 그를 뒤집으라고 시켰지만 로밀라유는 그럴 엄두도 못 냈다. 그가 명령을 따를 형편이 아니었으므로 나는 점점 뜨거워지는 라이터를 그에게 쥐여 주고 나서 직접 시체를 뒤집었다. 그다지 젊지는 않지만 힘이 있어 보이는 키 큰 사내였다. 어떤 냄새를 맡기 싫어서 고개를 돌렸지만 결국 가련하게도 맡을 수밖에 없었던 듯한 표정을 짓고 있었다. 정말 그런 일이 있을지도 모른다. 때가 올 때까지 우리가 알지 못할 뿐. 하지만 녀석은 생이 마지막으로 넘쳐흘렀다가 빠져나갔음을 보여 주는 최고 수위, 즉 만조 수위와 흡사한 주름을 이마에 잡고 노려보고 있었다. 사인은 명확하지 않았다.

"죽은 지 오래되진 않았어." 내가 말했다. "불쌍한 몸뚱이가 아직 굳지 않았거든. 로밀라유, 잘 살펴봐. 뭐 떠오르는 거 없어?"

시체가 벌거벗은 데다가 어떤 표시 같은 것이 거의 없었으므로 로밀라유에게 떠오르는 게 있을 턱이 없었다. 난 혼자서 어떻게 해야 할지 고심했지만 모욕감에 화가 나서 차분히 생각할 수가 없었다.

"일부러 이런 짓을 한 거야, 로밀라유." 내가 말했다. "그렇게 우리를 기다리게 한 거나 그 횃불 든 잡것들이 웃었던 것도 다 이것 때문이야. 그렇게 시간을 끌면서 덤터기 씌울 궁리를 한 거라고. 비틀어진 지팡이를 들고 있던 그 쪼끄만 사기꾼이 우리를 복병한테로 보낸 걸 보면 그 자식들이 이런 일을 꾸미고도 남아. 이봐, 자네 말대로 저놈들은 진짜배기 어둠의 자식들이군. 이런 것도 아마 저놈들한테는 몹쓸 놈의 화끈한 장난일 거야. 새벽에 잠이 깼을 때 밤새 시체하고 한 방에 있었던 걸 보라는 거지. 하지만 잘 들어, 로밀라유. 가서 놈들한테 말해. 시체 안치소에서 자지는 않겠다고. 물론 죽은 사람들 옆에서 잠을 깬 적도 있지만 그건 전쟁터에서나 있었던 일이야."

"누구한테 말합니까?" 로밀라유가 말했다.

나는 호통을 쳤다. "어서 가. 명령을 내린 건 나야. 가서 누구든지 깨워. 이게 바로 돈값이라는 거다."

로밀라유가 울부짖었다. "헨더슨 씨, 선생님, 나 무얼 해요?"

"하라는 대로 해." 내가 고함을 질렀다. 죽음에 대한 혐오와 의치를 부러뜨린 피곤한 사나이의 분노가 나를 가득 채웠다.

그리하여 로밀라유는 마지못해 나갔고 아마도 어딘가 돌 위에 걸터앉아 기도하거나 아니면 나와 함께 길을 떠난 것이나 지프에 눈이 멀었던 것에, 어쩌면 개구리 폭파 사건이 일어난 후 혼자서 바벤타이로 돌아가지 않은 것에 대해 울면서 후회했을 것이다. 분명히 그는 내가 불평한다 해서 누군가를 깨우기에는 너무 소심했다. 그리고 어쩌면 나와 마찬가지로 우리가 살인죄로 고발될지 모른다는 생각을 했을지도 모른다. 나는 얼른 문가로 가서 후텁지근한 밤공기 속으로 몸을 내밀었는데 이제는 바깥공기에서도 악취가 느껴졌다. 그래서 나는 용기가 허락하는 한 큰 소리로 뚝뚝 끊어서 말했다. "돌아와, 로밀라유. 어디 있어? 마음이 바뀌었어. 이리 와, 친구야." 내일이면 우리가 힘을 합쳐 목숨을 지켜야 할지도 모르는데 그를 몰아내서는 안 된다는 생각이 들었다. 로밀라유가 돌아왔고 우리 둘은 시체 옆에 쪼그리고 앉아 머리를 쥐어짰다. 나는 이제 두렵기보다 슬픈 쪽이었다. 고통스러운 비애감이 작정이라도 한 듯이 북받쳐 올랐다. 슬픈 나머지 입이 아주 커진 기분이었다. 우리 둘은 시체를 바라보며 한동안 말없이 곤욕을 치렀고, 죽은 사람도 우리에게 말없는 전갈을 보냈다. '어때, 끔찍하지, 이게 네 실체야.' 그래서 나도 똑같이 침묵을 지키며 대꾸했다. '제발 조용히 해, 죽은 주제에.'

결국, 나는 이 시체야말로 내가 해결해야 할 과업이라는 확신이 생겼다. 그래서 로밀라유에게 말했다. "내가 놈들한테 속을 줄 알아?" 나는 내가 생각한 계획을 그에게 일러주었다.

"안 됩니다, 선생님." 로밀라유가 한사코 말렸다.

"이미 마음을 정했어."

"안 됩니다, 안 됩니다. 우리 밖에서 잡니다."

"절대 안 돼." 내가 말했다. "나를 약골로 볼걸. 놈들이 우리한테 이 시체를 주었으니 우리가 할 일은 이걸 되돌려 주는 거야."

로밀라유가 다시 앓는 소리를 냈다. "우, 우! 무얼 합니까, 선생님?"

"내가 시킨 대로 하는 거야. 자, 내 말 잘 들어. 이제 사건의 전모를 알게 됐으니까. 놈들이 우리한테 이 일을 뒤집어씌울지도 몰라. 재판받고 싶어?"

나는 다시 한 번 엄지로 라이터를 돌려서 불을 켰다. 내 손에 들린 그 조그맣고 뾰족한 주황색 불꽃 아래에서 우리는 서로 바라보았다. 로밀라유는 죽음의 공포에 시달렸지만, 날 사로잡은 것은 모욕감과 도전 정신이었다. 나는 무서울 정도로 흥분했기 때문에 무슨 일이 있어도 열렬히 분투해야 할 것 같았다. 마음을 다져 먹었다. 내가 내린 결정은 시체를 오두막 밖으로 끌어내는 것이었다.

"좋았어, 끌어내자." 내가 말했다.

그러자 로밀라유가 고집을 부렸다. "안 됩니다. 안 됩니다. 우리 나갑니다. 나 밖에 침대 만듭니다."

"그런 일은 안 해도 돼. 나는 이 남자를 들어다가 궁전 바로 앞에다 갖다놓을 거야. 이텔로의 친구라는 왕이 손님을 해코지

하는 이런 음모에 가담하다니 믿을 수가 없군."

로밀라유가 다시 앓는 소리를 냈다. "우, 안 됩니다. 안 됩니다. 안 돼요! 그 사람들 당신 잡습니다."

"흠, 시체를 궁전 앞에 내려놓았다간 혹시 위험해질 수도 있겠군." 나도 인정했다. "어디 다른 데에다 갖다놓아야겠어. 그렇다고 아무 일도 안 하자니 못 견디겠고."

"왜 꼭 합니까?"

"그냥 그래야 하니까. 나는 타고나기를 그렇게 생겨먹었는걸. 이런 일은 그냥 참고 넘어갈 수 없어. 놈들이 우리한테 이런 일을 하지 못하게 만들어야지." 나는 말로 달랠 수 없을 만큼 너무 화가 나 있었다. 로밀라유가 두 손을 주름진 얼굴에 갖다 대자 그림자 때문에 바닷가재처럼 보였다.

"우, 그 사람들 힘듭니다."

시체가 불러일으킨 울화가 머리끝까지 치밀어 올랐다. 나는 이 시체 때문에 미칠 지경이었다. 라이터가 뜨거워져서 나는 입으로 라이터 불을 끄고 로밀라유에게 말했다. "이 시체를 내놓는 거야. 지금 당장."

이번에는 내가 직접 정찰에 나섰다.

고개를 들어 하늘을 보니 푸른 숲처럼—너무나 고요했다! 그대로 한 폭의 태피스트리라고 할까! 노르스름한 달덩이, 평화롭고 푸른 숲 속의 아프리카 달은 그 자체로 아름다울 뿐 아니라 훨씬 더 아름다워지기를 애타게 갈망하는 듯했다. 하얀 산봉우리로부터 아름다움에 대한 새로운 생각들이 쉬지 않고 메아리쳤다. 또다시 사자 소리가 들리는 것 같았지만 이번에는 지하 창고에서 들리는 것처럼 희미한 소리였다. 모두 잠든 것 같았다. 나는 잠에 빠진 마을 대문들을 살금살금 지나쳤는데 우리의 오두막에서 100미터쯤 멀어지자 길이 끊기고 협곡이 내려다보였다. '잘됐군.' 속으로 나는 쾌재를 불렀다. '여기다 버려야겠다. 나한테 뒤집어씌울 테면 씌워보라지.' 협곡의 먼 끝에서 어떤 목동이 피운 불이 타오르고 있었다. 그 외에는 어디를 봐도 텅 비어 있었다. 이곳이 쥐들처럼 쓰레기를 뒤지는 동물들이 오가는 곳이라는 건 보나 마나 뻔했다. 그런 일이야 늘 있으니까. 하지만 난 녀석을 묻어줄 수 없었다. 이 캄캄한 도랑 속에서 그에게 무슨 일이 벌어질지는 내가 걱정할 바 아니었다.

달빛이 큰 문제였지만 훨씬 더 큰 위험은 개였다. 오두막으로 돌아갈 때 개 한 마리가 다가와 킁킁거렸지만 내가 가만히 서 있자 가버렸다. 하지만 시체에게는 개들이 괴상하게 군다. 이건 연구할 만한 과제다. 다윈은 개들에게 추리 능력이 있음을 증명했다. 그가 키운 개는 잔디밭을 가로질러 날아가는 양산을 보고 생각이라는 걸 했다. 그러나 이 아프리카 마을의 사냥개를 보면 하이에나가 떠올랐다. 영국의 개, 특히 가정용 애완견이라면 말로 설득할 수 있겠지만 여기 반야생의 개들이 협곡으로 시체를 나르는 내게 달려오면 어떻게 해야 하나? 어떻게 혼내 주어야 할까? 윌프레드 그렌펠 박사가 표류하여 허스키들과 함께 부유하는 빙하를 타고 떠내려갈 때, 개 몇 마리를 죽이고 그 가죽을 둘러써서 목숨을 지켜낸 일화가 머리에 떠올랐다. 그렌펠은 꽁꽁 언 개 다리와 개 발로 돛대를 세웠다. 그러나 지금 이 상황에는 어울리지 않는 이야기였다. 혹시 죽은 사람이 키우던 개가 나타나면 어쩌나 하는 생각이 들었다.

더욱이 우리는 감시당하고 있을지도 몰랐다. 이 시체와 한집에 묵게 된 것이 우연이 아니라면 어쩌면 전 부족민이 이 장난에 가담하고 있을 수도 있었다. 지금 이 순간에도 몰래 엿보면서 입을 틀어막고 죽어라 웃고 있을지 몰랐다. 로밀라유가 찔찔 짜고 푸념하는 사이에 나는 화가 나서 부글거렸다.

나는 오두막 문가에 걸터앉아서 길게 나부끼는 하늘색 구름이 조각달을 가리기를, 그리고 마을 사람들이 만일 자고 있다면 그 잠이 더 깊어지기를 기다렸다.

마침내 때가 무르익었기 때문은 아니고 내가 더 기다릴 수 없었기 때문에 나는 벌떡 일어나 혹시 시체 때문에 얼룩이라도 생길까 봐 턱 아래에 담요를 둘러맸다. 달려야 할 때를 대비해서 시체를 등에 지기로 이미 마음먹었다. 로밀라유는 무거운 짐을 어깨에 질 만큼 튼튼하지 못했다. 먼저 나는 시체를 벽에서 끌어당겼다. 그러고 나서 팔목을 잡고 재빨리 뒤로 돌리면서 구부려 간신히 등에 업었다. 시체의 두 팔이 뒤에서 갑자기 내 목을 조를까 봐 무서웠다. 분노와 혐오감 때문에 내 눈에서는 눈물이 흘렀다. 나는 이런 감정을 다시 가슴속에 잠재우려고 안간힘을 썼다. 그러면서 생각했다. 이 사람이 알고 보니 나사로[57]면 어쩌지? 나는 나사로를 믿는다. 죽은 자가 다시 살아나는 것도 믿는다. 적어도 어떤 사람에게는 부활이 있다고 확신한다. 무거운 배를 안고 몸을 구부려 얼굴은 앞으로 쭉 뺀 채 서럽고 어찌할 바를 몰라 두 눈에 두려움의 눈물을 흩뿌리던 그때만큼 이 믿음이 강렬했던 적은 두 번 다시 없었다.

하지만 등에 업힌 시체는 나사로가 아니었다. 몸은 차가웠고 내 손에 잡힌 피부는 죽어 있었다. 내 어깨에는 그의 턱이 얹혀 있었다. 목숨이 달랑거리는 사람만이 품을 수 있는 굳은 결심으로 나는 턱 근육을 부풀리고 이를 악물어, 금방이라도 쏟아져 나올 것 같은 내장을 끌어당겼다. 이 시체가 만일 계획적으로 내게 넘겨진 것이라면, 와리리 족은 잠도 안 자고 지켜보다가 내가 골짜기로 가는 중간에 튀어나와 "시체 도둑아! 시체 먹는 악귀야! 우리 시체를 내놔!"라고 소리칠지도 모른다. 그렇게 되면 놈들은 내 머리를 후려갈긴 다음 신성모독 죄로 날 때려눕힐 것이다. 그렇게 나는 끝나겠지.—나, 헨더슨, 안달복달하던 나의 진심과 함께.

"바보 같으니라고." 멀찍이 떨어져 반쯤 숨어 있던 로밀라유에게 내가 말했다. "이 자식 발이라도 들어서 날 좀 거들어. 누가 보이면 얼른 손을 떼고 꺼져도 좋아. 나는 나대로 내뺄 테니까."

로밀라유는 내 말에 따랐다. 나는 사람으로 옷을 해 입은 양 끙끙댔고 머릿속이 번쩍거리며 둔한 소리가 나는 가운데 길로 나갔다. 그러자 내 안의 어떤 목소리가 이렇게 말하는 것이었다. "죽음이 그렇게 좋니? 그러면 여기서 좀 맛보렴."

"죽음을 좋아하는 게 아니야." 내가 말했다. "누가 그래? 그건 실수야."

그때 가까이에서 개 으르렁대는 소리가 들렸지만 개가 나한테 위험한 것보다 내가 개한테 더 위험한 존재였다. 나는 개가 조금이라도 덤빈다면 시체를 던지고 내 손으로 그놈을 갈기갈기 찢어버리겠다고 맹세했다. 털을 곤두세우고 나온 그 꼬락서니를 달빛 아래에서 보았을 때, 나는 목구멍으로 위협적인 소리를 냈고 놈은 기겁을 해서 뒤로 숨어들었다. 개는 길게 낑낑 소리를 내더니 달아나 버렸다. 그 소리가 하도 이상해서 누군가 깼을 법도 하지만 그러기는커녕 모두 곤히 잤다. 오두막들은 펴놓은 건초 더미처럼 헤벌어져 있었다. 그렇지만 아무리 건초 더미처럼 보인다 해도 하나하나 정성껏 지은 집이었고 안에는 가족들이 쌔근쌔근 누워서 잠들어 있었다. 대기는 어느 때보다도 더 푸른 숲 같았고 달은 부드럽게 노란색 빛을 흘려보냈다. 뛰어가노라니 산들이 온통 뒤죽박죽 보였고 시체가 흔들렸다. 로밀라유는 고개를 돌리고 몸을 옆으로 튼 자세로 내 명령을 수행하느라 시체 다리를 쳐들고 있었다. 협곡이 가까워졌지만, 시체의 무게가 가중된 내 발은 부드러운 흙 속에 푹푹 빠져 신발 안으로 모래가 흘러들었다. 내 신발은 북아프리카의 영국 보병대가 신었던 종류였는데 끈을 캔버스 천으로 새로 만들어 끼워서 잘 맞지 않았다. 협곡의 가장자리로 이르는 짧은 경사지를 힘들게 오르면서 로밀라유에게 말했다. "힘 좀 써. 조금만 더 잘 들 수 없겠어?" 로밀라유는 들어 올리는 대신 밀어버렸고 나는 휘청거리다가 시체 아래에 깔리고 말았다. 호되게 넘어진 나는 흙모래에 파묻혔다. 눈물이 나서 별들이 한없이 긴, 모두 1미터짜리 자처럼 보였다.

그때 로밀라유가 쉰 소리로 말했다. "그 사람들 옵니다. 그 사람들 옵니다."

나는 시체 밑에서 빠져나왔고 몸을 빼내자마자 시체를 도랑으로 밀어뜨렸다. 내 안의 뭔가가 죽은 자에게 용서를 빌었다.— 이렇게. '아, 낯선 이여, 노여워 마시오. 우리 이렇게 만났다가 헤어지게 된 것을. 난 당신에게 나쁜 짓을 하지 않았소. 이제 당신의 길을 가시고 이 일로 내게 앙심을 품지 마시오.' 나는 두 눈을 꼭 감고 그를 던졌고 쿵 소리가 들린 걸 보아 시체는 등부터 떨어진 모양이었다.

그런 다음 나는 무릎을 꿇고 누가 오는지를 둘러보았다. 우리 오두막 근처에 횃불이 여럿 있는 걸 보니 누군가가 우리 아니면 시체를 찾는 모양이었다. 우리도 골짜기로 뛰어내려야 할까? 그랬더라면 우리는 도망자 신세가 됐을 터인데 다행히 나는 그렇게 할 힘이 없었다. 너무 진이 빠진 나머지 입안의 분비선들이 따끔거렸다. 그래서 우리는 달빛 아래에서 발각될 때까지 같은 자리에 머물러 있었고 이윽고 총을 가진 한 녀석이 우리를 향해 달려왔다. 그런데 그는 화난 태도가 아니었고 내가 착각한 것이 아니라면 공손하기까지 했다. 녀석은 로밀라유에게 조사관이 우리를 다시 만나고 싶어 한다고 말했고 협곡 너머는 쳐다보지도 않았으며 시체에 대해서도 아무 말 없었다.

우리는 맨 처음 앉아 있던 뜰로 걸어가서 바로 조사관 앞에 불려 갔다. 거기 있던 두 여자를 찾아 둘러보니 여자들은 남편의 카우치 양옆에서 무슨 짐승 가죽을 깔고 잠들어 있었다. 우리를 찾으러 나갔던 심부름꾼들이 횃불을 들고 들어왔다.

그들이 내게 신성모독의 혐의를 씌우려 한다면 나는 이미 시체를 훼손했으니 죄인이 틀림없었다. 나는 자신을 변호할 생각은 없었지만 내 편에서도 할 말이 없는 것은 아니었다. 그래서 나는 조사관이라는, 표범 가죽 소맷동을 두르고 악당 같은 가발을 쓴 이 말라깽이 녀석이 무어라고 할지, 한쪽 눈을 지그시 감고 귀를 기울였다. 나는 앉으라는 명령을 받아서, 등받이 없는 의자에 구부정하게 걸치고 앉아 무릎에 두 손을 얹고 열심히 경청하는 자세로 얼굴을 앞으로 내밀었다.

조사관은 시체에 대해 한마디도 하지 않고 내게 나이라든가 일반적인 건강, 결혼은 했는지, 아이들은 있는지 등의 이상한 질문들을 해댔다. 불쌍한 로밀라유가 겁에 질린 목소리로 옮겨 준 내 대답을 들은 조사관은 크게 고개를 끄덕이고 얼굴을 찌푸렸다. 그러나 나에 대해 호의적인 것처럼 보였고 자기가 들은 내용을 있는 그대로 받아들이는 듯했다. 그가 죽은 사람 얘기를 한마디도 꺼내지 않아서 나는 세상에 맙소사 하며 고마운 마음에 협조하고 싶어졌고, 그들이 내게 던진 시련을 잘 통과했다는 생각에 얼마간 만족스러웠다. 아니, 어쩌면 기고만장하기까지 했다. 비록 구역질 나고 고통스러운 일을 저지르긴 했지만, 이 순간만은 나의 담대함이 빛을 발했던 것이다.

서명해 보라고? 여권의 서명과 비교하려는 게로군. 나는 이제 자유로워진 팔랑팔랑한 손가락으로 기꺼이 서명을 휘갈기며 속으로 말했다. '하하! 우하하하! 오냐. 이 어르신의 사인을 받아라.' (내 사인을 고대할) 여자들은 어디 있을까? 둥글고 우아한 까까머리 그녀들은 커다란 입을 수평선 모양으로 다문 채 편안하게 잠들어 있었다. 그리고 횃불꾼들은? 그들은 머리카락 같은 연기가 피어오르는 뜨거운 불을 들고 있었다.

"자, 그럼 이제 다 된 겁니까? 내 생각에는 문제없는 것 같은데." 나는 정말로 기분이 아주 좋았고 내가 아주 대단한 일을 해낸 것처럼 느꼈다.

그런데 조사관이 희한한 요구를 했다. 셔츠를 벗어보겠느냐고? 이 말에 나는 약간 멈칫하며 왜 그런지 이유가 궁금해졌다. 로밀라유는 이유를 말해 주지 않았다. 나는 약간 걱정스러워서 그에게 낮은 소리로 물었다. "잘 들어봐, 이게 어떻게 된 거야?"

"나 모릅니다."

"그러면 저 녀석한테 물어봐."

로밀라유가 내 명령대로 했지만 같은 말만 반복해서 돌아올 뿐이었다.

"다시 한 번 물어봐." 내가 말했다. "셔츠를 벗으면 우리를 편안히 재워줄 건가 말이야."

내 말을 이해라도 한 듯이 조사관이 고개를 끄덕였다. 그래서 나는 티셔츠를 벗었다. 당장 빨아야 할 정도로 더러운 티셔츠였다. 조사관이 다가와 내 몸을 샅샅이 훑어보는 바람에 불편한 기분이 들었다. 이텔로와 했던 것처럼 와리리 족과 씨름을 하라고 하는 건 아닐까 궁금했다. 내가 잘못해서 아프리카의 씨름부로 흘러들어 왔고 여기서는 이렇게 소개하는 것이 관습인가 싶었다. 하지만 이번엔 그때와 다른 것 같았다.

"자, 로밀라유." 내가 말했다. "저 사람들이 우리를 노예로 팔아버릴지도 몰라. 사우디아라비아에는 아직도 노예가 있다는 보고가 있으니까. 맙소사! 어떤 노예가 될는지! 하하!" 알다시피 나는 여전히 농담조로 말했다. "아니면 저 사람들이 나를 구덩이에 집어넣고 석탄으로 뒤덮어 구워버릴까? 피그미들이 코끼리를 가지고 그런다잖아. 일주일쯤 걸린대."

내가 이렇게 농담을 하는 동안에도 조사관은 계속해서 나를 살펴보았다. 나는 수년 전 코니아일랜드에서 새긴 프랜시스라는 이름을 가리키며 이건 내 전처의 이름이라고 설명했다. 조사관은 별로 관심이 없는 것 같았다.

나는 땀내 나는 셔츠를 다시 입으며 말했다. "왕을 만나볼 수 있는지 물어봐." 이번에는 조사관이 기꺼이 대답해 주었다. 로밀라유가 통역하기를 왕이 내일 우리를 만나서 영어로 얘기하고 싶어 한다는 것이었다.

"정말 잘됐군." 내가 말했다. "왕에게 물어볼 게 한두 가지 있어."

로밀라유는 다푸 왕이 내일 나를 만나고 싶어 한다고 다시 말해 주었다. 그래, 그래. 가뭄을 끝낼 종일 의식이 거행되기 전 아침에 만나게 될 거라고 했다.

"아, 그래?" 내가 말했다. "그렇다면 눈을 좀 붙이지."

그리하여 우리는 마침내 쉴 수 있었지만 남은 밤은 얼마 되지 않았다. 수탉들이 너무도 일찍 울어댔고 나는 잠에서 깨자마자 솟아나는 해로부터 뻗은 거대한 하늘길과 뭉게뭉게 피어난 붉은 구름을 보았다. 자리에서 일어나 앉은 나는 왕이 일찍 만나고 싶어 한다는 사실을 기억해 냈다. 문 바로 안쪽 벽에는, 죽은 남자가 나와 거의 같은 자세로 기대어 있었다. 누군가가 협곡으로부터 시체를 다시 가져다 놓은 것이었다.

12

욕이 나왔다. "이건 세뇌 공작이군." 나는 그들 때문에 미치지는 말아야겠다고 다짐했다. 이전에도 죽은 사람을 볼 일이야 많았다. 전쟁 마지막 해에는 유럽 대륙에서 천오백만 구의 시체들과 함께 지냈다. 하지만 문제가 되는 건 항상 개인적일 때이다. 시체는 가련하게도 내가 처박은 곳의 흙먼지로 뒤덮여 있었다. 이제 그들이 시체를 도로 가져다 놓은 이상, 이 관계는 비밀도 아니었으므로 나는 정신 차리고 앉아서 결과를 기다리기로 마음먹었다. 내가 할 일은 이제 아무것도 없었다. 로밀라유는 한 손을 무릎 사이에 끼우고 다른 손은 주름진 뺨 밑에 깐 채로 아직 잠들어 있었다. 그를 깨워야 할 이유가 없었다. 그래서 나는 오두막에 죽은 남자와 로밀라유를 남겨 두고 바깥으로 나왔다. 내가 이상한 건지, 날이 이상한 건지, 아니면 그 둘 다 이상한 건지 몰라도 몹시 독특한 기분이었다. 열이 올랐고 그 때문에 한동안 고생할 게 뻔했다. 그와 함께 어떤 열성적인 자세를 취하거나 무엇을 갈망할 때처럼 가슴이 간질거리는 느낌이 들었다. 갈비뼈 사이의 신경에 특히 그 느낌이 강했다. 휘발유의 매연 냄새를 맡을 때처럼 미묘한 기분이었다. 따스하고 황홀한 공기가 와 닿아서 얼굴은 총천연색이 되었다. 이런 혈색은 처음이었다. 그건 틀림없이 긴장하고 잠이 부족한 결과였다.

그날은 축제일이어서 일찍부터 마을이 들썩였고 사람들이 이리저리 뛰어다녔다. 로밀라유와 내가 오두막에서 누구와 함께 있었는지를 마을 사람들이 아는지 모르는지 나는 알 도리가 없었다. 밀짚으로 엮은 벽마다 안으로부터 달콤하고 톡 쏘는 주민들의 맥주 냄새가 풍겨왔다. 그걸 보면 여기서는 해가 뜰 때부터 술을 마시는가 싶었다. 취해서 떠드는 것 같은 소리도 들려왔다. 조심스럽게 근처를 걸어보았지만 특별히 신경 쓰는 사람은 아무도 없었고 나는 이를 좋은 징조로 받아들였다. 집안싸움을 하는 집도 제법 있는 것 같았고, 나이 든 사람 중 몇은 유난히 폭력적이고 성질이 더러웠다. 내가 놀랄 정도였다. 돌멩이 하나가 내 헬멧에 맞았지만 나를 겨냥한 돌은 아닌 것 같았다. 아이들이 서로 자갈을 던지고 드잡이를 하며 흙에서 뒹굴고 있었기 때문이다. 어떤 여자가 집에서 뛰어나와 빽 소리를 지르더니 그 아이들을 때려서 쫓아버렸다. 그 여자는 나와 마주쳐서도 별로 놀란 기색 없이 돌아서서 다시 집으로 들어갔다. 안을 들여다보니 밀짚으로 만든 멍석 위에 한 노인이 누워 있는 것이 보였다. 여자는 노인의 척추를 곧게 하는 일종의 마사지로 노인의 등을 맨발로 밟고 나서 노인에게 기름을 붓고 능숙하게 갈비뼈와 배를 문질렀다. 노인의 이마에 주름이 지고 희끗희끗한 수염은 양옆으로 갈라졌다. 그는 내가 서 있는 문가를 향해 또르르 눈을 굴리더니 늙고 큼직한 이를 드러내며 미소를 지었다. "이게 무슨 일이람?" 나는 좁은 골목을 다니며 울타리 너머 남의 집 마당들을 들여다보았다. 물론 잠자는 로밀라유와 벽에 기댄 죽은 사나이를 생각해서 조심스럽게 다녔다. 젊은 여자들 여럿이서 소뿔에 금박을 입히고, 서로의 몸에도 색칠을 해주고 치장을 거들어주면서 타조 깃털, 독수리 깃털, 장식품 따위를 몸에 걸쳤다. 어떤 남자들은 장식으로 목에 인간의 턱뼈를 걸었다. 우상과 주물에도 옷을 입히고 회칠을 하고 제물을 바쳤다. 머리를 가늘고 야무지게 땋은 늙은 여자가 이런 조상 중 하나에 노란 음식을 쏟아붓고 나서 방금 잡은 닭 한 마리를 그 위에 들고 흔들었다. 그러는 동안 소음은 한층 더 커졌고 시간이 지날수록 뭔가가 더해졌다. 딸랑이, 스네어 드럼[58], 큰북 소리나 뿔 나팔의 삑 소리, 아니면 총소리까지.

때마침 오두막에서 나오는 로밀라유가 보였다. 그가 어떤 상태일지는 보지 않아도 뻔했다. 나는 그를 향해서 걸어갔다. 그는 모여 선 사람들 사이에서 아마 하얀 뚜껑처럼 보일 헬멧을 알아본 후 움찔해서 손을 뺨에 갖다 댔다.

"그래, 그래. 알아." 내가 말했다. "하지만 우리가 뭘 어쩌겠어? 그냥 기다려야지. 별일 아닐 거야. 어쨌든 거 이름이 뭐더라, 이텔로의 친구 말이야, 아침에 그 왕을 만나기로 했으니까. 이제 금방이라도 우리를 부르러 사람을 보낼 거야. 그러면 내가 그 이야기를 해야지. 걱정 마, 로밀라유. 무슨 일인지 내가 얼른 알아낼 테니까. 아무 말 말고 있어. 오두막에서 우리 짐을 꺼내서 지켜."

그때 여군 혹은 다푸 왕의 여전사라 할 만한 장대한 여자들이 북과 큰북으로 일종의 빠른 행진곡을 연주하며 들이닥쳤고, 동시에 커다랗고 위풍당당한 양산들을 든 한 무리의 사람들이 거리로 들어섰다. 비단 재질의 자홍색 양산 아래로 건장한 사나이가 걸어왔다. 다른 쪽 양산 아래에는 아무도 없어서 나는 옳거니 나를 위해 보낸 양산이라고 생각했다. "보게." 내가 로밀라유에게 말했다. "저렇게 호화로운 물건으로 사람을 맞이해서 함정에 빠뜨릴 리가 없지. 척 하면 척이지. 그냥 본능으로 아는 거야. 그러니 이제 걱정할 게 없어, 로밀라유."

북 치는 사람들은 빠른 걸음으로 행진을 했고 양산들은 중후한 자태로 박자에 맞추어 빙글빙글 춤추며 돌았다. 테두리를 둘러 위로 말아올린 이 거대한 실크 지붕이 앞으로 전진하자 와리리 족은 길을 터주었다. 육중한 체격의 사나이가 미소를 지으며 진작 나를 알아보고는 건장한 두 팔을 내밀었다. 그의 머릿짓이나 웃는 걸 보면 나를 따뜻하게 맞이하는 듯했다. 그의 이름은 호코였고 알고 보니 왕의 숙부였다. 그는 주홍색 브로드로 발목에서 가슴과 겨드랑이까지 휘감는 옷을 해 입었다. 그런데 너무 꼭 끼게 휘감는 바람에 턱 아래와 어깨에까지 살덩이가 밀려 올라와 있었다. 부드러운 귓불에는 두 개의 루비(가 아니라면 석류석이렷다!)가 늘어져 있었다. 선이 굵은 인상인 데 반해 이목구비는 뚜렷하지 않았다. 그가 의전용 양산 아래에서 걸어 나오자 태양 빛이 두 눈에 옮겨 붙어 그의 눈은 검으면서도 붉게 보였다. 눈썹을 치켜뜨자 두피도 따라서 뒤로 밀리는 바람에 여남은 개의 고랑이 후두부까지 줄줄이 팼다. 머리카락은 빽빽하면서도 말린 후추 열매처럼 동글동글 말린 곱슬머리였다.

그가 문명인다운 태도로 상냥하게 손을 내밀어 악수를 청하고 껄껄 웃었다. 그는 마치 사탕을 빨고 있었던 것처럼 빨갛게 물이 든 통통하고 행복해 보이는 넓적한 혀를 내보였다. 시체야 있든지 말든지 나도 덩달아 웃으면서 로밀라유의 갈비뼈를 푹 찌르며 말했다. "이제 알겠지? 응? 내가 뭐라고 했어?" 조심스러운 로밀라유는 이렇게 가벼운 증거로는 믿으려 들지 않았다. 마을 사람들이 다가와 우리를 보고 껄껄 웃었다. 그들은 호코보다 더 미친 듯이 웃었지만, 어깨를 으쓱하며 무언극을 연출했다. 많은 사람이 이곳 맥주인 폼보에 취했다. 소매 없는 가죽조끼를 입은 여전사들은 그들을 밀쳐 냈다. 사람들이 호코와 내게 너무 가까이 오지 못하도록 하기 위해서였다. 이 커다란 여자들은 체구가 육중하거나 우락부락하고 엉덩이는 몹시 펑퍼짐했는데 그들이 입은 의복이라곤 코르셋 같은 조끼가 다였다.
"악수해, 악수해." 내가 호코에게 말하자 그는 나에게 비어 있는 양산 아래에 들어오라고 했다. 양산은 정말이지 호화로워서 값으로 치면 백만 달러는 될 것 같았다.
"태양이 뜨겁군." 내가 말했다. "아침 8시도 안 되었는데 말이오. 이렇게 환대해 줘서 고맙소." 나는 얼굴을 훔치며 우정 어린 표정을 지었다. 다른 말로 하면, 주어진 상황을 최대한 우려먹으면서 우리와 시체 사이에 가능한 한 거리를 두자는 속셈이었다.
"나 호코." 그가 말했다. "다푸 숙부."
"아, 우리말을 하시는구려." 내가 말했다. "참말 다행이오. 다푸 왕이 당신의 조카란 말이죠? 여어, 대단하오. 이제 왕을 만나러 가는 거요? 어젯밤 우리를 심문했던 신사 양반이 그렇게 말했소만."
"나 숙부, 맞아." 그가 말했다. 그러고 나서 그는 여전사들에게 명령을 내렸다. 여전사들은 그 즉시 만일 그들이 군화를 신었더라면 요란스러웠을 '뒤로 돌아'를 했고 베이스드럼에 맞춰 행진하는 박자로 구보하기 시작했다. 거창한 양산들이 다시 번쩍거리며 흔들렸고 양산들이 빙글빙글 돌 때마다 햇빛이 물결무늬 비단에 아름답게 수를 놓았다. 태양마저도 양산을 탐내 그 위에 누워버린 것 같았다. "궁전으로 가." 호코가 말했다.

"갑시다." 나도 맞장구를 쳤다. "그러죠. 원하던 바요. 어제 마을에 들어오면서 그 앞을 지나쳤소."

누가 물어보기라도 한 것처럼 나는 불필요한 말을 덧붙였다. 속으로는 아직도 조마조마했던 것이다. 이텔로는 옛날 학교 친구인 다푸를 높이 치는 것 같았고 마치 백만 명에 하나 나올 사람인 것처럼 말했지만 이제까지 와리리 족을 겪은 경험으로 보건대 나로서는 그를 좋게 생각할 이유가 별로 없었다.

나는 북소리보다 높은 소리로 말했다. "로밀라유, 나의 로밀라유는 어디 있소?" 알다시피 나는 그 사람들이 로밀라유를 시체와 연관 지을까 걱정되었다. 나는 그를 옆에 두고 싶었다. 로밀라유는 짐을 모두 지고 행렬에서 내 뒤에 걸을 수 있도록 허락받았다. 힘과 인내심을 시험받은 뒤 그는 두 사람분의 짐을 져야 했다. 나는 아무 짐도 들지 않는 대접을 받았다. 우리는 행진을 했다. 양산과 북의 크기를 생각하면 우리 속도는 입이 떡 벌어질 정도로 빨랐다. 북 치는 여전사들을 앞뒤에 달고 우리는 앞으로 날아갔다. 오늘은 마을이 어제와 완전히 달랐다. 우리가 지나가는 길에는 구경꾼들이 모여들었고 어떤 사람들은 양산과 헬멧의 이중 덮개 속에 있는 내 얼굴을 보려고 몸을 구부렸다. 나는 수천 개의 손과 부산한 발, 그리고 열기와 호기심, 혹은 열의나 축제 기분으로 달아오른 얼굴들을 보았다. 닭들과 돼지들이 행군하는 줄을 가로질러 돌진했다. 날카로운 소음, 꽥 하는 소리, 꽥 하는 비명들이 둥둥거리는 북소리를 타고 소용돌이쳤다.

"확실히 다른걸." 내가 말했다. "어제는 모든 게 아주 조용했는데. 왜 그랬던 거요, 호코 씨?"

"어제 슬픈 날이다. 사람들 모두 단식한다."

"처형이 있었나?" 느닷없이 내가 물었다. 궁전 왼편으로 약간 떨어진 곳에 시체들이 거꾸로 매달린 처형대가 기연미연 보이는 것 같았다. 빛의 작용으로 시체들은 인형처럼 작아 보였다. 대기는 때때로 확대경뿐 아니라 축소경 역할도 한다. "바라건대 저것들이 인형이었으면 좋겠군." 내가 말했다. 하지만 나의 근심 어린 심장은 그렇지 않다고 말해 주었다. 그들이 오두막의 시체에 대해 묻지 않은 것도 당연했다. 그까짓 시체 하나쯤? 그들은 시체를 대량으로 다루는 것 같았다. 그런 생각을 하자니 나는 가슴팍이 근질거리면서 열이 솟구쳤고 얼굴에까지 이상하게 농익은 기분이 번졌다. 두려움이었다. 서슴지 않고 인정하겠다. 나는 로밀라유를 찾아 뒤로 눈길을 돌렸지만 그는 짐 가방의 무게에 눌려 뒤로 처졌고 우리 사이에는 북 치는 여전사들의 행렬이 가로막고 있었다.

그래서 나는 호코에게 말을 걸었는데 북소리 때문에 크게 소리를 질러야 했다. "죽은 사람이 너무 많은 것 같군요!" 우리는 어느덧 좁은 골목길을 벗어나 궁전으로 이르는 넓은 통로에 와 있었다.

호코는 커다란 머리를 흔들고 빨갛게 물든 혀를 내보이며 웃더니 빨간 보석을 늘어뜨린 귀에 손을 갖다 댔다. 내 말이 들리지 않는 모양이었다.

"죽은 사람들 말이오!" 내가 말했다. 그러고 나서 나는 나 자신에게 말했다. '그렇게 죽어라고 물어보지 마.' 내 얼굴은 그야말로 뜨겁고 거대했으며 걱정으로 가득했다.

호코는 껄껄 웃으면서 심지어 내가 밧줄 끝에 목매다는 시늉을 했음에도 내 말을 이해하지 못한 척했다. 이 경우, 단 한순간이라도 릴리를 데려와 선량함과 현실에 대한 그녀의 사고방식과 이 상황을 어떻게 부합시키는지 볼 수 있다면 나는 현금 사천 달러를 낼 용의가 있다. 우리는 현실이라는 주제를 놓고 지독하게 싸웠고, 그러는 바람에 라이시가 집을 나가, 댄버리에서 주워온 아이를 데리고 학교로 돌아갔던 것이다. 나는 릴리가 현실을 모를뿐더러 좋아하지도 않는다고 항상 주장했다. 그렇다면 나는 얼마나 잘 아느냐고? 나야 그 망할 여편네를 있는 그대로 사랑할 뿐 아니라, 여편네가 보여 줄 최악의 사태에도 놀라지 않도록 항상 준비된 마음으로 살아가고 있으니 암, 현실적이고말고. 내 생각은 그렇다. 나는 인생의 참된 숭배자이며 삶과 눈을 맞출 만큼 높이 올라가지 못한다면 그보다 낮은 어딘가에라도 입을 맞춘다. 이 말을 이해하는 사람이라면 더 묻지 않을 것이다.

릴리가 대꾸하지 못하는 모습을 상상하니 두려운 마음이 한결 위안을 얻었다. 지금 같으면 릴리가 어떤 일에 쩔쩔매는 모습을 결코 생각할 수 없지만 말이다. 릴리는 어떤 해답이라도 찾아내고 말 것이다. 하지만 그런 망상에 빠져 있는 동안 우리는 벌써 연병장을 건너왔고 보초들은 붉은 대문을 활짝 열어두었다. 어제 보았던 제라늄을 닮은 정열적인 꽃들이 우묵한 돌 사발에 심겨 있었다. 이곳은 궁전의 안쪽이었다. 궁전은 3층 높이에 지붕이 없는 계단과 통로를 갖추었으며, 사각형의 헛간 같았다. 1층의 방들은 비좁은 마구간처럼 문도 없고 가구도 없이 트여 있었다. 여기서라면 실수로 잘못 알 턱이 없었다.—아래에서 야생동물의 으르렁 소리가 들려온다는 사실을. 사자 말고는 어떤 생물도 그런 소리를 낼 수 없었다. 그것만 아니라면 궁전은 마을의 거리에 비해 조용했다. 마당에는 인형의 집 같은 작은 오두막이 두 채 보였고, 각기 오늘 아침에 새로 회칠을 한 뿔 달린 우상이 들어앉아 있었다. 두 채의 오두막 사이로 하얗게 칠한 흔적이 보였고 꼭대기에는 햇빛에 바랜 깃발 하나가 매달려 있었다. 구불

구불한 흰 줄로 대각선을 그어 넣은 깃발이었다.
 "왕은 어디 있소?" 내가 물었다.
 하지만 예법에 따라 다푸 왕을 알현하기 전에 호코가 나를 접대해야 했다. 호코의 거처는 1층에 있었다. 성대한 의식과 함께 양산이 자리를 잡았고 여전사들이 낡은 브리지 테이블을 들고 왔다. 브리지 테이블에는 과거에 시리아 보부상들이 팔았던, 빨간색과 노란색의 아라비아 문양이 수놓인 천이 깔렸다. 그다음에는 찻주전자와 잼 접시와 뚜껑 덮인 은접시가 들어왔다. 뜨거운 물과 소의 생피를 우유에 섞은 음료가 나왔는데 이는 사양했다. 대추와 파인애플과 폼보, 차가운 고구마 등의 요리가 나왔다.—시럽 종류를 쳐서 먹는 쥐의 발 역시 다음을 기약하며 먹지 않았다. 나는 고구마를 조금 먹고 폼보를 마셨다. 폼보는 마시는 즉시 다리와 무릎에 작용하는 강력한 음료였다. 나는 흥분하고 열이 올라서 폼보를 여러 잔 마셨다. 브리지 테이블이 몹시 끄덕거려서 외부적으로 기댈 게 없었던 나는 적어도 내적으로 의지할 뭔가가 필요했던 것이다. 병이 났으면 좋겠다는 생각이 반쯤 들었다. 그때 느꼈던 것 같은 종류의 흥분 상태는 참을 수가 없다. 나는 온 힘을 다해 호코와 사교적인 대담을 이어 나갔다. 호코는 내가 브리지 테이블을 칭찬해 주기 바랐고, 나는 그에 관한 찬사를 여러 마디 날렸다. 그리고 우리집에도 똑같이 생긴 브리지 테이블이 있다고 말했다. 정말 다락에 브리지 테이블이 있다. 고양이한테 총을 쏘려 할 때 고양이는 그 테이블 밑에 앉아 있었다. 내 테이블은 그의 것만큼 좋지 않다고도 말해 주었다. 아, 우리가 동년배의 두 신사로서 아프리카의 평화로운 아침을 멋지고 따뜻하게 즐길 수 없다는 점이 너무 애석했다. 그러나 나는 도망자요, 여러 건의 부정행위자인 데다가 전날 밤 사건들 때문에 근심에 싸인 상태였다. 나는 왕 앞에서 내 결백이 입증되기를 기대했다. 그래서 여러 번이나 일어설 때라고 여기고 내 육중한 덩치를 움직여 보였지만 아직도 의전상 허락되지 않았다. 나는 참기로 하고 터무니없이 불어나는 두려움을 저주했다. 호코는 곧 부서질 듯한 테이블 위로 몸을 구부리고 담배를 뻐끔거리며 나무 줄기 같은 관절로 은주전자의 손잡이를 움켜잡았다. 그러고는 지푸라기 삶은 맛이 나는 뜨거운 음료를 부었다. 천 번도 더 자제하면서 나는 컵을 들어 올리고 최대한 공손하게 음료를 홀짝거렸다.

마침내 접견이 끝나고 호코는 우리가 일어날 때라고 말했다. 여전사들은 기록을 재도 좋을 만큼 재빨리 상을 치우고 우리를 왕에게 데리고 갈 대형으로 줄을 섰다. 여전사들은 (대바구니에라도 앉았던 건지) 엉덩이에 소쿠리 자국 같은 것이 나 있었다. 나는 헬멧을 똑바로 얹고 반바지를 추켜 입은 뒤 축축해진 손을 티셔츠에 닦았다. 왕에게 뽀송뽀송하고 따뜻한 손으로 악수를 건네고 싶었다. 거기에는 많은 의미가 담겨 있었다. 우리는 층계를 향해 행진해 갔다. "로밀라유는 어디 있소?" 나는 호코에게 물었다. 그는 미소를 지으면서 말했다. "아, 괜찮아. 아, 아, 염려 마." 우리가 층계를 올라갈 때 아래쪽에서 풀이 죽어 두 손을 무릎 위에 늘어뜨리고 등뼈가 도드라진 채 기다리고 있는 로밀라유가 눈에 띄었다. 불쌍한 녀석! 나는 생각했다. 그를 위해 뭔가 해야겠군. 이 일이 해결되자마자 그렇게 해야지. 틀림없이 하고 말 거야. 그를 큰 파국으로 이끈 이래 나는 로밀라유에게 실질적인 보상을 해주지 못하고 있었다.

실외 계단은 넓고 완만하고 두서없이 뻗어가다 둥글게 꺾이더니 우리를 건물 반대편으로 이끌었다. 나무가 한 그루 있었는데 남자 여럿이 흥미로운 작업을 하고 있어서 흔들리고 삐걱댔다. 남자들은 밧줄과 나무로 만든 조잡한 도르래로 가지 사이로 커다란 바위들을 끌어 올리고 있었다. 그들은 길에서 이 바윗돌을 밀어 올리는 사람들에게 고함을 질렀고, 얼굴은 힘든 일을 하느라 빛이 났다. 호코가 내게 뭐라고 했지만 나는 알아듣지 못했다. 이 돌들은 이제 곧 벌어질 의식에서 비구름과 연관돼 있는 재료였다. 사람들은 모두 오늘 비가 오게 되리라고 확신하는 것 같았다. 어젯밤 조사관도 "와—타!" 하고 감정을 담아 자기 손가락으로 폭우를 묘사한 바 있었다. 하늘에는 태양 말고는 아무것도 없었다. 지금까지는 외견상 비구름을 상징하는 것이라곤 나뭇가지에 끼운 이 둥근 돌들밖에 없었다.

우리는 다푸 왕의 처소가 있는 3층에 이르렀다. 호코는 나를 이끌고 폭이 넓고 천장이 낮은 여러 개의 방을 지나갔다. 아래에 그 방들을 지탱하는 무언가가 있기는 한 건지 심히 의심스러웠다. 나 같으면 기둥이 있다고 말할 수 없었을 것이다. 벽걸이 장식과 커튼이 있었다. 하지만 창문들이 좁아서 그리로 드는 한 줄기 햇살로는 창(槍)을 걸쳐놓는 걸이대나 낮은 의자, 동물 가죽 외에는 거의 아무것도 보이지 않았다. 왕의 처소 앞에 이르자 호코는 뒤로 물러섰다. 예기치 못한 일이라 나는 이렇게 말했다. "여보시오, 어디 가시오?" 하지만 여전사 가운데 하나가 나의 맨팔을 붙들고 문을 통과하게 했다. 다푸를 보기도 전에 나는 수많은 여자들을 먼저 만나야 했다.—언뜻 보기에 이삼십 명쯤 됐다.—또 빽빽이 들어선 벌거벗은 여자들과 그들의 (프랑스어로 해야만 이 대목에서는 의미가 통할 듯하다.) 볼륍테(관능)가 사방에서 나를 밀어붙였다. 열기는 대단했고 여자 냄새가 코를 찔렀다. 온도와 밀도 면에서 그에 비할 만한 것이라곤 부화장밖에 없었다.—이렇게 느낀 데에는 낮은 천장도 한몫을 했다. 문간의 옛날 회계장부 담당자의 의자 같은 높은 걸상에는 세기말에 이탈리아 군대에서 썼던 구식 수비대 모자를 쓰고 여전사의 조끼를 입은 잿빛 머리의 육중한 할머니가 앉아 있었다. 왕을 대신해 나와 악수한 사람은 그 여자였다.

"처음 뵙겠소." 내가 말했다.

왕이라! 왕의 여인들이 나를 위해 천천히 길을 내주자 방 맞은편 끝에 있는 왕을 볼 수 있었다. 왕은 3미터쯤 되는 녹색 소파에 누워 있었는데 그 소파는 푹신한 반달 모양에 묵직한 천을 덮은 것이었다. 왕은 이 호사스러운 소파 위에 완전한 휴식 자세로 누워 있어서, 잘 발달한 근육질의 몸이 물에 떠 있는 것처럼 보였다. 무릎까지 오는 자주색 비단 속바지를 입고 목에는 금으로 수놓은 하얀 스카프를 두르고 있었다. 발에는 하얀 새틴으로 만든, 그에 걸맞은 슬리퍼를 신고 있었다. 걱정과 열기에 휩싸여 있으면서도 나는 그를 보고 한눈에 감탄했다. 어림잡아 그도 나처럼 180센티미터 이상은 되는 큰 덩치였다. 그는 호화롭게 쉬고 있었으며, 하나부터 열까지 여자들이 시중을 들었다. 이따금 한 여자가 플란넬 천으로 그의 얼굴을 닦았고 다른 여자는 그의 가슴을 어루만졌으며 또 한 여자는 파이프를 채워 그가 필요로 할 때를 대비해서 계속 꺼지지 않도록 피우고 있었다.

나는 다가갔다기보다 조심성 없이 들이댔다. 내가 너무 가까이 가기 전 어떤 손이 나를 막았다. 그러고는 녹색 소파로부터 1미터 반쯤 떨어진 곳에 나를 위한 의자가 놓였다. 나는 거기 앉았다. 왕과 나 사이에는 커다란 나무 사발이 있었는데 그 안에는 사람의 두개골 한 쌍이 뺨과 뺨이 맞닿은 채 기울어져 있었다. 두 개의 이마는 두개골답게 누르스름했고 합동으로 날 향해 반짝였다. 나는 한 줄로 늘어선 눈구멍과 콧구멍과 두 줄의 치아를 마주했다.

왕은 내가 얼마나 조심스럽게 자기를 보고 있는가를 알아채고 미소를 짓는 것 같았다. 부풀어 오른 커다란 입술은 그의 얼굴 가운데에서 가장 흑인종다웠다. 그가 이렇게 말했다. "놀라지 마시오. 이것들은 오늘 오후의 의식에 쓸 거요."

어떤 목소리들은 한 번 듣기만 해도 머릿속에서 떠나지 않는다. 나는 첫마디를 듣고 왕의 목소리가 그렇다는 것을 알아챘다. 더 자세히 보려고 몸을 앞으로 수그렸다. 왕은 내가 뭔가를 품으려는 것처럼 가슴과 배에 두 손을 펼쳐놓는 게 무척 재미있는지 나를 자세히 살피려고 몸을 일으켜 세웠다. 한 여자가 그의 머리 뒤에 쿠션을 받쳐주었지만 왕은 그걸 쳐서 바닥에 떨어뜨리고 다시 누웠다. '아직 행운이 끝난 게 아니야.' 하는 생각이 들었다. 병사의 매복이나 우리가 체포되어 심문받은 사실, 또 죽은 사람과 한자리에 있었던 등의 일련의 일들을 이런 왕이 시켰을 리 없었기 때문이다. 왕은 그런 사람이 아니었다. 그가 어떤 사람일지 아직 정확히 알 수는 없었지만, 나는 이미 우리의 만남을 기뻐하고 있었다.

"어제 오후에 당신의 방문을 보고받았소. 우리 만남을 생각하느라 줄곧 흥분해 어젯밤 잠도 거의 못 잤다오······. 아, 하, 하. 건강에 해로운 보고였지." 그의 말이었다.

"재미있군요. 저도 별로 많이 자지 못했습니다." 내가 말을 받았다. "두세 시간 눈을 붙이는 걸로 만족해야 했지요. 하지만 임금님을 만나게 돼서 기쁩니다."

"아, 대단히 기쁘오. 엄청나게. 당신 잠에 대해서는 유감이오. 하지만 내 입장에서는 잘됐소. 내게는 이것이 특별 행사니까. 가장 중요하지. 환영하오."

"임금님의 친구 이텔로의 안부를 전합니다." 내가 말했다.

"아, 아르느위 족을 만났소? 가장 오지로만 다니는 게 당신 일인가 보오. 우리 친구는 어떻습디까? 보고 싶구려. 씨름은 했소?"

"분명히 했지요." 내가 대답했다.

"누가 이겼소?"

"비겼습니다."

왕이 말을 이었다. "그러면 당신은 매우 재미있는 사람이구려. 특히 체격이 말이오. 특별한 사람이오. 당신 같은 사람을 이전에 만난 적이 있는지 단언하기 어렵군. 어쨌든 이텔로는 매우 강하지. 나도 그를 던질 수가 없었는데. 그래서 이텔로는 아주 기뻐했지. 항상 그랬어."

"나이는 못 속이는가 봅니다." 내가 답했다.

왕이 말했다. "저런, 말도 안 돼. 당신은 동상 같구려. 내 말을 믿어요. 당신같이 특별한 재능을 가진 사람은 본 적이 없소."

"전하와 씨름판에 가지 않기를 빕니다." 내가 말했다.

"아, 아니, 아니. 우리는 그런 관습이 없소. 그건 우리 방식이 아니오. 당신에게 용서를 빌어야겠군. 일어나서 악수하지 못한 데 대해 말이오. 나는 여장군, 타투에게 나 대신 하라고 명령을 내리지. 나는 일어나기가 너무 싫거든. 대체로."

"그래요? 그렇습니까?" 내가 물었다.

"움직임을 덜 할수록 나는 더 잘 쉴 수 있고 의무를 수행하기가 더 쉬워지오. 내 모든 의무 말이오. 이 많은 아내를 거느릴 특권도 포함해서. 첫눈에 봐서는 그렇게 생각하지 않겠지만 난 힘을 아껴야 하는 아주 복잡한 존재라오. 선생, 솔직히 말해서……."
"제 이름은 헨더슨입니다." 내가 말했다. 그가 늘어져 있는 모습이나 파이프를 빠는 걸 보니 왠지 내가 특별 시험을 치르는 기분이었다.
"헨더슨 씨라고. 좋소, 내가 물어봤어야 하는 건데. 예의를 못 갖춰서 정말 미안하오. 하지만 선생, 당신이 여기 와주어서 영어로 대화할 기회가 생겼다는 데에 난 자제심을 잃고 말았소. 학교 때는 당연시했던 많은 것들을 고향에 돌아온 다음 잃고 말았거든. 당신은 나의 첫 번째 문명인 손님이오."
"여기는 사람들이 별로 오지 않나요?"
"우리가 원해서 그런 거요. 예로부터 호젓한 걸 좋아했으니까. 수 세대 동안이나 우리는 이 산악 지대에 감쪽같이 잘 숨어 있었다오. 내가 영어를 하는 게 놀랍소? 그렇지 않을걸. 내 친구 이텔로가 틀림없이 언질을 주었을 테니까. 난 그 친구의 성품을 높이 사오. 우리는 씩씩하게 많은 경험을 함께했소. 당신을 더 놀라게 해주고 싶었는데, 정말 실망인걸." 왕의 말이었다.
"걱정하지 마십시오. 충분히 놀랐으니까요. 이텔로 왕자님은 전하와 함께 말린디에서 학교에 다닌 얘기를 많이 하셨습니다." 지금까지 누구이 말한 것처럼 나는 불안중이 도지고 전날 밤 사건들 때문에 어리둥절한, 조금 독특한 상태였다. 그런데 이 사나이는 뭔가 우리가 이 세상 끝까지 함께 갈 수 있으리라는 확신을 심어주었다. 순전히 그의 외모와 어조로만 판단하건대 그의 태도에는 어딘가 까부는 데가 있었고, 나를 시험하는 듯한 느낌이 들었다. 이날 아침따라 머릿속이 좀 아득한 것이, 이 고립된 와리리 족은 이 세상에 속해 있는 것 같지가 않았다. 비유컨대 정신을 가진 생물체라고나 할까. 아니, 그 생물체의 세포 속을 정처없이 헤매는 기분이었다. 마음에서 시작된 기동력이 마음을 타고 행로를 정하였으니 세상의 그 어떤 것이 이보다 더 놀라울 수 있겠는가?

"헨더슨 선생, 이제부터 내가 묻는 말에 솔직하게 대답해 주면 고맙겠소. 여기 여자들은 아무도 알아듣지 못하니 주저할 필요 없소. 내가 부럽소?"

거짓말을 할 순간은 아니었다.

"그 말은 저하고 자리를 바꾸자는 겁니까? 이런 젠장, 전하. 무례하게 굴 생각은 없습니다만, 전하는 제가 보기에 매우 매력적인 위치에 계신 것 같습니다. 한데 저는 이보다 더 나쁠 수 없지요." 내가 말했다. "저하고 비교하면 아마 누구라도 이길 겁니다."

왕은 검은 얼굴에 코가 위로 들렸지만 의치가 필요하지는 않았다. 검붉은 눈은 틀림없이 유전일 터. 그의 숙부인 호코도 똑같은 눈을 가지고 있었다. 그러나 왕에게는 고귀함 혹은 더 강한 빛이 있었다. 왕이 비슷한 질문으로 더 깊이 파고들었다. "여기 여자들 때문에 그러는 거요?"

"글쎄요, 전하. 여자들이야 저도 잘 압지요." 내가 말했다. "동시에 다 갖지는 못했지만 말이죠. 전하는 그런 것 같군요. 하지만 현재 저는 다행히도 아주 행복한 결혼 생활을 하고 있습니다. 제 처는 대단한 사람이고 우리는 매우 영적인 유대를 맺고 있죠. 아내의 결점을 모르는 바 아닙니다. 가끔 저는 아내에게 당신이 나의 분신이라고 말해 줍니다. 아내는 좋은 사람이지만 공갈 협박을 잘해요. 너무 잔소리가 심한 구석도 있고요. 하하." 앞에서 내 정신이 약간 삐끗한 기분이라고 말한 사실을 잊지 마시길. 급기야 난 이렇게 말했다. "왜 제가 전하를 부러워하겠습니까? 임금님은 백성의 품 안에 있지 않습니까. 백성은 임금님을 필요로 해요. 그들이 옆에서 얼마나 잘 시중들고 있는지를 보십시오. 그것만 봐도 그들이 임금님을 얼마나 존경하는지 알 수 있어요."

"그건 내가 남다른 힘과 젊음을 간직하고 있는 동안뿐이오." 왕이 말했다. "내가 약해지면 무슨 일이 벌어질지 짐작이 가시오?"

"무슨 일이……."

"여기 이 여인들이, 지나칠 정도로 관심을 쏟는 이들이 내 상태를 고발할 거요. 그러면 이곳의 제사장인 부남이 제사장 연합의 다른 무당들과 함께 나를 덤불에 밀어 넣고 목을 졸라 죽일 거요."

"아니, 그럴 수가!" 내가 말했다.

"사실이오. 나는 지금 우리 와리리 족장의 머잖은 장래를 더할 나위 없이 정직하게 말하고 있는 거요. 무당이 내 죽은 몸에 구더기가 슬 때까지 지키고 있다가 그걸 비단 조각에 싸서 사람들에게 가지고 갈 거요. 그는 사람들 앞에 그걸 내보이며 그것이 왕의 영혼, 즉 나의 영혼이라고 선포할 것이오. 그러고 나면 덤불에 다시 들어가서 정해진 시간을 지낸 다음 사자 새끼를 데리고 마을에 들어가 구더기가 이제 사자로 탈바꿈했다고 설명하겠지. 그러고 나서 또 얼마의 시간이 지나면 백성에게 사자가 이제는 다음 왕으로 바뀌었다고 발표할 거요. 그 사람이 바로 나의 후계자인 셈이지."

"목을 조른다고요? 임금님을? 잔인한 일입니다. 어떻게 된 사람들이 그런단 말입니까?"

"아직도 내가 부럽소?" 왕은 커다랗고 따뜻하며 부어 보이는 입으로 부드럽게 말했다.

나는 머뭇거렸고 왕은 지켜보았다. "잠깐 지켜보고 내린 결론을 말해 주리다.—당신에게도 아마 그런 열정적인 경향이 있는 것 같소."

"어떤 열정 말입니까? 제가 전하를 부러워한다는 말인가요?" 나는 내 주제도 잊은 채 발끈해서 왕에게 대들었다. 화난 음성을 듣고 왕의 처첩들 뒤에 벽을 따라 늘어서 있던 호위 여전사들이 술렁이며 긴장했다. 왕의 한마디로 그들은 잠잠해졌다. 왕이 목청을 가다듬고 소파에서 몸을 일으키자 벌거벗은 미인 중 하나가 그에게 침을 뱉을 수 있도록 통을 대주었다. 왕은 파이프에서 담배 즙을 빨다 기분이 언짢아져서 담배를 내동댕이쳤다. 또 다른 여인이 담배를 도로 주워다가 헝겊으로 닦았다.

나는 말없이 웃었지만 그 미소는 틀림없이 불만스러워 보였을 것이다. 입가에 난 털이 억지웃음 때문에 뒤엉켰다. 하지만 왕에게 해명하라고 요구할 수는 없는 노릇이었다. 그래서 이렇게 말했다. "전하, 어젯밤에 매우 이상한 일이 벌어졌습니다. 함정에 빠져 이곳에 오게 된 거나 무기를 빼앗긴 데 대해서는 언급하지 않겠습니다만, 어젯밤 제 오두막에 시체가 놓여 있지 뭡니까. 이건 꼭 불평을 하자는 게 아닙니다. 저도 시체야 다룰 줄 아니까요. 그렇지만 제 생각에는 전하가 이 사실을 알아야 할 것 같습니다."

왕은 이 말에 실제로 당황한 것처럼 보였다. 그는 한 치의 꾸밈도 없이 화를 내며 말했다. "뭐요? 그건 틀림없이 무슨 착오요. 일부러 그런 거라면 정말 당황스러운 일이오. 조사해 봐야겠구려."

"털어놓지 않을 수 없군요. 전하, 이런 푸대접이 어디 있는가

하고 당황한 쪽은 저였습니다. 제 조수는 히스테리를 일으킬 지경이었고요. 그러니 솔직히 털어놓는 편이 낫겠군요. 와리리 족의 시체를 마음대로 하고 싶지는 않았지만, 저는 시체를 치워버리기로 마음먹었지요. 그런데 그게 무슨 의미인가요?"

"무슨 의미가 있겠소?" 그가 말했다. "내가 아는 한에서는 아무 의미도 없소."

"아, 그렇다면 다행이군요." 내가 말했다. "저와 조수는 한두 시간 아주 끔찍한 기분이었거든요. 게다가 밤사이에 누군가 시체를 도로 가져다 놓았더군요."

"사과하오." 왕이 말했다. "진심으로 사과하리다. 정말이오. 끔찍한 데다가 거북했을 줄 아오."

왕은 자세한 사항은 묻지 않았다. 예컨대 "그게 누구였소? 어떻게 생긴 사람이었소?" 하고 묻지는 않았다. 시체가 남자인지 여자인지, 아니면 아이인지에 대해서도 관심이 없는 것 같았다. 그때 나는 두통거리에서 벗어난 것만도 감지덕지하여, 왕이 이렇게 관심을 두지 않는 것이 이상하다는 생각도 하지 못했다.

"최근에 죽은 사람이 많은가 보군요." 내가 말했다. "궁전으로 오다가 보니까 교수형 당한 사람들이 보이던데."

왕은 바로 대답하지 않고 이렇게만 말했다. "불편한 숙소에서 옮기도록 해야겠소. 아무쪼록 궁전에서 머물러주시오."

"고맙습니다."

"선생 짐은 사람을 시켜서 가져오도록 하겠소."

"제 조수인 로밀라유가 벌써 옮겨 왔습니다. 그런데 로밀라유는 아직 아침을 못 먹었습니다."

"안심하시오. 그를 잘 돌봐 줄 테니."

"그리고 총은……."

"선생이 총을 쏘아야 할 때가 되면 그 총은 선생 손에 있을 것이오."

"사자 소리가 계속 들리는군요." 내가 말했다. "그게 전하가 말한 죽음에 대한 내용과 관련이 있는……." 나의 질문은 중간에 잘리고 말았다.

"무엇 때문에 여기로 오게 되었소, 헨더슨 씨?"

나는 갑자기 그를 믿고 싶어졌다.―그가 날 그렇게 만들었다.―하지만 아래에서 분명히 들려오는 사자 소리로부터 화제를 돌리자 나는 드러내 놓고 "그저 나그네입니다." 하는 식의 말을 선뜻 꺼낼 수가 없었다. 세 발 달린 의자에 앉은 내 자세는 질문을 회피하려고 거기 웅크린 듯한 인상을 풍겼다. 그 상황에서는 내게 부족한 평정심이나 균형감이 필요했다. 그래서 나는 울워스[59]에서 산 머릿수건으로 계속해서 코를 훔치고 문질렀다. 나는 '이 여자들 중 누가 왕비일까?' 생각해 보았다. 그러다가 대부분 매끈하고 탄력 있는 까만 피부의 처첩들을 빤히 쳐다보는 것도 실례일 것 같아서 눈을 바닥으로 내리깔았다. 왕이 나를 지켜보는 것을 의식하면서. 왕은 오로지 편할 따름이고 나는 오로지 불편하기만 한 것 같았다. 왕은 몸을 쭉 뻗어 편안히 누워 있는데 나는 갑갑하게 몸을 웅크리고 있었다. 오금에서 땀이 났다. 그렇다, 왕은 영혼처럼 비상하는 데 반해 나는 돌덩이처럼 곤두박질했다. 나는 피곤한 눈으로 마지못해 그를 바라보는 수밖에 없었다.(그리하여 그가 내게서 보았을 욕망에 사실상 죄책감을 느낄 수밖에 없었다.) 정성스럽게 옷깃을 두른 그를 말이다. 마지막에 가서 그와 같은 대가를 치러야 한다고 생각해 보라. 내가 보기에 그는 충분한 보상을 받는 것 같았다.

"좀 더 물어봐도 괜찮겠소, 헨더슨 씨? 당신은 어떤 종류의 여행가요?"

"아……. 때에 따라 다릅니다. 저도 아직 모릅니다. 두고 봐야죠. 왜, 있잖습니까." 내가 말했다. "이런 여행을 하려면 돈이 아주 많아야 합니다." 그때 내 마음에 떠오르는 대로 뱉었다면 어떤 사람들은 단순히 존재하는 데에서 만족을 찾는다는 말을 덧붙였을 것이다.(월트 휘트먼이 말하기를 "다만 살아 있으면 된 거다! 숨을 쉬면 된 거다! 기뻐하라! 기뻐하라! 온 세상에 기뻐하라!") 존재. 그런가 하면 변해 가는 데에 흥미를 갖는 사람들도 있었다. 존재하는 인간은 늘 휴식을 취한다. 변해 가는 사람들은 항상 불운하고 언제나 초조하다. 변해 가는 사람들은 늘 존재하는 사람들에게 설명을 늘어놓거나 변명을 해야 한다. 반면 존재하는 사람들은 이러한 설명이 나오도록 자극한다. 나를 알고자 한다면 이 점을 유념해야 한다. 존재하는 사람이 현실 세계에 있다면 아르느위의 여왕이자 비통의 우두머리 여인인 윌라탈레가 바로 그런 사람이다. 그리고 지금 다푸 왕이 그렇다. 또한 거기 필요한 명민한 의식이 내게 정말 있었다면 내 귀에서 변해 감이 넘쳐 나오기 시작했음을 고백했을 것이다. 이제 그만! 충분해! 변해 가던 시간. 존재하는 시간! 잠자는 영혼을 깨부숴라. 깨어나라, 미국이여! 전문가에게 도전하라! 이렇게 외치는 대신 나는 이 야만족의 왕에게 말했다. "저는 일종의 관광객인 것 같습니다."

"아니면 방랑자든가." 왕이 대답했다. "나는 당신이 보여 주는 색다른 방식이 벌써 좋아지려 하오."

왕이 이렇게 말할 때 나는 절을 하려고 했지만 여러 가지 제약 때문에 그럴 수가 없었다. 주원인은 맨무릎에 배가 맞닿아 있는 쭈그린 자세였다.(그런데 이 자세로 있다 보니 깨달은 건데 나는 시급하게 목욕을 해야 할 형편이었다.) "저를 그렇게 믿어주시다니 과분합니다." 내가 말했다. "고향에는 놈팡이라는 이유만으로 절 얕보는 녀석들이 많답니다."

왕과의 대화가 이 단계에 이르자 나는 지금 상황이 대체 어떻게 흘러가고 있는 건지 손가락으로라도 헤아려서 이해해 보려 했다. 순조로운 것 같기는 했지만 사실 얼마나 순조로울 수 있을까? 이텔로의 이야기에 따르면 이 다푸라는 왕은 대단한 친구였다. 그는 최고의 추천을 받은 터였다. 이텔로가 직접 말했듯이 A급이었고 일등급이었다. 사실상 나도 그가 몹시 마음에 들었지만 그날 아침에 보았던 것, 그리고 내가 주민들 사이에 있었고 시체와 한집에 있었으며 거꾸로 매달린 놈들을 보았고 왕이 최소한 한 가지에 대해서는 의심스러운 암시를 남겼다는 사실을 잊지 말아야 했다. 게다가 열이 오르고 있어서 특별히 더 정신을 차려야 했다. 이 때문에 나는 목덜미가 뻣뻣해지도록, 눈이 시리도록 젖 먹던 힘까지 끌어냈다. 나는 사뭇 다른 시선으로 봐주었어야 할 이 여자들을 포함해 내 주변의 모든 것들을 노골적으로 노려보았다. 그러나 나의 목적은 핵심을 보는 것이었다. 더도 덜도 말고 오로지 핵심을 보기 위해 환각에 빠지지 않는 것이었다.

왕에 대해 말하자면 그는 갈수록 나에 대한 관심이 커지는 것 같았다. 반쯤 웃으면서 그는 점점 더 꼼꼼하게 나를 훑어보았다. 그의 가슴속에 숨겨진 목적과 의도를 내가 어떻게 짐작할 수 있었겠는가? 신은 내게 늘 필요한 직감의 반만큼도 주시지 않았다. 왕을 믿을 수 없었기 때문에 나는 그를 이해해야 했다. 이해라고? 이해는 또 어떻게 할 수 있겠는가? 우라질! 그것은 잘근잘근 다져서 만든 수프에서 장어를 건져 올리는 것과 같으리라. 이 행성에는 수십억 명의 승객이 타고 있고 그들 이전에도 헤아릴 수 없이 많은 승객이 있었으며 그보다 더 많은 승객이 앞으로 태어날 것이다. 나는 이들 가운데 누구도, 단 한 사람도 이해하기를 바랄 수 없다. 절대로! 또한 내가 얼마나 이해를 신뢰했던가를 생각하면 엉엉 울어도 시원찮을 것이다. 물론 이 말을 들으면 대체 숫자가 무슨 관계가 있느냐고 묻고 싶어지리라. 그 말에도 일리가 있다. 우리는 숫자에 압도되어 실제보다 더 큰 수를 받아들이게 된다. 크기 면에서는 정확히 태양과 원자 사이의 어디쯤 천문학적인 개념 속에 살고, 손가락 지문은 풀 수 없는 수수께끼이니, 우리는 거대한 숫자를 다루는 데 익숙해져야 한다. 세상의 역사를 놓고 보면 수많은 영혼들이 있었고 앞으로도 있을 것이다. 조금만 생각해 보면 이는 놀랍고 맥이 풀리는 사실이다. 큰 숫자가 사람들을 산 채로 매장해 버린다고 믿고 이 때문에 침울해진 얼간이들이 많다. 그건 다 미친 소리다. 숫자는 매우 위험하다. 하지만 가장 중요한 사실은 숫자가 당신의 자존심을 보잘것없게 만든다는 점이다. 그건 좋은 일이다. 하지만 나는 이해하는 일을 철석같이 믿었다. 자, "아버지, 저들을 용서하소서. 저들은 자기들이 하는 일을 모르나이다." 같은 구절을 보자. 이 말은 때가 되면 우리가 눈먼 상태에서 벗어나 이해하리라는 약속으로 해석할 수 있다. 반대로 이 말은 시간이 흐르면 우리가 자신들의 터무니없음과 죄악을 이해할 수 있으리라는 뜻으로 볼 수도 있는데 그렇게 보면 이 구절은 협박처럼 들린다.

그리하여 나는 생각에 잠긴 표정으로 거기 앉아 있었다. 아니, 내 마음이 짖어대는 소리에 귀를 기울였다는 쪽이 더 사실적인 묘사가 될 것이다. 그런데 왕은 놀랍게도 그런 나를 눈여겨보더니 "선생은 여행을 해도 그리 지치거나 힘들어할 것처럼 보이지 않는구려. 매우 강건해 보여요. 아, 그것도 대단히 말이오. 한눈에 알 수 있지. 당신 입으로 이텔로와 비겼다고 하지 않았소? 아마 예의를 좀 차렸나 보구려. 얼른 봐서는 그리 예의를 차릴 것처럼 보이지 않소만. 하지만 솔직히 말해서 당신 같은 사람은 이제까지 보지를 못했소."

먼젓번에는 한밤중에 조사관이 시체에 관한 심문을 포기하면서 내게 셔츠를 벗으라 하고 골격을 살피더니 이제는 왕이 똑같은 관심을 보였다. 나는 "너 하나쯤은 등에 업고 백 미터라도 산길을 달려갈 수 있다."고 자랑할 수도 있었다. (보상 심리인지 몰라도) 힘만큼은 어느 정도 자신 있었으니까. 하지만 어쩐지 내 느낌은 널뛰기라도 하는 것처럼 오락가락했다. 우선 왕에 대해서는 사람으로 보거나 그의 태도와 어조로 보거나 믿음이 갔다. 천만다행이었다. 내 가슴은 이제 쉬어도 된다고 선언했다. 그런데 다시 의심이 일어났고 이제는 내 체격에 대한 비상한 관심에 또다시 불안해지고 식은땀이 흘렀다. 만일 그들이 나를 제물로 사용하려 한다면 이상적인 제물감에 흠집이 없어야 한다는 데 생각이 미쳤다. 그래서 나는 사실은 건강 상태가 썩 좋지는 않고 오늘따라 열이 난다고 말했다.

"땀이 나는 걸 보니 열이 날 리가 없소." 다푸가 말했다.

"그 점이 또 저의 이상한 점입니다." 내가 말했다. "저는 고열이면서도 땀을 흘리거든요." 왕은 이 말을 무시했다. "게다가 어젯밤 건빵을 먹다가 끔찍한 일이 벌어졌습니다." 내가 말을 이었다. "사실상 재해라 할 수 있죠. 의치가 부러진 겁니다." 나는 입을 손가락으로 벌리고 머리를 뒤로 젖혀서 왕에게 이가 빠진 틈을 보라고 했다. 주머니를 열어 거기에 잘 넣어두었던 치아도 보여 주었다. 왕은 거대한 연못, 즉 내 입안을 들여다보았다. 정확하게 그가 어떻게 느꼈을지는 감히 짐작할 수 없지만 말은 이렇게 했다. "상당히 골치 아플 것 같구려. 어디서 이렇게 됐소?"

"아, 그 사람이 들들 볶기 직전이죠." 내가 대답했다. "그 사람을 뭐라고 부르죠?"

"부남이오." 왕이 말했다. "그가 매우 근엄하다는 걸 알아보았소? 제일 높은 무당이지. 당신의 이가 부러진 것을 생각하면 그건 아무것도 아니오만."

"전 말할 수 없이 화가 났습죠." 내가 말했다. "하도 바보 같아서 제 머리를 쥐어박을 뻔했지요. 물론 이뿌리로도 씹을 수는 있어요. 하지만 뼈가 잘라져 나오면 어쩝니까? 전하, 이곳 사람들이 치의학에 대해 얼마나 잘 아는지는 모릅니다. 하지만 입안을 몽땅 곤죽으로 갈아 씹고는 치아 뿌리마저 의지할 수 없다면 그런 고통은 또 없을 겁니다. 저는 이에 관한 한 지독하게 운이 없어요. 우리 집사람도 마찬가지지만요. 이를 영원히 간직할 수 없는 거야 당연하겠지요. 닳으니까요. 하지만 그게 다가 아니……."

"그것 말고도 앓는 병이 있소?" 왕이 물었다. "당신은 최고로 건장한 골격을 가진 것처럼 보이는데."

나는 얼굴을 붉히며 대답했다. "전하, 저는 치질이 꽤 심합니다. 더욱이 기절도 잘해요."

왕이 동정적으로 물었다. "간질은 아니겠지.—작은 발작이나 큰 발작 같은?"

"아닙니다." 내가 말했다. "제 증상은 그렇게 분류되는 게 아닙니다. 이 문제로 뉴욕의 유명한 의사들한테 간 적이 있는데 의사들 말이 간질은 아니라더군요. 그런데 이삼 년 전에 이런 기절 증상이 시작됐어요. 사전 증세가 없어 전혀 예측할 수도 없어요. 신문을 읽을 때나 발판 사다리 위에 있을 때나 창문의 차양을 고치고 있을 때 기절할 수도 있어요. 바이올린을 켜다가 눈앞이 까매진 적도 있고요. 그러더니 일 년쯤 전에는 크라이슬러 건물 안 고속 엘리베이터에서 또 발작이 일어난 거예요. 압도적인 중력의 속도 때문에 기절했던 게 틀림없습니다. 제 옆에는 밍크코트를 입은 숙녀가 있었죠. 제가 그녀의 어깨에 머리를 기대자 여자는 꽥 비명을 질렀고 저는 기절했습니다."

너무 오랫동안 참고 살았던 탓에 나는 내가 앓는 병을 그럴듯하게 말하는 데 어눌하다. 거기다가 의학을 소재로 다룬 문학작품을 많이 읽었던 나는, 술버릇이나 뭐 그런 것은 말할 필요도 없이, 나의 불평불만이 고스란히 마음가짐에서 비롯된다는 사실을 알고 있다. 내가 기절하는 건 비뚤어진 성격 탓이었다. 게다가 내 마음속에서 어찌나 하고 싶다를 되풀이하는지 기절할 때면 나는 잠깐 집행유예를 받는 기분이었다. 그래서 살다가 한 번씩 기절하는 편이 매우 유익하다는 사실을 알게 되었다. 어쨌거나 이런 노력에도 불구하고 나는 왕이 할 수만 있다면 틀림없이 나를 이용하리라는 것을 깨달았다. 친절하기는 해도 왕은 처첩들에게 존경받는 위치에 있었기 때문이다. 그가 오래 살 일은 절대 없었기 때문에 나를 특별히 생각해 줘야 할 이유가 없었다.

내가 큰 소리로 말했다. "전하, 이것은 놀랍고도 흥미로운 방문입니다. 누군들 생각이나 했겠습니까! 아프리카 한복판에서 말입니다! 이텔로는 제게 전하를 매우 높이 칭찬했습니다. 전하를 대단하다고 하더니 과연 제가 봐도 그렇습니다. 이 모든 일들이 대단히 인상적이지만 여기서 오래 머물고 싶지는 않습니다. 전하가 오늘 비를 오게 할 계획이라는 걸 안 이상 저는 방해만 될 뿐입니다. 궁전에서 받은 환대에 감사드리고 모쪼록 오늘 행사를 잘 치르시기를 기원합니다. 하지만 점심을 먹은 다음 조수와 저는 이만 꺼지는 게 좋겠습니다."

왕은 내 말이 채 끝나기도 전에, 그러니까 내 속셈을 알아채자마자 고개를 가로젓기 시작했다. 그리고 그런 왕을 본 여자들은 친근감이라고는 전혀 없는 표정으로 나를 쳐다보았다. 마치 내가 왕의 비위를 상하게 하거나 그의 화를 돋우어 더 나은 데 써야 할 힘을 써버리게 한 것처럼.

"아, 아니오, 헨더슨 씨." 왕이 말했다. "이렇게 도착하자마자 바로 떠나보내는 것은 생각할 수도 없는 일이오. 당신은 사교적 매력이 대단하오. 소중한 손님이기도 하고. 당신과 함께할 수 없다면 내가 절대적으로 무서운 상실감을 겪으리라는 사실을 믿어주길 바라오. 어쨌든 내 생각에는 운명의 여신이 우리가 좀 더 친밀해지기를 의도한 것 같소. 당신이 외부 세계로부터 나타났다는 전갈을 들은 다음부터 내가 줄곧 흥분해 있었다고 이미 말하지 않았소. 그러니 행사가 시작될 시간도 다가오고 하니 내 손님으로 계시오."

왕은 반바지와 똑같은 자주색이지만 벨벳으로 만들어진 챙이 크고 헐렁한 모자를 썼다. 악마의 눈으로부터 그를 보호하기 위해 사람의 치아가 왕관에 꿰매져 있었다. 왕은 녹색 소파에서 일어나더니 이번엔 해먹에 드러누웠다. 짧은 가죽조끼를 입은 여전사들이 해먹을 옮겼다. 양쪽으로 각각 네 사람이 어깨에 해먹의 막대를 졌는데 전사들임에도 그들의 어깨는 모두 부드러웠다. 육체적인 능력은 항상 나를 자극하는데 특히 여자의 경우에는 더욱 그렇다. 나는 올림픽 영화를 보러 타임스스퀘어[60]로 자주 가곤 했다. 그중에서도 특히 활달한 아탈란타[61]들이 달려가서 창을 던지는 영화가 좋았다. 나는 항상 "저걸 봐요! 신사 숙녀 여러분.―여자들이 얼마나 잘 달리는지 보십시오!" 하고 말한다. 나는 그 여덟 명의 여전사들 자리에 내가 아는 여자 여덟 명을 대신 넣어보았다.—프랜시스, 마드무아젤 몬테쿠콜리, 베르트, 릴리, 클라라 슈포어, 그 외 여인들.—하지만 그중 체격 조건이 맞는 사람은 릴리밖에 없었다. 내가 만든 팀은 이들에 대적할 수가 없었다. 베르트는 힘이 세지만 너무 옆으로 퍼졌고, 마드무아젤 몬테쿠콜리는 가슴이 크지만 어깨가 빈약했다. 내 친구들, 내가 알았거나 사랑했던 여자들은 이 왕을 운반할 수 없을 것이다.

왕의 분부에 따라 나는 그의 옆에서 층계를 걸어 내려가 궁전 뜰로 들어섰다. 왕은 한가하게 해먹에 누워 있기만 하는 것이 아니었다. 그의 모습은 정말 우아했고, 그건 그의 교양을 보여 주었다. 내가 만일 베이루트의 학생 시절에 다푸와 이텔로를 만났더라면 이런 것들을 알아보지 못했을 것이다. 우리도 아프리카에서 온 학생들을 많이 만나보지만 대개 그들은 타이를 매는 옷차림이 익숙하지 않은 탓에 자루 같은 양복을 입고 옷깃은 구겨져 있기 십상이다.

궁전 뜰에서 왕의 행렬은 호코와 그의 양산, 여전사들과 처첩들, 기다란 옥수수 다발을 든 아이들, 우상과 주물을 두 팔에 안은 전사들과 합류했다. 이 우상과 주물은 인간의 상상력이 빚어낼 수 있는 한 최고로 못생긴 형상이었고, 새로이 황토색과 백색 칠을 덕지덕지 입혔다. 어떤 것들은 온통 이빨밖에 보이지 않았고 어떤 것들은 콧구멍만 도드라졌으며, 앞에 든 연장이 제 몸보다 더 큰 우상도 여럿 되었다. 뜰이 갑자기 사람들로 북적댔다. 태양이 뜨겁게 작열했다. 태양은 칠을 벗겨 내는 아세틸렌 이상으로 내 마음의 문을 활짝 열어젖혔다. 나는 바보처럼 쓰러질 것 같다고 혼잣말을 했다.(이 말이 바보스럽게 들린 것은 내 덩치와 힘 때문이었다.) 그리고 나는 이날이 뉴욕의 여름날 같다고 생각했다. 언젠가 나는 전철을 잘못 타서 어퍼 브로드웨이에서 못 내리고 레녹스 가와 125번가에서 내려 보도까지 끙끙대며 올라간 적이 있었다.

왕이 내게 물었다. "아르느위도 물 때문에 어려움을 겪고 있소, 헨더슨 씨?"

나는 속으로 이렇게 생각했다. '한 방울도 안 남았지. 이 녀석 저수지 얘기를 들었군.' 하지만 실제로 그런 것 같지는 않았다. 왕의 태도에는 전혀 그런 기색이 없었다. 그는 단지 해먹에 누워 바람도 구름도 없는 푸른 하늘을 올려다보고 있을 뿐이었다.

"그럼 말씀드리지요, 전하." 내가 말했다. "그 부분이라면 아르느위 족의 운이 썩 좋지는 않았습니다."

"아?" 왕이 생각에 잠겨 대답했다. "운에 관해서라면 그 사람들 독특한 데가 있지. 그거 아오? 예전에 우리는 같은 부족이었다는 전설이 있소. 하지만 운의 문제로 갈라졌소. 우리말로 아르느위 사람들을 니바이라고 하는데 이 말은 '불운'으로 옮길 수 있을 거요. 우리말로 이 단어는 그들의 특성과 정확하게 일치하지."

"그렇습니까? 그러면 와리리 족은 '행운'이고요?"

"아, 그렇소. 많은 경우에 그렇소. 우리는 반대니까. 속담에서는 와리리 이바이라고 하는데 이 말은 행운의 와리리라는 뜻이오."

"설마, 농담이시겠지. 그거야 그렇다 치고. 전하는 어떻게 생각하시나요? 그 말이 사실인가요?"

"우리 와리리가 운이 좋으냐 이 말이오?" 왕은 이렇게 되물었지만 틀림없이 내가 던진 질문을 바로잡으려는 것이었다. 거짓말이 아니다! 그것은 하나의 경험이요, 내게는 가르침이었다. 그가 어찌나 가볍게 내게 손을 얹었는지 거의 느끼지도 못할 정도였다. "우리는 운이 좋소." 왕이 말했다. "운에 관한 한 반박의 여지가 없소. 얼마나 변함없이 운이 좋았는지 선생은 꿈도 못 꿀 거요."

"그러면 임금님은 오늘 비가 내리리라고 생각하십니까?" 내가 징그럽게 씩 웃으며 말했다.

이 말에 왕은 매우 온화하게 대답했다. "아침에 이러다가 비 오는 날이 많았소." 그러고 나서 덧붙이기를 "선생이 왜 그러는지 이해할 수 있소. 아르느위 사람들이 친절하니까 그런 거요. 그들로서는 당신에게 지극히 평범한 인상을 심어주었을 게요. 이텔로가 나의 절친한 친구요, 동고동락하던 단짝이었다는 사실을 잊지 마시오. 아, 맞소, 나도 그 성품을 아오. 관대하고 온순하고 착하지. 하늘이 두 쪽 나도 그것만은 틀림없소. 그게 아니라면 내 성을 갈 수도 있소, 헨더슨 선생."

나는 주먹을 얼굴에 대고 하늘을 올려다보며 허허 웃으면서 이렇게 생각했다. 하느님 맙소사! 집에서 멀리 떠나와서 만난 이 사람을 보라지. 그래, 여행은 권할 만해. 정말이다, 세상살이는 다 마음에 달린 거야. 여행이란 정신의 여정이다. 내 이럴 줄 알았다니까. 이른바 현실이란 것은 지적 유희에 지나지 않아. 릴리와 그렇게 싸울 것까지도 없었다. 안방 침대에 올라서서 고래고래 고함을 질러대고 그 바람에 라이시가 겁을 먹고 아이를 데리고 집을 나가게 할 필요도 없었던 것이다. 나는 릴리보다 더 현실에 잘 순응한다고 우겨댔다. 그래, 그래, 그렇지. 사실들로 이루어진 세계가 곧 현실이고 그것은 영 바뀔 것 같지도 않다. 세계는 물질로 이루어졌고 과학에 속한다. 하지만 그렇다고 해도 본질은 엄연히 남아서 우리로 하여금 창조하도록 하고, 또 창조에 창조를 거듭하게 한다. 가시밭 인생길을 걸으면서 우리는 현실을 잘 안다고 생각한다. 내가 릴리에게 한 말도 어느 정도 진실이었다. 그래, 물론 내가 더 잘 알았지만 그건 내 것이기―나를 닮은 것들로 차고 넘쳤기―때문에 알았던 것이다. 릴리의 현실은 릴리를 닮은 것들로 차고 넘쳤을 테지. 아, 깨달음은 이렇게 왔다! 진리가 내게 말을 걸었다. 나 헨더슨에게 말이다!

왕의 눈이 어찌나 의미심장하게 내 눈을 쏘아보는지 그가 마음만 먹으면 내 영혼 속으로 뚫고 들어올 것만 같았다. 왕은 능히 그럴 수 있었고 나도 그걸 알았다. 하지만 나는 무식하고, 고차원적인 것들에 대해 교육받지 못했으므로―본성을 학대한 탓에 나는 고차원적인 것들에 관한 한 형편없는 초심자이다.―어떤 기대를 해야 할지 알 수가 없었다. 그래도 다푸 왕의 눈빛 속에서 나는 저수지를 폭발시켰다는 이유로 내가 마지막 기회를 놓쳐 버린 건 아니라는 것을 이해했다. 그건 아니지, 당치도 않소.

왕의 숙부인 호코가 아직도 행렬을 지휘하고 있었다. 내가 지금까지 살아 있는 목구멍이나 폐로부터 들었던 그 어떤 소리보다 큰 함성과 소음이 궁전의 담 너머로부터 들려왔다. 그러나 잠시 소강상태가 되자마자 왕이 내게 말했다. "여행가 양반, 선생이 아주 중요한 일을 하려고 길을 떠나온 것 같소."

"맞습니다, 전하. 백 퍼센트 옳으신 말씀입니다." 나는 이렇게 말하고 절을 했다. "그게 아니라면 저는 침대에 누워서 지도책이나 앙코르와트의 슬라이드나 보고 있었을 테지요. 우리 집에는 총천연색으로 된 슬라이드가 한 상자 가득 있거든요."

"빙고. 내가 하려던 말이 바로 그거요." 왕이 말했다. "그리고 선생은 아르느위 친구들에게 마음을 두고 왔소. 우리도 알고 있소. 아르느위 사람들은 뛰어나지. 환경 탓일까 타고난 본성 탓일까 생각해 본 적도 있으니까. 양육보다는 본성에 기인하는 바가 더 클 테지만. 내 친구 이텔로를 보고 싶을 때가 자주 있다오. 목소리만 들을 수 있어도 천만금이 아깝지 않을 텐데. 불행히도 나는 갈 수가 없소. 내 직책이……. 공적인 업무 때문이오. 헨더슨 선생, 당신은 착한 것에 쉽게 감동하는가 보오?"

햇살이 눈 속의 작은 황금 혈소판들을 번득여 잠시 앞이 캄캄했지만, 나는 고개를 끄덕이며 말했다. "맞습니다, 전하. 허풍이 아닙니다. 진정으로 착한 것에 마음을 빼앗겨요. 진정한 선 말입니다."

"맞소. 당신 기분이 어떤지 알고 있소." 왕은 묘한 그리움 내지 상냥함을 담아서 이렇게 말했다. 누군가로부터 내가 이런 대접을 받으리라고는 상상도 하지 못했다. 그것도 이렇게 왕족의 해먹에 누운 사람으로부터라니. 사람의 이가 꿰매져 있고 챙이 큰 자주색 모자를 쓰고, 커다랗고 부드러우면서도 기괴한 두 눈은 아주 살짝 붉고, 입술은 분홍색으로 부어오른 이 사람 말이다. 왕이 말을 계속했다. "사람들 말이 악은 선보다 더 눈에 잘 띄고 허세나 위세가 있어서 사람 마음을 더 잘 휘어잡는다고 합디다. 아, 내 생각에는 그런 말이 틀린 것 같단 말이야. 보통의 선이라면 그 말이 맞을지도 모르지. 착한 마음을 가진 수많은 사람들의 경우 말이오. 맞는 말이오. 그들은 의지에 따라 선을 행하오. 얼마나 평범한 얘기란 말이오! 단순 계산처럼. '나는 내가 해야 했을 이러저러한 것들을 하지 못했고, 내가 하지 말았어야 할 이러저러한 것들을 하고 말았다.' 이건 인생이라 이름 할 수도 없소. 아, 장부에 기재하는 것만으로도 얼마나 지저분한 얘기요! 내 견해는 그 반대요. 즉, 선은 행하기 힘들거나 모순일 수 없다는 거지. 높고 위대한 선이라면 그건 우월하기도 한 거요. 아, 헨더슨 선생, 그건 악보다 훨씬 더 찬란한 거요. 선은 갈등이 아니라 영감과 관련된 것이라오. 왜냐하면 사람은 갈등을 겪게 되면 무너지고 말거든. 칼을 잡게 되면 칼로 멸하게 되어 있소. 의지가 박약하다면 아주 박약한 선만 행하게 되지. 아무 득도 없는. 누군가 전쟁터를 만드는 친구가 있다면 십중팔구 그는 그 자리에서 시체로 발견될 거요. 대단한 노력을 한 증거로. 하지만 그런 건 그저 노력일 뿐이지."

나는 속에서 우러나는 음성으로 말했다. "오, 다푸 왕이시여. —오, 전하!" 왕의 말은 내게 너무 큰 감동을 주었다. 해먹에 누워 건넨 단 몇 마디 말이 말이다. "임금님도 저 비통의 여인인 월라탈레를 아십니까? 이텔로의 숙모 있잖습니까? 그분이 제게 그룬 투 몰라니를 일러주려고 하셨지만, 이런저런 일이 벌어지는 바람에……."

그러나 여전사들이 장대를 등에 지는 바람에 해먹이 위로 솟아올라 앞으로 움직였다. 소란과 흥분 상태는 그야말로 대단했다! 사람들의 함성, 특히 큰북의 소리는 마치 예전에 자기 몸을 덮었던 가죽을 통해서 그 동물들이 다시 입을 벌리는 것 같았다! 코니아일랜드나 애틀랜틱시티, 아니면 한 해의 마지막 날 타임스스퀘어[62]처럼 어마어마한 소음이 들끓었다. 왕이 궁전 문을 통과할 때 터져 나온 소음은 내가 이전에 경험한 모든 소음을 까마득히 물리칠 만한 것이었다.

나도 큰 소리로 왕에게 물었다. "어디서……?"

난 몸을 바짝 구부려 대답에 귀를 기울였다. "……특별한 장소…… 마련…… 시합장……." 왕의 대답이었다.

그 이상은 듣지 못했다. 사람들이 너무 흥분한 탓에 대도시에 온 기분이 들었다. 남자들과 여자들과 주물들이 빙빙 돌았다. 개가 두들겨 맞는 것처럼 으르렁대는 소리와 낫을 벼리는 것처럼 챙 챙 하는 소리, 요란하게 공중으로 불어 젖히는 나팔 소리로 헤아릴 수도 없는 소음에 휩싸였다. 얽히고설킨 소리는 금방이라도 산산조각이 날 것 같았다. 나는 성한 귀를 보호하려고 엄지손가락으로 막았지만 잘 안 들리는 귀로도 차마 듣기 힘들 만큼 굉장한 소음이었다. 최소한 천 명은 되는 사람들이 거기 있었고 그들 대부분은 벌거벗었으며 많은 이들이 몸에 색을 칠하고 화려하게 꾸민 채로 시끄러운 도구를 들고서 함성을 내지르고 있었다. 날씨는 찌는 듯이 후텁지근해서 나는 몸이 간지러웠다. 험악하고 먼지가 가득한 열기가 끼쳐 와 얼굴에 양복감을 두른 것처럼 느껴졌다. 하지만 나는 왕 옆에서 앞으로 떠밀려 갔기 때문에 불편에 신경 쓸 겨를이 없었다. 행렬은 나무로 둘러친 커다란 공터인 어떤 운동장—넓은 의미로—에 들어갔다. 운동장에는 앞에서 말한 바 있는 하얀 석회석을 깎아서 만든 벤치가 네 줄 있었다. 띠를 매달아 놓은 천막 아래에 왕을 위한 특별석이 마련돼 있어서 나와 처첩들과 대신들과 왕족들이 함께했다. 여전사들은 코르셋 같은 조끼를 입었고 몸매는 커다랗고 매끄러웠으며, 섬세하게 빡빡 깎은 커다란 머리통은 멜론처럼 둥글거나 머스크멜론처럼 타원형이거나 호박처럼 길쭉한 모습으로 둥글게 늘어서 있었다. 호코는 수행원들과 양산 부대를 이끌고 왕 앞에 나아가 살람[63] 인사를 했다. 가족으로서 두 사람이 닮은 걸 보면, 단순히 서로 쳐다보기만 해도 생각을 나눌 수 있을 것 같았다. 때때로 그렇게 하는 것도 같았다. 똑같이 생긴 코, 똑같이 생긴 눈, 한 종족으로서 똑같이 품은 생각들. 그래서 말이 없는 가운데에도 호코는 조카인 왕에게 이전에 상의했던 뭔가를 얼른 하라고 재촉하는 것처럼 보였다. 하지만 표정으로 보건대 왕은 어떤 것도 약속하려 들지 않았다. 이 자리의 우두머리는 왕이었고 거기에는 어떤 의문도 있을 수 없었다.

네 명의 여전사들이 각기 한쪽 다리를 들고 브리지 테이블을 내왔다. 그 위에는 내가 왕의 처소에서 방금 보았던 해골 두 개가 담긴 사발이 놓였다. 그런데 지금은 해골의 눈구멍 사이로 매우 길고 빛나는 남색의 줄이 매여 있었다. 해골은 왕 앞에 놓였지만 왕은 한번 쓱 눈길을 주었을 뿐 그 이상 쳐다보지 않았다. 그러는 동안 이 뚱보 호코는 심홍색 쫄쫄이 옷을 발끝까지 친친 감아 턱과 어깨 위까지 살집이 비집고 올라와 있는 처지에, 주제도 모르고 내 표정을 보고 비웃었다. 적어도 내가 찡그리고 있다는 걸 그의 표정에서 알 수 있었다. 하지만 나는 개의치 않았다. 대신 그가 날 곤경에서 구해 준 걸 인정하는 의미로 살짝 절을 했다. 그러자 호코는 정치인답게 내게 흔쾌히 무례한 몸짓으로 대꾸했다. 화려한 양산이 그의 위에서 빙빙 돌았고 호코는 왕의 왼편에 마련된 자기 자리로 돌아가 어젯밤 나를 기다리게 했던 조사관 옆에 앉았다. 다푸가 부남이라고 했던 작자 말이다. 그 옆에는 우리를 매복한 병사들에게로 보냈던 검은 가죽조끼를 입은 쪼글쪼글한 녀석도 있었다. 하얀 바위틈에서 쑥 튀어나왔던, 요셉이 만났을 것 같은 사람 말이다. 요셉을 도단에 넘겼던 사람. 그러자 형제들이 요셉을 보고 말했다. "저기, 몽상가가 오는도다."[64] 누구든지 성경을 공부해야 한다.

단언하건대 나는 몽상가가 된 기분이었다. 거짓말이 아니다.

"그리스산 올리브처럼 주름투성이인 저 남자는 누구입니까?" 내가 물었다.

"누구 말이오?" 왕이 되물었다.

"부남과 임금님의 숙부님과 함께 있는 사람 말입니다."

"아, 알겠소. 원로 무당이오. 점쟁이 같은 사람이지."

"어제 만났을 때 구부러진 지팡이를 짚고 있었습니다." 내가 이렇게 말하는데 여전사들이 줄을 맞춰 서더니 머스킷 총을 들고 하늘을 조준했다. 375 매그넘은 어디에서도 볼 수 없었다. 이 키 큰 여자들은 예포를 쏘아 올렸는데 왕과 왕의 죽은 아버지 그밀로를 비롯해서 여러 사람을 위한 것이었다. 그때 왕이 날 위한 예포도 있다고 말했다.

"저를 위해서요? 농담이시겠지요, 전하." 내가 말했다. 하지만 농담이 아니었다. 나는 다시 물었다. "일어서야 할까요?"

"그러면 다들 고마워할 거요." 왕이 말했다.

그래서 나는 자리에서 일어섰고 그러자 고함과 함성이 터져 나왔다. 나는 속으로 생각했다. '내가 시체를 가지고 어떻게 했는지 소문이 돌았나 보군. 이 몸이 카스파 밀크토스트[65]가 아니라 용기 있고 힘센 사람이란 걸 안 거야. 투지 있는 놈이란 걸.' 나는―야만적인 감정에 압도되어―그날의 행사 분위기를 온몸으로 느꼈고, 가슴의 가려움증은 말도 못하게 심해졌다. 나는 할 말도 없었고 박격포나 바주카를 쏠 수도 없었다. 그래도 뭔가 소리를 내야 할 것 같은 생각이 들어 거대한 아시리아 황소처럼 고함을 질러댔다. 알다시피 많은 사람에게 관심의 대상이 된다는 것은 속이 울렁거리고 불안한 일이다. 아르느위 부족이 내 앞에서 울었을 때나 저수지 근처에 모였을 때도 그랬다. 이탈리아 살레르노에 있는 고대 기스카르도스 성채 근처에서 털을 깎였을 때도 그랬다. 사람이 많이 모인 장소에서는 우리 아버지도 흥분하는 경향이 있었다. 아버지는 언젠가 연단을 번쩍 들어 올려 오케스트라석에 내던진 적도 있었다.

하지만 나는 고함을 질러댔다. 그러자 훌륭한 환호성이 터져 나왔다. 내 소리가 들렸기 때문이다. 나는 고함을 지르면서 내

가슴을 쥐어뜯는 모습을 보여 주었다. 사람들은 이 때문에 광란의 도가니로 빠졌고, 고백하자면 그 비명이 내게는 자양분과도 같았다. 이것이 바로 공직 생활을 하는 사람들이 빠져드는 분위기로구나, 하고 생각했다. 그건 그렇고. 나는 이제 다푸 왕이 문명 세계에서 돌아와 자기 부족의 왕이 된 데 더는 의문을 달지 않게 되었다. 젠장, 작은 왕국이라 할지라도 누군들 왕을 마다하겠는가? 그것은 놓칠 수 없는 특권이었다.(건강한 젊은이에게 그 대가를 치를 시간은 멀었고 처첩들은 충분한 관심과 감사를 표현해 주지 않는가. 그는 그녀들의 연인이었다.)

나는 서 있을 수 있을 때까지, 누릴 수 있을 때까지 이 환호와 웃음을 받고 섰다가 적당한 때에 다시 앉았다.

그때 이마에는 주름살이 셀 수 없이 많고 커다란 올가미를 벌려놓은 듯한 입을 가진 어떤 얼굴이 활짝 웃고 있는 장면이 보였다. 속으로 더럭 겁이 났다. 그것은 5번가의 쇼윈도에서 마주칠 듯한, 내 뒤에 무슨 환상적인 유령이라도 있는가 싶어 뒤돌아보면 아무것도 없는, 그런 종류의 환영이었다. 그런데 이 얼굴은 왕의 특별석에서 흐뭇하게 행사를 바라보며 굳건히 서서 버티고 있었다. 그러는 동안 그의 가슴 위에 깊은 상처가 새겨졌다. 피가 낭자했다. 녹색의 낡은 칼로—잔인한 사람들. 아, 이 남자는 칼로 베이고 찔리고 있었다. 그만, 그만! 하느님 아버지! 아니, 이건 살인이잖아, 하고 나는 말했다. 기차가 밑으로 지나갈 때 큰 건물들이 받는 충격과 같은 종류의 충격이 내 깊은 속 터널로 훑고 지나갔다.

그러나 상처는 깊지 않아서 옆으로 살갗만 스친 것에 그쳤다. 얼굴에 색을 칠하고 칼을 휘두르는 무당이 잽싸게 손을 놀렸지만 다 계획에 따라 기술적으로 행했던 것이다. 무당은 상처 안에

황토색 염료를 문질러 넣었다. 분명히 미칠 듯이 아플 텐데 정작 당한 사람은 활짝 웃었다. 왕이 말했다. "이건 자주 있는 절차요, 헨더슨 씨. 걱정할 필요는 없소. 무당은 이렇게 해서 한 단계 직급이 올라가고 따라서 당사자는 매우 기뻐하고 있소. 피를 흘리면 하늘도 비를 내려주게 돼 있소. 천상의 펌프를 준비시키는 거지."

"하, 하!" 내가 껄껄 웃으면서 소리쳤다. "임금님, 뭐라고요? 그게 뭔가요? 원, 세상에—다시 말해 봐요. 천상의 펌프라고요? 그건 최신형이 아니랍디까?"

하지만 왕은 내게 시간을 주지 않았다. 호코의 자리에서 신호가 오자 앞뒤 가리지 않고 전면적이고 대대적인 예포가 터져 나왔고 그와 함께 깊으면서도 청아한 베이스드럼이 둥둥 울렸다. 왕이 자리에서 일어섰다. 황야의 호산나여! 찬미의 샘이여! 사람들은 자신감에 타올라 맹렬하게 소리 질렀고, 그들의 얼굴은 여러 가지 자극들 때문에 일그러졌다. 와리리 부족의 검은 피부로부터 붉은색이 파도처럼 터져 나왔다. 사람들이 관람석의 하얀 돌 위에 서서 붉은 물건들을 흔들거나 펄럭거렸다. 심홍색은 와리리 족에게 축제의 색이었다. 여전사들은 왕의 깃발인 자주색 기들을 흔들었다. 왕의 자주색 양산이 위로 올라갔고 그 팽팽한 머리 부분이 요동쳤다.

왕은 이제 내 옆에 없었다. 그는 경기장에 자리를 잡으러 이미 내려간 뒤였다. 잘 쳐줘야 야구장 내야만 한 원형경기장의 반대편에 키 큰 여자가 서 있었다. 여자는 허리까지 벗은 몸이었고 머리는 양털처럼 고불거렸다. 그녀가 다가올수록 얼굴 가득히 자리한 브라유 점자 같은 아름다운 모양의 흉터가 선명하게 보였다. 무늬의 뾰족한 두 끝은 귀밑으로 이어지고 나머지 끝은 콧대로 내려갔다. 배까지는 적갈색 아니면 칙칙한 황금색으로 칠해져 있었다. 젖가슴이 작았고 다 자란 여자들처럼 걸을 때 흔들리지 않는 걸로 봐서 아직 어린 듯했다. 팔은 길고 가늘어서 세 개의 주요한 뼈들이 드러나 보였다. 가느다란 위팔뼈와 노뼈, 자뼈[66]를 말하는 것이다. 여자의 얼굴은 작고 갸름해서 처음 운동장 건너로 봤을 때는 깃대 끝의 깃봉처럼 보였다. 멀리서 보면 금칠한 사과 같기도 했다. 자주색 바지를 입은 걸로 보아 여자는 아마도 왕의 짝이면서 지금 시작하려는 경기의 상대인 모양이었다. 경기장 중앙—대략 투수의 마운드쯤 되는 자리—에 장막을 두른 조상(彫像)이 있다는 것을 나는 그제야 처음 알아챘다. 옳거니, 신들이 틀림없다. 그 조상을 둘러싸고 왕과 금박을 칠한 여자가 해골 두 개를 가지고 경기를 하기 시작했다. 두 사람 모두 긴 줄을 잡고 해골을 빙빙 돌리더니 잠깐 뛰어가다가 공중으로 높이 던지는 것이었다. 방수포 아래 서 있는 나무 조상 위로—이 우상 중 가장 큰 것은 구형의 업라이트 스타인웨이 피아노만 한 높이였다.—두 개의 해골은 높이 날아올랐고 왕과 소녀가 각기 떨어지는 해골을 잡았다. 매우 깔끔한 동작이었다. 시끄럽던 소음은 뜨거운 다리미 아래 천 주름이 사라지듯이 흔적도 없이 사라졌다. 해골이 처음 떨어진 다음부터는 완벽하게 잔잔한 침묵이 흘러서 해골을 잡을 때 나는 텅 빈 소리마저 들릴 정도였다. 내 성한 귀에는 해골이 빙빙 돌 때의 작은 소음마저 들려왔다. 여자가 해골을 던졌다. 두툼하게 맨 자주색과 파란색 끈 때문에 해골은 공중에서 꽃처럼 보였다. 하느님께 맹세코 용담[67] 같았다. 여자가 던진 해골은 공중에서 왕의 손을 떠난 해골과 지나쳤다. 두 해골 모두 파란 새틴 띠를 뒤로 늘이며 주르르 내려왔다. 마치 한 쌍의 바다 폴립[68]처럼. 나는 이것이 단순한 경기가 아니라 대회라는 것을 곧 이해했고 당연히 왕의 편을 들었다. 그 때는 몰랐지만 해골 가운데 하나라도 떨어뜨리는 날에는 죽음이라는 벌을 받았을 것이다. 하기야 나는 죽음과 떼려야 뗄 수 없을 정도로 친숙하지만 말이다. 그건 내 나이뿐 아니라 이 자리에서 굳이 갖다 댈 필요도 없는 수많은 이유 때문이다. 죽음과 나는 입이라도 맞출 수 있을 만큼 가까운 사이다. 그렇지만 왕에게 무슨 일이 생길지 모른다고 생각하니 끔찍했다. 그는 자신감이 대단해 보였다. 안정감 있게 빠른 몸놀림으로 돌면서 껑충거리는 것이 훌륭한 테니스 선수나 위대한 기수처럼 경기를 달구어서 좋은 볼거리를 제공했다. 또한 왕은 아무 걱정할 필요가 없을 정도로 정력이 넘쳤다. 그런 남자는 모든 일을 자기가 알아서 한다. 그런데도 나는 왕이 염려돼서 오들오들 떨었다. 소녀도 걱정되었다. 둘 중 누구라도 발을 헛디디거나 리본이 풀린다거나 해골이 부닥치기라도 한다면 오두막에서 본 불쌍한 녀석처럼 결정적인 대가를 치러야 할 것이다. 오두막에 있던 녀석은 절대로 자연사하지 않았다. 내 눈은 속일 수 없지. 나는 검시관이 됐더라면 끝내줬을 것이다. 하지만 왕과 소녀는 최상의 모습이었고 그걸 보면서 나는 왕이 저 인형같이 생긴 처첩들에 둘러싸여 마냥 누워서만 지내지 않았다는 것을 알았다. 사자처럼 팔팔하게 달리고 뛰어오르는 그의 모습이 장관이었기 때문이다. 왕은 사람 치아로 장식한 자주색 벨벳 모자도 그대로 쓴 채였다. 그는 여자와 막상막하였고 내 보기에 여자는 도전자인 모양이었다. 여자는 사제처럼 행동했으며, 왕이 표시된 지점까지 올 수 있도록 신경 썼다. 얼굴에 바른 황금 칠과 브라유 문양 때문에 여자는 어쩐지 사람이 아닌 것처럼 보였다. 위로 뛰어오르고 몸이 흔들리는데도 여자의 젖가슴은 금으로 만든 것처럼 제자리에 고정돼 있었다. 또 살집이 없이 껑충한 탓에 여자가 뛰어오를 때면 마치 거대한 메뚜기처럼 초자연적인 무언가로 보였다.

이윽고 마지막 주고받기가 무사히 끝났다. 두 사람 다 펜싱 선수처럼 해골을 턱 밑에 끼워 넣고 절을 했다. 엄청난 함성이 뒤따랐고 자주색 깃발과 천들이 다시 펄럭이기 시작했다.

왕은 거칠게 숨을 몰아쉬면서 예의 티치아노[69]가 그렸을 법한 프랑수아 1세[70]풍의 모자를 들고 자리로 돌아왔다. 왕이 자리에 앉자 곧 왕의 처첩들이 그가 물 마시는 모습을 사람들이 보지 못하도록 장막으로 왕을 에워쌌다. 물 마시는 모습을 보이는 것은 이곳에서 금기 사항이었다. 그러고 나서 후궁들은 왕의 땀을 닦아주고 튼실한 다리와 색칠한 배의 근육을 문질러주었으며 자주색 바지의 황금 띠를 느슨하게 해주었다. 나는 그가 얼마나 멋졌는지를 말해 주고 싶었다. 내가 느낀 바를 말하고 싶어 죽을 지경이었다. 가령, "아, 전하. 제왕다운 경기였습니다. 진정한 예술 가처럼. 이런 빌어먹을, 예술가 말입니다! 저는 고귀함과 아름다운 행위를 사랑합니다." 하지만 나는 아무 말도 할 수 없었다. 나는 이렇게 먹통 같은 데가 있다. 말하자면, 시대의 노예 같은 것이다. 우리는 차분하게 말하도록 교육받았다. 우리 아들 에드워드에게—노예라고 말한 것처럼! 그래서 내가 진실을 사랑한다고 말했을 때 아들은 날 딱딱한 사람이라고 생각했다. 아, 얼마나 가슴이 아프던지! 좌우지간 나는 자주 무슨 말을 하려다가도 못하고 만다. 그러니까 그 말은 실제로는 안 한 셈이다. 하지도 않은 말을 했다고 할 수는 없는 노릇이니까. 하늘을 들먹임으로써 왕이 직접 내게 길을 일러주었을 때, 나는 그 즉시 그 자리에서 많은 말을 할 수도 있었을 것이다. 무슨 말을? 글쎄, 가령 이 모든 걸 꾸려 나가는 것은 혼돈이 아니라는 사실을. 또한 이것은 속절없이 꿈과 망각으로 사라지고 말 병적이고 경솔한 여정이 아니라는 사실을. 절대, 아니 됩니다! 그걸 막을 수 있는 것이 한두 가지는 된다. 예컨대 예술이라든지. 예술에 의해서 속도는 느려지고 시간은 재분배된다. 재어보라! 그 위대한 생각을! 수수께끼! 천사의 목소리들! 그게 아니라면 내가 어쩌자고 깽깽이를 켰겠는가? 또 프랑스의 대성당들을 다닐 때 어째서 뼈마디가 녹아내려 제대로 서 있지도 못하면서 진탕 퍼마시고 릴리에게 욕을 했겠는가? 왕에게 이런 내 속을 털어놓는다면 우리는 친구가 될 것이라고 생각했다. 그렇지만 우리 사이에는 허벅지를 드러내고 엉덩이를 내 쪽으로 향한 처첩들이 있었고 그들이 문명 세계에 속해 있었다면 이런 행동은 무례의 극치로 보였을 것이다. 그래서 나는 그토록 설렜으면서도 왕에게 아무 말도 걸지 못했다. 막상 몇 분이 지나 왕과 말할 수 있게 되었을 때 입 밖으로 나온 말은 이런 것이었다. "임금님, 아까 임금님이나 그 소녀 중 누군가가 해골을 놓쳤더라면 결과는 과히 아름답지 못할 거라는 생각이 들었습니다."

대답하기 전에 왕은 입술을 축였고 그의 가슴팍은 여전히 오르락내리락하고 있었다. "내 설명해 주리다, 헨더슨 선생. 어째서 떨어질 확률이 미미한지를." 왕은 이를 내보인 채 헐떡거리고 있었기 때문에 전혀 웃을 상황이 아니었지만 꼭 웃는 표정처럼 보였다. "언젠가 여기 사이에 끈이 꿰일 거요." 손가락 두 개를 가지고 왕은 자기 눈을 가리켰다. "내 해골도 바람을 쐬게 될 것이오." 왕은 위로 솟구치는 몸짓을 하며 말했다. "날아오르고."

내가 말했다. "그게 왕들의 해골입니까? 임금님의 친척이신?" 나는 차마 그 머리들과의 혈연관계에 대해 직접적으로 물어볼 엄두가 나지 않았다. 해골을 그처럼 받는다는 생각만으로도 나는 손이 따끔거리고 얼얼했다.

그러나 이 문제를 파고들 시간이 없었다. 너무 많은 일들이 벌어지고 있었다. 바야흐로 소를 제물로 바칠 시간이었는데 그런 일들이 아무런 의식도 없이 예사로 벌어졌다. 사방팔방에 뿌려진 타조 깃털을 붙인 사제가 한쪽 팔을 소의 목 뒤로 걸치더니 주둥이를 붙들었다. 그리고 나서 머리를 쳐들더니 마치 바지 엉덩이 부위에 성냥을 긋는 것처럼 소의 목을 슥 그었다. 소는 땅에 쓰러져 죽었다. 눈여겨보는 사람도 없었다.

13

이어서 와리리 족의 민속춤과, 언뜻 보기에 보드빌[71]과 똑같은 극의 공연이 뒤따랐다. 어떤 할머니가 난쟁이와 씨름을 했는데 난쟁이가 화가 나서 할머니를 때리려 하자, 할머니는 씨름을 멈추고 야단을 쳤다. 여전사 한 명이 그 자리에 등장하더니 그 작은 사내를 번쩍 들어 겨드랑이에 끼고 눈썹을 휘날리며 성큼성큼 가버렸다. 관람석으로부터 환호와 갈채가 쏟아졌다. 또 한 편의 가벼운 공연이 이어졌다. 남자 둘이 채찍으로 서로의 다리를 때리면서 펄쩍펄쩍 뛰었다. 난 재미는커녕 그런 잔인한 여흥에 몹시 불안해졌다. 초조한 감정과 불길한 예감이 점점 더 부풀어 올랐다. 당연한 얘기지만 다푸에게 공연 안내를 부탁할 수도 없었다. 왕은 심호흡을 하며 무슨 일이 있어도 꼼짝 안 할 것처럼 지켜보고 있었다.

마침내 내가 말을 걸었다. "이렇게 대대적인 작업을 해도 여전히 태양은 빛나고 구름 한 점 없습니다. 습도도 높아지지 않은 것 같군요. 매우 후텁지근하기는 해도."

왕이 대답했다. "선생이 본 대로 외관상은 그렇소. 선생 말에

이의는 없소, 헨더슨 씨. 그렇기는 해도 이런 날에 모든 예상을 뒤엎고 비가 온 경우를 보았소. 정말이오."

나는 눈을 가늘게 뜨고 왕을 뚫어져라 쳐다보았다. 거기에는 많은 의미가 함축돼 있었다. 지금은 당신을 위해 그 의견을 반박하지 않겠노라는. 그러나 정작 입에서 나온 말은 이랬다. "우리 서로 장난하지 맙시다, 전하. 임금님은 자연으로부터 원하는 걸 그렇게 쉽게 얻을 수 있다고 보십니까? 하하! 저는 바라는 걸 한 번도 얻어본 적이 없습니다." 급기야 난 이렇게 말하고 말았다. "전하, 내기라도 해야겠습니다."

왕이 그렇게 빨리 이 제안을 받아들일 줄은 몰랐다. "그래요? 좋구려. 내기를 하자는 거지요, 헨더슨 씨?"

내 마음도 이 문제를 누가 건드려주기를 바라고 있었나 보다. 나는 말려들고 말았다. 무언가 맹렬한 것, 이성에 반대되는 것에. 이어서 내가 말했다. "아, 암요. 전하가 하시겠다면 저도 걸지요."

"동감이오." 왕이 웃는 낯으로 고집스럽게 말했다.

"그런데 다푸 전하, 이텔로 왕자님 말씀이 임금님은 과학에 관심이 많다고 하던데요."

"그렇게 말합디까?" 녀석이 눈에 띄게 좋아하면서 말했다. "내가 의대에 다닌 얘기도 했소?"

"아뇨!"

"사실이오. 이 년간 의대를 다녔소."

"설마! 전하는 그 사실이 지금 얼마나 유용한 정보인지 모르시는군요. 어쨌든 그건 그렇다 치고 우리 어떤 종류의 내기를 할까요? 임금님은 그저 제 기분을 맞추시려는 것 아닙니까? 있잖습니까, 전하, 우리 집사람인 릴리가 《사이언티픽 아메리칸》을 구독해서 저도 비 문제만큼은 좀 압니다. 구름에다 드라이아이스를 심는 기술은 제대로 성공하지 않았어요. 최근의 견해는 우선 외계에서 도착하는 먼지 소나기로부터 비가 내린다는 겁니다. 먼지가 대기에 닿는 순간 어떤 작용을 한다는 거죠. 제가 보기에 좀 더 그럴듯한 이론은 바다가 뿜어내는 소금, 그러니까 바다 거품이 비의 주요한 성분 중 하나라는 겁니다. 이 소금 결정에 수분이 붙고 응결되어 공중으로 올라가는 겁니다. 뭔가가 있어야 응결이 되지 않겠습니까. 그러니 놀랄 노 자 아닙니까? 전하, 바다 거품이 없다면 비도 없을 테고, 비가 없다면 생명도 없을 겁니다. 잘난 체하는 녀석들이 어찌나 이 이론을 좋아하던지 말도 못합니다. 만일 바다에 이 특이한 아름다움이 없다면 육지는 불모가 될 것입니다." 나는 껄껄 웃으면서 속내라도 털어놓을 듯이 점점 더 친근하게 말했다. "전하, 이 모든 사실이 얼마나 재미있는지 임금님은 모르실 겁니다. 생명은 바다의 크림에서 시작된 겁니다. 학교에서 부르던 노래도 있어요. '오, 마리아나, 어서 이리 와서 우리를 거품으로 만들어줘.'" 왕을 위해 나는 소리를 낮추어 잠깐 노래를 불러줬다. 왕이 좋아하는 걸 알 수 있었다.

"목소리가 예사롭지 않구려." 왕이 명랑하게 웃으며 말했다. 나는 녀석이 나를 좋아한다는 걸 느끼기 시작했다. "정말이지 매력적인 정보요."

"허허, 그렇게 봐주시니 기쁘군요. 친구여, 정말 대단하지 않습니까? 하지만 내기 얘기는 접어야겠습니다."

"그럴 리가 있겠소. 그대로 할 거요."

"허 참, 다푸 전하, 제가 무심코 떠벌리고 말았군요. 비에 대해 한 얘기를 부디 잊어주십시오. 잘못을 인정하겠습니다. 전하는 왕으로서 당연히 기우제를 지지하겠지요. 그러니 용서를 빕니다. 차라리 '허튼소리요, 헨더슨.'이라고 말하고 잊어주시지 않겠습니까?"

"아, 아니요. 그럴 이유가 없소. 내기를 못 할 이유가 무어 있겠소?" 왕이 어찌나 단정적으로 말하던지 나는 빠져나올 구실을 댈 수도 없었다.

"좋습니다, 전하. 뜻대로 하시지요."

"낙장불입이오. 무엇을 걸까?" 왕이 말했다.

"원하시는 건 뭐든."

"좋소. 뭐든 내가 좋은 대로."

"저한테는 불공평합니다. 전하께 유리하잖아요." 하고 내가 말하자 왕은 손을 저었다. 그 손에 끼워진 커다란 빨간 보석이 눈에 들어왔다. 왕은 해먹에 누워 있었고, 나와 얘기를 나누는 동안 줄곧 일어나 앉았다 눕기를 반복했다. 보아하니 그는 도박을 좋아하는 게 틀림없었다. 그에게는 도박꾼 기질이 있었다. 그건 그렇고 내 시선은 그의 반지에 머물렀다. 두툼한 금 사이에 커다란 석류석이 박혀 있고 작은 보석들이 빙 둘러싼 반지였다. 왕이 물었다. "이 반지가 마음에 드오?"

"아주 멋지군요." 나는 내기에 걸 물건을 특별히 꼬집어서 말하기 거북해 이렇게 돌려 말했다.

"선생은 뭘 걸겠소?"

"현금이 좀 있지만 별로 관심이 없으실 것 같군요. 가방에 제법 좋은 롤라이플렉스[72]가 있어요. 실수로 셔터가 눌린 적은 있을지 몰라도 아직 사진 한번 안 찍어본 놈입니다. 여기 아프리카에 와서 너무 바빴거든요. 그리고 총도 있어요. 조준경까지 달린 H&H 375 매그넘으로."

"내가 이긴다고 해도 그것들이 얼마나 유용할지 모르겠구려."

"집에는 걸 만한 것들이 좀 있긴 한데." 내가 말했다. "잘생긴 탬워스 돼지가 몇 마리 있어요."

"아, 그렇소?"

"관심이 없으시군요."

"뭔가 개인적인 게 좋겠소." 왕이 말했다.

"아, 그래요. 반지는 개인적인 거니까. 임금님은 반지를 거는 걸로 하지요. 고민거리를 떼어낼 수만 있다면 저는 그걸 걸 텐데. 고민도 개인적인 거잖아요. 하하하. 아무리 미운 적이라도 그런 걸 떼어줄 수는 없죠. 그럼 어디 보자, 제가 가진 것 중에 전하가 쓰실 수 있는 게 뭐가 있을까요. 왕한테 어울릴 만한 게 뭘까? 카펫? 제 스튜디오에 괜찮은 게 하나 있는데. 아니면 전하가 입으면 어울릴 만한 벨벳 가운도 있고, 구아르네리우스 바이올린[73]도 있습니다. 하지만 맞아! 그게 있다.—그림들. 저와 제 아내의 초상화가 있지요. 유화입니다."

왕은 귀담아듣는 것 같지 않더니 이렇게 말했다. "틀림없이 이길 거라는 생각은 안 하는 게 좋을 텐데."

그래서 내가 되물었다. "그래요? 제가 지면 어떻게 되지요?"

"그거 재미있겠구려."

이 말에 나는 조금 걱정이 되었다.

"좋소, 내기를 겁시다. 반지와 유화 초상화를 걸어도 좋고. 그게 여의치 않으면, 내가 이기면 당신은 내 손님으로 얼마 동안 머무르는 거요."

"좋습니다. 하지만 얼마나 오래요?"

"아, 너무 따지는군." 왕이 눈길을 돌리며 대답했다. "그때 봐서 정하는 걸로 합시다."

이렇게 약속하고 우리는 둘 다 허공을 올려다보았다. 바람 한 점 없이 맨송맨송 엷은 파란색의 하늘이 산 위에 걸쳐 있었다. 나는 왕이 사려 깊은 사람이라고 믿었다. 그는 어젯밤 시체 사건을 겪은 내게 보상을 해주고 싶었고, 또한 내가 손님으로 와준 것에 감사하는 마음을 보여 주고 싶었던 것이다. 왕은 마치 장갑을 벗거나 반지를 내밀기라도 하듯이 요란한 아프리카식 몸짓을 하면서 이야기를 마쳤다. 나는 땀을 비 오듯 쏟았지만 몸은 시원해지지 않았다. 나는 열을 식히려고 입을 벌리고 있었다.

잠시 있다가 내가 말했다. "하하! 전하, 이건 정신 나간 내기입니다."

순간 몹시 화가 났거나 싸우는 듯한 고함이 들려왔고 나는 속으로 이렇게 생각했다. '히야, 이제야 제대로 된 행사를 시작하려나 보군.' 검은 깃털을 단 거지 같은 새 인간—어깨에 붙인 깃털이 정말 초라했다.—이 여러 명 등장하더니 신들로부터 덮개를 벗겨 내기 시작했다. 그들은 무례하게 덮개를 와락 잡아당겼다. 내 말을 이해한다면 알겠지만 이 무례함은 우연이 아니었다. 그것은 웃음을 일으키기 위한 것이었고 과연 사람들에게서 웃음을 불러일으켰다. 이 새 인간 혹은 깃털 배우들은 폭소에 힘입어 익살맞은 광대 연기를 하기 시작했다. 우상의 발을 딛고 올라서는가 하면 작은 우상들을 놀라게 하고 수작을 걸며 희롱하는 것이었다. 난쟁이는 어떤 여신의 무릎에 앉아 자신의 아래쪽 눈꺼풀을 아래로 잡아당기고 혀를 내밀어 쭈글쭈글한 미치광이처럼 보였고, 이 때문에 사람들이 웃느라 들썩거렸다. 신들은 하나같이 다리가 짧고 몸체가 길었으며 이러한 모욕에 대해 매우 관대했다. 대부분의 우상은 긴 목에 비해 얼굴이 지나치게 작았다.

대체로 신들은 엄해 보이지 않는 대신 위엄이 있었다.—신비로웠다. 어찌 됐든 그들은 신이었고 운명을 심판했다. 신들은 공기, 산, 불, 식물, 소 떼, 행운, 질병, 구름, 탄생, 죽음을 다스렸다. 젠장, 하다못해 제일 땅딸막해서 배를 걷어차이는 신조차도 뭔가를 다스렸다. 와리리 족의 태도는 언젠가 죽게 마련인 인간이 신들에게 감출 게 뭐 있느냐며, 보란 듯이 목소리를 내고 신에게 나아가야 한다고 주장하는 것 같았다. 나는 그런 생각이 이해는 되었지만, 기본적으로는 커다란 실수라고 생각했다. 그래서 왕에게 말해 주고 싶었다. "비를 오게 하려면 이렇게 악다구니를 퍼부어야 하는 겁니까?" 또한 어째서 다푸와 같은 사람이 이와 같은 깡패들을 다스리는 왕 노릇을 해야 하는 건지 의아했다. 그러나 왕은 아무런 동요도 보이지 않았다.

얼마 안 있어서 사람들은 우상들을 몽땅 옮겼다. 작은 신들부터 통째로 들어서 옮기기 시작했는데 누구라 할 것 없이 몹시 무례하고 못되게 신들을 다뤘다. 신들이 굼떠서 옮기기가 어렵기라도 한 것처럼 넘어뜨리거나 굴리면서 타박을 했다. 세상에, 맙소사! 객관적으로 보아 신들한테 화낼 근거야 충분하다는 것을 알 수 있었지만, 그런 행동은 천박해 보인다. 하지만 여하튼 나는 전혀 개의치 않았다. 그저 툴툴거리며 헬멧을 쓰고 앉아 이건 나와 상관없는 일인 것처럼 보이려고 애를 썼다.

이 새까만 깃털 무리는 좀 더 큰 우상을 택해 잡아당기고 끌어당겼지만 좀처럼 옮길 수가 없자 다른 사람들의 도움을 요청해야 했다. 힘센 사나이들이 차례차례 운동장으로 뛰어들어 우상을 들더니 원래 있던 자리에서, 야구장으로 말하자면 유격수와 중견수 사이 자리로 옮겼고, 그러는 동안 관람석에서는 환호와 함성이 터져 나왔다. 큰 우상을 옮긴 장사들의 체격과 근육으로 보아 나는 이러한 힘자랑이 이 행사의 전통이라는 것을 알았다. 몇 사람이 좀 더 큰 신들에게 접근해서 뒤에서 허리를 감싸 안았고 어떤 이는 트럭 꽁무니에서 밀가루 자루를 내려 어깨에 지는 것처럼 등에 졌다. 어떤 사람은 어젯밤 내가 시체를 짊어질 때 했던 것처럼 우상의 팔을 한 바퀴 돌렸다. 내가 구사한 기술이 사용되는 것을 보고 나는 헉했다.

"왜 그러시오, 헨더슨 선생?" 왕이 물었다.

"아닙니다, 아무것도 아닙니다." 내가 대답했다.

남아 있는 신들이 점점 적어졌다. 힘센 사내들이 거의 전부를 옮겼다. 끝까지 남은 녀석들은 대단한 장사였고 나는 장사를 보는 눈이 있다. 언젠가 나도 역기에 재미가 붙어서 바벨 훈련을 한 적이 있다. 다들 알다시피 허벅지의 단련은 매우 중요하다. 아들인 에드워드에게도 시키려고 했다. 녀석을 설득해 근육을 단련하도록 했더라면 마리아 펠루카 따위는 데려오지 않았을 것이다. 하긴 지금이야 내 몸도, 크다 싶은 사람들이 다 그런 것처럼 이렇게 앞은 풍만하고 뒤는 튀어나온(매머드 알래스카 딸기처럼) 이상한 비율이 되어버렸지만 말이다. 원, 내 몸뚱이라니! 어째서 나의 몸은 나와 친구처럼 진정한 한몸이 되지 못했을까? 나는 내 몸뚱이에다가 못된 악업을 뗏목이나 부선처럼 잔뜩 실어 날랐다. 아, 누가 이 죽음의 육신으로부터 나를 구원해 줄 것인가? 왜곡된 신체 비율과 내 심리가 저질러놓은 결과로부터 말이다. 그런데 문득 어떤 목소리가 막무가내로 내게 참견을 했다. "초토화해 버려. 어째서 착한 사람이 죽어야 하는 거지? 무덤에 버려진 얼간이들이나 죽으라고 해." 얼마나 못됐는가! 얼마나 괴팍한가! 아아, 한 사람의 내면에서 이런 일들이 벌어지고 있다니!

하지만—나는 점점 더 구경하는 재미에 빠졌다.—신이 둘(산의 신인 후맛과 구름의 여신인 뭄마)만 남게 되자 힘꾼이 여럿 나왔다가 실패하고 말았다. 아무렴, 낙방했던 것이다. 남자들은 이 후맛 신을 흔들어보지도 못했다. 후맛은 메기처럼 구레나룻을 기르고 이마에는 가시털이 무성한 데다가 바위 같은 어깨를 가진 신이었다. 여러 사람이 도전에 나섰다가 폭소와 조롱을 받았다. 그러다 머리에 빨간 페즈[74]를 쓰고 유포[75]로 만든 의기양양한 국부보호대를 댄 녀석이 하나 걸어 나왔다. 그는 후맛을 들어 올리려는 듯이 손바닥을 흔들면서 빠른 걸음으로 신 앞에 다가가더니 넙죽 절을 했다.—이런 종교적인 태도는 처음이었다. 그러고 나서 남자는 조각상 뒤로 돌아가 겨드랑이 부분에 머리를 밀어 넣었다. 짧고 팽팽한 수염이 그의 둥그런 얼굴 주변에서 번득였다. 그는 다리를 쭉 뻗고 발의 감각으로 위치를 더듬듯이 땅바닥을 다독였다. 그다음에는 두 손을 무릎에 문지르더니 후맛의 팔과 가랑이 밑에 손을 넣어 후맛을 부여잡았다. 커다랗게 고정된 두 눈은 한자리에서 용을 쓰느라 물기가 서렸다. 그는 무거운 후맛을 들어 올렸다. 그의 입에서 쇄골과 턱뼈에 이르기까지 자전거의 바퀴살 같은 가느다란 근육이 부풀었고 엉덩이 근육은 흙이 묻은 유포 팬티를 팽창시키면서 사타구니를 중심으로 커다란 매듭을 만들었다. 나는 이 힘꾼이 좋은 사람임을 알아보았다. 그는 나와 같은 유형이었다. 앞에 짐이 있으면 몸을 던져 힘이 다할 때까지 들어 올릴 것이다. "그래, 잘한다!" 내가 외쳤다. "등 근육을 써!" 다푸 왕만 빼고 모든 사람이 응원했고 나도 벌떡 일어나 소리 지르기 시작했다. "잘해라! 잘할 수 있어. 정말 사내다워. 밀어붙여.—바로 그거야! 이제 올리고! 야, 해내고 있어. 성공할 거야. 아, 신의 축복이 있기를. 멋쟁이다! 진짜 사나이야.—딱 내 타입인걸. 계속해. 영차. 와우! 간다. 해냈어. 아, 감사합니다!" 순간 엄청난 고함을 지르고 있는 자신을 의식한 나는 문득 왜 그렇게 호들갑을 떨고 있는지 의아해하며 다시 왕 옆에 앉았다.

힘꾼은 산의 신 후맛을 어깨 위에 비스듬히 얹고 6미터를 걸어가 다른 신들 가운데 정해진 자리에 내려놓았다. 숨을 몰아쉬면서 돌아선 사나이는 이제 링에 혼자 남은 뭄마를 쳐다보았다. 뭄마는 후맛보다 더 컸다. 환호 갈채 속에서 그는 뭄마를 살펴보았다. 뭄마 여신은 기다렸다. 이 여신은 흉물스러울 정도는 아니었지만 몹시 비대했다. 여신이 너무 묵직하게 만들어져서 그녀를 마주한 장사는 벌써 겁을 먹은 것 같았다. 여신이 못 하게 막는 것도 아닌데. 그럴 리야. 여신은 끔찍하게 생겼어도 표정만큼은 다른 신들과 마찬가지로 너그럽다 못해 태평스러웠다. 그렇지만 그녀는 자기가 요지부동이라고 확신하는 것 같았다. 군중이 장사를 부추기며 자리에서 일어섰다. 호코와 그의 친구들마저 앉아 있던 자리에서 일어섰다. 호코의 양산은 늙은 장미 같은 그늘을 드리웠다. 꽉 끼는 붉은 옷을 입은 호코는 건장한 팔을 뻗어 엄지로—나무로 만들어진 거대하고 행복한 뭄마를 가리켰다. 젖가슴과 배의 무게에 눌려 무릎이 휘는 바람에 뭄마 여신은 허벅지에 손가락을 뻗어 몸을 지탱해야 했다. 그런데 또 뚱뚱한 여자들이 흔히 그런 것처럼 뭄마의 손은 우아하고 품위가 있었다. 여신은 자기를 옮길 남자를 기다렸다.

"친구, 할 수 있어!" 나도 고함을 질렀다. 그러고는 왕에게 물었다. "저 친구의 이름이 뭡니까?"

"저 장사 말이오? 아, 투롬보요."

"어떻게 된 겁니까? 옮길 생각도 못 하는 건가요?"

"틀림없이 믿음이 부족한 게요. 해마다 투롬보는 후맛은 옮겼지만 뭄마는 못 옮겼소."

"아, 분명히 옮길 수 있는데."

"내 보기에는 반대 같소만." 왕은 노래하는 것처럼 콧소리가 섞인 독특한 아프리카 억양의 영어로 말했다. 커다랗게 부푼 그의 입술은 종족의 다른 사람들보다 훨씬 더 빨갰다. 그 결과 왕의 입은 다른 사람들의 입보다 눈에 잘 띄었다. "저 사람은 보다시피 힘이 세고 좋은 사람이오. 선생도 그런 마음으로 소리 지르는 것 같습니다. 하지만 후맛을 옮기고 나면 지쳐버려요, 매해 그랬다오. 보시오. 후맛을 먼저 옮기지 않으면 후맛은 산 너머 구름이 다니는 통로를 허락하지 않는다오."

자비로운 뭄마, 그녀의 살진 얼굴은 태양 아래 찬란하게 빛났다. 나무로 깎은 머리는 황새 둥지처럼 위가 넓었다.—소박하고 행복하고 어리석고 참을성 많은 뭄마 여신은 꼭 투롬보가 아니더라도 장사라면 자기 힘을 시험해 보라고 손짓하고 있었다.

"그게 뭔지 아십니까?" 내가 왕에게 물었다. "지나간 실패에 대한 기억입니다.—지나간 실패요. 거기 관해서라면 뭐든지 저한테 물어보십시오. 형제여, 저는 그 분야의 도사니까요. 저 사람을 붙든 것도 바로 그겁니다. 뻔할 뻔 자라고요."

투롬보는 몸통 둘레와 기운에 비해 키가 아주 작은 사나이였는데, 실로 한순간에 천신만고를 맞이한 것처럼 보였다. 온 힘을 다해 후맛을 들어 올리느라 축축하고 커다래졌던 눈은 이제 흐릿하기 이를 데 없었다. 그는 실패할 준비가 되어 있다고, 우리와 군중을 향해 굴리는 그의 눈동자가 말해 주었다. 나로서는 그 장면을 보고 싶지 않았다는 사실을 말해 두고 싶다. 하여간 그는 벌써 패배를 인정하고 충성의 몸짓으로 왕에게 페즈를 살짝 기울여 보였다. 그는 뭄마를 들 자신이 없었다. 그런데도 굴하지 않고 투롬보는 해볼 작정이었다. 과업을 이루기 위해 그는 짧은 수염을 손마디로 문지르면서 천천히 여신에게 걸어가 가능했다.

 투롬보의 인생에는 야심이 이렇다 할 역할을 하지 못한 것이 틀림없었다. 반면 내 가슴속에는 불꽃이 용솟음—이란 너무 약한 표현이다.—쳤고, 희망과 야심이라는 거대한 강의 입구가 쩍 열렸다. 이제 기회가 온 것이다. 나라면 할 수 있다는 것을 알았다. 옳거니! 몸이 떨리고 추웠다. 내가 뭄마를 들 수 있다는 건 그냥 알 수 있었다. 그래서 나는 가슴이 벅차오르고 저 앞에 나가서 그 일을 하고 싶어 몸에서 불이 났다. 내 속의 것을 보여 주고 싶은 열망에 아르느위 아이들 앞에서 오스트리아제 라이터로 불을 놓았던 덤불처럼 나는 활활 타올랐다. 분명히 나는 투롬보보다 더 힘이 셌다. 그걸 증명하는 과정에서 내 심장이 터져버린다면, 이 낡은 자루가 찢어져 버린다면, 좋다. 그대로 죽어야지. 상관없었다. 아르느위에서 고통받는 사람들을 보았을 때 나는 그들에게 뭔가 꼭 보탬이 되고 싶었다. 하지만 나는 무모하게도 나의 맹목적인 의지와 야망을 개구리 위에 덜커덕 내려놓고 말았다. 도착할 때는 빛에 싸여 있었건만, 아니 적어도 생각은 그랬건만, 떠날 때에는 부끄럽게도 그늘과 어둠을 걸쳐야 했다. 그러니 어쩌면 도착했을 때 내가 처음 느낀 충동을 따르는 편이 더 나았을 것이다. 젊은 여자가 울음을 터뜨렸을 때 혼잣말로, 차라리 총과 불같은 성미를 내던지고 다시 인간을 만나도 탈이 없을 때까지 황야로 가 있을까 보다 중얼거렸던 일 말이다. 선을 베풀려던 나의 소망은 아르느위 사람들과, 특히 늙고 눈먼 윌라탈레에게 진심 어린 사랑을 받는 바람에 한층 더 진실하고 간절해졌다. 하지만 지금 이 특별석에서 바지와 자주색 벨벳 모자의 격식을 갖춘 이 반(半)미개의 임금 옆에 앉아 품은 욕망에 비하면 그건 아무것도 아니었다. 무언가를 하고자 하는 나의 소망은 그토록 열렬했다. 왜냐하면 내가 할 수 있는 뭔가가 보였기 때문이다. 지금까지는 (지난밤 시체 사건을 비롯해서) 와리리 족을 내가 좋아하지 않았다 하더라도—그들이 소돔과 고모라의 후손들을 합친 것보다 더 못됐다 하더라도, 나는 나를 돋보이게 할 이 기회를 지나칠 수 없었다. 너무 늦기 전에 내 운명의 밑그림에 제대로 된 바늘땀을 꽂아야지. 그래서 나는 투롬보가 그렇게 패기 없어 보이는 게 기뻤다. 또 그가 유순한 게 낫다고도 생각했다. 투롬보는 뭄마에 손을 대기도 전에 자기는 그 조각상을 절대 옮길 수 없다는 사실을 암암리에 고백했다. 바로 내가 원하던 바였다. 뭄마는 내 거다! 그래서 나는 왕에게 이렇게 말하고 싶었다. "제가 할 수 있습니다. 보내주십시오." 그러나 이 말은 출구를 찾지 못했다. 투롬보가 어느새 여신의 뒤에서 접근했기 때문이다. 그는 몸을 낮추는 역도 자세를 취하고 두꺼운 팔을 여신의 배에 둘렀다. 그러자 여신의 엉덩이 옆으로 그의 얼굴이 보였다. 투롬보의 얼굴은 뭄마가 쓰러지면 그를 깔아뭉갤지도 모른다는 두려움과 고통과 안간힘을 쓸 준비와 노고로 가득했다. 그러나 뭄마는 이윽고 그의 품 안에서 움직이기 시작했다. 황새 둥지 같은 뭄마의 나무 머리가 기우뚱하더니 날씨 사나운 날 뱃머리에 서서 바라보는 수평선처럼 흔들렸다. 나는 배 속이 울렁이는 느낌이었다. 투롬보는 늙은 나무를 뿌리째 뽑으려는 사람처럼 바닥 쪽을 들썩거렸다. 그렇게 힘을 썼다. 하지만 그는 이 늙은 여인을 흔들었을 뿐 땅에서 들어 올리지는 못했다.

마침내 투롬보가 힘이 달린다는 것을 인정하자 사람들은 야유했다. 그는 어쩔 도리가 없었다. 그리고 나는 녀석의 실패에 기분이 좋아졌다. 인정하기는 싫지만 사실이다. '잘했어.' 속으로 나는 이렇게 생각했다. '너도 세지만 내가 더 센 걸 어쩌겠어. 절대 언짢게 생각할 일이 아니야. 이건 그냥 운명일 따름이야.— 그렇게 정해진 거라고. 이텔로의 경우도 그랬지만. 이건 내 일이야. 순순히 항복해! 양보하라고! 헨더슨이 나가시니까! 저 뭄마는 내 손안에 있다. 기필코······!'

내가 다푸 왕에게 말했다. "투롬보가 성공하지 못해서 정말 안됐습니다. 힘들었나 봅니다."

"아, 그럴 줄 알고 있었소." 다푸 왕이 말했다. "믿어 의심치 않았소."

순간 나는 마음속 깊이 진심을 담아 최대한 단호하게 말했다. "전하······." 너무 흥분한 나머지 심장이 터질 것만 같았다. 감정이 북받쳐서 속이 메슥거렸고 혈액순환도 영 이상한 듯했다.— 혼란스럽기도 하고 황홀하기도 했다. 얼굴이, 그중에서도 특히 코가 떨어져 나갈 것처럼 따끔거렸다. 마치 보이지 않는 왕관이 내 머리에서 불타는 것처럼 고통스러웠다. 그래서 나는 말했다. "전하, 전하, 제 말은······ 허락해 주십시오! 해야겠습니다."

왕이 무슨 대답을 했다 하더라도 그때 나는 아무 소리도 듣지 못했을 것이다. 이 뜨겁고 건조한 공기 속에서 투롬보를 향해 쏟아지는 군중의 화난 함성도 나에게는 들리지 않았고, 내 왼편으로 저만치 떨어져 있는 얼굴 하나만 눈에 들어왔기 때문이다. 오로지 나만을 쳐다보는 얼굴. 그래서 그 얼굴은 온 세상과 떨어져 있었다. 그것은 어젯밤 만났던 조사관, 다푸가 부남이라고 불렀던 사나이의 얼굴이었다. 바로 그 얼굴! 영원무궁한 인간의 경험이 그 주름진 시선에 담겨 있었다. 그의 정맥이 얼마나 요동치고 있는지 느껴질 정도였다. 오, 신이시여! 그 녀석이 가차없이 내게 말을 걸어왔다. 얼굴에 팬 고랑과 눈썹의 압력과 가득 찬 정맥의 힘으로 그는 내게 용건을 전했다. 그리고 그가 하는 말을 나는 알아들었다. 그 말이 들렸다. 나의 가장 은밀한 영혼이 듣고자 하던 침묵의 연설이 불현듯 놀랄 만큼 명료하게 들려왔다. 마음속으로—내면으로 들려왔다. 아, 그걸 듣다니! 맨 처음 선명하게 들린 단어는 멍청이였다! 나는 이 말에 몹시 흔들렸다. 그러나 거기에는 무언가가 있었다. 그 말은 진실이었다. 다른 선택의 여지가 없었고 그 말을 듣는 것은 피할 수 없는 나의 의무였다. 그렇지만 너는 인간이야. 명심해! 내 말을 들어보라고, 이 맹추야! 넌 앞을 못 보고 있어. 우연한 길이었지만 정해진 운명은 바꿀 수 없어. 그러니 이제는 누그러뜨리지 마. 제발, 형제여, 차라리 네 모습을 더 보여줘. 이게 유일한 길이야.—앞으로 더 나아가라고. 네가 쓰러진다면, 이 게으름뱅이야, 네가 타고난 재주를 알아보지도 못하고 그 기름진 핏속에 아둔하게 머물러 있다면, 대우주는 자기가 내보냈지만 아무 소득도 거두지 못한 것을 곧바로 되찾아 갈 거야. 그 기이한 특징들은 실체의 핵심—묵은 실체의 핵심—에서 비롯된 일련의 충동일 뿐이야. 꼭 너에게서가 아니더라도 언젠가는 마침내 그 목적이 드러날 거야. 목소리는 작아지지 않고 그냥 끊겼다. 목소리가 하던 말도 뚝 그쳤다.

 하지만 나는 어째서 시체가 나와 한집에 넣어졌는지 그 이유를 알 수 있었다. 배후에 부남이 있었던 것이다. 그는 나를 제대로 보았다. 내가 신상을 옮길 만큼 힘이 센지를 알고 싶었던 것이다. 그리하여 나는 그 시련과 맞닥뜨렸다. 우라질! 그땐 머리가 다 빠지는 줄 알았다. 시체를 들었을 때 그 무게는 잠에 곯아떨어진 내 사지만큼이나 묵직했지만 나는 역겨움과 싸워 이겼고 죽은 사나이를 들어 올렸다. 그리고 이제 그 조사관의 단호하고 희열에 찬, 정맥이 튀어나오고 울퉁불퉁한, 말없이 결과를 통지

하는 얼굴이 여기 있었다. 나는 합격이었다. 최고득점으로. 만점이었다.

그래서 나는 큰 소리로 말했다. "이 일은 제가 해야 합니다."

"뭐 말이오?" 다푸 왕이 되물었다.

"전하." 내가 말했다. "이방인의 간섭으로 여기시지 않는다면 제가 저 신상을 옮길 수 있을 것 같습니다.—뭄마 여신 말입니다. 순수한 마음으로 도움이 되고 싶습니다. 제가 갖춘 어떤 능력을 꼭 써야 하거든요. 고백하자면, 아르느위에서도 똑같은 마음이었지만 그곳에서는 별로 성공하지 못했습니다. 전하, 저는 사심 없이 순수한 마음으로 일을 하고 싶었습니다.—더 높은 뭔가에 대한 믿음을 보여 주려고요. 그런데 실제로는 문제만 잔뜩 일으켰어요. 모두 다 털어놓는 게 마땅하다고 생각하여 털어놓습니다."

나는 자신을 통제할 수 없었다. 그 때문에 넓은 의미에서 나의 의도가 극히 명료하다고 해도 내 말이 얼마나 명확한지는 알 수 없었다. 나는 왕의 얼굴에서 호기심과 동정심으로 뒤죽박죽된 표정을 읽었다.

"세상 속으로 너무 거칠게 뛰어드는 거 아니오, 헨더슨 씨?"

"아, 예. 전하, 저는 잠시도 가만히 있지를 못해요. 툭 까놓고 말하면 저는 한자리에 계속 있지를 못합니다. 늘 뭔가를 해야만 합니다. 만일 아프리카로 오지 않았다면 제가 할 일이라곤 침대에 가만히 누워 있는 것밖에 없었을 겁니다. 이상적으로 말하자면……"

"이상에 대해서라면 나도 강한 매력을 느끼오. 그게 뭐였소?"

"글쎄요, 임금님. 사실 말로 할 수는 없습니다. 온통 수수께끼거든요. 일종의 봉사 유도제 같은 것이 항상 저를 따라다닙니다.

저는 항상 월프레드 그렌펠 박사를 존경해 왔고, 그분 얘기라면 아무튼 사족을 못 썼습니다. 자비로운 심부름이라면 언제든지 마다하지 않았을 겁니다. 꼭 개 썰매가 아니더라도. 그냥 사소한 얘기입니다만."

"아, 이제 알았소." 왕이 말했다. "그래요, 뭔가 그런 경향을 나도 직감했소."

"허허, 결국 이런 얘기를 하게 돼서 기쁩니다." 내가 말했다. "그런데 지금은 어떤 상황인지 알고 싶습니다. 제가 나서서 뭄마를 들어봐도 될까요? 왜 그런지는 모르겠지만 하여튼 제가 옮길 수 있을 것 같습니다."

왕이 말했다. "헨더슨 씨, 거기에는 어떤 대가가 따를 수도 있다는 걸 말해 둬야겠구려."

이 대목에서 왕에게 그게 무슨 뜻인지를 되물었어야 했지만, 나는 녀석을 믿었고 실제로 어떤 나쁜 결과를 예상하지도 않았다. 하지만 어쨌든 간에 불같이 타오르는 열망, 그 용솟음치는 강물의 어귀—내 말을 알겠는지?—강렬한 야심이 나를 사로잡았고 나는 그 포로였다. 거기다가 왕이 미소를 지으며 방금 말한 경고를 반쯤 철회하다시피 이렇게 말하는 것이었다.

"정말 자신이 있소?" 왕이 물었다.

"임금님, 제가 할 수 있는 말은 일단 맡겨 보시라는 겁니다. 제가 원하는 건 뭄마 여신을 이 팔로 안아보는 거예요."

나는 왕의 미묘한 태도를 알아차릴 여유가 없었다. 이제 그는 자기 양심—같은 게 있다면—이 거리끼는 부분도 해결했고 나도 끌어들였다. 누구도 그보다 더 잘할 수는 없었을 것이다. 그렇지 않은가? 나는 온통 눈앞의 일에 정신이 팔렸고 이 일이야말로 몇 년 동안 끝내지 못한 일—하고 싶다, 하고 싶다던 목소리, 릴리, 그룬 투 몰라니, 내 딸이 댄버리에서 데려온 유색인 아기, 내가 죽이려 했던 고양이, 그리고 미스 레녹스의 죽음, 의치, 깽깽이, 또 저수지의 개구리와 나머지 일들—과 직결되어 있다.

그렇지만 아직 왕은 허락을 내리지 않았다.

표범 망토를 걸친 부남은 이제까지 호코와 앉아 있던 자리에서 일어나 작은 엉덩이로 재게 걸으면서 아래로 내려왔다. 그의 뒤에는 우아하고 커다란 까까머리에 치아가 뭉툭해서 명랑해 보이는 부인이 둘 따라왔다. 여자들은 남편보다 더 컸고 남편 뒤로 여유를 부리면서 설렁설렁 오고 있었다.

조사관, 다시 말해서 부남은 왕 앞에 멈추어 절을 했다. 여자들도 절을 했다. 조사관이 다푸 왕에게 말을 건네는 동안 여자들은 왕의 아내들과 첩들, 혹은 분류가 어떻든 간에 왕의 여자들과 소소한 신호들을 주고받았다. 부남은 출발신호를 알리는 권총처럼 집게손가락을 위로 세워 귓가에 대고서 허리에서부터 격식을 갖춰 수시로 절을 했다. 그는 빠르지만 규칙적으로 말했고, 자기가 원하는 것을 아주 잘 아는 것처럼 보였다. 그리고 말을 마치고 나자 다시 머리를 굽혀 절을 하더니 방금 전처럼 엄하고도 의미심장한 눈빛으로 나를 쳐다보는 것이었다. 이마의 정맥이 몹시 불룩했다.

다푸는 화려한 해먹에 누워 나를 바라보았다. 그의 손가락은 아직도 해골에 묶인 끈을 잡고 있었다.

"부남도 선생이 나설 줄 알았다는구려. 제때 와주어서······."

"전하, 그 문제라면······ 누가 장담할 수 있겠습니까? 전하가 보기에 징조가 좋다면 저는 전하를 따르겠습니다. 들어보십시오, 전하, 저는 우락부락해 보이고 이상한 쪽으로 재능을 타고났어요. 대개는 육체적인 쪽이죠. 하지만 동시에 매우 예민한 사람입니다. 조금 전에 전하가 질투에 대해 무슨 말씀을 하셨지요. 전하가 제 감정을 얼마간 상하게 했다는 사실을 인정해야겠습니다. 언젠가 읽었던 시 같군요. 「감옥에서 쓰다」라는 시였는데 일부만 떠오릅니다. '푸른 숲에서 즐거워하는 파리마저 나는 샘이 난다.' 그 끝은 이렇습니다. '내 시새움 차지한 파리가 자리를 잡네 양지바른 푸른 잎새 위에, 내 이놈을 잡으리.' 자, 왕이시여, 전하도 제가 말하는 그놈이 누군지 저만큼 잘 아십니다. 자, 전하, 저는 정말이지 붕괴의 법칙에 따라 살고 싶지 않습니다. 말씀 좀 해주십시오. 세상이 얼마나 더 이렇게 가야 합니까? 고통 중에도 희망은 있어야 하지 않습니까? 때마침 저는 무언가를 할 수 있다고 믿게 됐고, 들으셨다시피 세상으로 뛰쳐나온 것도 바로 그 때문입니다. 그 뒤에는 온갖 종류의 동기가 있지요. 집사람 릴리에다 아이들이 있어요.—전하도 아이들이 적지 않을 테니 아마 이해하실 겁니다, 제 기분을······."

나는 왕의 얼굴에서 동정심을 읽었다. 그러고 나서 울워스 머릿수건으로 얼굴을 훔쳤다. 마침 콧속이 간지러웠지만 그 자리에서 할 수 있는 일이 아무것도 없었던 것이다.

"내가 선생에게 상처를 줬다면 진심으로 사과하오." 왕이 말했다.

"어험, 괜찮습니다. 전 사람을 꽤 잘 보는데 전하는 좋은 분입니다. 전하 말을 믿습니다. 더욱이 진실은 진실이니까요. 여담이지만 저도 파리가 부럽습니다. 그러니까 감옥에서라면 더 쳐 죽일 만하지요. 맞지요? 만일 제가 호두 껍데기 속에 살면서도 자신을 무한한 우주의 왕이라 생각하는 정신 구조를 가졌다면 그것도 괜찮을 겁니다. 하지만 전 그렇게 생기지를 않았어요. 전하, 저는 '변해 가는 사람' 입니다. 임금님은 다르다는 걸 아시겠지요. 임금님은 '그대로 존재하는 사람'이니까요. 이제 변해 가기를 그만둬야겠어요. 이런 우라질, 개뿔! 나는 언제나 그대로 있게 될까요? 지옥같이 오랜 세월을 기다려왔는데. 내가 좀 더 참아야 할 것 같지만서도. 전하, 제발 부탁이니 저같이 생긴 놈을 이해하셔야 합니다. 그래서 지금 부탁하는 거고요. 저를 저기 내보내셔야 합니다. 그 이유는 말할 수 없지만, 자꾸만 저를 부르는 소리가 들립니다. 그리고 이건 저에게 중요한 기회가 될 겁니다." 그러고 나서 나는 표범 망토와 표범 소맷단을 두르고 뼈로 만든 지팡이를 들고 있는 시험관에게 말을 걸었다. "실례하오만." 나는 손가락을 몇 개 내밀면서 말했다. "곧 함께하게 될 거요." 몸과 마음이 끓어올라서 나는 말할 때 자제심을 발휘할 수가 없었다. "전하, 까짓 거 최대한으로 툭 까놓고 말하겠습니다. 사람은 일단 태어나면 어느 정도 깊이까지 자기가 인생을 이어가야 합니다.—그게 여의치 않으면! 예, 왕이시여, 저는 이제 저의 깊이가 보이기 시작했습니다. 전하께선 이제 제가 뒷걸음치리라고 생각하지는 않으시겠지요?"

왕이 말했다. "그럴 리가 있겠소, 헨더슨 씨. 진심으로, 그렇게 생각하지 않소."

"어험, 지금이 딱 그런 순간입니다." 내가 말했다.

왕은 일견 온화하게 명상이라도 하듯이 진득하게 듣고 있다가 자리에 누웠다. "그럼 뭐가 되었든지 간에 허락을 하겠소. 내가 봐서는 반대할 이유가 없으니까."

"감사합니다, 전하. 감사합니다."

"모두 기다리고 있소."

나는 곧바로 일어나서 머리 위로 셔츠를 끌어 올리고 가슴 근육을 부풀려 위로 들어 올렸다. 그러고는 두 손으로 가슴과 얼굴을 쓸었다. 반바지가 거북하게 자꾸 몸뚱이에 달라붙었고 정수리에 태양의 낙인이 찍혔다. 나는 키도 부쩍 자라고 덩치도 커진 기분으로 운동장에 내려갔다. 그리고 여신 앞에 무릎을—한쪽 무릎을—꿇었다. 그다음에는 축축한 손을 흙으로 말리고 담갈색 바지에 훔치면서 여신의 크기를 가늠해 보았다. 와리리 족의 함성, 큰북의 울림마저 내 귀에는 아주 작게 들려왔다. 사람들에게서 뚝 떨어진 거대한 원둘레에 서고 보니 그 소리는 무한정 축소된 비율로 조그맣게 들렸다. 신들을 난폭하게 다루고, 죽은 사람들을 거꾸로 달아매는 이 아프리카인들의 불쾌한 야만성은 내 가슴속 감정과 아무 관련이 없었다. 그 둘은 전혀 별개의 것이었다. 내 마음은 오로지 하나의 커다란 목표만을 갈구했다. 이 거대한 뭄마를 안아서 들어 올려야 했다.

가까이 다가갈수록 여신이 얼마나 크고 비대하며 볼품이 없는지 눈에 들어왔다. 기름이 칠해진 여신의 몸이 눈앞에서 번들거렸다. 몸에는 날벌레들이 붙어 있었다. 공중을 누비는 조그만 박각시나방 한 마리가 여신의 입술에 앉아 다리를 비비고 있었다. 위기에 몰린 날벌레는 얼마나 날쌔게 피하는가! 결정은 순간적이고, 극복해야 할 관성 따위는 없는 것처럼 그 날아오르는 동작에 한 치의 낭비도 없다. 내가 다가가자 날벌레들이 일제히 웽웽거리는 소리를 내며 열기 속으로 날아올랐다. 나는 주저하지 않고 뭄마를 두 팔로 감싸 안았다. 싫다는 소리는 듣지도 않을 참이었다. 나는 배로 그녀를 밀면서 무릎을 약간 낮췄다. 그녀에게서는 살아 있는 할머니 냄새가 났다. 정말 내게는 그녀가 우상이 아닌 살아 있는 사람이었다. 우리는 방어자와 도전자로 만났지만 동시에 은밀한 사이이기도 했다. 이윽고 꿈속에서처럼, 아니면 모든 욕망이 채워진 어느 따뜻하고 편안하고 한가한 날에

느끼는 것처럼 숨이 막힐 듯 기쁜 마음으로 나는 여신의 나무 젖가슴에 뺨을 갖다 댔다. 나는 무릎을 L자형 크랭크처럼 구부리며 여신에게 말을 걸었다. "좀 일어서 봐, 자기야. 무겁게 굴어도 아무 소용 없어. 그쪽이 두 배나 더 무겁다 해도 난 어떻게든 안아 올릴 테니까." 나무는 내 압박에 항복했고, 자애로운 뭄마는 언제나의 미소를 머금고 내게 순순히 응했다. 나는 그녀를 땅에서 들어 올려 다른 신들 가운데 있는 그녀의 새로운 자리까지 6미터를 옮겼다. 와리리 족은 하얀 관람석의 돌 위에서 펄쩍펄쩍 뛰어올라 소리 지르고 노래 부르고 미친 듯이 서로 껴안으며 나를 칭송했다.

나는 가만히 서 있었다. 새로운 환경에 놓인 뭄마 옆에서 나도 행복에 차올랐다. 내가 한 일이 너무나 기쁜 나머지 온몸은 온화한 열기와 부드럽고 신성한 빛에 휩싸였다. 아침부터 느낀 몸살 기운은 몽땅 반대 기운으로 바뀌었다. 그와 똑같이 언짢던 기분도 온기와 인간적인 만족감으로 바뀌었다. 사실 이런 일은 전에도 겪었다. 심한 두통이 아름다움이 다가오는 신호인 치통으로 바뀐 적이 있었다. 그리고 이 통증이 잇몸으로부터 내려가 가슴에 이르러 기쁨의 맥박으로 나타난 일도 있다. 나는 또한 위장 장애가 배에서 녹으면 흐뭇한 열기로 변해 생식기로 내려가는 경험도 했다. 이것이 내가 존재하는 방식이다. 그런 까닭에 나의 열기는 환희로 변했다. 나의 영혼은 깨어나서 새 인생을 반갑게 맞았다. 으라차차! 인생을 새롭게! 나는 아직 죽지 않았고 그 옛날의 그룬 투 몰라니도 잃지 않았다.

나는 흡족해서 껄껄 환하게 웃었다. 그렇지 아무렴, 하며 나는 다푸의 해먹 옆으로 돌아가 앉았고 손수건으로 얼굴을 닦았다. 땀으로 세례를 받은 것 같았다.

"헨더슨 씨." 왕이 아프리카 억양의 영어로 말을 걸었다. "선생이야말로 놀라운 장사요. 이 이상의 찬사를 할 수가 없구려."

"감사합니다." 내가 대답했다. "제게 이렇게 훌륭한 기회를 주셔서. 덕분에 저 늙은 여인을 들어 올리는 것뿐 아니라 제 안으로 깊이 들어갈 수 있었습니다. 진정한 내면으로요. 제가 항상 속해 왔던 깊은 속을 말하는 겁니다."

나는 왕이 고마웠다. 이제 나는 왕의 친구였다. 그 순간 나는 녀석을 사랑했다.

14

 한바탕 힘자랑을 하고 나자, 하늘에 구름이 모이기 시작했다. 예상보다 그렇게 놀랍지는 않았다. 구름이 찾아오는 걸 내 눈으로 직접 보았다. 내 할 도리를 다한 기분이 들었다.
 "아, 이 차양은 의사의 처방인가 보군요." 구름이 처음 하늘을 건너올 때 내가 다푸 왕에게 한 말이었다. 그도 그럴 것이 왕의 자리를 가리는 덮개는 파란색과 자주색의 끈으로만 돼 있어서, 실크 양산도 있긴 했지만 실제로 놋쇠처럼 번득이는 햇살을 가려주지는 않았다. 그러나 동쪽으로부터 불어오는 거대한 구름은 우리에게 진짜 그늘을 드리웠고 눈부신 색채로부터 한숨 돌리게 해주었다. 나는 힘을 많이 쓴 터라 조용히 앉아 있었다. 내 사나운 감정은 사라지거나 변한 것 같았다. 하지만 와리리 족은 아직도 나를 축하하느라 시끌벅적하게 깃발을 휘날리고 딸랑이를 흔들고 종을 울려대며, 신이 나서 다른 사람을 올라탔다. 그럴 것까지는 없었는데. 나는 내가 한 일에 대해 이런 특별 평가를 바라지 않았다. 특히 개인적으로 얻은 게 얼마나 많은가를 생각해 보면 더욱 그랬다. 그래서 나는 가만히 앉아 땀을 줄줄 흘리며 이 사람들이 무얼 하든 신경 쓰지 않는 척했다.
"어럽쇼, 이게 또 누구람?" 내가 말했다. 부남이 와 있었던 것이다. 그는 나뭇잎과 화환, 풀과 솔가지를 잔뜩 안고 특별석 앞에 서 있었다. 그 옆에는 이탈리아풍의 독특한 수비대 모자를 쓴, 활기와 자신감에 넘치는 건장한 여자가 있었다. 다푸가 맨 처음 인사로 나와 악수하게 했던 여군, 그러니까 모든 여전사의 대장이었다. 여장군 뒤에는 가죽조끼를 입은 여군들이 따라붙었다. 또 왕과 해골 경기를 벌였던 키 큰 여자도 번쩍번쩍 빛을 뿜으며 뒤편에 있었다. 그녀는 여군은 아니었다. 절대로. 그러나 그녀는 서열이 매우 높아서 큰 행사에 빠지면 안 되는 인물이었다. 부남, 즉 조사관이 웃는 걸 보자 썩 유쾌하지는 않았다. 나는 그가 감사를 표하러 온 것인지, 아니면 나무 덩굴과 나뭇잎과 둥글게 만 풀 따위 등 가축 사료를 가져온 것으로 보아 뭔가 원하는 게 있어서 온 것인지 알 수가 없었다. 여자들도 이상한 걸 들고 있었다. 두 여자는 녹이 슨 기다란 쇠장대에 해골을 매달아 들고 있었고, 다른 여자들은 가죽끈으로 만든 묘하게 생긴 파리 쫓는 채[76]를 들었다. 하지만 그 자리에서 들고 서 있는 모습으로 보아 파리를 쫓기 위한 건 아닌 듯했다. 그것들은 작은 채찍이었다. 이때 특별석 앞으로 북 치는 고수들이 합류해 왔고, 나는 그들이 또 뭔가 장황한 걸 시작하려고 왕의 지시를 기다리고 있다고 짐작했다.
"이 사람들은 뭘 원하는 겁니까?" 내가 다푸 왕에게 물었다. 왜냐하면 그 순간 왕의 시선이 향한 곳은 못 봐줄 정도로 우쭐해 있는 덩치 큰 여자들이나 부남도 아니고, 구닥다리 수비대 모자를 쓴 여장군도 아니고, 바로 나였기 때문이다. 나머지 사람들도 모두 나를 보고 있었다. 그들은 왕이 아니라 날 보러 온 것이었다. 검은 가죽을 입은 천사 양반, 그러니까 땅에서 솟아 나와 구부러진 지팡이를 들고 로밀라유와 나를 매복병에게 보냈던 녀석이 부남 옆에 서 있었는데, 유독 그의 모습이 눈에 거슬렸다. 이들은 맹목적이고 기대에 찬, 그러면서도 야만스럽고 힘에 넘치는 시선으로 진작부터 나를 바라보고 있었던 것이다. 나로 말하자면 방금 치른 노역으로 아직도 숨을 헐떡거렸고 땀을 식히느라 옷까지 반쯤 벗은 터라 아무런 준비도 되어 있지 않았다. 이런 상황에서 검은 눈들이 뜯어보자 나는 불안해졌다. 왕도 내게 뭄마와 얽히게 되면 어떤 결과가 따를 수 있다고 경고하려 했지. 하지만 나는 실패하지 않았고 오히려 눈부신 승리를 거두지 않았는가.

"저에게 원하는 게 뭡니까?" 내가 다푸에게 물었다.

따지고 보면 그도 야만인이었다. 왕은 아직도 기다랗고 매끈한 끈으로 매단 (자기 아버지의 것이 틀림없을) 해골을 들고 챙이 넓은 모자에는 인간의 치아를 달고 있었다. 그 자신도 약해지는 순간 비운을 맞게 될 사람에게 내가 어떤 자비를 바랄 수 있겠는가? 어쩌다 우연히 착한 마음이 든다면 몰라도 그에게는 불쑥 끼어든 이방인에게 나쁜 일이 벌어지지 않도록 손을 쓸 이유가 없었다. 오히려 생지옥이 펼쳐지도록 내버려 둘지도 모른다. 그러나 왕은 살포시 접어 올린 왕관 같은 모자의 보드라운 그늘 속에서 퉁퉁 부어오른 입술을 떼며 말했다. "자, 헨더슨 씨. 선생에게 새로운 소식이 있소. 뭄마를 옮긴 사람은 결과적으로 와리리 족의 비의 왕 자리를 차지하게 돼 있소. 이 직책의 이름은 성고요. 선생은 이제 성고요, 헨더슨 씨. 그래서 이 사람들이 여기 온 것이오."

그러나 나는 방심하지 않고 불신에 차서 이렇게 말했다. "쉬운 우리말로 해봐요. 그게 무슨 뜻입니까?" 그러고 나서 나는 속으로 생각했다. '옳아, 자기네 여신을 옮겨 준 대가로군.'

"이제 선생은 성고가 되었소."

"글쎄, 그건 그럴 수도 있고 아닐 수도 있는 일입니다. 솔직히 뭔가 불안해지려고 하거든요. 이 사람들은 심각해 보이고요. 무슨 일입니까? 자, 제 말 좀 들어보세요, 전하. 저를 강에다 쑤셔 박지 마세요. 무슨 말인지 아시잖습니까? 임금님이 절 좋아하시는 줄 알았는데."

해먹 안에서 흔들리고 있던 왕은 손으로 땅을 밀어내며 내 쪽으로 몸을 옮긴 다음 말했다. "나야 당신을 좋아하지. 지금까지의 상황 덕분에 더 많이 좋아졌소. 뭐가 걱정이오? 선생은 저들에게 성고가 되었소. 당신더러 따라오라고 저러는 거요."

무슨 이유인지 몰라도 그 순간은 놈의 말이 다 믿기지 않았다. "한 가지만 약속해 주십시오." 내가 말했다. "저에게 나쁜 일이 벌어진다면 아내에게 전갈이라도 보내고 싶습니다. 보통 하는 대로 '안녕 내 사랑.' 하고 말입니다. 어쨌든 저한테는 좋은 여자였으니까요. 그게 다입니다. 그리고 로밀라유는 안 다치게 해 주십시오. 그는 아무 짓도 안 했지 않습니까." 고향 마을 사람들이 이를테면 반상회 같은 데에서 나를 두고 하는 말이 들리는 듯했다. "그 뚱보 헨더슨이 결국 골로 갔어. 뭐, 못 들었다고? 아프리카로 갔다가 오지에서 사라졌잖아. 아마 현지 사람들을 못살게 굴다가 찔려 죽었을 거야. 더러운 쓰레기 잘 치웠지 뭐야. 사람들 말이 재산이 삼백만 달러라지. 자기도 자기가 미친 걸 알았을 거야. 제멋대로 살아도 아무도 뭐라 안 그러니까 남들을 우습게 본 거지. 어쨌든 심장까지 썩은 놈이야." "이 나쁜 자식들, 심장까지 썩은 건 너희다." "그 사람 너무 지나쳤어." "들어봐, 얘들아. 나한테 지나쳤던 건 살고 싶은 욕심뿐이었어. 어쩌면 나는 세상만사를, 먹는 영양제 같은 건 줄 알았나 봐.—그래! 도대체 어쩌란 말이야? 아무것도 모르겠어? 네놈들은 개과천선이란 말도 몰라? 나 같은 놈은 그냥 하수구로 흘러가야 하느냐고?"
 "아니, 헨더슨." 왕이 말했다. "그런 의심을 하다니. 어째서 당신이나 당신 부하에게 안 좋은 일이 닥칠 거라고 생각하시오?"
 "그렇다면 저 사람들은 왜 저렇게 절 쳐다보는 겁니까?"
 부남과 가죽 인간처럼 보이는 목동과 우악스러운 흑인 여자들 말이다.
 "두려워할 게 하나도 없소." 다푸가 말했다. "나쁜 뜻이 있어서 저러는 게 아니오. 전혀, 전혀." 이 이상한 아프리카 왕이 말을 이었다. "저 사람들은 연못과 샘을 치우는 데 당신이 따라와 주기를 바라는 거요. 당신이 이 일을 위해 보내졌다고 말하고 있소. 하하하, 헨더슨 씨, 먼젓번에 선생은 사람들 품속에 있는 것이 부럽다고 하지 않았소. 이제 당신도 그렇게 된 거요."
 "네, 하지만 저는 아무것도 모르겠습니다. 임금님이야 타고나길 그런 혈통이라 그러시겠지만요."
 "저런, 심통 부리지 마시오, 헨더슨. 당신도 틀림없이 뭔가를 위해 태어난 게 분명하니까."
 여하튼 나는 그 한마디에 벌떡 일어섰다. 낯설고 기기묘묘한 백색 석회석이 발아래 있었다. 그 돌 또한 이 꿈 같은 연속극 속에서는 자기 자신의 세계, 혹은 그 이상의 무엇, 세계 속의 세계였다. 나는 야구 중계방송 중간에 들리는 것 같은 웅성거림과 고함 속으로 걸어 내려갔다. 조사관이 뒤에서 다가와 내 헬멧을 벗겼고 뻣뻣하고 떡 벌어진 늙은 여장군은 힘들게 몸을 구부려 내 신발을 벗겨 냈다. 그다음에는 저항해도 아무 소용 없이 여장군이 내 버뮤다 바지를 벗겼다. 그러자 나는 팬티만 달랑 입은 신세가 되었는데 이 팬티는 오랜 여정으로 말할 수 없이 더러워져 있었다. 그게 끝이 아니었다. 부남이 내 몸에 덩굴과 나뭇잎을 걸쳐주었고 여장군은 기어코 마지막 남은 면 조각을 벗겨 내기 시작했다. "안 돼, 안 돼." 내가 말했지만 팬티는 이미 무릎에 걸쳐 있었다. 최악의 사태가 벌어진 것이다. 나는 벌거숭이가 되었다. 이제 공기가 나의 유일한 의복이었다. 나는 나뭇잎으로 몸을 가리려고 애썼다. 목이 말랐고 정신이 멍했고 화끈거렸으며, 입만 말없이 옴지락거렸다. 나는 벌거벗은 몸을 손과 나뭇잎으로 가리려고 했지만 여장군인 타투는 내 손가락을 끌어다가 그 갈라진 회초리를 하나 쥐어 놓았다. 옷을 빼앗기고 나니 소리라도 질러야 할 것 같았고 부끄러움에 쓰러져 죽을 것만 같았다. 하지만 늙은 여장군은 손으로 내 등을 떠밀었다. 모두가 "성고, 성고, 성골레이!"라고 외치기 시작했다. 그렇다. 그게 바로 나, 헨더슨, 성고였다. 우리는 달렸다. 부남과 왕을 남겨 두고 운동장도 뒤로하고 우리는 마을의 구부러진 오솔길로 접어들었다. 어안이 벙벙했다. 돌부리에 발이 찢어지고 뱃속 가득히 두려움을 안고 비의 사제가 되어 달렸다. 아니, 왕, 비의 왕이었다. 여전사들이 짧고 굵은 소리로 크게 음송하며 외쳐댔다. 그 크고 우아한 빡빡머리통과 벌린 입들, 거기서 나오는 주문의 위력과 힘—딱 맞게 단추를 채운 짧은 가죽조끼에 터질 듯한 몸매! 그들은 달렸다. 그리고 나도 그 벌거숭이들 사이에서 엉성한 풀과 덩굴을 얼기설기 두른 채 앞과 뒤를 모두 내놓고 뜨거운 돌에 데고 베인 발로 구르며 춤추었다. 나도 고함을 질러야 했다. 여장군 타투가 벌린 입을 내 얼굴에 바짝 대고 소리 지르는 대로 나도 고함을 질렀다. "야—나—부—니—호—노—뭄—마!" 길 잃은 노인

몇 명이 멋모르고 우리 앞을 막았다가 여자들한테 두들겨 맞고 허둥지둥 내뺐다. 빈약한 나뭇잎 외에는 아무것도 안 걸친 내 모습은 그 낙오자들 눈에도 충격적으로 비쳤을 것이다. 쇠장대에 매달린 해골도 우리가 달리는 동안 함께 움직였다. 그 해골들은 돌출된 별도의 걸이에 고정돼 있었다. 우리는 마을을 한 바퀴 돌아 교수대 있는 곳까지 갔다. 거기 매달린 죽은 자들은 제각각 독수리 떼에게 잔치를 벌여주고 있었다. 나는 흔들리는 머리들 아래를 지나면서도 쳐다볼 여유가 없었다. 우리가 워낙 힘껏 달리고 있었기 때문이다. 나는 헐떡이고 흐느끼며 혼잣말을 했다. 도대체 지금 어디 있는 거지? 우리에게는 목적지가 있었다. 바로 소들이 물을 마시는 커다란 연못이었다. 여자들이 음송하면서 그곳으로 뛰어갔고, 그들 중 열 명가량이 내게로 달려들었다. 그들은 나를 번쩍 들어 올렸다가, 뿔이 긴 소들이 서 있는, 시큼하고 햇볕에 한껏 데워진 물속에 내려놓았다. 수심은 15센티미터 정도밖에 안 되었지만 부드러운 진흙은 훨씬 깊어서 나는 그 속으로 가라앉았다. 이대로 못에 삼켜지는 줄 알았다. 하지만 해골을 든 여자들이 곧바로 내게 쇠장대를 내민 덕분에 나는 그걸 붙잡고 끌려 나왔다. 어쩌면 진흙 속에 남는 편이 더 나았을 것이다. 나의 의지력도 바닥을 보였으니까. 화를 내도 소용없었다. 익살을 부리자는 것도 아니었다. 모든 동작은 최대한 진지하게 행해졌다. 나는 후텁지근한 진흙을 뚝뚝 떨어뜨리며 연못 밖으로 나왔다. 진흙이 적어도 내 치부를 가려주었으면 싶었다. 엉성한 풀잎들은 펄럭이며 속을 다 드러냈기 때문이다. 이 크고 사나운 여자들이 나를 들여다보려고 하는 건 아니었지만. 그건 그랬다. 여자들은 전혀 개의치 않았다. 그래도 채찍과 해골과 총을 든 여자들은 날 에워싸서 빙빙 돌았고, 나는 오물을 둘러쓴 채 광란에 사로잡혀 아까처럼 "야—나—부—니—.호—노—뭄—마!"를 외쳤다. 그렇다, 여기 그가 있는 것이다. 뭄마를 옮긴 이, 힘꾼, 성고가. 미합중국의 헨더슨이 여기 납셨다.—헨더슨 대장, 상이기장을 받고 북아프리카와 시칠리아와 몬테카지노 등지를 누빈 역전의 용사가. 거대한 그림자, 살아 있는 인간인 그가. 안절부절못하는 탐구자, 한심하고 막돼먹은, 의치를 분질러먹고 죽겠다고 자살 협박이나 일삼는, 늙은 똥고집 술고래. 아, 하늘의 통치자시여! 오, 운명의 지배자시여! 오, 정신을 꺼버리겠습니다! 죽음으로 돌진하겠습니다. 그러면 사람들은 나를 똥 덩어리 속에 던져 넣을 테고 독수리들이 내 밥통에서 소꿉놀이를 하겠지. 그래서 나는 마음을 다 바쳐서 소리쳤다. "자비를, 자비를 베푸소서!" 그러고 나서 또 소리쳤다. "아니, 정의를!" 그러고 나서 나는 또 마음을 바꾸어 소리쳤다. "아니, 아니, 진리를, 진리를!" 그러고 나서는 "뜻대로 하소서! 내 뜻이 아니라 당신 뜻대로!" 이 한심하고 막돼먹은 놈, 이 가련하게 휘청대는 불한당이 하늘을 향해 진리를 달라고 소리 높여 외친다. 이 소리가 들리는가?

우리는 고함지르고 뛰어오르며 겁먹은 골목길을 빙빙 돌았고 두 발을 굴러댔고 북과 해골로 장단을 맞췄다. 그러는 동안 하늘은 뜨겁고 기다란 회색 그림자로 비구름을 채웠다. 하지만 내 눈에는 그 비구름이 파이프오르간이나 고생대의 바다 암모나이트처럼 짓눌리고 비정상적인 형체로 보였다. 부어오른 목청으로 여전사들은 소리를 길게 뽑아 질러댔다. 그리고 나는 그들과 함께 터벅터벅 걸으며 내가 누구인지를 기억해 내려고 애썼다. 나 말이다. 진흙이 덕지덕지 묻은 나뭇잎들이 살갗에 말라붙어 있는 나. 나는 비의 왕이었다. 비의 왕이면 분명히 뭔가 특별하리라는 생각이 들었지만, 무엇이 특별한지 나는 알 수가 없었다.

두꺼운 비구름 아래로 뜨겁고 어두운 바람이 불었다. 연기 냄새가 났다. 뭔가 가슴을 짓누르고 음흉하고 숨이 막힐 것 같고 격정적이고 역겨운 데가 있는 냄새였다. 욕정에 찬 공기는 팽창해서 무거웠다. 무척이나 무거웠다. 공기는 살아 있는 것처럼 해방되기를 열망했다. 땀으로 범벅이 된 여장군은 커다란 눈을 굴리며 숨을 몰아쉬면서 팔로 나를 몰아붙였다. 몸에 묻은 진흙은 뻣뻣하게 말라 옷처럼 몸을 덮었다. 나는 베수비오 화산이 된 기분이었다. 꼭대기는 불꽃이고, 피치[77]나 마그마처럼 피가 위로 솟구치는 화산. 채찍이 쉭 하면서 건조하고 야비한 소리를 냈다. 나는 도대체 그들이 무얼 하려는지 궁금했다. 산들바람이 불고 나자 한층 더 컴컴한 어둠이 닥쳐왔다. 8월의 어느 파김치 같은 날 그랜드 센트럴 터널에 들어오는 기차가 톡 쏘는 열기처럼 그것은 영원한 어둠 같았다. 그럴 때 나는 언제나 눈을 감았다.

하지만 지금은 눈을 감을 수 없었다. 우리는 다시 운동장으로 달려갔고 그곳에는 와리리 사람들이 기다리고 있었다. 그들의 목소리는 매우 얇은 담을 사이에 두어 소리를 막은 비처럼 내 귀에 아주 희미하게 들렸다. 다푸 왕의 말이 들려왔다. "헨더슨 씨, 결국 선생이 내기에 질 거요." 우리는 다시 왕의 특별석 앞에 와 있었다. 왕은 여장군 타투에게 명령을 내렸고 우리는 모두 돌아서 운동장으로 달려갔다.—나는 나머지 사람들과 함께 내 엄청난 체중에도 아랑곳없이, 발을 베인 심한 상처에도 아랑곳없이 뭔가에 쓴 것처럼 빙빙 돌았다. 가슴속에는 폭동이 일어났고 얼이 빠진 머릿속은 언젠가 에드워드와 함께 거닐던 텅 빈 태평양 바닷가의 찬란한 눈부심 같은 것들로 가득 찼다. 아무것도 없이 하얀 물거품만 일던 곳, 새들이 청어를 놓고 싸우던, 거대한 구름이 걸려 있던 그곳. 사람들이 울퉁불퉁한 흰 돌 위에 서서 펄쩍펄쩍 미친 듯이 뛰어오르는 것이 보였다. 뭄마 여신의 거대한 먹구름은 대기를 내리누르며 어마어마한 혹이 되어 금방이라도 터질 듯했다. 극도의 무아경이었다. 사람들은 소리를 지르고 또 질렀다. 그리고 이 모든 비명 속에서 나의 머리, 비의 왕의 머리는 벌집이 되었다. 모든 것들이 날 향해 날아왔고 나의 뇌 속으로 들어왔다. 그 모든 소리를 누르고 사자들이 울부짖는 소리가 들려왔다. 순간 내 발밑의 흙이 떨었다.

  내 옆의 여자들은, 굳이 묘사하자면 춤을 추고 있었다. 그들은 튀어 오르고 소리 지르며 내게 몸을 부딪쳐 왔다. 우리는 후맛과 뭄마가 휘하의 신들을 내려다보고 있는 신들의 단체석으로 다가갔다. 눈앞에 닥친 이 끔찍한 일을 피해 볼 요량으로 나는 바닥에 쓰러지려고 했다. 여자 전사들이 짧은 채찍을 들고 신상에 와락 덤벼들더니 신들을 때렸기 때문이다. "그만!" 내가 소리를 질렀다. "그러지 마! 도대체 왜 그래? 미쳤어?" 흉내만 내는 채찍질이라거나 두꺼운 가죽띠로 그저 스치는 정도라면 얘기가 달랐을 것이다. 그러나 이 신상들은 무자비한 폭행을 당했다. 작은 신들은 얻어맞다가 흔들거렸고 큰 신들은 표정 하나 바꾸지 않고 무방비 상태로 참아냈다. 어둠의 자식들인 이들 종족은 폭풍우 치는 물 위의 갈매기 떼처럼 튀어 오르며 괴성을 질렀다. 그제야 나는 땅바닥에 넘어질 수 있었다. 벌거벗은 나는 "싫어, 싫어, 싫어!" 하고 고함을 지르면서 몸을 던졌다. 하지만 타투가 낑낑대며 내 팔을 붙들고는 다시 일으켜 세웠다. 그 바람에 나는 무릎을 꿇고 땅바닥을 기면서 그 난리 통으로 끌려들어 갔다. 내 손에는 아직도 채찍이 들려 있었고 누군가가 내 의사와 무관하게 내 손을 한두 번 들어 올렸다가 내리침으로써 나는 강제로 비의 왕의 의무를 수행했다. "어이쿠, 난 못 하겠어. 아무리 강요해도 안 할 거야." 나는 이렇게 말했다. "에구구, 차라리 날 때려 죽여. 꼬챙이에 꿰어 불에다 구우라고." 나는 땅바닥에 엎드려 숨으려 했지만 그 자세로 있자니 뒤통수로 채찍이 날아왔고 나중에는 얼굴까지 맞았다. 여자들이 이제는 방향을 가리지 않고 채찍을 휘두르는 바람에 나와 신들뿐 아니라 서로서로를 때리는 판이었다. 이 광란의 도가니 속에서 나는 무릎을 꿇은 자세로 공격을 받아쳤다. 살기 위해서는 싸워야 할 것 같았다. 나는 고함을 질렀다. 마침내 천둥소리가 울렸다.

그런 다음 말〔馬〕이 우는 것 같은 서늘한 돌풍이 한바탕 휩쓸자 구름이 열리면서 비가 내렸다. 수류탄만 한 물방울이 사방에, 그리고 내 위에 쏟아졌다. 채찍에 맞아 줄무늬가 그려진 뭄마의 얼굴은 이제 은색 물거품으로 뒤덮였고 지면에는 거품이 일었다. 몸이 젖은 여전사들이 나를 끌어안았다. 나는 너무 얼이 빠져 그들을 밀어내지도 못했다. 그런 비는 생전 처음 보았다. 방파제가 무너져 알바[78)]의 부하들을 휩쓸어 갔던 네덜란드 홍수와도 같았다. 이 폭우 속에서 사람들이 자취를 감춰버렸다. 나는 하얀 돌을 손으로 짚어가면서 폭풍우에 가려진 왕의 특별석을 찾아 운동장을 한 바퀴 훑었다. 그러다가 로밀라유를 만났는데 그는 내가 위험인물이라도 되는 것처럼 주춤했다. 머리는 납작 주저앉았고 얼굴에는 두려움이 가득했다. "로밀라유." 내가 불렀다. "제발 부탁이다. 나 좀 도와줘야겠어. 내 꼴 좀 보라고. 옷을 찾아줘. 왕은 어디 있나? 다들 어디 간 거야? 내 옷을 집어 와 줘.—내 헬멧하고." 내가 말했다. "헬멧을 써야겠어."

그가 나를 왕의 특별석으로 이끌 때 나는 몸을 구부린 채 그를 꼭 붙들고 미끄러지듯이 따라갔다. 들어 올려진 왕의 해먹에 네

명의 여자가 비 가리개를 드리우고 있었다. 여자들이 왕을 옮기는 중이었다.

"임금님, 임금님." 내가 애타게 불렀다.

왕은 자신을 덮은 가리개 자락을 옆으로 치웠다. 가리개 아래에 챙 넓은 모자를 쓴 왕의 모습이 보였다. 나는 목이 터져라 왕을 불렀다. "이게 무슨 일입니까?"

왕이 간단하게 대답했다. "비요."

"비라고요? 이게 무슨 비랍니까? 대홍수예요. 꼭 끝장……."

"헨더슨 씨." 왕이 말했다. "당신은 우리를 위해 대단한 일을 했소. 수고했으니 우리도 기쁨을 줄 것이오." 그는 내 표정을 보고 이렇게 덧붙였다. "신이 우리를 알아본다는 사실을 이제 알겠소?" 그러고는 해먹에 누워 여덟 명의 여자 손에 실려 가면서 이렇게 덧붙였다. "선생은 내기에 졌소."

나는 거대한 순무처럼 흙투성이 알몸으로 뒤에 남겨졌다.

15

 이렇게 해서 나는 비의 왕이 되었다. 나와 상관도 없는 일에 끼어들었다가 꼴좋게 된 셈이다. 그러나 그건 막을 수 없는 일이었고, 맞서 싸우는 것 자체가 불가능한 운명의 흐름이었다. 그렇다면 나는 어떤 일에 말려들었는가? 그 결과는 어땠는가? 나는 더러운 벌거숭이에 멍든 몸으로 궁전의 맨 아래층 바닥에 누워 있었다. 비는 마을을 집어삼킬 것처럼 내렸다. 지붕으로부터 주르륵 떨어지는 것이 마녀처럼 음산했다. 나는 떨면서 가죽으로 몸을 덮었다. 그 이름 모를 짐승의 가죽으로 턱까지 감싼 채 눈을 동그랗게 뜨고 계속 떠들었다. "오, 로밀라유. 날 너무 미워하지 마. 그게 어떤 일인지 내가 어떻게 알았겠나?" 나는 윗입술을 길게 빼고 코를 일그러뜨렸다. 회초리에 맞아 쓰라린 데다가 눈이 퉁퉁 붓고 멍이 든 것 같았다. "에구, 예삿일이 아닌걸. 내기에 졌으니 그놈 하자는 대로 하게 생겼어."
 그래도 로밀라유는 이전처럼 날 위해 시중을 들어주었다. 그는 내게 조금이라도 힘을 주려 했고, 더 나쁜 일이 일어나지는 않으리라고 말해 주었으며, 내가 꼼짝 못하게 됐다고 여기는 건

시기상조라며 다독였다. 그의 말에는 분명히 일리가 있었다. 그래서 내가 말했다. "자, 이제 자자. 생각은 내일 하고."
 나는 또 이렇게 덧붙였다. "로밀라유, 나는 항상 자네에게서 좋은 점을 배우는군. 자네가 옳아. 난 기다려야 해. 지금은 내 처지가 어떤지 전혀 감을 못 잡겠어."
 그러자 로밀라유도 잠잘 채비를 했다. 그는 무릎을 꿇고 두 손을 마주 쥐었다. 그의 살갗 아래에서 근육들이 튀어 오를 듯이 꿈틀댔고 나직한 기도 소리는 가슴에서 새어 나오는 것 같았다. 이 장면이 내게 어느 정도 위안을 주었다는 사실을 인정해야겠다.
 내가 그에게 말했다. "기도해, 어서 기도해. 오, 친구여, 기도해 주게. 뭐라도 좋으니 기도를 해. 이 사태를 두고 말이야."
 그렇게 기도를 끝내고 나자 로밀라유는 담요 속에 몸을 구부려 넣고 무릎을 끌어당긴 후 언제나 그랬듯이 한 손을 뺨 아래 밀어 넣었다. 하지만 눈을 감기 전에 이렇게 말했다. "왜 그랬습니까?"
 "아, 로밀라유." 내가 대답했다. "그걸 설명할 수 있다면 내가 지금 여기에 있을 턱이 없지. 어째서 좌우도 살피지 않고 그놈의 거룩한 개구리들을 날려 버려야 했느냐고? 어째서 내가 그런 극단적인 심성을 가졌는지 나도 몰라. 몽땅 너무 이상하니까 설명도 이상해질 수밖에 없을 거야. 머리를 굴려봐야 아무 소용도 없고, 깨달으려면 그저 기다리는 수밖에 없어." 그러고는 지금 사태가 암담한 데다가 어떻게 된 건지 하나도 알 수 없다는 것에 생각이 미치자 나는 한숨을 짓고 다시 끙끙거렸다.
 내가 만족스러운 대답을 하지 못하자, 로밀라유는 속을 끓이지 않고 곧장 곯아떨어졌고 나도 그 뒤를 따랐다. 비가 회오리치며 내렸고 궁전 아래에서는 한 마리인지 여러 마리인지 사자가 울부짖었다. 몸과 마음이 편안해졌다. 마치 기절한 것 같았다. 나는 열흘이나 수염을 깎지 못했다. 꿈인지 환상인지가 오락가락했지만 그걸 분명히 밝힐 필요는 없다. 지금 말해 둬야 할 것은 자연의 섭리가 내게 친절을 베풀었고, 나는 발의 베인 상처와 얼굴의 멍든 상처가 쓰라린 중에도 꼼짝하지 않고 분명히 열두 시간을 잤다는 사실이다.

잠에서 깼을 때 하늘은 맑고 따스했으며 로밀라유는 옆에 앉아 있었다. 그 작은 방에는 두 명의 여전사가 나와 함께 있었다. 나는 구석에 놓인 커다란 대야를 이용해 세수와 면도를 한 후, 볼일을 보았다. 대야는 그러라고 있는 것 같았다. 그러고 나자 내가 나가 있으라고 했던 여자들이 옷가지를 들고 다시 들어왔다. 로밀라유는 그것이 성고, 즉 비의 왕이 입는 의상이라고 말해 주었다. 그는 거절했다가는 문제가 생길지 모르니까 그걸 입는 편이 낫다고 우겼다. 이제 나는 성고니까. 나는 그 옷들을 살펴보았다. 녹색 비단으로, 다푸 왕의 의상과 같은 모양으로 재단돼 있었다.—내 말은 바지가 그랬다는 말이다.

"성고가 됐으니까. 이제 선생님은 성고입니다." 로밀라유가 말했다.

"쳇, 이 망할 놈의 바지는 속이 비치잖아." 내가 말했다. "그래도 입는 게 낫겠어." 나는 앞에서 말한 꼬질꼬질한 팬티를 입고 있었는데 그 위에 이 녹색 바지를 재빨리 입었다. 어젯밤에 쉬기는 했지만, 몸은 그리 좋지 않았다. 아직도 열이 있었다. 백인이 아프리카에서 아픈 건 당연한 일 같다. 역사상 최강의 무쇠 인간이었던 리처드 버튼 경[79]도 열병으로 심하게 앓았지 않나. 스피크[80]는 훨씬 더 아팠다. 멍고 팍[81]은 병이 들어 비실거렸고, 리빙스턴 박사는 날이면 날마다 아팠다. 우라질! 내가 누구라고 피해 가겠는가? 턱에 보기 싫은 수염이 난 여전사 탐바가 내 뒤에 와서 헬멧을 벗기더니 원시적인 나무 도구로 머리를 빗겨 주었다. 이들은 나의 시중을 드는 여자들이었다.

탐바가 내게 말했다. "족시, 족시?"

"뭐라는 거야? 족시가 뭐지? 아침밥인가? 난 생각이 없는데. 뭘 삼키거나 할 기분이 아니야." 나는 아침을 먹는 대신 소화력을 유지하기 위해 수통에 담긴 위스키를 조금 마셨다. 그러면 열을 내리는 데에도 도움이 될 것 같았다.

"여자들 선생님한테 족시 보여 줍니다." 로밀라유가 말했다.

탐바가 바닥에 엎드리고 베부라는 이름의 다른 여자가 탐바의 등 위에 올라서더니 발로 밟고 마사지를 해서 등골뼈를 바로 잡는 것이었다. 못생긴 발로 자근자근 밟은 다음—탐바의 표정으로 보아 대단히 시원한 모양이었다.—두 사람은 위치를 바꾸었다. 그러고 나더니 그들은 내게 이 마사지가 얼마나 이로우며 얼마나 몸이 거뜬해지는지를 설명하려고 했다. 두 여자는 손마디로 자기들의 가슴을 탕탕 쳤다.

"뜻은 감사하다고 말해." 내가 말했다. "놀라운 요법인 것 같지만 오늘만큼은 건너뛸 생각이야."

그다음 탐바와 베부는 바닥에 엎드려 차례로 내게 정식 인사를 했다. 이텔로가 나의 우위를 인정할 때 그랬던 것처럼, 한 사람씩 내 발을 들어다 머리 위에 얹었다. 여자들은 입술에 흙이 묻도록 침을 묻혔다. 그들의 인사가 끝나자, 나를 다푸 왕에게 안내해 주러 온 여장군 타투도 수비대 모자를 쓴 채 그와 똑같이 체면을 떨어뜨리는 인사를 했다. 그런 뒤에는 두 여자가 나무 접시에 파인애플을 담아 가지고 와서 나는 억지로 한 조각을 삼켜야 했다.

그다음에는 타투와 함께 층계를 올라갔는데 오늘은 내가 앞장을 섰다. 사람들이 활짝 웃으며 감탄과 축복, 박수와 낭송으로 나를 맞이했다. 나이 든 사람들은 유별나다고 할 정도로 내게 말을 붙이려고 애썼다. 나는 아직 녹색 의상에 익숙하지가 않았는데, 이를테면 바지는 내 다리통보다 너무 넓고 헐렁했다. 위층 통로에서 밖을 내다보니 산이 보였다. 공기는 유난히 맑았고 겹겹이 둘러선 산들은 브라마 황소[82]로 만든 외투처럼 부드러운 갈색을 띠었다. 어제와 달리 녹색 초목들도 모피처럼 아름다웠다. 하얀 돌 사발에 담긴 나무들은 선명한 녹색이었고 열매들도 붉고 싱싱했다. 아래쪽에서 짧은 이를 드러낸 채 우아하고 커다란 까까머리로 고갯짓하는 부남의 아내들이 보였다. 보나 마나 잔뜩 부풀어 오른 내 녹색 성고 바지와 하얀 헬멧, 그리고 고무 밑창이 달린 사막 장화를 보고 웃었을 것이다.

실내로 들어간 우리는 대기실을 지나 왕의 처소로 갔다. 커다랗고 짜임이 촘촘한 왕의 소파는 비어 있었고, 처첩들은 쿠션이나 방석에 누워 잡담을 나누거나 머리를 빗고 손발톱을 다듬고 있었다. 매우 사교적이고 수다스러운 분위기였다. 여자들은 대부분 누워서 쉬고 있었는데 그 자세가 특이했다. 우리가 팔짱을 끼는 것처럼 다리를 꼬고 누워 있었던 것이다. 그런 자세 때문에 그들은 뼈가 하나도 없는 것 같았다. 놀라웠다. 나는 그들을 빤히 쳐다보았다. 방에서는 어디 식물원 또는 석탄 때는 연기, 꿀, 아니면 뜨거운 메밀 죽 같은, 열대의 냄새가 났다. 아무도 나를 쳐다보지 않았고, 그들은 내가 거기 없는 것처럼 행동했다. 내가 보기에는 옆에 있는 타이타닉호가 안 보인다고 하는 것만큼이나 있을 수 없는 일이었다. 게다가 나는 이 지역의 화제의 인물이요, 뭄마를 들어 올린 백인 성고가 아닌가. 하지만 내가 그들의 구역에 들어오는 것이 법도에 어긋나기 때문에 그들로서는 나를 무시하는 수밖에 없으리라고 짐작을 했다.

나지막한 문으로 왕의 처소를 빠져나오자 왕의 사실(私室)이 이어졌다. 왕은 네모난 틀에 빨간 가죽을 팽팽하게 댄, 등받이 없는 낮은 의자에 앉아 있었다. 내게도 똑같은 의자가 주어졌고 타투는 물러서서 잘 보이지 않게 벽 쪽에 앉았다. 다시 한 번 왕과 마주앉았다. 이번에는 사람 이빨을 가지런히 꿰맨 모자도, 해골도 없었다. 왕은 꼭 맞는 바지를 입고 수놓은 슬리퍼를 신고 있었다. 그의 곁에는 바닥 위로 한 무더기의 책이 있었다. 내가 들어갈 때 왕은 책을 읽고 있다가 읽던 쪽의 한 귀퉁이를 접어서 손마디로 여러 번 누르더니 책 더미 맨 위에 올려놓았다. 그런 정신을 가진 사람은 어떤 종류의 책에 끌릴까? 또한 왕의 정신은 대체 어떤 종류의 것일까? 내게는 아무 단서도 없었다.

"오, 면도를 하고 쉬고 나니 훨씬 보기 좋구려." 왕이 말했다.

"저는 신성한 구경거리가 된 기분입니다. 딱 그렇습니다, 전하. 하지만 전하께서 저더러 이런 옷을 입으라고 하신 건 이해합니다. 또 내기를 파투 놓을 마음도 없습니다. 지금 할 수 있는 말은, 전하께서 저를 보내주신다면 그 이상 고마울 데가 없으리라는 겁니다."

"이해하오." 왕이 말했다. "나라도 그럴 게요. 하지만 성고는 사실 의무적으로 그 의상을 입어야 하오. 헬멧은 아니지만."

"저는 햇볕으로부터 머리를 보호해야 합니다." 내가 말했다. "어쨌거나 전 늘 머리에 뭔가를 쓰고 다녀요. 이탈리아에서 전쟁할 때는 잘 때에도 헬멧을 벗지 않았어요. 그땐 철모였지만."

"그렇다고 해도 실내에서까지 쓸 필요는 없잖소." 왕이 대답했다.

그러나 나는 돌려서 하는 그 제안을 받아들이지 않고, 앉아서도 하얀 헬멧을 벗지 않았다.

당연한 일이겠지만 새카만 왕의 피부를 보니, 그가 굉장히 낯설게 느껴졌다. 왕은 새카맸다.—말할 수 없이. 그와 대조적으로 입술은 빨갛게 부풀어 있었다. 머리 위에는 머리카락이(그냥 자라고 있다는 말로는 충분하지 않고) 살아 있었다. 호코처럼 왕의 눈에도 붉은 기가 돌았다. 그리고 등받이 없는 가죽 의자에 앉아서도 왕은 소파나 해먹에서 호사스럽게 쉬고 있는 것처럼 고요해 보였다.

"임금님." 내가 불렀다.

그 어조의 단호함으로 왕은 내 심중을 이해하고 이렇게 말했다. "헨더슨 씨, 선생한테는 내가 할 수 있는 모든 설명을 다 해 드리겠소. 부남은 선생이 힘이 세서 뭄마 신을 옮기리라고 확신했소. 나도 선생의 체격을 봤을 때 같은 생각이었고, 보자마자 말이오."

"그러면, 좋습니다. 그래요, 저는 힘이 셉니다. 하지만 어떻게 해서 그런 일들이 벌어지게 된 겁니까? 처음부터 임금님은 그렇게 될 줄 알고 있었으면서 내기를 거신 것 아닙니까?" 내가 대답했다.

"그건 내기할 욕심에 그런 거지 다른 뜻은 없었소." 왕이 말했다. "내가 아는 것도 선생이 알고 있는 것과 비슷했소."

"그 일은 항상 그렇게 진행됩니까?"

"절대 그렇지는 않소. 극히 이례적인 일이었소."

나는 눈썹을 몹시 치켜세워 최대한 약삭빠른 표정을 지었다. 어제 일어난 일이 아직도 만족스럽게 해명되지 않았다는 사실을 그가 알게 하기 위해서였다. 동시에 나는 그를 이해하려고 애썼다. 왕에게는 젠체하거나 으스대는 태도는 전혀 없었다. 왕은 대답할 때마다 신중을 기했지만 사색하는 사람의 표정을 짓지는 않았다. 그리고 그가 말하는 사실들은 내가 이텔로 왕자에게서 들었던 내용과 일치했다. 열세 살 때 그는 라무 마을로 보내졌고 그 후 말린디로 갔다. 왕이 말을 이었다. "여러 세대 동안 모든 선왕들이, 세상 문물을 익혀야 했기 때문에 일정한 나이가 되면 학교로 보내졌소. 그쪽에서 보면, 나는 홀연히 나타나서 학교에 다니다가 돌아가는 거요. 한 세대에 한 사람만 라무[83]로 보내지지. 숙부 한 사람이 따라가 그곳에서 왕을 보살피게 돼 있소."

"임금님의 숙부 호코 말입니까?"

"그렇소, 내 경우는 호코였소. 그가 연결 고리였지. 숙부는 구 년 동안 라무에서 날 보살폈소. 난 이텔로와 함께 다녔고. 남쪽의 생활을 좋아하지는 않았소. 학교 다니는 젊은 애들은 제멋대로였거든. 눈가에 콜[84]을 바르고 루주를 바르고 지지배배거리지. 난 그 이상의 것을 원했는데."

"저런, 아주 진지하시군요." 내가 말했다. "틀림없어요. 처음부터 알아봤다니까."

"말린디 다음에는 잔지바르였소. 거기서 이텔로와 함께 갑판원으로 배를 탔지. 한번은 인도와 자바에 갔고, 그다음에는 홍해를 따라 수에즈까지 올라가 봤소. 시리아에서는 오 년 동안 기독교 학교에 다녔지. 아주 너그러운 대우를 받았소. 내가 보기에는 과학 교육이 특히 받을 만했지. 나는 의학박사가 될 준비를 하고 있었고, 아버지가 돌아가시지만 않았어도 그렇게 했을 거요."

"대단하군요." 내가 말했다. "어제 일들이랑 연결이 잘 안 됩니다만. 해골, 그 사람, 부남, 그리고 여전사들 등등."

"재미있군, 당연히 그럴 거요. 하지만 세상사는 내가 결정하는 게 아니니까, 헨더슨—헨더슨 성고."

"어쩌면 전하께선 돌아오고 싶지 않았겠군요?" 내가 물었다.

우리는 가까이 앉아 있었고 앞서 말한 대로 그의 검은 피부는 그를 매우 낯설어 보이게 했다. 인생에서 탁월한 재능을 가진 사람들이 다 그런 것처럼 그도 특별한 그림자를 드리웠다.—정말이다. 연기가 자욱한 그 무엇, 말하자면 도취감이었다. 이는 릴리에게서도 가끔 느껴지던 것이었다. 특히 댄버리에 폭풍우가 치던 날, 그녀가 물구덩이 쪽으로 길을 잘못 일러주었다가 침실에 가서 자기 어머니한테 전화하던 그날 나는 확신했다. 릴리는 그때 눈에 띄게 그 기운을 발했다. 그건 뭔가 찬란하지만 음울하고 안개처럼 흐릿하고 푸르스름하며 떨리고 보석이 녹은 물처럼 반짝거렸다. 월라탈레의 배에 입 맞출 때, 그녀에게서 풍기던 것과 똑같았다. 하지만 지금 여기 다푸 왕은 내가 만났던 누구보다도 그 재능이 더 강렬했다.

그는 나의 마지막 질문에 이렇게 답했다. "아버지가 더 오래 사시기를 바랐던 이유는 여러 가지가 있었소."

내 생각대로 그 노인네는 목 졸려 죽은 게 틀림없었다.

그에게 아버지 생각을 나게 한 데 죄책감을 느껴 내가 미안한 표정을 지었던가 보다. 갑자기 왕은 나를 다시 안심시키려고 너털웃음을 웃으며 말했다. "걱정 마시오, 헨더슨 씨—성고라고 불러야겠지만, 이제 당신은 성고니까. 걱정 마시오. 이건 언젠가 나올 이야기였소. 당신 때문에 새삼스럽게 튀어나온 건 아니오. 때가 되어서 아버지는 돌아가셨고 나는 왕이 되었소. 사자를 다시 데려와야 했지."

"어떤 사자를 말씀하시는 건가요?" 내가 물었다.

"아, 어제 말했지 않소. 잊어버린 모양이구려.—왕의 몸에 구더기가 자라나면 왕의 영혼은 사자 새끼가 된다는 말." 이제 생각이 났다. 분명히 그가 내게 말했다. 왕이 말을 이었다. "그러고 나면, 이 어린 짐승을 부남이 풀어주게 되는데 그놈이 자라면 일 이 년 안에 왕위 계승자가 잡아야 하는 거요."

"뭐요? 임금님이 사자 사냥을 한다고요?"

왕이 미소를 지었다. "사냥이라고? 내가 맡은 역할이 하나 더 있지. 산 채로 잡아와야 하오."

"그렇다면 저 아래에서 들리는 소리가 그놈인가요? 분명히 사자 소리가 들리는데, 틀림없어요. 저놈이 그놈이군요." 내가 말했다.

"아니, 아니야." 왕이 특유의 부드러운 어조로 말했다. "저놈은 아니오. 헨더슨 성고 선생. 선생이 들은 건 다른 놈이오. 나는 아직 그밀로를 잡지 못했소. 그래서 아직 왕의 통치권이 확고하지 못하오. 선생도 내가 어중간한 걸 보아서 알 게요. 선생의 표현을 빌리자면 나 역시 변해 감을 완성해야 하지."

어제 충격에서 아직 헤어나지 못한 처지이긴 했지만, 이제 나는 왕을 처음 본 순간 어째서 내 마음이 놓였는지를 이해할 수 있었다. 그와 함께 앉아 있으니 마음의 위로가 되었다. 이상할 정도로 마음이 편해졌다. 그는 큼직한 다리를 쭉 펴고 구부정한 자세로 가슴에 팔짱을 낀 채 곰곰이 사색하면서도 즐거운 표정을 지었다. 두툼하게 부어오른 입술 사이로 나지막한 콧노래가 간간히 흘러나왔다. 여름밤 뉴욕의 발전소 앞을 지날 때 들리던 소리가 떠올랐다. 발전소의 문이 열려 있고 희끄무레한 전등 아래 번쩍이는 각종 금속성 쇠붙이들이 가동되고 있다. 낡은 뽀빠이 작업복을 입고 허름한 실내화를 신은 어떤 늙수그레한 작자가 어마어마한 전기를 뒤로하고 파이프를 피우고 있다. 어쩌면 나는 이 세상 누구보다 더 쉽게 마법에 걸리는 사람인지 모르겠다. 외모는 전혀 그렇게 안 보이지만 나는 굉장히 신이 잘 들리는 체질이다. '헨더슨.' 이렇게 혼잣말을 하는 것도 처음은 아니었다. '이건 뭐, 손만 갖다 대도 둥둥 울리는, 벽에 걸린 비파가 틀림없군.[85] 또 어제는 자기 아버지의 해골을 던지고 노는, 생전 보지도 듣지도 못한 야만의 극치를 구경하지 않았어? 그것도 모자라서 이젠 사자 놀이라니. 어이쿠, 사자 말이야! 그것도 거의 의사가 될 뻔한 사람이 말이야. 몽땅 다 돌았어.' 하지만 바로 그 순간 내 속에서도 하고 싶다는 목소리가 미친 것처럼 나를 들들 볶는다는 사실을 떠올리지 않을 수 없었다. 나의 내면도 혼란을 만들어내며 간절히 조르고 욕망을 불태운다. 그러다가 계속해서 실망을 하고 결국은 몰이꾼이 사냥감을 몰아가듯이 나를 몰아댄다. 그래서 나는 인생과 타협하지 못하고 인생이란 놈이 하자는 대로 받아들여야 했다. 하지만 가끔은 찰리 부부와 헤어져 나만의 여행을 떠난 이래 벌어진 모든 사건들—아르느위 족, 개구리 사건, 므탈바, 시체 사건과 나뭇잎을 몸에 두르고 저 여자 거인들과 달렸던 일—이 오로지 나의 열병이 빚어낸 것이었다면 차라리 좋았을 것 같다. 그런데 이제 이 흑인 유력 인사가 내게 위안을 주었다.—하지만 그를 믿을 수 있을까? 믿을 수 있다는 건 어떤 거지? 나만 해도 비의 왕이랍시고 녹색 비단 바지를 입고 어기적거리는 게 고작인데. 나는 의심에 찬 눈과 귀에 감각이 욱신거릴 정도로 온 신경을 집중했다. 우라질! 안정적인 현실감도 간직하지 못한 사람이 더 망가질 게 무어 있겠는가? 어떻게 더 더럽혀질 수 있겠는가! 이런 생각을 하며 나는 다듬지 않은 붉은 벽과 꽃이 만발한 하얀 바윗돌로 지어진 궁전 안에 앉아 있었다. 문 옆에는 여전사들이 있었는데 특정 인물을 집어서 말하자면,

콧구멍이 벌름거리는 맹렬한 타투 할머니를 들 수 있겠다. 타투는 수비대 모자를 쓰고서 꿈꾸듯이 바닥에 앉아 있었다.

마찬가지로 왕과 나도 거기 앉아 이야기를 나누었는데 그러고 보니 우리는 보기 드물 정도로 덩치가 컸다. 얼마나 든든한가는 별개의 문제였지만.

이때 세상 어디에서도 다시없을 대화가 시작되었다. 나는 녹색 바지를 약간 끌어올렸다. 열 때문에 머리가 흔들렸지만 스스로 단단히 버티리라 다짐하면서 다부지게 이렇게 말했다. "전하, 내기를 저버릴 생각은 없습니다. 저에게도 분명한 원칙이 있으니까요. 하지만 비의 왕으로 차려입고 앉아 있는 지금 이게 뭐 하는 짓인지 아직도 모르겠군요."

"그건 단순한 의상이 아니오." 다푸가 대답했다. "당신은 성고요. 문자 그대로 성고요, 헨더슨 씨. 선생이 뭄마를 옮길 힘이 없었다면 난 선생을 성고로 삼을 수 없었을 거요."

"그렇다면, 그 문제는 됐습니다.—하지만 나머지는, 신들은요? 기분이 무척 나빴습니다, 전하. 어쨌거나 말을 해야겠군요. 제가 아주 바람직하게 살아왔다고 주장할 수는 절대 없습니다. 절 보시면 아시겠지만……" 왕이 고개를 끄덕였다. "전 군인으로서 또 시민으로서 끔찍한 짓을 많이 저지르며 살아왔습니다. 솔직하게 말해서 제가 살아온 이야기는 화장실 휴지에도 쓸 가치가 없어요. 하지만 사람들이 뭄마와 후맛, 다른 신들을 때릴 때 저는 땅에 쓰러져 버렸습니다. 그 자리가 꽤 어두웠기 때문에 전하가 보셨는지 모르겠지만 말입니다."

"나도 봤소. 헨더슨, 그렇게 된 건 내 의도가 아니오." 왕이 부드럽게 말했다. "나는 전혀 새로운 생각을 가지고 있소. 알게 되겠지만. 하지만 우리끼리만 이야기할까 하오."

"저에게 호의를 베푸시려는군요, 전하. 아주 큰 것을 기대해도 되겠지요? 최대한의 호의 말입니다."

 "물론이오. 두말하면 잔소리요."

 "좋습니다, 제 청은 이겁니다. 제가 진실을 털어놓아도 될까요? 그것만이 저의 유일한 희망입니다. 진실이 없다면 아무 소용이 없으니까요."

 왕이 웃음을 보였다. "무슨 이유로, 어떻게 내가 거절할 수 있겠소? 헨더슨 성고, 나는 기쁘오. 하지만 당신도 똑같은 호의를 베풀어야 하오. 서로 약속하는 것이 아니라면 아무 소용도 없을 테니. 선생은 진실이 어떤 형태를 갖추고 나타날지 생각해 본 적이 있소? 진실이 예상치 못한 어떤 다른 모습으로 나타날지라도 받아들일 마음의 준비가 돼 있소?"

 "전하, 이건 계약입니다. 우리 사이의 약속입니다. 아, 전하께서는 지금 제게 얼마나 큰 호의를 베풀고 계시는지 모르시는군요. 아르느위를 떠날 때(거기서 얼간이 짓을 저질렀다는 사실을 말씀드리는 편이 낫겠군요.—알고 계실지도 모르지만) 전 마지막 기회를 잃어버렸다고 생각했어요. 금방이라도 그룬 투 몰라니를 알아낼 참에 그 끔찍한 일이 터져버렸거든요. 모든 게 제 잘못이었지만 말입니다. 그래서 저는 먹구름에 싸여 떠났습니다. 빌어먹을, 정말 부끄러웠습니다. 아시겠지만 전하, 저는 잠자는 영혼에 대해, 그리고 그게 빌어먹을, 언제쯤에나 잠을 깰까 늘 생각하고 있습니다. 그래서 어제 제가 비의 왕이 되었을 때—아, 대단한 경험이었습니다! 그 느낌을 (아내인) 릴리에게 어떻게 전달할 수 있을까요?"

 "그렇게 말해 주니 고맙소, 헨더슨 성고 씨. 나는 중요한 의견 교환을 하고 싶어서 당신을 일부러 여기 머물게 했소. 왜냐하면 나 역시도 우리 종족에게 자신을 표현하기가 쉽지 않기 때문이오. 세상 구경을 조금이라도 한 사람은 호코뿐이지만 나는 그와도 자유롭게 의견을 나눌 수가 없소. 여기 사람들은 내 의견에 반대를 해서……."

왕은 이 말을 비밀스럽게 했고 말을 마친 후 넓은 입술을 다물었다. 방 안은 고요해졌다. 여전사들은 자는 것처럼 바닥에 누워 있었다.—타투는 모자를 썼고 다른 두 여자는 가죽조끼 말고는 아무것도 입지 않은 벗은 몸이었다. 그들의 검은 눈은 그냥 뜨고 있는 것 같아도 사실은 경계를 풀지 않았다. 우리가 있는 안쪽 방의 두꺼운 문 뒤에서 왕의 처첩들이 움직이는 소리가 들려왔다.

"옳으신 말씀입니다." 내가 말했다. "이건 단지 진실의 문제가 아닙니다. 고독의 문제도 있으니까요. 각자의 무덤인 고독의 문제 말입니다. 무덤에서 갓 나온 사람은 선악을 구분할 줄 몰라요. 그래서 예를 들면 진실과 얻어맞는 것 사이에 관련이 있다는 생각이 한동안 제 마음속에 있었습니다."

"그건 또 어떻게 된 생각이오? 무슨 생각을 한 거요?"

"저, 그게 이렇습니다. 지난겨울에 장작을 패다가 나무 조각에 코를 맞았습니다. 그런데 그때 처음 든 생각이 진실이더란 말입니다!"

"아!" 왕은 이렇게 탄성을 지르더니 내가 이전에 한 번도 못 들어본 다양한 이야기들을 은밀하고 나직한 투로 말했고 나는 두 눈이 휘둥그레져서 그를 빤히 쳐다보았다. "우선, 그게 그렇게 보일 것이오." 그는 이렇게 시작했다. "사실은 그와 다르다고 믿소만. 하지만 힘에 관한 어떤 법칙이 분명히 인간의 본성에 내재해 있는 것 같소. 인간은 맞고도 참고 넘어가는 존재가 아니거든. 자, 말을 보면—말은 복수할 필요가 없지. 황소도. 그런데 사람은 복수의 동물이란 말이오. 사람은 심한 대접을 받으면 거기서 벗어날 궁리를 하게 되지. 만일 그럴 수 없다면 마음 상하기 십상이고. 헨더슨 성고 씨, 그렇다고 생각하지 않소? 사람은 손을 들어 자기 형제를 치고, 아들은 아버지를 치고(얼마나 끔찍한 일이오!) 또 아버지가 아들을 치지. 더구나 이건 영원히 계속되는 문제요. 아버지가 아들을 때리지 않는다면 그들은 닮았다고 할 수 없을 테니까. 동질성을 유지하기 위해 그래야 하는 거요. 아, 헨더슨, 사람은 누구에게 맞고 가만히 있을 수가 없소. 만일 얼마 동안 그래야 한다면 그는 눈을 내리깔고 말없이 주먹질을 당하지 않을 방법을 생각할 것이오. 태곳적 그 주먹을 지금도 모든 사람이 느낄 수 있소. 맨 처음 주먹질은 카인이 한 걸로 돼 있지만, 어떻게 그럴 수 있었을까? 태초에 때리려고 들어 올린 손이 있었더니라. 그래서 지금도 사람들은 움찔하는 거요. 누구든지 벗어나려고, 스스로 해방되려고 남들에게 주먹을 날리는 거요. 나는 이것이 지상의 통치권이라고 생각하오. 하지만 폭력에 진실이 있다고 하는 것과는 다른 문제지."

 방 안은 그늘져서 어두웠지만 야채를 태우는 냄새와 열기가 공기 중에 퍼져 나갔다.

 "저, 전하, 잠깐만요." 내가 눈살을 찌푸리고 입술을 깨물면서 말했다. "전하의 말씀을 잘 이해했는지 봅시다. 그러니까 전하 말씀은 자기가 겪는 고통을 다른 사람에게 겪게 할 수 없다면 그 영혼은 죽게 될 거란 말인가요?"

 "미안하지만 얼마 동안은 그렇소. 그런 다음에는 평화와 기쁨을 누리게 되지."

 나는 얼굴의 드러난 부분에 가해진 채찍질이 극악무도했던지라 눈썹을 치켜뜨기가 쉽지 않았다. 그래서 한쪽 눈으로만 그에게 존경의 눈빛을 보냈다. "미안하다고요, 전하? 그래서 신들과 제가 맞아야 했던 겁니까?"

"으음, 헨더슨. 당신이 뭄마를 옮기고 싶어 할 때 내가 더 자세히 알려 줬어야 하는 건데. 지금까지는 당신 말이 옳소."

"하지만 전하께서는 제가 그 일을 해낼 줄 아셨잖습니까? 제가 뭄마를 보기도 전에 말입니다." 책망은 여기까지 하고 나는 다시 이렇게 말했다. "있잖습니까, 전하. 개중에는 악을 선으로 갚는 사람도 있습니다. 저 같은 사람도 알 수 있는걸요. 저처럼 정신 나간 놈도 말입니다." 나는 내가 어느 쪽 편인지를 가늠했다. 그리고 이전에도 줄곧 그편이었다는 사실을 깨닫고 불현듯 머리끝부터 발끝까지 떨리기 시작했다.

이상한 일이지만 나는 그의 생각이 나와 같다는 것을 알았다. 왕은 내 말을 듣고 기뻐했다. "용감한 사람은 누구나 그렇게 생각할 것이오." 왕이 내게 말했다. "용감한 사람이라면 남에게 분노를 떠넘기면서 살고자 하지 않을 거요. A가 B를 때리면? B는 C를 때리고?—이걸 다 적으려면 알파벳이 모자랄 거요. 용감한 사람은 악이 자기 자신에게서 그치도록 노력할 거요. 주먹을 자기 속에다 간직하지. 아무도 그의 주먹을 맞지 않을 것이고 그것이 바로 고귀한 야심이오. 그래서 폭력의 힘을 믿지 않는다면서 폭력의 바다에 몸을 던지는 사람도 있는 거요. 많은 용감한 사람들이 이런 식으로 죽음을 맞이했지. 하지만 그보다 훨씬 더 많은 사람들은 용기보다 인내심이 많았소. 그들은 이렇게 말했소. '분노의 짐은 이제 그만. 내 목이 뻣뻣해지는 걸 이제는 더 못 참겠어. 이 공포의 잡탕 수프는 더 이상 못 먹겠다고.'"

다푸 왕의 아름다운 인간성이 그의 말과 함께 내 마음을 녹였다는 사실을 이 자리에서 밝히고 싶다. 한창때를 맞아 촉촉해진 식물처럼 그의 검은 피부가 반짝거렸다. 기다란 등은 근육질이었고 봉긋 솟은 입술은 강렬한 빨강이었다. 인간의 완벽함은 덧없는 것이기에 우리는 아마 필요 이상으로 어떤 순간을 사랑하는 것이리라. 어쩔 수가 없었다. 나도 모르게 그렇게 되었다. 내 의지와 무관하게 잇몸이 욱신거리는 바람에 나는 내가 얼마나 그에게 반했는지 알았다.

"하지만 결국은 선생이 옳소. 악과 맞바꾼 선이 진정한 해답이오. 나 또한 동감이오. 하지만 인간이란 종족은 통틀어 보면 거기서 많이 벗어나 있는 것 같소. 아마 나도 예언을 할 입장은 아니겠지만, 성고, 고귀한 사람들이 세상에서 활약할 때가 오리라고 생각하오."

나는 흔들렸다. 그 말을 듣고 나는 전율했다. 하느님 맙소사! 한 사람만 더 내게 이런 말을 해준다면 세상의 그 무엇이라도 주었을 것이다. 너무 감동적이어서 얼굴이 도시의 한 블록만큼이나 길어지는 느낌이었다. 숭고한 대화를 나눈 덕분에 나는 정신적인 흥분과 열기로 온몸이 불덩이가 되었고 사물이 두세 겹 정도가 아니라 헤아릴 수 없이 많은 윤곽으로 보였다. 사물들마다 동심원을 그리며 황금색, 붉은색, 초록색, 암갈색 등 갖가지 색깔로 퍼져 나갔다. 다푸는 이 스펙트럼에 에워싸여 실제의 세 배 크기로 보였다. 그는 현실보다 큰 모습으로 내게 다가와서 여러 목소리로 이야기를 했다. 나는 성고의 녹색 비단 바지 안으로 내 다리를 부여잡았다. 그 순간만큼은 미쳤던 게 틀림없다. 많이는 아니고 약간. 정말로 그랬다. 진심이다. 왕은 아프리카인의 고전적인 위엄을 갖추어 나를 대했고 이것은 인간 행동의 한 정점이었다. 나는 사람이 이보다 더 품위 있게 존재하는 다른 어떤 곳도 알지 못한다. 여기, 오지의 한복판, 적도 근처의 오롯한 산골짜기 작은 방, 달밤에 시체를 등에 지고 푸르스름한 수풀을 아등바등 헤매었던 바로 그 마을 말이다. 글쎄, 거미가 한 방 얻어맞고서 갑자기 식물학이나 뭐 그런 데 대해 논문을 쓰기 시작한다는—해충의 변신이랄까. 내 말을 알아듣겠는지? 언젠가 고귀한 사람들이 세상에서 활약할 날이 온다는 왕의 말을 나는 그렇게 받아들였다.

"다푸 왕이시여." 내가 말했다. "저를 전하의 친구로 삼아주시면 좋겠습니다. 전하의 말씀에 깊이 감동했습니다. 너무 참신해서 머리가 좀 멍하지만요.—생전 처음이라서. 그렇지만 여기 온 건 잘한 일 같습니다. 어제는 호되게 당했지요. 하지만 괜찮습니다. 어쨌거나 저는 고생바가지를 타고난걸요. 적어도 변화라는 목적에 도움이 되어 다행입니다. 하지만 언제 고귀한 사람들이 활약을 할지 물어봐도 될까요?—그런 일이 어떻게 일어날까요?"

"무슨 근거로 내가 그렇게 확신하는지 알고 싶은가 보구려?"

"에, 맞습니다." 내가 말했다. "그렇지요. 몹시 궁금합니다. 제 말은 어떤 실제적인 방법이라도 있으신 건지?"

"헨더슨 성고 씨, 감추지 않고 말하리다. 거기 대해서는 신념이 있소. 사실 그걸 비밀로 하고 싶지 않소. 선생에게 보여 주고 싶은 마음뿐이오. 선생이 날 친구로 여겨주어서 고맙소. 나도 거리낌 없이 선생에게 똑같은 마음이오. 선생이 와서 기뻤소. 성고 건에 대해서는 진심으로 미안하게 됐소. 우리로서는 선생을 이용할 수밖에 없었소. 환경적인 문제 때문이지. 나를 용서해 주시오." 이 말은 형식상 명령이었지만 나는 기꺼이 복종했고 녀석을 용서했다. 아무 문제도 없었다. 내가 비범한 사람을 알아보지 못할 정도로 아둔하고 타락하지는 않았던 것이다. 나는 그가 어떤 종류의 천재임을 알아보았다. 아니, 그냥 천재 정도가 아니었다. 나는 그가 나와 같은 정신 유형을 가진 천재라는 사실을 깨달았다.

"아무렴요, 전하. 그건 아무 문제 없습니다. 저도 전하께서 절 이용하시기를 바랐는걸요. 혼자 그렇게 말했거든요."

"그렇다면 고맙소, 헨더슨 성고 씨. 이걸로 매듭지읍시다. 선생은 육체적인 견지에서 대단한 인물이라는 사실을 알고 있소? 거의 기념비적이지. 신체를 말하는 거요."

이 말에 나는 다소 긴장했다. 수상한 소리로 들렸기 때문이다. 그래서 이렇게 되물었다. "그렇습니까?"

왕이 큰 소리로 말했다. "우리의 진실 협정을 물리지 마시오, 헨더슨 씨."

이 말에 나는 긴장을 풀었다. "아, 그럴 리가요, 전하. 협정은 건재합니다. 무슨 일이 있어도 그렇습니다. 헛소리가 아니었어요. 모두 진심이었다는 것을 알아주셨으면 좋겠습니다."

이 말에 기분이 좋아진 왕이 내게 말했다. "조금 전에도 말했지만 진실에 대해서 말하자면, 사람은 진실일 거라고 미리 예상한 것만 진실로 받아들이는 것 같소. 하지만 나는 당신의 체형에 주목하는 거요. 당신 외모는 그 자체로 많은 것들을 말해 주오."

왕은 눈으로 자기 옆의 책 더미를 가리켰다. 마치 거기에 이 문제에 관한 단서가 있는 것처럼. 나는 제목을 읽으려고 고개를 돌렸지만 방 안이 너무 침침했다.

왕이 말했다. "선생은 아주 사나워 보이오."

이건 뭐 내게 새로운 말도 아니었지만 왕에게서 직접 듣자 기분이 상했다. "그래서 원하시는 게 뭡니까?" 내가 물었다. "저는 외모를 손상시키지 않고는 살아남을 수 없는 종류의 인간입니다. 인생이 저를 두들겨 팼지 뭡니까. 전쟁만 그런 게 아니었어요……. 심한 부상도 당했고요. 하지만 인생의 총알들은……." 나는 가슴을 탕 쳤다. "바로 여기 박혔어요! 제 말뜻을 아시겠습니까, 전하? 하지만 그래도 저 같은 인생일망정 안 버려졌으면 좋겠습니다. 가끔 엉뚱하게 자살하겠다고 윽박지르기는 했지만요. 행동으로 세상에 도움을 줄 수 없다면 적어도 어떤 본보기라도 돼야겠지요. 하지만 그것마저도 아는 게 없습니다. 전 무얼 보여 줄 것 같지도 않아요."

"아, 그건 아니오. 선생은 아주 많은 걸 보여 주고 있소." 왕이 말했다. "내게는 선생이 실례(實例)의 보고(寶庫)요. 선생의 외모를 탓하는 게 아니오. 단지 선생의 체격에 담긴 세계를 보는 거요. 의학 공부를 할 때 제일 관심을 가졌던 분야가 체격이어서 나는 혼자 유형별로 연구를 했소. 완벽히 분류했지. 예를 들면 고뇌형, 식욕형, 고집불통형, 천하태평 코끼리형, 약삭빠른 돼지형, 타고난 신경질형, 죽음에 순응하는 형, 위풍당당 남근형, 속 빈 강정형, 숙면형, 자아도취형, 미친 폭소형, 좀팽이형, 의지의 나사로형이 있지. 아, 헨더슨 성고, 얼마나 많은 형태와 모양이 있는지! 셀 수도 없소."

"그렇군요. 대단한 주제입니다."

"아, 그래. 정말 그렇소. 수년을 쏟아부었어. 라무에서부터 이스탄불과 아테네까지 다니면서 계속 관찰했소."

"엄청 돌아다녔군요." 내가 말했다. "그럼 말씀해 주십시오, 제가 어떤 유형인지."

왕이 말했다. "글쎄. 헨더슨 성고, 당신에게서는 '살려 줘, 살려 줘, 이제 뭘 해야 하지? 내가 뭘 해야 하느냐고? 지금 당장! 나는 어떻게 될까?' 이런 비명이 들려요. 좋지 않소."

이 순간 내가 얼마나 놀랐는지는, 내가 감추는 분야의 박사 학위를 가졌다 해도 감추지 못했을 것이다. 그래서 난 혼잣말을 했다. "맞아. 이것이 바로 윌라탈레가 내게 해주려던 말이었어. 그렇군. 그룬 투 몰라니는 시초였을 뿐이야."

"나도 그 아르느위 표현을 알고 있소." 왕이 말했다. "알고말고, 나도 이텔로와 함께 거기 가본 적이 있소. 그룬 투 몰라니가 무슨 뜻인지 안다오. 모를 리 없지. 또 그 부인도 알고 있소. 위대한 계승자, 인간 보석, 그 유형의 정점이지.—내 분류법을 말하는 거요. 물론 그룬 투 몰라니는 대단하지만 그 자체만 가지고는 충분치 않소. 헨더슨 선생, 뭔가가 더 필요하오. 이제 내가 당신에게 보여 줄 게 있는데, 그걸 보기 전에는 선생이 나의 특별한 목표나 관점을 완전히 이해할 수 없을 거요. 같이 가겠소?"

"어디로 말입니까?"

"말할 수 없소. 나만 믿어야 하오."

"그럼, 그러죠. 좋습니다. 추측하자면……."

왕이 원한 것은 나의 동의뿐이었으므로 그는 바로 일어섰고 수비대 모자를 쓴 채 벽 옆에 앉아 있던 타투도 따라 일어났다.

16

 우리가 있던 작은 방의 문을 열자 짚으로 칸막이를 한 기다란 복도가 나왔다. 여전사 타투가 우리를 먼저 나가게 한 다음 따라왔다. 왕은 벌써 저만치 앞으로 내려가고 있었다. 나는 왕을 따라잡으려고 했지만 빨리 걸으려 하면 할수록 어제 발을 얼마나 많이 베었는가를 실감할 뿐이었다. 그래서 나는 타투가 단호한 군인 걸음으로 내 뒤를 따라오는 동안 어기적거리며 비틀거렸다. 타투는 아무도 따라오지 못하도록 이쪽에서 그 작은 방의 빗장을 걸었고 15미터쯤 되는 회랑을 다 건너자 또다시 그 끝에 있는 문의 무거운 나무 빗장을 들어 올렸다. 타투의 무릎이 구부러지는 걸로 보아 강철만큼이나 무거웠을 테지만, 이 늙은 여인은 체격이 좋았고 자기가 해야 할 일을 알았다. 왕이 그 문을 통과하자 아래로 내려가는 층계가 보였다. 넓은 층계였지만 어둡고 앞이 아주 컴컴했다. 썩어서 부패한 냄새가 어둠 속으로부터 피어올라 나는 조금 숨이 막혔다. 하지만 왕은 서슴지 않고 썩은 냄새가 나는 어둠 속으로 들어갔고 나는 마음속의 두려움을 농담으로 넘기려고 이런 생각을 했다. '여기 필요한 건 광부의 램프와 카나리아 새장이군. 하지만 괜찮아, 어차피 가야 한다면 가는 거야. 하나, 둘, 셋. 자, 간다, 헨더슨 대장.' 알겠지만 나는 이런 순간에 군인 자아를 불러내곤 한다. 주로 그렇게 다리를 움직이는 방법으로 불안감을 다스리며 어둠 속으로 들어갔다. "전하?" 어둠 속에서 내가 불렀다. 하지만 아무 대답도 없었다. 내 목소리가 떨리는 걸 나 자신도 들을 수 있었는데 그때 아래에서 쿵쿵 빠른 걸음 소리가 들렸다. 나는 두 팔을 벌렸지만 난간이나 벽을 찾을 수 없었다. 하지만 발로 더듬어서 층계가 넓고 평평하다는 것을 알아차렸다. 위로부터 들어오는 빛은 타투가 문을 닫았을 때 차단되었다. 다음 순간 무거운 빗장이 제자리에 쾅 들어가는 소리가 들렸다. 이제 나는 아래로 따라가거나 아니면 그냥 그 자리에 앉아 왕이 돌아올 때까지 기다리는 수밖에 없었다. 그런데 이 두 번째 선택은 왕의 존경심을 잃어버릴뿐더러 어제 뭄마를 압도함으로써 어렵게 얻어 들인 나머지 것들마저 잃어버릴 위험이 있었다. 나는 계속 걸으면서 자신에게 말했다. 저 왕은 희귀하면서도 아마 위대한 인물일 것이라고, 천재가 틀림없다고. 그의 인간미가 얼마나 탁월하며, 그가 내는 콧소리가 어떻게 해서 어느 뜨거운 밤 뉴욕 16번가의 발전소를 떠올리게 하는가를, 우리가 어떻게 친구가 되어 진실 계약으로 묶이게 되었는지를, 그리고 마지막으로 그가 어떻게 고귀한 사람들이 더 훌륭한 미래를 이루리라고 예언했는가를 되뇌었다. 이 많은 목록 가운데 마지막 것이 가장 마음에 들었다. 그래서 나는 쓰라린 발로 더듬거리며 계속해서 혼잣말을 지껄였다. "신념을 가져, 헨더슨. 지금은 네게 신념이 필요한 때인 것 같아." 마침내 희미한 빛이 나타났고 층계의 끝이 눈에 들어왔다. 층계가 넓은 것은 이 궁전을 건축학적으로 미숙하게 지은 탓이었다. 이제 나는 건물 아래로 내려와 있었다. 한낮의 일광이 저만치 위의 좁은 틈을 통해 들어왔다. 빛은 원래 노란색이었지만 돌과 접촉하면서 잿빛이 되었다. 출구에는 어린아이도 빠져나가지 못할 만큼 좁은 간격으로 쇠막대가 두 개 박혀 있었다. 상황을 살펴보던 나는 화강암을 파서 만든 작은 통로가 아래의 또 다른 층계로 이어진다는 사실을 알아챘다. 그 층계 역시 돌이었다. 아래쪽 층계는 한층 더 좁았고 무척 깊은 곳까지 이어져 있었는데 군데군데 깨진 틈새로 자라는 풀과 새어 나오는 흙을 금방 발견할 수 있었다. "전하." 내가 불렀다. "전하, 이봐요! 거기 있나요, 전하?"

하지만 돌아온 답이라곤 거미줄을 위로 날리는 몇 줄기 미지근한 바람뿐이었다. "저 녀석 뭣 때문에 서두르지?" 나는 볼을 씰룩거리며 계속 아래로 내려갔다. 공기는 시원해지기는커녕 더 따뜻해지는 것 같았고 빛은 회색과 노란색의 액체처럼 돌로 둘러싸인 공간을 메웠다. 벽면이 여과 장치로 작용해 공기가 물처럼 고르게 분사되었다. 바닥에 이르니 마지막 몇 계단은 흙이었고 벽면도 아랫부분은 흙과 섞여 있었다. 그걸 보는 순간 바뉼 해양연구소의 수족관에서 해 질 녘에 봤던 점박이가 떠올랐다. 점박이 문어 그놈, 유리에 머리를 비벼댔지. 하지만 내가 거기서 느낀 게 차가움이었다면, 여기서는 흐뭇한 따스함이 느껴졌다. 나는 내 의상—헬멧은 물론이요, 가볍고 얇은 녹색 비단 바지마저—을 거추장스러워하며 앞으로 나아갔다. 점점 벽과 벽 사이가 넓고 깊어지면서 동굴 같은 것이 나왔다. 왼쪽으로 난 터널은 어둠으로 이어졌다. 그 안으로는 절대 들어가고 싶지 않았다. 다른 쪽에는 반원형의 벽이 있었고 나무 빗장이 달린 커다란 문이 있었다. 문은 약간 열려 있었는데 그 문 모서리에서 다푸의 손이 보였다. 스물 정도를 셀 때까지 다푸는 손밖에 보이지 않았지만,

이제는 날 어디로 데려가는지 물어볼 필요가 없었다. 문 뒤에서 들리는, 낮게 찢어지는 소리가 무엇보다 분명한 설명이 되었기 때문이다. 그곳은 사자 우리였다. 거기다가 문까지 살짝 열려 있어서 나는 꼼짝도 말아야겠다고 생각했다. 나는 그 자리에 얼어붙었고 나와 짐승 사이에는 왕밖에 없었다가 이윽고 그 문제의 짐승이 얼핏 보였다. 이 맹수는 왕이 잡아야 할 그놈은 아니었다. 나는 아직 왕과 사자의 관계를 정확하게 이해할 수 없었지만, 왕이 전혀 망설이지 않고 들어가 그 사자가 나를 맞이할 준비를 시킨다는 것은 알 수 있었다. 나는 왕과 함께 우리 안으로 들어가야 할 몸이었다. 의문의 여지가 없었다. 그리고 그 찢어지는 듯 부드럽고 위험한 사자 소리가 들리자 나는 외줄을 타는 느낌이 들었다. 그것도 무릎과 무릎으로. 나는 나 자신에게 신념을 가지라고 엄한 명령을 내렸지만 군인으로서 퇴각로를 생각하지 않을 수 없었다. 이 대목에서는 내가 불리했다. 층계를 올라간다면 꼭대기에서 빗장이 걸린 문을 맞닥뜨릴 것이다. 그 문을 두드리거나 고함을 질러봐야 아무 소용 없으리라. 타투는 문을 열어줄 리 없고 나는 끝까지 쫓기다가 결국은 누워서 저 짐승이 내 피로 세수하는 장면을 보게 될 것이다. 간을 맨 처음 끄집어내겠지. 맹수들은 으레 그러니까. 그놈들은 사냥감을 잡는 즉시 가장 영양가 있고 귀한 장기를 먹는다. 또 다른 방법은 어두운 굴속으로 뛰어드는 것이었지만 거기도 아마 문이 닫혀 있을 것이다. 그래서 서글픈 녹색 바지에 때 묻은 팬티를 입은 나는 마음을 단단히 먹고 그대로 서 있었다. 그러는 동안에도 공중을 가르는 으르렁 소리는 오르락내리락했고 왕의 음성도 들렸다. 왕은 사자에게 말을 걸고 있었다. 와리리어와 영어를 섞어서 말했는데, 영어는 나를 안심시키기 위한 배려인 듯했다. "괜찮아, 아가야, 염려 말고. 이리 온, 이리로, 예쁘지." 이 말로 미루어 보자면 놈은 암컷이었다. 왕은 놈을 달래기 위해 나직하고 침착하게 말했고 내게 말할 때도 음성을 높이지 않았다. "헨더슨 성고, 당신이 거기 있는 걸 이놈도 알고 있소. 천천히 이쪽으로 다가와야 하오.—조금씩 조금씩."

"꼭 그래야 하나요, 전하?"

왕은 문에 붙어선 채 나를 향해 손을 들어 올리며 손가락을 움직였다. 한 걸음 앞으로 발을 내딛는 순간, 언젠가 브리지 테이블 아래로 총을 겨눴던 고양이의 그림자가 내 의식에 드리워진 사실을 부인하지 않겠다. 왕의 팔 말고는 거의 아무것도 보이지 않았다. 그는 계속해서 손짓을 했고 나는 고무창이 깔린 신을 신은 발을 손톱만큼씩 움직였다. 으르렁대는 사자 소리는 이제 가시처럼 날카롭게 느껴졌고 일 달러짜리 동전만 한 검은 점이 자꾸 눈앞에 어른댔다. 이렇게 눈이 캄캄해지는 사이사이에 문 앞을 왔다 갔다 하는 사자의 몸—차분하고 살기에 찬 얼굴과 맑은 눈, 무거운 발걸음—이 보였다. 왕은 뒤로 손을 뻗어 나를 잡았다. 그는 내 팔을 그러잡고 자기 옆으로 끌어당겼다. 이제 내 팔을 붙들었다. "임금님, 여기서 무얼 해야 하는 겁니까?" 내가 속삭이는 소리로 물었다. 그때 암사자가 돌아서서 내게 몸을 부딪쳤다. 내 몸에 사자가 닿는 순간 난 김이 빠지는 소리를 냈다.

왕이 말했다. "움직이지 마시오." 그러고 나서 왕은 다시 암사자에게 이렇게 말했다. "오, 내 사랑, 착하지. 이분은 헨더슨이야." 암사자가 왕에게 몸을 비볐기 때문에 나는 왕의 몸을 통해 놈의 무게를 느낄 수 있었다. 암사자의 선키는 우리 허리보다 높았다. 왕이 사자에게 손을 대자 수염투성이인 사자가 입을 쩡그렸고 까만 모공이 그대로 들여다보였다. 암사자는 멀어졌다가 우리 뒤에서 방향을 돌려 다시 돌아와서는 이번에는 나를 찬찬히 살폈다. 나는 놈이 맨 먼저 주둥이를 치켜들어 내 겨드랑이와 가랑이 사이에 대는 걸 느꼈다. 후자의 경우에는 당연한 얘기겠지만 거기 있던 놈이 오그라들어 배 속으로 달아날 지경이었다. 나를 꽉 붙들어 세운 왕은 여전히 사자를 향해 부드럽고 잔잔하게 말을 붙이고 있었다. 사자의 콧김이 성고 바지의 녹색 비단을 휘날렸다. 나는 부러진 의치까지 한데 모아 볼살을 악물고 천천히 눈을 감았다. 내 얼굴은 운명을 향해 맞춰진 거대한 수신기가 되었다. 고통.(이 한마디에 어떤 인생의 나머지가 고스란히 담겨 있었고, 이 한마디에 '제발 이놈 좀 데려가!'라는 나의 절규가 들어 있었다.) 그러나 암사자는 내 가랑이에서 고개를 돌리고 다시 한 번 이리저리 걷기 시작했다. (나의 희망이라 할 수 있는) 왕이 내게 말했다. "헨더슨 성고, 다 잘됐소. 이 녀석이 당신을 편안하게 받아들일 거요."

"어떻게 압니까?" 내가 말라붙은 목구멍으로 물었다.

"어떻게 아느냐고!" 왕이 독특한 자신감을 내비치며 말했다. "나더러 어떻게 아느냐고 했소?" 왕은 나직하게 웃으며 말했다. "그야 이 녀석을 아니까 그렇지.—이놈은 애티요."

"대단해요. 그런 것도 다 아시고." 내가 말했다. "하지만 저는……." 내 말은 이어지지 않았다. 암사자가 다시 돌아서서 나와 딱 눈이 마주쳤기 때문이다. 분노의 원 같은 그 눈은 너무 크고 너무 선명했다. 그런 다음 암사자는 나를 지나쳐 다푸 왕의 옆구리에 가서 몸을 비볐다. 사자의 배가 살랑살랑 흔들렸다. 그러고는 다시 방향을 틀어서 머리를 왕의 손 아래에 밀어 넣고 그가 쓰다듬을 수 있게 했다. 암사자는 다시 이 동굴, 그러니까 모든 색을 잿빛과 노란빛으로 걸러 들이는 돌로 둘러싸인 이 커다란 방의 한끝으로 갔다. 암사자가 벽을 따라 다시 걸어와 으르렁 소리를 낼 때 보니 수염이 난 부위에는 보드랍고 어두운 빛깔의 주근깨들이 점점이 있었다. 왕은 즐겁고 장난스럽게 아프리카인 특유의 비음으로 노래하듯이 암사자를 불러댔다. "애티, 애티." 그러고는 이렇게 덧붙였다. "정말 아름답지 않소?" 갑자기 왕이 명령했다. "그렇게 가만히 있으시오, 헨더슨 성고."

나는 기겁을 해서 속삭였다. "어, 제발 가지 마세요." 하지만 왕은 내 말을 귓등으로도 듣지 않았다. "임금님, 제발." 나는 애걸을 했다. 왕은 내게 걱정하지 않아도 된다는 것을 보여 주려고 했지만 암사자와 눈이 맞아서, 자기들이 얼마나 행복한 사이인가를 보여 줄 욕심에 어제 해골을 던지면서 운동장을 뛰어다니던 것처럼 발걸음을 놀렸다. 지어낸 말이 아니다. 황금으로 수놓은 하얀 슬리퍼를 신은 왕은 어제 춤추고 뛰어오르던 때처럼 힘차게 다리를 놀렸다. 깔끔하게 떨어지는 바지 속에서 왕의 다리는 보기에도 행운을 타고난 듯, 아주 자랑스러운 무언가가 있어 보였다. 극도의 공포감 속에서도 나는 그런 다리를 가진 사람이라면 운이 좋을 수밖에 없으리라고 생각했다. 그가 제발 그 행운을 걷어차지 않기를, 또 암사자와의 관계를 꼭 그런 식으로 과시하지 않기를, 나는 빌었다. 과도한 자신감은 흔히 무시무시한 재난의 서곡이 되기 때문이다. 이 말이 틀렸다면 나는 헛살았다고 해도 좋으리라. 암사자는 왕의 손 아래에 머리를 갖다 대며 그의 옆에 바짝 붙어서 종종걸음을 쳤다. 왕은 암사자를 내게서 멀리 떨어진 동굴 저 끝으로 데리고 갔다. 거기에는 무거운 기둥으로 받친 나무로 만든 단인지 벤치 같은 것이 벽에 바짝 붙어 있었다. 왕은 거기 앉아 암사자의 머리를 무릎에 누이고 간질이며 어루만졌다. 사자도 앞발로 그와 치고받는 시늉을 했다. 암사자는 궁둥이를 깔고 앉아 앞발을 휘둘렀다. 왕이 사자의 작고 둥근 귀를 잡아당길 때 사자의 어깨 움직임이 보였다. 나는 서 있는 자리에서 손끝 하나 까닥할 수 없었고, 이마에 주름을 잡고 정신을 집중하느라 헬멧이 눈썹 위로 흘러내리는 것조차 바로 쓸 수가 없었다. 아니, 나는 들리지도 않고 보이지도 않았으며, 목구멍도 닫히고 모든 괄약근도 닫혀 버렸다. 그동안에도 왕은 여러 편안한 자세를 취하더니 팔꿈치를 고이고 편안히 쉬었다. 왕은 너무나 느긋한 모습이었고 세속적인 생활을 하는 매 순간순간에도 그에게는 찬란함의 그림자가 남아돌았다.—존재하는 사람의 재능을 타고난 증거였다. 애티는 앞발을 벤치 모서리에 기대고 서서 왕의 가슴뼈를 핥았다. 애티의 혀가 왕의 피부를 훑었고 왕은 다리 하나를 들어 장난스럽게 사자의 등 위에 얹었다. 그걸 보고 나는 숨이 막혀서 거의 정신을 잃을 뻔했다. 그런데 그렇게 두려웠던 게 왕의 안전 때문인지 다른 것 때문이었는지는 모르겠다. 뭔지는 모르겠지만—아마 황홀감이었을 것이다. 아니면 경외감일지도. 왕은 단 위에서 길게 몸을 뻗었는데, 그가 눕는 자세 그대로가 아니라면 누구라도 감히 드러눕는다는 표현을 쓸 수 없을 것이다. 왕에게 있어서 눕는다는 것은 예술의 경지였으며, 그가 누워서 건강을 유지한다고 말했을 때 그건 농담이 아니었을 것이다. 실제로 왕은 누워 있을 때 활력이 더해지는 것 같았다. 사자는 부드럽고 깊으면서도 갈라지는 소리를 내며 발톱을 감춘 커다란 뒷발을 한데 모으고는 왕의 곁으로 펄쩍 뛰어올랐다. 단 위로 올라간 암사자는 앞뒤로 왔다 갔다 하며 종종 왕을 경호라도 하는 것처럼 나를 힐끔거렸다. 사자는 타고난 준엄함을 갖춘 둥글고 선명한 시선으로 나를 쏘아보았다. 거기에는 어떤 직접적인 위협도, 인간적인 요소도 없었다. 그런데도 헬멧 안에 구겨진 내 머리털은 몽땅 위로 섰다. 고양이를 해치려다가 미수로 그친 나의 범죄를 이들 세계에서 알지 모른다는 막연한 걱정이 마음속에서 활개를 쳤다. 또한 잠자는 영혼을 일깨울 시간에 대해서도 불안한 마음뿐이었다. 내가 그 본질을 완전히 오해하고 있는지도 몰랐다. 그것이 나를 위한 심판의 시간이 아니라고 어떻게 장담할 수 있겠는가?

그렇지만 현재로서는 다른 실제적인 대안이 없었다. 나는 가만히 서 있을 수밖에 없었다. 그래서 그렇게 서 있었다. 이윽고 왕이 암사자의 뒤로 손을 뻗었다. 사자는 왕의 위로 왔다 갔다 활보하고 있었다. 왕이 문을 가리키며 소리쳤다. "문을 닫아주시오, 헨더슨 씨." 그러고는 이렇게 덧붙였다. "문이 열려 있으면 얘가 아주 불안해하거든."

그래서 내가 그에게 물었다. "움직여도 될까요?" 내 목구멍에서 잔뜩 녹슨 소리가 났다.

"아주 천천히 움직여요." 왕이 말했다. "하지만 걱정 말아요. 애티는 내가 시키는 대로 하니까."

나는 살금살금 뒷걸음으로 문까지 갔다. 어찌나 느린 걸음으로 갔던지 문에 이르자 그대로 밖에 나가 주저앉고 싶은 마음뿐이었다. 하지만 어떤 일이 생기더라도, 설사 지옥에 떨어지거나 대홍수가 닥칠지라도 왕과의 유대 관계를 저버릴 수는 없었다. 그래서 나는 몸으로 문을 눌러 닫았고 문에 기대는 순간 속으로 한숨을 내쉬었다. 완전히 기진맥진했다. 이런 식으로 고개를 연거푸 넘을 수는 없었다.

"자, 이제 앞으로 오시오, 헨더슨 성고." 왕이 말했다. "지금까지 훌륭했소. 조금만 더 빨리, 너무 급하지만 않게. 더 가까이 오는 게 좋겠소. 사자는 원시라서 먼 곳에 있는 걸 더 잘 보지. 가까이 와요."

나는 벌벌 떨며 속으로 왕과 왕의 사자 둘 다를 욕하면서 다가갔다. 메트로놈처럼 박자에 맞춰 앞뒤로 휘두르는 사자의 꼬리에서 눈을 떼지 못하면서. 한가운데에 이르자 나는 한낱 돌멩이처럼 세상에 의지가지없는 신세가 되었다.

"더 가까이, 이리로 오시오." 왕이 이렇게 말하며 손가락 두 개로 손짓을 했다. "애티도 선생한테 익숙해질 거요."

"그 전에 잡아먹지 않는다면요." 내가 대답했다.

"아니, 그럴 리가. 헨더슨, 애티는 나한테 그랬던 것처럼 선생에게도 어떤 영향을 줄 것이오."

내가 다가가자 왕은 나를 자기 쪽으로 잡아당기고 왼손으로는 사자의 얼굴을 옆으로 밀쳤다. 나는 몹시 어렵게, 기다시피 하며 그에게 갔다. 그러고는 얼굴을 훔쳤다. 그럴 필요는 없었지만. 얼굴이야 열 때문에 바짝 말라 있었으니까. 애티는 단 끝으로 걸어가더니 휙 돌아섰다. 왕은 사자가 다가올 때 성게처럼 곤두서는 내 뒷머리를 받쳐주었다. 사자는 내 엉덩이를 쿵쿵거렸다. 왕은 미소를 지으며 우리 사이가 아주 좋아졌다고 생각했다. 나는 약간 울부짖었다. 그러자 사자가 가버렸고 왕이 말했다. "너무 그렇게 속상해하지 마시오, 헨더슨 성고."

"아, 전하, 저도 어쩔 수 없는걸요. 그냥 느낌이 그래요. 꼭 무서워서가 아니라, 그런데 정말 무섭습니다. 하지만 그것만은 아니에요. 아주 뒤죽박죽입니다. 그래서 그래요. 뒤죽박죽이라고요. 그런데 이해할 수 없는 건 두려움이라는 놈이 그렇게 수도 없이 절 붙들어 집어삼켰는데, 어째서 지금까지도 그걸 견뎌내지 못할까 하는 겁니다." 이 말과 함께 나는 계속해서 훌쩍거렸지만 그렇게 큰 소리는 내지 않았다. 그 무엇도 자극하고 싶지 않았기 때문이다.

"그보다는 이 동물의 아름다움을 감상하도록 하시오." 왕이 말했다. "내가 당신을 그저 괴롭히기 위해서 어떤 고통을 준다고는 생각지 마시오. 이걸 선생은 담력 시험이라고 생각하시오? 세뇌하려고? 맹세코 그런 건 아니오. 내가 잘 통제할 수 없다면 선생을 이곳에 데려오지도 않았을 거요. 그랬다가는 정말이지 큰 소동이 났을 테니." 왕은 석류석 반지를 낀 손을 사자 목에 대고 말했다. "선생이 그 자리에 그대로 있어준다면 내가 확실히 믿게 해주겠소."

왕이 단에서 펄쩍 뛰어내렸다. 어찌나 순식간이던지 나는 기절할 만큼 놀랐다. 한 차례 경악이 가슴속을 훑고 지나갔다. 왕이 뛰어내리자마자 암사자도 훌쩍 뛰어내렸고 둘은 동굴의 한복판으로 함께 걸어갔다. 왕이 걸음을 멈추고 사자에게 명령을 내리자 사자는 자리에 앉았다. 왕이 다시 뭐라고 말하자 사자는 그대로 벌러덩 누워 입을 벌렸다. 그러자 왕은 쪼그리고 앉아 한쪽 팔을 사자의 입에 밀어 넣고 주름진 사자의 입술을 꼼짝 못하게 내리눌렀다. 한편 사자는 바닥에 누워 꼬리로 힘차게 돌바닥을 쓸며 커다란 원을 그렸다. 왕은 팔을 거두어 사자를 다시 일어나게 한 다음, 이번에는 사자 밑으로 기어들어 가 사자의 등을 다리로 감았다. 하얀 슬리퍼를 신은 왕의 두 발이 사자 엉덩이에 가서 포개졌고 팔은 사자의 목을 끌어안았다. 사자는 왕과 얼굴을 마주한 채 왕이 말을 붙이는 내내 그를 달고 아래위로 움직였다. 사자는 으르렁대긴 했지만 왕에게 그러는 것 같지는 않았다. 둘은 방 안을 거의 한 바퀴 돌아서 다시 단 있는 곳으로 돌아왔다. 사자는 부드럽게 찢어지는 소리를 내며 입술에 주름을 잡았다. 자주색 바지를 입은 왕은 사자에게 매달려 나를 올려다보았다. 그때까지 나는 세상의 신기한 것은 다 보고 다닌 줄 알았다. 그런데 이제 보니 아직 시작도 못 한 셈이었다. 왕이 사자에게 거꾸로 매달려서 날 보며 그 두툼한 입술로 웃을 때, 나는 세상의 진기한 구경거리는 여태 냄새도 못 맡았음을 깨달았다. 형제여, 이것은 흔히 말하는 숙련의 문제가 아니라—타고난 천재, 바로 그것이었다. 암사자 자신도 그걸 알고 있었다. 동물의 차원에서도 사자가 왕을 사랑한다는 사실은 따로 통역할 필요가 없었다. 명백했다. 사람을 사랑하는 암사자! 동물의 사랑. 나도 그를 사랑했다. 누군들 그러지 않으랴?

내가 말했다. "이런 구경은 해본 적이 없습니다."

왕은 사자에게서 떨어져 나와 무릎으로 사자를 옆으로 밀고는 다시 단으로 훌쩍 올라갔다. 애티도 다시 와서 단의 버팀 다리를 흔들었다.

"이제 생각이 좀 달라졌소, 헨더슨 씨?"

"달라지다마다요. 이건 뭐 완전히 달라졌습니다."

"하지만 내 눈에는 보이는구려." 왕이 말했다. "선생이 아직도 두려워하는 게."

나는 그렇지 않다고 말하려고 했지만 얼굴이 실룩거리는 바람에 말을 할 수가 없었다. 갑자기 기침이 나기 시작했다. 나는 엄지를 안으로 말아 넣은 주먹으로 입을 막았지만 눈에 눈물이 고였다. 마침내 이렇게 말할 수밖에 없었다. "반사작용입니다."

사자가 옆에서 어슬렁대나 싶었는데, 왕은 다짜고짜 내 손목을 잡고 녀석의 옆구리에 내 손을 갖다 댔다. 사자의 털이 내 손끝 아래에서 천천히 움직이자 손톱은 다섯 자루의 불타는 초가 되었다. 손의 뼈들은 백열등이 되었다. 그다음에는 무서운 충격이 팔을 지나 가슴까지 이르렀다.

"이제 애티를 만져보니 무슨 생각이 드시오?"

"무슨 생각이 드느냐고요?" 나는 치아의 힘을 빌려 아랫입술을 통제하려고 애썼다. "아이고, 전하, 제발. 하루 만에 몽땅 다 할 수는 없습니다. 저도 온 힘을 다하고 있습니다만."

왕도 내 말에 수긍했다. "내가 서둘러 진행하려 한다는 건 맞는 말이오. 하지만 나는 선생의 초보적인 어려움을 단시간에 극복시키고 싶소."

손가락 냄새를 맡았더니 암사자 특유의 냄새가 났다. "제 말 좀 들어보십시오." 내가 말했다. "저도 조급해서 고생을 많이 합니다. 하지만 제가 한 번에 받아들일 수 있는 양이 정해져 있다는 것을 말씀드려야겠군요. 제 얼굴에는 아직 어제 입은 상처가 남아 있어서 사자가 신선한 피 냄새를 맡을까 봐 그것도 걱정입니다. 이런 동물들은 일단 피 냄새를 맡았다 하면 아무도 못 말리니까요."

이 놀라운 사나이는 내 말을 듣고 너털웃음을 터뜨리며 말했다. "아, 헨더슨 성고, 예리하시구려." (내가 그렇다고 생각해 본 적은 한 번도 없었다.) "선생은 내게 정말로 소중한 사람이오. 그리고 사자를 만져본 사람이 많지 않다는 사실을 명심하시오."

"사자야 안 만져보고도 잘 살았을 겁니다."라는 말이 하마터면 나올 뻔했다. 하지만 왕이 사자를 어찌나 높이 평가하던지 나는 이 말을 속으로 삼키고 그저 주절거렸다.

"선생은 정말 겁이 난 모양이오! 정말로! 최고로! 이런 모습을 보니 진심으로 재미있구려. 이렇게 두려워하는 모습은 본 적이 없소. 불안한 쾌락 같기도 하고. 강한 사람들은 흔히 이 공포와 만족의 혼합물을 가장 좋아한다는 사실을 선생은 아시오? 내 생각에는 선생도 분명히 그런 유형인데. 그리고 말인데, 난 선생의 눈썹이 움직일 때가 좋소. 정말 특이하거든. 또 턱이 복숭아씨처럼 되고 얼굴은 목이라도 졸린 것 같은 색으로 변해 부풀어 오르면서 입이 옆으로 벌어질 때도. 게다가 선생이 울 때는 정말! 선생이 울기 시작할 때 나는 경탄했소."

나는 이런 이야기들이 진정으로 개인적인 흥미에서가 아니라 이런 현상에 대한 그의 과학적인, 혹은 의학적인 관심에서 비롯됐다는 사실을 알고 있었다. "선생의 하순(下脣)은 대체 어떻게 된 거요?" 왕이 아직도 내 턱에 관심을 보이면서 물었다. "어떻게 그렇게 주름이 많이 잡힐 수가 있소?" (이건 정말이지 나도 몰랐던 사실이다.) 왕은 나보다 월등했고 남아도는 그림자나 자기가 가진 희뿌연 광채로 주변을 빛낸다든가 사자를 타고 다니며 나를 압도했기 때문에, 나는 그가 무슨 말이든 하도록 내버려 두었다. 왕은 내 코와 볼록한 배, 무릎의 주름에 대해서 그가 관찰한 여러 가지 더욱 놀라운 사실들을 알려 주고 나서 내게 말했다. "애티와 나는 서로 영향을 주고받는 사이오. 당신도 우리와 한 무리가 됐으면 하는데."

"저 말입니까?" 나는 그가 무슨 말을 하는지 알 수가 없었다.

"내가 선생의 체형을 분석했다고 해서 다른 방면으로 선생이 얼마나 훌륭한지 몰라본다고는 생각하지 마시오."

"그러니까 전하, 이 동물하고 저를 위한 어떤 계획이 있다는 말씀입니까?"

"그렇소. 이제 그걸 설명할 것이오."

"저, 좀 조심스럽게 진행해야 할 듯합니다." 내가 말했다. "제 심장이 얼마나 더 이 압박을 견뎌낼지 모르겠군요. 이따금 실신하는 습관이 있는데 그걸로 봐서 제가 너무 심한 건 받아들이지 못하는 모양입니다. 더군다나 제가 쓰러지기라도 하는 날에는 애티가 어떻게 행동할까요?"

그러자 왕이 말했다. "아마도 선생은 첫날치고 애티에게 충분히 보여 준 것 같소." 왕이 다시 단에서 일어나자 사자도 왕의 뒤를 따랐다. 바닥에서 5미터 반쯤 높이에 무거운 문이 밧줄에 매달려 있었는데 그 밧줄은 홈이 파인 수레바퀴에 감겨 있었다. 왕은 이 문으로 사자를 별도 공간에 격리시키는 모양이었다. 고양잇과 동물은 언제나 자기 마음대로 문을 드나드는 법인데 애티도 예외가 아니었다. 애티는 왕이 문에 연결된 밧줄에 매달려 있는 동안 문가에서 어슬렁거리기만 했다. 애티가 방을 나갈 때 나는 왕에게 어서 가도록 애티의 꽁무니를 한 방 때려주라고 일러주고 싶었다. 그래도 왕은 사자의 주인이지 않은가. 그러나 내가 나설 상황이 아니었다. 마침내 애티는 완만하면서 보폭도 좁은 걸음으로 한없이 느긋하고 더할 수 없이 신중하게 옆방으로 들어갔다. 왕은 굵은 밧줄을 풀어서 거대한 문짝이 내려가도록 했다. 큰 소음과 함께 문이 바닥을 치자 왕은 매우 유쾌한 표정으로 단에 앉아 다시 나를 마주했다. 평화로웠다. 왕은 뒤로 기대 긴장을 풀고 고요하게 숨을 쉬었다. 정맥이 불거진 눈꺼풀이 약간 퀭했다. 팬티가 훤히 비치는 야만스러운 바지를 입고 그의 곁에 앉아 있으니 이 나무로 만든 단 이상의 무언가가 그를 떠받드는 것 같았다. 나도 그 단에 앉아 있긴 했지만 바닥이 왕만큼 받쳐주지 않았기 때문이다. 어쨌든 나는 가만히 앉아서 그가 충분히 쉬도록 기다렸다. 다시 한 번 다니엘이 네부카드네자르 왕에게 했던 오래된 예언이 머리에 떠올랐다. 사람에게 쫓겨나 들짐승과 함께 거하리라. 손에서는 여전히 사자 냄새가 진동을 했다. 그 냄새를 자꾸 맡다 보니 아르느위의 개구리들과 아르느위 사람들이 공경하던 소 떼, 내가 죽이려고 했던 세입자의 고양이가 떠올랐다. 그렇지, 내가 키우던 돼지는 말할 것도 없고. 과연, 이 예언이 나와 특별한 인연이 있는 이유는 아마도 내가 딱히 사람들과 우정을 나눌 만한 인물이 아니기 때문일 것이다.

잠깐 쉬고 난 왕이 다시 입을 뗐다.

"자, 그러면, 헨더슨 씨." 왕은 특유의 이국적이고도 독특한 어투로 말하기 시작했다.

"저, 임금님, 임금님은 어째서 이 사자와 어울려야 하는지를 제게 설명하겠다고 하셨지요? 하지만 전 아직까지 아무것도 못 알아듣겠습니다. 아아, 정말 헷갈려요!"

"내 분명히 설명하리다." 왕이 말했다. "우선 사자의 내력을 말해 주겠소. 내가 애티를 잡은 건 일 년 남짓 됐소. 사자가 필요하면 잡아오는 게 와리리의 전통 방식이오. 몰이꾼들이 나가서 사자를 호포라고 하는 곳으로 몰아넣는데, 이건 몇 킬로미터나 되는 덤불에서 치르는 아주 큰 행사요. 동물들이 북소리와 뿔 나팔 소리에 놀라서 호포의 넓은 쪽 끝에서 좁은 끝으로 몰려가지. 그 좁은 끝에 덫이 있거든. 그러면 왕인 내가 마지막 포획을 하는 거요. 애티는 이렇게 해서 붙잡았소. 참, 그런데 우리 아버지의 사자 그밀로 말고는 어떤 사자도 거두어서는 안 된다는 사실을 선생에게 말해야겠군. 불법이거든. 그래서 애티를 여기 데려올 때 격렬한 반대에 부닥치고 동반자 관계에 커다란 불안을 일으켰소. 특히 부남과 그랬소."

"거참, 그 녀석들하고는 어떻게 된 겁니까?" 내가 내친김에 물었다. "그 자식들은 전하 같은 왕을 모실 자격이 없어요. 전하 같은 인품이라면 큰 나라를 다스릴 수도 있을 텐데."

왕은 이 말을 듣고 기뻤던 것 같다. "그건 그렇다 하더라도, 부남과 호코 숙부, 그리고 다른 사람들과 상당한 분쟁이 있었소.

모후와 후궁들은 말할 것도 없고. 왜냐하면 헨더슨 씨, 이곳에서 허용되는 사자는 단 한 마리, 선왕뿐이기 때문이오. 그 외의 사자는 이간질을 하고 악행을 일삼는다고 여기고 있소. 알겠소? 돌아가신 선왕을 후계자가 다시 붙잡아 와야 하는 주된 이유는 그런 악한 존재들과 함께 내버려 둘 수 없기 때문이오. 와리리의 마녀들은 나쁜 사자들하고 간통을 저지른다는 말이 있소. 그 사이에서 태어난 일부 아이들마저 위험하지. 덧붙이자면 어떤 여자가 사자와 부정을 저질렀다는 사실을 그 남편이 증명할 수만 있다면, 그는 아내의 극형을 요구할 수도 있소."

"매우 독특하군요." 내가 말했다.

왕은 말을 계속했다. "요약하자면, 나는 이중의 비난을 받고 있소. 첫째, 난 아직도 내 아버지의 사자인 그밀로를 잡아 오지 못했소. 둘째, 애티를 키우고 있기 때문에 나는 모자란 짓을 하는 것으로 여겨지고 있소. 그렇지만 아무리 반대가 거세도 나는 애티를 키울 작정이오."

"사람들이 원하는 게 뭡니까?" 내가 물었다. "윈저 공[86]처럼 퇴위라도 하라는 겁니까?"

왕은 살짝 웃더니 방 안에 깃든 깊은 정적을 깨고—우리를 짓누르는 노르스름한 잿빛 공기가 천천히 깊고 어두워지는 가운데—이렇게 말했다. "그럴 생각은 없소."

"이거 참, 임금님 뜻이 그러시다면 그래야지요. 저도 잘 압니다." 내가 말했다.

"헨더슨 성고." 왕이 말했다. "이 문제에 대해서 더 자세히 말해야겠구려. 여기서는 왕이 아주 어릴 때부터 자신의 후계자를 거두도록 돼 있소. 그래서 나도 내 할아버지인 사자를 찾아가곤 했소. 그 사자의 이름은 서포였지. 그렇게 해서 나는 어린아이

적부터 사자들과 가까이 친하게 지내왔고, 세상에서 그만한 친구는 찾지 못했소. 그래서 내 아버지 그밀로가 돌아가셨다는 비보를 들었을 때도 사자가 너무 보고 싶은 나머지, 학업을 중단하고 고향으로 돌아오는 게 백 퍼센트 싫지는 않았소. 의학 공부를 좋아하기는 했지만 말이오. 어쩌면 사자와의 관계를 지속하지 못했기 때문에 내가 약해져 있었다고도 말할 수 있을 거요. 결국 나는 집으로 돌아왔고 기운을 보충할 수 있었소. 당연한 일이지만 내가 곧바로 그밀로를 잡았더라면 더는 바랄 게 없었을 것이오. 하지만 그밀로 대신 애티를 잡았기 때문에 나는 애티를 포기할 수가 없소."

나는 촌스러운 바지 자락을 끌어다가 얼굴을 훔쳤지만 열 때문에 얼굴은 기분 나쁠 정도로 말라 있었다. 다른 때 같으면 당연히 땀이 비 오듯이 쏟아졌을 텐데.

"그래도, 그밀로는 잡아야 하오. 내가 그를 잡을 것이오." 왕이 말했다.

"행운이 가득하기를 빕니다."

그러자 왕은 내 팔목을 세게 붙잡고 말했다. "이걸 망상이나 환각으로 여긴다 한들 선생을 탓하지는 않겠소, 헨더슨 씨. 하지만 날 위해서, 선생이 제안한 대로 우리는 서로 진실만을 말하는 사이니까, 선생이 참고 굳세게 버텨주기를 부탁하는 바요."

이럴 때 설파제[87] 한 움큼이 있으면 큰 도움이 되겠다고 생각했다.

"아, 헨더슨 성고." 왕은 한참 생각한 끝에 내 손목을 기분 나쁘게 계속 누르면서—그의 행동에는 갑작스러운 데가 별로 없었다.—말했다. "좋소. 그건 쉽게 이해할 수 있을 거요. 망상, 상상, 꿈 같은 것이라면 말이오. 하지만 이건 꿈이나 잠이 아니라 깨어 있는 현실이오. 하하하! 언제나 욕구가 가장 왕성한 사람이 현실을 가장 많이 의심하는 법이오. 희망이 절망으로 변하고 사랑이 증오와 죽음, 침묵 따위로 변하는 것을 견디지 못하는 사람들 말이오. 정신은 이성적인 의심을 할 권리가 있소. 그래서 무릇 정신은 덧없는 삶 속에서 깨어나 자기와 마찬가지였던 유한한 삶의 지성이 남겨 놓은 것들을 보고 이해한다오. 하나하나의 짧은 삶들이 모여 찬란하고 거대한 정신을 이뤄낸다는 사실을 쉽게 못 믿는 것도 당연하오. 인간은 사유를 통해 옳은 길을 찾아야 하오. 이걸 생각하면 숨이 막혀 오지. 그렇소, 성고. 바로 이 하루살이 같은 목숨이, 상상의 달인인 인간이오. 그리고 지금 이 순간에도 이 귀한 자질은 사람들을 살리기는커녕 죽게 만든다오. 어째서? 그 사실을 알면 놀라지 않을 수 없을 거요. 아, 정말이지 고통스러운 장면이오, 헨더슨." 왕이 말을 이었다. "결론적으로 말해서 나 다푸를, 이텔로의 친구이자 당신의 친구를 의심하지 마시오. 당신과 나는 친구로 맺어졌고 당신은 내게 마음을 주었지 않소."

"그 문제라면 염려 붙들어 매셔도 됩니다, 전하." 내가 말했다. "저를 철석같이 믿으십시오. 전하를 아직 다는 이해하지 못하지만, 판단은 나중에 하더라도 전하를 따르겠습니다. 그러니 환각의 가능성에 대해서는 너무 염려 마십시오. 툭 까놓고 보자면 저처럼 비가 오나 눈이 오나 현실에서만 뒹굴던 놈도 많지 않으니까요. 이게 저의 가장 근본적인 충정입니다. 가끔 정신을 놓는 때도 있었지만 결국은 항상 돌아왔어요. 물론, 맹세코 쉬운 일은 아니었지만요. 그렇지만 전 그런 것들을 사랑해요. 그룬 투 몰라니!"

"그렇소." 왕이 말했다. "정말 그렇소. 내가 좋아하는 태도요.

그룬 투 몰라니! 그런데 그건 어떤 형태, 어떤 모양일까? 자, 헨더슨 씨, 이제 당신이 넓고 깊은 상상의 소유자라는 사실을 믿게 됐소. 그래서 더욱 당신한테 필요한…… 당신한테 특별히 필요한 것 말이오."

"절실하게 필요합지요." 내가 말했다. "실제 겉으로는 하고 싶다, 하고 싶다고 떠드는 목소리의 형태를 취하고 있습니다만."

왕이 깜짝 놀라며 되물었다. "뭐요, 그게 무슨 말이오?"

"제 속에는 그렇게 아우성치는 뭔가가 있어요." 내가 말했다. "절 가만히 내버려 두지 않을 때가 많답니다."

이 말은 어쩐 일인지 왕을 극도로 놀라게 했다. 그래서 왕은 꼼짝 않고 커다란 허벅지에 두 손을 얹더니 입술을 위로 들어 올리고 콧구멍을 벌렁거리면서 광택이 나는 코로 나를 쳐다보았다.

"그 말이 들린단 말이오?"

"정말이지 매일같이 들리는걸요." 내가 말했다.

왕이 나직하게 말했다. "그게 뭐요? 당연한 권리를 주장하는 거요? 정말 이상하군. 아주 인상적인 현상이오. 이런 얘기는 들어본 적이 없소. 무얼 하고 싶다는 건지 말한 적이 있소?"

"아뇨." 내가 말했다. "단 한 번도 없습니다. 무얼 원하는 건지 말을 하게 할 수가 없었어요."

"정말 이상한 일이오." 왕이 말했다. "끔찍하게 고통스럽지 않았소? 하지만 선생이 뭐라고 대답할 때까지 그 소리는 계속될 것 같구려. 그 말을 들으니 가슴이 뭉클하군. 하고 싶은 게 뭐였든지 간에 얼마나 속이 탔겠소. 마치 장기 투옥과도 같았겠군. 하지만 선생 말대로 그놈은 속내를 안 털어놓고 있으니, 살라는 건지 죽으라는 건지 딱 집어서 말하는 것도 아니고 말이오?"

"어이구, 저는 죽어버리겠다고도 많이 했습죠, 전하. 가다가

한 번씩 심술이 나면 거들먹거리면서 아내에게 제 머리통을 날려 버리겠다고 으름장을 놓았거든요. 소용없어요. 그놈이 원하는 게 뭔지 아직도 얻어듣지를 못했습니다. 지금까지 저는 놈이 싫어하는 것만 주었고요."

"저런, 원치 않는 것 때문에 죽는 것은 가장 흔한 사인(死因)이지. 어쨌든 이건 아주 특별한 현상이지 않소, 헨더슨? 선생이 뭄마를 성공적으로 옮긴 이유를 이제 알 것 같소. 그건 오로지 가슴속에 갇힌 욕구 때문이었구려."

나는 고함을 지르다시피 말했다. "아, 이제 아시겠습니까? 전하, 정말 아시겠습니까? 정말정말 감사합니다. 임금님이 아실 리가 없는데. 어쨌든 어떻게 된 영문인지 모르겠군요." 그 말은 사실이었다. 사랑과 감사의 영혼이 내 안에서 걷잡을 수 없이 꿈틀거리며 밀려 나와 숨이 막혔다. "그 소리 때문에 제가 어땠는지 아십니까? 어떻게 그걸 좀 이상하다거나 착각이라고 말하겠습니까? 하고 싶다, 하고 싶다 같은 말이 자꾸 들린다고 이렇게 전하께 있는 그대로 말씀드리고 보니 그건 더욱더 착각일 리 없다는 걸 알겠습니다. 의지할 데가 생기니 이제 환각에 대해 걱정할 필요도 없겠습니다. 이토록 제 마음이 움직이는 걸 보면 실체가 분명한 것이 틀림없습니다. 집을 떠나기 전에 잡지에서 읽었는데 사오십 년에 한 번쯤 사막(그레이트 아메리카 사막입니다.)에서 피는 꽃이 있답니다. 다 강수량에 달린 거지요. 그런데 그 기사를 보면 그 꽃씨를 가져다가 물이 담긴 양동이에 넣어도 싹이 트지 않는다는 겁니다. 절대로 안 되고말고요, 전하. 물에 적신다고 되는 게 아닙니다. 땅에 스며드는 비가 있어야 합니다. 정해진 날짜만큼 물이 쏟아져야 하는 거죠. 그렇게 오륙십 년이 지나고 나야 처음으로 백합이나 미나리아재비 같은 꽃을 볼 수 있는 겁니다. 장미도 야생 복숭아도 마찬가지지요." 마지막에 나는 목이 몹시 메어 쉰 소리로 이렇게 말했다. "그 잡지는《사이언티픽 아메리칸》이었습니다. 말씀드리지 않았습니까, 전하? 제 아내가 구독하고 있다고. 릴리, 집사람은 아주 활달하고 호기심 많은 마……." 마음이라고 말하고 싶었는데 릴리를 입에 올리려니 가슴이 탁 막혀 버렸다.

"알겠소, 헨더슨." 왕이 진지하게 말했다. "우리는 상호 이해 혹은 우호적 협약 관계에 이르렀소."

"임금님, 감사합니다." 내가 대꾸했다. "좋습니다. 이제 조금 진전을 보기 시작했군요."

"잠깐 감사를 보류해 두시오. 그보다 먼저 난 선생에게 참고 믿어달라고 부탁해야겠소. 거기 덧붙여 첫 단추로서, 선생은 내가 포기하는 마음으로 세상을 버리고 와리리로 돌아온 것이 아니란 사실을 믿어줘야 하오."

이 대목에서 나는 그가 사자에 대한 어떤 직감이 있다고 말해야겠다. 인간의 마음에 대한 직감, 상상력과 지성, 인류의 미래에 대한 직감을 지녔다고. 왜냐하면 지성이란 자유롭고(그가 그렇게 말했다.) 어디에서나 시작할 수 있으며 어디로든 갈 수 있으니까. 또한 그는 당시 흥분했을 수도 있고 자기 생각에 떠밀려 갔을 수도 있다. 그것은 왕이 단순한 몽상가가 아니라 몽상하는 행동가요, 계획이 있는 사람이었기 때문이다. 그리고 그가 흥분했다는 말은 그의 판단이 그를 저버렸다는 뜻이 아니라 그의 열정과 전망이 그를 멀리 휩쓸어 갔다는 의미다.

17

　왕은 대화할 상대가 생겼다면서 내가 온 것을 환영한다고 말했는데, 그건 거짓말이 아니었다. 우리는 줄곧 이야기를 나눴다. 내가 그의 말을 완전히 이해했다고는 말하지 않겠다. 내가 말할 수 있는 건 단지 판단을 보류하고 그의 말에 주의 깊게 귀를 기울였다는 점, 그리고 왕이 경고한 것처럼 진실이란 내게 준비되지 않은 형태로 다가올지 모른다는 사실을 잊지 않았다는 점뿐이다.
　그렇게 알게 된 왕의 관점을 대강 요약해서 말해 보겠다. 왕은 특히 사람에게 부여된 내면과 외면 사이의 연관 관계에 대해 어떤 믿음을 가지고 있었다. 열성적인 학생이자 대단한 독서가였던 왕은 시리아에 있을 때 학교 도서관 수위로 일하면서, 근무 시간이 끝나면 기이한 책들로 머릿속을 채웠다. 예를 들면 그는 이런 식으로 말을 했다. "제임스의 『심리학』, 아주 매력적인 책이지." 그는 나름대로 그런 책들을 상당히 많이 독파했다. 왕은 인간을 구성하는 요소들은 껍데기에서 내면으로, 혹은 내면에서 껍데기로 변할 수 있다고 굳게 믿었다. 또한 육체가 정신에 영향을 주기도 하고, 정신이 육체에 영향을 주었다가 다시 정신으로 간 후 또다시 육체로 돌아갈 수 있다고 했다. 그는 그 과정이 대단히 역동적이라고 여겼다. 나는 내가 아는 정신과 육체를 생각하면서 이렇게 말했다. "정말, 진심으로 그렇다고 확신합니까, 전하?"

확신이라고? 그 이상이었다. 왕은 기세등등했으며 자기 생각을 굳게 믿었다. 이렇게 신념에 찬 모습을 보니 영락없이 릴리 생각이 났다. 두 사람 다 무언가를 믿을 때 기뻐하며 들떴고 묘한 단언을 하는 경향이 있었다. 다푸는 자기 아버지에 대해 얘기하는 것도 좋아했다. 예를 들면 선왕인 그밀로는 수염과 갈기만 없었을 뿐 모든 점에서 사자 유형이었다고 말했다. 다푸 자신은 겸손해서 자기가 사자를 닮았다고 자랑하지 않았지만 나는 그가 그렇다는 사실을 알고 있었다. 운동장을 달리면서 해골에 매달린 끈을 휘두르다가 잡아채는 걸 봤을 때 이미 알아보았다. 왕은 많은 사람들이 예전부터 그래 온 것처럼 기초적인 관찰에서 출발했다. 즉 산에 사는 사람들은 산을 닮아가고, 평야 사람들은 평야를, 물가에 사는 사람들은 물을 닮고, 소 치는 사람들("맞아, 성고. 선생의 친구, 아르느위 족 말이오.")은 소를 닮듯이 말이다. "이건 다소 몽테스키외적인 사상이라 하겠는데." 왕은 이렇게 말하며 끝도 없는 실례를 들었다. 수백만의 사람들이 인생 경험을 하며 눈여겨보는 것들에 대해서 말이다. 말을 키우는 사람들은 활달하고 이도 크고 정맥도 불거지고 거칠게 웃는다는 점. 개와 주인은 서로 닮는다는 점. 남편과 아내는 비슷한 점이 아주 많다는 점. 나는 녹색 비단 바지를 입은 채 몸을 앞으로 쭈그리며 속으로 생각했다. '그렇다면 돼지도……?' 그러나 왕은 이렇게 말했다. "자연은 대단한 흉내쟁이요. 또 사람은 만물의 영장이고 응용의 도사요. 생각해 내는 데 귀신이지. 인간의 몸이야말로 육체를 재료로 만들어낸 인간의 주요 작품이오. 이거야말로 기적이오! 승전보라 할 수 있지! 동시에 재앙이야! 눈물을 펑펑 쏟아야 할!"

"그렇죠, 임금님 말씀이 옳다면 무척 슬픈 일입니다." 내가 말했다.

"실패한 부스러기들이 무덤과 묘를 채우지." 왕이 말을 이었다. "흙이 다시 제 살을 먹어치우지만 생명의 흐름은 여전히 계속되고 있어. 진화가 일어나는 거야. 우리는 그것을 잊어서는 안 되오."

간단히 말하면 왕은 인간이 형성된 경로를 과학적으로 풀어서 설명했던 것이다. 육체에 생긴 병의 원인이 머리에 있을 수 있다는 간명한 설명에 왕은 만족하지 않았다. 모든 것이 머리에서 비롯되었다. "우리 대화의 격을 낮추고 싶지는 않지만." 하고 왕은 입을 뗴었다. "하지만 예를 들기 위해서인데, 어떤 부인의 코에 여드름이 났다면 그건 그 부인의 어떤 생각 때문에 만들어졌을 거요. 정신이 내리는 지엄한 명령에 따라 변형이 일어난 거지. 훨씬 더 근본적으로 말하면, 코의 일부는 유전적으로 만들어졌지만 일부는 그 부인의 생각으로 만들어지는 거요."

이쯤 되자 나는 머리가 대바구니처럼 가벼워져서 이렇게 되물었다. "여드름이라고요?"

"그건 깊은 욕망이 밖으로 불타오르는 하나의 표지라오." 왕이 말했다. "하지만 굳이 탓하고 싶다면—아니요! 서로 탓하고 말고 할 일이 아니지. 우리는 어차피 전문가도 아니니까. 그렇지만 내부에서는 바로 그런 일들이 일어나는 거요. 질병이란 정신이 하는 강연이오. 허용된 은유법이지. 흔히 꽃들은 사랑의 언어를 가지고 있다지 않소. 백합은 순결을, 장미는 정열을 말하고 데이지는 침묵이라지. 하! 예전에 그렇게 글귀가 수놓인 쿠션을 보았소. 하지만 진심으로 말하건대 정신은 여러 가지 언어를 구사하오. 그래서 마음먹기에 따라 두려움을 다른 증세로 바꿀 수 있고 때로는 희망으로도 바꿀 수 있는 거요. 희망에 부푼 뺨이나 희망에 찬 얼굴도 있고, 존경심 어린 발, 정의로운 손, 평온한 눈썹, 뭐 그런 것들이 있을 수 있지 않겠소." 왕은 내 얼굴에 나타난 반응을 보고 재미있어했다. 분명히 어리벙벙한 표정이었을 것이다. "저런." 그가 말했다. "내 말에 놀랐소?" 왕은 무척 좋아했다.

더 긴 이야기가 이어지는 가운데 나는 그에게 이렇게 말했다. "솔직히 임금님 말씀에 뜨끔했습니다.―제 외모가 그렇게 심각한가요? 고백하자면 저는 이 몸뚱어리 때문에 힘들었습니다. 저도 제 몸이 왜 이런지 모르겠습니다."

왕이 말했다. "사람의 육체는 어떤 의미에서 그 사람 영혼의 작품이오. 나는 선생과 같은 얼굴, 선생과 같은 코를 본 적이 없소. 내게는 그 생김새만으로도 전환이라는 측면에서 완벽한 하나의 발견이오."

"이럴 수가." 내가 대답했다. "그건 최악의 소식이군요. 가족의 죽음 다음으로요. 어째서 제가 제 외모를 책임져야 합니까? 나무들도 그러지 않는데. 제가 한 그루 버드나무라면 임금님은 제게 이런 얘기를 하실 리 없죠."

왕이 말했다. "이런, 선생이 너무 심각하게 받아들이는구려." 그러고서 왕은 온갖 종류의 의학적 증거와 뇌에 관한 연구를 인용하면서 설명을 계속했다. 왕은 반복해서 내게 대뇌피질은 사지 끝에서부터 인상과 감각을 받아들일 뿐 아니라, 명령과 지시를 내린다고 말했다. 그런 일들이 실제로 어떻게 이루어지는지, 어떤 공간이 어떤 기능을 담당하는지, 체온이나 호르몬 따위에 대해 나는 명확하게 알 수는 없었다. 왕은 계속해서 식물성 기능이니 그런 용어에 대해 떠들었지만 그 외 다른 말은 하나도 알아들을 수 없었다.

마침내 왕은 내게 자기 책을 몽땅 다 떠안겼고 나는 그 책들을 숙소로 가지고 가서 공부하겠다고 약속해야 했다. 이 책과 잡지들은 그가 학교에서 올 때 가져온 것이었다. "어떻게 가지고 왔지요?" 내가 물었다. 그러자 왕은 말린디를 거쳐서 올 때 당나귀를 한 마리 샀다고 설명해 주었다. 그것 말고는 아무것도 사지 않았다. 청진기와 혈압 재는 도구 외에는 옷도(무엇에 필요하겠는가?) 사지 않았다. 부족에 불려 올 때 그는 의대 3학년이었다. "저도 전쟁이 끝난 다음 바로 거기 갔어야 하는 건데.—의대 말입니다." 내가 말했다. "괜히 허송세월만 했어요. 제가 의대에 갔더라면 좋은 의사가 됐을까요?" 왕의 대답은 이랬다. "오호!" 왕은 그러지 못했을 이유가 없다고 했다. 처음에는 조금 망설이는 모습을 보였지만 내가 진심이라는 것을 알게 되자 왕은 진정으로 내 장래를 생각해 주는 것 같았다. 다른 사람이 현역에서 은퇴할 무렵에야 인턴을 하게 되겠지만 어쨌든 그것은 나, E. H. 헨더슨의 문제이지 다른 사람하고는 상관없다고 왕은 말해 주었다. 나는 뭄마를 들어 올리지 않았는가. 그것을 잊지 말자. 뭐, 어느 날 첨탑이 내 위에 떨어져 날 납작하게 만들어버릴 수도 있겠지만, 그런 예측할 수 없는 일들만 안 일어난다면 내겐 구십 년은 버틸 체력이 있었다. 그리하여 마침내 나의 야심을 진지하게 알아본 왕은 매우 심각한 얼굴로 이렇게 말하곤 했다. "좋구려, 매우 탁월한 전망이오." 왕이 그만큼 심각하게 다루는 문제가 또 하나 있었는데, 그것은 비의 왕으로서 맡은 나의 임무에 관한 것이었다. 내가 비의 왕으로서 맡은 임무에 관해 우스갯소리라도 할라치면 그는 단박에 내 말을 끊고 이렇게 말했다. "헨더슨, 당신이 성고라는 사실을 잊지 않는 게 좋겠소."

당시 나의 일과란 한 가지만 빼고 이러했다. 매일 아침, 탐바와 베부라는 두 여전사가 나를 시중들었고 밟아주는 마사지인 족시를 내게 권했다. 두 여자는 내가 거절하면 놀라기도 하고 실망도 하면서 서로 마사지를 해주었다. 또 아침마다 나는 로밀라유를 만나 내 행동거지에 대한 그의 걱정을 덜어주려고 노력했다. 로밀라유는 왕과 내가 한 쌍의 바퀴벌레처럼 친하게 지내는 것이 불안하고 당황스러운 모양이었다. 그래서 나는 틈만 나면 이렇게 말해 주었다. "로밀라유, 자네도 이 점은 꼭 알아두게. 그분은 아주 특별한 왕이야." 하지만 로밀라유도 당시 상황으로 보아 다푸와 나 사이에 잡담 이상의 무언가가 오간다는 것을 깨달았다. 그리고 사실 내가 나중에 이야기할 어떤 실험이 실제로 진행 중이기도 했다.

점심시간 전에는 여전사들이 한자리에 소집되었다. 짧은 조끼 같은 것을 입은 이 여자들은 내 앞에 엎드렸다. 그녀들은 흙이 잘 묻도록 입술에 침을 묻히고는 내 발을 들어 자기들 머리에 올려놓았다. 어딜 가나 화려한 행렬과 열기, 압박감과 근엄함, 북소리와 나팔 소리로 요란했다. 그리고 나는 여전히 열이 났다. 병과 열의의 작은 불꽃들이 내 안에서 타올랐다. 나는 비의 왕, 습기의 왕이었지만 내 코는 극도로 건조했다. 나한테서는 사자 냄새도 났다.—얼마나 심했는지는 모르겠다. 어찌 됐든 나는 녹색 뽕 바지에 헬멧을 쓰고 크레이프 고무창을 댄 신발을 신고, 여전사 군단 앞에 모습을 드러냈다. 그러고 나면 두꺼운 눈꺼풀처럼 주름을 드리운 의전용 양산이 등장했고 여자들은 겨드랑이에 백파이프를 틀어쥐었다. 시끄럽고 요란한 가운데 하인들이 브리지 테이블을 펼치면 우리는 점심을 먹기 위해 자리에 앉았다.

모두 한자리에 모였다. 부남과 호코, 그리고 부남의 부하인 검은 가죽 같은 녀석까지. 이 부남이란 친구가 자리를 많이 차지하지 않아 다행이었다. 호코가 자리를 많이 차지했기 때문이다. 곧고 빼빼한 부남은 영원한 인간사를 꿰뚫어 보는 듯한 눈빛으로 나를 쳐다보았다. 그의 두 눈 사이에 뿌리를 삐뚤빼뚤 뻗은 인간의 역사가 있었다. 까까머리에 유쾌한 짧은 이를 가진 그의 아내들은 둘 다 쾌활했다. 그 둘은 잘 노는 소녀들처럼 보였다. 언제나 그렇듯이 호코는 배에 드리운 의상을 쓰다듬다가 귓불을 늘어뜨리는 무거운 붉은 돌을 매만지곤 했다. 하얀 솜 방울 같기도 하고 만두 같기도 한 것이 내 앞에 놓였는데 입자가 굵고 짜서 그렇지 전분인 것 같았다. 적어도 의치에는 더 이상 해롭지 않을 성싶었다. 몬테쿠콜리와 슈포어가 갈아버린 이뿌리에 박혀 있는 금속 조각이 헐거워진다면 나는 문명 세계에 도착하기도 전에 아파서 죽을지도 몰랐다. 나는 스스로를 자책했다. 사실 비상용 의치가 있었는데 그걸 두고 이렇게 길을 떠나는 게 아니었다. 비상용 의치는 석고 틀과 함께 뷰익 트렁크 안의 상자에 있었다. 그 트렁크 안에는 잭을 스페어타이어에 매달아 놓는 용수철이 있고 나는 안전을 기한답시고 의치 상자를 거기 두었던 것이다. 눈에 선했다. 나 자신이 트렁크 안에 누워 있는 것처럼 훤히 보였다. 회색 판지로 만든 상자, 속은 분홍색 휴지로 채웠으며 겉에는 '버펄로 치과기공소'라는 이름표가 붙어 있다. 남은 의치마저 깨질까 봐 나는 짭짤한 만두일망정 최대한 조심하면서 씹었다. 깊은 생각을 꾸역꾸역 포개놓은 듯한 부남도 다른 사람과 마찬가지로 먹고 있었다. 부남과 검은 가죽 같은 녀석은 매우 음험해 보였는데, 특히 검은 가죽 같은 녀석은 언제라도 금방 날개를 펴고 날아오를 것처럼 보였다. 그도 역시 음식을 씹고 있었다. 말이야 바른 말이지 이 궁전 마당에는 어딘가 모르게 『이상한 나라의 앨리스』 같은 흥겨움이 배어 있었다. 머리하고 배밖에 보이지 않아 얼핏 조그만 흑빵처럼 보이는 아이들이 흙바닥에 앉아 공기놀이를 하고 있었다.

애티가 궁전 지하에서 으르렁댈 때도 아무도 입을 열지 않았다. 오로지 호코만이 움찔했지만 그것도 곧 엷은 미소 속으로 사라져버렸다. 그는 항상 반짝거려서 보나 마나 몸속의 피도 가구 광택제처럼 반짝일 것이다. 호코는 왕과 마찬가지로 신체 조건이 좋았으며 눈동자 색도 같았다. 단지 눈이 불거진 점만 달랐다. 그래서 나는 조카가 북쪽에서 학교에 다니는 동안 라무의 삼촌은 틀림없이 신 나게 놀았으리라고 생각했다. 내가 보기에 그는 얌전히 교회나 다닐 사람이 아니었다.

어쨌거나 매일이 똑같았다. 식사 의식이 끝나면 나는 여전사들에 둘러싸여 뭄마에게 갔다. 뭄마는 여섯 사람이 굴리는 묵직한 장대들 위에 누워 자신의 제단으로 돌아가 있었다. 내 눈으로 똑똑히 목격한 사실이다. 후맛과 함께 쓰는 그녀의 방은 궁전 뜰에 별도로 마련된 공간으로, 그곳에는 나무 기둥들과 기분 나쁜 물이 담긴 돌 수조가 있었다. 이 물은 이른바 성고의 특별 비품이었다. 매일같이 뭄마를 찾는 일은 내게 기운을 북돋아 주었다. 우선, 하루 중 제일 끔찍한 일정을 끝냈다는(때가 되면 이에 대해 설명하겠다.) 사실이 좋았고, 다음으로는 뭄마에게 개인적인 애착이 생겼기 때문이다. 나의 성공에 그녀가 기여했다는 사실뿐 아니라 예술 작품으로나 신성함으로나 뭄마의 어떤 특징에 끌렸다. 황새 둥우리 같은 머리를 하고 육중한 몸 아래 불안한 다리를 가진 그녀는 못생겼지만, 나는 그녀에게서 묻어나는 자애로움을 보았다. 난 이렇게 말하곤 했다. "안녕하시오, 아주머니. 문안 인사요. 바깥양반도 안녕하신가?" 나는 후맛, 그러니까 붉은 모자를 쓴 힘꾼 투룸보가 들어 올렸던 못생긴 늙은 산신(山神)을 그녀의 배우자로 여기고 이런 인사를 날렸다. 둘은 좋은 배필로 보였고 서로 만족해하며 썩은 물이 담긴 돌 수조 옆에 서 있었다. 내가 뭄마한테 문안하는 동안 탐바와 베부는 박 두 개에 물을 채워놓았고 우리는 또 다른 길에서 양산과 해먹을 들고 기다리는 여전사들에게 갔다. 양산과 해먹도 내 바지와 마찬가지로 성고의 색인 녹색이었다. 주변의 도움을 받아 해먹에 누우면 터질 것만 같은 몸의 무게 때문에 해먹이 휘청거렸다. 하지만 위를 올려다보면 강렬한 오후의 열기에 그대로 멈춰버린 눈부신 하늘과 나른하고 느긋한 술 장식이 달린 팽팽한 양산이 시계 방향으로 또 반대 방향으로 빙빙 돌았다. 궁전 문을 나설 때면 거의 언제나 애티의 으르렁 소리가 들려왔는데 땀 흘리며 길을 재촉하던 여전사들도 그때만 되면 늘 긴장으로 뻣뻣해졌다. 양산잡이도 따라서 갈팡질팡해서 나는 햇빛을 한 방씩 강하게 맞곤 했는데, 그 사나운 불길을 받다 보면 피가 커피 여과기처럼 머리로 솟구쳐 올랐다.

내가 연루된 왕의 특별 실험을 떠오르게 하는 이 소리를 들으며, 우리는 북 치는 고수를 대동하고 마을에 들어갔다. 사람들이 탐바와 베부에게 작은 컵을 건네며 물을 보시받았다. 성고는 자손 번성과도 관계가 있어서 특히 여자들이 많이 몰렸다. 알다시피 번식도 물기가 있어야 하니까. 이러한 방문은 매일 오후, 느릿느릿 불규칙한 큰북 소리에 맞춰 이루어졌다. 북소리는 팽팽하게 쿵 울렸다가 아스라이 사라지고 말았지만 그래도 항상 박자가 맞았다. 여자들은 수조 물을 받으려고 질그릇으로 만든 컵을 들고 저마다 오두막에서 뙤약볕 아래로 나왔다. 나는 그늘 속에 누워 깍지 낀 손을 배 위에 얹은 채 졸음이 오는 북소리에 귀를 기울였다. 그러다가 마을 중앙에 이르면 해먹에서 기어 나왔다. 그곳은 시장이면서 치안재판소였다. 두엄 더미 위에 빨간 가운을 입은 판사가 앉아 있었다. 지저분하게 생긴 녀석의 외모가 마음에 들지 않았다. 그곳에서는 언제나 소송 사건이 있었는데 피고인은 말뚝에 묶인 채 갈라진 막대기로 입을 틀어막혀 입천장과 혀를 눌리고 있었다. 내가 나타나면 공판이 멈췄다. 소리를 지르던 법관들은 입을 다물고 사람들은 "성고! 아키-성고!(위대한 백인 성고!)"라고 외쳤다. 탐바나 베부가 내게 구멍 뚫린 박을 건네주었는데 옛날에 세탁부들이 사용하던 물뿌리개—아니, 잠깐, 그것보다는 가톨릭교회에서 사용하는 성수 살포기 같은 것이었다. 나는 사람들에게 물을 뿌려주었다. 사람들은 웃으면서 내게 와 절을 하고 물을 뿌려달라는 뜻으로 등을 내밀었다. 이가 빠진 반백의 노인이 자손들 손에 이끌려 왔고 젖가슴이 땅으로 축 늘어진 아가씨들과 등뼈가 꼿꼿한 힘센 놈들도 있었다. 나의 직책과 힘에 대한 존경심과는 별개로 조롱하는 분위기도 아주 없지 않았다. 어쨌거나 나는 말뚝에 매인 죄인이 물세례 의식에서 빠지지 않도록 신경을 써서, 땀이 흥건한 그 불쌍한 녀석의 피부에 물방울을 떨어뜨렸다.

대략 그 정도가 비의 왕으로서 나의 의무였다. 하지만 이제 왕의 특별 계획에 대해서 말해야겠다. 또한 그가 건넨 책들에 대해서도. 나는 그 책들을 멀리하고 있었다. 우리가 처음에 대화를 나누었을 때 나는 뭔가 문제가 있겠다는 것을 눈치챘다. 왕이 줬던 책들 중 두 권은 꽤 낡아 보였고, 과학에 관한 재판(再版)들은 맨 앞장이 표지도 없이 너덜거렸다. 몇 권을 들춰보았더니 빽빽하고 까맣게 인쇄돼 있었고 깨끗한 면들은 분자식으로 채워져 있었다. 분자식이 없는 공간에는 단어들이 묘비처럼 답답하고 빼곡하게 적혀 있어서 나는 몹시 낙담했다. 마치 리무진을 몰고 라 구아르디아 필드로 들어가 퀸스의 묘지를 지나치는 기분이었다. 너무 따분했다. 죽은 자들은 이미 우편으로 발송되었고 죽음이 핥아놓은 우표처럼 묘석들만 남았다.

어쨌거나 뜨거운 오후였고 나는 앉아서 그 책들로 뭘 할 수 있을지 궁리했다. 나는 근무복인 녹색 비단 바지를 입고 꼭대기가 볼록 튀어 오른 헬멧을 썼으며, 모양이 일그러질 대로 일그러져서 삐죽대는 입술처럼 말려 올라간 고무창을 댄 신발을 신고 있었다. 그런 상황이었다. 몸도 아프고 열이 나서 졸음이 왔다. 태양은 절대온도를 고수하고 줄무늬 그늘은 움직일 줄을 몰랐다. 공기는 열기로 몽롱하고 주변의 산들은 당밀 사탕처럼 노랗고, 부서질 듯, 속이 빈 것처럼 들여다보였으며, 그을린 것 같았다. 먹으면 이에 해로울 것처럼. 그리고 내게는 이 책들이 있다. 다푸와 호코가 바닷가에서 산을 넘어올 때 당나귀에 실어온 책들이었다. 책을 지고 온 당나귀는 잡혀서 사자 밥이 되었다.

어째서 이 책을 읽어야 하는 거지? 이런 생각이 들었다. 속으로 드는 거부감이 대단했다. 우선 내가 꿀통이라는 사실을 왕이 알게 될까 봐 두려웠다. 이렇게 잠자는 영혼을 깊숙이 파고든 데다가 뭄마를 들어 올려 비의 왕까지 됐는데, 나라는 인간이 알고 보니 괴상한 멍텅구리라는 건 바람직하지 않았다. 그래서 나는 이러지도 저러지도 못했다. 나는 혼자 하는 카드를 몇 판 깔았다. 그다음에는 너무 졸려서 태양이 내리쬐는 자연의 색을 응시했다. 초록은 물감 같고 갈색은 빵 껍질 같았다.

　나는 세심하고 감성적으로 책을 읽는다. 책을 얼굴 높이로 들어 읽다 보면, 좋은 문장 한 줄에 뇌가 화산으로 변해 버린다. 한꺼번에 갖가지 생각을 하게 되고, 그 생각들이 펄펄 끓는 용암이 되어 온몸으로 쏟아져 내린다. 릴리는 내가 정신적인 에너지의 양이 너무 많아서 그렇다고 우긴다. 반대로 프랜시스에 따르면 내게는 뇌의 힘이 전혀 없단다. 내가 진심으로 말할 수 있는 건 아버지의 책에서 "죄 사함은 영원할지니."라는 구절을 읽었을 때 머리를 바윗돌로 얻어맞는 느낌이었다는 것이 전부다. 앞에서 말한 것 같은데, 우리 아버지가 책갈피로 사용한 현금을 슬쩍한 후 그 책의 제목마저 잊어버렸던 것이 틀림없다. 어쩌면 죄악에 대해 그 이상 알고 싶지 않았을 것이다. 거기까지가 딱 좋았고 그 이상 읽다가는 무슨 내용이 나올까 두려웠을지도 모른다. 어쨌든 나는 영감을 따르는 쪽이지 계획적인 유형은 아니다. 게다가 그 한 문장을 따르지 않을 셈이라면 책 한 권을 통째로 다 읽는다고 해서 무슨 도움이 되겠는가?

　아니다, 나는 한 번도 독서를 할 만큼 차분해 본 적이 없었고, 또 한때 생각으로는 돼지에게 도움이 된다고만 여겼어도 아버지의 책들을 돼지한테 던져주었을 것이다. 책을 많이 읽으면 나는 혼란스러워졌다. 프랑스에 대해 뭔가를 읽기 시작했을 때 나는 비로소 로마에 대해 아무것도 모른다는 사실을 깨달았다. 로마 다음은 그리스와 이집트, 늘 태초의 심연으로 되돌아갔다. 사실을 말하자면 나는 아는 게 부족해서 단 한 권도 제대로 이해하지를 못했다. 나중에 가서야 내가 재미있게 읽을 수 있는 책이라곤 『진료소 연애담』, 『통증을 이기다』 같은 것들 아니면 의사들의 일대기—이를테면 오슬러[88], 쿠싱[89], 제멜바이스[90], 메치니코프[91]

―라는 것을 알았다. 그리고 윌프레드 그렌펠에 집착하다 보니 래브라도와 뉴펀들랜드[92], 북극권, 그리고 에스키모인들에게 관심이 생겼다. 이 책을 읽는 독자라면 릴리도 나와 함께 에스키모인한테 간 줄 알겠지만 릴리는 함께 가지 않았다. 그 때문에 나는 매우 실망했다. 에스키모인들은 생필품밖에 없는 사람들이고 릴리는 지극히 단순한 사람이라서 릴리가 그들을 만난다면 많은 것을 깨달으리라 기대했는데 말이다.

하긴 릴리는 단순하기도 하고 단순하지 않기도 하다. 진실한 성품을 타고나지는 않았다. 자기 약혼자들에 대해 늘어놓은 거짓말을 보라. 해저드가 결혼하러 가는 도중에 눈을 한 방 먹였다는 것도 믿을 수가 없다. 어떻게 믿을 수 있겠는가? 자기 어머니가 멀쩡히 살아 있는데도 죽었다고 말한 사람의 말을. 카펫에 대해서도 거짓말을 했는데, 바로 그 카펫 위에서 자기 아버지가 자살했던 것이다. 나는 생각이 많으면 거짓을 말하게 된다고 말하고 싶다. 그렇다. 생각이 많으면 흔히 거짓말을 하게 된다.

릴리는 또 공갈 협박도 잘한다. 알다시피 난 그 큰 덩치를 마음 깊이 사랑하고 혼자 재미 삼아 릴리를 부분부분 따로 떼어 생각하곤 한다. 손이나 발, 아니면 발끝에서 시작해 팔다리와 관절로 올라간다. 그렇게 하면 놀랄 정도로 만족스러운 기분이 된다. 한쪽 젖가슴이 다른 쪽보다 작아서 언니와 동생 같고 골반은 살로 잘 덮여 있지 않고 약간 드러나 있다. 그러나 릴리의 몸은 얌전하고 예뻐 보인다. 더욱이 당황하면 얼굴이 하얘지는데 그 점이 무엇보다 마음에 든다. 그렇지만 그녀는 성급하고 낭비벽이 있으며 집을 깨끗이 치우지 않고 거짓말을 밥 먹듯이 하며 나를 이용해 먹는다. 우리가 결혼하기 전에 나는 그녀를 대신해서 여기저기로 편지를 스무 통 가까이 썼다. 국무성 같은 곳에다가 이런저런 내용으로 말이다. 릴리는 나를 추천서로 써먹었다. 그녀는 미얀마나 브라질로 가겠다고 했고 그 말 속에는 내가 다시는 그녀를 볼 수 없으리라는 협박이 깔려 있었다. 나는 즉석 대용품이었다. 그렇다고 모든 사람들 앞에서 그녀를 개똥으로 만들 수도 없었다. 그런데도 결혼했을 때 내가 신혼여행으로 카퍼 에스키모인과 야영하고 싶어 하자 릴리는 들으려 하지 않았다. 어쨌든 나는 (또 책 얘기인데) 프로이첸[93]과 공트랑 드 퐁생[94]을 읽고 겨울에 야외에서 살아남는 법을 연습했다. 칼로 이글루를 지었다. 그런데 릴리가 애들을 데리고 에스키모인처럼 가죽을 덮고 자기를 거부했기 때문에 영하의 날씨가 계속되는 가운데 릴리와 나는 떨어져 있었던 것이다. 꼭 해보고 싶었는데.

나는 다푸가 준 책들을 모조리 훑어보았다. 사자에 관한 내용일 줄 알았지만 아무리 책장을 넘겨도 사자에 대해서는 한 줄도 나오지 않았다. 앓는 소리를 낼지라도, 앉아서 졸지라도, 요컨대 에틸알코올이 늘 하얀색이듯이 언제나 파란 하늘을 자랑하는 이 뜨거운 아프리카의 한낮에 그런 재미없는 책과 씨름하는 것 말고라면 그 무엇이라도 좋았다. 첫 번 글은 셰민스키라고 서명이 돼 있고 시작하는 문단이 쉬워 보여서 집어 들었지만 전혀 쉬운 글이 아니었다. 나는 천신만고를 거듭하며 읽다가 오버슈타이너의 대칭감각중[95]이라는 용어가 나오자 멈칫했다. 머릿속으로 '우라질! 이게 무슨 짓거리람! 의사가 되고 싶다는 말을 했더니 왕은 내가 의학 훈련이라도 받은 줄 아는가 보지. 제대로 알려줄까 보다.'라고 생각했다. 그 책은 너무나 난해했다.

하지만 어쨌든 내 특기를 발휘했다. 오버슈타이너의 대칭감각중을 그냥 넘기고 결국에는 여기저기서 일부분만을 간신히 이해했다. 대부분의 글들은 신체와 두뇌의 상관관계를 다루었고 특히 강조하는 것은 자세와 좌우의 혼란, 다양한 형태로 나타나는 감각의 왜곡과 과장에 관해서였다. 그런 이유로 정상적인 다리를 가진 사람이 자기는 코끼리 다리를 가졌다고 믿을 수도 있는 것이었다. 설명 자체도 흥미로웠지만 몇 가지 묘사는 아주 훌륭했다. 나는 줄곧 머릿속으로 '내 늙은 머리를 박박 문질러 때를 빼고 광을 내서라도 이 사람이 하는 말을 알아들어야겠군. 내 인생이 여기 달려 있을지도 몰라.'라고 되뇌었다. 내가 다룰 수 있을 만큼 단순해진 인생의 조건을—드디어!—찾아내고, 금방이라도 허물어질 듯한 궁전에서 이 앞서 가는 의학 출판물을 읽는 신세가 된 걸 생각하면 행운이 아닐 수 없었다. 세상에는 이제 교육의 혜택을 받지 않은 토박이 왕자가 별로 없을 것이다. 또 기술 전문학교들은 전 세계에서 다양한 인종들을 받아들였고, 그들 중에는 엄청난 재능을 보여 준 사람들도 있었다. 하지만 정확히 다푸 왕과 같은 사례는 아직 들어보지 못했다. 다푸 혼자만으로도 충분히 하나의 범주가 될 수 있었다. 이는 다시 말해 내가 다푸와 함께 정말로 궁지에 빠진 것일지도 모른다는 뜻이었다. 우리는 이미 한 배를 탔으니까. 다만 혼자서 어떤 부류로 분류되는 심정을 나는 개인적인 경험으로 알고 있다.

셰민스키의 글을 읽고 잠깐 쉬고 있었다. 혼자서 카드를 벌여 놓고 들여다보느라 몸을 굽힌 채 식식대고 있는데, 이 유난히도 뜨거운 날 왕의 숙부인 호코가 궁전 1층에 있는 내 방으로 들어왔다. 그 뒤로 부남이 따라왔고 항상 부남과 함께 다니는 친구인지 조수인지 모를 검은 가죽의 사나이도 함께 들어왔다. 이 세 사람은 네 번째 사람을 위해 길을 내주었는데 과부의 표정을 한 나이 든 여자였다. 누가 과부인지 아닌지는 척 보기만 하면 거의 틀림없이 알아맞힐 수 있다. 남자들은 날 만나게 하려고 그녀를 데려온 것이었다. 다들 옆으로 물러서는 것으로 보아 내게 용건이 있는 사람은 그 여자가 분명했다. 나는 미처 다 일어나기도 전에 비치적거렸다. 방이 좁은 데다가 이미 탐바와 베부가 드러누워 있었고 가운데에는 로밀라유까지 있었기 때문이다. 그리 넓지도 않은 방에 이제 여덟 명이 있었다. 침대는 고정돼 있어서 밖으로 치울 수 없었다. 침대에는 짐승 가죽과 소박한 천 조각이 덮여 있었으며, 내가 들여다보던 더러운 카드가 삐뚤빼뚤하게 네 줄로 펼쳐져 있었다. 다푸 왕의 책은 이미 치운 상태였다. 이런 곳으로 사람들은 어깨에서 허벅지 중간까지 술이 달린 옷을 입고 있는 이 늙은 여자를 데려온 것이었다. 타는 듯한 아프리카의 오후 들판으로부터 사람들이 줄줄이 들어왔다. 나는 번들거리고 더러운 카드의 까만색과 빨간색을 들여다보던 터라 눈뜬장님이 되어 처음에는 여자에게 시선을 맞출 수 없었다. 여자가 가까이 다가와서야 비로소 나는 그녀의 얼굴이 둥글지만 아주 둥글지는 않다는 것을 알게 되었다. 한쪽 대칭이 무너져 있었다. 턱이었다. 코는 위로 들렸고 입술은 두툼했으며 얼굴이 앞으로 튀어나와서 마치 상대방에게 얼굴을 내민 것처럼 보였다. 이도 몇 개 없었다. 나는 여자를 단번에 알아보았다. '그렇군. 다푸의 친척이야. 어머니가 틀림없어.' 얼굴의 경사와 입술과 붉은 눈을 보고 알 수 있었다.

"야스라. 모후(母后)시오." 호코가 말했다. "다푸의 어머니요."

"영광입니다, 부인." 내가 말했다.

부인은 내 손을 잡고 자기 머리 위에 올렸다. 머리는 물론 빡빡 깎은 채였다. 결혼한 여자들은 모두 머리를 민다. 부인은 나보다 키가 60센티미터 정도 작았기 때문에 그렇게 내 손을 자기 머리 위로 얹는 일이 쉬웠다. 호코와 나는 나머지 사람들 위로 머리가 솟아 있었다. 호코는 언제나와 같이 붉은 천을 감고 있었는데 모후에게 말하느라 몸을 굽히자 닭의 늘어진 턱살처럼 보석이 매달린 귓불이 늘어졌다.

나는 헬멧을 벗었다. 그러자 기우제 날에 생긴 상처가, 부어서 멍든 코와 뺨이 드러났다. 너무 무게를 잡느라 내 눈이 약간 이상했던가 보다. 검은 조끼의 사나이가 내 눈을 주시하고 손가락질을 하더니 뭔가를 부남에게 말하는 것 같았기 때문이다. 하지만 나는 늙은 여왕의 손을 머리 위에 공손히 얹고 말했다. "부인, 헨더슨이 모시겠습니다. 진심입니다." 어깨 너머로 나는 로밀라유에게 일렀다. "이 말을 전해." 로밀라유의 머리 다발이 바로 내 뒤에 있었는데 머리 아래에 자리한 그의 눈썹은 평소보다 더 주름이 잡혔다. 부남이 침대 위에 널린 카드와 인쇄물을 유심히 살피는 것을 본 나는 얼른 뒤로 그것들을 주워 담았다. 왕의 물건을 그가 훑어보는 게 싫어서였다. 그러고 나서 로밀라유에게 말했다. "모후에게 훌륭한 아들을 두었다고 전하게. 왕은 내 친구고 나도 그의 친구라고. 왕을 알게 돼서 자랑스럽다고 말해."

그러면서 나는 생각했다. '모후는 몹시 나쁜 사람들을 사귀고 있구먼.' 왕이 쇠약해졌을 때 목숨을 빼앗는 것이 부남의 직무라는 사실을 나는 알고 있었다. 다푸가 말해 주었다. 실제로 부남은 모후의 남편에게도 집행관 노릇을 했다.—그런데 지금 모후는 그와 함께 늦은 오후에 사교 방문을 온 것이었다. 정상적으로 보이진 않았다.

집에서였다면 칵테일이라도 한잔해야 할 시간이었다. 수많은 바퀴와 하늘을 어지럽히는 구조물들이 속도를 늦춰 가며 어두워질 테고, 방관과 창조, 고투의 부담과 변화의 욕구를 품은 세상은 긴장을 풀 것이다.
　수심에 잠겨 고민하는 늙은 모후의 모습으로 봐서 그녀가 내 생각을 알아챈 듯도 싶었다. 부남은 나를 빤히 들여다보는 모양새가 꼭 어떻게든 내 속을 알아내고 말겠다는 듯이 보였고, 호코는 나보다 아래 위치한 살진 얼굴로 처음에는 우울한 표정을 지었다. 이들이 온 목적은 두 가지―즉, 나에게 암사자에 대한 사실을 폭로하고 동시에 왕에게 내 영향력을 행사하도록 하는 것이었다. 왕은 애티 때문에 곤경에 빠져 있었던 것이다. 그것도 심각할 정도로.
　주로 이야기를 한 쪽은 호코였는데 그는 라무에 살면서 주워들은 여러 나라 언어를 섞어서 말했다. 영어와 포르투갈어를 조금 하더니 프랑스어까지 해댔다. 그의 피는 얼굴의 살갗을 통해 고광택의 빛을 발했고 장신구를 매단 귀는 비대한 어깨에 닿을 정도였다. 호코는 라무―그의 묘사로는 매우 현대적인 도시였다.―에서 살던 집 얘기로 말꼬를 텄다. 자동차들과 카페와 음악이 있고 여러 나라 말이 사용되는 곳이었다고 했다. "툴 르 몽드 트레 디스탱게, 트레 시크.(온 세상이 정말 멋지고 세련됐지.)" 하고 그가 말했다. 나는 잘 안 들리는 귀를 한 손으로 막고 반대쪽 귀를 그에게 활짝 열며 고개를 끄덕였다. 호코는 내가 자신의 아프리카식 프랑스어에 반응을 보이자 한층 더 신이 났다. 그의 마음은 여전히 그 도시에 있는 것 같았다. 그에게는 라무에서 지낸 세월이 아마 최고 전성기였음을 누구라도 알 수 있었다. 그에게 있어서 라무는 파리였다. 그가 집을 사들이고 하인을 부리며 시어서커[96] 재킷을 입고 카페에 앉아 여자들을 불러들이는 장면을 어렵지 않게 상상할 수 있었다. 단춧구멍에는 꽃까지 꽂았을 거다. 그는 떠버리였으니까. 호코는 조카가 떠난 데 기분이 상해 조카를 팔구 년이나 그곳에 버려두었다. "라무 학교 떠나버린 다." 호코가 말했다. "파 자세 봉.(별로 좋은 행동이 아니었어.) 나 빴지. 나빴다고. 라무를 떠나지 말아야지. 우리 가고. 그 가고. 부왕 그밀로 죽고. 무아 알레 셰르셰 다푸.(나는 다푸를 찾으러 가고.) 일 년씩이나 말이야." 호코는 야스라 모후의 빡빡머리 위로 탄탄한 손가락을 들어 올려 나를 가리켰다. 그가 화내는 것으로 보아 나는 당시 다푸가 사라진 것에 대한 책임을 그가 져야 했음을 짐작했다. 후계자를 데려오는 게 그의 의무였던 것이다.

하지만 다푸는 내가 그의 어조를 좋아하지 않는다는 사실을 깨닫고 이렇게 말했다. "당신 다푸 친구지?"

"그렇게 됐소이다."

"아, 나도 그래. 루아 느뵈.(왕은 조카지.) 엠 느뵈.(조카를 사랑한다.) 상 블라그.(농담 아니야.) 큰일 날 소리."

"이봐요, 이게 다 무슨 소란입니까?" 내가 물었다.

내가 언짢아하는 것을 눈치채고 부남이 호코에게 날카롭게 말을 던지자 모후인 야스라가 소리쳤다. "사시 아이. 아이, 사시, 성고." 모후는 나를 올려다보고 있었기 때문에 내 턱 아래 접힌 살과 수염과 콧구멍은 보았겠지만 내 눈은 안 보였을 것이다. 그래서 모후는 자기의 항변을 내가 어떻게 받아들이는지 알 수가 없었다. 그것은 사실상 항변이었다. 그 때문에 모후는 내 손가락 관절에 자꾸만 입을 맞췄다. 개구리를 처리하기 전날 밤 므탈바가 했던 것과 같았다. 나는 다시 한 번 손이 예민하다는 걸 깨달았다. 내 손은 그동안 학대받아 온 탓에 형태가 엉망이었다. 예를 들어 판초 비야를 흉내 내 브리지 테이블 아래로 고양이를 겨냥했던 집게손가락도 그랬다. "어, 부인. 이러지 마시오. 로밀라유, 로밀라유, 이러지 마시라고 말 좀 해줘." 내가 말했다. "내게

피아노 속 해머만큼 손가락이 많다면, 그건 모두 모후님을 위해 사용할 겁니다. 모후님이 원하는 게 뭐야? 이 사람들이 모후를 궁지로 몰아가고 있군. 딱 보니까 알겠어."

"아들 도와주세요, 선생님." 로밀라유가 내 뒤에서 말했다.

"무엇으로부터?"

"사자 마녀요. 선생님, 오오, 정말 나쁜 사자입니다."

"이 사람들이 늙으신 모후께 겁을 주었군." 나는 부남과 그의 조수를 노려보았다. "이 녀석은 송장벌레[97]야. 송장이나 사람을 무덤에 묻는 것 말고는 좋아하는 일이 없을걸. 너한테서 송장벌레 냄새가 나. 그리고 이 가죽 날개를 단 박쥐 짝패를 보라고. 「오페라의 유령」에 나가도 되겠어. 얼굴이 개미핥기 같잖아.─그러니 혼도 핥아 먹겠지. 로밀라유, 당장 이 자리에서 말하게. 나는 왕이 영리하고 고귀한 사람이라고 생각한다고 말이야. 아주 확실히 말해 주게. 이 노부인을 위해서."

하지만 내가 아무리 왕을 칭찬하더라도 화제를 바꿀 수는 없었다. 그들은 내게 사자에 대해 보고하러 왔다. 단 한 마리를 제외한 모든 사자에게는 마법사의 영혼이 깃들어 있다는 것이었다. 왕이 애티를 데리고 오는 바람에 아버지 그밀로는 아직도 떠돌아다닌다고 했다. 이 부분을 매우 심각하게 여긴 부남은 다푸가 내게 마법을 불어넣고 있다는 사실을 경고해 주러 왔다고 했다. "오, 제기랄." 내가 남자들에게 말했다. "난 아무리 해도 마법사가 될 수 없어. 내 성격은 완전 반대거든." 그들 사이에서 호코와 로밀라유는 마침내 내게 사태의 중요성과 심각성─위기─을 일러주는 데 성공했다. 나는 모르는 척하려고 했지만 그것은 엄연한 사실이었다. 그들은 내게 석판 같은 부담을 얹어주었다. 사람들은 화가 나 있었다. 암사자들은 해악을 끼친다고 했다. 전생에 그 암사자와 사이가 나빴던 몇몇 여자들이 유산했다는 말도 했다. 또 가뭄도 찾아왔는데, 그건 내가 뭄마를 들어서 끝났다고 했다. 그래서 나의 인기가 대단했던 것이다.(부끄러운 나머지 내 얼굴은 뿌루퉁한 장미색이 되고 말았다.) "그건 별것 아니었소." 내가 말했다. 하지만 호코는 내가 사자 우리에 내려간 일이 얼마나 큰 잘못이었는지를 말했다. 나는 그밀로가 붙들려 올 때까지 다푸가 왕권을 온전히 행사할 수 없다는 사실을 다시금 떠올렸다. 그러므로 죽어서 사자가 된 선왕은 나쁜 패거리(다른 사자들은 하나같이 악한으로 입증되었으니)들이 우글거리는 관목 숲에서 어서 나와야 했다. 호코 일행은 암사자가 다푸를 유혹하는 바람에 왕이 자기 의무를 수행할 수 없다고 했다. 그밀로를 불러오지 못하게 하는 것이 바로 그 암사자라는 주장이었다.

나는 다른 나라 사람들은 사자에 대해 전혀 다른 생각을 가지고 있다고 말하려고 했다. 한 마리를 제외한 나머지 사자들 모두를 욕하는 것은 옳지 않을 수도 있으며, 이런 건 어딘가 분명히 잘못됐다고 말했다. 그리고 나서 사자 반대 세력의 지도자로 보이는 부남에게 사정했다. 나는 그의 주름진 눈과 이마에 불거진 근엄한 정맥, 그리고 눈가의 복잡한 피부결이 의미하는 것은 (끝없이 펼쳐진 하늘 아래 녹색 기름 바다처럼 활활 타오르는 여기 아프리카에서조차) 저 머나먼 뉴욕에서와 다를 바 없다고 생각했다. 그것은 다름 아닌 깊은 생각이었다. "어쨌든, 나는 여러분이 임금님을 따라야 한다고 생각합니다. 임금님은 뛰어난 사람이어서 뛰어난 일을 합니다. 위대한 사람들은 때때로 자기 자신을 넘어서야 해요. 카이사르나 나폴레옹, 샤카 줄루[98]처럼요. 임금님의 관심 분야는 과학이더군요. 내가 전문가는 아니지만 전하는 인류 전체를 생각하는 것 같아요. 그렇게 사람을 생각하다 지친 나머지 팔에 동물 본성을 한 방 주사해야 했던 겁니다. 왕께서 샤카가 아니어서 여러분을 내쫓지 않는 점을 다행으로 여겨야죠. 왕께서 그런 유형이 아닌 것은 행운입니다." 나는 협박할 필요가 있다고 여겼다. 하지만 아무 소용 없었다. 늙은 여인은 여전히 내 손가락을 붙들고 속삭였으며, 로밀라유가 계속 말을 붙이고 통역하느라 정성을 바치는 동안 부남은 야만스러운 고집에 사로잡혀서 오로지 눈만 움직이고 있었다. 아니, 움직인다기보다 주로 반짝이고 있었다. 로밀라유가 얘기를 끝내자 부남은 손가락으로 딱 소리를 내어 자기 조수에게 신호를 보냈다. 이 신호에 맞추어 검은 조끼의 사나이가 입고 있는 누더기 망토 안에서 물건을 하나 꺼냈는데 처음에 난 그게 쭈글쭈글한 가지인 줄 알았다. 그는 그걸 줄기 쪽으로 들더니 내 얼굴을 향해 들이밀었다. 죽어서 마른 눈 두 개가 나를 쳐다보았고 숨 쉬지 않는 입안에는 이가 가지런했다. 죽은 눈의 내키지 않는, 죽어버린 시선이 와 닿았다. 그 눈은 저세상에서 날 보았다. 이 장난감의 콧구멍 하나는 납작 눌렸고 다른 쪽은 구멍이 커져서 전체 얼굴은 짖고 있는 것처럼 보였다. 까맣게 말라버린, 아이 같기도 하고 요정 같기도 한 이 미라는 목을 붙들린 채 나를 보고 있었다. 나는 겨자처럼 뜨거운 숨을 내쉬었다. 시체를 둘러업을 때 들렸던 내면의 목소리가 무슨 말을 하려고 했지만 속삭임보다 큰 소리가 되어 나오진 않았다. 어떤 사람들은 다른 사람들보다 더 많은 죽음으로 채워져 있는 것 같다. 틀림없이 내가 이 죽음 잠재력이라는 것을 많이 타고난 모양이다. 어쨌든 나는 다시 물었다.(아니 그것은 질문이라기보다 간청에 가까웠다.) 어째서 항상 내 주변에 있느냐고.—어째서! 어째서 난 잠시도 죽음과 떨어져 있을 수 없느냐고! 어째서, 어째서!

"헉, 이게 무엇이오?" 내가 물었다.

그것은 사자 여인, 즉 마녀의 머리 중 하나였다. 그녀는 집을 나가 사자들과 놀아났다고 했다. 그리고 사람들을 독살하고 그들에게 마법을 걸었다. 부남의 조수가 그녀를 잡았고 여인은 호된 재판 끝에 목이 졸려 죽었다. 그런데 그렇게 죽은 그녀가 돌아왔다는 것이다. 일행은 전혀 망설이는 기색도 없이 다푸가 잡아온 암사자가 바로 그 여자라고 말했다. 애티가 그 여자였다. 더 이상 물어볼 필요도 없이.

"암 드 리옹.(사자의 영혼.)" 호코가 말했다. "앙 바.(아래에.)"

"어떻게 그렇게 확신하는지 나는 모르겠소." 내가 말했다. 나는 이제 끝나 버린, 내키지 않는 시선을 보내고 있는 그 쭈글쭈글한 머리로부터 눈을 뗄 수가 없었다. 그 머리는 내가 릴리를 기차에 태워 보낸 다음 바뉼의 수족관에서 만났던 문어 놈처럼 내게 말을 걸어왔다. 그때 침침한 수조의 돌방에서처럼 나는 생각했다. '이제 끝이야! 다 끝났다고!'

18

그날 밤 로밀라유의 기도는 그 어느 때보다 더 절실했다. 입술은 앞으로 길게 빼고 살갗 아래의 근육들을 꿈틀거렸으며 배 속 깊은 곳에서부터 신음하는 소리를 냈다. "옳지. 잘한다, 로밀라유." 내가 말했다. "기도하게. 좀 심하다 싶을 정도로 말일세. 간절하게 기도해. 가지고 있는 걸 몽땅 걸어서. 어서, 로밀라유, 기도하게, 기도." 로밀라유의 기도가 시원찮아 보여서 내가 녹색 비단 바지 바람으로 침대에서 내려와 바닥에 꿇어앉아 기도에 동참하자 로밀라유는 화들짝 놀랐다. 굳이 알고자 한다면 말해 주겠지만 내가 하느님에게 말을 건 것이 몇 년 만에 처음 있는 일은 아니었다. 좁은 이마 위에 푸들 같은 몽실 머리를 얹은 로밀라유는 나를 쳐다보더니 한숨을 쉬고 몸을 떨었다. 내게도 일말의 신앙심이 있다는 걸 발견하고 기뻐서 그러는 건지, 자기 주파수에서 갑자기 내 목소리를 감지하고 더럭 겁이 난 건지, 아니면 내 모습 때문인지 나로서는 알 길이 없었지만. 아, 나는 몹시 흥분하고 말았다! 그 말라비틀어진 미라의 머리와 가련한 야스라 모후의 모습에 가슴이 미어졌던 것이다. 그래서 나는 기도하고 또 기도했다. "아, 당신…… 그 누군가. 아무도 없는 건 아니니까 누군가, 당신님. 당신의 뜻대로 내가 행하도록 도와주소서. 내 어리석은 죄를 벗겨 내소서. 나를 속박에서 해방하소서. 하늘에 계신 아버지, 내 멍청한 마음을 열어주시고 아무쪼록 비현실적인 것들로부터 나를 지켜주소서. 아, 돼지로부터 나를 거두어주신 분, 사자 때문에 이 몸을 죽게 만들지 마소서. 또 나의 죄와 말도 안 되는 내 행동들을 용서하시어 릴리와 아이들에게 돌아가도록 해줍소서." 무거운 무릎을 고요히 꿇고 두 손을 마주 댄 채 계속 기도했다. 체중 때문에 몸이 수그러져 얼굴이 넓은 마루에 닿을 지경이었다.

말하자면 나는 내가 왕과 부남 일당 사이에 낀 것이 분명하다는 사실을 알고 충격을 받았다. 왕은 나와 함께하는 실험을 밀고 나갈 생각이었다. 왕은 아무리 늙고 사고방식이 굳어졌어도 사람은 변할 수 있다고 믿었다. 또, 나를 그 하나의 본보기로 여기고는 내가 애티에게서 사자의 품성을 빨아들여야 한다고 굳게 믿었다.

야스라와 부남, 호코가 돌아가고 난 다음 날 아침 문안을 하러 왕에게 갔을 때 나는 왕의 개인 정자로 안내받았다. 그것은 어떤 문양 표시가 있는 정원이었다. 네 귀퉁이에는 난쟁이 오렌지 나무가 있었다. 부겐빌레아 같은 꽃송이가 궁전 벽을 뒤덮은 곳에서 왕은 양산 그늘에 앉아 있었다. 왕은 사람의 이를 술 장식으로 단, 챙이 넓은 벨벳 모자를 쓰고 폭신한 좌석에 앉아 있었고, 주변에 있는 처첩들은 줄곧 네모난 색색 가지 비단으로 왕의 땀을 닦아주었다. 처첩들은 왕의 파이프에 불을 붙여 주고 그에게 마실 것을 건네주었으며, 그가 한 모금 마실 때마다 잊지 않고 양단 천으로 가려주었다. 오렌지 나무 옆에서 늙은 친구가 현악기를 연주하고 있었다. 더블베이스보다 약간 짧지만 그래도 꽤 긴 악기였다. 그는 악기의 바닥이 둥글어서 두꺼운 막대에 받쳐 세우고 말총으로 만든 활로 연주했다. 박박 긁는 듯한 두꺼운 음색이었다. 늙은 악사 자신도 뼈밖에 남지 않아서 무릎이 바깥으로 불거져 나왔고 길게 반짝이는 머리에는 주름살이 가득했다. 뒤통수에 달린 몇 가닥의 거미줄 같은 머리카락이 바람에 날렸다.
"아, 헨더슨 성고, 와주셔서 다행이오. 이제 연회가 시작될 거요."
"들어보십시오, 전하. 드릴 말씀이 있습니다." 내가 말했다. 나는 계속 얼굴을 훔쳐내고 있었다.
"여부가 있겠소. 하지만 이제 곧 춤이 시작될 텐데."
"하지만 드릴 말씀이 있습니다, 전하."
"물론 들을 것이오. 하지만 춤이 먼저요. 이건 나의 여인들이 준비한 연회요."
그의 여인들이라! 이 말을 곱씹으며 나는 주변에 모여 선 벌거벗은 여자들을 둘러보았다. 그 여자들에게 더는 도움이 되지 않을 때 왕은 목이 졸려 죽을 것이라는 말을 들은 다음부터 나는 뭐랄까, 그들이 별로 마음에 들지 않았다. 하지만 눈이 부실 정도의 여자도 몇 사람 있었다. 기린처럼 우아하게 움직이는 키 큰 여자들의 조그만 얼굴에는 흉터로 만든 문양이 새겨져 있었다. 여자들의 엉덩이와 젖가슴은 다른 어떤 옷보다도 그들의 몸에 더 잘 어울렸다. 그녀들의 용모는 옆으로 퍼졌지만 천박하지 않았다. 오히려 콧구멍은 매우 가늘고 정교했으며 눈매는 부드러웠다. 여자들은 몸에 칠과 장식을 했으며 약간 달콤한 석유 냄새 비슷한 사향을 발랐다. 어떤 여자들은 속 빈 호두 같은 금구슬 띠를 두세 번 허리에 휘감아 다리까지 드리웠다. 산호와 구슬과 깃털을 장식한 여자들도 있었으며, 무희들은 휘황한 스카프를 어깨에 휘날리며 우아하고 긴 다리로 마당을 가로질러 질주했다. 늙은 악사는 끽, 끽, 끽 활을 밀어 저음의 긁는 소리를 냈다.

"하지만 전하께 꼭 드려야 할 말씀이라서."

"좋소. 그럴 줄 알았소, 헨더슨 성고. 그렇지만 우리는 이 춤을 봐야 하오. 저쪽이 머피요. 대단한 여자지." 늙은 친구가 못생긴 활을 세련되게 다루자 악기는 흐느끼고 신음하고 울었다. 머피는 음악에 맞추느라 두세 번 몸을 흔들더니 무릎을 펴고 다리를 들어 올렸다. 그녀의 발이 천천히 땅에 내려올 때는 꼭 무얼 찾는 것처럼 보였다. 그러고 나서 머피는 몸을 흔들고 발을 번갈아 가며 계속 바닥을 더듬었고 눈을 감았다. 가늘게 늘인 황금 조가비들이 텅 빈 호두 껍데기처럼 머피의 몸에서 바스락거렸다. 그녀는 왕의 손에서 파이프를 가져다가 불씨를 자기 허벅지에 털고 손으로 눌렀다. 그렇게 몸을 태우는 동안 머피는 고통으로 촉촉해진 눈을 들어 줄곧 왕의 눈을 들여다보았다.

왕이 내게 속삭였다. "이 아이는 좋은 여자요. 아주 좋은 여자지."

"틀림없이 전하께 반한 겁니다." 내가 말했다. 춤은 두 줄짜리 악기가 꺅꺅댈 때까지 계속되었다. "전하, 드릴 말씀이……." 챙이 넓고 말랑말랑한 모자를 쓴 왕이 머리를 돌리자 줄줄이 늘어선 이빨들이 딸각딸각 소리를 냈다. 모자 그늘에서 보니 그의 얼굴은 다른 어느 때보다 더 생기가 있어 보였다. 특히 낮은 코와 높이 솟은 입술이.

"전하."

"아, 정말 끈질기구려. 좋소. 아주 급하다고 하니까 얘기할 수 있는 곳으로 갑시다." 왕이 일어서자 여자들 사이에 일대 소란이 벌어졌다. 여자들은 앞서거니 뒤서거니 튀어 올랐고, 작은 천막 안을 질러서 껑충거리는가 하면 큰 소리를 질러대고 몸에 두른 장식물로 쟁그랑 소리를 냈다. 어떤 여자들은 왕이 간다는 이야기에 실망하여 눈물을 보였다. 몇 사람은 날카로운 소리로 다푸를 데려가는 날 공격했으며, "스두두레바!"라고 새된 비명을 지른 여자도 여럿 있었다. 진작에 알아두었던 레바라는 말은 사자를 뜻하는 와리리 말이었다. 여자들은 왕에게 애티에 대해 경고하고 있었다. 왕에게 마음을 바꾸라고 요구하는 것이었다. 왕은 커다란 몸짓으로 그들에게 손을 흔들며 껄껄 웃었다. 그는 애정이 가득한 사람으로 보였다. 그들 모두를 사랑한다고 그가 말했던 것 같다. 나는 우람한 몸집에, 아직도 멍이 남아 얼얼한 얼굴로 옆에 서서 기다렸다.

여자들이 옳았다. 다푸는 나를 자기 처소로 데려가지 않고 지하의 사자 우리로 데려갔던 것이다. 그가 어디로 가는지를 깨달은 나는 종종걸음으로 그를 따라가며 말했다. "잠깐만, 잠깐만요. 이야기를 좀 하게 해주십시오. 딱 일 분만."

"미안하오, 헨더슨 성고. 하지만 우리는 애티에게 가야 하오. 그곳에서 당신 얘기를 듣겠소."

"저, 이런 말 하는 것을 용서하십시오, 전하. 하지만 정말 고집불통이시군요. 전하께서 제 말씀을 안 들으신다면 아주 곤란한 일을 겪게 되실 겁니다."

"아, 악마 얘기로군." 왕이 말했다. "그들이 하는 짓을 알고 있소."

"그들이 와서 제게 누군가의 머리를 보여 주고는 그것이 전생의 애티였다고 주장하더군요."

왕이 걸음을 멈추었다. 방금 문을 열어준 타투는 무거운 빗장을 팔에 끼고 복도에서 기다리고 있었다. "그것은 잘 알려진 공포 전술이오. 우리는 버텨낼 것이오. 선생, 이런 때에는 만사가 유쾌할 수만은 없는 법이오. 그들이 선생을 괴롭혔소? 그건 내가 선생을 드러내 놓고 좋아해서 그런 거요." 왕이 내 어깨를 잡았다.

그의 손이 닿은 탓인지 나는 층계 머리에서 거의 주저앉다시피 했다. "이제 저는 전하께서 시키시는 건 뭐든 할 준비가 돼 있습니다. 살아오면서 당한 일도 많지만 기본적으로 전 인생이 진정으로 무섭지는 않습니다. 임금님, 저는 군인입니다. 저의 조상은 모두 군인이었습니다. 그들은 농민들을 보호했고 십자군에 나가서 이슬람교도들과 싸웠습니다. 어머니 쪽으로도 그런 분이 계십니다. 그분이 없이는 U. S. 그랜트[99] 장군도 교전을 벌일 엄두를 못 냈답니다. 그랜트 장군이 이랬다더군요. '빌리 워터스 있는가?' '예, 장군님.' '잘됐네. 전투를 시작하라.' 이게 말이죠, 저는 군인의 피를 타고났습니다. 하지만 전하, 사자 문제 때문에 저는 완전히 망가지고 있습니다. 그리고 어머님은 어떻게 된 겁니까?"

"아니, 우리 어머니 얘기를 들고 나오다니." 왕이 말했다. "선생은 세상이 하나의 달걀에 지나지 않고 우리가 그 위에 있다고 생각하지 않소? 최우선으로 생각해야 할 것은 현상이오. 다른 모든 것보다 먼저지. 나는 선생에게 위대한 발견에 대해 이야기하는데, 선생은 어머니 문제로 내게 따지는구려. 그들이 어머니에게도 공포 공작을 벌인다는 건 나도 알고 있소. 우리 어머니는 아버지 그밀로보다 이미 오 년을 더 사셨소. 나랑 같이 안으로 들어와 타투가 문을 닫을 수 있게 하시오. 어서 오시오." 나는 자리에서 일어났다. 그가 고함을 질렀다. "어서 오라고 했소!" 그래서 나는 문을 통과해 걸었다. 타투가 있는 힘껏 거대한 나무토막 빗장을 제자리에 질러 넣는 것이 보였다. 빗장이 걸리자 문이 쾅 닫혔고 우리는 어둠 속에 남았다. 왕이 층계를 뛰어내려 갔다.

천장의 격자로부터 예의 노란 빛이 들어 축축한 돌벽에 반사되는 곳에서 나는 왕을 따라잡았다.

왕이 말했다. "어째서 그런 얼굴로 내게 엄포를 놓는 거요? 위험한 표정을 짓고서."

내가 말했다. "임금님, 지금 제 느낌이 그렇습니다. 제가 영매 기질이 있다고 전에 말씀드렸잖습니까. 문제가 있는 듯한 느낌이 듭니다."

"문제야 틀림없이 있지. 하지만 내가 그밀로를 잡으면 문제는 눈 녹듯이 없어질 것이오. 그때는 아무도 나를 의심하거나 내게 이의를 제기하지 않을 테지. 날마다 그밀로를 잡기 위해 정찰병이 나가고 있소. 또 보고도 들어오고 있소. 그밀로는 머지않아 잡히리라고 장담하오."

나는 목을 조르는 집행관인 부남과 검은 가죽 사나이에 대해 더 걱정하지 않도록, 왕이 어서 그밀로를 붙잡아 사태를 종결짓기를 바란다고 흥분해서 말했다. 그때가 되면 그들도 왕의 어머니를 괴롭히는 일을 그만둘 것이라고도 했다. 두 번째로 모후에 대해 언급하자 왕은 화난 표정을 지었다. 왕은 처음으로 나를 오랫동안 노려보았다. 그리고 나서 층계를 내려갔다. 나는 마음의 동요를 느끼며 그를 따라갔다. 세상에, 이 흑인 왕은 천재로구나, 하는 생각이 들었다. 열두 살 나이에 유클리드 32명제를 순전히 혼자서 풀었던 파스칼처럼 말이다.

하지만 어째서 사자일까?

그 이유는 말이오, 헨더슨 씨. 나는 스스로 대답했다. 사랑을 자신의 의지대로 선택할 수 있다고 여긴다면 선생은 진실한 사랑의 의미를 모르는 것이오. 사랑은 그냥 하는 것이고, 그게 다요. 자연적인 힘이거든. 저항할 수 없는. 왕은 첫눈에 그 암사자와 사랑에 빠졌던 거요. 쿠 드 푸드르(마른하늘의 날벼락)처럼. 나는 나 홀로 하는 대화에 빠져 잡초가 자란 부분을 허물어뜨리며 내려갔다. 사자 우리에 다가간 순간 나는 숨을 죽였다. 주변을 둘러싼 공포의 그림자 때문에 여느 때보다 더 숨이 막혔다. 공포의 그림자가 정말 내 얼굴을 밀어젖혀서 숨쉬기도 곤란했다. 호흡이 무거워졌다. 우리의 기척을 듣고 암사자가 자기 방 안에서 울부짖었다. 다푸가 격자문 안을 들여다보고 말했다.
"괜찮아, 우리가 들어갈 거야."

"지금요? 지금 애티가 괜찮을까요? 저 소리가 마음에 걸립니다. 저는 여기 밖에서 기다리면 안 될까요? 사태가 어떤지 전하께서 알아내실 때까지 말입니다."

"아니요, 선생은 들어가야 하오." 왕이 말했다. "아직도 모르겠소? 난 선생을 위해 무언가를 하려는 거요. 도움? 선생보다 더 이것을 필요로 하는 사람은 생각할 수도 없소. 사실 목숨의 위험에 대해서는 무시해도 돼요. 애티는 길이 들었거든."

"임금님한테나 길이 들었지, 저는 아직 잘 알지도 못한다고요. 제가 감당해야 하는 위험은 이다음에 올 친구의 몫과 똑같습니다. 하지만 어쩔 수가 없군요. 저는 애티가 무서워요."

왕은 잠시 말없이 가만히 있었고 그동안 나는 그의 마음속을 파고들었는데 그것은 세상에서 가장 비참한 일이었다. "아." 왕은 이렇게 말했다. 그는 유별나게 생각이 깊은 사람이었다. 아무 말 없이 왕은 가만히 생각에 잠겼다. 순간 그의 모습과 목소리가 다시 한 번 실제보다 더 크게 변했다. "지금 생각났는데 언젠가 얻어맞는 얘기를 할 때 용감한 사람이 얼마 없다는 말을 하지 않았소?" 그러고 나서 왕은 한숨을 지으며 덧붙였다. 그의 진지한 입은 모자 그늘 아래 보아도 아주 새빨갰다. "공포는 인류의 통치자요. 다스리는 영역이 가장 넓지. 공포는 사람을 양초처럼 하얗게 만들고 눈을 반으로 쪼개버린다오. 다른 어떤 감정보다 많이 만들어지는 것도 공포심이오." 왕이 말을 이었다. "제조 역량으로 따지자면 공포는 자연 바로 다음가지."

"그렇다면 그 말은 임금님에게도 해당되지 않습니까?"

왕은 고개를 끄덕여 전적으로 동의하며 말했다. "아, 물론이오. 나도 마찬가지라오. 모두 그런 것처럼. 보이는 것은 아무것도 없지만 그래도 라디오처럼 들리거든. 거의 모든 주파수에서 들려. 그리고 모든 주파수가 크건 작건 간에 떨리기도 하고 주춤하기도 해."

"그러면 치료 방법이 있을까요?" 내가 물었다.

"그야 분명히 있다고 나는 믿소. 그렇지 않다면 세상의 더 좋은 상상들은 모두 물러나야 할 것이오. 어쨌든, 선생에게 함께 가서 내가 하는 것처럼 하라고 강요하지는 않겠소. 내 아버지 그밀로가 그랬고 아버지의 아버지 서포가 그랬던 것처럼 말이오. 우리 모두 그러는 것처럼. 나는 그러지 않을 것이오. 정녕 선생이 따라올 수 없는 길이라면 차라리 작별을 고하고 각자의 길을 가는 게 나을 것이오."

"어, 잠깐만요, 임금님. 여유를 가지자고요." 내가 말했다. 나는 억울하기도 하고 겁이 나기도 했다. 왕과의 연결 고리가 끊어지는 것보다 더 고통스러운 일은 세상에 없었다. 가슴속의 뭔가가 끊어져 버리는 것 같아 눈에 눈물을 글썽거리며 목메는 소리로 말했다. "절 이대로 털어버리지는 않으실 거죠, 임금님? 제 심정이 어떨지 아시잖습니까." 왕은 내 마음이 얼마나 아픈지 알고 있었다. 그런데도 그는 내가 떠나는 게 낫겠다는 말을 계속했다. 그것은 우리가 기질적으로 친구가 되기에 적합하고 그도 나에게 깊은 애정을 갖고 있으며 나를 알게 되고 내가 뭄마를 들어 올려 와리리 족에게 도움을 준 데 대해 고맙기는 하지만, 내가 사자에 대해 이해하지 못한다면 더 깊은 우정은 불가능하다는 뜻이었다. 나는 이런 맥락을 헤아려야 했다. "잠시 기다려주십시오, 임금님." 내가 말했다. "저는 임금님과 대단히 가깝다고 생각하며 임금님이 하시는 말씀을 믿을 준비가 되어 있습니다."

"성고, 고맙소." 왕이 말했다. "나 또한 선생을 가깝게 여기오. 그건 대단히 상호적인 거니까. 하지만 내게는 보다 깊은 관계가 필요하오. 나는 이해와 소통을 바라오. 이를 위해서는 사자와 교감하여 선생 안에서 근원적인 동질성을 키워내야 하오. 그렇지 않다면 어떻게 우리가 맺은 진실 협정을 유지할 수 있겠소?"

나는 더없이 감정이 격해져서 말했다. "아, 임금님. 우정을 잃을 수도 있다는 말은 너무 가혹하십니다."

우정을 잃을 수도 있다는 협박은 그에게도 심히 고통스러운 것이었다. 정말 그랬다. 나는 왕이 나처럼 마음 아파하는 것을 알 수 있었다. 나보다는 조금 덜하지만. 그 누가 나만큼 고통스러울 수 있겠는가? 나와 고통의 관계는 개리[100]와 담배의 관계 같은 것이다. 세상에서 가장 끈끈한 관계 가운데 하나다.

"저는 이해가 안 됩니다." 내가 말했다.

왕은 나를 문가로 데려가서 격자문 안의 암사자 애티를 보게 했다. 그러고는 화제의 핵심을 묘하게 건드리는 특유의 부드럽고 인간적인 어조로 말했다. "기독교인이 성 소피아 성당에서 느낄 만한 감정을 나는 사자에게서 느낀다오. 성 소피아 성당은 학생 때 터키에서 가보았소. 애티가 꼬리를 구부리면 난 가슴이 찢어지는 것 같소. 선생은 궁금할 거요, 애티가 무얼 해줄 수 있는지. 여러 가지가 있소. 우선 애티는 피할 수 없는 존재요. 시험해 보면 알겠지만 아무리 해도 애티는 피할 수가 없소. 그런데 당신은 피해 다니는 사람이기 때문에 바로 이 점이 필요한 것이오. 아, 선생은 중대한 기피 행위를 저질렀소. 하지만 애티가 그걸 고쳐줄 거요. 애티는 반짝이는 의식을 선사해 줄 거요. 당신을 빛나게 해줄 거요. 당신에게 현재의 순간을 억지로라도 안겨줄 거요. 두 번째로, 사자들은 경험가요. 하지만 서두르는 법이 없지. 사자들은 일부러 호사를 부리며 경험을 하오. 어떤 시인이 말했소 '분노에 사로잡힌 호랑이가 명령에 따르는 말〔馬〕보다 지혜롭다.' 사자도 호랑이와 같다고 받아들입시다. 더욱이 애티를 보시오. 가만히 바라보시오. 성큼성큼 걸을 때, 어슬렁거릴 때, 눕거나 쳐다보거나 쉬거나 숨 쉴 때 어떻게 하는지를 말이오. 내가 보기엔 특히 호흡 부분이 중요한 것 같소만." 하고 왕이 말을 이었다. "애티는 얕은 숨을 쉬지 않소. 늑간근이 자유롭고 복근에 유연성이 있어서(그때 우리 눈에 들어온 애티의 아랫배는 순백색이었다.) 온몸에 지속적인 생명력을 부여하지. 저 보석 같은 갈색 눈이 뜨거워지는 것도 그런 이유에서요. 그다음으로 애티가 무언중 암시를 하거나 애무를 이끌어내는 것과 같이 좀 더 민감한 행동들이 남겠군요. 하지만 처음부터 선생이 이런 것들을 알아보리라고 기대하지는 않겠소. 애티가 앞으로 많은 것을 가르쳐줄 거요."

"가르쳐요? 지금 저놈이 저를 고칠 거라는 말씀이 진담입니까?"

"기가 막힐걸. 틀림없소. 고치고말고. 선생은 과거의 자신으로부터 달아나고 있지 않소. 선생이 언젠가 소멸하리라는 사실을 믿을 수가 없어서, 마지막으로 한 번 더 세상에 나와 본 거요. 고칠 수 있으리라는 희망으로. 아, 내가 그걸 알아보았다고 해서 그렇게 놀라지는 마시오." 내가 속내를 들키고 아연실색하는 모습을 보고 그가 한 말이었다. "선생은 내게 많은 것을 말해 주었소. 숨김없이. 그래서 선생한테는 당할 수가 없는 거요. 그런 사람은 많지 않소. 고결한 인격의 조짐이 있는 사람 말이오. 선생은 고귀할 수도 있소. 어떤 부분은 죽은 것처럼 너무 오래 파묻혀 있었을지도 모르오. 어떻소, 소생 가능성이 있겠소? 그것이 변화의 시발점이오."

"임금님이 보시기엔 제게 기회가 있을 것 같습니까?" 내가 되물었다.

"내 말대로 하면 아주 불가능하지도 않소."

암사자가 문을 부드럽게 스쳐 지나갔다. 나직하면서 부드럽고 끊어지지 않는 사자의 으르렁 소리가 들렸다.

다푸는 이제 안으로 들어갔다. 나의 하반신은 급속도로 식었다. 무릎은 차가운 알프스 급류에 들어앉은 바윗돌 같은 느낌이었다. 콧수염이 칼처럼, 바늘처럼 입술을 찔렀다. 문득 정신을 차렸을 때 내 얼굴이 두려움으로 잔뜩 찌푸려지고 두 눈에 어두운 운명이 가득 서려 있다는 사실을 깨달았다. 먼젓번처럼 왕은 들어갈 때 내 손을 붙잡았고 나는 사자 우리로 들어가면서 속으로 이렇게 외쳤다. '하느님, 도와주십시오! 으악, 살려줘!' 냄새로 눈을 뜰 수 없을 지경이었다. 문 근처는 공기가 통하지 않아서 악취가 진동했다. 그 어둠 속에서 암사자의 얼굴이 다가왔다. 유리 표면을 다이아몬드로 긁은 것처럼 미세한 물렛가락 수염을 단 주름진 얼굴이. 사자는 왕이 자신을 만지도록 내버려 두었지만 왕을 지나오자 나를 살피기 시작했다. 몰인정한 분노의 원을 만들며 다가왔다. 볼록하고 가무스름하고 순수한, 내부에 검은빛이 생기는 선명한 원이었다. 사자의 입과 콧구멍 사이 모래시계의 잘록한 허리 같은 인중은 주둥이를 움직이며 퍼졌다. 사자가 내 발 냄새를 맡고는 또다시 가랑이 쪽을 킁킁대는 바람에, 나의 중요한 부분들은 최대한 배 속으로 숨어들었다. 그다음 사자는 내 겨드랑이에 머리를 박고 어마어마한 진동을 일으키며 가르랑댔다. 그 결과 내 머리는 주전자처럼 붕 울렸다.

다푸가 속삭였다. "당신을 좋아하는군. 아, 다행이오. 열렬한 감동을 주는구려. 당신들 둘이 너무나 자랑스럽소. 선생, 지금도 무섭소?"

나는 터질 것만 같았다. 간신히 고개만 끄덕여 보였다.

"나중에 가서는 재미있어서 선생이 먼저 웃을 것이오. 지금은 두려워하는 게 정상이지."

"두 손을 마주 쥘 수가 없어요." 내가 말했다.

"마비 증세요?" 왕이 물었다.

사자는 멀어지더니 벽을 따라 터덜터덜 우리를 한 바퀴 돌았다.

"보이오?" 왕이 물었다.

"별로요. 눈앞이 잘 안 보입니다."

"우선 걸읍시다."

"철창 밖에서요. 그게 좋겠습니다. 기대되는걸요."

"또 피하는군, 헨더슨 성고." 부드럽게 접어 올린 벨벳 챙 아래 왕의 눈이 나를 지켜보고 있었다. "고치려면 그런 식으로 거짓말하지 마시오. 선생은 습관을 새로 들여야겠소."

"임금님. 제가 뭘 할 수 있겠어요? 앞뒤로 구멍이 꽉 막혔다고요. 하지만 잠시 후면 구멍마다 뭐가 나올지도 몰라요. 입이 바짝 마르고 머리 가죽에는 주름이 잡히네요. 뒤통수는 묵직하고. 기절할지도 몰라요."

왕이 의학적인 견지에서 이런 증상들에 대단한 관심을 기울이며 나를 쳐다보던 것이 생각난다. "거부 반응이 극에 달했군." 왕이 말했다. 세상의 어떤 것도 그의 검은 얼굴보다 더 검을 수는 없을 것 같았지만 모자 테두리에 보이는 그의 머리카락은 얼굴보다 더 검었다. "그러면, 구멍에서 뭐가 나오는지 안 나오는지 두고 봅시다. 나는 선생을 굳게 믿소."

죽어가는 소리로 내가 대꾸했다. "그러시다니 다행이군요. 제가 갈가리 찢기지 않는다면, 여기 쓰러져 반쯤 먹히지 않는다면, 구멍마다 다 나올 겁니다."

"나를 믿으시오. 그런 일은 불가능하오. 이제 애티가 걷는 것을 좀 보시오. 아름답지 않소? 선생도 그렇게 말했지 않소! 더구나 이건 어디서 가르쳐준 것도 아닌, 타고난 아름다움이오. 두려움이 가라앉을 때 선생에게 애티의 아름다움에 탄복할 능력이 생기리라 믿소. 아름다움을 느끼는 감정은 두려움을 이겨낸 결과요. 두려움을 극복할 때 아름다움이 드러나는 것이오. 돌이켜보면 완전한 사랑에 대해서도 그렇게 말할 수 있소. 그러니까 자존심에 대한 집착이 사라질 때 완전한 사랑이 찾아오는 거요. 아, 헨더슨. 애티가 얼마나 율동적으로 움직이는지를 보시오. 해부학 1장에서 고양이를 해부해 보았소? 애티가 꼬리를 구부리는 것을 보시오. 꼭 내가 하는 것 같은 느낌이오. 이제 애티를 따라갑시다." 왕은 나를 이끌고 암사자의 뒤를 따라가기 시작했다. 나는 구부정했고 술에 취한 사람처럼 다리가 풀려 있었다. 녹색 비단 바지는 이제 바람을 품지 않았고 정전기에 말려서 허벅지 뒤에 달라붙었다. 왕은 말을 멈추지 않았는데 그나마 말이라도 의지할 수 있어 다행이었다. 난 왕의 논리를 세세하게 따라가지는 못했지만—애당초 난 그런 사람이 아니었다.—점차 왕이 원하는 바를 알게 되었다. 그것은 내가 사자의 행동을 과장하여 흉내 내는 것이었다. 이건 뭐 스타니슬라브스키[101]라도 되려는 건가? 여기가 모스크바 예술 극장인 줄 아는 건가? 우리 어머니는 1905년에 러시아 여행을 했다. 러일전쟁이 일어나기 전날 밤 어머니는 차르의 내연녀가 발레 무대에 선 것을 보았다.

나는 왕에게 말했다. "그렇다면 오버슈타이너의 대칭감각증과 임금님이 읽으라고 주셨던 그 의학 자료들은 다 어떻게 된 셈입니까?"

왕이 참을성 있게 말했다. "모든 것들이 안성맞춤이오. 두고 보면 분명해질 거요. 하지만 우선은 사자를 대상으로 타고난 것과 교육받은 것을 구별해 보시오. 애티가 완전한 사자라는 데에 주목하시오. 애티는 자기가 타고난 것과 대립하지 않소. 100퍼센트 타고났다고 할 수 있지."

하지만 나는 갈라진 소리로 말했다. "애티가 인간이 되고자 하지 않는데 어째서 저는 사자 연기를 해야 하는 겁니까? 아무리 해도 성공할 수가 없는 일입니다. 누군가를 흉내 내야 한다면 임금님을 따라 하면 안 될까요?"

"아, 반대는 이제 그만하시오, 헨더슨 성고. 나도 애티를 따라 했소. 사자로부터 인간으로의 전이는 가능하오. 경험으로 알 수 있거든." 그러더니 왕이 큰 소리로 외쳤다. "삭타!" 이 말은 암사자를 달리게 하는 신호였다. 애티는 빨리 걸었고 왕도 사자 옆에서 껑충껑충 달렸다. 나도 왕에게서 멀어지지 않기 위해 덩달아 뛰어야 했다. "삭타, 삭타!" 왕이 이렇게 외치자 애티는 속도를 높였다. 이제 애티는 맞은편 벽을 따라 빨리 달리는 중이었다. 이삼 분이면 내 뒤를 따라잡을 듯했다.

나는 다급하게 왕을 불렀다. "임금님, 임금님. 기다려요, 제발 제가 임금님 앞에 가게 해주세요."

"위로 뛰어오르시오." 왕이 대답했다. 그러나 나는 무거운 발걸음으로 쿵쿵 그를 따라잡으려다 징 울고 말았다. 마음의 눈으로 말이다. 내 눈에는 애티가 발톱으로 날 찍어 누르고 내 살갗에서 이십오 센트 은화보다 더 큰 핏방울이 튀는 것이 보였다. 움직이기 시작함으로써 내가 좋은 사냥감이 된 것만 같았다. 나는 애티가 자신의 사정거리 안에 들자마자 나를 움켜쥐리라고 굳게 믿었다. 그게 아니라면 어쩌면 내 목을 찢어버릴지도 몰랐다. 그편이 더 좋을 것 같았다. 한 방에, 아찔한 한순간에 정신은 밤으로 가득 찬다. 아, 하느님! 그 밤에는 별이 없겠죠. 아무것도 없으리라.

왕을 따라잡을 수 없었던 나는 발이 걸린 것처럼 옆으로 무겁게 몸을 던지고는 미친 듯이 울어댔다. 왕은 내가 배를 깔고 엎드린 것을 보자 애티에게 손을 내밀고 멈추라는 명령을 내렸다. "타나, 타나, 애티." 애티는 옆으로 뛰어 오르더니 나무 단을 향해 걸어갔다. 나는 바닥에서 사자를 지켜보았다. 애티는 엉덩이를 깔고 앉아 몸을 모으더니 자기가 즐겨 눕곤 하는 단 위로 가볍게 올라갔다. 이어서 한쪽 발을 내밀더니 혀로 핥기 시작했다. 왕이 그 옆에 쪼그리고 앉아 말했다. "어디 다쳤소, 헨더슨 씨?"

"아뇨, 그냥 삐끗했어요." 내가 대답했다.

그러자 왕이 설명했다. "난 선생을 좀 풀어줄 생각이오, 성고. 너무 오그라들었거든. 그래서 달리기를 한 거요. 선생의 의식은 스스로를 고립시키는 경향이 있소. 그 때문에 선생은 극도로 위축되고 움츠러드는 거요. 그래서 다음 순서로 나는……."
"다음 순서라고요?" 내가 물었다. "또 뭘? 저는 됐어요. 이미 땅바닥에 꿇었잖아요. 임금님, 도대체 또 무얼 해야 합니까? 처음에는 시체 때문에 애를 먹었고 다음에는 소가 마시는 연못에 처박혀 여전사들에게 두들겨 맞고……. 좋습니다. 비 때문이라 치지요. 제아무리 성고라 해도 숨이 찬 건 당연하지 않겠어요? 좋아요! 그래, 이번엔 뭡니까?"
대단한 인내심과 동정심을 보이면서 왕은 진한 와인색 벨벳 모자의 주름진 한쪽 끝을 들어 올리며 대답했다. "진정하시오, 성고." 왕이 말했다. "이제까지의 일들은 우리, 와리리를 위한 것이었소. 내가 그렇게 염치도 모르는 사람이라고는 여기지 마시오. 이번 일은 당신을 위한 거니까."
"계속 그렇게 말씀하시는군요. 하지만 이 사자하고 지루하게 시간을 보내는 게 어떻게 제 병을 고쳐줄 수 있다는 겁니까?"
왕의 얼굴은 앞으로 경사가 져서 그의 모후와 마찬가지로 상대방에게 자신을 바치는 것처럼 보였다. "아." 왕이 말했다. "고귀한 행동이오, 고귀한 행동! 고귀한 행동이 없이는 비참한 일밖에 생기지 않을 것이오. 선생은 고귀한 행동이 모자라서 미국의 집을 떠나온 줄 알았는데, 헨더슨 성고, 선생은 첫 번째 기회를 잘 잡았소. 하지만 아직 계속해야 하오. 내가 시켜주는 공부를 잘 하시오. 그러면 의외로 도움이 될 거요."
나는 넘어질 때 까진 손을 혀로 핥고 일어나 앉아 가만히 생각해 보았다. 왕은 무릎을 감싸 안은 채 맞은편에 쪼그리고 있었다. 그는 커다랗게 포개진 팔 너머로 나를 지그시 바라보며 시선을 맞추려 했다.
"제가 어떻게 하면 좋겠습니까?"

"내가 말한 대로 하시오. 그밀로와 서포, 내 모든 선조들이 했던 대로 말이오. 그분들은 모두 사자 연기를 했소. 하나같이 사자를 자신의 안으로 빨아들였소. 선생이 그렇게 한다면 선생도 사자처럼 행동하게 될 거요."

이 몸뚱이, 나의 이 육신이 한낱 꿈이라면 꿈에서 깰 희망이라도 있으련만. 쓰라린 상처를 안고 누워 그런 생각을 했다. 말하자면 나는 생의 밑바닥에 누워 있었던 것이다. 마침내 나는 한숨을 쉬며 일어났는데 그것은 내가 세상에 태어나서 했던 일 가운데 가장 힘든 일이었다. 이걸 보고 왕이 말했다. "성고, 왜 일어나시오? 엎드려 있어야 하는데?"

"무슨 말씀입니까, 엎드리다니요? 제가 기길 바라십니까?"

"아니요, 그럴 리가 있나. 기는 것은 다른 순위의 생물을 위한 것이오. 하지만 손과 발로 엎드리시오. 사자의 자세를 취해야 하오." 왕이 몸소 엎드렸는데 영락없는 사자였다. 인정할 수밖에 없었다. 애티가 발을 꼬며 이따금 우리를 쳐다보았다.

"알겠소?" 왕이 물었다.

그래서 나는 대답했다. "저, 임금님은 당연히 그러실 수 있겠죠. 여기서 자랐으니까요. 게다가 이건 다 임금님의 생각이잖습니까. 하지만 전 못 하겠어요." 나는 도로 바닥에 쿵 쓰러져 버렸다.

"아." 왕이 말했다. "헨더슨 씨, 헨더슨 씨! 당신이 무덤 같은 고독으로부터 일어서리라 말하던 바로 그 사람이오? 해 질 녘 녹색 이파리에 앉은 작은 파리를 시로 읊던 사람은 대체 누구란 말이오? 변해 가기를 멈추고 싶어 한 사람은 누구요? 마음이 하고 싶대서 지구 반 바퀴를 날아온 그 헨더슨이 바로 당신 아니오? 이제야 친구인 다푸가 해결책을 내미는데 그냥 쓰러져 버려요?

나와의 우정을 저버리는 거요?"

"참, 임금님도. 그렇지 않습니다. 그게 아니라는 걸 임금님도 아시잖아요. 임금님을 위해서라면 무슨 짓이라도 할 겁니다."

이것을 증명하기 위해 나는 무릎을 내려뜨리고 손발을 바닥에 댄 채 몸을 곧추세우고 똑바로 앞을 응시하면서 최대한 사자처럼 보이도록 했다.

"아, 훌륭하오." 왕이 말했다. "아주 기쁘오. 선생도 충분히 유연할 줄 알았소. 이제 무릎을 내려놓으시오. 아, 그편이 편하거든. 훨씬 더 편해." 나의 올챙이배가 두 팔 사이로 튀어나왔다. "선생의 체격은 정상과는 거리가 멀구려." 왕이 말했다. "하지만 이전의 고정된 자세를 버린 점은 진실로 축하하오. 자, 선생, 조금만 더 나긋나긋하게 해보겠소? 선생을 보면 하나의 틀로 찍어낸 것 같소. 몸통이 온몸을 지배하지. 다른 비율로 움직일 수 있겠소? 어쩔 수 없이 취했던 무거운 자세를 버리시오. 어째서 그렇게 슬프고 그렇게 세속적인 게요? 이제 당신은 사자요. 정신적으로 그걸 받아들이시오. 하늘과 태양과 덤불 속 생명을 생각해요. 선생은 그 모든 것들과 피를 나눴소. 각다귀도 선생의 사촌이오. 하늘은 선생의 사상이고 풀잎은 선생의 보험이니, 다른 건 필요도 없소. 밤새 두런대는 별들의 이야기는 그칠 줄을 모르오. 내 말 듣고 있소? 헨더슨 씨, 선생은 평생 술을 많이 마셨소? 얼굴을 보니 그런 것 같군, 특히 코가. 사적인 감정으로 이러는 건 아니오. 고칠 수 있는 건 많다오. 다 변할 수는 없지만 아주아주 많은 것들이 변할 수 있소. 중심을 새로 잡을 수 있다면 그것은 오로지 선생만의 중심이 될 거요. 그건 카루소의 음성을 닮지. 예전에 레코드로 들어본 일이 있는데 카루소의 음성은 새에게 말하는 것처럼 자연스러워서 절대 물리지 않소. 그런데 말이오." 왕이 말을 이었다. "선생을 보면 꼭 다른 동물 생각이 나오. 대체 어떤 동물일까?"

나는 그에게 아무 말도 하지 않을 작정이었다. 어쨌든 나의 성대는 퉁퉁 불어버린 스파게티 가닥처럼 뒤엉킨 것 같았으니까.

"아, 정말이오! 선생은 정말이지 장대하오." 왕이 말했다. 그는 계속 이런 식으로 말했다.

마침내 내 목소리를 찾아 그에게 물었다. "얼마나 더 이러고 있어야 합니까?"

"지금까지 관찰한 바로는, 중요한 것은 첫 경험에서 선생이 사자의 무언가를 느끼는 것이오. 소리를 시작해 봅시다."

"설마 애티를 흥분시키지는 않겠죠?"

"염려 마시오. 자, 보시오, 헨더슨 씨. 자신이 사자라고 상상을 하시오. 말 그대로 사자요."

나는 끙끙거렸다.

"아니오, 선생. 제발 내 말대로 해주시오. 있는 그대로 으르렁대는 거요. 선생 목소리가 들려야 하오. 좀 목이 막힌 것 같은데. 아까 말했듯이 선생의 의식은 자신을 고립시키는 경향이 있소. 그러니 선생 앞에 지금 사냥감이 있다고 상상을 하고 침략자를 겁주어 쫓아낸다고 가정해 보시오. 화난 소리로 시작해도 좋을 거요."

여기까지 와서 물러설 수는 없었다. 어떤 대안도 없었다. 하라면 하는 수밖에. 그래서 나는 목구멍에서 우르릉 소리를 냈다. 자포자기한 심정이었다.

"좀 더, 좀 더." 왕이 조급하게 말했다. "애티가 못 알아듣지 않소, 그러니 아직 멀었다는 거지."

나는 더 큰 소리를 냈다.

"또 눈을 이글거리시오. 으르렁대면서. 크르릉, 크르릉. 헨더슨 성고. 겁먹지 말고. 자신을 놓는 거요. 어마어마한 소리로. 사자를 느끼면서. 앞발 위로 몸을 낮추고. 엉덩이를 들어 올리고. 날 위협하시오. 그 당당한 잡탕 눈을 크게 떠요. 아, 더 큰 소리로. 더 크게, 더 크게." 왕이 말했다. "그래도 아직 마음이 약하군. 더 큰 소리를. 자, 손으로, 그러니까 앞발로, 공격! 찰싹 치고! 뒤로 떨어지고! 한 번 더, 공격, 공격, 공격, 공격! 자, 느껴보시오. 야수가 되는 거요! 인간성은 나중에 회복하면 되고 지금은 완전히 사자가 되시오."

그렇게 해서 나는 야수가 되었다. 전력을 다해 으르렁대다 보니 슬픔도 모두 빠져나왔다. 공기는 폐가 공급해 주었지만 명령은 영혼이 내렸다. 으르렁대다 보니 목구멍으로 뜨거운 김이 치솟아 입가가 데었고, 얼마 안 있어 내 소리는 저음의 파이프오르간처럼 사자 우리를 가득 메웠다. 여기야말로 나의 심장이 아우성을 치며 찾아낸 바로 그곳이었다. 여기야말로 나의 종착지였다. 아, 네부카드네자르 왕이여! 다니엘의 예언이 이보다 더 잘 들어맞을 수는 없었다! 나는 발톱과 털과 이빨이 있었고 뜨거운 소음으로 터질 것 같았지만, 이 모든 것이 다 나온 다음에도 아직 남은 것이 있었다. 마지막으로 남은 것은 나의 인간적인 열망이었다.

왕으로 말할 것 같으면, 그는 나를 칭찬하랴, 손바닥을 비비랴, 내 눈을 들여다보랴, 한마디로 광란의 도가니에 빠져 있었다. "이야, 잘했소, 헨더슨 씨. 좋아요, 좋아. 내가 사람을 잘못 본 게 아니었어." 내가 들숨을 멈췄을 때 그의 말이 들렸다. 이왕 이렇게 된 거 끝까지 가는 게 낫겠다는 생각이 들었다. 그때 난 이미 너무 앞서 가는 바람에 사자가 먹다 만 먹잇감들과 흙 사이에 쭈그리고 있었다. 그러니까 나는 내 모든 것을 다 바쳐, 머리가 얼얼하도록 으르렁댔던 것이다. 퉁방울눈을 뜰 때마다 내 옆에서 모자 쓴 왕이 기뻐하는 모습이 보였고, 단 위에서는 암사자가 나를 빤히 쳐다보고 있었다. 순금으로 만든 생물이 거기 앉아 있는 것 같았다.

더는 못 하게 됐을 때 나는 얼굴을 바닥에 대고 엎어졌다. 왕은 내가 기절한 줄 알고 나의 맥을 짚고 뺨을 두드리면서 말했다. "정신 차리시오, 정신을. 이보시오." 내가 눈을 뜨자 왕이 말했다. "아, 괜찮소? 걱정했소. 흉골에서 자줏빛이 돌다가 검게 변하더니 얼굴까지 번졌소."

"웬걸요. 까딱없습니다. 저 어땠나요?"

"기가 막혔소, 나의 형제 헨더슨이여. 내 말을 믿으시오. 당신에게 이로울 테니까. 내가 애티를 데리고 갈 테니 쉬어요. 처음치고는 충분했소."

왕이 애티를 안쪽 방에 가두고 난 뒤 우리는 단에 앉아 이야기를 나누었다. 그는 그밀로의 사자가 금방이라도 나타나리라고 믿는 것 같았다. 그밀로는 근방에서 목격되었다고 했다. 왕은 그밀로를 잡고 나면 애티를 풀어주겠다고 말했다. 그러면 부남과의 논쟁도 끝날 것이다. 그런 다음 왕은 다시 육체와 두뇌 사이의 연관 관계에 대해 이야기하기 시작했다. 왕은 이렇게 말했다. "그건 모두 대뇌피질에 바람직한 모델이 있는가 없는가의 문제요. 고귀한 사람들에게는 자아상이 가장 중요하다고 말할 수 있소. 왜냐하면 사람은 자아상에 따라 만들어지거든. 다르게 표현하자면 사람의 육신은 영혼에 따라 만들어지는 거요. 또 혹자의 말에 따르면 사람은 실제로 자기 자신을 만드는 예술가라고도 할 수 있소. 몸과 얼굴에 남몰래 색을 입히는 것은 다름 아닌 영혼이고, 영혼은 대뇌피질과 제3뇌실, 제4뇌실 사이로 작용하는데 그 뇌실로부터 생명 에너지가 전신으로 흘러가는 것이오. 이제 내가 그토록 열광하는 현상이 이해될 거요, 헨더슨 성고." 이때 왕은 매우 흥분해 있었는데 갈수록 더 격앙되어 나중에는 열광에 이르렀다. 나는 그를 따라잡으려다가 어지러워졌다. 또 이제 이해가 가려는 그의 이론 중 어떤 내용은 받아들이려니 몹시 억울한 생각이 들었다. 그도 그럴 것이 만일 내가 직접 이 코와 이마와 못생긴 새우등과 이따위 팔과 손가락을 그린 것이 사실이라면, 그건 나 자신에 대한 흉악 범죄였기 때문이다. 도대체 무슨 짓을 한 거람! 엉망진창으로 망쳐버린 인간! 오호호호호! 어서 죽음이 나를 찾아와 이 거대한 실패작을 쓸어내고 녹여 버리기를. '돼지였어.' 갑자기 깨달았다. '돼지라고! 왕한테는 사자였지만 나한테는 돼지야. 죽고 싶구먼.'

"수심에 잠겼구려, 헨더슨 성고."

하마터면 그 순간 나는 왕에게 원한을 품을 뻔했다. 그의 총명함이 믿을 만한 자주라기보다 부실한 토대 위에 날림으로 공사한 이 붉은 궁전과 같다는 사실을 깨달았어야 하는 건데.

왕은 이제 새로운 종류의 강의를 시작했다. 그는 자연에 정신력이 있을지 모른다고 말했다. 그 말만 가지고는 무슨 뜻인지 알 수가 없었다. 왕은 생명이 없는 물건에도 정신적인 실체가 있지 않을까 궁금해했다. 퀴리 부인이 새 떼처럼 생겨나는 베타 입자에 대해 쓴 글이 있다는 것이었다. "기억나오?" 왕이 물었다. "위대한 케플러는 지구가 잠을 자고 깨어나고 호흡을 한다고 믿었소. 이 이야기들이 그냥 헛소리였을까? 그런 경우라면 인간의 지성이 전 우주적인 지능과 연합하여 어떤 일을 해낼지도 모르오. 상상의 힘으로." 그런 다음 왕은 인간의 상상력이 위대한 업적 대신 탄생시킨 괴물들을 줄줄이 들먹였다. "나는 그것들을 내가 말했던 유형들 속에 포함시켰소." 왕이 말했다. "식욕형, 고뇌형, 타고난 신경질형, 싸움꾼 나사로형, 천하태평 코끼리형, 미친 폭소형, 속 빈 강정형 등등 말이오. 상상을 달리하면 또 어떤 것들이 생길지 생각해 보시오. 어떤 명랑하고 눈부신 유형들이, 어떤 즐거운 유형들이, 어떤 아름다움과 선의 유형들이, 어떤 귀여운 볼이나 고귀한 행동들이 나올지를 말이오. 오, 오, 오. 우리는 어떻게 될까! 기회라는 놈은 우리에게 일어나 정상에 오르라고 나팔을 불고 있소. 선생도 그와 같은 정상에 갔어야 하는 거요, 헨더슨 성고 씨."

"저 말입니까?" 나는 아직도 으르렁 발성의 후유증 때문에 멍한 목소리로 물었다. 나의 정신적 지평은 선명함과 거리가 멀었다. 하기야 내 머리에 걸리는 구름은 낮지도 어둡지도 않았지만.

"자, 봅시다." 다푸가 말했다. "선생은 내게 와서 그룬 투 몰라니를 말했소. 소를 배경으로 한 그룬 투 몰라니는 뭐겠소?"

돼지! 라고 왕은 말할 수도 있었다.

그렇다고 니키 골드스타인을 탓해 봐야 아무 소용도 없었다. 그가 유대인이었던 것도, 캣스킬에서 밍크를 치겠다고 내게 선언한 것도, 또 내가 돼지를 치겠다고 그에게 말한 것도 그의 잘못이 아니었다. 운명이란 그보다 훨씬 더 복잡하다. 내가 골드스타인을 만나기 오래전부터 나는 돼지와 엮여 있던 게 분명하다. 헤스터와 발렌티나, 이 두 마리 암돼지는 나를 졸졸 따라다녔다. 점박이 배에 녹이 난 것처럼 붉고 시큼하던 털은 비단 같은 광택을 냈고 만지면 바늘처럼 뻣뻣했다. "저것들을 주차장 진입로에 풀어두지 말아요." 프랜시스가 이렇게 말하면 나는 경고했다. "쟤들을 다치게 했다간 큰코다칠 줄 알아. 저놈들은 내 몸의 일부야."

그런데 그 동물들이 정말로 나의 일부였던 걸까? 나는 다푸에게 다 털어놓고 다짜고짜 내게 돼지의 흔적이 남았는지를 물어보기가 망설여졌다. 슬그머니 나 자신을 염탐하듯이 광대뼈를 만져보았다. 나의 광대뼈는 나무 밑동에서 자라는 버섯처럼 툭 튀어나왔다. 속을 까보면 라드처럼 하얀 버섯같이 말이다. 헬멧 아래에서 내 손가락들이 속눈썹을 향해 기어갔다. 돼지들은 속눈썹이 위쪽 눈꺼풀에만 난다. 나는 아래 눈꺼풀에도 속눈썹이 약간 있었지만 성글고 뭉툭했다. 어릴 적 후디니[102]처럼 되고 싶어 연습한 적이 있는데, 마루의 침대 발치에서 물구나무를 선 채 속눈썹으로 바늘을 집어 올리는 연습을 했다. 후디니는 그걸 해냈다. 나는 한 번도 못 했지만 속눈썹이 너무 짧아서 그런 것은 아니었다. 아, 나는 완전히 바뀌었다. 누구나 변한다. 변화는 자연스러운 것이다. 변화는 일어나야 한다. 하지만 어떻게? 왕은 변화가 중요한 이미지에 따라 일어난다고 말했다. 그는 아래턱과 주둥이를 더듬고 있었다. 나는 감히 내게 일어난 현상을 내려다볼 용기가 나지 않았다. 햄과 돼지 내장, 그런 것들로 가득한 큰 냄비. 몸통은 살찐 원통형이다. 숨만 쉬어도 꿀꿀거릴 것 같았다. 형제여! 나는 코와 입에 손을 얹고 걱정스러운 눈으로 왕을 쳐다보았다. 그런데 왕은 성대에서 나는 후음의 진동을 듣고 이렇게 말했다. "지금 내는 이상한 소리는 뭐요, 헨더슨 성고?"

"어떻게 들리십니까, 임금님?"

"모르겠소. 동물이 내는 소리랄까? 묘하게도 선생은 힘을 쓴 다음 더 건강해 보이는군."

"아주 상쾌한 기분은 아닙니다. 저는 임금님이 말한 최고의 인간형이 아니에요. 임금님도 잘 아시잖습니까."

"선생은 상상력이 막혀 있지만 독창성만큼은 독보적이오."
"그게 보입니까?" 내가 물었다.

왕이 말했다. "내 눈에 보이는 것은 매우 복합적이오. 환상적인 요소들이 선생의 몸에서 앞을 다투어 뛰쳐나왔소. 이상 생성물이오. 선생은 격렬한 힘들이 예외적으로 합성된 경우요." 왕은 한숨을 쉬더니 조용히 미소 지었다. 그때만큼은 그의 기분이 매우 고요해 보였다. 왕이 다시 말했다. "탓하자는 게 아니오. 너무 많은 요소가 개입돼 있다는 거지. 선동하고, 겉으로 모습을 드러내고. 사람은 모두 다르오. 서로 영향을 주고받는 줄도 모르는 헤아릴 수 없이 크고 작은 일들이 벌어지지. 순수하고 진실한 지성은 최선을 다하지만 그걸 누가 판단할 수 있겠소? 부정적이거나 긍정적인 요소들이 힘을 겨루면 우리는 그저 바라보다가 깜짝 놀라거나 눈물을 흘릴 따름이지. 선생도 때로 천사와 독수리가 충돌하는 명백한 경우를 볼 거요. 눈은 하늘의 것이고 코는 불꽃을 일으키지. 하지만 얼굴과 몸은 과학을 알고 공감할 줄 아는 독자에게 열려 있는 영혼의 책이오." 나는 꿀꿀거리면서 그를 쳐다보았다.

"성고." 왕이 말했다. "잘 들어요, 내가 믿는 바를 이야기해 줄 테니." 나는 그가 나에 대한 뭔가 희망적인 이야기를 해주리라 믿고 시키는 대로 했다. 왕이 말을 이었다. "우리 인류의 역사는, 상상력이 차례차례 실현된다는 증거요. 꿈이 아니오. 단순한 꿈이 아니라는 말이오. 모두 나름대로 실현되기 때문에 단순한 꿈이 아니라는 거요. 말린디 학교에 있을 때 나는 불핀치[103]를 모두 읽었소. 그러니 단순한 꿈이 아니라고 말하는 거요. 전혀 아니지. 새들이 날고, 하피[104]가 날고, 천사들이 날았고, 다이달로스[105] 부자(父子)가 날았소. 그리고 지금 현실 세계를 보시오. 이제 하늘을 난다는 건 꿈도 지어낸 이야기도 아니지 않소. 문자 그대로 날고 있거든. 선생도 날아서 여기 아프리카로 왔소. 인간의 모든 업적은 똑같은 기원을 가진다오. 아주 똑같은. 상상력은 자연의 원동력이오. 이것만으로도 사람은 황홀경에 빠지지 않겠소? 상상, 상상, 상상 말이오! 상상이 현실로 변하오. 상상이 우리를 살아가게 하고, 변하게 하고, 구원하는 것이오!" 왕이 말을 이었다. "말하자면, 나는 여기 아프리카에 앉아서 내 개인적인 방식으로 공헌하는 거요, 내 능력을 다해서. 그렇게 나는 믿고 있소. 호모사피엔스가 상상하는 대로 사람은 천천히 스스로 변화할 수 있소. 아, 헨더슨. 선생이 여기 와주어서 얼마나 기쁜지 모르오! 누군가가 와서 이런 얘기를 나눌 수 있기를 고대해 왔소. 마음이 통하는 친구. 당신은 신이 보낸 선물이라오."

19

　궁전은 쓰레기 같은 식물과 광물로 둘러싸여 있었다. 앙상한 나무들은 가시와 옹이투성이였다. 그런가 하면 성고의 구역에도 꽃들이 있었다. 나의 시녀들이 물을 주어서 꽃들은 하얀 돌 사발에서 잘 자랐다. 태양이 붉은 꽃들을 더없이 매끈하고 팽팽하게 만들어주었다. 매일같이 사자 우리에서 으르렁대다가 땅 위로 올라오면 온몸이 후들거리고 목구멍이 갈라졌으며 머리에는 펄펄 열이 올랐고 눈가는 거무죽죽했다. 다리에도 힘이 없었고 특히 무릎은 금방이라도 꺾일 것처럼 바들거렸다. 그럴 때 필요한 것은 태양이 나를 회복기 환자에게 하듯 지그시 비춰주는 것뿐이었다. 누군가 소모성 질환을 앓다가 나아진다고 생각해 보라. 그럴 때 환자들은 이상하게 민감해져서 돌아다니기도 하고 깊은 생각에 잠기기도 한다. 사소한 장면에 충격을 받아 감정이 격해지기도 하고 눈에 보이는 모든 구석구석에서 아름다움을 찾기도 한다. 그래서 모두가 지켜보는 가운데 나는 그 꽃들에 다가가 몸을 구부리곤 했다. 어설프게 몸을 수그리고, 축축한 부엽토가 가득 찬 석화(石化)된 광물 나부랭이 사발에 거무죽죽한 눈을 갖다 대고 돼지처럼 코를 쿵쿵대다가 한숨을 쉬다가 했다. 생각하면 하나하나 비참하고 답답했다. 성고 바지는 몸에 달라붙었고 머리칼은 머리통에, 그것도 특히 뒤통수에 뭉쳐 있었다. 나의 곱슬머리는 평소보다 더 검고 무성하게 자랐는데 메리노 양[106]처럼 매우 검었고 헬멧마저 밀어낼 정도로 왕성했다. 아무래도 내가 마음가짐을 바꾸어먹은 탓에 외형적인 모습마저도 딴사람으로 탈바꿈하는 모양이었다.

모두 내가 어디 갔다 왔는지를 알았고 내가 으르렁대는 소리도 들은 모양이었다. 밖에서 애티 소리가 들리는 걸 보면 내 소리도 들렸을 것이다. 사람들이 모두 주시하는 가운데, 특히 위험스럽게도 적들이, 나의 적과 왕의 적 들이 주시하는 가운데 나는 느릿느릿 마당으로 나와 꽃향기를 맡으려고 했다. 꽃들은 냄새도 없었다. 오로지 색만 있었다. 그래도 괜찮았다. 꽃들은 와글거리며 내 영혼을 맞아주었고 로밀라유는 필요할 때 나를 시중들기 위해 항상 뒤에 있었다.("로밀라유, 이 꽃들을 어떻게 생각해? 무지하게 시끄러운걸." 하고 나는 말했다.) 이 무렵 나의 모습이란 사자와의 접촉으로 오염되거나 위험해 보였을 것이 틀림없는데도, 로밀라유는 나를 피해 뒤로 숨거나 하지 않았다. 그는 나를 저버리지 않았다. 그리고 의리는 내가 다른 어떤 것보다 사랑하는 덕목이기 때문에, 나는 그에게 이제 나에 대해 의무를 다하지 않아도 된다는 것을 일러주고 싶었다. "자네는 진실한 친구야." 내가 말했다. "지프보다 훨씬 더 큰 값어치가 있지. 그래서 뭔가를 더 얹어주고 싶어." 나는 그의 덤불진 머리를 다독거렸다.—내 손은 매우 엉성해서 손가락 하나하나가 고구마 같았다.—그렇게 말해 놓고도 나는 내 처소로 돌아가는 길 내내 으르렁거렸다. 숙소에 들면 누워서 쉬었다. 으르렁대느라 진이 빠졌던 것이다. 뼈에서 골수가 빠져나가 텅 빈 것처럼 느껴졌다. 나는 옆으로 누워 푹 퍼진 배가 오르락내리락하는 가운데 꿀꿀거렸다. 어떤 때는 족발에서부터 헬멧에 이르기까지 194센티미터의 내 몸 그대로 그 낯익은 동물 같았다. 배에는 얼룩 반점이 있고 부러진 엄니에 넓적한 광대뼈까지 돼지와 다를 바 없었다. 사실 내 속마음은 인간적인 감정으로 요동쳤지만 외면, 그러니까 이런 표현을 써도 괜찮다면 나의 껍데기는 인생의 온갖 이상한 학대와 흉함을 그대로 보여 주었다.

사실대로 말하면 왕의 과학을 완전히 믿은 것은 아니었다. 사자 우리로 내려가 그 끔찍한 지옥에 들어서면 왕은 하는 일 없이 빈둥거렸다. 고요하고 편안하고, 거의 무기력하다고까지 할 수 있었다. 왕은 암사자가 자기를 매우 평온하게 만들어준다고 말했다. 이따금 내 훈련이 끝난 다음 단에 셋이 누워 있을 때면 이렇게 말했다. "여기는 정말 편안해. 뭐랄까, 물에 떠 있는 기분이야. 선생도 해봐야 해. 꼭 한번 해봐야……." 하지만 나는 그 전에 거의 의식을 잃다시피 해서 물에 뜨려야 뜰 수도 없었다.

사자 우리에 내려가면 모든 게 까맣고 호박색이었다. 돌벽도 누르스름했다. 지푸라기도, 똥도 누런색이었고 흙은 유황색이었다. 암사자의 피부는 척추의 짙은 색에서 점차 옅어져 가슴께에 갈수록 생강가루 같은 색조를 띠고, 배에 이르러서는 하얀 후추색이다가 엉덩이 아래는 북극처럼 새하얀색이었다. 하지만 조그만 발꿈치는 까맸다. 애티의 눈 주위는 완전히 검은색이었다. 어떤 때는 숨 쉴 때 고기 냄새가 나기도 했다.

"좀 더 사자처럼 되도록 노력해야겠소." 다푸는 이렇게 고집했고 나는 확실히 그에 따랐다. 왕은 불리한 신체 조건을 감안하면 내가 잘하고 있다고 말했다. "아직 으르렁댈 때 막힌 소리가 나지만 그건 당연한 거요, 털어버려야 할 게 많으니까." 하고 왕은 말하곤 했다. 그것은 모두 알다시피 거짓말이 아니었다. 예전 나의 모습을 보거나 소리를 듣는 것은 나 자신도 싫었을 것이다. 로밀라유는 나의 으르렁 소리를 들었다고 시인했다. 한편, 내가 다푸의 문하생으로 흑마술, 혹은 사람들이 나무라는 뭔가를 배운다고 생각한데서 다른 사람들을 욕할 수는 없었을 것이다. 그러나 왕이 말하는 비애(悲哀)란 사실(내가 선택한 일도 아니었지만) 이 지구에 태어나 아프리카로 오기까지 나의 전 여정을 요약하는 절규였다. 그러자 '하느님', '도와주소서', '자비를 베푸소서' 같은 말들이 나의 외침 속으로 스멀스멀 기어들었고 입 밖에 나올 때는 "도우우우우사!", "자아아아아비!"가 되었다. 어떤 단어들이 튀어나올지 흥미로웠다. "오 스쿠르.(나 좀 살려줘.)"는 "스쿠우우우우르!"가 되고 또 "드 프로포오오오옹디!(깊은 데서!)"[107] 라든가, 거기다가 '메시아'에 관한 단편적인 표현까지.(그분은 멸시당하고 거부당하셨다, 슬픈 사람 등등.) 뜻밖에 프랑스어가 종종 떠올랐다. 어릴 때 친구 프랑수아의 누나를 놀려줄 때 사용했던 말들이었다.

그렇게 나는 으르렁댔고, 왕은 오페라 공연을 관람하듯이 사자에게 팔을 걸치고 앉아 있었다. 애티는 복장만큼은 최대한 격식을 갖춘 것처럼 보였다. 이렇게 힘들게 여남은 번 하고 나면 나는 머릿속이 침침하고 어두워졌고 팔다리가 쭉 풀려버리기 일쑤였다.

왕은 날 잠깐 쉬게 한 뒤 자꾸 반복하게 했다. 나중에는 왕이 매우 동정 어린 시선으로 이렇게 말하곤 했다. "이제 좀 나아진 것 같구려, 헨더슨 씨."

"네, 낫군요."

"좀 가볍소?"

"물론입니다. 가볍지요, 전하."

"좀 더 고요하고?"

그때쯤 되자 나는 씩씩거렸다. 속에서 덜커덕 충격이 전해졌다. 얼굴이 끓어올랐다. 나는 바닥에서 몸을 일으켜 사자와 왕을 바라보았다.

"지금 기분이 어떻소?"

"가마솥 같습니다, 전하. 큰 가마솥 말입죠."

"선생이 한평생 쌓아 올리느라 애썼다는 것을 알겠군." 왕은 딱하다는 투로 이렇게 말했다. "아직도 애티가 무섭소?"

"개떡 같지만 그렇습니다. 차라리 비행기에서 뛰어내리라고 하십시오. 지금의 반만큼도 안 무서울 테니. 전쟁 때 저는 낙하산 부대에 지원했습니다. 생각 좀 해보십시오, 전하. 이 바지를 입고 5킬로미터 상공에서 낙하산을 타고 탈출하라고 해도 자신 있습니다."

"유머가 맛깔스럽소, 성고."

이 왕이라는 작자에겐 우리가 아는 문명화된 인격 같은 것은 애당초 없었다.

"사자로 사는 것이 어떤 것인지 선생도 곧 알게 되리라고 믿소. 선생의 능력을 믿으니까. 예전의 자신이 반항을 하오?"

"아, 예. 그 어느 때보다 더 옛날의 제가 느껴집니다." 내가 말했다. "계속 느껴져요. 절 무섭게 꽉 잡고 늘어져요." 나는 기침이 나와 꿍꿍댔고 절망에 빠졌다. "400킬로그램짜리 짐이라도 진 것처럼요. 갈라파고스 거북[108]처럼 제 등에다가 말입니다."

"때로는 병이 낫기 위해 반드시 나빠져야 하는 법이오." 왕은 이렇게 말하고 학생 때 병동에서 접한 병들에 대해 이야기해 주었다. 나는 인간의 이로 장식한 벨벳 모자와 비단 슬리퍼 대신 하얀 가운과 하얀 신발을 신은 의대생인 그를 그려보려고 애썼다. 왕은 사자의 머리를 잡았다. 사자의 맑은 수프색 같은 눈이 나를 지켜보았다. 다이아몬드로 긁어놓은 것 같은 수염이 너무 잔인하게 느껴졌는지 사자 자신의 피부마저 움츠러들었다. 사자는 분노하는 본성을 지녔다. 분노하는 본성으로 무엇을 할 수 있겠는가?

이런 이유로, 사자 우리에서 나올 때면 곧바로 돌멩이들과 빨간 꽃들이 늘어진 정원의 뜨거운 빛 속에 들어선 기분이 들었다. 점심을 차리느라 호코의 브리지 테이블이 양산 아래 놓여 있었지만 난 무엇보다도 휴식과 기분 전환을 하기 위해 방으로 갔다. 속으로 이렇게 생각하면서. '그렇군, 누구든 가슴속에 자기만의 아프리카가 있을 거야. 바다에 가면 자기만의 바다가 있듯이.' 이 말은 내가 거친 성격이므로 아프리카가 내게 거칠다는 뜻이었다. 하지만 그렇다고 해서 세상이 나 때문에 존재한다고 생각지는 않는다. 설마 그럴 리야. 나는 현실을 현실적으로 믿는다. 그것이 기정사실이니까.

나는 사람들이 아침마다 내가 어디서 시간을 보내는지 알고 모두 날 두려워한다는 사실을 알게 되었다. 나는 괴물이나 다름 없었다. 아마도 왕은 부남 세력에게 반항하고 전체 부족의 종교를 뒤집어엎기 위해 나를 끌어들였던 것 같다. 그래서 적어도 로밀라유에게만은 다푸와 내가 어떤 사술(邪術)을 행하는 것이 아니라고 설명해 주고 싶었다. "이봐, 로밀라유." 내가 말했다. "왕은 알고 보니 아주 재미있는 사람이야. 구태여 고향에 돌아와서 처첩들 손에 목숨을 내맡길 필요도 없었어. 그렇게 한 것은 온 세상을 이롭게 하고 싶어서였어. 어떤 사람이 미친 짓을 수없이 하더라도 어떤 이론이 없다면 우리는 그를 용서하지. 하지만 하필 그 행동 뒤에 어떤 이론이 있다면 모두가 그에게서 등을 돌려. 지금 왕이 그런 상황이야. 하지만 보라고, 왕은 나한테 해를 끼치지 않아. 그렇게들 떠들어대는 건 사실이지만 그런 말 믿지 말게. 나는 내가 하고 싶어서 으르렁 소리를 내는 거야. 아파 보이는 건 몸이 안 좋기 때문이고. 열이 있거든. 또 코하고 목구멍 안이 부어서 그래.(비염일까?) 왕에게 말하면 약을 줄 테지만 그러고 싶지가 않아서."

"선생님 잘못 아닙니다."

"오해하지 말고 들어. 인류 사회에는 과거 어느 때보다 이 왕과 같은 사람이 필요해. 변해야만 하거든. 변하지 않는다면 너무 끔찍해."

"네, 선생님."

"미국인들이 멍청하다지만 이 문제는 그냥 넘기지 않을 거야. 나만 그런 게 아니야. 자네는 백인 개신교와 헌법과 남북전쟁과 자본주의와 서부의 승리를 생각해야 해. 그런데 역사적으로 중요한 과업과 정복은 내가 태어나기도 전에 모두 끝나 버렸어. 이제 남은 건 정말 중요한 문제, 즉 죽음을 맞이하는 문제야. 뭔가를 해야 하거든. 나만 그런 게 아니라니까. 수백만 미국인이 전쟁 이후 현재를 복원하고 미래를 발견하려고 애써 왔어. 로밀라유, 인도와 중국과 남미와 세계 어디에나 나와 똑같은 사람들이 있어. 그건 내가 보증할 수 있어. 집을 떠나기 직전에 신문에서 인터뷰 기사를 읽었는데 먼시[109] 출신의 한 피아노 교사가 미얀마에서 불교 승려가 됐다는 거야. 이제 알겠어? 내 말이 바로 그거야. 나는 기운이 팔팔한 사람이야. 그리고 나와 같은 세대의 미국인은 운명적으로 세상에 나가 인생의 지혜를 찾아내야 해.

도대체 자네는 내가 왜 여기로 왔다고 생각하나?"

"모릅니다, 선생님."

"나는 내 영혼의 죽음을 안 믿어."

"나 감리교인입니다, 선생님."

"알아. 하지만 그래도 전혀 소용없어, 로밀라유. 날 개종시킬 생각은 하지 마. 그것 아니라도 충분히 머리 아프니까."

"괴롭히는 거 아닙니다."

"알아. 자네는 내가 힘들 때 내 옆에 있어주지. 신께서 축복하시기를. 나 또한 다푸 왕이 부왕 그밀로를 잡을 때까지 옆에 있어주는 거야. 로밀라유, 한번 친구가 됐으면 끝까지 친구로 있어야 해. 혼자 고립되는 게 어떤 일인지 알고 있거든. 나는 아무리 가르쳐도 못 알아듣는 사람이지만 한 가지만큼은 배웠어. 그건 왕의 인품이 넉넉하다는 사실이야. 그 비결을 배웠으면 좋겠어."

그러자 로밀라유는 주름진 얼굴의 흉터(원래 야만족 출신이라는 징표)를 빛내며, 대기로부터가 아닌(그의 낮은 이마를 가로질러 드리운 그늘은 왜금송처럼 절대 빛이 뚫고 들어갈 수 없었다.) 내면의 빛을 담은 부드럽고 동정 어린 시선으로 내가 다푸로부터 얻고자 하는 비결이 무엇인지를 알고 싶어 했다.

내가 말했다. "그게, 왕은 무언가 위험이 있어도 당황하지 않는 비결이 있어. 당연히 두려워해 마땅한데도 태연하게 소파에 누워 있지. 그런 사람은 자네도 못 봤을 거야. 위층에 가면 틀림없이 백 년 전에 코끼리들이 져다 날랐을 낡은 녹색 소파가 있는데, 왕이 거기 누운 모습을 자네가 꼭 한번 봐야 해, 로밀라유! 또 여자들이 왕의 시중을 들더라. 하지만 왕 옆의 테이블에는 기우제 때 사용한 해골 두 개가 있어. 하나는 아버지 것이고 다른 하나는 할아버지 것이래. 로밀라유, 자네 결혼은 했나?" 내가 물었다.

"네, 선생님. 두 번 했습니다. 그러나 지금 아내 하나입니다."

"저런, 나하고 똑같군. 나는 애가 다섯인데 네 살 먹은 아들 쌍둥이도 있어. 내 아내는 아주 커."

"나 애 여섯입니다."

"애들이 걱정되지? 사람 사는 땅은 늘 험악하니까. 난 항상 어린 두 녀석이 숲에서 길을 잃어버릴까 봐 조마조마해. 개를 한 마리 키워야 하는데, 커다란 개 말야. 하지만 어쨌든 이제 도시에서 살 거야. 나도 학교에 다닐 거고. 로밀라유, 아내한테 편지를 보내야겠어. 자네가 바벤타이로 가서 그걸 부쳐주게. 약속한 대로 여기 지프에 관한 서류를 자네한테 넘길게. 자넬 미국으로 데려갈 수 있으면 좋겠지만 자네도 가족이 있으니 그건 안 되겠고." 로밀라유의 얼굴은 선물에도 별로 기뻐하는 기색이 없었다. 오히려 심하게 찡그리는 표정이 되었다. 이때쯤 나는 그를 이해하게 된 터라 이렇게 말했다. "야, 야. 남자가 무슨 눈물 바람이야? 울 게 뭐 있다고."

"선생님 고생입니다." 그가 말했다.

"그래, 나도 알아. 하지만 내가 뭘 하든 늘 마지못해 하는 걸 알고 인생이란 놈이 내게 강경책을 쓰는 거야. 나는 도피자야, 로밀라유. 그러니 이래도 싸. 왜 그래, 친구, 내 얼굴이 안 좋아?"

"네, 선생님."

"난 항상 감정이 얼굴에 그대로 드러나더라." 내가 말했다. "체질상 그래. 놈들이 보여 준 여자 머리 때문에 걱정이 돼?"

"그 사람들, 선생님 죽입니까. 어쩌면?" 로밀라유가 말했다.

"옳아, 그 얘기로군. 그 부남이란 작자는 나쁜 사람이야. 전갈 같은 놈이지. 하지만 내가 성고라는 사실을 잊지 마. 뭄마가 보호해 주지 않겠어? 혹시 그렇다면 내 몸이 신성할지도 모르고.

게다가 56센티미터나 되는 목을 조르려면 두 놈은 붙어야 할걸. 하하! 로밀라유, 내 걱정 하면 안 돼. 왕이 부왕을 잡아들이는 것만 거들어주고 나면, 바벤타이에서 만나."

"하느님, 일이 쉽게 끝나게 하소서." 로밀라유가 빌었다.

왕에게 부남 얘기를 꺼냈을 때 그는 나를 비웃었다. "그밀로만 잡으면 나는 절대군주가 될 거요." 왕이 말했다.

"하지만 그밀로는 초원에서 활개 치며 살육을 하고 있잖아요." 내가 말했다. "그런데 임금님은 벌써 다 잡은 것처럼 행동하시는군요."

"사자들은 정해진 구역을 떠나는 일이 좀처럼 없소." 왕이 말했다. "그밀로는 근처에 있소. 금방이라도 마주칠 거요. 부인에게 편지를 쓰시오." 다푸는 군단을 이루다시피 한 검은 벌거숭이 여인들에 둘러싸여 녹색 소파에 앉아 아주 낮은 소리로 웃었다.

"오늘 아내에게 편지를 쓸 겁니다." 내가 말했다.

그러고 나서 나는 부남과 호코와 점심을 먹으러 내려갔다. 호코와 부남, 부남의 검은 가죽 같은 부하는 늘 그랬듯이 양산 아래 브리지 테이블에 앉아 나를 기다렸다. "신사분들……." "아시성고." 모두 그렇게 나를 불렀다. 나는 그들이 내 으르렁 소리를 들었으리라는 것과 내게서 사자 우리 냄새를 맡으리라는 사실을 항상 의식했다. 그래도 나는 뻔뻔하게 행동했다. 부남은 이례적으로 내가 오는 모습을 곁눈질했는데 그날따라 몹시 음침했다. 나는 속으로 이렇게 생각했다. '내가 먼저 너를 잡을 수도 있어. 아무도 모르는 일이지. 날 너무 밀어붙이지 않는 게 좋을 거다.' 한편, 호코의 태도는 변함없이 상냥했다. 그는 붉은 혀를 놀리면서 작은 테이블이 나무둥치나 되는 것처럼 손마디로 기댔는데 그 바람에 테이블이 흔들렸다. 투명한 비단 양산 아래 은밀한 분위기가 감도는 가운데 재주꾼들이 우리를 위해 햇볕 아래 뛰어다녔고, 호코의 부하들은 우리를 즐겁게 해주려고 예복 아래에 발을 넣었다 뺐다 하면서 춤을 추었다. 딱딱한 뇌처럼 보이는 하얀 돌이 있고 부엽토에 빨간 꽃이 자라는 궁전의 허드레 마당에서 늙은 악사는 펜듈럼 비올을 연주했고 다른 악사들은 북을 두드리고 피리를 불었다.

점심을 먹은 뒤에는 매일 하는 물의 의식이 있었다. 장대를 지고 다녀 어깨에 깊은 자국이 생긴 일꾼 여인들이 나를 지고 마을의 골목길로 데려갔다. 홈이 팬 흙바닥이 고운 가루로 부서져 있었다. 외로운 북 하나만이 내 뒤에서 둥둥거렸다. 그것은 이 헨더슨, 사자에 오염된 성고로부터 물러나라고 사람들에게 전하는 경고 같았다. 사람들은 여전히 호기심에서 나를 보러 왔지만, 이전만큼 많은 수도 아니었고 정신 나간 비의 왕에게 딱히 물을 뿌려주길 바라지도 않는 눈치였다. 그래서 재판이 열리는 마을 중앙의 두엄 더미에 이를 때면 나는 으레 해먹에서 일어나 좌우로 물을 뿌려댔다. 이 의식은 태연하게 치러졌다. 심홍색 가운을 입은 치안판사는 그럴 힘만 있다면 나를 당장 그만두게 하고 싶은 것처럼 보였다. 그러나 아무 일도 벌어지지 않았다. 갈래가 진 막대기를 입안에 꽂은 죄수는 묶여 있는 기둥에 얼굴을 기댔다. "자네가 승소하기를 빌겠네, 친구여." 나는 죄수에게 이렇게 말한 뒤 해먹에 다시 누웠다.

그날 오후 나는 릴리에게 편지를 썼다.
"여보, 아마 걱정은 하겠지만 내가 살아 있다는 건 알고 있으리라 믿어."

릴리는 항상 내 상태가 어떤지를 알 수 있다고 주장했다. 그녀는 자기만의 어떤 사랑의 육감을 가지고 있었다.

"비행기를 타고 여기 오는데 정말 볼만했어."

보석 안에서 빙빙 도는 것 같았으니까.

"구름을 양쪽에서 보는 건 우리가 첫 세대야. 대단한 특권이지! 처음에 사람들은 위로 꿈을 꾸었어. 지금은 위로, 아래로 양 방향으로 꿈을 꾸지. 이러다 보면 어디선가 무언가가 반드시 바뀌고 말 거야. 내게는 모든 경험이 꿈과 같았어. 이집트는 마음에 들더군. 사람들이 모두 기본적인 하얀 천만 두르고 있었어. 공중에서 보니까 나일 강의 입구가 꼭 뒤엉킨 밧줄처럼 보이더라고. 군데군데 계곡은 푸르고 강은 황토빛이었어. 급류들은 셀처 탄산수[110]를 닮았고. 막상 아프리카에 도착해 찰리와 호흡을 맞추고 보니 떠날 때 기대했던 것과는 달랐어." 예컨대 전염병이 도는 할머니 집에 들어섰을 때는, 애써 노력하지 않으면 낭패를 당할 수도 있다는 것을 깨달았다. "찰리는 아프리카에서도 느긋하게 쉬지를 않더군. 나는 R. F. 버튼의 『동아프리카에서의 첫 발자국』과 스피크의 일지를 읽었지만 찰리와는 어떤 주제에 대해서도 의견이 일치하지 않았어. 그래서 우리는 갈라섰어. 버튼은 자신에 대해 생각을 많이 했지. 그는 에페와 사브르 검술의 달인이었으며 이 세상 모든 말을 다 할 줄 알았어. 역사적인 임무에 대한 의식이 강하고 고전주의 시대의 로마와 그리스를 늘 염두에 뒀다는 점에서 나는 버튼이 성격적으로 더글러스 맥아더 장군[111]과 많이 닮았다고 봐. 문명화된 기준으로 난 이미 볼 장을 다 봤기 때문에 개인적으로는 다른 길로 가야 해. 그렇지만 천재들은 평범한 삶을 지극히 사랑하는 법이거든."

스피크는 영국으로 돌아가 자기 머리에 총을 쏘았다. 이런 전기적인 세부 사항은 릴리에게 말하지 않았다. 내가 말하는 천재란 플라톤이나 아인슈타인 같은 사람이다. 아인슈타인이 필요로 했던 것은 빛뿐이었다. 그 이상 어떻게 평범할 수 있겠는가?

"로밀라유라는 녀석하고 같이 다니고 있어. 처음에 그는 나를 무서워했지만 우리는 친구가 되었지. 나는 그에게 문명화되지 않은 아프리카를 보여 달라고 부탁했어. 그런 곳은 거의 남아 있지가 않아. 현대적인 정부와 교육받은 집단이 생겨났으니까. 나도 그렇게 교육을 받고 거의 의사가 될 뻔한 아프리카 왕을 만나 그의 손님으로 여기 머물러 있어. 내가 별난 경험을 한 건 물어보나 마나야. 그리고 이렇게 된 것은 로밀라유(대단한 친구지.)와 간접적으로는 찰리 덕이지. 어느 정도는 끔찍하기도 했고 지금도 끔찍해. 물고기가 거품을 내뿜듯이 아무렇지 않게 내 영혼을 포기할 수도 있었어. 당신도 알다시피 찰리는 망나니가 아니잖아. 하지만 신혼여행을 따라나선 건 실수였어. 나는 밥벌레였어. 신부는 유행에 맞는 얼굴(푹 꺼진 볼)을 만들려고 어금니를 빼는 매디슨 가의 인형 같은 여자였고."

하지만 조금 더 생각해 보면 신부가 결혼식 때 내가 한 행동을 죽어도 용서할 수 없다고 한 것도 이해할 수 있다. 나는 신랑 들러리였고 그것은 격식을 갖춰야 하는 행사였다. 신부에게 키스하지 않은 것만이 잘못은 아니었다. 예식이 끝나고 지미냐노 식당으로 갈 때 택시 안에 신부와 함께 있었던 건 어쨌든 찰리가 아니라 나였다. 내 주머니에는 돌돌 만 악보가 한 장 있었다. 모차르트의 두 대의 바이올린을 위한 「터키풍 론도」였다. 나는 취해 있었는데 어떻게 바이올린 수업을 받았던 것일까? 지미냐노 식당에서 나는 매우 추한 꼴을 보이고 말았다. 이렇게 말했던 것이다. 이게 파마산 치즈야, 아니면 린소[112]야? 나는 식탁보에 퉤 뱉어냈고 그다음에는 손수건으로 코를 풀었다. 하나도 잊지 않고 이렇게 다 기억나다니, 제기랄!

"나 대신 결혼 선물을 보냈어? 선물을 보내야 해. 부탁인데 스테이크용 나이프를 좀 사도록 해. 찰리에게 진 빚이 많다는 걸 말하고 싶군. 찰리가 아니었다면 난 북극으로 가서 에스키모들과 지냈을지도 몰라. 아프리카에서 겪은 일들은 어마어마해. 힘들고 위험하고 대단했어! 하지만 스무 날 동안 스무 해만큼 성숙했어."

릴리는 이글루에서 같이 자려 하지 않았지만 나는 어쨌든 북극 체험을 계속했다. 덫으로 토끼도 몇 마리 잡았다. 창던지기도 연습하고 책에 쓰여 있는 대로 썰매도 만들었다. 활주부에 너덧 겹 오줌을 입히자 강철처럼 눈 위를 질주했다. 마음만 먹었더라면 북극까지 갈 수 있었을 것이다. 그러나 내가 찾고자 한 것을 북극에서 찾을 수는 없었으리라고 생각한다. 북극에 갔더라면 쿵쿵 발을 굴러 온 세계를 시끄럽게 했을 것이다. 내 영혼을 못 찾겠다면서 지구에 대재앙을 일으켰을 테니까.

"여기 사람들은 관광객이 뭔지 모르니까 나는 관광객이라 할 수 없어. 어떤 여자가 친구에게 이렇게 말했다지. '작년에 세계 일주를 다녀왔는데 올해는 좀 다른 데를 가야겠어.' 하하! 어떤 때 보면 여기 산들은 구멍이 송송 난 데다가 노란색과 갈색이어서, 예전에 먹던 당밀로 만든 스펀지 캔디가 떠오르곤 해. 궁전에는 나만의 방이 있어. 이곳은 매우 원시적인 곳이야. 바위마저 원시적으로 보이지. 가끔 나는 연기가 날 정도로 열이 올라. 불이 나서 막혀 버린 광산이 된 기분이라니까. 그것 말고는 여기 와서 건강이 더 좋아진 것 같아. 계속해서 꿀꿀거리는 것만 빼면. 이것이 새로 생긴 버릇인지, 아니면 집에 있을 때 당신도 알고 있던 버릇인지 모르겠군.

쌍둥이와 라이시와 에드워드는 어때? 집에 가는 길에 스위스에 들러 작은딸 앨리스를 보고 싶네. 제네바에서 치과 치료도 받을 수 있을 거야. 언젠가 아침을 먹다가 의치를 부러뜨렸다고 나 대신 슈포어 박사에게 말해 주면 좋겠어. 비상용 의치를 카이로의 미국 대사관으로 보내줘. 비상용 의치는 컨버터블 트렁크 안, 스페어타이어를 잭에 붙들어 매는 용수철 아래에 있어. 잘 둔다고 거기 둔 거야.

로밀라유에게 사람의 발길이 끊긴 곳으로 데려다 주면 특별 선물을 주기로 약속했어. 우리가 들른 곳은 두 군데야. 인류는 좀 더 의식적으로 아름다움을 지향해야 할 것 같아. 비통의 여인이라고 불리는 사람을 만났는데 겉보기에는 그저 살찐 할머니에 지나지 않지만 매우 지혜로워서 첫눈에 내가 괴짜라는 것을 알아보더군. 그런데도 당황하지 않고 놀라운 말을 두어 가지 해주었어. 첫마디는 내게 세상이 낯설다는 말이었지. 어린아이에게는 세상이 낯선 법이야. 하지만 나는 어린아이가 아니잖아. 이 말을 들었을 때 나는 기쁜 동시에 고통스러웠어."

하늘나라는 어린아이와 같은 영혼을 위해 열려 있다. 하지만 무턱대고 참견하는 이 허깨비는 누구란 말인가?

"물론 이상한 점이 많아. 어떤 경우에는 이상함이 은총일 수 있고 또 어떤 때는 이상함이 징벌일 수도 있지. 나는 그 노부인에게 인생을 이해하지 못하는 사람은 나밖에 없다고 말하고 싶었어. 그랬다면 그녀가 그 말을 어떻게 풀이했을까? 나는 매우 허영심이 강하고 바보스럽고 성급한 사람으로 보였을 테지. 어쩌다가 내가 이렇게 되고 말았을까? 누구의 잘잘못이든 간에 어떻게 되돌릴 수 있을까?"

인생에 접어든 지 얼마 안 되어, 나는 풀밭에 나와 있다. 태양은 이글거리며 한껏 부풀어 오른다. 태양이 내뿜는 열기는 사랑이기도 하다.

나도 가슴속에 그와 똑같은 생기가 있다. 민들레가 피어 있다. 나는 그 초록 잎을 따 모으려고 한다. 사랑으로 충만한 뺨을 노란 민들레에 갖다 댄다. 초록 잎 속에 들어가고 싶다.

"그런데 그 비통의 여인이 말하기를 내게 그룬 투 몰라니가 있다는 거야. 그건 우리 말로 설명하기 어려운 원주민의 말이지만 대체로 살고 싶다, 죽고 싶지 않다는 뜻이지. 나는 그 여인이 더 말해 주기를 바랐어. 그녀의 머리는 양털 같고 배에서는 사프란 냄새가 났어. 한쪽 눈에는 백내장을 앓고 있었지. 그녀를 다시는 만나지 못할까 봐 걱정이야. 내가 얼간이 짓을 하는 바람에 우리는 그곳을 나와야 했거든. 자세한 얘기는 할 수 없지만 이텔로 왕자의 우정이 없었다면 나는 큰 곤경에 빠졌을 거야. 나는 정말 지혜로운 사람의 도움을 받아 인생을 공부할 수 있었는데 그 기회를 놓쳐 버렸다는 생각이 들어 몹시 실망했어. 하지만 지금은 다푸 왕을 사랑하게 되었어. 우리가 찾아간 두 번째 부족의 왕이지. 나는 다푸 왕과 함께 지내면서 비의 왕이라는 명예로운 칭호를 받았어. 그건 지미 워커[113]로부터 시(市)의 열쇠를 받는 것만큼이나 거창한 일이야. 의상도 갖춰 입어야 하지. 하지만 일반적인 것 말고 더 자세히 말할 처지는 아니야. 나는 왕(앞서 말했듯이 그는 의사 면허가 있는 거나 다름없어.)과 함께 어떤 실험에 참가하는 중인데 이게 매일같이 고역이지." 그 짐승의 얼굴이 내게는 완전히 불과 같다. 날마다 나는 두 눈을 질끈 감아야 한다.

"릴리, 최근에는 당신한테 이 말을 못 했던 것 같아. 여보, 당신에 대한 내 감정은 진실해서 때로는 내 마음을 아프게 해. 사랑이라 불러도 좋아. 개인적으로 사랑이란 말에는 허세가 잔뜩 들어 있다고 생각하지만." 특히 나처럼 비존재(非存在)에서 존재로 불려 나온 사람에게는 더욱 그렇다. 어쩌자고? 남편이나 아내의 사랑이

나와 무슨 관련이 있겠는가? 나는 너무 독특해서 그런 것과 거리가 멀다.

"나폴레옹이 세인트헬레나로 쫓겨 갈 때, 도덕에 관해 이런저런 말을 했어. 이미 때늦은 말이었지만 도덕을 대단히 좋아했던 모양이야. 그래서 나는 당신과 사랑에 대해 이러쿵저러쿵하지 않겠어. 당신이 떳떳하다고 여긴다면 나를 누르고 사랑 이야기를 할 수 있겠지. 당신은 태양이나 달이나 별만을 위해 살 수는 없다고 하지 않았나. 당신은 어머니가 살아 계시는데도 돌아가셨다고 말했고 그건 분명히 정상이 아니었어. 백 번도 더 약혼했고 항상 숨이 턱에 찼지. 날 속여 먹었어. 이게 사랑이 할 짓인가? 그렇다면 좋아. 하지만 나는 당신이 날 도와주리라 기대했어. 이곳의 왕은 세상에서 제일 지성적인 사람 가운데 하나로, 나는 그를 굳게 믿고 있어. 그런데 왕의 말이 내가 인위적인 상태로부터 자연적인 상태로 옮겨가야 한다더군. 마치 쉬지 않고 지르던 고함을 그치면 뭔가 새로운 소리가 들리는 것처럼 말이야. 새소리도 들을 수 있을 테지. 처마 돌림띠에는 지금도 굴뚝새가 살고 있어? 지푸라기가 삐져나온 줄 알았는데 놀랍게도 그 안에 새들이 들어가 있더라고." 나는 한 번도 그 새들을 돌보지 못했다. 나뭇가지들을 몽땅 다 분질러버리곤 했는데. 하늘을 나는 익룡이라 해도 날 보면 겁을 먹었을 것이다.

"바이올린을 포기하려고 해. 그걸로는 내 목표에 도달하지 못할 것 같아서." 이 죽음의 육신을 떠나 지상으로부터 내 영혼을 고양시키는 목표 말이다. 나는 몹시 집요했고 나 자신을 다른 세상으로 끌어올리고 싶었다. 내 인생과 행동은 하나의 감옥이었다.

"자, 릴리. 앞으로는 모든 게 달라질 거야. 돌아가면 의학을 공부하겠어. 그러기에 내 나이가 걸림돌이라는 게 유감천만이지만 어쨌든 난 할 거야. 내가 얼마나 실험실에 들어가고 싶은지 당신은 상상도 못 할 거야. 그런 곳의 냄새가 지금도 기억에 생생해. 포름알데하이드. 젊은 애들 사이에 있어야 할 거야, 나도 알아. 화학과 동물학과 생리학과 수학과 해부학을 공부해야겠지. 힘들 거라는 거 알아, 특히 시체 해부가." 죽음아, 또다시 너하고 나구나. "나는 죽음을 무수히 다뤘지만 어쨌든 그걸로 돈 한 푼 못 벌었잖아. 인생을 위해 뭔가 변화를 주는 게 좋겠어." 이 잘나 빠진 악기는 이제 뭐란 말인가? 연주가 서툴다고 해서 그렇게 고통스러워해야 할까? 제대로 연주한다 한들, 어떻게 신에게 이를 만큼 많은 걸 이루겠는가? "뼈, 근육, 분비샘, 기관들, 삼투현상. 당신이 의과대학에 가서 레오 E. 헨더슨으로 날 등록해 주면 좋겠어. 이유는 집에 가서 말해 줄게. 흥분되지 않아? 여보, 의사의 아내로서 당신도 좀 더 깨끗해져야 할 거야. 목욕도 자주 하고 물건도 자주 씻고. 자다가 야간 호출 같은 걸 받아서 잠을 깨는 데에도 익숙해져야 할 거야. 어디에 개업할지는 아직 정하지 않았어. 집에다 차린다면 이웃들이 기절하겠지. 내가 개업의로서 이웃 사람들 가슴에다 귀를 갖다 대면 그 사람들 놀라 자빠질 거야.

그렇게 되면 나는 윌프레드 그렌펠이나 알베르트 슈바이처처럼 선교 사업에 지원할 수도 있을 거야. 여보! 악셀 문테[114], 그 친구 어때? 물론 이제 중국에 가겠다는 생각은 접어야겠지. 중국인들이 우리를 붙잡아다 세뇌를 시킬지도 몰라. 하하하, 하지만 인도에는 갈 수도 있을 거야. 나는 정말 아픈 사람들을 어루만져 주고 싶어. 그들을 치료해 주고. 치유자는 신성하니까." 나도 이제까지는 지독하게 못되게 살아왔지만 궁극적으로 내 안에는 분명히 선이라는 것이 있으리라고 믿는다. "릴리, 이제 나 자신을 들볶는 일은 그만할래."

욕망을 이루고자 하는 몸부림은 결코 승리할 수 없다고 생각한다.

열망과 의지, 의지와 열망의 시대, 그것은 어떻게 끝을 맺었던가? 무승부로, 허무하게 끝났다.

"의과대학에서 날 받아주지 않는다면 먼저 존스 홉킨스에 지원하고 그다음에는 책에서 찾아보고 병원마다 지원하겠어. 스위스에 들르려는 이유가 또 하나 있는데 그곳 의과대학의 상황을 살피려는 거야. 사람들한테 얘기해서 내 처지를 이해받을 수 있다면 거기서는 어쩌면 날 받아줄지도 몰라.

그러니까 여보, 이 편지 받고 부지런히 움직여. 돼지들은 팔아 버려. 탬워스종(種) 수돼지 케네스하고 딜리랑 미니는 당신이 팔아줬으면 좋겠어. 처분하라고.

우리는 웃긴 사람들이야. 별들을 있는 그대로 보지도 못하면서 어째서 사랑하는 걸까? 별들은 조그만 금붙이가 아니라 꺼지지 않는 불이야."

이상하다고? 어째서 이상하지 않겠어? 이상하고말고. 암, 이상한 일이지.

"여기서는 통 술 마실 일이 없었어. 이 편지 쓰면서 몇 입 축이는 것 외에는 말이야. 점심 먹을 때 사람들이 '폼보'라는 토속주를 주는데 꽤 괜찮은 술이야. 파인애플을 발효시킨 술이지. 여기 사람들은 누구나 아주 활기가 넘쳐. 깃털을 단 녀석들, 끈을 매단 녀석들에다가 스카프니 반지, 팔찌, 구슬, 조개껍질, 황금 호두알로 장식한 녀석들까지 있어. 하렘에는 기린처럼 걷는 여자들도 있지. 얼굴은 앞으로 기울어졌고. 왕의 얼굴도 매우 경사져 있어. 대단히 총명하고 독선적인 친구야.

이따금 내 안에서 조그만 피그미 족이 펄쩍 뛰면서 소리치고 추태를 부리는 기분이야. 이상하지 않아? 그럴 때 빼고는 아주 고요해, 살아오면서 이렇게 고요한 적이 없을 정도로.

사람은 자기 자신에 대해 적절한 이미지를 가져야 한다고 왕은 믿고 있어……."

이어진 편지에서 나는 틀림없이 다푸의 생각이 어떤지 릴리에게 설명하려 했던 것 같다. 하지만 로밀라유가 편지의 뒷부분을 몇 쪽 잃어버렸다. 차라리 그편이 잘됐다고 본다. 왜냐하면 편지를 쓸 때 나는 이미 곤드레가 돼 있었기 때문이다. 편지 한 쪽에다 이렇게 썼던 것 같은데 어쩌면 그냥 생각만 한 건지도 모르겠다. "하고 싶어라는 목소리가 들렸어. 하고 싶어! 하고 싶다고? 내가? 말을 하려면 제대로 해야지, 그녀가 하고 싶다, 그가 하고 싶다, 그들이 하고 싶다고 말이야. 더욱이 현실을 현실적으로 만드는 건 사랑이야. 반대라면 반대의 결과가 나오고."

20

 로밀라유와 나는 아침에 작별했다. 그가 릴리에게 보내는 편지를 갖고 출발하자 내 마음은 아주 심란해졌다. 그의 주름진 얼굴 뒤로 궁전 문이 닫힐 때에는 위장이 덜컥 내려앉는 줄 알았다. 틀림없이 로밀라유는 마지막 순간에 변덕스럽고 종잡을 수 없는 주인이 불러 세울 줄 알았을 것이다. 그러나 나는 게 껍데기 같은 헬멧을 쓰고 낙오된 주아브병(兵)[115]처럼 보이는 괴상한 바지를 입고 그냥 서 있었다. 흉터가 있고 주름진 로밀라유의 얼굴이 던지는 시선 앞으로 문이 닫히자 내 기분은 말할 수 없이 가라앉았다. 하지만 탐바와 베부가 슬픔을 덜어주었다. 보통 때처럼 그 둘은 흙 위에 엎드려 내 발을 자기들 머리에 얹어 인사했고, 이내 탐바는 베부가 발로 족시를 할 수 있도록 엎드렸다. 베부가 탐바의 등과 척추와 목과 허리를 밟자 탐바는 천상에라도 오른 것처럼 좋아하며 눈을 감고 앓는 소리를 내면서 햇볕을 쬐었다. 나도 언젠가는 받아봐야지 하고 생각했다. 틀림없이 몸에 이로우니 이 사람들이 저렇게 만족해하는 것 아니겠는가. 하지만 오늘은 아니었다. 너무 슬펐던 것이다.

날은 급속도로 따뜻해지고 있었지만 살을 에는 듯한 차가운 밤공기가 아주 가신 것은 아니었다. 내가 입은 얇은 녹색 옷 사이로 냉기가 스몄다. 저만치 있는, 후맛의 이름을 딴 산은 노란색이었다. 하얀 구름은 매우 무거웠다. 구름은 옷깃처럼 후맛 산의 목구멍과 어깨 높이에 걸려 있었다. 실내로 들어온 나는 아침의 온기가 더하기를 기다리며 손으로 깍지를 끼고 앉았다. 그러고는 열심히 머리를 굴리면서 마음속으로 일과인 애티와의 만남을 준비했다. 나는 변해야 한다. 과거에 매달려서는 안 된다. 그랬다가는 신세를 망칠 뿐이다. 죽은 사람들이 우리 집의 식객이 되어 나의 온 재산을 다 먹어치우려 한다. 돼지들은 나의 반항 정신이었다. 세상 사람들에게 나는 그것이 돼지라고 말했다. 어떻게 살지 이제 생각을 해야겠다. 릴리가 앞으로는 협박을 하지 못하도록 말리고 사랑을 제 궤도에 올려야 한다. 어쨌든 릴리와 나는 매우 운이 좋았으니까. 한데 까놓고 말해서 한낱 동물이 나를 위해 무얼 해줄 수 있겠는가? 정말이지, 맹수 한 마리가. 어떤 동물이 제아무리 타고난 축복을 누린다 치더라도 말이다. 우리도 젖먹이 기간에는 피조물의 자격으로 축복을 받았다. 하지만 이제는 뭔가 다른 것을 이루어야 하지 않을까.—제2의 계획, 두 번째 축복 말이다. 왕이 너무나 사자에 집착했기 때문에 나는 왕에게 그런 얘기를 꺼낼 수가 없었다. 어떤 동물을 그렇게 애지중지하는 사람을 본 적이 없을뿐더러, 그 애정 때문에 그가 원하는 것을 거절할 수가 없었다. 그렇다. 어떤 면으로 왕은 희한할 정도로 사자 같았지만 그렇다고 해서 사자가 그를 그렇게 만들었다고 말할 수는 없었다. 이건 라마르크[116]에 가까웠다. 대학 때 우리는 라마르크를 웃음거리로 만들어 교실에서 내몰았다. 선생님이 한 말이 생각나는데 라마르크의 학설은 개인의 정신을 해부해서 알아낸 부르주아식 사고라는 것이었다. 우리는 다 그런 건 아니더라도 거의 모두 부잣집 아들이어서 그 부르주아라는 말을 듣고 배꼽을 잡고 웃어댔다. 홈. 나는 눈썹에 바짝 주름을 잡고 로밀라유를 뼈저리게 그리워하면서 이것은 평생 생각 없이 행동만 일삼아 온 대가라고 여겼다. 고양이에게 총을 겨누고, 개구리들이 있는 호수를 폭발시키고, 어떤 결과를 낳을지도 모르고 뭄마를 들어 올린 이상, 네 발로 웅크리고 으르렁대며 사자 흉내를 내는 것도 아주 터무니없는 행동은 아니었다. 사자 대신 월라탈레 밑에서 그룬 투 몰라니를 배울 수도 있었을 것이다. 하지만 이 사람 다푸에 대한 내 감정만큼은 후회하지 않는다. 그와의 우정을 지키기 위해서라면 그보다 훨씬 더한 일도 했을 것이다.

그렇게 궁전의 내 방에 앉아 궁리하고 있을 때 타투가 그 옛날 옛적의 이탈리아 수비병 모자를 쓰고 들어왔다. 사자 우리로 가서 왕을 만나는 일과를 고하는 것이려니 생각하고 무거운 몸으로 일어서는데 타투가 무언가 말과 행동으로 여기서 왕을 기다리라고 했다. 왕이 오고 있단다.

"무슨 일이오?" 내가 물었다. 하지만 아무도 설명해 주지 못했다. 그래서 나는 왕이 온다는 기대에 몸단장을 좀 하기 시작했다. 내 몸은 지저분하고 수염이 덥수룩했다. 기껏 씻어봐야 네 발로 으르렁대고 땅바닥을 헤쳐야 하니 소용없는 일이라 여겼던 것이다. 그러나 오늘은 뭄마의 물통으로 가서 얼굴과 목과 귀를 씻고 방문턱에 서서 햇볕에 말렸다. 금방 말랐다. 그러면서 나는 로밀라유를 그렇게 일찍 보낸 것을 후회했다. 릴리에게 해야 할 몇 가지 이야기들이 아침에 떠올랐기 때문이다. 말해야 할 건 그것만이 아니라는 생각이 들었다. 나는 그녀를 사랑한다. 맙소사!

또 얼간이 짓을 했다. 하지만 후회할 시간도 얼마 없었다. 타투가 궁전의 험악한 뜰을 가로질러 내게 오면서 두 팔로 이런 몸짓을 했던 것이다. "다푸. 다푸 알라 멜레." 나는 자리에서 일어났고 타투는 나를 이끌고 1층 통로를 거쳐 왕이 있는 실외 뜰로 데리고 갔다. 왕은 벌써 거대한 비단 우산의 자줏빛 그늘 아래 해먹에 누워 있었다. 그는 벨벳 모자를 움켜쥔 손으로 나를 불렀다. 그리고 내가 옆에 다가서자 부은 입술을 열었다. 그는 구부린 무릎에 모자를 씌우고 웃으며 말했다. "오늘이 무슨 날인지 아오?"

"제가 보기에는……."

"맞았소, 그날이오. 사자의 날이오."

"오늘이오?"

"젊은 수사자가 미끼를 먹었소. 생긴 모습은 그밀로와 일치하고."

"와, 대단하군요." 내가 말했다. "돌아가신 아버님을 다시 만난다고 생각하니. 저도 그럴 수 있으면 좋겠습니다."

"오호, 헨더슨." 왕이 말했다.(오늘따라 그는 나와 만난 걸 전에 없이 좋아했다.) "영생을 믿소?"

"많은 사람들이 목숨은 하나라고 말합니다만." 내가 말했다.

"정말 그렇소? 하지만 선생은 나보다 세상살이에 대해 더 잘 알고 있겠지. 그래도 헨더슨. 친구여, 오늘 행사는 내게 대단한 일이오."

"그 사자가 부왕이신 전하의 아버지일까요? 저도 알고 싶습니다. 로밀라유를 보내지 말았어야 하는 건데. 오늘 아침에 떠났거든요. 전하, 사람을 보내 로밀라유를 데려올 수 있을까요?"

왕이 이 말을 들은 척도 하지 않자 나는 그가 너무 흥분한 탓에 나의 당면 과제를 생각지 못하는 모양이라고 여겼다. 이런 중대한 날에 그까짓 로밀라유가 그에게 무어라고?

"선생은 나와 함께 호포에 갈 것이오." 하고 왕이 말했지만 나는 무슨 의미인지도 모르고 알았다고 했다. 내 양산도 다가왔는데, 이 속이 텅 빈, 아니, 속이 비치는 비단 안에 실이 가로지르는 녹색 덮개를 보니 이게 환상이 아니라 사실이구나 싶어 정신이 퍼뜩 들었다. 환상이라면 어째서 그런 실이 가로지르는 것까지 보이겠는가? 그렇지 않은가? 커다란 여자의 손이 양산대를 붙들고 있었다. 짐꾼들이 내 해먹을 들고 왔다.

"해먹을 타고 사자를 찾으러 갑니까?" 내가 물었다.

"관목 숲에 닿으면 걸어서 갈 거요." 왕이 대답했다.

그래서 나는 끙 소리를 내며 성고의 해먹에 훌렁 올라탔다. 내가 보기에는 우리 둘이 맨손으로 동물을 잡으러 가는 것 같았다. 이 사자라는 놈은 늙은 황소를 잡아먹고 베지도 않은 풀밭 어딘가에 누워 깊이 잠들어 있을 것이다.

까까머리 여자들이 불안하게 높은 소리를 내며 우리 옆을 휙 지나갔고 기우제 날처럼 잔뜩 치장한 사람들이 모여 서 있었다. 북 치는 고수들, 몸에 칠을 하거나 조개껍데기와 깃털을 붙인 남자들, 그리고 연습용으로 뿌뿌빠빠 불어대는 나팔들이 보였다. 나팔들은 길이가 30센티미터 정도였고 녹색 산화 금속으로 만든 입구 부분이 컸다. 나팔들은 두려움을 비웃기라도 하는 것처럼 통쾌하게 소리를 질러댔다. 우리는 그렇게 나팔과 북과 딸랑이를 연주하는 사람들을 이끌고 해먹에 누워 궁전 문을 넘었다. 여전사들의 팔이 내 무게 때문에 후들거렸다. 우리가 마을로 들어가자 사람들이 와서 나를 쳐다보았다. 그들은 해먹 안을 응시했다. 그중에는 부남과 호코도 있었는데 호코는 내가 자기에게 뭔가 말을 걸어주기를 바라는 눈치였다. 하지만 나는 한마디도 하지 않았다.

　나는 크고 붉은 얼굴로 그들을 돌아보았다. 수염이 빗자루처럼 자랐고 또다시 열이 올라 눈과 귀가 불편했다. 이따금 볼에 경련이 일어나 놀라곤 했는데 그럴 때면 아무것도 할 수가 없었다. 그런데 가만히 생각해 보니 사자의 영향을 받을 때면 내 입 부분과 코와 턱 끝의 신경이 불안정하게 변하는 모양이었다. 부남은 나와 대화를 하거나 내게 경고할 목적으로 와 있다는 걸 알 수 있었다. 나는 조준경이 달린 나의 H&H 매그넘을 달라고 하고 싶었으나 '달라'와 '총'이라는 말을 알 턱이 없었다. 여자들은 내 무게 때문에 쩔쩔맸고 해먹은 아래가 축 처져서 거의 땅에 닿을 지경이었다. 까무잡잡하고 불그죽죽한 얼굴에 때 묻은 헬멧과 요란한 바지를 걸치고 굵다란 정강이에는 털이 숭숭한 야수 같은 백인 비의 왕은 여자들이 지기에 너무 버거웠다. 사람들은 함성을 지르고 손뼉을 치며 헝겊과 가죽을 두른 채 펄쩍펄쩍 뛰면서 물들인 머리털을 깃발처럼 흔들었다. 여자들의 기다란 스펀지 같은 젖가슴에는 아기들이 매달려 있었고, 이가 부러지거나 빠진 작자들도 있었다. 내가 보기에 그들은 왕에게 열광하는 게 아니었다. 그들은 왕이 적법한 사자인 그밀로를 데려오고 마녀 애티를 버릴 것을 요구하고 있었다. 왕은 아무 손짓도 없이 해먹을 타고 그들 사이를 지나갔다. 나는 왕의 얼굴이 자주색 양산 그늘에 가려져 있으리라는 것을 알았다. 내가 헬멧을 사랑하듯이, 그는 커다란 벨벳 모자에 애착을 가졌다. 모자와 머리칼과 얼굴이 비단 아치의 은은한 빛 아래에서 긴밀하게 일체가 되었고, 왕은 처음부터 내가 놀라 마지않았던 그 호사스러울 정도로 편안한 자세로 해먹에 누워 있었다. 그의 위에서는 나와 마찬가지로 낯선 손들이 양산의 장식된 대를 붙들고 있었다. 이제 태양은 맹위를 떨치며 겹겹이 어른대는 열기로 산과 돌멩이들을 두루 감쌌다. 지면 가까이는 금박을 입힌 것처럼 보였다. 초가집들은 캄캄한 구멍으로 보였고 위에 얹은 이엉에서는 병들고 불순한 광채가 번쩍였다.

마을 어귀에 이를 때까지 나는 계속해서 이렇게 혼잣말을 했다. "이건 실제 상황이야! 이런, 꿈이 아니라고! 빌어먹을, 현실이 틀림없어!"

여자들이 덤불 사이에 나를 내려놓자 나는 이글거리는 바닥으로 걸어 나갔다. 그것은 단단히 자리 잡은, 하얗고 태양처럼 보이는 바위였다. 왕도 일어나 있었다. 왕은 여전히 마을 담벼락 근처에 머물러 있는 사람들을 돌아보았다. 부남이 몰이꾼들과 함께 있었고 바로 뒤에는 온몸을 하얗게 물들인 남자가 있었다. 나는 그 하얗게 칠한 얼굴을 알아보았다. 부남의 부하인 집행관이었다. 하얗게 변신한 속에서도 좁은 얼굴에 겹겹이 난 주름으로 나는 그를 알아볼 수 있었다.

"저렇게 칠을 한 목적이 뭡니까?" 다져진 돌들과 부스스 자란 잡초를 건너 왕에게 다가가면서 내가 물었다.

"아무 목적도 없소." 왕이 말했다.

"사자 사냥 때는 늘 저렇게 합니까?"

"아니요. 그때그때 징조에 따라 다른 색을 칠하오. 썩 좋은 징조는 아니군."

"무슨 수작을 부리는 걸까요? 배웅하는 방식이 나쁘군요."

왕은 관여하기도 싫다는 듯이 행동했다. 사자 인간이라면 그렇게 행동하는 것이 당연했다. 왕은 화가 나지는 않았다 해도 짐작 가는 바가 있는 것 같았다. 나는 무겁게 몸을 반쯤 돌려, 부왕의 영혼과 재회하는 이 중차대한 날 왕의 자신감에 타격을 입히러 온 재수 없는 인물을 쏘아보았다. "저 회칠은 안 좋은 징조입니까?" 왕에게 물었다.

두 눈 사이가 멀어서 양쪽으로 별개의 시선을 던지던 왕은 내가 말을 걸자 눈을 다시 한데 모았다. "그렇게 만들 작정인 게지."

"전하." 내가 말했다. "제가 뭔가 하기를 원하십니까?"

"무얼 말이오?"

"말씀만 하십시오. 이런 날에 방해를 받는다는 건 위험합니다. 안 그런가요? 놈들에게 위협을 해야 합니다."

"응? 아니, 무슨 소리를?" 왕이 말했다. "저들은 오래된 우주에서 살고 있소. 저러지 말아야 할 이유가 없지. 그건 내가 그들과 한 약속이 아니겠소?" 왠지 모를 황금 색조를 띤 돌멩이들이 왕의 미소에 찬란한 빛을 던졌다. "여하튼 오늘은 내게 중대한 날이오, 헨더슨 씨. 나는 어떤 징조도 견뎌낼 수가 있소. 그밀로를 잡고 나면 저들은 더는 아무 말 못 할 거요."

"막대기와 돌멩이로도 제 뼈를 분지를 수야 있겠지만 이건 하품 나오는 미신이군요. 알겠습니다, 전하. 전하 생각이 그러시다면 좋습니다." 어리어리하게 치솟는 열기를 들여다보고 있자니 그 열기조차 돌멩이와 초목들과 같은 색으로 물들어 갔다. 나는 왕이 부남과, 나쁜 징조인 흰색을 칠한 부남의 추종자를 거칠게 꾸짖었으면 했지만, 왕은 겨우 한마디 할 뿐이었다. 챙이 넓고 꼭대기를 여러 모양으로 꾸민 벨벳 모자 아래 왕의 얼굴은 매우 풍요로워 보였다. 양산들이 뒤에서 기다리고 있었다. 왕의 부인인 여자들이 마을의 낮은 담 옆에 키 순서대로 서 있었다. 여자들은 지켜보면서 무슨 말을 외쳤다.(작별 인사였던 것 같다.) 돌멩이들은 점점 고조되는 열기에 빛이 바랬다. 여자들은 사랑과 격려인지 경고인지 작별 인사인지 이상한 고함을 내질렀다. 그들은 손을 흔들고 노래를 부르고 두 개의 양산을 올렸다 내렸다 하며 신호를 보냈다. 몰이꾼들은 우리를 위해 멈추지 않고 맨몸으로 나팔과 창과 북과 딸랑이를 든 채 멀어져 갔다. 육칠십 명의 몰이꾼들은 한데 모여서 출발했지만 점차 덤불을 향해 흩어졌다. 그들은 황금빛 잡초와 경사지의 호박돌 틈으로 개미같이 납작 엎드렸다. 전에도 눈여겨보았지만 이 호박돌들은 미지의 힘이 천상에서 빗으로 빗어 떨어뜨린 뭉툭한 물체 같았다. 몰이꾼들이 떠나고 나자 부남과 부남의 요술사, 왕, 나 성고, 그리고 마을에서 30여 미터 떨어진 곳에 서서 창을 든 수행원 셋만 남았다.

"저놈들한테 뭐라고 했습니까?" 내가 왕에게 물었다.

"어떤 일이 있더라도 내 목표를 달성할 거라고 부남에게 말했소."

"죄다 꼬리뼈를 한 대씩 걷어차 주는 건데." 나는 그 두 놈을 향해 찡그리면서 말했다.

"자, 헨더슨. 나의 친구여." 다푸가 이렇게 말해서 우리는 걸어갔다. 창을 든 남자 셋이 우리 뒤에서 따라왔다.

"이 녀석들은 뭐하는 겁니까?"

"호포에서 작전을 도울 거요." 왕이 대답했다. "호포의 좁은 쪽 끝에 닿으면 알게 될 거요. 백문이 불여일견이니까."

덤불 사이를 지나 높이 자란 풀밭으로 내려갈 때 왕은 콧마루가 주저앉은 매끄러운 코를 치켜들고 공기의 냄새를 맡았다. 나도 숨을 들이마셨다. 건조하고 희박한 공기에서는 발효시킨 설탕 같은 냄새가 났다. 나는 줄기 아래, 열기의 본거지에서 악기를 연주하는 곤충들의 떨림을 알아챘다.

왕의 걸음이 빨라지기 시작했다. 걷는다기보다 뛰었고 우리, 그러니까 창을 든 녀석들과 나는 그 뒤를 따랐다. 문득, 풀이 하도 높이 자라서 코끼리 빼고는 어떤 동물도 숨을 수 있겠다는 생각이 들었다. 내게는 몸을 지킬 기저귀 핀 하나 없었다.
"임금님." 내가 불렀다. "쉿, 잠깐만요." 여기서는 목소리를 높일 수 없었다. 지금은 소음을 일으킬 때가 아님을 직감했다. 왕이 좀체 멈추지 않은 걸 보면 그는 아마 이렇게 말 거는 것을 좋아하지 않았던 듯하다. 하지만 나는 계속해서 낮은 소리로 그를 불렀고 마침내 왕이 나를 기다려주었다. 엄청 공을 들인지라 나는 그의 눈을 바짝 들여다보며 잠시 숨을 고르고 나서 말했다. "무기 하나 없이요? 달랑 이렇게 갑니까? 사자 꼬리를 맨손으로 붙잡을 셈입니까?"
왕은 인내심을 가지고 날 대하기로 마음먹는 것 같았다. 그가 마음속으로 결심을 굳히는 것이 느껴졌다. 아니라면 내 손에 장을 지지겠다. "그 녀석이 그밀로였으면 좋겠는데. 아마 호포 구역 안에 있을 거요. 이거 봐요, 헨더슨. 나는 무장을 해서는 안 되오. 내가 그밀로에게 상처라도 입히는 날에는?" 이 말을 할 때 왕은 두려워하는 기색이 역력했다. 이제 보니 나는 그때 왕이 얼마나 흥분했는지를 알아보지 못했더랬다.(내가 어떻게 됐던 걸까?) 왕의 마음속 진심을 꿰뚫어 보지 못했던 것이다.
"그런 날에는?"
"살아 있는 왕에게 해를 끼친 죄로 목숨을 내놓아야 하오."
"그럼 저는요? 저도 사자가 공격해도 가만있어야 하나요?"
왕은 대답하지 않았다. 그러더니 잠시 후 이렇게 말했다. "선생도 나와 같소."
나는 아무 말도 할 수 없었다. 헬멧을 가지고 최선을 다해야겠다는 생각밖에 안 들었다. 사자의 주둥이를 쳐서 헤매게 만드는 수밖에. 나는 왕이 일개 학생으로 시리아나 레바논에서 지내는 편이 더 나았겠다고 구시렁댔는데, 잘 알아듣지 못하게 말했건만 왕은 내 말을 알아듣고 이렇게 말했다. "아, 아니요. 헨더슨 성고. 나는 행운의 사나이고 선생도 그걸 알잖소." 왕은 딱 맞는 반바지 차림으로 다시 걸음을 뗴었다. 그 뒤에서 달려가자니 내 바지가 몹시 거추장스러웠다. 창을 든 세 남자에 대해 말하자면, 그들은 영 미덥지가 못했다. 다시 말해, 나는 금방이라도 사자가 폭발하듯이 나를 덮쳐누른 후 갈기갈기 찢어 불꽃 같은 피를 흩뿌리게 할지 모른다는 생각에 사로잡혔다. 왕은 호박돌 위에 올라 나를 옆으로 끌었다. 그가 말했다. "우리는 호포의 북쪽 담 근처에 있소." 왕이 손가락으로 가리켰다. 담이라고는 초라한 가시나무와 온갖 종류의 죽은 가지들을 몇십 센티미터 두께로 쌓아올린 게 고작이었다. 조잡하고 음침한 꽃들이 거기서 피어났다. 꽃들은 빨간색이나 주황색이었고 중심에는 검은 점들이 박혀 있었는데 그걸 쳐다보는 것만으로도 나는 목구멍이 따가워졌다. 이 호포라는 곳은 거대한 깔때기 혹은 삼각형 모양이었다. 넓은 아래쪽 면은 열려 있지만 좁은 꼭대기, 즉 주둥이 부분에는 덫이 있었다. 통로의 양쪽 가장자리 중 한쪽은 사람의 손으로 만들었고 다른 쪽은 오래전부터 있어온 강이 흐르는 천연의 바위 절벽이었다. 물이 불면 아마 절벽 꼭대기까지 차오를 성싶었다. 덤불과 가시나무로 이루어진 높은 담 옆에서 왕은 삐죽삐죽한 노란 풀 아래로 오솔길을 찾아냈다. 계속해서 우리는 쓰러진 늑골 같은 나뭇가지와 구부러진 덩굴을 넘어 호포의 좁은 끄트머리를 향해 갔다. 왕의 몸은 조그만 엉덩이에서 어깨로 갈수록 점점 벌어졌다. 그는 힘찬 다리와 조그만 엉덩이로 걸었다.

"녀석을 잡으려고 단단히 불이 붙었군요." 내가 말했다.

즐거움이란 자기 마음대로 할 때에만 찾아온다고 생각하는 순간이 이따금 있는데 왕이야말로 사자를 통해 이 사실을 보여주고 있었다. 이전에 어떤 생각을 품었든 상관없이 내 뜻대로 하는 것, 그것이 바로 즐거움이다. 또한 왕은 위대한 인격의 힘으로 나를 끌어당기고 있었다. 넘쳐서 남아도는 왕의 그림자가 푸르스름한 연기처럼 떨리는 걸 보면 왕은 너무도 총명하고 생명력이라는 강한 재능을 타고난 것이 틀림없었다. 그는 자기 길을 가는 사나이였다. 그래서 나는 발을 질질 끌며 왕을 따라갔다. 헬멧을 무기로 치지 않는다면, 또 입고 있는 녹색 바지를 자루로 만들어—사자가 들어갈 만큼 통이 넓은 바지였으니까—사자를 집어넣는 것 말고는 달리 방어할 무기 하나 없이.

그런데 왕이 걸음을 멈추고 나를 돌아보며 말했다. "선생도 뭄마를 들어 올릴 때 이만큼 불이 붙어 있었소."

"맞습니다, 전하." 내가 말했다. "하지만 제가 무슨 짓을 하는지 알고 그랬을까요? 천만의 말씀입니다."

"하지만 나는 지금 내가 무슨 짓을 하는지 알고 있소."

"예, 좋습니다. 임금님." 내가 말했다. "제가 알 바 아니지요. 전 임금님이 말씀하시는 건 뭐든지 할 겁니다. 그런데 부남과 하얀 회칠을 한 녀석이 오래된 우주에서 산다고 하신 걸 보면 임금님은 그 우주에서 벗어나신 것 같군요."

"아니, 아니야. 선생, 세상만사를 어떻게 되돌릴 수 있겠소? 그럴 수는 없지. 최고의 순간에 이르면 새것도, 낡은 것도 없이 오로지 어떤 본질만 남아 우리의 인생살이에 미소 지을 거요.—우리가 인간이라는 사실조차 웃어넘길 게요. 그 자체로 너무나 충만한 거요." 왕이 말했다. "그렇더라도 인생이라는 한 편의 연극을 공연해야 하지. 이런저런 각색을 해야 하는 거요." 이 대목에 이르자 나는 그의 정신을 따라잡을 수 없었고, 따라서 끼어들지도 않았다. 다시 왕이 말을 이었다. "그밀로에게 서포 사자는 아버지였소. 내게는 할아버지지. 그밀로는 내 아버지고. 내가 와리리의 왕이 되고자 한다면 그래야 하는 거요. 그러지 않는다면 어떻게 나를 왕이라 할 수 있겠소?"

"좋습니다. 이제 알겠습니다." 내가 말했다. "임금님." 왕을 부르는 내 목소리가 너무 간절했던 까닭에 거의 협박처럼 들렸을지도 모르겠다. "이 손이 보이십니까? 이건 임금님의 두 번째 손입니다. 이 몸뚱이 보이십니까?" 나는 내 가슴에 손을 갖다 댔다. "이것은 임금님의 전용 창고입니다. 전하, 무슨 일이 생기더라도 제 마음을 알아주셨으면 합니다." 나는 감정이 몹시 격해졌다. 얼굴이 아프기 시작했다. 녀석의 고귀함을 알아본 나는 내 못난 감정을 드러내지 않으려고 몸부림쳤다. 이 모든 일들이 뻣뻣한 가시나무로 수놓은 호포의 담벼락 그늘에서 벌어졌다. 벌건 대낮에 풀밭이 타오르고 열기가 피어올랐으며 호포를 따라 이어진 좁은 길은 거무스름한 황금빛이었다.

"고맙소, 헨더슨 씨. 선생의 마음을 알겠소." 조용히 망설이던 왕이 이렇게 입을 열었다. "어디 내가 맞혀 볼까? 선생은 마음속으로 죽음을 생각하오?"

"두말하면 잔소리지요."

"아, 그렇군. 그럴 거요. 선생은 유난히도 그 방면으로 도가 텄소."

"오랜 세월 그랬습니다. 죽음과 아주 가까운 사이입지요."

"특별한 재주야, 특별해." 왕은 나와 나의 문제를 의논이라도 하는 것처럼 말했다. "시신 매장을 지각과 관련해서 생각할 필요가 있다고 가끔 생각하오. 지구의 반지름이 얼마요? 지구 중심까지 대략 6300킬로미터 정도요. 아니, 무덤은 깊지 않으니 그건 중요하지 않지. 겨우 표면에서 몇 미터 떨어진 것에 불과하니 두려움과 욕망으로부터도 멀지 않고. 수천 세대 동안 두려움도 욕망도 거의 똑같았소. 아이나 아버지, 아버지나 아이나 똑같았소. 똑같이 두려워하고 똑같이 욕망했소. 땅껍질 위에서나 땅껍질 아래에서나 끝없이 반복될 뿐이었소. 반복, 반복. 그렇다면 헨더슨, 세대가 흘러가는 목적이 무엇인지 내게 설명해 주겠소? 변하지 않고 두려움과 욕망만을 되풀이하는 것? 이 때문에 세대가 자꾸자꾸 반복될 수는 없소. 훌륭한 사람이라면 누구라도 그 순환을 깨려 할 것이오. 소매를 걷어붙이고 나서지 않는 사람은 그 순환으로부터 얻을 것이 아무것도 없소."

"아, 임금님. 잠깐만요. 일단 빛이 없는 곳으로 간다면 그것으로 충분합니다. 무덤을 만드는 데 6300킬로미터를 파야 합니까? 어찌 그런 말씀을 하십니까?" 하지만 나는 그를 이해했다. 사람들에게서 들리는 말은 가슴을 헤치고 튀어나오는 욕망의 소리, 그리고 거침없이 뇌리를 때리는 두려움뿐이다. 이 정도면 됐다! 이제 진리의 말씀이 나올 차례다. 무언가 중요한 말이 들릴 때다. 그러지 않으면 구르는 돌멩이처럼 가속도가 붙어 인생에서 죽음으로 굴러떨어지게 된다. 그야말로 돌멩이처럼 귀가 먹어 하고 싶다, 하고 싶다, 하고 싶다는 마지막 외침을 들은 뒤 곤두박질쳐서 영원히 땅속에 들어가고 만다! 아프리카의 태양을 피해 구부러진 가시나무 담벼락 곁에서 잠시 몸을 식히며 이런 생각을 했다. 가시나무처럼 무자비한 물체가 날 위해 뭔가를 해주다니 기쁘다. 가시덤불이 엮인 검은 갈고리 아래에서 나는 그런 생각을 하며 혼자 고개를 주억거렸다. 무덤은 상대적으로 얕다. 땅

속으로 수 킬로미터를 파고든다면 용해된 땅을 발견할 것이다. 주로 니켈이리라. 니켈과 코발트, 역청우라늄석, 아니면 소위 마그마라는 것. 마치 태양에서 쪼개져 나온 것 같은.

"갑시다." 왕이 말했다. 그 짧은 대화를 나눈 뒤 나는 더욱 열심히 왕을 따라갔다. 왕이 무슨 말을 하더라도 믿었을 것이다. 그를 위해 나는 사자처럼 되는 훈련도 받아들였다. 그렇다, 나는 변할 수 있다고 믿었다. 나의 낡은 자아를 극복할 용의가 있었다. 그렇게 하려면 사람은 뭔가 새로운 기준을 적용해야 한다. 억지로라도 자신을 쪼개야 한다. 아마 얼마간은 자신을 속여야 하겠지만 결국 받아들일 것이다. 듬뿍 색깔이 칠해진 베일 위에 자기 손으로 다시 색을 칠한다. 나는 결코 사자가 되지 못할 것이다. 하지만 그렇게 되려고 하는 가운데 이런저런 작은 것들을 얻게 되리라.

왕이 말해 준 것들을 빠짐없이 정확하게 이야기했는지 자신할 수는 없다. 그 내용을 소화하는 가운데 일부를 좀 망쳤을지도 모르겠다.

어찌 됐든 나는 빈손으로 왕을 따라 호포의 끝을 향해 갔다. 아마 사자는 몰이꾼들 때문에 5킬로미터쯤 밖에서 이미 깨어나 소란을 피우고 있을 것이다. 멀리 황금 띠를 이룬 덤불에서 아득한 소리가 들렸다. 파르스름하고 나른한 열기가 우리 앞에 가물거렸고, 물보라처럼 퍼붓는 햇빛과 섬광 속에서 사팔눈을 뜨고 걷는 중 갑자기 우뚝 솟은 호포의 담이 나타났다. 그것은 7미터 반에서 9미터 정도 높이 공중에 단을 지르고 초가지붕을 얹은 피난처였다. 덩굴로 만든 밧줄이 늘어져 있었는데 왕은 그것을 단단히 잡았다. 그 조잡하고 느슨해 보이는 덩굴을 말이다. 왕은 뱃사람이 하는 식으로 옆으로부터 힘차고 안정되게 단으로 기어

올랐다. 마른 풀과 갈색 실타래가 늘어진 문간에서 왕이 말했다. "잡으시오, 헨더슨 씨." 그는 내게 사다리를 건네주기 위해 쭈그리고 앉았다. 이빨을 꿰맨 쭈글쭈글한 모자가 그 힘찬 무릎 바로 위에 있는 것처럼 보였다. 나는 몸도 아프고 낯설기도 하고 두렵기도 한 심정에 한꺼번에 사로잡혔다. 대답 대신 울컥 흐느낌이 흘러나왔다. 그 느낌은 틀림없이 내 인생 초기에 일찌감치 마련되어 있었을 것이다. 대서양 밑바닥에서 솟아오르는 거대한 바다 거품처럼 엄청나게 솟구쳤으니까 말이다.

"왜 그러시오, 헨더슨 씨?" 다푸 왕이 물었다.

"전들 알겠습니까."

"무슨 문제가 있소?"

나는 머리를 숙이고 가로저었다. 아무래도 하염없이 으르렁대다 보니 온몸이 느슨해져 맨 밑바닥에 고였던 어떤 것들이 빠져나가는 모양이다. 하지만 이렇게 경사스러운 날에 왕에게 심려를 끼칠 수는 없었다.

"갑니다, 전하." 내가 말했다.

"힘들면 잠시 쉬시오."

왕은 봉긋 세운 초가지붕 아래 원두막 위를 왔다 갔다 하다가 다시 내가 있는 쪽 모퉁이로 돌아왔다. 왕은 그 허술해 보이는 지푸라기 돔 지붕 아래에서 나를 내려다보았다. "이제 올라오겠소?"

"우리 둘이 올라서면 무너지지 않을까요?"

"어서 오기나 하시오, 헨더슨." 왕이 대답했다.

나는 사다리를 부여잡고 가로대마다 두 발을 얹으면서 올라갔다. 창꾼들은 (성고인) 내가 왕에게 다다를 때까지 기다려주었고 그런 다음에는 사다리 아래를 지나 호포의 모퉁이에 자리를 잡았다. 여기 끝에서 보니 원두막의 구조는 원시적이었지만 전망이 좋았다. 다른 사냥감이 여기로 몰려 온 다음 사자가 쫓아오면 창살문이 떨어져 사자를 가두고, 왕이 사자를 사로잡을 수 있도록 몰이꾼들이 창으로 몰아줄 것이다.

내 무게에 흔들거리는 약해 빠진 사다리를 타고 원두막에 오른 나는 장대를 엮어 만든 바닥에 앉았다. 마치 열기 위에 띄운 뗏목 같았다. 이제야 사태의 심각성이 보였다. 다 자란 사자에 비한다면 이 원두막은 기껏해야 골무에 지나지 않았다.

"이게 그겁니까?" 대강 살핀 후에 내가 왕에게 물었다.

"보시는 바와 같소." 왕이 대답했다.

원두막 위에는 짚이 조가비처럼 덮여 있고 입구에서 호포 안쪽까지 바위들을 매단 올가미가 걸려 있었다. 올가미는 종 모양이었고 너무 뻣뻣하지도 않고 너무 부드럽지도 않은, 딱 밧줄 정도로 질긴 덩굴로 만든 것이었다. 덩굴로 만든 밧줄은 원두막 지붕에 맞닿은 장대에 도르래를 달아 통과시켰으며, 장대 반대편 끝은 폭이 3, 4미터쯤 되는 낭떠러지 옆에 고정돼 있었다. 원두막 마루에 이어진 장대가 하나 더 있었는데 그 역시 맞은편 바위에 고정돼 있었다. 이 장대 혹은 좁은 통로는 아무리 넓어야 내 팔목 정도 폭이었는데 왕은 그 위에서 밧줄과 종 모양의 그물을 들고 잘도 균형을 잡았다. 사자가 사정권 안에 들어오면 다푸 왕은 그물을 조준해 떨어뜨리고 밧줄을 풀어 사자를 잡을 것이다.

"이건……?"

"무슨 생각을 하시오?" 왕이 물었다.

나는 별로 말할 기분이 아니었다. 하지만 아무리 감정을 숨기려고 애를 써도 감출 수는 없었다.—이 특별한 날에 말이다. 내 감정은 그대로 얼굴에 드러나고 말았다.

왕이 말했다. "여기서 애티를 잡았소."

"지금과 똑같은 재료들로요?"

"그밀로가 서포를 잡은 곳도 이곳이었소."

나는 말했다. "충고를 좀 받아들이는 편이…… 저도 대단치 않은…… 압니다……. 하지만 전하, 전 임금님을 세상에서 제일 존경합니다. 이러지 마시고……."

"저런. 턱이 왜 그렇소, 헨더슨 씨? 아래위로 움직이고 있소."

나는 윗니를 끌어다 입술을 눌렀다. 잠시 뒤 내가 말했다. "전하, 용서하십시오. 이런 날 전하의 사기를 꺾느니 차라리 제 목을 따겠습니다. 하지만 이 위에서 모든 걸 해야 합니까?"

"그래야 하오."

"개선된 방법이 없을까요? 뭐라도 하겠습니다. 사자에게 약을 주든가…… 몰래 술을 먹이든가……."

"고맙소, 헨더슨." 왕이 말했다. 그는 내게 과분할 정도로 친절했던 것 같다. 그렇게 많은 말을 했는데도 왕은 한 번도 자기가 와리리 왕이라는 사실을 내게 상기시키지 않았다. 나는 이내 이 사실을 깨달았다. 그는 내가 옆에 있도록—동반 자격을—허락했다. 나는 방해하지 말아야 한다.

"오, 전하." 내가 말했다.

"그렇소, 헨더슨. 나도 아오. 선생은 여러 가지 성격을 지녔구려. 지켜보니 알겠소." 왕이 말했다.

"아마 임금님이 분류하신 것 중에서는 나쁜 유형에 속할 것 같습니다." 내가 말했다.

이 말에 그는 잠깐 동안 껄껄 웃었다. 왕은 호포와 낭떠러지를 마주 보는 원두막 입구에 다리를 꼬고 앉아서 반쯤 사색에 잠겨서 되뇌었다. "고뇌형, 식욕형, 천하태평형, 속 빈 강정형 등등.

아니, 장담컨대 헨더슨, 선생을 나쁜 유형으로 분류한 적은 없소. 선생은 복합형이오. 고뇌형이 강하고. 나사로형도 조금 있고. 하지만 완전히 설명할 수는 없고. 어떤 설명서도 선생을 완전히 설명할 수는 없소. 어쩌면 친구라서 그런지도 모르지. 친구에게서는 아주 많은 걸 볼 수 있으니까. 설명서로는 친구를 설명할 수 없소."

"저는 사리사욕에 눈이 멀어 어떤 동물과 좀 과하다 싶을 정도로 얽힌 적이 있습니다." 하고 내가 말했다. "만일 기회가 다시 온다면 이제는 다르겠지만요."

우리는 황금빛 짚으로 만든 초가 종루 아래 흔들리는 원두막에 앉아 있었다. 원두막 바닥에 햇빛이 촘촘한 창살처럼 내리꽂혔다. 우리는 나무줄기와 지푸라기 아래 구부정하게 앉아 기다렸다. 푸르스름한 열기 속에서 풀 냄새가 휙 끼쳤다. 그런데 몸에서 나는 열 때문인지 공중에서 사물과 빛 사이의 전환점을 본 듯한 기분이 들었다. 그 전환점이 내부로부터 옮겨 가는 것을 지켜보았다. 외부에 이르자 전환점은 소리 지르고 몸부림치는 것 같았다. 이런 느낌을 견딜 수가 없어서 나는 일어나 왕이 균형을 잡기로 되어 있는 장대에 올라섰다.

"뭐 하는 거요?"

나는 왕에게 한번 보여 주고 싶었다. 그래서 이렇게 말했다. "부남을 살피려고요."

"선생은 거기에 서면 안 되오, 헨더슨."

내 무게로 나무가 휘었지만 부러질 염려는 없었다. 그것은 매우 단단한 나무였고 나는 그걸 시험해 본 걸로 만족했다. 나는 다시 원두막으로 올라갔고 우리는 원두막의 풀 벽 바깥쪽으로 좁게 튀어나온 마루에 함께 앉았다. 아니, 쭈그렸다. 무게 추를 달고 얌전히 매달려 있는 올가미가 손만 뻗으면 닿는 거리에 있었다. 맞은편은 사암으로 된 낭떠러지였는데 그 길을 따라 호포의 끝을 지나, 대기하고 있는 창꾼들 머리 너머로 산골짜기 깊숙이 있는 조그만 돌 건물 같은 것이 보였다. 그전에는 보지 못한 것이었다. 이 산골짜기 혹은 협곡 아래에 작은 선인장 숲이 있어서 빨간 꽃봉오리인지 열매인지 꽃인지가 피어 시야를 막고 있었던 탓이다.

"저기 아래에 사람이 삽니까?"

"아니요."

"버려진 폐가입니까? 누군가 살던 집인가요? 우리 나라에도 농사가 잘 안 되거나 해서 버려진 낡은 집들이 어디 가나 있습니다. 하지만 사람 살기에는 아주 몹쓸 곳이군요."

새장인지 그물인지를 매단 밧줄은 문설주에 묶여 있었고 왕은 그 매듭에 머리를 기대고 있었다. "저건 산 자를 위한 게 아니오." 왕은 그 건물에 눈길도 주지 않고 말했다.

묘일까? 나는 생각했다. 누구의 묘일까?

"몰이꾼들이 빠르게 몰아오는 것 같군. 아! 보이시오? 소리가 커지는걸." 왕이 일어서자 나도 따라 일어나면서 눈부신 해를 손으로 가리고 눈썹에 힘을 주었다.

"아뇨, 안 보입니다."

"나도 그렇소, 헨더슨. 이 부분이 가장 어렵소. 평생을 기다려 왔는데 이제 마지막 순간이 다가온 거요."

"저, 전하." 내가 말했다. "전하에게는 당연히 쉬워야겠죠. 이 사자라는 동물을 전하는 한평생 알아왔으니까요. 전하는 거기에 맞춰 자랐고 전문가이지 않습니까. 제가 좋아하는 게 한 가지 있다면 그건 자기 일을 잘하는 사람입니다. 배짱이 두둑하고 몸이 숙련된 사람이라면 밧줄 담당 선원이든, 굴뚝 수리공이든, 창문 닦이든…… 뭐가 됐든지 말이죠. 전하가 해골 경주를 벌이던 날도 처음에는 걱정이 되더군요. 하지만 잠시 뒤에는 땡전 한 푼까지 전하에게 걸라고 해도 다 걸었을 겁니다." 그러면서 나는 헬멧 안에 테이프로 붙여 놓았던 지갑을 꺼냈다. 뿔피리가 점점 요란해지고 북들이 돌진해 왔다.(조명탄이라도 터진 것처럼 우리가 앉아 있던 곳이 일시에 밝아졌다.) 이 순간을 그가 조금 더 편하게 보낼 수 있도록 나는 이렇게 말했다. "전하, 제 처와 아이들 사진을 보여 드렸던가요?" 나는 헐거운 지갑에서 사진을 찾았다. 지갑에는 여권과, 아프리카에서는 여행자 수표를 쓰지 못할 것 같아서 가져온 천 달러짜리 지폐 네 장이 있었다. "제 처입니다. 우리는 초상화 때문에 돈도 많이 쓰고 다투기도 많이 했어요. 저는 아내에게 초상화를 걸지 말라고 애걸하느라 거의 신경쇠약에 걸릴 정도였습죠. 하지만 이 사진은 예쁘게 나왔네요." 사진 속의 릴리는 목이 파인 물방울무늬 드레스를 입고 있었다. 아내는 매우 즐거운 것처럼 보였다. 그녀가 웃으며 바라보는 사람은 나였다. 내가 카메라를 들고 있었으니까. 사랑에 넘친 어조로 나더러 바보라고 말하고 있었다. 나는 아마 아내를 놀리고 있었을 것이다. 웃느라고 릴리의 뺨이 높고 동그래졌다. 사진으로 보면 그녀의 혈색이 얼마나 순수하고 창백한지 알 수가 없다. 왕이 내게서 사진을 받아 들었다. 이런 순간에는 왕이 릴리의 사진을 뜯어볼 수 있도록 사진을 건네는 것이 마땅하다.

"심각한 사람이구려." 왕이 말했다.

"의사의 아내처럼 보이지 않습니까?"

"내 보기에는 심각한 사람의 아내처럼 보이는군."

"하지만 집사람은 전하의 인간 분류법에 동의하지 않을 겁니다. 세상에서 자기가 결혼할 수 있는 남자는 저밖에 없다고 믿고 있거든요. 신도 하나요, 남편도 하나라나 뭐라나. 흠, 여기 애들이……."

뭐라는 말도 없이 왕은 라이시와 에드워드, 스위스에 있는 작은딸 앨리스, 그리고 쌍둥이를 들여다보았다. "애들은 일란성이 아닙니다, 전하. 하지만 같은 날 첫 번째 이를 갈았어요." 다음은 내 스냅사진이었다. 붉은 가운에 사냥 모자를 쓰고 턱에 바이올린을 고인 채 이전에는 한 번도 알아채지 못했던 표정을 짓고 있었다. 나는 얼른 상이기장 표창장으로 넘어갔다.

"오, 그렇소? 선생이 헨더슨 대위요?"

"장교는 아니었습니다. 전하, 제 흉터 보여 드릴까요? 지뢰 때문에 이렇게 됐지요. 최악의 사태는 면했습니다만 한 6미터를 날아갔습죠. 여기 허벅지에 있는데 지금은 잘 보이지도 않아요. 살에 묻힌 데다가 털이 자라서 가려졌거든요. 배에 난 상처는 더 심했어요. 내장이 쏟아져 나오더라고요. 장을 다시 밀어 넣고 몸을 구부린 채 응급 치료소로 걸어갔지요."

"고생한 일이 아주 재미있는가 보오, 헨더슨?"

왕은 언제나 내게 그런 식으로 말했고 예상치 못한 시각을 제시하곤 했다. 기억나지 않는 건도 있지만 언젠가 한번은 데카르트에 대해 내 의견을 물은 적이 있다. "동물은 영혼이 없는 기계라는 그 친구의 명제에 동의하시오?"라거나, "예수 그리스도가 아직도 인간 유형의 한 원형이라고 생각하시오, 헨더슨? 나는 고뇌형, 식욕형, 휴식형 같은 나의 육체적 유형 분류가 소크라테스와 알렉산더, 모세, 이사야, 예수…… 와 같은 위대한 원형으로부터 퇴보한 형태일 수 있다고 생각해 왔소." 왕의 대화 방식은 늘 이런 식이어서 예측하기가 어려웠다.

왕은 내가 유난히 고생과 시련을 많이 겪었다는 점을 알아보았다. 그래서인지 뻣뻣한 풀을 수북이 덮은 초가지붕 옆의 멧장에 앉아 있던 나는 그가 하는 말을 다 이해할 수 있었다. 그 기괴하고 메마르고 날카롭던 이엉은 앙상한 해골 같았다. 오랜 열망을 바야흐로 성취하려는 그때, 왕은 고난이야말로 내게 있어서는 경배와 다를 바 없다고 말해 주었다. 장담컨대 나는 그를 알았고, 이상한 사람이기는 했지만 그를 이해했다. 나는 나의 고통이 터무니없이 자랑스러웠다. 세상에 그 누구도 나만큼 고생할 수 있는 사람은 없다고 생각했다.

그러나 더는 조용히 이야기를 주고받을 수 없는 순간이 찾아왔다. 소음이 너무 가까워졌던 것이다. 매미 소리가 가늘게 빛나는 철사 기둥처럼 수직의 나선형으로 올라갔다. 이제 작은 소리는 아무것도 들리지 않았다. 호포 뒤의 창꾼들은 몰이꾼들이 몰아온 동물들이 들어갈 수 있도록 창살문을 들어 올렸다. 물고기로 가득 찬 그물을 건져 올릴 때의 수면처럼 덤불의 풀들이 떨기 시작했다.

"저기를 보시오." 다푸가 말했다. 왕은 호포의 낭떠러지 쪽을 가리켰다. 비비 꼬인 뿔을 단 사슴들이 달리고 있었다. 가젤인지 일런드영양인지 구분할 수가 없었다. 수사슴이 선두에 있었다. 수사슴은 연기를 쬐어 까맣게 만든 유리 같은 뿔을 달고 눈이 휘둥그레져서 코에서 불을 뿜으며 뛰었다. 다푸는 한쪽 무릎을 꿇은 뒤 코가 거의 가려질 정도로 머리를 묻고 풀의 조짐을 살폈다. 작은 동물들이 풀밭 위로 시내를 이루었다. 새 떼들이 음표처럼 위로 치솟았다. 새들은 낭떠러지를 향해 산골짜기 아래로 날아갔다. 사슴들이 우리가 있는 아래로 후드득 뛰어들었다. 원두막 아래를 내려다본 나는 그제야 맨땅인 줄 알았던 바닥이 판자로 되어 있다는 사실을 깨달았다. 바닥은 지면으로부터 15에서 20센티미터가량 떠 있었다. 왕이 말했다. "그렇소. 동물을 잡은 다음 운반할 수 있도록 바퀴가 아래에 달려 있지." 왕은 창꾼들에게 명령을 내리려고 낮게 구부렸다. 그가 구부릴 때 나는 그를 붙들고 싶었지만, 이제껏 그의 몸에 손을 대본 적이 없었다. 그래도 되는 건지 알 수가 없었다.

심장이 터질 것처럼 겁에 질린 수사슴과 암사슴 세 마리가 호포의 좁은 입구를 뚫고 들어온 다음 작은 짐승들이 한 떼로 몰려왔다. 짐승들은 이민자 무리처럼 입구로 몰려들었다. 하이에나는 조심성이 있어서 우리의 존재를 눈치채지 못한 다른 동물들과 달리 원두막 위에 있는 우리를 한번 쏘아보고는 이를 드러내며 나지막하게 박쥐 같은 소리를 냈다. 나는 던질 게 없는지 찾아보았다. 하지만 원두막 위에는 아무것도 없어서 대신 침을 뱉었다.

"사자가 저기 있소.—사자요, 사자!" 왕이 일어서서 손가락질하는 곳은 100미터쯤 떨어져 있었다. 풀밭에서 느린 움직임이 보였다. 콩당거리는 작은 동물이 아니라 힘센 몸이 무겁게 원을 그리는 소요 사태였다.

"저게 그밀로일 것 같습니까? 이봐, 야, 이리 와봐.—놈이 이리 올까요? 임금님, 임금님은 꼭 놈을 잡을 겁니다. 하실 수 있습니다." 나는 풀벽 아래 툇마루처럼 튀어나온 좁은 바닥에 올라서서 팔을 뻗고 마구 휘둘렀다.

"헨더슨, 그러지 마시오." 왕이 말했다.

그런데도 나는 한 걸음 더 그에게 다가갔다. 그러자 왕이 내게 고함을 질렀다. 화난 얼굴이었다. 그래서 나는 쪼그리고 앉아 입을 다물었다. 내 피는 태양의 섬광을 향해 솟구치는 것처럼 열기로 가득했다.

그러고 나서 왕은 좁은 장대에 발을 디디고 팔에다 올가미의 밧줄을 두 번 감더니, 지금까지 기다리면서 머리를 기댔던 매듭을 풀기 시작했다. 덩굴로 만든 그물눈은 크고 고르지 않았으며 말발굽 같은 돌로 추를 매단 올가미는 단단한 아랫부분부터 흔들렸다. 돌멩이 추 말고는 거의 아무 실체도 없는 올가미였다. 포르투갈 군함을 물이라고 한다면 이 올가미는 공기에 가까웠다. 왕은 모자를 벗어버렸다. 방해가 되었을 것이다. 그러자 3밀리미터도 안 되는 짧고 촘촘한 머리털 주변으로 파르스름한 대기가 몰려드는 것 같았다. 숲에서 나뭇가지 몇 개에 불을 붙이면 검은 가지에 파르스름한 주름이 잡히는 것처럼.

햇빛 때문에 얼굴이 일그러졌다. 그도 그럴 것이 나는 아무깃돌[117]처럼 호포 끄트머리에서 햇빛에 노출돼 있었던 것이다. 그때의 햇빛이란 피부에 멍을 남길 정도로 매서웠다. 그리고 몰이꾼들의 요란한 소리에도 아랑곳없이 매미들은 머리가 띵하도록 울어대며 나선형 소음을 올려보냈다. 호포의 낭떠러지 쪽에서는 바위가 위용을 과시하고 있었다. 바윗돌은 아무것도 통과시키지 않겠다고 중얼거렸다. 모든 것들이 바위의 뜻에 따라야 한다. 산골짜기에서 붉게 꽃망울을 틔운 작은 선인장 꽃—열매가 아니라 꽃이 분명하다면—들은 가시로 나를 찔렀다. 사물들이 내게 말을 거는 것 같았다. 나는 사자를 잡아야 한다는 미친 생각을 하는 왕의 안전에 대해 말없이 주변에 물어보았다. 그러나 아무 대답도 듣지 못했다. 그들의 대화 목적은 그런 게 아니었다. 사물들은 자신의 법칙에 따라 각기 자신의 존재를 밝힐 따름이었다. 왕하고는 아무 관련이 없었다. 나는 열기와 공포에 힘이 빠져 그 자리에 웅크렸다. 왕에 대한 염려로 내 안의 기관들이 모두 뒤로 밀려서 이웃한 장기에 부담을 주었다.

몰이꾼들은 쿵쿵 소리와 요란한 나팔 소리를 냈고 함성과 비명을 질러대며 다가왔다. 뒤처진 사람들은 어깨높이까지 오는 풀 위로 껑충껑충 뛰었고 녹색과 적갈색 금속으로 만든 나팔들은 음도 맞지 않는 소리를 불어젖혔다. 공중으로 총도 쏘았다. 조준경이 달린 H&H 매그넘, 내 총일지도 몰랐다. 맨 앞에는 창꾼들이 마구잡이로 짐승들을 쿡쿡 쑤셔대고 있었다.

"헨더슨 씨, 저게 보이시오? 갈기 말이오." 다푸는 밧줄을 잡고 장대에 몸을 기댔다. 그러자 그의 머리 위에서 바윗돌 추끼리 쾅 부딪치는 소리가 났다. 나는 그가 둥그렇게 생긴 괴상한 기계에 들어가 머리 위에 늘어선 돌들이 부딪치는 가운데 어설픈 나뭇가지 위에 균형을 잡고 서 있는 걸 도저히 볼 수가 없었다. 그 돌들 중 하나라도 머리에 맞으면 기절할 것 같았다.

"임금님, 못 보겠습니다. 제발 조심하세요. 그건 한가하게 타고 노는 기계가 아닙니다." 나는 혼잣말을 늘어놓았다. 이 고귀한 사람이 저 원시적인 기계에 목숨을 거는 것도 모자라 그보다 더한 위험을 자처할 필요는 없었다. 그러나 아무리 머리를 쥐어짜도 안전한 방법이라곤 떠오르지 않았다. 그러는 중에도 왕은 좁은 장대 위에서 아주 익숙하게 균형을 잡았다. 돌멩이 추는 왕이 잡아당기는 데 따라 경련이라도 일으키듯이 빙빙 돌았다. 이 얽히고설킨 엉성한 장비가 회전목마처럼 덜그럭대는 대로 땅 위에서는 그물의 그림자가 빙빙 돌았다.

심장이 스무 번쯤 뛸 때까지도 나는 여기가 어딘지, 지금 무슨 일이 일어나는지 다 파악할 수가 없었다. 다만 왕이 떨어지면 바로 몸을 던질 태세로 그에게서 눈을 떼지 않았다. 그런데 막 정신을 차리는 순간 으르렁 소리가 들려왔다. 그 지푸라기 같은 햇대에서 문득 아래를—그때 나는 무릎을 꿇은 상태였다.—내려다보니 커다랗고 화가 난, 털로 둘러싸인 사자의 얼굴이 보였다. 온통 쭈글쭈글한 주름투성이였고 주름살 안에는 어두운 살육의 기운이 가득했다. 잇몸에서 말려 올라간 입술로부터 짐승의 숨결이 망각처럼 뜨겁고 피처럼 선연하게 내게로 훅 끼쳤다. 나는 큰 소리로 말했다. "오, 하느님 맙소사. 신께서 날 어떻게 생각하시든 이 도살장으로 떨어뜨리지는 마소서. 왕을 돌보소서. 당신의 자비를 베푸소서." 거기다가 추가로, 모든 인간에게 필요한 것은 바로 밑에 있는 저런 흉악한 동물의 모습으로 단련해 나가는 것뿐이라는 생각도 덧붙였다. 그러고는 분노로 이글거리는 저 선명한 눈 때문에 한낱 시각적인 환상이 현실보다 더 실감 나는 것이라고 억지로 되뇌었다. 하지만 그것은 환상이 아니었다. 사자의 울부짖음은 죽음의 소리와 같았다. 또 나는 사랑하는 릴리에게 내가 얼마나 현실을 사랑하는지 뽐냈던가를 떠올렸다. "당신보다는 내가 더 현실을 사랑해." 하고 말했지. 하지만 아, 이건 현실일 리가 없어! 도무지 믿을 수가 없단 말이야! 이런 일이 어떻게 현실일 수 있겠어? 항상 고생바가지로 살아온 탓에 나는 늘 현실을 부정하는 쪽을 택해 왔다. 그런데 지금 사자의 목구멍을 본 순간 이 오래된 버릇은 산산이 부서져 버렸다. 사자의 목소리가 주먹처럼 내 뒤통수를 갈겼다.

  창살문은 벌써 내려와 있었다. 작은 짐승들은 튀어 오르거나 온몸을 비틀어가며 계속해서 창살 틈을 빠져나갔고 문을 통과한 놈들은 미친 듯이 몸을 사리며 줄지어 달아났다. 사자는 우리가 있는 원두막 아래로 돌진해 온몸으로 창살에 부딪쳤다. 이놈이 그밀로일까? 나는 언젠가 새끼였던 그밀로를 부남이 놓아주기 전에 귀에 표식을 해놓았다고 들었다. 하지만 귀를 확인하려면 먼저 놈을 잡아야 했다. 이놈이 그밀로일 수도 있었다. 창살 뒤에서 몰이꾼들이 창으로 쑤셔대자 사자는 장대와 싸우며 이빨로 물려고 했다. 사자가 감당하기에 창들은 너무 교묘했다. 맨 앞줄에서 사오십 개의 창끝이 때리는 척 쑤셔대는가 하면 뒷줄에서는 돌이 날아왔다. 그러자 사자는 거대한 얼굴을 흔들었다. 노란 털이 꼬여 있어서 제비추리가 무지하게 커 보였다. 작은 배에도 털이 술처럼 달려 있었으며 또한 앞발은 서부 개척 시절의 사슴 가죽 같았다. 이놈에 비하면 애티는 스라소니에 불과했다.

다푸는 슬리퍼 바람으로 장대에서 균형을 잡고 서서 윗팔뚝에서 밧줄을 한 바퀴 풀어냈다. 올가미가 걷잡을 수 없이 흔들렸고 사자의 눈은 돌멩이들이 부딪치는 걸 포착했다. 몰이꾼들이 다푸에게 소리를 쳤다. "예니투 레바!" 왕은 그들의 말을 무시하고 자기 생각대로, 이제는 자기 눈높이에 와 있는 그물의 가장자리를 한 바퀴 돌렸다. 그물 장치가 한 바퀴 도는 동안 돌끼리 마주 부닥쳤다. 사자는 뒷다리로 곤추서서 이 돌로 만든 추를 쳤다. 몰이꾼 맨 앞에는 하얀 칠을 한 부남의 부하가 있었는데, 그는 창의 손잡이 끝으로 사자의 뺨을 찌르고 때렸다. 녀석은 머리 끝에서 발끝까지 어린 짐승의 가죽처럼 야비한 흰색으로 무장했고 머리에도 회반죽 칠을 덮어썼다. 이제 원두막 기둥에 기대는 사자의 몸무게가 느껴졌다. 원두막 기둥은 아이들이 장난으로 말 삼아 가랑이에 끼고 다니는 죽마 정도의 굵기여서 사자가 치자 후드득 떨렸다. 원두막이 곧 무너질 것 같아 나는 마루를 부여잡았다. 화물열차가 탈선해서 산산조각이 나더라도 물 1톤이 솟구치는 급수탑처럼 그대로 떨어지고 싶었기 때문이다. 다푸의 발아래에서 장대가 흔들렸지만 왕은 밧줄과 그물로 충격을 이겨내고 있었다.

"임금님, 제발요!" 하고 나는 소리치고 싶었다. "어디로 가야 합니까?"

다시 한 번 우루루 돌멩이들이 앞으로 날아갔다. 호포의 담을 맞힌 돌도 있었지만 나머지는 제대로 맞혀서 그 빙빙 도는 빌어먹을 올가미 아래로 놈을 몰아넣었다. 세상의 모든 담쟁이와 덩굴에 저주 있으라! 왕은 돌멩이가 매달린 이 종 모양의 그물을 조준하려고 몸을 흔들기 시작했다.

한순간 내 말문이 터졌다. 목소리가 돌아온 나는 왕에게 말했다. "임금님, 차분하게, 잘 생각하세요." 그러고 나자 계란 크기의 재수 없는 재갈이 솟아올라 목구멍에 걸렸다.

생명이 지속되고 있다는 유일한 증거는 그나마 눈을 뜨고 있다는 사실이었다. 한동안 시각 외에는 모두 차단되었다.

사자는 내려오는 그물을 향해 뒷다리로 일어서서 또다시 발길질을 해댔다. 이제 그물은 사정거리에 있었고 사자는 덩굴을 공격했다. 사자가 미처 균형을 잡기 전에 왕은 덫을 떨어뜨렸다. 도르래에서 밧줄이 휘리릭 풀렸고, 돌멩이 추들은 천군만마처럼 우르르 소리를 내면서 바닥에 떨어졌으며, 고깔 모양의 올가미가 사자 머리에 떨어졌다. 나는 왕을 향해 팔을 뻗은 채 엎드려 있었지만 왕은 내게 아무 도움도 받지 않고 원두막 모퉁이로 와서 소리쳤다. "어떻게 생각하시오! 헨더슨, 어떻게 생각하시오!"

몰이꾼들이 날카롭게 소리를 질렀다. 사자는 돌멩이 무게 때문에 의당 바닥에 납작 수그렸어야 하지만 아직도 꼿꼿할 정도로 서 있었다. 그물은 사자의 머리에 떨어졌고 사자는 앞발을 덩굴에 펼친 채 쓰러졌지만 싸움을 계속했다. 놈의 뒷다리 쪽은 그물에 들어 있지 않았다. 놈이 질러대는 소리로 호포 구덩이가 어두워지는 것 같았다. 나는 누워서 여전히 왕을 향해 손을 내밀고 있었지만 왕은 내 손을 잡지 않았다. 그는 그물에 걸린 사자의 얼굴, 갈기가 늘어진 배와 겨드랑이를 내려다보고 있었다. 그걸 보고 있자니 살레르노의 북쪽 거리와, 의료진에 붙들려서 이를 잡는답시고 머리에서 발끝까지 털을 몽땅 깎인 일이 떠올랐다.

"그밀로처럼 보입니까? 전하, 전하 생각은 어떻습니까?" 내가 물었다. 나는 어떻게 돌아가는 상황인지 전혀 이해하지 못했다.

"아, 틀렸소." 왕이 말했다.

"뭐가 틀렸는데요?"

왕은 이제까지 내가 놓쳤던 어떤 사실을 깨닫고 깜짝 놀랐다. 나는 사자잡이의 함성과 고함에 얼이 빠져서 사자의 끔찍한 다리 놀림과 그 큼직한 발바닥에 가시처럼 돋아난 노랗고 검은 발톱만 눈이 빠져라 보고 있었다.

"이제 잡았지 않습니까? 아무러면 어떻습니까? 뭐가 문제라고!"

하지만 그제야 나는 문제가 무엇인지 깨달았다. 아무도 다가가서 사자의 귀를 확인할 수 없었던 것이다. 엉덩이가 자유로웠던 사자는 그물 밑으로 돌아 나올 수 있었고 따라서 아무도 다가갈 수 없었다.

"누가 다리에 밧줄을 던져요." 내가 고함을 질렀다.

부남이 아래에서 위를 보고 상아 지팡이로 신호를 보냈다. 왕은 원두막 모퉁이에서 몸을 돌리더니 도르래에서 풀리지 않도록 매듭지어 놓은 밧줄을 붙잡았다. 왕이 끝이 풀린 밧줄을 붙들자 머리 위의 장대가 제멋대로 춤을 추어댔다. 왕이 밧줄을 끌어당기자 도르래가 끼익끽 있는 대로 소리를 질러댔다. 사자가 성공적으로 잡히지 않았기 때문에 왕은 놈의 뒤꽁무니에 그물을 던지려는 것이었다.

　나는 왕에게 소리 질렀다. "임금님, 한번 잘 생각하십시오. 그 걸로는 힘들 거예요. 놈은 반 톤은 나가요. 거기다 그물을 단단히 붙잡고 있다고요." 나는 왕만이 이 사태를 수습할 수 있으며 사자가 선왕인 그밀로일 수도 있기 때문에 아무도 왕과 사자 사이에 개입할 수 없다는 사실을 이해하지 못했다. 따라서 포획을 완수하는 것은 전적으로 왕에게 달린 일이었다. 북소리도, 나팔 소리와 돌팔매질도 뚝 그쳤다. 사자가 으르렁대지 않을 때 사람들로부터 이따금 외마디 비명이 들릴 뿐이었다. 한두 사람이 이 사태를 두고 왕에게 몇 마디 나쁜 말들을 뱉었다.

　나는 일어서서 말했다. "임금님, 제가 내려가서 놈의 귀를 보겠습니다. 어디를 보아야 하는지만 말해 주십시오. 잠깐만 기다리십시오, 임금님." 하지만 그가 내 말을 들었는지는 의심스럽다. 왕은 장대 중앙에 두 발을 넓게 벌린 채 서 있었고, 밧줄과 도르래와 틀에서는 송진을 입힌 것 같은 소리가 났다. 널판 위에서는 돌멩이 추들이 덜그럭 소리를 냈다. 사자가 누워서 버둥대자 원두막 전체가 흔들렸다. 나는 또다시 호포 탑이 무너질 것 같아서 내 뒤에 있는 지푸라기를 움켜잡았다. 그때 왕의 위로 연기인지 먼지인지가 보였고 난 그것이 도르래 틀을 나무에 동여맨 가죽에서 피어오른다는 것을 알아챘다. 왕의 무게가 많이 나가는 데다가 사자가 끌어대는 힘이 너무 세서 도르래의 이음줄이 터졌던 것이다. 하나는 이미 끊어졌고 내가 본 연기는 거기에서 피어오른 것이었다. 그리고 이제 다른 쪽도 터졌다.

　"다푸 임금님!" 내가 소리쳤다.

　왕이 떨어졌다. 도망가는 몰이꾼들 앞에 도르래와 도르래 틀이 콰당 하고 돌 위로 떨어졌다. 왕은 사자의 몸 위로 떨어졌다.

사자의 엉덩이가 꿈틀거리는 것이 보였다. 발톱이 일어섰다. 왕이 몸을 추스르기도 전에 순식간에 피가 뿜었다. 나는 이제 손가락으로 원두막 끄트머리에 매달려 있었는데 그나마도 대롱거리다가 떨어지고 말았다. 소리를 지르면서. 차라리 영원으로 통하는 구덩이였더라면 좋았을 것을. 왕은 사자에게서 몸을 굴려 빠져나왔다. 나는 그를 더 멀찍이 밀어주었다. 찢어진 옷 사이로 피가 뿜어 나왔다.

"아, 임금님! 친구여!" 나는 얼굴을 감싸며 말했다.

왕이 말했다. "이런, 성고." 왕의 각막이 이상했다. 탁해져 있었다.

나는 녹색 바지를 찢어 그의 상처를 동여맸다. 도울 수 있는 건 그게 다였지만 소용없었다. 천은 눈 깜짝할 사이에 젖어버렸다.

"도와주시오! 왕을 도우시오!" 내가 사람들에게 말했다.

"헨더슨, 나는 해내지 못했소." 왕이 내게 말했다.

"아니, 임금님. 무슨 말씀입니까? 임금님을 궁으로 모실 겁니다. 여기에 유황 가루를 조금 집어 넣고 꿰매 드릴 겁니다. 전하, 분부를 내리십시오. 우리는 둘 다 의사잖아요."

"아니, 아니야. 저들은 나를 데려가지 않을 것이오. 이놈이 그 밀로요?"

나는 달려가서 밧줄과 도르래를 집어 들고 마치 외날 나이프라도 되는 것처럼 도르래 틀로 아직도 발버둥 치는 사자 다리를 내리쳤다. 그러고는 거의 껍질이 벗겨질 정도로 밧줄로 다리를 여남은 번 감고 소리쳤다. "이 악마! 지옥에나 가라, 이 상놈의 새끼!" 사자는 그물 속에서 마주 으르렁댔다. 그제야 부남이 다가와 귀를 들여다보았다. 그는 가만히 더듬어보더니 권위 있게 뭔가를 가져오라고 시켰다. 구질구질하게 흰 칠을 한 부하가 그에게 머스킷 총을 건넸고 그는 사자의 관자놀이에 총구를 갖다 댔다. 부남이 발사하자 사자의 머리 일부가 날아갔다.

"그밀로가 아니었군." 왕이 말했다.

왕은 부왕의 머리에 자기 피를 묻히지 않았다며 기뻐했다.

"헨더슨." 왕이 말했다. "애티에게 아무 해가 없도록 봐주시오."

"무슨 말씀이십니까, 전하. 전하는 아직도 임금님입니다. 직접 애티를 돌보셔야죠." 나는 꺼이꺼이 울었다.

"아니, 아니야. 헨더슨." 왕이 말했다. "갈 수가 없소…… 처첩들에게로. 나는 죽어야 하오." 여자들 얘기가 나오자 왕의 마음이 흔들렸다. 그들 중에는 그가 진심으로 사랑한 여자도 있을 것이다. 찢어진 옷 사이로 석쇠처럼 갈라진 배가 보였다. 어떤 몰이꾼들은 벌써 곡을 하기 시작했다. 부남은 멀찍이 떨어져서 서 있었다.

"바짝 굽혀 보시오." 다푸가 말했다.

나는 그의 머리 가까이 몸을 구부리고 그를 향해 잘 들리는 귀를 갖다 댔다. 그러는 동안에도 내 손가락 사이로 눈물이 쏟아졌다. 나는 말했다. "아, 임금님. 임금님, 저는 불운한 유형입니다. 저는 나쁜 징조예요. 죽음이 항상 따라다닙니다. 세상이 임금님께 나쁜 놈을 보냈어요. 저는 전염병 보균자처럼 오염된 몸입니다. 저만 없었어도 임금님은 무사했을 텐데. 임금님은 제가 만난 사람들 중에 가장 고귀한 분입니다."

"그 반대요. 입장이 바뀌었소……. 선생이 여기 온 첫날 밤에." 왕은 설명을 계속했지만 서서히 마비가 진행되는 것처럼 보였다. "그 시체가 전임자였지, 당신 이전의 성고 말이오. 그는 뭄마를 들어 올리지 못해서······." 왕의 손은 피투성이였다. 그는 엄지와 검지를 파르르 떨며 목구멍을 가리켰다.

"사람들이 그를 목 졸라 죽였나요? 맙소사! 그렇다면 그 커다란 투롬보란 녀석은 어떻게 된 겁니까? 뭄마를 들지 못했잖아요? 아, 그는 성고가 되고 싶지 않았구나. 너무 위험하니까. 그 일이 저한테 넘어온 거였군요. 난 희생양이었어. 사기를 당한 거야."

"성고는 또한 나의 후계자요." 왕이 내 손을 만지면서 말했다.

"제가 임금님 자리를요? 전하, 무슨 말씀이십니까?"

왕은 두 눈을 감으면서 천천히 고개를 끄덕였다. "성년이 된 자식이 없으면 성고가 왕이 되는 거요."

"전하." 울음 섞인 목소리를 높이며 내가 말했다. "제게 무슨 꿍꿍이를 부리신 겁니까? 무슨 속셈인지 미리 말이라도 해줬어야죠. 이게 친구한테 할 짓입니까?"

왕은 다시 눈을 못 뜨고 점점 힘이 빠져가는 가운데 미소를 지으며 말했다. "나도 그랬소······."

그래서 내가 말했다. "전하, 옆으로 좀 가보세요. 나도 여기서 죽게. 그게 싫으면 내가 되어 사시든가. 살아서 대체 뭘 해야 좋을지 모르겠더니만 이렇게 죽게 되다니." 나는 죽은 사자와 죽어가는 왕 사이의 흙에 뒹굴면서 주먹으로 얼굴을 비비고 때렸다. "나는 영혼의 잠에서 너무 늦게 깼어. 아주 오래 기다렸는데 돼지로 인생을 망쳐버리고, 난 망한 놈이야. 절대 처첩들과 놀아나지 않을 거야. 어떻게 그럴 수 있겠어? 곧 임금님 뒤를 따르겠습니다. 이놈들이 날 죽일 겁니다. 임금님! 임금님!"

그러나 왕의 숨은 거의 남아 있지 않았고 우리는 곧 떨어졌다. 몰이꾼들이 왕을 들어 올렸고 호포를 막은 문이 열렸다. 우리는 골짜기 아래로 내려갔다. 담 꼭대기의 원두막에서 아까 처음으로 보았던 돌 건물을 향해 선인장을 헤치면서 갔다. 가는 도중에 왕은 과다 출혈로 숨을 거두었다.

 납작한 널판으로 지어진 그 작은 집에는 울타리처럼 나무로 만든 문 두 개가 있어서 두 개의 방으로 통했다. 왕의 시신은 그 중 하나의 방에 뉘었다. 사람들은 나머지 방에 나를 뉘었다. 나는 대체 무슨 영문인지 몰라서 그들이 나를 넣고 문의 빗장을 지르도록 내버려 두었다.

21

한때는, 그러니까 지금보다 훨씬 젊어서는, 고생에도 어떤 묘미가 있었다. 조금 지나자 묘미는 사라지고 고생은 그저 구질구질한 일이 돼버렸다. 지금 나는 캘리포니아에서 아들놈 에드워드에게 말한 대로 고생이라면 더 이상 참을 수 없는 상태에 이르렀다. 우라질! 나는 고통받는 괴물이 되는 데 신물이 났다. 하지만 이제 왕의 죽음을 겪고 보니 고생은 더 이상 이야깃거리도 아니요, 아무런 맛도 없었다. 소름이 끼칠 뿐이었다. 나는 울고 짜고 하면서 늙다리 부남과 하얗게 회칠한 그 조수 놈 손으로 돌방에 넣어졌다. 띄엄띄엄 끊어졌지만 난 계속해서 같은 말만 주절거렸다. "바보들한테 털렸어.(인생을.)" "죽 쒀서 개 주네.(여기는 우리가 있을 곳이 아니야.)" 그러자 사람들이 나를 안으로 들여보냈고 나는 세상이 떠나가라 울어젖혔다. 왕을 잃은 상실감에 무엇을 물어볼 생각도 못했다. 그리고 있는데 바닥에서 웬 사람이 일어나는 바람에 나는 화들짝 놀라고 말았다. "이런 망할, 누구요?" 내가 물었다. 그는 조심하는 뜻에서 주름진 두 손을 날 향해 번쩍 들어 올렸다. "누구요?" 다시 물었을 때 나는 왜금송

같은 머리와 야채의 곁가지처럼 못생긴 커다란 흙투성이 발을 알아보았다.

"로밀라유!"

"나 여기 있습니다, 선생님."

놈들은 로밀라유가 릴리에게 보내는 편지를 가지고 나가지 못하도록 마을을 떠나자마자 잡아두었던 것이다. 나의 행방이 외부에 알려지지 않도록 사냥이 시작되기 전에 미리 손을 쓴 셈이다.

"로밀라유, 왕이 죽었어." 내가 말했다.

그는 나를 위로하려고 했다.

"훌륭한 친구였는데. 죽다니!"

"좋은 신사입니다, 선생님."

"왕은 나를 바꿀 수 있다고 믿었어. 하지만 너무 늦게 만난 거야, 로밀라유. 내가 너무 미련했어. 도가 지나쳤다고."

옷이라고 남은 것은 신발과 헬멧, 티셔츠와 팬티가 전부였다. 나는 앉은 자리에서 푹 고꾸라진 채 무작정 울어댔다. 로밀라유도 처음에는 속수무책이었다.

하지만 시간이 발명된 것은 고통을 끝내기 위해서일 것이다. 그리하여 고통이 영원히 지속되지 않도록? 여기에는 뭔가가 있을지 모른다. 또 그 반대로 천국의 행복은 영원할까? 천국의 행복에는 시간이 없다. 하늘나라에서는 시계를 내동댕이쳤다.

다른 누구의 죽음도 그토록 서럽지 않았다. 왕의 피를 멈추려다가 나는 온통 피투성이가 되었고 그 피는 곧 말라붙었다. 나는 피를 벗겨 내려고 했다. 그런데 어쩌면 이것은 그의 존재를 지속시키는 하나의 증표일지 모른다는 생각이 들었다. 어떻게? 내 능력을 다해서. 하지만 내게 어떤 능력이 있지? 내 평생 잘한 일 세가지도 대지 못하는 주제에. 나는 이 생각에도 가슴이 찢어졌다.
 그렇게 낮이 가고 밤도 지나 아침이 되자 나는 진이 다 빠져서 가볍고 텅 빈 기분이 되었다. 낡은 물통처럼 홀가분하게 물기는 모두 외부로 빠져나가 내부는 텅 빈 채 어둡고 말라버린. 정신이 맑고 공허했다. 문에 지른 빗장 사이로 분홍색 하늘이 보였다. 아직도 하얀 회칠을 한, 검은 조끼를 입은 부남의 부하가 우리의 감시관으로서 구운 얌과 다른 과일을 가져다주었다. 탐바와 베부가 아닌 여군 두 사람이 그의 시중을 들었고 그들은 모두 독특한 존경심을 가지고 나를 대했다. 낮이 되자 나는 로밀라유에게 말했다. "다푸가 죽으면서 내게 왕이 돼야 한다고 말했어."
 "그들 선생님을 야시라고 부릅니다, 선생님."
 "왕이라는 뜻이야?" 그렇다고 했다. 나는 찬찬히 생각하며 말했다. "왕 가운데에는, 얼이 빠진 왕도 있으니까." 로밀라유는 아무런 논평도 하지 않았다. "그 모든 처첩들의 남편 노릇을 해야겠군."
 "그것 싫습니까, 선생님?"
 "자네, 미쳤어?" 내가 말했다. "저 한 바구니나 되는 여자들을 내가 어떻게 떠맡을 수 있겠어? 필요한 아내는 이미 있다고. 릴리는 정말 훌륭한 여자야. 좌우지간 왕이 죽어서 너무 마음이 아파. 너무 충격을 받아서 제구실도 못 해. 고장이 나버렸다고."
 "그렇게 나빠 보이지 않습니다. 선생님."
 "그래, 날 위로하고 싶지? 하지만 내 심장을 봐야 해, 로밀라유. 내 심장은 힘이 넘쳐. 한데 뛸 수 있는 것보다 더 뛰어버렸어. 충격으로 너무 많이 가버린 거야. 허우대가 크다고 속지 마. 난 너무나 민감한 놈이니까 말야. 좌우지간 로밀라유, 그날 비가 안 올 거라고 내기를 하지 말았어야 해. 나한테 이로웠던 것 같지가 않아. 하지만 왕이, 신이여 그 친구를 축복하소서, 내 발로 덫에 걸어 들어가게 했어. 사실 투롬보라는 놈보다 내가 더 센 것도 아니었어. 그 녀석도 뭄마를 들어 올릴 수 있었어. 성고가 되고 싶지 않았을 뿐이지. 못 하는 척 연기를 한 거야. 너무 위험한 자리니까. 그걸 왕이 내게 시킨 거야."

"그러나 왕도 위험합니다." 로밀라유가 말했다.

"그래, 그랬지. 어쩌자고 내가 왕보다 더 낫기를 바라겠어? 자네 말이 옳아, 친구. 바로 말해 줘서 고마워." 나는 잠시 생각한 뒤, 누가 보아도 상식이 통하는 사람인 것처럼 그에게 물었다. "여자들이 날 보고 겁먹지 않을까?" 나는 말뜻을 분명히 하려고 찡그려 보였다. "이 얼굴은 다른 사람 몸통의 반이나 되는걸."

"그렇게 생각 않습니다, 선생님."

"그럴까?" 난 얼굴을 만졌다. "으음, 좌우간에 여기 남지는 않을 거야. 왕이 될 기회가 두 번 다시 찾아오지 않는대도 말이야." 그러고는 얼마 전 죽어서 영원한 무의 세계, 어두운 밤으로 들어간 위대한 사람에 대해 곰곰이 생각해 보았다. 그러자 왕이 자기 자리를 물려주기 위해 나를 선택했다는 생각이 들었다. 고향에서 나는 있으나 마나 한 존재였으니 그런 고향을 등진다 한들 아무도 나를 탓하지 않을 것이다. 왕은 내가 왕재(王才)로서 값지게 새 인생을 시작할 수 있으리라고 믿었다. 그래서 나는 돌벽을 사이에 두고 왕에게 감사를 전했다. 하지만 로밀라유에게는 이렇게 말했다. "싫어. 왕 자리를 차지했다가는 여기서 목이나 부러지고 말 거야. 게다가 난 집에 가야 해. 그리고 좌우지간 난 종마가 아냐. 누가 무슨 말을 해도 소용없어. 곧 쉰여섯인걸. 처첩들이 잠자리에 끌어들이면 난 바들바들 떨 거야. 또 부남과 호코와 그 사람들 그늘에서 살아가야 할 테고, 야스라 대비를 볼

낯도 없어. 왕의 어머니 말이야. 난 대비와 약속을 했는걸. 아, 로밀라유. 내가 무슨 약속을 할 위인이라도 되는 것처럼 말야. 여기서 나가자. 내가 야비한 사기꾼이 된 것 같아. 유일하게 내세울 수 있는 건 살아오면서 몇 사람을 사랑했다는 사실뿐이야. 으아, 불쌍한 친구가 죽었어. 으흐흐흐흑! 이건 고문이야. 우리가 이 땅에서 꺼질 때가 왔나 봐. 심장이라는 것만 없어도 슬픔이라는 걸 모를 텐데. 이 개떡 같은 점박이 망고 심장을 가슴속에 넣고 다니니 배신이나 당하지. 꼭 처첩들이 무서워서 이러는 건 아니야. 더는 이야기를 나눌 사람이 없잖아. 나는 다른 사람의 목소리와 이해가 필요한 나이가 되었어. 남은 건 그것밖에 없는걸. 친절과 사랑." 무덤에 갇힌 후 쉬지 않고 했던 일은 그것뿐인지라 나는 다시 서럽게 한탄했다. 그러고도 한참 더 탄식한 기억이 난다. 그러다가 느닷없이 로밀라유에게 말했다. "이봐, 왕이 죽은 건 사고가 아니었어."

"그거 무슨 뜻입니까, 선생님?"

"사고가 아니었다고. 꾸며낸 거라고, 이제 확신이 드는군. 이제 놈들은 왕이 궁전 밑에서 애티를 키우다가 벌을 받았다고 말할 수 있게 됐어. 자네도 알잖아, 놈들이 눈 하나 깜짝 않고 왕을 죽여 버릴 위인이란 걸. 놈들은 내가 왕보다 다루기 쉽다고 생각했어. 이게 가당키나 한 일이야?"

"아닙니다, 선생님."

"바로 그거야, 아니지. 이놈들 내 손에 들어왔단 봐라, 낡은 맥주 깡통처럼 우그러버릴 테니까." 나는 어떻게 할지 보여 주려고 두 손을 마주 비비면서 이를 드러내 으르렁거렸다. 아무래도 결국 내가 사자에게서 뭔가 배우긴 배운 모양이었다. 다푸는 사자들 속에서 힘찬 움직임과 우아함을 배웠지만 나는 내 짧고 얕은 경험에 따라 사자의 보다 잔인한 면모를 배웠다. 누군가 느닷없이 화제를 바꾸면 옆 사람은 무얼 어떻게 해야 할지 모를 것이다. 화제가 애도에서 응징으로 훌쩍 건너뛰자 로밀라유는 좀 당황했겠지만 곧 내가 도무지 정상이 아니라는 사실을 깨달은 것 같았다. 그는 무척 관대하고 이해심이 많은 유형인 데다가 독실한 기독교인이어서 나에 대해 정상을 참작할 준비가 돼 있었다. 내가 말했다. "여기서 나갈 궁리를 해야 해. 나갈 구멍이 있나 찾아보자. 그런데 여기가 어디지? 어떻게 하면 좋을까? 가진 도구는?"

"칼 있습니다, 선생님." 로밀라유가 말하며 내게 보여 주었다. 그의 사냥용 칼이었는데 부남의 부하들이 마을 어귀에서 그를 잡으러 올 때 머리카락 속에 밀어 넣었던 것이다.

"잘했군, 잘했어." 나는 찌르는 자세로 칼을 들고 있는 그에게서 칼을 받아 들었다.

"구멍 팝니다, 더 좋습니다." 그가 말했다.

"그래, 말 된다. 자네가 옳아. 난 부남을 붙잡고 싶어." 내가 말했다. "하지만 그건 분에 넘치는 생각일 거야. 복수는 사치라고. 노련해져야지. 날 좀 말려줘, 로밀라유. 날 말리는 건 자네한테 달렸어. 내가 정상이 아니란 건 자네도 알지? 옆방은 어디야?" 우리는 벽을 살피기 시작했고 잠시 조사한 결과 돌판 사이에 난 틈을 발견했다. 그래서 우리는 번갈아 가며 벽을 파기 시작했다. 내가 로밀라유를 안아 올릴 때도 있었고 엎드려서 그를 내 등에 올라가게 하기도 했다. 천장이 너무 낮아서 그를 내 어깨 위에 올려 세우는 것은 불가능했다.

"맞아, 누군가가 호포의 도르래와 틀에 손을 댔어." 나는 계속해서 말했다.

"아마도요, 선생님."

"아마도는 있을 수 없어. 그리고 어째서 부남이 널 잡았겠어? 다푸와 나에 대한 음모였던 거야. 물론 왕도 내게 뭄마를 옮기게 하고 무거운 짐을 지웠지만. 그랬고말고."

로밀라유는 칼날을 모르타르에 대고 박박 문지르며 돌리더니 집게손가락으로 부스러기를 파냈다. 내 위로 부스러기가 떨어졌다.

"하지만 왕 자신도 죽음의 위협을 받으며 살았어. 그가 살았던 대로 나도 살 수 있어. 왕은 내 친구였으니까."

"친구요, 선생님?"

"글쎄, 사랑도 마찬가지일 거야, 친구." 내가 보충 설명을 했다. "우리 아버지는 내가 플래츠버그 근처에서 딕 형 대신 물에 빠져 죽었으면 하고 바라셨어. 분명히 그러셨다는 걸 나는 안다고. 그렇다고 아버지가 날 사랑하지 않으셨을까? 천만의 말씀. 나도 아들이니까 그런 바람 때문에 노인네는 마음 아파했어. 그래, 내가 죽었더라도 아버지는 거의 형 때만큼 울었을 거야. 아들들을 둘 다 사랑했으니까. 하지만 형이 살았어야 해. 딕 형은 딱 한 번 그때만 난폭했거든. 형이 대마초를 피웠는지도 몰라. 대마초 한 대에 치르기에는 너무 비싼 대가였어. 아, 형을 탓하는 게 아니야. 단지, 생명이잖아. 그걸 나무랄 수 있겠어?"

"그렇습니다, 선생님." 로밀라유가 말했다. 그가 벽 파는 데 아주 집중해 있어서 내 말을 듣고 있지 않다는 것을 알았다.

"그걸 어떻게 나무랄 수 있겠느냐고? 그 또한 존중받을 권리가 있어. 제 할 일을 한 것뿐이잖아. 내 마음속에서 하고 싶다는 목소리가 들린다고 옆방에 있는 분한테 말한 적이 있어. 내 마음은 무얼 원했던 걸까?"

(부스러기를 후벼서 내 위로 떨어뜨리며) "그렇습니다, 선생님."

"내 마음은 진실을 원했던 거야. 그 마음이 얼마나 많은 거짓을 견딜 수 있을까?"

로밀라유는 점점 더 벽을 파 들어갔다. 두 팔, 두 다리로 엎드린 나는 바닥에 대고 이야기를 했다. "고귀함 같은 건 세상에 있지도 않다고들 생각하는데 문제는 바로 그거야. 그럼 반대편에는 뭐가 있느냐고? 착각과 환상이지. 착각은 우리에게 자꾸만 더 큰 착각을 하게 만들어. 하지만 난 이제 착각 같은 거 안 해. 흔히들 말하지, 생각을 크게 가지라고. 하지만 그건 잠꼬대 같은 소리야. 뻔한 선전 문구라고. 오, 위대함이여! 오, 신이시여! 로밀라유, 내가 말하는 건 뻥튀기한 가짜 위대함이 아니란 말이야. 우월감이나 잔뜩 뻐기는 걸 말하는 게 아니야. 하지만 우주라는 것 자체가 우리 안에 틀어박힌 이상 그 우주는 기회를 달라고 아우성치는 거지. 영원이라는 것이 우리한테 묶여 있는 셈이지. 제 몫을 달라는 거야. 그렇기에 사람들은 싸구려가 되는 것을 참을 수가 없는 거야. 그러니 나는 무언가를 해야겠어. 어쩌면 떠나지 말고 집에 있어야 했는지도 모르지. 어쩌면 대지에 키스하는 법을 배워야 했는지도 몰라." (그 순간 나는 땅에 키스를 했다.) "하지만 집에 더 있다가는 내 몸이 산산조각이 날 것 같았어. 아, 로밀라유, 저 불쌍한 친구한테 내 마음을 완전히 열어 보였으면 좋았을 텐데. 그가 죽어서 가슴이 찢어져. 이렇게 슬픈 적은 한 번도 없었어."

다시 내가 말을 이었다. "내 손에 잡히기만 하면 이놈들에게 본때를 보여 주겠어."

로밀라유는 말없이 깎고 파더니 구멍에 눈을 대고 나지막하게 말했다. "보입니다, 선생님."

"뭐가 보여?"

로밀라유는 말없이 내려왔다. 나는 등에서 모래흙을 비벼 털고 구멍에 눈을 댔다. 죽은 왕의 모습이 보였다. 가죽 수의에 싸이고 얼굴은 덮개에 덮여서 보이지 않았다. 엉덩이와 발 부분은 가죽끈으로 묶여 있었다. 부남의 부하가 시체를 지키고 있었는데 문 옆 의자에 앉아 잠들어 있었다. 방은 둘 다 말할 수 없이 더웠다. 밤샘꾼 옆에는 구운 고구마 바구니가 두 개 있었다. 그리고 바구니 손잡이 하나에는 새끼 사자가 묶여 있었다. 아직 반점이 사라지지 않은 아주 어린 새끼였다. 내 보기에 이삼 주 된 듯했다. 밤샘꾼은 등받이 없는 의자에 앉아서도 세상모르고 곯아떨어졌다. 팔은 가슴과 허벅지 사이에 눌린 채 늘어졌고 두 손은 정맥이 불거진 채 거의 땅에 닿을 정도였다. 나는 가슴에 증오심이 불타올라 속으로 말했다. '기다려라, 이 사기꾼아. 내가 곧 간다.' 미묘한 빛의 작용으로 그는 새틴처럼 하얗게 보였다. 콧구멍과 뺨에 팬 주름살만 까맸다. '내가 단단히 손을 봐주마.' 난 말없이 그를 보며 다짐했다.

"자, 로밀라유." 내가 말했다. "이제는 머리를 쓰자고. 여기 온 첫날 밤 전임 성고의 시체를 업고 뛴 것처럼 하면 안 돼. 계획을 짜자. 우선 나는 왕이 될 사람이니까 날 다치게 하지는 않을 거야. 날 명목상 최고 자리에 앉혀 놓고 자기들 입맛에 맞춰 나갈 셈인 게지. 내 죽은 친구랍시고 새끼 사자를 데려다 놓은 걸 보면 꽤 빨리 진행할 모양이니까 우리도 서둘러야 해. 자, 훨씬 더 빨리 움직여야 한다고."

"무얼 합니까, 선생님?" 로밀라유가 내 어조에 불안해하며 물었다.

"탈옥이지, 당연히. 지금 이대로 바벤타이까지 돌아갈 수 있을까?"
 로밀라유는 이에 대한 생각을 말할 수 없었거나 말하려 들지 않았다. 그래서 다시 물었다. "어려울 것 같지, 응?"
 "선생님 아픕니다." 로밀라유가 말했다.
 "헉, 자네가 할 수 있으면 나도 할 수 있어. 내가 한다 하면 어떤지 자네도 알잖아. 농담해? 물구나무서기로 시베리아도 횡단할 수 있어. 그러니 어떻게 되었든, 이봐, 다른 선택지가 없어. 분명히 내 장점은 이런 때 나타나거든. 내 안에 있는 포지 계곡[118]이라고. 힘들긴 할 거야. 그렇지, 저 고구마를 싸 가자. 도움이 될 거야. 자네 혹시 남을 생각은 아니지?"
 "그럴 리가요, 선생님. 그들 죽입니다."
 "그럼 어서 간다고 말해." 내가 말했다. "저 여전사들이 밤새 깨어 있지는 않을 거야. 지금은 20세기고 내가 싫다고 하면 저들도 나를 왕으로 삼을 수 없어. 후궁 때문에 이런다고 날 겁쟁이 취급할 사람은 없을걸. 하지만 로밀라유, 내가 왕이 되고 싶어 하는 것처럼 행동하는 게 좋을 것 같아. 저놈들이 내게 무슨 해를 입히지는 않을 거야. 날 다치게 했다가는 곤란해질 테니. 게다가 우리가 아무것도 없는 땅을 음식이나 총도 없이 삼사백 킬로미터나 갈 바보는 아니라고 생각할 거야. 틀림없어."
 나의 분위기를 보고 로밀라유는 겁에 질렸다. "우리는 꼭 붙어 있어야 해." 나는 굴하지 않고 계속 말했다. "이삼 주 후에 놈들이 내 목을 졸라 죽이면—그럴 것 같거든. 내가 큰소리칠 입장이거나 장래가 유망한 건 아니잖아.—자네는 어떻게 될까? 아마 죽일 거야, 자기네 비밀을 지키기 위해. 그렇다면 자네는 그룬투 몰라니를 얼마나 가지고 있어? 이봐, 자네 살고 싶어?"
 로밀라유가 답하기도 전에 호코가 찾아왔다. 그는 웃음을 지었지만 태도는 어딘가 전보다 더 형식적이었다. 그는 날 야시라 부르고 퉁퉁한 붉은 혀를 내보였다. 뜨거운 덤불 속을 한참 걸어와서 몸을 식히기 위해 그러는 것일 수도 있었지만 나는 그가 경의를 표한다고 생각했다.

"안녕하시오, 호코 씨?"

호코는 매우 흡족해하며 집게손가락을 머리 위에 올리고 허리를 굽혀 절을 했다. 그의 상체는 언제나 꼭 끼는 의상, 즉 붉은색 관복 때문에 꽉 차 보였고 얼굴로 피가 쏠려 있었다. 그가 붉은 보석을 매단 두 귀를 늘어뜨리고 히죽거릴 때 나는 드러나지 않는 증오심을 품고 그를 쳐다보았다. 그러나 내가 할 수 있는 게 아무것도 없었으므로 나는 이 모든 증오를 간교함으로 바꾸어 그가 "당신이 이제 왕이오. 헨더슨 루아(헨더슨 왕). 헨더슨 야시."라 말할 때 이렇게 대답했다. "그렇소, 호코. 다푸에 대해서는 매우 유감이지 않소?"

"아, 대단히 유감입니다. 도마주(유감스러워요)." 그가 말했다. 호코는 라무에서 주워들은 말들을 즐겨 사용했다.

인간이란 언제나 위선적으로 희롱하는구나 하는 생각이 들었다. 그러기에는 너무 늦었다는 사실도 깨닫지 못하고.

"성고가 아니오. 당신 야시."

"그렇소, 그렇고말고." 내가 말했다. 나는 로밀라유에게 지시했다. "내가 야시가 되어 기쁘다고 신사분께 말해. 심히 영광이라고. 언제부터 왕이래?"

왕의 입에서 벌레가 나올 때까지 기다려야 한다고 로밀라유가 통역해서 말해 주었다. 그때가 되면 벌레는 여기 어린 사자가 되고, 그 작은 사자는 야시가 될 것이다.

"이런 식으로 돼지가 왕이 된다면 난 벌써 황제가 됐겠다. 산골짜기 임금이 아니라." 이렇게 말해 놓고는 제풀에 뒷맛이 씁쓸했다. 다푸가 살아서 이 말을 들었어야 했는데. "하지만 호코씨에게는 이렇게 말해." (미소를 띤 호코의 두꺼운 얼굴이 비스듬히 기울자 귀에 단 돌이 다시 추처럼 늘어졌다. 기쁜 마음으로 놈의 머리를 비틀어 쭉 잡아 뽑을 수도 있었다.) "굉장한 영광이오. 돌아가신 왕이 나보다 더 위대하고 훌륭한 사람이었지만 나도 최선을 다하겠소. 우리에게는 훌륭한 미래가 있지 않겠소. 우선 나는 내 나라에서 할 일이 충분하지 않아서 집에서 달아났소. 그러니 이건 내가 바라 마지않던 기회라 할 수 있소." 나는 이런 식으로 말했고 그를 노려보는 눈빛이 진지해 보이도록 했다. "이 죽음의 집에 얼마나 더 있어야 하는 거요?"

"사나흘 있어야 한답니다, 선생님."

"알겠소?" 호코가 말했다. "오래는 아니오. 당신은 투트 레디(모든 여자들)와 결혼하오." 여자들의 수를 일러주기 위해 그는 열 손가락을 폈다 접었다 했다. 예순일곱 명이었다.

"하나도 걱정할 것 없소." 내가 그에게 말했다.

나는 차기 왕으로 뽑힌 것을 거창하게 확인한 뒤 호코가 떠나고 나자 로밀라유에게 이렇게 말했다. "오늘 밤 여기서 나가자."

로밀라유는 말없이 나를 쳐다보았다. 그의 윗입술은 절망감으로 매우 길어졌다.

"오늘 밤이야." 내가 다시 말했다. "달이 있잖아. 어젯밤에는 전화번호부도 읽을 수 있을 정도로 밝았어. 이 마을에 온 지 한 달이 됐나?"

"네, 선생님. 무얼 합니까?"

"한밤중에 자네가 소리를 질러. 뱀이나 뭐 그런 거에 내가 물렸다고 말해. 저 가죽 같은 놈이 여전사 둘을 데리고 무슨 일인가 보러 올 거야. 놈이 문을 열지 않으면 다른 계획을 세워야 해. 하지만 문이 열린다고 치자. 그때는 이 돌을 들어서 문이 닫히지 않게 경첩 옆에 끼워 넣어. 내 말 알겠나? 그러면 다 돼. 자, 칼은 어디 있어?"

"나 칼 갖고 있습니다. 선생님."

"나한테는 필요 없어. 그래, 자네가 칼을 가지고 있어. 좋아, 내 말 알아들었어? 이 살인자들한테 내가 성고 야시든 뭐든 간에 뱀에 물렸다고 고래고래 소리를 질러대라고. 내 다리가 막 붓는다고. 그리고 자네는 돌을 끼워 넣게 문 옆에 서 있어야 해." 나는 내가 원하는 대로 시범을 보여 주었다.

그리하여 밤이 되자 나는 앉아서 계획을 짜며 생각에 집중하는 한편 열이 올라서 의식이 혼미해지지 않도록 애썼다. 열은 매일 오후면 올랐다가 밤이 깊을수록 심해졌다. 밀폐된 무덤 속에 있는 데다가 한쪽 눈을 벽 틈에 대고 죽은 왕의 모습을 잠깐 들여다본 탓에 상태가 악화되었다. 나는 정신을 놓지 않으려고 투쟁하다시피 해야 했다. 때때로 가죽 수의 아래로 이런저런 왕의 형상이 보이는 것 같은 생각이 들었다. 하지만 이것은 정신적인…… 정신적인 기만에 더 가까웠다. 꿈이랄까. 내 머리가 고장 났다는 것을 그때에도 난 알고 있었다. 밤이 되면 열에 들떠서 더욱 생생하게 보였다. 산과 우상과 소 떼와 사자들, 촌스러운 검은 여자들, 여전사들, 그리고 왕의 얼굴과 호포의 이엉이 내 마음을 찾아와 예고도 없이 들락거렸다. 하지만 나는 긴장을 풀지 않고 행동을 개시하기 위해 달이 뜨기를 기다렸다. 로밀라유는 잠들지 않았다. 그가 기대 누운 구석으로부터 시선이 끊임없이 느껴졌다. 나는 언제든지 그의 눈을 찾을 수 있었다. 항상 거기 있었으니까.

"마음 바꾸지 않습니까, 선생님?" 그가 한두 번 물어왔다.

"아니야, 아냐. 안 바꿔."

이윽고 때가 됐다고 판단했을 때 나는 깊고 경직된 숨을 들이마셨다. 그러자 흉골이 우지끈했다. 갈비뼈가 아팠다. "시작해!" 내가 로밀라유에게 말했다. 문 옆의 녀석은 분명히 자고 있었다. 밤이 되고 나서는 기척을 못 들었기 때문이다. 나는 로밀라유를 안아 들어 우리가 팠던 틈으로 그를 올렸다. 그렇게 붙잡고 있노라니 그의 몸을 통해 떨림을 느낄 수 있었다. 로밀라유가 고함을 지르며 더듬더듬 말했다. 나는 배경음악처럼 간간이 앓는 소리를 더했다. 그러자 부남의 부하가 잠에서 깼다. 발소리가 들렸다. 그는 거기 서서 로밀라유가 떨리는 소리로 반복하는 얘기에 귀를 기울이는 것이 틀림없었다. "야시 크무티!" 크무티란 말을 나는 몰이꾼들이 다푸를 무덤으로 옮길 때 들었다. 크무티, 죽어간다는 말. 왕이 들은 마지막 말은 분명 그것이었으리라. "우무 투 자자이 크무티. 야시 크무티." 어려운 말이 아니다. 나는 빠른 속도로 그 나라 말을 익혀 가고 있었다.

그러자 왕의 무덤 문이 열리고 부남의 부하가 소리쳤다.

"아." 로밀라유가 내게 말했다. "군인 여자를 부릅니다, 선생님."

나는 그를 바닥에 내려주었다. "돌은 여기 있어." 내가 말했다. "문으로 가서 내가 시킨 대로 해. 여기서 나가지 못하면 우리 목숨은 한 달도 안 가서 끝이야."

문틈으로 횃불이 보였다. 그것은 여전사들이 황급히 왔다는 걸 의미했다. 무엇보다 재미있는 사실은 살인에 대한 생각이 자리 잡자 내 마음이 지극히 차분해졌다는 것이다. 죽인다는 생각은 내게 믿음을 주었다. 부남의 부하의 좁은 얼굴에 손대는 순간 바로 끝장을 내버리겠다는 결심은 나의 상처를 잠재우는 진정제와도 같았다. '적어도 저놈은 해치울 수 있어.' 줄곧 그렇게 생각했다. 그래서 충분히 계산한 뒤 나는 두렵고 나약한 비명을 내질렀다. 내가 생각해도 흡족할 정도로 나약한 소리였다. 지금은 힘이 없어도 부남의 부하에게 손을 대는 순간 힘이 되살아나리라는 것을 깨달았기 때문이다. 문에서 널판 하나가 떨어져 나갔다. 횃불을 들어 올린 부남의 부하는 내가 다리를 감싸 쥔 채 몸부림치는 것을 보았다. 빗장을 풀고 여전사 중 하나가 문을 열었다. "돌!" 아픈 것처럼 나는 소리를 질렀다. 그러자 로밀라유가 여전사의 창끝이 바로 턱밑에 있는데도 불빛에 의지해서 내가 말한 대로 정확히 경첩 아래에 비스듬히 돌을 쑤셔 박는 것이 보였다. 로밀라유가 내 쪽으로 물러섰다. 커다랗게 할딱거리는, 찢어진 연기 같은 불빛 아래에서 그것을 보았다. 내가 발을 꺾자 여전사가 꽥 비명을 질렀다. 창끝이 벽을 긁었고 나는 그게 로밀라유에게 닿지 않았기를 빌었다. 나는 돌에다 대고 여자의 머리를 내리쳤다. 그 상황에서는 여자라는 데에 마음을 쓸 여유가 없었다. 불이 휙 꺼졌고 문이 곧바로 닫혔지만 경첩에 끼운 돌 때문에 모서리에 손가락을 넣을 만큼은 되었다. 부남의 부하와 남은 여전사가 내게 맞서 문을 잡아당겼지만 나는 문을 열어젖혔다. 나는 소리 없이 움직였다. 이제 내 몸은 밤공기에 뒤덮였고 밤공기는 곧바로 내게 약이 되었다. 우선 나는 두 번째 여전사를 손날로 쳤는데 이는 특공대의 비법이었다. 그걸로 충분했다. 그녀는 힘을 못 쓰고 바닥에 쓰러졌다. 이 모든 일이 침묵 속에서 일어났다. 그들도 나처럼 아무 소리를 내지 않았으니까. 그러고 나서 나는 왕의 묘 반대쪽으로 달아나는 놈을 뒤쫓았다. 성큼성큼 세 걸음 만에 놈의 머리카락을 붙잡았다. 나는 놈이 달빛에 내 얼굴을 볼 수 있도록 한 팔 길이만 한 거리에서 똑바로 들어 올렸다. 그러고는 그를 향해 으르렁댔다. 내가 들어 올린 힘으로 그의 얼굴 피부가 몽땅 위로 끌려 올라가 놈의 눈이 찢어져 보였다. 놈의 목을 잡고 조르려 할 때 로밀라유가 달려와서 소리쳤다. "안 됩니다. 안 됩니다, 선생님."

"이놈 목을 조를 거야."

"죽이면 안 됩니다, 선생님."

"끼어들지 마." 나는 이렇게 고함을 지르며 부남의 부하 머리채를 잡고 위아래로 흔들어댔다. "이놈은 살인자야. 저 안에 계신 분이 이놈 때문에 죽었다고." 하지만 이제 부남의 요술사를 계속해서 조이고 있지는 않았다. 나는 놈의 머리를 붙들고 하얗게 칠한 몸을 흔들었다. 아무 소리도 들리지 않았다.

"죽이면 안 됩니다." 로밀라유가 간절히 말했다. "부남 우리를 쫓지 않습니다."

"로밀라유, 내 가슴속에 살인이 있다." 내가 말했다.

"선생님 내 친구입니다."

"그렇다면 뼈라도 부러뜨려야겠어. 나와 거래를 하자." 내가 말했다. "자넨 나한테 요구를 할 권한이 있어. 내 친구니까. 하지만 다푸는 어떡해? 그도 내 친구였지 않아? 좋아, 뼈는 부러뜨리지 않을게. 두들겨줘야겠어."

하지만 나는 놈을 두들겨 패지도 않았다. 대신에 놈을 우리가 갇혀 있던 방에 여자들과 함께 던졌다. 로밀라유가 그들의 창을 거둬 왔고 내가 문의 빗장을 질렀다. 우리는 옆방으로 갔다. 달이 휘영청 솟아올라 모든 사물이 훤히 보였다. 로밀라유가 고구마 바구니를 챙기는 동안 나는 왕에게 다가갔다.

"이제 갑니까, 선생님?"

나는 두건 아래를 들춰 보았다. 얼굴이 퉁퉁 부어서 아주 많이 변해 있었다. 훅 열기가 끼치는 바람에 나는 그를 사랑하면서도 돌아서야 했다. "안녕히 계시오, 임금님." 내가 말했다. 나는 그를 떠났다.

하지만 떠나려는 순간 갑작스러운 충동이 일었다. 묶여 있는 새끼 사자가 우리에게 침을 뱉고 있었는데 그놈을 안아 든 것이다.

"무얼 합니까?"

"이놈이랑 갈 거야." 내가 말했다.

22

로밀라유가 반대했지만 나는 그놈이 조그맣게 내는 으르렁 소리를 들으면서 가슴팍을 할퀴어가며 안아 들었다. "왕도 내가 이 녀석을 데려가기를 원할 거야." 내가 말했다. "이거 봐, 어떤 형태로든 임금님도 살아남아야 하지 않겠어?" 달빛에 비친 지평선이 지극히 선명했다. 그걸 보니 내가 논리적인 사람이 된 기분이었다. 빛이 산 정상으로부터 우리에게 흘러들었다. 우리 앞에는 50킬로미터에 이르는 대지가 뻗어 있었다. 탈출로였다. 지금 생각하면 로밀라유는 이 새끼 사자가 내게서 다푸를 앗아간 적의 새끼라는 점을 지적할 수도 있었을 것이다. "그러니까 이렇게 생각해 보자고." 내가 말했다. "내가 그 부남의 부하 놈을 죽이지 않았잖아. 그렇게 놈을 살려 줬으니까……. 로밀라유, 여기 서서 이렇게 잡담하지 말자. 난 이 새끼 사자를 여기다 둘 수 없어. 그러지도 않을 거고. 이거 봐. 헬멧에 넣고 갈 수 있어. 밤에는 쓰지 않으니까." 실제로 밤바람이 불어와 열도 많이 떨어졌다.

로밀라유가 고집을 꺾었고 우리는 도주를 시작했다. 달빛이 그늘진 골짜기 옆구리를 날아가듯이 뛰어넘었다. 마을과 우리 사이에 호포를 두고 우리는 산 쪽으로 방향을 잡았다. 바벤타이로 곧장 가는 길이었다. 나는 사자 새끼를 안고 뒤에서 달렸고 밤새도록 서두른 덕에 해 뜰 무렵에는 30킬로미터 가까이 달아날 수 있었다.

로밀라유가 없었더라면 나는 바벤타이로 가는 열흘 가운데 이틀도 버티지 못했을 것이다. 그는 어디에 물이 있고 어떤 뿌리와 곤충이 먹을 수 있는 건지 알았다. 나흘째 되던 날 고구마가 떨어지고 나자 우리는 닥치는 대로 땅벌레와 곤충을 찾아 나서야 했다. "자넨 공군의 생존 훈련 교관을 해도 되겠군." 하고 내가 말했다. "아주 표창감이겠어." 나는 또 이렇게 말했다. "드디어 나도 메뚜기를 먹고 사는 신세야, 세례 요한처럼. '광야에서 외치는 자의 소리'로군." 하지만 우리에게는 먹이고 보살펴야 할 사자가 있었다. 이렇게 불리한 조건이 세상천지에 어디 있을까 의심스럽다. 땅벌레와 곤충을 손바닥에 놓고 칼로 다져 풀처럼 만들어 그 어린놈을 먹였다. 낮 동안에는 헬멧을 써야 했기 때문에 새끼 사자를 겨드랑이에 안았고 어떤 때는 끈으로 매어 끌었다. 밤에는 내 지갑과 여권이 들어 있는 헬멧 안에서 잤는데 이가 나느라 가죽을 갉아대더니 나중에는 거의 다 먹어버렸다. 그래서 나는 서류와 천 달러짜리 지폐 네 장을 팬티 안에 넣고 다녀야 했다.

말라빠진 뺨에서 다양한 색의 수염이 자라났고 이 여정의 대부분 동안 나는 실성해서 헛소리를 해댔다. 내가 다푸라고 이름 지은 새끼 사자와 앉아서 노는 동안 로밀라유는 먹을 것을 찾아 헤맸다. 내 머릿속은 너무 단순해져서 그를 도울 수가 없었다. 그런데도 이상하게 핵심적인 문제에 이르면 나의 이성은 매우 맑아졌고 심지어 예리하고 섬세하기까지 했다. 고치와 애벌레와 개미를 먹고 팬티 바람으로 웅크려 새끼 사자에게 그늘을 드리워주면서 나는 신탁을 말하고 노래를 불렀다. 그렇다, 그때 나에게는 유치원과 학교 시절에 불렀던 많은 노래들이 떠올랐다. 「페두두(잘 자라 아가야)」와 「피에로」, 「말브룩 상 바 탕 게르」, 「넛 브라운 메이든」, 「스페니시 기타」를 부르면서 새끼 사자와 놀았는데 놈은 놀랄 정도로 내게 길이 들었다. 놈은 내 다리 사이에서 뒹굴며 다리를 긁어댔다. 애벌레와 곤충을 먹였지만 그다지 건강할 수 없었을 것이다. 녀석이 죽을까 봐 나는 걱정했고 로밀라유는 그러길 바랐다. 하지만 우리는 운이 좋았다. 창이 있어서 로밀라유가 새 몇 마리를 잡았던 것이다. 한번은 아주 가까이에 다가온 맹금을 잡아서 포식했던 기억이 선명하다.

(나는 날짜를 잊어버렸기 때문에 로밀라유가 나중에 말해 준 데 따르면) 열흘째 되는 날, 우리는 바벤타이에 도착했다. 비쩍 마른 몸으로 바위에 앉아서 보니 그 마을은 우리만큼 말라 있지 않았다. 담벼락들은 달걀처럼 하얗고 옷을 입고 싸개를 두른 갈색의 아랍인들이 불모의 땅에서 솟아난 우리를 쳐다보았다. 나는 손가락 두 개로 처칠처럼 승리의 표시를 하고는 만나는 사람마다 반기며 갈라진 소리로 울부짖고 새까만 목으로 생존의 웃음을 터뜨렸다. 머리를 감싼 말 없는 남자들과 눈만 내놓은 여자들, 그리고 햇볕을 받아 머리에서 기름이 줄줄 흘러내리는 검은 목동들에게 새끼 사자 다푸의 뒷덜미를 들어서 보여 주었다. "풍악을 울려요. 노래를 해요." 나는 그들 모두에게 말을 걸었다.

나는 금방 제풀에 주저앉았지만 로밀라유에게 어린 짐승을 돌보겠다고 약속을 하게 했다. "나한테 이놈은 다푸야." 하고 말했다. "부디 아무 일도 안 생기게 해, 로밀라유. 이놈에게 무슨 일이 생긴다면 지금의 나는 완전히 무너지고 말 거야. 친구, 그렇다고 자네를 협박할 수는 없어." 내가 말을 이었다. "난 너무 약해서 애걸밖에는 할 수가 없네."

로밀라유는 걱정하지 말라고 했다. 최소한 이렇게 말했다. "좋습니다, 선생님."

"애걸도 할 수 있어." 내가 그에게 말했다. "난 예전의 내가 아니거든."

"한 가지만, 로밀라유……." 어떤 사람의 집에 들어가 침대에 누워 있는데 옆에 웅크려 앉은 로밀라유가 내 품에서 사자를 떼어냈다. "약속한 거지? 처음과 끝 사이에, 약속한 거지?"

"무슨 약속 말입니까, 선생님?"

"저기, 뭔가 분명한 것 말이야. 약속하지 않았어? 로밀라유, 내 생각에는 그 이유 말인데. 거 있잖아. 마지막으로 미뤄둘 수도 있을 거야. 하지만 정의라는 게 있잖나. 정의가 있다고 나는 믿거든. 그러니까 그것만큼은 약속한 거야. 내가 예전의 내가 아니더라도."

로밀라유는 나를 위로하려 했지만 나는 그에게 이렇게 말했다. "날 위로할 필요는 없어. 잠에서 깼기 때문에 이제 나 자신으로 돌아왔어. 아이들 노랫소리에 깬 건 아니야." 난 말을 이었다. "나는 어째서 모두들 잠에서 깨려고 몸부림을 쳐야 하는지 그 이유가 알고 싶어. 이 세상에서 정신을 차리는 일만큼 어려운 건 아무것도 없는데 말이야. 그 바람에 우리는 이렇게 상처투성이가 되었잖아. 불타는 상처들, 영광의 상처들 말이야." 나는 흉악한 적의 새끼인 사자를 가슴에 안았다. 병이 난 데다가 지쳐서 찡그리는 표정밖에 지을 수 없었지만 그때 내가 로밀라유에게 하려던 말은 "날 실망시키지 마, 친구."였다.

로밀라유에게 사자를 내어준 다음 나는 한참 동안 자면서 꿈을 꾸었다. 잠들었던 것이 아니라면 그냥 누군가의 집 침대에 누워 꿈이 아닌 환상을 본 것이리라. 하지만 그런 중에도 계속해서 나 자신과 로밀라유에게 같은 말을 되뇌었다. 그것은 릴리와 아이들에게 돌아가야 한다는 것이었다. 가족을 만날 때까지, 그중에서도 특히 릴리에게 돌아갈 때까지는 어떻게 해도 몸이 낫지 않을 것 같았다. 심각한 향수병이었다. 나는 이런 말까지 했다. 우주란 무엇일까? 커다란 존재야. 그러면 우리는 뭐지? 작은 존재야. 그래서 나는 아내가 날 사랑해 주는 집에 가는 게 나을 것 같았다. 아내가 겉으로만 날 사랑하는 것 같긴 했지만 그래도 없는 것보다는 나았다. 아무래도 좋아. 나는 아내를 향한 애정이 샘솟았다. 아내의 여러 다양한 모습이 떠올랐다. 사람은 이걸 위해 살지 저걸 위해 사는 게 아니라는 식의 말들, 악이 아니라 선이, 죽음이 아니라 삶이 어쩌고 하는 따위의 그녀가 읊어대던 온갖 개똥철학이 찬찬히 되살아났다. 그러나 그녀가 무얼 말했는지는 중요하지 않았다. 비록 설교를 한다 해도 그녀에 대한 내 사랑을 막을 수는 없었으니까. 로밀라유는 자주 나를 보러 왔다. 내가 제일 심하게 헛소리를 했을 때 그의 검은 얼굴은 마치 겪을 수 있는 모든 일을 겪어낸 강화유리처럼 보였다.

"아, 로밀라유. 자네는 인생의 리듬에서 빠져나갈 수 없어." 여러 번 이렇게 말한 것이 생각난다. "절대 빠져나갈 수 없고말고. 왼손은 오른손을 잡아 흔들고, 날숨 다음에는 들숨이 오고, 심장도 수축기와 이완기가 주거니 받거니 하고, 손은 '푸른 하늘 은하수' 놀이를 하고 두 발은 엇갈려 춤을 춰. 계절도 마찬가지고. 하늘의 별이나 그 무엇을 봐도 그래. 조수를 보거나, 어떤 잡동사니를 들여다봐도 똑같아. 그렇게 어울려서 살아야 해. 왜냐하면 그런 일로 근심한다면 자네는 지는 거거든. 거기 맞서서 이길 수는 없어. 그렇게, 그렇게 계속될 거거든. 빌어먹을. 우리는 어떻게 해도 인생의 박자를 벗어날 수 없어, 로밀라유. 내가 죽은 다음에는 성가신 일 없이 아무 간섭도 안 받고 싶어. 나쁜 일은 자꾸 반복되는데 그런 최악의 리듬이 실제로 존재하지. 알려진 바로는 사람의 나쁜 자아가 되풀이해 나타나는 것이 바로 최악의 시련이야. 하지만 규칙성으로부터 달아날 수는 없어. 그렇다 해도 왕은 내가 변해야 한다고 말했어. 고뇌형이나 나사로형이 돼서는 안 된다고 했거든. 풀잎이 나의 사촌이 돼야 해. 이봐, 로밀라유. 이제까지 얼마나 많은 사람들이 죽었는지는 죽음의 신도 모를 거야. 절대 통계를 낼 수 없을 테니까. 그렇지만 죽은 자들은 보내야 해. 우리가 어쩔 수 없이 죽은 사람 생각을 한다 해도 말이야. 그게 죽은 이들의 불멸성이야. 우리 안의 불멸성. 하지만 난 등이 휘었어. 등짐에 눌려버렸거든. 그건 공평하지 않아. 그룬 투 몰라니는 어때?"

로밀라유가 내게 사자 새끼를 보여 주었다. 녀석은 모든 고난을 이겨내고 튼튼하게 자라고 있었다.

그렇게 바벤타이에서 여러 주일을 지내면서 건강을 되찾은 나는 어느 날 로밀라유에게 말했다. "흠, 로밀라유. 사자가 아직 어릴 때 돌아다니는 게 좋겠어. 가만히 앉아서 다 큰 사자가 되도록 기다릴 수는 없지 않아? 반만 자라도 미국으로 데려가려면 보통 일이 아니거든."

"안 됩니다, 안 됩니다. 아직 아픕니다, 선생님."

그래서 내가 말했다. "그래, 육신이 그렇게 신이 나지는 않아. 그래도 탈이 날 정도는 아니야. 그냥 골골하는 정도지. 그것만 빼면 멀쩡하다고."

로밀라유는 무척 반대했지만 결국 박탈레까지 나를 데려다 주었다. 그곳에서 나는 바지 한 벌을 샀고 로밀라유가 시키는 대로 이질을 치료할 수 있도록 유황을 조금 샀다. 그러느라고 이삼 일이 흘렀다. 그다음에는 새끼 사자와 함께 카키 담요를 덮고 지프 뒤에서 잠을 잤는데 로밀라유는 내가 잠자는 동안 에티오피아의 하라르로 우리를 태워 갔다. 그러는 데 엿새가 걸렸다. 하라르에서 나는 로밀라유에게 이삼백 달러어치 선물을 했다. 나는 지프 안을 온갖 종류의 물건으로 가득 채웠다.

"스위스에 들러서 작은딸 앨리스를 만날 생각이었어." 하고 내가 말했다. "막내딸이야. 하지만 내 꼴을 보고 그 아이가 놀라게 할 필요는 없지. 다음에 가는 게 낫겠어. 게다가 사자 새끼가 있잖아."

"저놈 집에 데려갑니까?"

"내가 가는 곳은 어디든 데려갈 거야. 그리고 로밀라유, 언젠가 자네하고 나는 다시 만날 거야. 이제 세상이 좁아졌거든. 살아만 있다면 어디에 있든지 찾아낼 수가 있다는 말씀. 내 주소를 갖고 있어. 편지도 쓰고. 너무 그렇게 섭섭해하지 마. 다음에 만날 땐 내가 흰 가운을 입고 있을지도 몰라. 자넨 내가 자랑스러울 거야. 공짜로 자넬 대접할게."

"아, 선생님. 너무 약해서 못 갑니다, 선생님." 로밀라유가 말했다. "선생님 갈까 봐 두렵습니다."

나도 로밀라유와 마찬가지로 섭섭해서 가슴이 무너져 내렸다.

"내 말 잘 들어, 로밀라유. 나는 죽지도 않는 놈이야. 조물주가 내게 갖은 시련을 다 주고 호된 엄벌을 내렸지. 그래도 여기 살아 있잖아."

그러나 로밀라유는 내가 기력이 없다는 것을 알았다. 누가 실오라기로 묶는다면 난 속절없이 당했을 것이다.

마침내 다시는 못 볼 작별을 하고 난 뒤에도, 나는 로밀라유가 여전히 뒤를 밟으며 내가 새끼 사자를 안고 하라르를 떠도는 것을 먼발치에서 지켜보고 있다는 사실을 알았다. 나는 다리가 후들거렸고 수염은 자주색 샐비어 같았다. 사자를 데리고 옛날 메넬릭 왕[119]의 궁을 관광할 때, 덤불 머리 로밀라유는 불안하고 염려스러운 얼굴로 내가 넘어지지나 않을까 모퉁이에서 지켜보았다. 그를 생각해서 나는 알은척하지 않았다. 비행기에 오를 때도 그는 여전히 나를 살피고 있었다. 하르툼 항공 소속 비행기였고 사자는 고리버들 바구니에 들어갔다. 활주로 옆에 선 지프 안에는 운전대를 잡고 기도하는 로밀라유가 앉아 있었다. 그는 거대한 가재처럼 두 손을 모으고 있었고 나는 그가 날 위해 정성을 다해 안전과 안녕을 기원한다는 사실을 알았다. 나는 큰 소리로 "로밀라유!"라고 외치며 자리에서 일어섰다. 그러자 내가 그 작은 비행기를 전복시키려는 줄로 생각한 승객이 여럿 있었다. "저 검은 친구가 내 생명을 구했거든요." 내가 그들에게 말했다.

하지만 우리는 이제 뜨거운 그림자를 아래 남기고 공중을 날아올랐다. 그제야 나는 자리에 앉았고 사자를 꺼내 무릎 위에 올렸다.

하르툼[120]에서는 절차 문제로 영사관 사람들과 실랑이가 있었다. 사자에 대해 꽥꽥댔기 때문이다. 그들은 동물원용 동물을 전문적으로 미국에 파는 사람들이 있기 때문에, 내가 정식 절차를 밟지 않는다면 사자는 검역소에 가야 한다고 말했다. 나는 수의사에게 데려가 주사 몇 대를 놓아줄 생각은 있다고 말하고 이렇게 덧붙였다. "난 급하게 집에 가야겠소. 병에 걸렸기 때문에 조금도 지체할 수가 없단 말이오." 그 녀석들은 내가 그렇게 오래

여행했는지를 직접 확인하겠다고 말했다. 그들은 내 여행에 관해 질문을 퍼부어댔고 어떻게 모든 짐을 잃어버렸느냐고 물었다. 나는 "그게 댁들하고 무슨 상관이오?" 하고 말했다. "내 여권은 여기 있지 않소? 그리고 땡전도 있고. 내 증조부도 당신네 그 형편없는 복장을 한 대장이었는데 그렇게 벽창호는 아니었다우. 틀에 박힌 아이비리그 출신에다가 당신처럼 짝궁둥이 공무원이긴 했지만. 하여튼 당신네 족속은 다 똑같다니까. 도대체 미국 시민을 모두 꼭두각시인 줄 아는가 본데, 내 말 좀 들어보쇼. 내가 원하는 건 빨리 일을 처리하는 것뿐이야. 그래, 나 아프리카 오지에서 뭘 좀 봤소. 그래, 봤지. 근본원리를 좀 보긴 했지만 그렇다고 당신네들 나태한 궁금증을 풀어줄 줄 알면 오산이야. 대사가 물어본대도 얘기 안 해줄 테야."

그들은 이런 방식을 좋아하지 않았다. 그 사무실에서 나는 어지럼증을 느꼈다. 사자는 녀석들의 책상 위에서 스테이플러를 때려눕히고 사람들을 웃 위로 물었다. 그들은 할 수 있는 최대한 빨리 나를 눈앞에서 치워버렸고 나는 같은 날 저녁 카이로로 날아갔다. 그곳에서 나는 대서양 횡단 전화로 릴리에게 전화를 걸었다. "여보, 나야." 나는 펑펑 울었다. "일요일에 집에 닿을 거야." 엄청 흥분했을 때 늘 그러는 것처럼 릴리의 얼굴이 틀림없이 하얗게, 점점 더 하얗게 해맑아지고 입술을 대여섯 번이나 달싹이고 나서야 한마디 할 거라고 짐작했다. "여보, 나 집에 간다고." 내가 말했다. "똑똑히 말해, 우물거리지 말고." "여보!" 드디어 들렸다. 그리고 그다음에는 세상의 절반이나 되는 파도와 공기와 물과 지구의 혈관이 우리 사이에 끼어들었다. "여보, 내가 더 잘할게요. 내 말 들려요? 이제 달라졌다고요." 그녀의 말 가운데 나는 두세 마디밖에 이해하지 못했다. 괴상한 고함 사이 사이에 공백이 있었다. 릴리가 사랑에 대해 말하고 있다는 걸 알았다. 목소리가 떨렸고 보나 마나 설교를 하다가 내 소리가 안 들리는 걸 알고 날 불러젖혔을 것이다. "덩치치고는 다 죽어가는 소리군." 나는 줄곧 이렇게 말했다. 그녀도 내 말을 들었다. "일요일 도착, 아이들와일드행 비행기야. 도노반을 데려와." 도노반이란 내 아버지의 재산을 관리하는 늙은 변호사다. 분명히 여든은 됐을 거다. 나는 사자 때문에 그의 법적인 도움이 필요할 것이라 생각했다.

이날은 수요일이었다. 목요일에 사자와 나는 비행기를 타고 아테네로 갔다. 아크로폴리스를 봐야겠다고 생각해서 자동차와 가이드를 고용했지만 많은 것을 받아들이기에는 몸도 안 좋았고 머릿속이 너무 혼란스러웠다. 사자는 끈에 매여 함께 다녔고 박탈레에서 산 여름 군복 말고는 아프리카에서 지낸 차림새 그대로였다. 똑같은 헬멧에 똑같은 신발이었다. 수염은 상당히 자라서 한편에서 보면 반백이지만 금색, 붉은색, 검은색, 자주색도 제법 섞여 있었다. 대사관 직원들이 여권 사진과 비교하기 쉽도록 면도를 하라고 권하기도 했다. 하지만 나는 그들의 조언을 받아들이지 않았다. 아크로폴리스에 대해서라면, 언덕 위의 뭔가를 보기는 했다. 노르스름한 뼈 같기도 했고 장밋빛으로도 보였다. 매우 아름다운 것임에는 틀림없었다. 하지만 나는 자동차에서 내릴 수 없었고 가이드는 거기에 대해 한마디도 하지 않았다. 그 가이드는 좀처럼 말이 없는 사람이어서 거의 입을 다물고 있었다. 그는 자기 생각을 눈으로 말하는 사람이었다. 나는 그에게 "다 이유가 있겠지." 하고 말해 주었다.

금요일에는 로마로 갔다. 포도주색의 코르덴 옷 한 벌과 베르사르예리[121] 깃털이 달린 알프스 모자, 셔츠와 팬티를 샀다. 이 물건들을 사는 것 말고는 방을 나서지 않았다. 베네토 거리[122]에 사자를 끌고 나가 사람들의 눈길을 끌고 싶지는 않았다.

토요일에 우리는 다시 비행기로 파리와 런던을 경유했는데 내가 끊을 수 있었던 표라곤 그것뿐이었다. 파리와 런던은 돌아볼 마음도 없었다. 호기심에 관해서라면 다른 어떤 곳도 마찬가지였다. 나는 물 위를 날 때가 제일 좋았다. 내 몸속의 물이 다 빠져버린 것처럼 아무리 물 위를 날아도 물리지 않았다. 곱게 빗질이 된 끝없는 대서양의 깊은 물. 그 심원함이 나를 행복하게 했다. 나는 창가 자리에 앉아 구름 속을 날았다. 바다는 바다 빛 때문에 햇쑥해지고, 대기에 눈멀었으며, 이미 죽어버린, 장엄한 태양으로 인해 진해져 있었다. 우리는 고요한 벌 떼 같은 물 위를, 납으로 봉해도 줄곧 퍼져 나가기만 하는 물의 심장 위를 날았다.

다른 승객들은 책을 읽고 있었다. 나로서는 책이 눈에 들어오지 않았다. 어떻게 사람이 비행기에 앉아서 그토록 무심할 수 있을까? 물론 그들은 나처럼 중앙아프리카에서 오는 게 아니었다. 그들은 문명과 단절된 적이 없었다. 파리와 런던에서 책을 들고 하늘로 날아올랐다. 그러나 나 헨더슨은 이글거리는 얼굴로 코르덴 옷에 베르사르예리 깃털을 꽂고—헬멧은 사자가 이 새롭고 흥분되는 여행 중에 마음을 가라앉힐 낯익은 물건이 필요할 것 같아서 고리버들 바구니에 넣어주었다.—앉아서 아무리 많은 물을 보아도, 뒤집어진 산맥 같은 이 구름을 아무리 많이 보아도 마냥 좋았다. 마치 영원한 하늘나라 정원처럼.(이것들은 영원하지 않다는 점에서만 다를 뿐. 그것뿐이다. 이 장면들은 한 번 보면 그것으로 끝일 뿐 두 번 다시 볼 수 없다. 지속적인 실체가 아닌 것이다. 다푸도 두 번 다시 볼 수 없고 머지않아 나도 두 번 다시 볼 수 없을 것이다. 그러나 누구든지 구성 성분은 볼 수 있다. 물, 해, 공기, 땅 말이다.)

내가 얼마나 흥분해 있는지를 알아보고 여승무원이 기분을 가라앉힐 만한 잡지를 건네주었다. 그녀는 내가 수하물 칸의 새끼 사자 다푸의 주인이라는 사실을 알고 있었다. 다푸에게 음식물과 우유를 가져다주라고 주문하는 데다가 비행기 뒤편을 계속해서 오락가락 배회하는 탓에 얼마간 성가셨을 것이다. 그 승무원은 이해심 많은 아가씨여서 마침내 나는 어떻게 된 사연인지를 그녀에게 다 털어놓았고 사자 새끼가 내게 얼마나 중요한지도, 그리고 집에 있는 아내와 아이들에게 데려가는 중이라고도 말했다. "내 소중한 친구의 기념품이오." 하고 내가 말했다. 사자는 또한 불가사의하게 바뀐 그 친구 자신이라고 억지로 설명할 수도 있었다. 승무원은 일리노이 주 록포드 출신이었다. 이십 년에 한 번쯤 지구는 젊은 여자들을 통해서 다시 젊어진다. 내 말뜻을 알겠는가? 그녀의 뺨은 어린 생명 특유의 완벽한 형태를 갖췄다. 머리는 고불거리는 금발이었다. 치아는 하얗고 어느 모로 보나 가지런했다. 그녀는 아직 여물지 않아 말랑말랑했다. 그 엉덩이에 축복 있으라. 그 허벅지에 축복 있으라. 승무원 제복 소맷부리에 어지간히 덮여 버린 그 조그맣고 가녀린 손가락에 축복 있으라. 그 투박한 금발에 축복 있으라. 기가 막히게 어린 것. 그녀의 태도는 중서부 출신 젊은 여자들이 흔히 그렇듯이 친구처럼 허물없었다. 내가 말했다. "당신을 보니 집사람이 생각나는군요. 여러 달 동안 못 봤거든요."

"어머? 몇 달이나 못 보셨는데요?" 그녀가 말했다.

날짜를 몰랐기 때문에 대답할 수가 없었다. "9월부터였던가?"

그녀가 깜짝 놀라며 말했다. "정말 모르시는 거예요? 다음 주가 추수감사절이에요."

"늦었군! 입학 날짜를 놓쳤네. 다음 학기까지 기다려야 하겠구먼. 아프리카에서 병이 나서 정신을 잃는 바람에 시간 감각이 흐트러져 버렸어요. 깊이 들어가다 보면 그런 위험을 감수하게 되지요. 아가, 그런 거 모르지요?"

그녀는 내가 아가라고 부르자 재미있어했다.

"학교 다니세요?"

"우리는 본마음을 찾아내지 못하고, 온갖 결함을 가진 극악무도한 모습이 돼버린다오. 최소한 무언가는 할 수 있을 텐데. 그거 알아요? 그날을 기다리는 동안?" 내가 말을 이어나갔다.

"어느 날 말씀인가요, 헨더슨 씨?" 그녀가 날 보고 웃으며 물었다.

"그 노래도 못 들어봤어요? 들어봐요, 조금만 불러줄 테니." 우리는 내가 동물 다푸에게 음식을 먹이는 비행기 뒤편으로 갔고 거기서 나는 노래를 불러주었다. "누가 주님 오시는 날 함께 머무를 수 있으리오?(주님 오시는 날.) 또한 누가 주님 나타나실 때 떳떳이 서리오?(주님 나타나실 때.)"

"그건 헨델 아닌가요?" 그녀가 말했다. "록포드 대학교에서 배웠어요."

"맞았어요." 내가 말했다. "똑똑한 아가씨로군. 나한테는 에드워드란 아들이 있는데 그 애 머릿속에는 그 잘난 재즈밖에 없다오……. 난 젊은 시절 내내 잠만 잤지." 나는 사자에게 조리된 고기를 먹이면서 계속 말했다. "저기 저 일등석 손님처럼 자고 또 잤다오." 참고로 말하면, 우리가 탄 성층권 비행기에는 정식 접견실이 구비돼 있었고 나는 그 승무원이 스테이크와 샴페인을 들고 그리로 들어가는 것을 눈여겨봤다. 일등석 친구는 한 번도 나오지 않았다. 승무원 말로는 유명한 외교관이라고 했다. "내 생각에는 그냥 잠만 잘 사람인가 보군. 너무 비싸게 먹히는 게 흠이지만." 내가 한마디 했다. "만일 불면증이 있다면 그만한 지위에 있는 사람한테는 끔찍하게 허탈한 일이겠는걸. 내가 왜 집사람을 이렇게 보고 싶어 하는지 알아요? 이제 잠에서 깨어났으니 아내를 만나면 어떨까 궁금해서라오. 또 아이들도. 난 그 애들을 무척 사랑한다고, 생각한다오."

"왜 생각한다고 말하세요?"

"그렇게 생각하니까. 앞으로 차차 알게 되겠지. 있지, 우리는 함께하기에는 정말 웃긴 가족이라오. 에드워드란 아들 녀석은 키우는 침팬지에게 카우보이 옷을 입혔어요. 언젠가 캘리포니아에서 아들과 나는 조그만 물개 한 마리를 우리 인생에 끌어들일 뻔했고요. 또 딸애는 웬 갓난아기를 집에 데려왔다오. 물론 아기야 보내야 했지. 딸애가 이 사자를 아기 대신으로 삼았으면 좋겠소. 그 애 마음을 바꿀 수 있었으면 해요."

"이 비행기에도 어린아이가 타고 있어요." 승무원이 말했다. "새끼 사자를 보면 아마 굉장히 좋아할 거예요. 기분이 별로 안 좋아 보이거든요."

그래서 내가 물었다. "그게 누군데요?"

"저, 부모님은 미국인이었다고 해요. 목에 사연을 적은 편지를 걸고 있어요. 이 아이는 영어를 전혀 못 해요. 페르시아어만 해요."

"그리고 또요?" 내가 그녀를 채근했다.

"아이 아버지는 페르시아에서 석유 업자들하고 일했다나 봐요. 아이는 페르시아인 하인들이 키워줬고요. 그런데 이제 고아가 되어 네바다 주의 카슨 시에 있는 조부모한테 가는 거예요. 아이들와일드에서 제가 이 아이를 누군가에게 건네주기로 돼 있어요."

"돼지게 불쌍한 놈이군." 내가 말했다. "어서 데리고 와서 사자를 보여 줍시다."

그래서 승무원이 소년을 데려왔다. 아이는 몹시 하얀 얼굴에 멜빵을 맨 짧은 바지와 암녹색 스웨터를 입고 있었다. 나처럼 검은 머리였다. 아이를 보니 가슴이 찌르르했다. 마음이 철렁한 느낌이 어떤지 알 것이다. 차가운 가을 아침에 뚝 떨어져 멍든 사과같이. "얘, 이리 온." 이렇게 말하며 나는 아이의 손을 향해 손을 내밀었다. "고약한 일이군요." 승무원에게 말했다. "어린아이를 혼자 세상에 내놓다니." 내가 다푸를 들어 아이에게 내밀었다. "이게 뭔지 얘가 모를 것 같군. 아마 새끼 고양이라고 생각하겠죠."

"하지만 좋아하네요."

정말 다푸 덕분에 아이의 기분이 많이 가벼워져서 우리는 둘을 놀게 해주었다. 그리고 자리로 돌아가서 나는 아이를 옆에 앉히고 잡지에 나온 그림들을 보여 주었다. 저녁을 먹이고 밤이 되자 아이는 내 무릎을 베고 잠이 들어서 나는 승무원 아가씨에게 나 대신 사자를 돌봐 달라고 부탁을 해야 했다. 지금은 움직일 수가 없으니. 그녀는 다푸도 잠들었다고 말했다.

이 비행 기간 동안에는 추억이 한몫을 단단히 했다. 그렇다, 나는 어떤 회상을 하게 되었고 그 덕분에 사람이 적지 않게 달라졌던 것이다. 그러고 보니 결국은 오래 산 것이 꼭 나쁜 일만은 아니었다. 과거를 돌아보면 좋은 때도 있었다. 우선 나는 감자를 예로 들어서 생각해 보았다. 감자는 유독한 가짓과에 속한다. 다음으로 생각했다. 알고 보면 돼지만 꿀꿀거릴 수 있는 독점권을 가진 것도 아니라고.

이렇게 곰곰이 생각하다 보니 딕 형이 죽은 다음 내가 집을 떠난 일이 떠올랐다. 그때 나는 벌써 열여섯 살 정도에 수염이 나고 대학교에 갓 들어간 다 자란 소년이었다. 집을 떠난 이유는 아버지가 슬퍼하는 모습을 더 이상 보고 있을 수 없어서였다. 우리 집은 한 점의 예술 작품처럼 아름다웠다. 토대는 90센티미터 두께의 돌이고 천정은 5미터. 창문은 바닥에서 3미터 반쯤 높이에 있고 생채기가 난 구식 유리를 통해 빛이 집 안 구석구석을 채운다. 제아무리 나라 해도 깨뜨릴 수 없는 평화가 그 오래된 방들에는 있다. 단 한 가지가 잘못됐는데 이음쇠가 현대적이지 않다는 사실이다. 나머지 것들과 어울리지 않았던 그 점은 잘못되었다. 내가 아는 한 형이라면 그 집을 가질 수도 있었을 것이다. 하지만 온 얼굴에 하얀 수염이 뿜어 나온 선친은 나로 하여금, 우리 가문의 핏줄은 애디론댁에서 형이 펜에 총질을 해서 그리스 커피 단지를 쏜 순간 끝난 것처럼 느끼게 했다. 형도 아버지와 나처럼 곱슬머리에 어깨가 넓었다. 형은 거친 계곡에서 익사했고, 그러자 아버지는 나를 보고 절망했다.

실망하고 힘이 빠져가는 노인은 노여움의 힘으로 소생하기도 한다. 이제는 그걸 이해한다. 하지만 열여섯 나이에 우리 사이가 틀어지던 그때에는 그걸 몰랐다. 그해 여름 나는 고물차를 불대로 잘라 고철로 가공하는 일을 하고 있었다. 집에서 5킬로미터쯤 떨어진 곳에서 나는 고물차의 주인이자 전문가였다. 폐차장에서 일하는 건 나한테 유익했다. 그해 여름 나는 차를 해체하는 것 말고는 아무 일도 하지 않았다. 온몸에 기름때와 녹을 묻히고 불대에 손을 데고 얼얼해진 눈으로 흙받기와 차축과 내부 부품을 산더미처럼 쌓아 올렸다. 형의 장례식 날에도 나는 일하러 갔다. 저녁이 되어 집 뒤편에서 정원 호스로 몸을 씻는데 때마침

차가운 물을 머리에 끼얹고 숨을 헐떡이고 있었다. 선친이 뒤뜰로 나와 짙은 녹색 덩굴에 다가왔다. 그 옆은 손보지 않은 과수원이었는데, 나중에 나는 그 과수들을 베어버렸다. 물이 불쑥 내 위로 쏟아졌다. 우주 공간만큼이나 차가웠다. 아버지가 내게 불같이 화를 내며 고함을 질러댔다. 호스가 머리 위에서 물거품을 일으키는 동안 가슴속에서는 고속도로에서 끌어낸 낡은 폐차에 들이대는 용접 불대보다 더 뜨거운 열이 솟구쳤다. 아버지는 자기 설움에 차서 내게 욕설을 퍼부었다. 아버지가 버릇처럼 쓰던 우아한 말투도 제쳐놓았기 때문에 나는 그게 진심인 줄 알았다. 지금 생각하면 아버지는 내게 위로받고 싶어서 욕을 퍼부었던 것이다.

그래서 나는 떠났다. 나이아가라폭포까지 히치하이킹을 했다. 나이아가라에 도착한 나는 가만히 서서 아래를 들여다보았다. 떨어지는 물에 빨려들 것만 같았다. 물은 치료 효과가 매우 좋을 때가 있다. 나는 지금은 불에 타서 없어진 '안개의 여인'을 타고 바람의 동굴이니 나머지 장소들을 찾아갔다. 그러다가 온타리오 주에 이르러 놀이공원에서 일자리를 잡았다. 이것은 대부분 미국계 페르시아인 아이의 머리를 무릎에 누이고 비행기에 앉아 생각해 낸 기억들이다. 북대서양의 검은 물줄기가 우리 아래 도도히 흐르는 가운데 네 개의 프로펠러가 우리를 고향으로 태우고 갔다.

하여간 정확한 지명은 생각나지 않지만 그곳은 온타리오였다. 놀이공원은 박람회장이기도 했는데 책임자였던 핸슨이라는 친구가 나를 마구간에서 자게 해주었다. 밤에 쥐들이 내 다리 아래위로 뛰어다니며 귀리를 먹었고 동이 트자마자, 그러니까 위도가 높은 곳에서 어둠이 채 가시기도 전인 첫새벽에 말에게 물

먹이기가 시작되었다. 흑인들이 이 파르스름한 새벽에 말들에게로 왔다. 축축한 밤공기가 무거웠다.

나는 스몰락을 돌보았다. 살아오는 동안 이 늙은 불곰의 이름을 거의 잊고 지냈는데 조련사(그의 이름 역시 스몰락으로, 곰한테 자기 이름을 붙여 준 것이었다.)가 자기 패거리들과 내빼는 바람에 핸슨의 손에 남겨진 곰이었다. 조련사는 필요도 없었다. 주인은 스몰락이 너무 늙어서 그를 먼지처럼 내려놓고 간 것이었다. 이 늙고 버림받은 생명은 나이가 들어 거의 푸르죽죽했고 대추야자 씨 같은 이빨 몇 개만 남아 있었다. 이 초라한 동물을 위해 핸슨이 쓰임새를 생각해 두었다. 원래 스몰락은 자전거를 타도록 훈련된 곰이었지만 지금은 너무 늙었다. 이제는 토끼와 함께 접시로 음식 먹는 일을 할 줄 알았다. 그다음에는 캡을 쓰고 턱받이를 한 채 뒷다리로 서서 젖병에 담긴 물을 마셨다. 여기에 한 가지가 더 있었는데 바로 그 자리에 내가 들어갔던 것이다. 관광 철이 끝나려면 아직 한 달이 남아 있어서 그동안 매일매일 스몰락과 나는 많은 사람들 앞에서 함께 롤러코스터를 탔다. 이 불쌍하고 망가지고 부서진 생명과 나, 이렇게 둘이서 매일 두 번씩 높이 날았던 것이다. 그렇게 기구를 타고 낑낑 올라가서 뚝 급강하하고 탈선해서는 다시 관람차보다도 더 높이 올라갔다가 떨어지는 동안 우리는 서로 꼭 붙들었다. 절망이라는 유대감으로 꽁꽁 묶여서 뺨과 뺨을 대고 끌어안았다. 붙들어 주는 어떤 끈도 없는 것처럼 우리는 수직 낙하를 했다. 나이에 찌들고 고생에 닳은 비극적이고도 퇴색한 털가죽에 내가 파묻히면 스몰락은 끙끙거리며 내게 비명을 질러댔다. 어떤 때 그놈은 오줌을 싸기도 했다. 하지만 놈은 내가 제 친구라는 사실을 분명히 아는 것 같았고 내게 발톱을 휘두르지 않았다. 나는 스몰락이 공격할 경우에 대비해서 공포탄이 들어 있는 총을 가지고 있었지만 총이 필요했던 적은 한 번도 없었다. 핸슨에게 이렇게 말했던 기억이 난다. "우리는 같은 처지입니다. 스몰락은 버려졌고 나도 이스마엘입니다." 마구간에 누워 있을 때면 형의 죽음과 아버지에 대해 생각하곤 했다. 하지만 나는 대부분의 시간을 말이 아닌 스몰락과 함께 지냈고 그 불쌍한 생명과 아주 가까이 지냈다. 그래서 돼지가 내 시야에 들어오기 전까지 나는 곰에게서 깊은 인상을 받았다. 그러므로 육체적인 것이 영적인 것의 영상이고 보이는 사물이 보이지 않는 것들의 현상이기는 하지만, 또 스몰락과 내가 함께 추방자요, 사람들 앞의 익살꾼이기는 했지만, 우리의 영혼은 형제였다. 나는 그로 인해 곰이 되었고 그는 아마 나 때문에 인간이 되었을 것이다.—돼지에게 갔을 때 나는 백지상태가 아니었다. 그러니까 이치에 맞는 이야기다. 무언가 깊은 것이 이미 내 속에 새겨져 있었다. 결국 나는 다푸가 과연 내 안의 그것을 자기 혼자 힘으로 찾아냈는가 의문스럽다.

다시 한 번 반복하지만, 내가 벌어들인 이득이 있다면 그것은 언제나 사랑 때문이지 다른 어떤 것 때문도 아니었다. 그리고 (숲 속의 느릅나무처럼 이끼가 핀) 스몰락과 내가 함께 롤러코스터를 타고, 꼭대기에서 그가 소리를 지르고 그 추레한 노란 받침대 위로 끝도 없이 떨어지던 때, 연이어서 또다시 영원의 창공을 배경으로 한 번 더 솟구칠 때(아, 우리를 살아 있게 하는 이 미묘한 공기 주머니, 투명한 자루 안에서 벌어진 수많은 일들이여!), 아래에서는 캐나다 시골뜨기들이 붉은 얼굴로 좋아들 했다. 손마디가 불거진 멍텅구리들. 곰과 나, 우리는 두려움보다 위대한 무언가로 맺어져 꼭 끌어안은 채 그 금빛 찬란한 차를 타고 날았다. 나는 녀석의 초라한, 세월에 해진 털 속에서 눈을 감았다. 스몰락은 팔로 나를 안아 감싸주었다. 그리고 정말 대단한 것은 그가 나를 탓하지 않았다는 사실이다. 스몰락은 너무 많이 인생을 봐온 탓에 그 큰 머리 어딘가에서 생각을 했던 것이다. 그 어떤 피조물도 혼자일 수는 없다고.

나는 꼬박 하룻밤이 걸리더라도 릴리에게 이 이야기는 꼭 들려줘야겠다고 생각했다.

페르시아어밖에 할 줄 모르고 네바다로 향하는, 내게 기대 쉬고 있는 이 아이에 대해 말하자면, 이런, 이 아이는 아직 영광의 구름을 잃지 않았군. 신은 아시리라, 나 역시 영광의 구름이 우중충해져서 잿빛 누더기 안개가 되도록 끌고 다녔다. 하지만 그게 무엇인지 난 늘 알고 있었다.

"어머, 많이 친해지셨네요." 아이가 잠에서 깬 것을 보고 승무원이 말했다. 부드러운 잿빛 눈동자가 날 보고 움직였다. 부드러운 두 개의 눈동자가 전혀 새로운 생으로 향했다. 그 눈동자에 새로운 광채가 어렸다. 또 아주 오래된 힘도 실렸다. 처음이라고는 도저히 믿을 수 없는 빛이었다.

"곧 착륙합니다." 그 젊은 여자가 말했다.

"설마. 이렇게 빨리 뉴욕까지 오다니? 집사람더러 오후에 데리러 오라고 말했는데."

"아니요, 뉴펀들랜드예요. 연료를 넣어야 하거든요." 승무원이 말했다. "해가 뜨려고 해요. 보이지 않으세요?"

"아, 우리가 날아온 이 차가운 공기를 좀 마시고 싶어서 죽을 지경이오." 내가 말했다. "열대에서 여러 달을 있었더니. 내 기분 알겠소?"

"그러서도 될 것 같은데요." 승무원이 말했다.

"그럼, 이 아이를 위해 담요를 가져다주시오. 애도 바깥 공기를 쐬어주게."

우리는 하강해서 활주로에 들어섰고 그동안 태양에서 나온 붉은빛이 바다 표면에 깔린 구름 속을 꿰뚫었다. 그렇게 한 점 섬광이 비친 후 바로 잿빛으로 돌아왔다. 얼음 철갑을 두른 절벽들이 푸른 물결과 마주쳤고 우리는 지상의 공기 속으로 들어갔다. 회색 하늘 아래 하얗고 건조하게 누워 있던 공기 속으로.
"산책을 할 건데 너도 따라가겠니?" 내가 아이에게 물었다. 아이는 페르시아어로 대답했다. "그럼, 좋아." 내가 말했다. 나는 담요를 펼쳐 들었고 아이는 의자 위에 서서 그 안으로 들어왔다. 아이를 감싸 품에 안았다. 승무원은 그 보이지 않는 일등석 승객에게 커피를 가져다주고 있었다.
"다 되셨어요? 그런데 외투는 어디 있지요?" 승무원이 내게 물었다.
"짐은 저 사자밖에 없소." 내가 말했다. "하지만 괜찮소. 나는 시골 태생이라 튼튼하거든."
그렇게 해서 아이와 나는 밖으로 나갔다. 나는 순수한 행복으로 몸이 떨릴 정도로 깊이 숨을 들이마시며 아이를 비행기 바깥, 영원이라 할 겨울의 언 땅으로 데려갔다. 골이 굵은 뻣뻣한 이탈리아제 코르덴 사이로 사방에서 찬바람이 스며들었고, 내뱉은 숨이 순간적으로 얼어붙는 바람에 수염 한 올 한 올이 대못처럼 뻣뻣해졌다. 나는 사막에서 신던 그 스웨이드 부츠로 얼음 위를 지치며 달렸다. 한 번도 갈아 신은 적이 없기 때문에 신발 속에서 양말은 썩어 문드러졌다. 나는 아이에게 말했다. "숨을 들이마셔라. 부모를 잃고 고생을 해서 그런지 얼굴이 너무 하얗구나. 이 공기를 들이마셔라, 얘야. 혈색이 좋아져야지." 나는 아이를 가슴에 꼭 끌어안았다. 아이는 내가 자기를 안고 넘어질까 봐 두려운 것 같지는 않았다. 아이가 내게 약인 것처럼 공기 또한 그러했다. 공기는 치료제였다. 또한 아이들와일드에서 릴리를 만난다는 기쁨도. 그러면 사자는? 물론 사자도 그 안에 있다. 나는 빛나는 비행기 선체를 따라 연료 트럭 뒤로 몇 바퀴고 빙빙 달렸다. 안에서 갈색 얼굴들이 쳐다보았다. 거대하고 아름다운 프로펠러는 네 개 모두 정지해 있었다. 이제는 내가 움직일 차례라 여겨 계속해서 달렸다. 잿빛 침묵으로 감싼 하얗고 순수한 대서양 해안에 설레면서, 훌쩍훌쩍 뛰고 쿵쿵 내디디면서.

옮긴이의 말

맨 처음 출판사로부터 솔 벨로의 『비의 왕 헨더슨』과 다른 작가의 작품 가운데 선택을 하도록 의뢰받았을 때 『비의 왕 헨더슨』을 고른 이유는 단 한 가지였다. 대학 시절 수업 시간에 『허공에 매달린 사나이』를 읽었던 기억이 떠올라, 그래도 일면식이라도 있는 작가의 작품이 우리말로 옮기기에 조금은 더 수월할 것 같아서였다. 그렇다고 『허공에 매달린 사나이』를 아주 감동적으로, 혹은 꽤 재미있게 읽었다는 뜻은 아니다. 어렴풋한 기억 저편에서 『허공에 매달린 사나이』는 군대에 입대할 날짜를 기다리는 주인공이 예기치 못한 일들로 징병 일자가 거듭 연기되는 바람에 지치고 타락해 가는 모습으로 남아 있다. 형식에 얽매인 거대한 관료주의에 힘없이 무너져 내리는 개인의 초상화로. 노벨 문학상 수장 작가인 솔 벨로를 잘 알지 못했던 나는 솔직히 『비의 왕 헨더슨』도 그렇게 냉소적인 이야기일 줄 알았다. 그런데 길지 않은 첫 장(章)을 읽으면서 그러한 예상은 완전한 착각이었음을 깨달았다.

우선 이 작품의 줄거리는 다음과 같다. 주인공 헨더슨은 부모로부터 많은 돈을 물려받은 데다가 남부럽지 않은 교육을 받아서 사회적으로 어디에 내놓아도 손색이 없는 조건을 갖추었다. 그러나 반복적인 회고를 통해서 그려지는 그의 자화상은 뚱뚱하고 못생긴 외모에 늘 안절부절못하며 곧잘 흥분해서 옆의 사람과 싸움질을 해대는 천박한 인물이다. 집안의 기대주였던 형 딕은 어처구니없는 실수로 목숨을 잃었다. 고매한 학자였던 아버지와는 서로의 마음을 헤아리지 못한 채 등을 지고 말았고, 두 번 결혼했지만 두 아내에게 모두 걸핏하면 윽박지르고 난폭한 행동을 일삼았다.

그러한 가운데에도 헨더슨의 마음속에는 죽음에 대한 두려움과 구원을 향한 소망이 강렬하게 꿈틀대고 있었고, 그 열망은 언제인가부터 "하고 싶다! 하고 싶다!"라는 내면의 소리로 들려오기 시작한다. 그리하여 헨더슨은 물질적으로는 풍요롭지만 정신적으로나 영적으로 채워지지 않는 빈자리 때문에 고통받는 자신의 모습을 의식하기 시작한다. 전체적으로 『비의 왕 헨더슨』은 수수께끼와도 같은 이 내면의 소리를 해결하기 위한 자아 성찰의 여행기로 볼 수 있을 것이다.

헨더슨은 계속해서 들려오는 내면의 소리를 잠재우기 위해 아버지가 물려준 바이올린 연습에 몰두하기도 하고 돼지 농장을 꾸려가는 데에 마음을 쏟아보기도 하지만, 그 어느 것도 성공하지 못한다. 결국 자포자기한 그는 몸과 마음이 지친 상태로 무언가에 쫓기는 사람처럼 친구인 찰리 부부를 따라 아프리카 여행길에 오른다. 시끄럽고 복잡다단한 도시를 떠나 참된 자아를 찾기 위해서는 태곳적의 신비를 간직한 깊은 오지야말로 안성맞춤이지 않겠는가? 그렇기에 아프리카에 도착한 헨더슨이 일차적으로 한 일은 함께 간 친구와 결별하는 일이었다. 마침 찰리의 아내가 결혼식 후 헨더슨이 자신에게 입맞춤해 주지 않았다는 이유로 그를 냉대하고 있었던 데다가 찰리의 아프리카 원정대는 휴대용 냉장고와 샤워기, 더운물 등 각종 현대적 장비를 갖추고 있어 아프리카의 원시성과 순수하게 대면할 때 걸림돌이 되었던 것이다. 이윽고 헨더슨은 현지의 안내인 로밀라유와 함께 차도 없이 맨몸으로 아프리카의 오지를 향해 떠난다.

분량으로 보나 내용으로 보나 『비의 왕 헨더슨』의 중요한 사건들은 대부분 아프리카에서 일어난다. 앞에서도 말했다시피 이 작품에서 아프리카란 단순히 지리적인 의미로서보다 문명이 시발한 태초의 장소, 현대사회의 도시 문명에 오염되지 않은 절대 순수의 장소로서 의미가 더 깊다. 부조리한 현대의 일상생활에서 탈피하여 삶의 진실에 눈을 뜨게 함으로써 아프리카는 현대인들의 병든 마음을 치유하는 힘을 가진다.

아프리카에서 헨더슨이 로밀라유와 함께 처음으로 찾은 곳은 아르느위 족 마을로, 그들은 이방인인 헨더슨에게 자기들이 처한 어려움을 털어놓고 해답을 구하려 했다. 그 어려움이란 가뭄으로 인해 아르느위 족이 가족처럼 애지중지하는 소에게 먹일 물이 부족하다는 사실이었는데, 설상가상으로 얼마 전부터 개구리가 마을에 있는 저수지에 들어와 살아서 그 물을 소에게 줄 수 없다는 것이었다. 헨더슨은 여왕과 아르느위 사람들의 환대에 감동받아 자신이 가지고 있는 폭약을 이용해 저수지의 개구리를 없애기로 결심한다. 그러나 의욕만 앞섰지 폭탄의 현실적인 파괴력을 고려하지 못한 나머지 그만 폭약이 터지는 순간 마을의 유일한 급수원이라 할 수 있는 저수지를 날려 버리고 만다.

아르느위 사람들에게 커다란 피해만 남긴 채 그곳을 떠난 헨더슨과 로밀라유는 황막한 벌판을 거쳐 와리리 족의 마을에 도달한다. 와리리 족은 아르느위 사람들과 달리 호전적이고 공격적이어서 헨더슨 일행은 그들과의 첫 만남에서부터 포로 신세가 된다. 뿐만 아니라 이런저런 어려움 끝에 자러 들어간 오두막에서 정체불명의 시체를 발견하고 그 시체를 버리려고 우왕좌왕하며 와리리 마을에서의 첫날 밤을 보낸다. 헨더슨은 여러 가지 수난을 겪고 나서야 와리리 족의 다푸 왕을 만나게 되는데 이 다푸 왕과의 인격적인 만남을 통해 비로소 자신이 찾아 헤매던 그 무엇에 다가가는 경험을 한다. 그것은 아르느위 마을의 윌라탈레 여왕에게서 배우고 싶었지만 미처 얻어들을 수 없었던 인생의 지혜이기도 하다.

헨더슨은 이어서 요란한 의식을 치르고 엉겁결에 기우제의 사제라 할 수 있는 '비의 왕', 즉 성고가 된다. 한편, 다푸 왕은 헨더슨에게 왕궁의 지하에서 키우는 사자의 행동을 모방하도록 훈련을 시킨다. 헨더슨은 사자의 외양과 품성을 흉내 내는 이 기이한 경험을 통해, 그리고 외지에 나가 의학 공부까지 했던 다푸가 왕위를 이어받기 위해 오지로 돌아온 사실이나 문명인의 시각에서 보면 도저히 이해할 수 없는 왕위 계승 방식을 받아들이는 모습을 보고, 아무리 고통스럽다 해도 현실이란 수긍할 수밖에 없다는 사실을 서서히 깨닫게 된다.

얼마 안 있어 헨더슨은 다푸 왕의 비극적이고도 갑작스러운 죽음과 함께 자신의 의지와는 상관없이 차기 왕이 되어야 하는 상황에 처한다. 그렇지만 마지막 위기의 순간에 기지를 발휘할 수 있었던 헨더슨은 로밀라유와 함께 무사히 와리리 마을을 탈출하여 다시 멀고 먼 문명 세계로 돌아온다.

일련의 사건들을 통해 드러나는 주인공 헨더슨의 성격은 이 작품의 가장 큰 매력이라고도 할 수 있는데 그는 거칠고 성급하고 솔직하며 어딘가 허술한 데가 있어서 늘 뜻하지 않은 사건을 일으키고 다닌다. 그 결과 작품 속 여러 사건들이 코믹하게 그려졌다. 솔 벨로 자신도 『허공에 매달린 사나이』식의 투덜대는 성격보다 헨더슨처럼 활발한 성격을 좋아했다고 한다. 번역자가 아닌 한 사람의 독자로서 나 역시 이야기가 전개될수록 헨더슨이란 인물에 매혹당하는 경험을 했다.

최선을 다한다 해도 돌아서서 찬찬히 들여다보면 언제나 모자람과 실수투성이인 것이 번역이다. 재미있게 술술 읽히는 원작에는 한참 못 미치겠지만 언젠가 누군가는 해야 할 일이라 여겨 부끄러움을 무릅쓰고 이 책 『비의 왕 헨더슨』을 세상에 내놓는다.

옮긴이 주

1) 중앙아시아가 원산지인 카라쿨 양. 특히 생후 삼 일 이내의 카라쿨 양은 곱슬거리고 촘촘한 검은 털로 유명하다.
2) 유럽과 미국 등지에서 유명한 고급 남성복점.
3) 프랑스 남부에서 생겨난 가톨릭 교파로, 로마 교황청이 이단으로 낙인찍고 십자군을 일으켜 토벌했다.
4) 윌리엄 제임스(1842~1910). 미국의 심리학자. 근대 심리학의 창시자로 불린다.
5) 헨리 애덤스(1838~1918). 미국의 역사가이자 소설가.
6) 세계에서 가장 오래된 담배 상표.
7) 영국의 유명한 스포츠카.
8) 15세기 프랑스에서 염색업과 의류업을 하던 가문이 소유한 공장으로, 오늘날에는 태피스트리와 카펫을 생산해 세계적인 명성을 얻고 있다.
9) 파리 외곽에 위치한 유서 깊은 공동묘지.
10) 파리의 서쪽 교외에 있는 부유한 지역.
11) 전 세계적인 여행 관련 서비스 및 보험업, 국제금융업을 하는 미국 기업. 1850년 설립 당시에는 속달 우편 업무로 시작했다.
12) 프랑스 중앙의 산악 지대.
13) 전쟁에서 부상당한 미군에게 수여하는 훈장.
14) 느부갓네살 왕이라고도 부른다. 기원전 7세기 고대 문명 7대 불가사의 중 하나인 궁전 정원을 건립한 고대 바빌론의 왕. 성경에 의하면 바빌론에 포로로 끌려간 다니엘이 네부카드네자르 왕의 꿈을 두 차례 해몽해 준다.
15) 다니엘서 4장 25절.
16) 윌프레드 그렌펠(1865~1940). 뉴펀들랜드와 래브라도에서 활동한 영국의 의료 선교사.
17) 야샤 하이페츠(1901~1987). 리투아니아 태생의 유대계 바이올리니스트.

18) 상점이 밀접해 있는 파리의 유명한 쇼핑가.
19) 19세기 중반부터 영국군이 기마 부대를 위해 채용한 목이 긴 부츠.
20) 오토카르 셰프치크(1852~1934). 연주와 교습으로 유명한 체코의 바이올리니스트.
21) 이 두 줄은 구약의 말라기서 3장 2절의 내용으로, 헨델의 메시아에도 사용되었다.
22) 조지 스미스 패튼(1885~1945). 2차 세계대전 중 북아프리카, 시칠리아, 프랑스, 독일에서의 전투를 지휘한 미국의 육군 장군.
23) 1927년 미국에서 만든 항공기.
24) 기원전 400년경에 세워진, 고대 메소포타미아 남부에 있었던 도시.
25) 18세기 영국 낭만파 시인 새뮤얼 테일러 콜리지의 시「낙담부」에 나오는 문구.
26) 북부 이란 지방, 카스피 해 동남쪽에 있었던 고대 왕국.
27) 아프리카 서북부에 있었던 고대 왕국.
28) 인도양, 아라비아해 등 연안의 무역 범선.
29) 아랍 민족 운동의 원조자인 영국군 장교 토머스 에드워드 로렌스를 말한다. 데이비드 린 감독의 영화로도 유명하다.
30) 이스마일 엔베르(1881~1922). 발칸 전쟁과 1차 세계대전 당시 오토만 제국을 이끌었던 주요 지도자.
31) 미국 시인 헨리 워즈워스 롱펠로(1807~1882)의 시.
32) 캐나다의 유적 공원으로, 영불전쟁 중 1759년에 벌어진 퀘벡 전투로 유명하다.
33) 영불 전쟁에서 프랑스군을 이끌던 장군.
34) 인도네시아의 몰루카 제도. 초기 인도와 중국, 아랍 무역상들 사이에서 향신료가 많이 나오는 섬이라 해서 붙여진 이름이다.
35) 주신(酒神) 바쿠스를 섬기는 반인반수의 숲의 신으로, 술과 여자를 몹시 좋아한다. 고대 그리스 시대, 합창단이 비극 삼부작에 이어 이 사티로스로 분장해 춤추며 디오니소스 찬가를 부르는 희극을 사티로스극이라고 했다.
36) 루이 브라유(1809~1852). 1824년 세계 최초로 6점 체계의 점자를 만들어 보급해 점자의 아버지로 불린다.
37) 그리스 로마 신화에 나오는 머리가 셋 달리고 꼬리가 뱀인, 지옥문을 지키는 개.
38) 청나라 말기에 일어난 외세 배척 운동.
39) 시편 제51편으로 만든 악곡「주여 나를 불쌍히 여기소서」를 가리킨다.

40) 땅에 구멍을 파고 그 속에서 사는 설치류의 동물.
41) 판초 비야(1877~1923). 멕시코의 전설적인 의적이자 혁명가.
42) 위력을 높이기 위해서 같은 구경의 권총탄보다 탄피의 길이를 늘리고 화약의 양을 증가시킨 형태의 총탄.
43) 그리스 신화에 나오는 반인반어(半人半魚)의 해신.
44) 무거운 몸과 짧은 꼬리를 가진 바닷새의 일종.
45) 그리스 신화에 나오는 테베의 왕 라이오스와 이오카스테의 아들. 부왕을 죽이고 생모와 결혼하게 되리라는 아폴론의 신탁 때문에 버려졌으나 결국 신탁대로 되자, 스스로 두 눈을 빼고 방랑했다. 스핑크스의 수수께끼를 푼 인물이기도 하다.
46) 꼭대기가 평평하고 주위가 절벽으로 된 암층 대지.
47) 화강암은 본래 뜨거운 마그마가 지각을 뚫고 올라와 굳어서 만들어진 암석이다.
50) 누가복음 16장 8절 '주인이 이 옳지 않은 청지기가 일을 지혜 있게 하였으므로 칭찬하였으니 이 세대의 아들들이 자기 시대에 있어서는 빛의 아들들보다 더 지혜로움이니라.'를 두고 한 말이다.
51) 북아프리카 산간에 사는 한 종족.
52) 찰스 조지 고든(1833~1885). 1860년 중국에 파견되어 태평천국의 난을 평정하는 데 공을 세웠으며, 북아프리카의 통제에 전력하여 수단의 반영(反英) 반란을 진압하러 갔다가 전사했다. 복음주의자로도 유명하다.
53) 앙리 드 라 투르 도베르뉴(1611~1675). 튀렌 자작. 유명한 가문인 라 튀르 도베르뉴 가문 출신으로 프랑스 군사 역사상 단 여섯 명만 임명된 프랑스 대원수 중 한 사람.
54) 윈스턴 처칠은 영국 총리가 된 지 삼 일 만에 행한 1940년 연설에서 "제가 여러분에게 드릴 수 있는 것은 피와 땀과 눈물 뿐"이라고 했다.
55) 이 표현은 프랑스 작가 기 드 모파상의 장편소설 제목에서 따온 것이다.
56) 바구니나 멍석을 만드는 데 쓰인다.
57) 죽었다가 예수에 의해 되살아난 성서 속 인물.
58) 뒷면에 쇠 울림줄을 댄 작은북.
59) 1879년에 문을 연 미국의 중저가 슈퍼마켓.
60) 극장과 식당이 많은 뉴욕 맨해튼의 번화가.
61) 그리스 신화에 나오는 발이 빠른 여자 사냥꾼.

62) 미국 뉴욕의 타임스스퀘어에서는 우리나라에서 보신각 종을 울리듯이 해마다 대대적으로 송년 행사를 연다.
63) '평화'를 뜻하는 이슬람교도의 인사로서 이마에 손을 대고 하는 절.
64) 창세기 37장 19절 참조.
65) 1924년 미국의 H. T. 웹스터가 탄생시킨 만화 주인공으로, 만화의 인기와 함께 이 이름은 겁많고 소심한 성격의 대명사로 굳어졌다.
66) 팔의 아랫마디에 있는 두 뼈로, 각각 바깥쪽과 안쪽에 있다.
67) 종 모양의 파란빛을 띤 자주색 꽃이 피는 야생화의 일종.
68) 히드라나 말미잘과 같은 자포동물 가운데 착생 생활을 하는 체형.
69) 티치아노(1490?~1576). 이탈리아 르네상스 시대 베네치아파를 대표하는 화가.
70) 프랑수아 1세(1494~1547). 1515년부터 1547년까지 재위한 프랑스 최초의 인문주의 군주로서 문화적으로 훌륭한 진보를 이루게 했다.
71) 대중적인 음악을 곁들인 짧은 희극. 19세기 말에서 20세기 초 캐나다와 미국에서 유행했다.
72) 사진작가들이 애용하는 독일제 카메라.
73) 이탈리아의 구아르네리 집안사람이 17세기와 18세기에 걸쳐 만든 바이올린들을 이른다.
74) 일부 이슬람 국가에서 남자들이 쓰는, 빨간 빵모자같이 생긴 모자.
75) 물기가 스며들지 않도록 한쪽에 기름막을 입힌 천. 과거에 식탁보로 많이 쓰였다.
76) 종종 권위나 지위를 상징한다.
77) 원유에서 콜타르 따위를 증류하고 난 뒤 남는 검은 찌꺼기.
78) 페르난도 알바레스 데 톨레도 알바(1507~1582). 에스파냐의 군인이자 정치가로 플랑드르 총독이 되어 종교재판소를 설치한 뒤 약 1만 8000명을 처형하여 네덜란드 독립전쟁을 유발하였다.
79) 리처드 버튼 경(1821~1890). 영국 태생의 탐험가이자 외교관. 유럽인으로서는 처음으로 존 스피크과 함께 아프리카의 탕가니카 호수를 탐험했다.
80) 존 해닝 스피크(1827~1864). 나일 강의 수원을 탐험한 것으로 유명한 영국군 장교.
81) 멍고 곽(1771~1806). 스코틀랜드 출신의 아프리카 탐험가.
82) 등에 혹이 난 인도 원산의 소.

83) 인도양에 맞닿은 케냐의 항구도시.
84) 특히 아시아 일부 국가에서 여성들이 화장용으로 눈가에 바르는 검은 가루.
85) 에드거 앨런 포의 「어셔 가의 몰락」 첫머리에 등장하는 드 베랑제의 시구절.
86) 1936년 1월부터 12월까지 재위했던 영국의 왕 에드워드 8세(1894~1972)를 가리킨다. 국왕 자리를 버리고 미국 출신의 심프슨 부인과 결혼하였다. 윈저 공은 퇴위 후의 칭호이다.
87) 화농성 질환과 세균성 질환의 특효약. 넓은 뜻으로는 이뇨 강압제와 혈당 강하제를 포함한다.
88) 윌리엄 오슬러(1849~1919). 현대 의학의 아버지로 알려진 캐나다 출신 의사.
89) 하비 쿠싱(1869~1939). 미국의 의사. 뇌신경외과의 개척자이다.
90) 이그나스 제멜바이스(1818~1865). 헝가리의 의사. 산욕열의 원인을 발견하고 소독법을 의술에 도입했다.
91) 일리야 메치니코프(1845~1916). 러시아의 생물학자로서 병리학, 면역학 분야에서 뛰어난 업적을 남겼다.
92) 온통 바위로 이루어진 매우 거친 땅으로서 이누이트 족의 고향이라 할 수 있다.
93) 피터 프로이첸(1886~1957). 북극 탐험으로 유명한 덴마크의 여행가.
94) 공트랑 드 퐁생(1900~1962). 프랑스의 여행가 겸 저술가.
95) 좌우측 신경계에 이상이 생겨, 이를테면 좌측에 오는 감각을 우측에 온 것으로 지각하는 일종의 신경 질환.
96) 청색과 백색 얼룩무늬가 있는 인도산 아마, 면직물.
97) 작은 동물의 시체를 땅에 묻어 집이나 식량 창고로 사용하는 곤충계의 장의사.
98) 샤카 줄루(1787?~1828). 남아프리카 줄루 족의 족장이며 줄루 왕국의 시조. 검은 나폴레옹이라는 별명을 가졌다.
99) 율리시즈 S. 그랜트(1822~1885). 미국의 남북전쟁 당시 북부군의 영웅이자 18대 미국 대통령으로, 전쟁 복구에 큰 업적을 남겼다.
100) 개리 쿠퍼(1901~1961). 20세기 초 서부 영화의 전성기에 정의로운 보안관 역을 많이 맡아 '미국 신사'의 전형을 이끌어낸 명배우. 말보로 담배의 광고 모델을 할 정도로 유명한 애연가였다.
101) 콘스탄틴 스타니슬라브스키(1863~1938). 러시아의 배우, 연출가, 연극 이론가.
102) 해리 후디니(1874~1926). 헝가리계 미국인 마술사.
103) 토머스 불핀치(1796~1867). 유럽의 신화를 총체적으로 정리한 미국 작가.

104) 그리스 로마 신화에 나오는 여자의 머리와 몸에 새의 날개와 발을 가진 괴물.
105) 그리스 신화에서 크레타의 미궁을 만든 아테네의 장인. 아들 이카로스와 함께 밀랍으로 붙인 날개로 하늘을 나는 데 성공하지만 아들은 그의 주의를 듣지 않고 태양에 너무 다가가는 바람에 밀랍이 녹아 추락하고 만다.
106) 가늘고 고운 털로 유명한 에스파냐 원산의 면양.
107) 시편 130편의 첫 구절, '여호와여 내가 깊은 데서 부르짖었나이다.'를 가리킨다.
108) 지구상에 서식하는 거북 종류 가운데 몸집이 가장 크고 가장 오래 사는 육지거북.
109) 미국 인디애나 주의 작은 도시.
110) 독일의 천연 광천수.
111) 더글러스 맥아더(1880~1964). 한국전쟁 때 인천상륙작전을 지휘한 미국의 육군 원수.
112) 미국과 영국, 호주 등지에서 가장 흔하게 사용되는 세탁 세제.
113) 지미 워커(1881~1946). 뉴욕 시장을 지냈으나 부정 스캔들에 연루되어 사임했다.
114) 악셀 문테(1857~1949). 스웨덴의 의사 겸 작가. 자전적 소설인 『산 미켈레 이야기』로 유명하다.
115) 알제리 출신의 프랑스 경보병.
116) 라마르크(1744~1829). 용불용설을 주장한 프랑스의 박물학자, 진화론자.
117) 고딕 건축에서 사용한, 괴수의 머리 모양을 한 지붕의 홈통 주둥이.
118) 독립전쟁 당시 미군이 1777년부터 이듬해까지 겨울을 보냈던 펜실베이니아 주의 진지로, 현재는 국립공원이 되었다.
119) 전설에 나오는, 솔로몬 왕과 시바 여왕 사이에 태어난 에티오피아 최초의 황제.
120) 수단의 수도.
121) 1836년 창설된 이탈리아의 저격 부대로 모자에 큰들꿩의 깃털을 달고 다닌 것으로 유명하다.
122) 이탈리아에서 가장 유명하고 값비싼 상가.

PENGUIN CLASSICS

유토피아 토머스 모어	소송 프란츠 카프카
서문 폴 터너/류경희 옮김	홍성광 옮김·작품해설
젊은 베르테르의 슬픔 괴테	지하로부터의 수기 도스토옙스키
김재혁 옮김·작품해설 마이클 헐스	조혜경 옮김·작품해설
크로이체르 소나타 레프 톨스토이	이탈리아 기행 괴테
서문 도나 터싱 오윈/이기주 옮김	홍성광 옮김·작품해설
동물농장 조지 오웰	첫사랑 이반 투르게네프
서문 맬컴 브래드버리/최희섭 옮김	서문 빅터 S.프리쳇/최진희 옮김
좁은 문 앙드레 지드	차라투스트라는 이렇게 말했다
이혜원 옮김·작품해설	니체 서문 홀링데일/홍성광 옮김
성 프란츠 카프카	별에서 온 아이 오스카 와일드
홍성광 옮김·작품해설	서문 이언 스몰/김전유경 옮김
도리언 그레이의 초상 오스카 와일드	고독의 우물 래드클리프 홀
서문 로버트 미겔/김진석 옮김	임옥희 옮김·작품해설
노생거 수도원 제인 오스틴	오페라의 유령 가스통 르루
임옥희 옮김·작품해설 매럴린 버틀러	홍성영 옮김
인간의 대지 생텍쥐페리	기쁨의 집 이디스 워튼
허희정 옮김·작품해설 윌리엄 리스	서문 신시아 그리핀 울프/최인자 옮김
위대한 개츠비 스콧 피츠제럴드	데이지 밀러 헨리 제임스
서문 토니 태너/이만식 옮김	서문 데이비드 로지/최인자 옮김
벤자민 버튼의 시간은 거꾸로 간다	이반 일리치의 죽음 레프 톨스토이
스콧 피츠제럴드 서문 오도넬/박찬원 옮김	서문 앤서니 브릭스/박은정 옮김
아가씨와 철학자 스콧 피츠제럴드	대위의 딸 푸시킨
서문 오도넬/박찬원 옮김	심지은 옮김·작품해설
홍길동전 허균	군주론 니콜로 마키아벨리
정하영 옮김·작품해설	서문 앤서니 그래프턴/권기돈 옮김
금오신화 김시습	지킬 박사와 하이드 스티븐슨
김경미 옮김·작품해설	서문 로버트 미겔/박찬원 옮김

PENGUIN CLASSICS

주홍 글자 너새니얼 호손
김지원, 한혜경 옮김·작품해설

채털리 부인의 연인 D. H. 로렌스
서문 도리스 레싱/최희섭 옮김

톰 소여의 모험 마크 트웨인
서문 존 실라이/이화연 옮김

로빈슨 크루소 대니얼 디포
서문 존 리체티/남명성 옮김

야간 비행·남방 우편기 생텍쥐페리
서문 앙드레 지드/허희정 옮김

광막한 사르가소 바다 진 리스
서문 앤젤라 스미스/윤정길 옮김

전원 교향악 앙드레 지드
김중현 옮김·작품해설

인상과 풍경 로르카
엄지영 옮김·작품해설

논어 공자
논어집주 주자/최영갑 옮김·작품해설

크리스마스 캐럴 찰스 디킨스
서문 마이클 슬레이터/이은정 옮김

켈트의 여명 윌리엄 버틀러 예이츠
서혜숙 옮김·작품해설

피터 팬 제임스 매튜 배리
서문 잭 자이프스/이은경 옮김

드라큘라 브램 스토커
서문 프레일링/박종윤 옮김/작품해설 힌들

1984 조지 오웰
서문 벤 핌롯/이기한 옮김

자유론 존 스튜어트 밀
서문 거트루드 힘멜파브/권기돈 옮김

오만과 편견 제인 오스틴
서문 비비엔 존스/김정아 옮김

대위의 딸 푸시킨
심지은 옮김·작품해설

한밤이여, 안녕 진 리스
윤정길 옮김·작품해설

세월의 거품 보리스 비앙
이재형 옮김·작품해설 질베르 페스튀로

그렌델 존 가드너
김전유경 옮김·작품해설

7인의 미치광이 로베르토 아를트
엄지영 옮김·작품해설

왕자와 거지 마크 트웨인
남문희 옮김·작품해설 제리 그리스월드

소공녀 프랜시스 호즈슨 버넷
곽명단 옮김·작품해설 크노이플마커

헨리와 준 아나이스 닌
홍성영 옮김

셜록 홈즈 : 주홍색 연구 코난 도일
남명성 옮김·작품해설 이언 싱클레어

퀴어 윌리엄 버로스
조동섭 옮김

정키 윌리엄 버로스
서문 올리버 해리스/조동섭 옮김

모피를 입은 비너스 자허마조흐
김재혁 옮김·작품해설

PENGUIN CLASSICS

오셀로 윌리엄 셰익스피어
서문 톰 매캘린던/강석주 옮김

리어 왕 셰익스피어
서문 키어넌 라이언/김태원 옮김

맥베스 윌리엄 셰익스피어
서문 캐럴 칠링턴 러터/김강 옮김

햄릿 셰익스피어
서문 앨런 신필드/노승희 옮김

코·외투·광인일기·감찰관 고골
서문 로버트 맥과이어/이기주 옮김

가든파티 캐서린 맨스필드
서문 로나 세이지/한은경 옮김

알렉산드리아 사중주 : 저스틴
로렌스 더럴 권도희 옮김

공산당 선언 마르크스, 엥겔스
서설 개레스 스테드먼 존스/권화현 옮김

알렉산드리아 사중주 : 발타자르
로렌스 더럴 권도희 옮김

80일간의 세계 일주 쥘 베른
서문 브라이언 앨디스/이효숙 옮김

알렉산드리아 사중주 : 마운트올리브
로렌스 더럴 김종식 옮김

무도회가 끝난 뒤 레프 톨스토이
박은정 옮김·작품해설

알렉산드리아 사중주 : 클레어
로렌스 더럴 권도희 옮김

월든 헨리 데이비드 소로
서문 마이클 마이어/홍지수 옮김

셜록 홈즈: 바스커빌 가문의 개 코난 도일
남명성 옮김·작품해설 크리스토프 프레일링

허클베리 핀의 모험 마크 트웨인
백낙승 옮김·작품해설

사랑에 관하여 안톤 체호프
안지영 옮김·작품해설

인간 불평등 기원론 장 자크 루소
김중현 옮김·작품해설

이상한 나라의 앨리스 루이스 캐럴
서문 휴 호턴/이소연 옮김/존 테니얼 삽화

사회계약론 장 자크 루소
김중현 옮김·작품해설

거울 나라의 앨리스 루이스 캐럴
주해 휴 호턴/이소연 옮김/존 테니얼 삽화

정글북 러디어드 키플링
서문 대니얼 칼린/남문희 옮김

메피스토 클라우스 만
오용록 옮김·작품해설

감정교육 귀스타브 플로베르
서문 제프리 월/김윤진 옮김

제인 에어 샬럿 브론테
서문 스티비 데이비스/류경희 옮김

레 미제라블 위고
이형식 옮김

목요일이었던 남자 체스터턴
김성중 옮김·작품해설

더블린 사람들 제임스 조이스
서문 테런스 브라운/한일동 옮김

PENGUIN CLASSICS

말테의 수기 릴케	낙원의 이편 스콧 피츠제럴드
김재혁 옮김·작품해설	서문 오도넬/박찬원 옮김
마지막 잎새 오 헨리	고흐의 편지 빈센트 반 고흐
서문 가이 대번포트/최인자 옮김	서문 로날트 데 레이우/정진국 옮김
자기만의 방 버지니아 울프	죽은 아버지 도널드 바셀미
서문 미셸 배럿/이소연 옮김	김선형 옮김·작품해설
타임머신 허버트 조지 웰스	비의 왕 헨더슨 솔 벨로
서문 마리나 워너/한동훈 옮김	이화연 옮김
시학 아리스토텔레스	허조그 솔 벨로
머리말 토도로프/서문 뒤퐁록, 랄로/김한식 옮김	이태동 옮김·작품해설
작은 아씨들 루이자 메이 올컷	오기 마치의 모험 솔 벨로
서문 일레인 쇼월터/유수아 옮김	이태동 옮김·작품해설
쟈디그·깡디드 볼떼르	목로주점 에밀 졸라
이형식 옮김·작품해설	윤진 옮김·작품해설
반짝이는 것은 모두 오 헨리	
최인자 옮김	
어느 영국인 아편 중독자의 고백	
토머스 드 퀸시 서문 헤이터/김명복 옮김	
테레즈 데케루 프랑수아 모리아크	
서문 장 투조/조은경 옮김	
밤의 종말 프랑수아 모리아크	
조은경 옮김	
벨아미 기 드 모파상	
윤진 옮김·작품해설	
사물들 조르주 페렉	
김명숙 옮김·작품해설	
W 또는 유년의 기억 조르주 페렉	
이재룡 옮김·작품해설